ROXANNE ST. CLAIRE

Guardian Angelinos

Tödliche Vergangenheit

Roxanne St. Claire

Tödliche Vergangenheit

Guardian Angelinos

Roman

Ins Deutsche übertragen von
Nele Quegwer

LYX EGMONT

Die Originalausgabe erschien 2011
unter dem Titel *Shiver of Fear. The Guardian Angelinos*
bei Forever, an imprint of Grand Central
Publishing, New York, NY, USA.

Deutschsprachige Erstausgabe Dezember 2012 bei LYX
verlegt durch EGMONT Verlagsgesellschaften mbH,
Gertrudenstr. 30–36, 50667 Köln

Dieses Werk wurde vermittelt durch die Literarische Agentur
Thomas Schlück GmbH, 30827 Garbsen

1. Auflage
Redaktion: Beate Darius
Satz: Greiner & Reichel, Köln
Printed in Germany (670421)
ISBN 978-3-8025-8669-9

www.egmont-lyx.de

Für Kresley Cole, Louisa Edwards und Kristen Painter,
die mich vom ersten Kapitel bis zum Schluss unterstützt und
motiviert haben (okay, ein bisschen Wein war auch dabei).
Ich liebe euch, ihr seid echt super, Mädels.

Prolog

Cambridge, Massachusetts, 1978

In dem Moment, als Sharon Mulvaney am Institut für Mikrobiologie den Behälter mit den drei versiegelten Ampullen hoch konzentrierter Botulinumtoxine in ihrer Handtasche verschwinden ließ, wurde sie zur Kriminellen.

Das Schlimmste, was sie bis dahin verbrochen hatte, waren allenfalls ein paar Demos auf dem Campus vor dem Kuppelbau des MIT gewesen. Oder dass sie mit Sympathisanten der irischen Rebellen irischen Whiskey getrunken hatte. Aber dafür hätte man sie bestimmt nicht verhaftet. Auch dass sie einen Mann liebte, der intensive Kontakte zu IRA-Dissidenten hatte, machte sie nicht zur Gesetzesbrecherin, obwohl die Tatsache, dass er verheiratet und fast dreißig Jahre älter war, grenzwertig sein mochte.

Auf den Diebstahl hochgiftiger Substanzen, die sie als angehende Doktorandin selbst synthetisiert hatte und die zur illegalen Lieferung nach Belfast bestimmt waren, stand jedoch ganz eindeutig eine beträchtliche Gefängnisstrafe.

Wenn sie dabei wenigstens einen kleinen Nervenkitzel empfunden hätte. Aber der Thrill blieb aus. Vermutlich hatte sie gar keine dunkle, abgründige Seele, sondern bloß einen schwachen Willen, seufzte sie.

Auf ihrem Weg über den Campus, der an diesem Winterwochenende einsam und verlassen wirkte, wurde sie von einem eisigen Wind geschüttelt. Sie zog sich ihren Schal über den

Mund und die Mütze tief in die Stirn, während sie durch den schmutzigen, verharschten Schnee stapfte. Getrieben von der Angst, erwischt zu werden, klemmte sie ihre Schultertasche fest an ihren Daunenmantel und lief mit gesenktem Kopf weiter zu ihrer Wohnung.

Es war selbst an einem warmen Frühlingstag ein gutes Stück Weg. Aber bei eisigen Minusgraden, mit genügend Nervengift in der Tasche, um ein ganzes Regiment britischer Soldaten lahmzulegen, und dem bohrenden Bewusstsein, gegen das Gesetz zu verstoßen und alles, was ihr lieb und teuer war, aufs Spiel zu setzen, wurde die Strecke zu einem brutalen Gewaltmarsch, der jeden Muskel in ihrem Körper schmerzen ließ.

Als sie die Binney Street überquerte und in die Sixth Street bog, kribbelten ihr die Zehen vor Kälte, ihre Finger waren steif und taub, ihre Gehirnmasse ein einziger Eisklumpen, dass sie nicht einmal mehr rational denken konnte.

Ihr Verstand hatte ohnehin längst ausgesetzt. Sharon war verliebt.

Sie bog in ihre Straße und schob den Riemen der Tasche behutsam auf die andere Schulter. Die Tasche war zwar nicht schwer, doch die Last ihres Verbrechens drückte schwer auf Sharon Mulvaneys Herz.

Manchmal müssen eben ein paar wenige für das Wohl vieler leiden.

Hatte Finn das gesagt? Wie sie ihn kannte, war es eher so was gewesen wie: *Tu es für mich, mein Mädchen, und ich werde … meine Frau für dich verlassen.*

Na klar. Glaubte sie das wirklich? Anscheinend ja, denn sonst hätte sie sich niemals auf eine dermaßen riskante Geschichte eingelassen.

Sie umrundete einen Schneehaufen und stakste vorsichtig die Steintreppe zum Eingang ihrer Tiefparterre-Wohnung hinunter.

Dabei überlegte sie sich bereits, was sie heute Abend anziehen wollte. Das schwarze Kleid, das er so mochte, mit dem breiten, goldfarbigen Gürtel, und dazu High Heels. Ihr Lover brachte das sexy Girlie in ihr zutage. Und offenbar auch die Kriminelle, dachte sie betroffen, während sie den Schlüssel umdrehte und die Haustür aufdrückte.

»Hast du es?«

Sie japste nach Luft, als sie seine Stimme hörte, und spähte ins Wohnzimmer, wo sie Finn sitzen sah, einen Drink in der Hand, die Dreihundert-Dollar-Slipper lässig auf ihrem Couchtisch, das Jackett offen, die Krawatte hing locker um seinen Hals. Seine Haare waren wild zerzaust, als hätte er nervös mit den Händen daran herumgespielt, während er auf sie gewartet hatte.

Sharon schmolz augenblicklich dahin.

»Ich hab's«, sagte sie und hielt ihm die Tasche hin. Dann zog sie sich die Wollmütze vom Kopf und schüttelte ihre Haare, die vermutlich eine einzige Katastrophe waren. Zudem trug sie kein Make-up und sah in der dicken Daunenjacke bestimmt wie das Michelin-Männchen aus, seufzte sie im Stillen.

Er machte keine Anstalten, ihr die Tasche abzunehmen. Er stand nicht mal auf, um ihr einen Begrüßungskuss zu geben. Stattdessen saß er betont lässig da, ein Mustermacho mit einem umwerfenden Sexappeal. Es war ihr ein Rätsel, wie ein dreiundfünfzigjähriger Mann mit Fältchen in den Augenwinkeln und grau melierten Haaren es schaffte, dass eine fünfundzwanzigjährige Mikrobiologin spontan puddingweiche Knie bekam.

Momentan hatte sie indes wenig Lust, dieses Rätsel zu lösen.

»Und niemand hat dich gesehen.« Es war keine Frage. Bei Finn war alles ein Befehl.

Sie schüttelte den Kopf.

Er hob das Glas mit dem bernsteinfarbenen Jameson in die Luft – den hatte sie sich nur für ihn geleistet – und neigte den

Kopf zur Seite, während seine laserblauen Augen aufreizend über Sharons Körpers wanderten. »Das sollten wir feiern.«

Sharon überlief ein aufregendes Kribbeln, gleichzeitig regte sich in ihr Protest. *Sollten sie wirklich ein Verbrechen feiern?*

»Schätzchen, du hast doch nicht etwa Muffe bekommen, oder?«

Natürlich konnte er jede noch so unterschwellige Botschaft lesen, die ihm ihre Körpersprache signalisierte. »Dafür ist es ein bisschen spät«, sagte sie und lachte gespielt auf. »Wie heißt es so schön? Passiert ist passiert.«

»Keine Sorge, Kleines, niemand wird das Zeug benutzen.« Er wies mit einer Kinnbewegung auf die Tasche, als sei ihr Inhalt völlig harmlos, bedeutungslos. »Das Zeug ist lediglich ein Druckmittel bei den Verhandlungen in Belfast. Ich schicke denen das bloß, damit sie ein bisschen Druck machen können.«

Druck machen? Sharon hatte den blöden Verdacht, dass es eher um *Geldmittel* als um *Druckmittel* ging.

»So läuft das heute«, fuhr er fort. »Schließlich gehören sie zum weitverzweigten Kreis der Familie, wenn du verstehst, was ich meine.«

Verdammt weit verzweigt. Sie hatte sich bei einem Freund, der sich mit den vielen irischen Clans auskannte, schlau gemacht und keine wirkliche Verbindung zwischen den Namen, die Finn erwähnt hatte, und dem MacCauley-Clan finden können. Tatsächlich tauchte diese Schreibung seines Nachnamens noch nicht mal auf, doch sie versagte es sich, Finn auf den Zahn zu fühlen. Er hasste das, und wenn sie es dennoch tat, bestrafte er sie, indem er für ein paar Tage von der Bildfläche verschwand. Manchmal auch länger.

»Schon klar«, sagte sie schwach und fühlte sich dabei grottenmies. »Wir könnten das bei einem Dinner feiern, was meinst du?«

Er stellte das Glas hart auf den Tisch, dann stand er auf und fixierte sie mit seinem Blick. »Das geht nicht. Ich habe heute Abend keine Zeit für ein Dinner.«

»Pläne mit Anne?« Die Frage klang zu scharf, das wusste sie sofort. Um seinem wütenden Blick auszuweichen, wandte sie sich ab und zog ihren Mantel aus.

»Ich hab heute Abend geschäftlich zu tun«, entgegnete er. »Schlag dir das mit dem Dinner aus dem Kopf.«

Sie warf den Mantel über einen Stuhl und kehrte Finn weiter den Rücken zu.

Geschäftlich. Das war das übliche K. o.-Argument. Als wenn sie nicht ganz genau wüsste, was sein Geschäft war.

Seine Hände legten sich um ihre Taille, besitzergreifend und stark.

»Du gehörst jetzt zu uns, mein Mädchen.«

Zu wem? Zu einer Bande von Kriminellen? »Zu einem echt irischen Clan?«, gab sie milde ironisch zurück.

»Du warst echt mutig, Kleines.« Er presste seine Erektion von hinten an ihren Po, hauchte ihr Küsse in den Nacken, und der würzige Duft von irischem Whiskey und teurem Eau de Cologne wirkte wie ein Aphrodisiakum, das ihren Körper, ihre Sinne beflügelte.

»Nein, ich bin nicht wirklich …« Sie verstummte, als er unter ihren Pulli griff und gierig ihre Brüste umschloss.

»Mutig.«

Sie war weiß Gott nicht so naiv anzunehmen, dass ein einflussreicher Strippenzieher wie Finn MacCauley eine mutige Amazone in ihr sah. Aber irgendwas musste er doch in ihr sehen? Oder war sie für ihn bloß Mittel zum Zweck? Eine dumme verliebte Tussi, die im mikrobiologischen Labor Massenvernichtungswaffen herstellte und heimlich für ihn mitgehen ließ? Das konnte und wollte sie einfach nicht glauben.

Er drehte sie mit dem Gesicht zu sich und presste seine Lippen heiß auf ihren Mund, brachte seine Hände auf ihren Po und schmiegte Sharon an seine Erektion.

»Du machst mich total scharf, Schätzchen.« Er schob sie nach hinten ins Schlafzimmer, küsste sie dabei und blieb unterwegs kurz am Tisch stehen, wo er nach dem Riemen ihrer Tasche angelte. »Die nehmen wir besser mit. Sicher ist sicher, hm?«

Sie sträubte sich, die Handtasche anzusehen. Immerhin war die Tasche der erkennbare Beweis dafür, dass sie willens war, ihm alles zu geben, was er verlangte. Ihren Körper. Ihr Herz. Im schlimmsten Fall sogar ihre Freiheit.

Trotzdem würde er seine Frau vermutlich niemals verlassen. Obwohl sie ihm etwas geben konnte, wozu Anne nicht in der Lage war: ein Kind.

Er schob sie vorwärts und riss ihr unterwegs Pulli und BH vom Leib, bevor er sein Jackett und sein Hemd auszog. Als er sie auf das Bett drückte, trug sie nur noch ihren Slip, den er mit einer wilden Handbewegung zerriss.

Er nickte in Richtung Badezimmer, streifte dabei die Boxershorts über seinen pulsierenden Ständer. »Los, setz dein Diaphragma ein.«

Sharon schluckte einen ärgerlichen Kommentar hinunter. Er bestand jedes Mal darauf, dass sie ihr Diaphragma trug. Und warum? Weil er kein Risiko eingehen, nicht an sie gebunden sein wollte, und ein Baby würde sie zwangsläufig aneinander binden.

Er könnte gar nicht anders, als bei ihr zu bleiben, wenn sie sein Baby bekommen würde, oder?

Sie schluckte schwer und traf impulsiv eine Entscheidung. Sie schob ihren Blick in seinen und schwindelte, ohne rot zu werden.

»Ich hab es vorhin schon eingesetzt.« Als er leicht verdutzt guckte, schenkte sie ihm ein verführerisches Lächeln und spreizte einladend die Beine auseinander. »Ich wusste doch, dass du hier auf mich warten würdest, wenn ich nach Hause komme, Finn.«

Mit einem wilden Stoß war er in ihr, er stieß, schwitzte und fluchte, bis er heftig kam. Dann ließ er sich auf sie fallen, völlig verausgabt und befriedigt, während sie vergeblich auf Zärtlichkeiten wartete.

»Jetzt hör mir mal gut zu, Sharon. Wenn dich irgendjemand fragt wegen …«

»Ich habe bestimmt nicht vor, fröhlich auszuplaudern, was ich heute getan habe«, unterbrach sie ihn.

»Gesetzt den Fall, dass dich jemand fragt, musst du vehement abstreiten, dass wir uns kennen, okay?«

»Mach ich, Finn. Keine Sorge.« Und wenn er nun der Vater ihres Kindes wäre? Hatten sie gerade ein …

Ein lautes Klopfen an der Tür riss Sharon aus ihren Gedanken. Finn rollte herum und griff wortlos nach seinen Kleidern.

»FBI. Ms Mulvaney, wir müssen mit Ihnen reden.«

Finn formte mit den Lippen das Wort »Scheiße« und schnappte sich sein Jackett. Seine Augen flackerten, als er auf die Tür zeigte. »Geh da raus und halte sie hin«, befahl er in schroffem Flüsterton. »Wehe, du verrätst mich, Sharon. Dann bring ich dich um, Baby.«

Für einen Moment war sie sprachlos. Finn würde sie eiskalt umbringen? Das war nicht sein Ernst, oder?

»FBI! Wir kommen jetzt rein.«

Finn packte sie am Arm, seine Finger bohrten sich schmerzhaft in ihr Fleisch, und er riss sie mit einem erschreckend heftigen Ruck hoch. »Los, geh! Hörst du schlecht?«

Sie stand da, nackt und fassungslos, während er nach ihrer Handtasche griff, die auf dem Schreibtisch lag. Ein weiteres hartes Klopfen.

»Warten Sie … eine Sekunde«, rief sie, ihre Kehle war wie zugeschnürt. Ihr Herz hämmerte so laut, dass sie kaum ihre eigene Stimme hörte.

Finn schubste sie grob, und sie stolperte aus dem Schlafzimmer in den Flur. »Du musst mir Deckung geben, Sharon.« Er schloss die Tür und ließ sie splitternackt im Flur stehen.

»Ich komme«, rief sie beim nächsten beharrlichen Klopfen. Sie zerrte ihren Daunenmantel vom Stuhl, streifte sich das kühle Nylon über die nackte Haut und fummelte mit zitternden Fingern am Reißverschluss herum.

»Ms Mulvaney, hier ist das FBI. Bitte machen Sie die Tür auf.«

Die Jungs vom FBI waren schnell, verdammt schnell, fuhr es ihr durch den Kopf. *Du musst mir Deckung geben, Sharon.*

Sie holte tief Luft, öffnete die Tür. Draußen standen zwei aalglatte Typen, die auch in einem Hollywood-Thriller eine gute Figur abgegeben hätten.

»Wie kann ich Ihnen helfen?«, fragte sie und versperrte mit ihrem Körper den Eingang.

Zwei Polizeimarken schnappten vor Sharons Augen auf. In ihrem Kopf drehte sich indes alles, Worte und Bilder verschwammen, sie registrierte nicht einmal ihre Namen.

»Wir würden Ihnen gerne ein paar Fragen stellen.«

Sie blinzelte und nickte. »Kein Problem, legen Sie los.«

Der Größere, Dunkelhaarige, blickte demonstrativ auf ihren Mantel. »Wollen Sie weg, Miss?«

»Nein, ich bin eben erst heimgekommen.« Vom Labor. Wo sie Waffen zur biologischen Kriegsführung gestohlen hatte, die für den entfernten Cousin ihres verheirateten Lovers bestimmt waren, der zudem Boss eines der größten Syndikate für organisiertes Verbrechen in Boston war – zufällig befand sich dieser Mann gerade nackt in ihrem Schlafzimmer.

»Dürfen wir reinkommen?«

»Nein, dürfen Sie nicht.«

Dafür erntete sie zwei verdutzte Gesichter. Na ja, ein verdutztes. Sein Kollege, ein blonder, bulliger Kerl vom Typ Schnellmerker, schien misstrauisch geworden. »Tut mir leid, aber ich kann Sie nicht reinlassen«, sagte sie mit Bestimmtheit, um Zeit zu gewinnen. »Ich sehe zwar, dass Sie sich ausweisen können und so, aber eine Frau, die allein in ihrer Wohnung ist, kann gar nicht vorsichtig genug sein.«

»Kennen Sie einen gewissen Finn MacCauley?«

Das Blut wich ihr aus dem Gesicht und ihr wurde mit einem Mal übel. »Keine Ahnung, müsste ich den denn kennen?« Verdammt dumme Antwort.

Der blonde FBI-Agent hob missbilligend beide Augenbrauen. »Sie sind niemals einem Mann namens Finn MacCauley begegnet?«

»Keine Ahnung«, wiederholte sie und war sich sicher, dass die beiden das Trommeln ihres Herzens hören konnten. »Wer ist das?«

»Ein Krimineller, Ms Mulvaney, und wenn Sie seine Aktivitäten unterstützen oder Beihilfe zu kriminellen Handlungen leisten, machen Sie sich strafbar.«

Zu spät, sie stand bereits mit einem Bein im Knast. »Haben Sie ein Foto von ihm?«, fragte sie und überlegte verzweifelt, wie sie die Beamten noch länger hinhalten könnte. »Vielleicht erkenne ich ihn darauf wieder.«

»Der Name sagt Ihnen nichts?«, bohrte der andere Mann.

»Ich … ich … nein, nicht dass ich wüsste.«

»Lassen Sie uns kurz rein, Ms Mulvaney.« Der Blonde war definitiv der böse Bulle.

»Warum?« Sie richtete die Frage an den netteren Cop, aber der andere antwortete.

»Weil wir einen Hinweis erhalten haben, dass Finn MacCauley heute hier ist, und wenn Sie uns nicht reinlassen, müssen wir Sie verhaften.« Er machte einen Schritt vorwärts, drängte Sharon mit seinem bulligen Körper zurück.

Ehe sie die beiden aufhalten konnte, waren sie in Sharons Wohnzimmer. Sie ballte die Fäuste in den Manteltaschen, während sie ohnmächtig zusah, wie das blonde Ekelpaket geradewegs auf den Couchtisch zusteuerte, das Glas hochnahm und daran schnupperte.

»Jameson«, klärte sie ihn auf, bevor er fragte. »Ist das etwa illegal?«

Der andere Agent hielt mit gezogener Waffe durch den Flur, ehe er mit der Schulter die Tür zu ihrem Schlafzimmer aufstieß.

Sie hielt entsetzt den Atem an, wartete auf einen Schrei oder einen Schuss. Sekunden später tauchte der Agent wieder auf. Er schüttelte den Kopf und murmelte: »Nichts.«

Nichts? Wo war Finn?

Sie machte sich auf weitere unangenehme Fragen gefasst, die jedoch ausblieben. Stattdessen steckten die Cops ihre Pistolen weg und inspizierten die winzige Wohnung.

»Passen Sie lieber auf sich auf, Miss«, meinte der Dunkelhaarige halb zynisch. »Sie geben sich mit ein paar ziemlich gefährlichen Leuten ab.«

Sie nickte nur und blieb bemerkenswert gelassen, obwohl ihr Magen Purzelbäume schlug und ihr das Blut in den Ohren rauschte.

Wo war Finn?, hallte es unablässig in ihrem Kopf.

Nachdem die Cops weg waren, blieb sie lange Zeit wie erstarrt an der Tür stehen. Dabei war sie sich vage der Flüssigkeit bewusst, die klebrig an ihrem Oberschenkel hinunterlief. Was sie daran erinnerte, dass sie noch vor wenigen Minuten mit einem Mann geschlafen hatte, der vom FBI gesucht wurde.

»Finn?«, flüsterte sie und schleppte sich ins Schlafzimmer, sah, was der FBI-Agent gesehen hatte: ein zerwühltes Bett. Ihre Kleider auf dem Boden verteilt. Das Fenster sperrangelweit offen.

Mit einem tiefen Seufzer sank sie auf das Bett. Ihr Blick wanderte zum Schreibtisch. Es überraschte sie nicht wirklich: Finn hatte ihre Tasche mitgenommen.

Tränen brannten in ihren Augen, ihre Kehle schnürte sich schmerzhaft zusammen. Ein zentnerschweres Gewicht legte sich auf ihre Brust. Ihr schlechtes Gewissen brachte sie halb um. Gott, sie war eine *Idiotin*! Eine kindische, leichtgläubige Idiotin.

Finn war einer von der schlimmsten Sorte: ein Blutsauger, der sie bloß benutzt hatte.

Lange Zeit saß sie einfach nur da, in ihrem Daunenmantel, ihre Augen rot gerändert vom Weinen. Sie lauschte in die Stille der Wohnung, inhalierte den bittersüßen Duft nach Sex, der im Raum lag.

Und wartete.

Nicht auf Finn. Der würde sich nie mehr blicken lassen. Es sei denn, er bräuchte mal wieder einen Dummen wie Sharon. Dann würde er sie umgarnen, ihr das Blaue vom Himmel erzählen und Druck machen. Bis er genau das bekam, was er wollte. So war Finn.

Sie nahm sich fest vor, ihm nie wieder zu verfallen.

Sie wartete darauf, dass sich der qualvolle Schmerz in ihrem Herzen in etwas anderes transformierte. Stellte sich die Veränderung bildlich vor, die auf der molekularen Ebene ihrer Seele stattfand. Spürte, wie sich die DNS ihrer Liebe allmählich in tödliche Toxine des Hasses verwandelte.

Gift war schließlich ihr Fachgebiet, oder? Gifte aus den banalsten Substanzen herzustellen. Und die Liebe konnte zu einem mörderischen Gift mutieren.

Die Minuten wurden zu Stunden. Schließlich traf sie eine Entscheidung. Sie wusste zwar noch nicht, wie und wann, aber irgendwie würde sie einen Weg finden, um Finn MacCauley genauso zu benutzen, wie er sie benutzt hatte, und dann wollte sie ihn bluten sehen.

Bis dahin konnte sie nur hoffen, dass nicht eine andere Art von molekularer Transformation in ihrem Körper stattfand. Als ihr die unüberlegte Entscheidung, auf das Diaphragma zu verzichten, glutheiß wieder einfiel, stemmte sie sich vom Bett hoch, schlüpfte aus dem Mantel und steuerte ins Bad, um die Reste von Finns Sperma wegzuduschen. *Grundgütiger, hoffentlich war es noch nicht zu spät!*

Denn das Letzte, was sie jetzt gebrauchen konnte, war ein Baby. Sie hatte etwas anderes, für das sie lebte – ihre Rache an Finn MacCauley.

1

Gegenwart

Die Halogenscheinwerfer durchschnitten den Regen wie Laserstrahlen, tauchten das dunkle Waldgebiet in gleißend weißes Licht. Schöner Mist, dachte Devyn Sterling, während sie den Wagen durch die engen Kurven steuerte, dass die Autovermietung kein GPS anbot. Und dass sich ihr Flug nach North Carolina angesichts der katastrophalen Wetterbedingungen auf spät in die Nacht verzögert hatte. Sie hatte keinen Schimmer, wo Oak Ridge Drive war. Sie hätte sich in den Allerwertesten treten können, weil sie mal wieder impulsiv gehandelt und sich dadurch in diese blöde Situation gebracht hatte.

Aber Devyn konnte keinen Tag mehr warten. Sie hatte sich fest vorgenommen, ihre leibliche Mutter vor vollendete Tatsachen zu stellen. Ganz egal, wie das Wetter war.

Ein Blitz erhellte das gespenstisch dunkle Waldstück. Sie spähte in den strömenden Regen, trat an einer Kreuzung im letzten Moment auf die Bremse, um das Straßenschild zu lesen.

Ja. Oak Ridge. Gott sei Dank.

Devyn lauschte auf das Donnergrollen, während sie mit Blicken die Straße abtastete. Sie registrierte die Wohnhäuser, die auf riesigen Grundstücken standen, die meisten um diese nächtliche Uhrzeit unbeleuchtet. Als sie das Ende der Sackgasse erreichte und die gesuchte Adresse fand, zog Devyn nervös den Atem ein. Was sollte sie bloß sagen, wenn Dr. Sharon Greenberg die Tür öffnete?

Vermutlich würde man sie sowieso nicht ausreden lassen, sondern ihr die Tür vor der Nase zuschlagen.

Trotzdem war es sinnvoll, wenn sie sich vorher eine Strategie überlegte.

Ob sie mit der Tür ins Haus fallen und Klartext reden sollte? *Ich bin die Tochter, die du vor dreißig Jahren zur anonymen Adoption freigegeben hast.* Das war kurz und bündig und kam ihrer unterkühlten Bostoner Erziehung entgegen.

Allerdings war Devyn keine richtige Hewitt, und in ihren Adern floss nicht das Blut der distanzierten englisch-anglikanischen Oberschicht, sondern ein heißer irischer Cocktail. Deshalb wollte sie Dr. Greenberg die ganze dramatische Geschichte verklickern, die sich vor ein paar Monaten in Boston abgespielt hatte. Die Frau sollte wissen, warum Devyn hergekommen war.

Ich habe einen Privatdetektiv engagiert, deine Identität herausgefunden – und die meines flüchtigen Mafioso-Vaters – und meinem Ehemann davon erzählt. Der beschloss, mich zu hintergehen, wurde jedoch von seiner Geliebten und einem korrupten Polizisten umgebracht. Die beiden haben versucht, Finn MacCauley die Tat anzuhängen. Ähm, kann ich vielleicht mal kurz reinkommen?

Da sie nicht viel über Dr. Greenberg wusste, war es schwer zu sagen, ob sie mit Taktgefühl weiterkommen würde oder mit kühler, schonungsloser Offenheit.

Devyn schaltete vorsichtshalber das Licht aus und bog in die leere Einfahrt. Sie betrachtete den geräumigen Backsteinbau im Landhausstil und seufzte. Vielleicht sollte sie einfach tun, was ihr Herz ihr riet.

Tut mir leid, Dr. Greenberg. Ich weiß, dass Sie mich nicht sehen wollen, und ich hatte wirklich vor, diesen Wunsch zu respektieren, aber ich habe meinem Mann Ihren Namen genannt und weiß nicht, ob er ihn vor seiner Ermordung noch vor irgendwem ausgeplaudert hat. Nur für den Fall, dass er es getan hat, dachte ich, es wäre bloß fair, wenn ich diejenige bin, die Ihr Leben ein bisschen aufmischt … Und wo ich schon mal hier bin, könnten wir uns eigentlich darüber unterhalten, warum Sie mich damals weggegeben haben, finden Sie nicht?

Fang nicht davon an, Devyn. Erst mal nicht. Die Frau hatte jedes Recht, ein Kind von einem landesweit gesuchten Kriminellen wegzugeben. Sie hätte das Baby von Finn MacCauley genauso gut abtreiben lassen können. Dann gäbe es dich heute gar nicht.

Trotzdem, dachte Devyn trotzig, vielleicht … vielleicht sollten sie darüber reden. Aber zunächst musste Sharon schleunigst erfahren, dass ihr Geheimnis kein Geheimnis mehr war. Im Übrigen war die junge Frau gespannt darauf, ihre leibliche Mutter kennenzulernen.

Wieder erhellte ein Blitz die Nacht, fast augenblicklich gefolgt von einem jähen Donnerschlag. Devyn kroch eine eisige Gänsehaut über den Rücken, obwohl es im Wagen angenehm warm war. Sie hasste Gewitter.

Als ihre Augen sich allmählich an die Dunkelheit gewöhnten, inspizierte sie durch die Windschutzscheibe das große Frontfenster, neun in weiße Holzrahmen gefasste Glasscheiben, die Jalousien dahinter dicht geschlossen. Aus den Regenrinnen gurgelte das Wasser in die matschig aufgeweichte Zufahrt.

Devyns perfekte Neuengland-Manieren appellierten an ihr Gewissen. Eine Dame rief an, bevor sie vorbeikam.

Okay, kein Problem. Devyn nahm ihr Handy und drückte auf Kontakte, da sie die Nummer in der Wartezeit am Logan Airport einprogrammiert hatte. Wo sie innerlich mit sich gekämpft hatte, ob sie ihren idiotischen Plan nicht besser sausen lassen und wieder nach Hause fahren sollte. Aber der Wunsch siegte über die Vernunft, und sie war am Flughafen geblieben, hatte die verspätete Maschine genommen und … jetzt gab es kein Zurück mehr.

Mit ihrem Anruf würde sie Sharon höchstwahrscheinlich wecken und ihr ein bisschen Zeit geben, um sich auf Devyns nächtlichen Überfall vorzubereiten. Dann war der Schock nicht so groß. Das schien ihr nur fair.

Devyn sah, wie die Worte auf dem winzigen Display aufleuchteten: *Verbindung herstellen Dr. Sharon Greenberg.*

Oh, Gott.

Das vierte Klingeln wurde mittendrin unterbrochen, und die Mailbox sprang an. Devyn presste sich das Telefon fest ans Ohr, um den Regen auszublenden, der unablässig auf das Auto prasselte. Gleich würde sie die Stimme ihrer leiblichen Mutter zum ersten Mal hören.

»Hey, hier ist Shar. Leider kann ich Ihren Anruf nicht persönlich entgegennehmen, aber tun Sie sich keinen Zwang an, ich komme auf Sie zurück. Hinterlassen Sie eine Nachricht, versuchen Sie's in meinem Büro, schicken Sie mir 'ne SMS oder Rauchzeichen. Tschüssi.«

Devyn drückte die Beenden-Taste und steckte das Telefon wieder in ihre Handtasche. Sie starrte auf das dunkel verschattete Haus, ihr Herz trommelte mit dem Rhythmus des Regens um die Wette. Schnell. Heftig. Laut.

Sollte sie einen Rückzieher machen? Vor einer Frau, die Anrufer dazu aufforderte, Rauchzeichen zu schicken, und die das Leben offenbar mit Humor nahm? Aber bedeutete das auch, dass sie ein Herz hatte?

Wie dem auch sein mochte, sann Devyn, Sharon musste erfahren, dass ihr dunkelstes Geheimnis möglicherweise in die falschen Hände geraten war. Das konnte ihrer Karriere schaden … oder Schlimmeres.

Also tu ich ihr letztlich bloß einen Gefallen, beruhigte Devyn ihr Gewissen.

Sie schnappte sich ihre Handtasche vom Beifahrersitz, drückte die Wagentür auf und war klatschnass, ehe sie die drei Steinstufen zu dem überdachten Hauseingang hochgelaufen war. Sie riss kurz entschlossen die Fliegengittertür auf und klopfte hart an die Haustür.

Sie zählte bis fünfzehn, dann klopfte sie erneut. Halb enttäuscht, halb genervt hämmerte sie mit der Faust auf die Tür, in ihrer Kehle ein Riesenkloß. Ihr war zum Heulen zumute.

»Bitte Sharon, tu mir den Gefallen und sei zu Hause«, murmelte sie beschwörend. Als es abermals blitzte und donnerte, umkrampfte sie mit der Hand den bombastischen Messingtürklopfer wie einen rettenden Anker und japste dabei panisch nach Luft.

Die Tür sprang auf.

Devyn zog intuitiv die Hand zurück, als sie merkte, dass die Tür unverschlossen war. Sie fasste sich ein Herz und drückte sie ein Stückchen weiter auf.

»Dr. Greenberg?«, rief sie, während sie unschlüssig im Türrahmen stehen blieb und in die Dunkelheit blinzelte. »Sind Sie da, Dr. Greenberg?«

So hatte sie sich ihre erste Begegnung wahrlich nicht vorgestellt.

Im Innern war es stockfinster, der süßliche Geruch von Duftkerzen und Blütenpotpourri vermischte sich mit muffiger abgestandener Luft.

»Dr. Greenberg, sind Sie zu Hause?«

Offenbar nicht. Devyn, ganz Tochter ihres Vaters, der einst die Liste der meistgesuchten Verbrecher des FBI anführte, beschloss, der Sache auf den Grund zu gehen und sich ein bisschen umzusehen. Sie marschierte weiter. Ihre Adoptivmutter wäre vor Scham bestimmt in Ohnmacht gefallen. Aber hier ging es nicht um ihre Adoptivmutter. Sondern um ihre *richtige* Mutter.

Zwei Monate waren seit dem Mord an Devyns Ehemann vergangen. Zwei Monate hatte es gedauert, bis die Ermittlungen abgeschlossen waren und die Polizei ihr erlaubte, Boston zu verlassen. Zwei Monate, in denen ihr die eine Frage im Kopf herumspukte, die niemand außer Joshua Sterling beantworten konnte. Hatte er den Namen von Devyns leiblicher Mutter mit ins Grab genommen? Zwei Monate waren eine lange Zeit. Es ging kein Weg daran vorbei: Sie musste dieses Gespräch mit Dr. Greenberg führen und ihrer Mutter die Augen öffnen.

Zudem war es der perfekte Vorwand für eine brisante Begegnung.

Dein Geheimnis ist nicht mehr sicher, mehr brauchte sie gar nicht zu sagen.

Vielleicht sollte sie ihr einfach eine kurze Nachricht dalassen. Nein, Pustekuchen, Devyn wollte Sharon persönlich kennenlernen.

»Dr. Greenberg?«, rief sie erneut und blinzelte in den dunklen Flur. Auf einem Tisch im Eingangsbereich stand eine Vase mit einem vertrockneten Blumenstrauß.

Entweder war Sharon schon eine Weile weg, oder sie war eine lausige Hausfrau. Als Mutter war sie definitiv auch keine große Leuchte gewesen, ätzte Devyn im Stillen.

Irgendwo links von ihr tickte eine antike Uhr. Das sanfte Brummen des Kühlschranks drang aus der Küche. Der Regen trommelte auf die Dachschindeln, sonst war es still.

Rechter Hand konnte Devyn durch eine Glastür schemenhaft das grüne Licht eines Druckers und die Umrisse eines großen, mit Papieren und Ordnern beladenen Schreibtischs erkennen. Das war sicher ihr Büro. Goldrichtig, um dort eine Nachricht zu hinterlassen … und womöglich einen Hinweis darauf zu finden, was Dr. Sharon Greenberg so umtrieb.

Mit einer Mischung aus Neugier und Skepsis schob die junge Frau die Tür auf. Sie blendete ihr schlechtes Gewissen aus, lief zum Schreibtisch und knipste eine kleine Halogenlampe an, um das wilde Durcheinander in Augenschein zu nehmen. Stapelweise Papiere, Akten, wissenschaftliche Artikel, Fachmagazine, DVDs und mehrere Kerzen, die in ihren Haltern zu bizarren Formen heruntergebrannt waren.

Eine kurze Weile ließ sie diesen ersten Eindruck auf sich wirken. Meine Mom ist eine totale Chaotin, dachte sie milde lächelnd. Eine unordentliche, unorganisierte, unorthodoxe Wissenschaftlerin, die … *Sex mit Gangsterbossen hatte?*

Es brannte ihr auf der Seele, mehr über diese Chaotin zu erfahren.

Lass es lieber, Devyn.

Sie hob ein paar Papiere hoch, betrachtete die Zeitschriften, inspizierte den Terminkalender, auf der Suche nach Hinweisen. Wer war diese Frau? Der von ihr engagierte Privatdetektiv hatte Devyn ein kleines Vermögen gekostet. Nach seinen Informationen war Dr. Greenberg geschieden, kinderlos und in der medizinischen Forschung an der University of North Carolina tätig.

Die Beschriftungen auf den Aktenordnern bestätigten ihren Status als Wissenschaftlerin: Retrovirologie. Immunologie. Serologie. Pathologie. Belfast.

Belfast?

Das Wort war mit Bleistift hingekritzelt worden, so dünn, dass es aussah, als sei es nachher wieder ausradiert worden. Devyns Herzschlag beschleunigte. Sie zog den kartonierten Schnellhefter aus dem Stapel.

Belfast. Der Name dieser Stadt rief Erinnerungen wach. Grausame Erinnerungen an Bombenattentate, gewaltsame Übergriffe, Morde, an irische Rebellen und …

Die irische Mafia.

Wie in Trance schlug sie den kartonierten Deckel auf, und ihr Puls begann wie wild zu rasen. In dem Hefter befanden sich mehrere Seiten mit Notizen, ein paar Zeichnungen, mehrere

E-Mails. Auf einem Post-it-Zettel stand die Notiz: *US Air Ankunft 14:45 Uhr Belfast, Aufenthalt Heathrow 29.8., Rückflug offen.*

Der neunundzwanzigste August lag fast zwei Wochen zurück. Sie inspizierte die anderen Unterlagen, in einem Zeitschriftenartikel war der Name *Liam Baird* unterstrichen. Als sie weiterblätterte, wurde ihr Blick auf ein körniges Foto gelenkt, das hinter dem Artikel abgeheftet war. Das Bild war aus einiger Entfernung aufgenommen worden und zeigte ein Mädchen auf einem Fahrrad, auf dem Rücken einen Rucksack, das Haar zu einem Pferde…

»Oh, mein Gott«, stöhnte sie unbewusst. Devyn kannte das Fahrrad, die Straße, das Mädchen.

Sie war das Mädchen auf dem Fahrrad.

Folglich wusste Sharon, wer sie war. Sie hatte sogar ein Foto von ihr!

Mit wackligen Fingern drehte sie das Bild um und starrte auf die kleinen, handgeschriebenen Buchstaben und Zahlen.

Finn 617–555–6253.

Finn? Finn MacCauley mit einer Bostoner Telefonnummer?

Ein Blitz flammte draußen auf, dicht gefolgt von einem ohrenbetäubenden Donnerschlag. Die Schreibtischlampe erlosch, der Parkettboden vibrierte unheilvoll unter Devyns Füßen.

War das Haus etwa vom Blitz getroffen worden? Sie stand da, den Hefter immer noch in der Hand, als sie unvermittelt das leise Summen ihres Handys hörte. Sie griff nach dem Telefon und las die Anruferkennung.

Dr. Sharon Greenberg.

»Oh, mein Gott.« Sharon rief sie an?

Sie atmete tief durch und überlegte, sekundenlang zu geschockt, um zu reagieren. Sharon hatte wahrscheinlich zurückgerufen, weil sie neugierig war, wem die Nummer gehörte.

Aber sie hat ein Foto von mir in einem Ordner abgeheftet.

Mit wackligen Fingern tippte sie auf Annehmen und hielt sich das Handy ans Ohr. »Hallo?«

Nichts. Stille. Aber jemand war in der Leitung, das spürte sie.

»Dr. Greenberg?« Sie nahm das Telefon vom Ohr und fixierte das winzige Display. Der Name stand eindeutig da, sie hatte sich das nicht bloß eingebildet. »Hallo?«

Keine Antwort. Im Haus war es mit einem Mal unheimlich still, da durch den Blitzeinschlag wohl der Strom ausgefallen war. Jedes elektrische Brummen erstarb. In völlige Dunkelheit getaucht, umklammerte Devyn das Handy, als wäre es ein rettender Anker, den ihre leibliche Mutter ausgeworfen hatte … doch die Leitung war genauso still wie das ganze Haus. Sie hatte den Anruf verpasst.

Mit einem kleinen, frustrierten Aufschrei drückte sie auf Wahlwiederholung. Vom anderen Ende des Flurs durchschnitt ein digitaler Klingelton die Stille.

Sharon war im Haus? Der Anruf, den sie gerade verpasst hatte, kam hier aus diesem Haus?

Langsam, fremdgesteuert wie eine Marionette, stakste sie durch die Dunkelheit um den Schreibtisch herum und glitt mit einem Arm mechanisch durch den Schulterriemen der Tasche, die sie vorhin auf den Aktenstapeln abgestellt hatte.

Das Telefon verstummte mitten im Klingeln, und in ihrem Ohr ertönte ein leises Klicken.

Jemand hatte das Telefon abgenommen. Irgendjemand, der sich in diesem Haus befand.

»Dr. Greenberg?«, sagte sie mit Nachdruck, nicht in ihr Handy, sondern in Richtung Flur. »Sind Sie hier irgendwo?«

Bleierne Stille.

Eiskalte Panik kribbelte auf ihrer Haut, ihre Nackenhaare stellten sich auf. Sie war nicht allein.

Sie tastete sich durch die Dunkelheit, fand zurück in den Eingangsbereich. Dort blieb sie stehen und lauschte in die Stille, wollte noch ein letztes Mal nach Sharon rufen, als sich eine Hand brutal auf ihren Mund legte und Devyn nach hinten gegen eine harte Männerbrust gerissen wurde.

»Was machen Sie hier?«, schnauzte ihr Angreifer. Er drückte noch fester zu, dass Devyns Nacken knackte.

Die Angst blitzte weiß hinter ihren Augäpfeln, ein erstickter Schrei schraubte sich aus ihrer Kehle.

»Also was ist, antworten Sie!«, drängte er und lockerte dabei seine Umklammerung gerade so viel, dass sie wieder Luft bekam.

»Ich … ich suche … Shar…«

»Warum?«

»Ich … ich wollte …« Sie suchte krampfhaft nach einer plausiblen Antwort. »Ihr was vorbeibringen.«

»Was denn?«

Wer auch immer dieses Ekelpaket war – Sharons Ehemann, Freund oder persönlicher Wachhund –, er wusste wahrscheinlich, wo Dr. Greenberg war. Sie musste bloß die Ruhe bewahren und sich eine glaubhafte Geschichte ausdenken.

»Ich bin eine Studentin von ihr«, sagte sie mühsam gefasst. »Sie wollte, dass ich ihr ein paar Unterlagen vorbeibringe. Persönlich.«

Er verstärkte seinen Griff auf ihren Brustkorb, dass sie ihr wildes Herzklopfen an seinem Unterarm fühlte.

»Wer hat Sie geschickt?«, schnaubte er.

»Niemand hat mich geschickt. Ich hab doch gesagt, ich bin Studentin …«

»Eine Studentin, die mal eben so in fremde Häuser eindringt?« Er hob die linke Hand und legte Devyn die Handfläche seitlich an den Kopf, während sich sein muskelbepackter Arm gegen ihre Schulter presste. Langsam drückte er ihren Kopf zur Seite, bis sich ihre Nackenmuskulatur unangenehm überdehnte und die Sehnen leise knackten. Der Schmerz schoss bis in ihren Arm hinunter, kalte Angst flutete ihre Magengrube.

»Wer hat Sie geschickt?«

»Niemand. Ich bin einfach so hergekommen, weil ich Dr. Greenberg persönlich was vorbeibringen wollte. Ist das ein Verbrechen?« Sie versagte sich ein gequältes Stöhnen. »Außerdem wollte ich kurz mit ihr sprechen.« Wenn dieser Idiot so weitermachte, brach er ihr noch das Genick.

Er schob sie brutal zur Tür, die weit offen stand. Merkwürdig. Hatte sie die vorhin aufgelassen? War er ihr heimlich ins Haus gefolgt? Oder hatte er etwa schon auf sie gewartet?

Sie bohrte ihre Absätze in die Fußmatte, sträubte sich dagegen, durch die Fliegengittertür und in den strömenden Regen hinausgestoßen zu werden. »Ich muss mit ihr reden«, beteuerte sie hartnäckig. Sie unternahm einen verzweifelten Versuch, sich umzudrehen und einen Blick in sein Gesicht zu werfen, doch er hielt sie gnadenlos an seinen Torso gepresst.

War er ein Killer? Hatte er Sharon womöglich überfallen und umgebracht? Lag ihre Leiche irgendwo im Haus? Blutüberströmt, verstümmelt?

»Wenn Sie sie sehen, könnten Sie ihr dann von mir etwas ausrichten?« Ein heftiger Stoß schleuderte sie gegen die Gittertür, die krachend aufflog. Dabei erhaschte Devyn einen kurzen Blick in sein Gesicht. Er sah älter aus, als seine Stimme vermuten ließ, wutblitzende Augen, ein grimmig verkniffener Mund.

Er presste sie erneut an sich. »Wenn sie hierher zurückkehrt, ohne ihren Job erledigt zu haben, ist sie tot.«

Devyn, die ihre fünf Sinne spontan wieder beisammenhatte, unternahm einen weiteren Befreiungsversuch, indem sie sich verzweifelt in seiner Umklammerung wand. »Was für einen Job?«

»Das weiß sie schon selbst. Wenn sie dieses Haus unverrichteter Dinge wieder betritt, wird sie es in einem Sarg verlassen. Wir beobachten sie, und wir warten.«

Er schob sie brutal ins Freie, stieß sie in das wütende Unwetter. Devyn hörte, wie die Fliegengittertür hinter ihr zuschnappte. Sie stand buchstäblich im Regen, sann sie milde sarkastisch.

Geistesgegenwärtig wirbelte sie herum, um einen letzten Blick auf ihren Angreifer zu werfen, als ein ohrenbetäubender Knall sie nach hinten katapultierte. Ungläubig starrte sie auf das Loch, das in der Fliegengaze klaffte.

Der Mistkerl hatte sich allen Ernstes im Haus verschanzt und schoss auf sie! Kopflos stürmte sie in Richtung Zufahrt, rutschte auf der glitschigen Steintreppe aus. Zum Glück bekam sie das Geländer noch rechtzeitig zu fassen, sonst wäre sie mit Vollspeed sämtliche Stufen hinuntergesegelt.

Von Panik geschüttelt, wühlte sie in ihrer Tasche nach den Autoschlüsseln.

Heiliger Strohsack, hatte sie die Schlüssel etwa im Haus liegen lassen?

Ihr entwich ein Stoßseufzer der Erleichterung, als sie sie endlich fand. Sie riss sie hektisch aus der Tasche, und prompt landeten sie in einer Pfütze.

»Mist!« Als sie sich danach bückte, flatterten die Unterlagen aus Sharons Hefter fröhlich zu Boden. Wo war das Foto? Igitt, alles war klatschnass, durchweicht und klebte schmutzig auf dem Pflaster.

Ein weiterer Schuss hallte durch die Nacht.

Sie raffte mit einem zittrigen Griff die Blätter zusammen, schnappte sich die Schlüssel, riss die Autotür auf. Dann klemmte sie sich hinter das Lenkrad und warf den aufgeweichten Rest des Hefters samt Handtasche auf den Beifahrersitz. Sie fingerte mit dem Schlüssel nervös an der Zündung herum, bis der Motor unwillig aufjaulte, und legte hart den Rückwärtsgang ein. Mit

Bleifuß auf dem Gaspedal setzte sie mit quietschenden Reifen aus der Einfahrt.

Kaum dass sich das grelle Licht ihrer Scheinwerfer in dem großen Panoramafenster spiegelte, warf sie unwillkürlich einen Blick auf die Jalousien. Sie öffneten sich einen Spaltbreit, als beobachtete ihr Angreifer, wie sie wegfuhr. Der Kerl war laut eigener Aussage fest entschlossen, Sharon Greenberg zu töten, wenn sie zurückkehrte … *ohne ihren Job erledigt zu haben.* Was für ein Job war das? Forschung für die Uni? In Belfast?

Ihre Augen wanderten kurz zu dem angepappten Papierwust, den sie gerade auf den Beifahrersitz geworfen hatte. Das Foto war noch da.

Ein Foto von Devyn, das vor siebzehn Jahren gemacht worden war. *Wieso hatte Sharon ein Foto von ihr? Wo ihre Rabenmutter sie doch als kleines Baby weggegeben hatte?*

Hunderte möglicher Antworten fuhren in Devyns Kopf Karussell, dass ihr fast schwindlig wurde. Und sie begriff mit elektrisierender Deutlichkeit: Ihre leibliche Mutter hatte sie nicht aus den Augen verloren.

Sie war ihrer Mutter *nicht egal.*

War das möglich?

Sie musste es herausfinden. Sie schluckte schwer, die Last der Entscheidung schmeckte metallisch bitter in ihrem Mund. Sie musste wissen, warum Sharon dieses Bild besaß. Und sie musste Sharon warnen, dass ihr Haus bespitzelt wurde und dass sie in großer Gefahr schwebte.

Aber wie?

Innerlich aufgelöst folgte sie dem Verlauf der dunklen Landstraße, rechts und links gesäumt von den tiefen Wäldern North Carolinas. Dr. Sharon Greenberg zu finden, war von einem Impuls zu einer Mission geworden. *Belfast.*

Zum Glück hatte sie ihren Pass mitgenommen.

2

Die Büros der frisch gegründeten Sicherheitsfirma und Detektei lagen direkt über Silk, einer Wäscheboutique für extravagante Dessous in der Newbury Street – schon deswegen fand Marc Rossi seinen neuen Job spitzenmäßig.

Er lümmelte sich vor dem Silk-Schaufenster herum und konnte sich nicht sattsehen an den goldfarbenen Tangas, Push-ups und Korsagen in aufreizenden Rottönen. Während er sich im Geiste eine Traumfrau vorstellte – mit verführerischer Reizwäsche und in High Heels –, vibrierte sein Handy. Er nahm an, ohne nach der Nummer des Anrufers zu schauen.

Er wusste sowieso, wer dran war.

»Ich kann genau sehen, dass du wieder du-weißt-schon-was anstarrst, Marc.«

Er trat einen Schritt zurück und grinste zu dem Erkerfenster im ersten Stock hoch, wo seine Cousine über der Brüstung lehnte, ein triumphierendes Lächeln auf ihrem scheinheiligen Gesicht.

»Tu dir keinen Zwang an. Sprich es ruhig aus, Vivi. Ich kann mir lebhaft vorstellen, wieso mein Dad hier seine Büros hatte.«

»Irrtum, als Onkel Jim diese Räume nutzte, war das Silk noch ein chinesischer Waschsalon. Hey, was hältst du davon, wenn wir auf der Website der Guardian Angelinos den Slogan ›Wir sind direkt über den heißen Fummeln‹ hinzufügen?«

Marc lachte. »Gefällt mir.« Nach einem letzten wehmütigen Blick auf die verheißungsvollen, Fantasie beflügelnden Seidenteile zog er schwungvoll die Glastür auf, die in einen kleinen Flur führte, und lief die Treppe hinauf. In Back Bay, einem historischen Viertel Bostons, befanden sich über teuren, angesagten Geschäften vielfach Büroetagen und Wohnungen, die man über steile, enge Treppen oder klapprige Fahrstühle erreichte. »Das wird mir die Weihnachtseinkäufe enorm vereinfachen«, rief er nach oben.

»Ich trage Größe S. Sowohl BH als auch Höschen, leider.«

Er nahm zwei Treppenstufen auf einmal. »An dich hab ich dabei eigentlich nicht gedacht, Cousinchen.«

»Ist mir schon klar, dass du einen Haufen heiße Verehrerinnen beschenken musst«, konterte sie. »Aber mal was anderes. In zehn Minuten kreuzt dein FBI-Kumpel hier auf, und ich möchte, dass wir seriös wirken, wenn wir einem potenziellen neuen Kunden gegenübertreten.«

»Geht in Ordnung, Chefin.« Er erreichte das Ende der Treppe und steuerte durch einen schmalen Gang zu den vertrauten Büroräumen, in denen sein Vater fast zwanzig Jahre lang als Anwalt gearbeitet hatte, bevor er Richter wurde. Jim Rossi hatte den Mietvertrag seiner Top-Immobilie in Back Bay weiterlaufen lassen und die leer stehenden Räume großzügig Marcs Cousin und Cousine als Sitz für ihre neu gegründete Firma angeboten.

Im Flur wehte ihm ein schwacher Geruch nach Putzmitteln und Farbe entgegen, denn der offizielle Umzug hatte erst vergangenes Wochenende stattgefunden. Marc hatte nicht mithelfen können, weil er in seinem Waffengeschäft unabkömmlich gewesen war. Für gewöhnlich sprangen in solchen Fällen seine Manager für ihn ein, was ihm überdies die Freiheit gab, an seiner weiteren Karriere als Berater zu basteln – früher war er mit Leib und Seele FBI-Agent gewesen.

Als die Zwillinge Vivi und Zach Angelino ihr Unternehmen Guardian Angelinos gegründet und ihn gefragt hatten, ob er als Berater für sie arbeiten wolle, war er sofort dabei. Als Beweis für seinen Enthusiasmus hatte er der Firma ihren ersten Geschäftskontakt vermittelt.

Er machte die Tür auf, und der Geruch von frischer Farbe wurde stärker. Die Wände waren in Dunkelviolett und Gold gestrichen, außergewöhnliche Farben, die die ultrahippen Stühle und den Glastresen am Empfang fantastisch zur Geltung brachten.

»Leb wohl, Anwaltskanzlei Rossi, hallo, Guardian Angelinos«, sagte er mit einem weichen Lachen.

»Gefällt es dir?«, Vivi wirbelte vom Erkerfenster herum, ihr Lächeln strahlend wie die Septembersonne, die in den Raum flutete, ihre dunklen Augen glitzerten wie der Diamantstecker, den sie in einem Nasenflügel trug. »Zach findet es nämlich scheiße.«

Marc schüttelte schmunzelnd den Kopf. »Dein Bruder ist eine echte Spaßbremse.«

»Bin ich nicht.« Zach Angelinos unverwechselbarer Bariton dröhnte aus einem der hinteren Büros. »Immerhin hab ich ihr schon diesen albernen Firmennamen durchgehen lassen. Aber diese … diese …«

»Edelpufffarben?«, half Vivi ihm lachend auf die Sprünge, während sie Marc weiterwinkte. »Der redet einen solchen Stuss. Eigentlich findet er die Guardian Angelinos total toll. Und fühlt sich so was von wichtig, weil sein Name an irgendeiner blöden Bürotür steht.«

»Ich finde das *Konzept* toll«, korrigierte Zach, als Marc und Vivi sein Büro betraten. »Den Firmennamen finde ich immer noch … besch…eiden.«

»Wieso hast du überhaupt das Büro mit der besten Aussicht gekriegt, häh?« Marc sah sich in dem früheren Anwaltsbüro seines Vaters um, dessen Fensterfront auf die belebte Shoppingmeile des schicken Back-Bay-Viertels hinausging.

»Ich bin eine Minute älter«, bekannte Zach und grinste Vivi hinter seinem billigen Pseudo-Holzschreibtisch an, der an genau derselben Stelle stand wie seinerzeit James Rossis antikes Eichenmonster, das inzwischen im Keller der Familie in Sudbury verstaubte.

»Und er hat die Luxus-Besuchersessel gekriegt«, sagte Vivi. Sie zeigte auf zwei klappbare Regiestühle mit dem Ford-Logo auf der Rückseite. »Die haben wir umsonst zum Firmenwagen dazubekommen. Leider Gottes hab ich das Möbelbudget schon für die Einrichtung im Empfangsbereich gesprengt. Von wegen erster Eindruck ist total wichtig und so.«

Marc sank auf einen der kippeligen Stühle. »Du musst dich nicht entschuldigen. Ihr beiden habt das bis jetzt super hinbekommen.«

Zach schnaubte. »Trotzdem, wir brauchen mehr Kunden. Okay, okay,«, lenkte er ein, »so langsam wird's ja.« Zum ersten Mal, seit er verwundet aus dem Irak zurückgekehrt war, schien Zach sich erkennbar wohl in seiner Haut zu fühlen – zumal diese Haut einiges abbekommen hatte. Zum einen war er stolz auf seinen neuen Job als Geschäftsführer eines jungen, aufstrebenden Unternehmens. Zum anderen konnte Marc sich an fünf Fingern einer Hand abzählen, wieso sein Cousin rundum zufrieden wirkte.

»Wie geht's Samantha?«, fragte Marc spontan.

Zach, dessen fehlendes linkes Auge von einer schlichten Augenklappe aus Leder verdeckt wurde, grinste glücklich. »Eine Woche Jurastudium, und sie zeigt denen schon, wo der Hammer hängt. Wir suchen uns jetzt eine größere Wohnung. Ihr Apartment in Somerville ist doch recht klein.«

»Hör ich da etwa Hochzeitsglocken läuten?« Vivi fläzte ihren drahtigen kleinen Körper in den anderen Stuhl und hielt sich demonstrativ die Hand hinters Ohr.

»Im Ernst?« Marc drehte sich zu Zach und realisierte spontan, dass Vivi, die für gewöhnlich einen Hang zur Übertreibung hatte, ziemlich richtig tippte.

Zach hob lässig die Schultern, sein entrücktes Lächeln wie festgeklebt. Es war irgendwie rührend. Marc liebte seinen Cousin und freute sich für ihn. »Und wann?«, fragte er.

»Im Juni, vorausgesetzt, das mit Guardian Angelinos läuft so gut an, wie meine Schwester es prophezeit hat.«

»Und hier kommst du ins Spiel«, sagte Vivi und legte Marc eine Hand auf den Arm.

»Als Trauzeuge?«

»Als unser Top-Berater«, versetzte sie. »Hoffentlich bekommen wir das mit diesem FBI-Job in trockene Tücher. Wir brauchen ganz dringend Kohle.«

»Keine Sorge. Assistant Special Agent in Charge Colton Lang taucht bestimmt in den nächsten paar Minuten hier auf. Und, glaubt mir, wenn das hier gut läuft – das FBI ist ständig auf der Suche nach externer Unterstützung bei Spezialeinsätzen. Colt könnte euer größter Kunde werden.«

»*Unser* größter Kunde«, korrigierte Zach und zeigte auf Marc. »Vivi und ich haben dich als festen Posten auf unserer Gehaltsliste gebucht, Marc, nicht nur hin und wieder mal. Leider sieht es in der Kasse momentan ein bisschen mau aus.«

Marc zuckte wegwerfend mit den Achseln. »Macht euch da mal keinen Kopf. Ich arbeite sowieso viel lieber mit euch zusammen als in meinem Waffenladen.«

»Du solltest selbst Verbrechen aufklären und schwere Jungs dingfest machen, Marc«, meinte Vivi im Brustton der Überzeugung, »statt Knarren an irgendwelche Bullen zu verkaufen, damit die den Job machen.«

Vivi und Zach hatten seit ihrem zehnten Lebensjahr bei der Familie Rossi gelebt. Nachdem sie ihre Eltern verloren hatten, waren die verwaisten Zwillinge aus Italien zu ihren Verwandten in den USA gekommen und mit Marc und dessen Geschwistern aufgewachsen. Alle hatten sie mit Marc gelitten, nachdem sich seine scheinbar perfekte Ehe mit einer scheinbar perfekten Frau als perfekter Schuss in den Ofen entpuppte. Dass er dieser Frau bedingungslos vertraute, hatte ihn damals den Job beim FBI gekostet. Dem Job trauerte er immer noch nach. Seiner Ex zum Glück nicht.

»Ich bin dabei«, versicherte er ihnen. »Mir geht es nicht bloß um die Kohle.«

Das Quietschen der Eingangstür beendete ihr Gespräch. Vivi sprang so hektisch vom Stuhl auf, dass das klapprige Ding fast zusammenbrach. »In den Konferenzraum, meine Herren. Los Leute, machen wir einen auf ganz offiziell. Ich tippe mal, das ist ein Kunde für uns.«

Die beiden Männer tauschten einen Blick, und Zach deutete mit einer vielsagenden Kopfbewegung auf den lässigen Look seiner Schwester: Baggyhose und Trägertop, um die Hüften ein Sweatshirt gebunden. »Ist gebongt, Chefermittlerin Angelino.«

Sie zeigte ihm den Vogel und verschwand, um den Besucher zu begrüßen.

Zach stand auf, Marc blieb sitzen und musterte weiter seinen Cousin. »Bist du dir auch sicher?«, fragte er milde skeptisch.

»Ganz sicher«, antwortete Zach, dem offensichtlich klar war, worauf Marc anspielte. »Nur weil du die Nase voll hast, heißt das nicht, dass es dem Rest der Welt genauso gehen muss.«

Marc jaulte dramatisch auf. »Und das ausgerechnet von dir. Ich fass es nicht.«

»Sam hat einen komplett neuen Menschen aus mir gemacht.«

»Ach, von wegen die Liebe einer Frau und so?« Marc folgte dem Beispiel seines Cousins und stand auf.

»Sei doch nicht gleich so zynisch.«

»Wer ist denn hier zynisch? Ich bin bloß Realist.«

Zach lachte. »Du warst noch nie ein Realist, Marc. Du bist ein Perfektionist, und fürs Geschäft mag das okay sein, aber solange du ständig nach Perfektion suchst, wirst du immer wieder enttäuscht werden.«

Statt einer Antwort folgte er Zach in den Flur.

»Deine Ehe hat nicht funktioniert. Meine wird funktionieren«, versicherte Zach mit Nachdruck. »Und überhaupt hast du dir beim ersten Mal die falsche Frau ausgesucht.«

»Beim ersten Mal?« Marc schnaufte in Anbetracht von so viel Optimismus. »Als würde es ein zweites Mal geben.«

»Ein zweites Mal was?« Hinter ihnen erklang die ruhige, autoritäre Stimme von ASAC Colton Lang, die Marc seit seiner Zeit beim FBI, als er ein paarmal mit Lang zusammengearbeitet hatte, vertraut war.

Marc ignorierte die Frage und schüttelte seinem früheren Kollegen stattdessen die Hand, ehe sie gemeinsam den Konferenzraum betraten, wo Vivi noch nicht mit der Renovierung angefangen hatte. Die Bücherregale waren mit dicken Gesetzeswälzern vollgestopft, der lange Mahagonitisch, an dem bequem ein Dutzend Personen Platz hatten, dominierte die Einrichtung wie ein schwerfälliger, dunkler Klotz. Es war kein Vergleich zu dem freundlichen Ambiente des Eingangsbereichs.

Colton Lang, konservativ in Anzug und Krawatte, die Haare militärisch kurz geschnitten, passte fabelhaft in das antiquierte Interieur.

»Ich bin hier, weil Sie alle eine beeindruckende Arbeit geleistet haben, indem sie die Mörder von Joshua Sterling stellen konnten«, begann er in seiner gestelzten Art. Er stand am Kopfende des Tisches, und sein Blick wanderte von einem zum anderen. »Ich weiß, dass Sie dabei eine Kugel abbekommen haben, Ms Angelino«, fügte er an Vivi gerichtet hinzu. »Wie geht es Ihnen denn?«

Vivi schenkte ihm ein strahlendes Lächeln. »Ich steh schon wieder auf dem Skateboard«, antwortete sie und klopfte sich selber auf die Schulter. »Unkraut vergeht nicht.«

Colt versagte sich ein Grinsen, was bei ihm ohnehin selten vorkam, und nickte stattdessen kurz. »Freut mich, das zu hören. Da sich das FBI nicht direkt mit dem Fall beschäftigt hat, wissen wir Ihren Erfolg natürlich umso mehr zu schätzen.«

»Vielleicht hätten Sie sich intensiver mit dem Fall beschäftigen sollen«, meinte Zach trocken. »Zumal die Bostoner Polizei ein persönliches Interesse daran hatte, den Fall nicht zu lösen.«

Colt nahm die Unterstellung mit einem weiteren kurzen Nicken zur Kenntnis. »Wenn Sie uns nicht zu dem korrupten Polizisten geführt hätten, der mit Joshua Sterlings Geliebter gemeinsame Sache gemacht hat, wären wir vielleicht auf den Plan der beiden reingefallen, Finn MacCauley den Mord anzuhängen. Dieser Fehler hätte uns leicht unterlaufen können, zumal MacCauley flüchtig ist und nach wie vor auf der Liste der meistgesuchten Personen des FBI steht.«

»Ich hoffe doch sehr, dass Sie hier sind, weil sie uns damit beauftragen wollen, ihn zu finden«, versetzte Vivi geistesgegenwärtig. In ihren Augen blitzte es vor unverstellter Begeisterung. »Wir, die Guardian Angelinos, sind für solche Jobs die richtigen Ansprechpartner.«

Colt musterte sie erstaunt, und Marc verkniff sich ein Lächeln. Vivi wurde wegen ihres flippigen Aussehens und ihrer Entscheidung für ein Skateboard als bevorzugtes Fortbewegungsmittel häufig unterschätzt. Oder man hielt sie für zu unerfahren oder nicht ernsthaft genug. Genau das hatte Vivi als Journalistin jedoch geholfen, ein paar hochbrisante Stories zu knacken. Als Detektivin, tippte Marc, war sie mit diesem Geniepotenzial bestimmt die stärkste Geheimwaffe der Firma.

»Nein, ich bin nicht hier, um Sie zu bitten, Finn MacCauley zu finden«, entgegnete Colt.

»Vielleicht überlegen Sie es sich noch.«

Um seine Mundwinkel zuckte es amüsiert. »Ich bewundere Ihren Mumm, Ms Angelino, aber leider Gottes haben wir beim FBI andere Prioritäten, als einen Flüchtigen aufzuspüren, der seit Jahren von der Bildfläche verschwunden ist.«

Marc blieb die Spucke weg. »Das soll wohl ein Witz sein, oder? Jeder auf der Liste der meistgesuchten Personen hat oberste Priorität, Colt. Oder wollen Sie uns da was vormachen?«

»Nein, ich mache niemandem etwas vor. Erstens gilt MacCauley seit fast dreißig Jahren als verschollen, zweitens wird bezweifelt, dass er überhaupt noch lebt, und drittens ist er seit 1983 in kein Verbrechen mehr verwickelt gewesen.«

»Trotzdem, der Kerl hat genug auf dem Kerbholz für mehrfach lebenslänglich«, gab Marc zu bedenken.

»Sie waren doch nach dem 11. September noch beim FBI«, entgegnete Colt. »Demnach müssten Sie wissen, wie sich unsere Prioritäten verändert haben. Der Terrorismus ist jetzt Job Nummer eins, zwei, drei und vier. Einen Mann zu finden, der eng mit Mafiabanden zusammenarbeitete, die nicht mal mehr existieren, steht nicht auf meiner To-do-Liste. Ein paar Insider glauben ohnehin, dass seine Leiche unter der Central Artery verbuddelt wurde, als sie seinerzeit die Stadtautobahn untertunnelt haben. Der Fall Finn MacCauley ist ungefähr so weit unten in der Verbrechenshierarchie angesiedelt wie der Verkauf von nachgemachten Designer-Handtaschen.«

»Warum sind Sie dann hier?«, fragte Marc.

»Uns geht es darum, seine Tochter zu finden.« Colt legte ein Foto auf den Tisch, und Marc erkannte Devyn Hewitt Sterling, die Witwe des ermordeten Joshua Sterling und vorübergehend selber eine Verdächtige in dem Fall, sofort wieder.

»Ich dachte, sie hätte mit dem Tod ihres Mannes nichts zu tun«, meinte Marc halb fragend.

»Nein, das ist richtig, sie hat sich nichts zuschulden kommen lassen«, versicherte Colt.

»Außer ihre Dummheit.« Marc betrachtete das Bild der Schickeria-Witwe genauer. Sie hatte ein apartes Gesicht, hohe Wangenknochen und eisblaue Augen. »Hätte sie ihrem umtriebigen Göttergatten nicht erzählt, dass ihr Erzeuger ein gesuchter Krimineller ist, wäre Joshua Sterling vielleicht noch am Leben.« Obwohl sie ohne den Kerl vermutlich besser dran war.

»Für dumm halte ich sie nicht«, gab Colt überlegt zurück. »Und deswegen brauchen wir für den Auftrag jemanden mit Esprit und Kompetenz.«

»Was hat sie denn angestellt?«, erkundigte sich Vivi.

»Nichts«, erwiderte Colt und lehnte sich in seinem Stuhl zurück. »Nach unserem Informationsstand ist sie momentan in Belfast unterwegs. Uns ist sehr daran gelegen, dass Sie die Dame ausfindig machen und zurückholen.«

»Warum?«, kam es von den dreien gleichzeitig.

Colt zog die Augenbrauen hoch und zögerte. »Das brauchen Sie nicht zu wissen.«

Dieses Mal erntete er drei fragende Blicke.

»Nein, das hat Sie wirklich nicht zu interessieren«, sagte er bestimmt. »Der Job ist einfach. Finden Sie sie und überzeugen Sie sie davon, Irland zu verlassen. Das Beste wäre es natürlich, wenn Mrs Sterling in die USA zurückkehrt, aber das ist zweitrangig. Holen Sie sie erst mal aus Belfast raus, *ohne* dass sie Verdacht schöpft, wer Sie sind und für wen Sie arbeiten. Holen Sie sie einfach nur da raus.«

»Warum nehmen Sie die Frau nicht einfach fest?«, fragte Vivi. Die Frage hätte sie sich auch schenken können, sann Marc im Stillen. Angesichts seiner zwölfjährigen Erfahrung als FBI-

Agent war ihm sonnenklar, dass sie nicht die ganze Geschichte erzählt bekamen. Zudem war Colton Lang dafür bekannt, dass er sich strikt an die Vorschriften hielt und schweigen konnte wie ein Grab. Vermutlich würden sie die wahren Hintergründe nie erfahren.

»Das ist so ohne Weiteres nicht möglich. Sie hat kein Verbrechen begangen«, meinte Colt dozierend.

Vivi sah trotzig von ihrem Bruder zu Marc – sie schien eindeutig nicht bereit, sich mit ein paar dürftigen Informationshäppchen abspeisen zu lassen. Sie machte den Mund auf, um dem Beamten Kontra zu geben, aber Colt schnitt ihr kurz entschlossen das Wort ab.

»Wollen Sie den Auftrag oder nicht?«

Sie klappte den Mund wieder zu.

Zach legte seine Hand beschwichtigend auf ihre. »Dann muss es eben so gehen«, sagte er ruhig. Während seiner langen Armeezugehörigkeit hatte Zach häufiger Missionen durchgeführt, ohne dass er und seine Einheit umfassend über die strategischen Hintergründe aufgeklärt worden wären.

»Bekommen wir denn wenigstens Unterstützung vom FBI?«, fragte Marc.

»Nein.« Colts Miene passte sich der schroffen Antwort an. »Sie werden auch keinen Kontakt zum Bureau aufnehmen, es sei denn mit mir. Ende der Diskussion.«

Vivi blies frustriert die Backen auf, doch Zach wischte ihren Unmut mit einer lässigen Handbewegung beiseite. »Wie sieht es mit unserem Honorar aus?«

»Das bekommen Sie, sobald Devyn Sterling Belfast verlassen hat. Noch lieber wäre uns natürlich, wenn die Dame ganz aus Nordirland verschwinden würde.«

»Was?« Vor lauter Entrüstung schoss Vivi fast von ihrem Stuhl hoch. »Verstehe ich Sie richtig? Sie wollen, dass wir uns mit einer

Art Erfolgshonorar zufriedengeben? Bei einem Auftrag, wo Sie uns faktisch null Informationen an die Hand geben? Das ist ja wie Fallschirmspringen ohne Fallschirm!«

»Ja, das war so meine Vorstellung«, bestätigte der Angesprochene. »Wenn ich Sie als offizielle FBI-Berater anheuern würde, müsste ich eine Fallstudie vorlegen, und dafür bleibt uns leider keine Zeit mehr. Sie müssen sich schleunigst hinter diese Geschichte klemmen, am besten, Sie nehmen den nächsten verfügbaren Flieger.«

Marc, der unschlüssig Devyns Foto in den Händen drehte, registrierte ihren kalten Blick, die Distanziertheit ihres Gesichtsausdrucks. Als wäre sie innerlich völlig abgestumpft und leer. Warum waren die Jungs vom FBI dermaßen erpicht darauf, dass diese Frau Belfast verließ?

Er hatte einen starken Verdacht und war klug genug, ihn nicht zu äußern.

»Lassen Sie uns eine Stunde Zeit, damit wir die ganze Sache in Ruhe besprechen können«, schlug Marc vor. »In der Zwischenzeit sorgen Sie dafür, dass wir einen Scheck mit einem Honorarvorschuss ausgestellt bekommen. Ich bin sicher, dass Sie das ohne ausufernden Papierkrieg hinkriegen.«

Colt nickte bejahend und schob ihm die betreffende Akte hin. »Ich bin gegen Mittag zurück. Bis dahin erwarte ich Ihre Entscheidung.« Er warf Vivi und Zach einen Blick zu. »Ich finde alleine raus.«

Er ging, und sie sahen ihm schweigend nach, bis sich die Eingangstür hinter ihm schloss.

Und dann fingen sie alle gleichzeitig an zu reden. Das war eine typische Rossi-Angelino-Eigenschaft und letztlich auf ihr italienisches Temperament zurückzuführen.

»Von wegen Erfolgshonorar!«

»Der Mistfink hält bewusst Informationen zurück.«

»Leute, wir brauchen diesen Job.« Zach beschrieb mit den Händen eine beschwichtigende Geste. »Wir *brauchen* diesen Job«, wiederholte er mit mehr Nachdruck. »Erfolgshonorar hin, Informationen her«, erklärte er Vivi. »Es ist einen Versuch wert. Wir wissen, wie unser Auftrag lautet, und daran werden wir uns halten.«

»So argumentiert vielleicht irgendein Armeefuzzi«, fauchte Vivi und stieß sich mit den Händen vom Tisch ab. »Aber nicht der Geschäftsführer eines aufstrebenden Unternehmens.«

»Jetzt halt mal die Luft an, Vivi«, konterte Marc. »Zach hat recht – wir müssen nicht alles wissen, und wir brauchen diesen Auftrag wirklich dringend. Wenn mein Bauchgefühl stimmt, hat es letztlich doch was damit zu tun, Finn MacCauleys Verbleib zu eruieren, aber diese Information hält Lang uns möglicherweise vor, weil wir unsere unternehmerische Kompetenz noch nicht bewiesen haben.«

Vivi zog nachdenklich die Unterlippe zwischen die Zähne. »Dann beweisen wir sie eben. Wir finden den Kerl. Hundertpro!«

Zach schnaubte milde genervt. »Wir sind zwar gut, Schwesterherz, aber ich bin nicht Superman. Immerhin hält MacCauley das FBI seit dreißig Jahren zum Narren. Wir beweisen unsere Kompetenz, indem wir nicht gegen ihn, sondern mit ihm zusammenarbeiten, und indem wir nichts überstürzen. Marc fliegt erst mal nach Irland und klemmt sich hinter diese Frau. Wenn er sie gefunden hat, überredet er sie, Belfast mit ihm zu verlassen.«

»Und wie willst du das anstellen?«, fragte Vivi schnippisch.

Marc grinste. »Du hast meinen geballten Charme noch nicht kennengelernt.«

Sie schüttelte lachend den Kopf. »Den kannst du dir sonstwohin schieben. Du weißt nicht mal, weshalb sie in Belfast ist und was sie da macht. Das wird kein Zuckerschlecken, das garantier ich dir.«

»Halb so wild. Nachfragen ist schließlich nicht verboten, oder? Colt erwartet von uns, dass wir Devyn aus Belfast rausholen. Wie, bleibt uns überlassen. Ich mach mich ein bisschen schlau über ihre Situation, bagger die schöne Witwe an und schwuppdiwupp frisst sie mir aus der Hand. Alles Weitere entscheiden wir später. So hab ich Lang jedenfalls verstanden.«

»Ich hasse es, dermaßen in der Luft zu hängen.« Vivi stand auf und lief nervös im Zimmer auf und ab, die Hände tief in den Taschen ihrer Baggyhose vergraben. »Was, wenn wir Finn MacCauley schnappen und ans Messer liefern?«, sinnierte sie laut.

Zach und Marc tauschten Blicke aus, sagten jedoch nichts.

»Ihr wisst ganz genau, dass die Guardian Angelinos damit ganz groß rauskämen«, schob Vivi nach. »Die Berichterstattung in den Medien würde uns zu absoluten Superstars in der Branche hochstilisieren.«

»Vivi, bleib auf dem Teppich«, mahnte Zach. »Wir halten uns an die Vorgaben, und wenn wir erfolgreich sind, bekommen wir mit Sicherheit weitere Aufträge vom FBI. Marc meinte doch vorhin, dass die ständig mit externen Sicherheitsfirmen und Detekteien zusammenarbeiten.«

»Korrekt«, pflichtete Marc ihm bei. »Und die Beamten vom FBI sind nie besonders mitteilsam, von daher denke ich, das ist völlig legitim.«

»Von wegen legitim«, ätzte Vivi. »Okay, mach dich auf die Socken. Wir unterstützen dich, wo wir können, und …« Sie zögerte, als sie den beschwörenden Blick ihres Bruders auffing.

»Mach daraus keine Jagd auf Finn MacCauley«, betonte Zach. »Wenn der Kunde das wollte, hätte er darum gebeten.«

»Schon mal was von Übererfüllung eines Auftrags gehört?«, schoss sie zurück.

Während die Zwillinge sich gegenseitig mit Blicken torpedierten, schnappte Marc sich die Unterlagen. Er warf noch einen

Blick auf Devyn Sterling. Perfekte Frauen lösten bei ihm eine Gänsehaut aus … und trotzdem fühlte er sich magisch von ihnen angezogen. »Ich frage mich, was sie in Belfast will? Zwei Monate, nachdem ihr untreuer Gatte um die Ecke gebracht wurde?«

»Ich habe ein paar Informationen über sie eingeholt, als wir seinerzeit den Mord an Joshua Sterling aufklären konnten«, sagte Vivi. »Sie ist eine Hewitt. Alter Bostoner Geldadel.«

»Schön für sie.« Marc bewunderte die fein geschnittenen Gesichtszüge und den warmen Blondton von Devyns sanft gewellten Haaren. »Bloß«, sinnierte er, »dass sie nicht wirklich eine Hewitt ist. Sie ist Finn MacCauleys uneheliche Tochter. Und wurde von den Geldscheichs als Baby adoptiert.«

»Eine verrückte Geschichte. Keiner weiß, wer ihre Mutter ist, oder?«, fügte Zach hinzu. »Es war das große schwarze Loch in der Story, die Joshua publik machen wollte.«

Marc nickte und schloss die Akte. »Kannst du in der Zwischenzeit ein paar Anrufe für mich erledigen und mir die Flugdaten durchgeben?«, fragte er seine Cousine. »Ich fahre nach Hause, packen.«

»Also nehmen wir diesen Auftrag definitiv an?«, hakte Vivi nach.

»Die endgültige Entscheidung liegt beim Geschäftsführer«, entgegnete Marc. »Zach?«

»Wir nehmen ihn an und erledigen ihn so, wie es der Kunde wünscht«, bekräftigte Zach. »Colt ist 'ne ehrliche Haut, und wir werden nicht heimlich hinter seinem Rücken ermitteln. Wir erledigen den Job, wir werden dafür bezahlt, wir bekommen den nächsten Job. Wir machen das auf die konventionelle Art, Vivi.«

Vivi verdrehte die Augen. »Grrr, ich bin der absolut größte Fan von Konventionen. Was brauchst du denn von uns, Marc?«

»Informationen über die Hotels in Belfast. Belegungslisten, Gästedaten und dergleichen.«

»Das ist ein Fall für Chessie«, grinste Vivi. Chessie war Marcs jüngste Schwester und die Hackerin in der Familie. »Sie kann die Hotels in Belfast … ähm … *auskundschaften* und vielleicht rausfinden, wo Devyn Sterling abgestiegen ist.« Sie stemmte eine Hand in die Hüfte und sah provozierend ihren Bruder an. »Vorausgesetzt, Chessies kreative Datenbankrecherchen sind noch im Rahmen dessen, was der Kunde billigt.«

Zach stemmte sich vom Tisch hoch. »Logo. Wir setzen natürlich nach wie vor unser geballtes Potenzial ein, es ist schließlich im Interesse des Kunden, der Ergebnisse sehen will.«

»Ich bin dabei. Meine Geheimwaffe ist mein Know-how«, bekräftigte Marc. Er klemmte sich die Akte unter den Arm und steuerte in den Eingangsbereich.

Drei federnde Schritte und Vivi stand in ihren Skaterschuhen mit lila-weißem Zebramuster neben ihm. »Du bleibst doch in Kontakt mit mir, ja?«, sagte sie, so leise, dass Zach es nicht hören konnte. »Und berichtest mir alles, was du rausfindest.«

»Das weißt du doch. Ich kann dir nur empfehlen, verdammt umsichtig zu sein, Vivi. Vielleicht liegt Finn MacCauley wirklich unter der Central Artery, vielleicht ist er aber auch auf einer Insel im Südpazifik untergetaucht. Ganz egal wo er steckt, es gibt eine Menge Leute, die nicht wollen, dass er gefunden wird.«

»Kapiert.« Sie schob die Tür für ihn auf und legte ihm eine Hand auf die Schulter. »Also, wie sieht dein Plan aus? Spielst du den verführerischen Womanizer? Den großen Herzensbrecher? Oder den Touri, dem die Brieftasche geklaut wurde?«

»Sobald ich die Schwächen der Dame herausgekitzelt habe, nutze ich das schamlos aus.«

»Auweia.« Vivi wich zurück, ein hintergründiges Lächeln zuckte in ihren Mundwinkeln. »Ich wusste gar nicht, dass du so ein gerissenes Arschloch bist, Marc.«

»Einmal ist immer das erste Mal.«

3

»Verzeihung, Miss, Sie wollten doch wissen, ob Dr. Greenberg hier eingecheckt hat?«

Zum ersten Mal seit Beginn ihrer Suche sah Devyn einen kleinen Silberstreif am Horizont aufblitzen. Sie blinzelte den jungen Hotelmitarbeiter überrascht an. Hatte sie seinen starken Belfaster Akzent eben richtig verstanden? »Ja«, antwortete sie zögernd.

Er winkte sie mit einer angedeuteten Handgeste zu sich, worauf Devyn sich von den anderen Gästen löste, die vor dem Empfangstresen des Europa Schlange standen.

»Sie war hier, aber sie ist nicht mehr hier«, stammelte er, während er Devyn mit kindlich großen Augen fixierte, als hätte er noch nie eine attraktive Frau gesehen. »Ich meine, sie hat ausgecheckt, aber ihr Gepäck dagelassen.« Er wurde rot vor Verlegenheit.

Ihre Hoffnung wuchs. Nach etlichen Bed & Breakfasts, Pensionen und Hotels, die sie in Belfast und Umgebung abgeklappert hatte, hörte sie endlich mal etwas Konkretes. Sie widerstand dem Wunsch, ihn am Arm zu packen und zu schütteln, bis er freiwillig mit weiteren Informationen herausrückte, und fragte ruhig: »Und Sie sind sicher, dass wir von derselben Person sprechen? Dr. Sharon Greenberg ist Amerikanerin.«

Er strich sich mit flattrigen Fingern über Kopf und Schultern. »Massenhaft silberne Haare, lockig-gewellt?«

Sie hatte auf der Website der Universität Fotos von Sharon gesehen, und die Beschreibung ihrer unverkennbaren silberweißen wilden Lockenmähne passte perfekt. Devyn wurde zunehmend optimistisch. »Demnach kommt sie noch mal hier ins Hotel zurück?«

»Am Donnerstag«, bestätigte er. »Sie hat es mir selbst gesagt.«

Das war in zwei Tagen. Sie hätte ihn küssen können. »Hat sie Ihnen auch gesagt, wo sie hinwill?«

Er zuckte unbehaglich mit den Achseln, als wüsste er mehr, als er zugeben wollte. »Ich nehme an, sie macht einen Ausflug. Das ist meistens der Grund, warum Gäste ihr Gepäck hierlassen. Sind Sie auch Gast im Europa, Miss?«

Keine schlechte Idee. »Ja, ich checke heute ein«, verkündete sie, ohne lange nachzudenken. Statt in einem der wenigen exklusiven Hotels in Belfast abzusteigen, hatte sie eine kleinere Pension vorgezogen. Jetzt erwog sie jedoch ernsthaft, ins Europa umzuziehen. Zumal sie die Hoffnung nicht aufgab, Sharon im Hotel doch noch irgendwann über den Weg zu laufen. »Würden Sie mich netterweise anrufen, falls sie auftaucht, um ihr Gepäck zu holen?«

»Aber selbstverständlich. Ich bin Patrick.« Er lächelte unsicher.

»Danke, Patrick.« Automatisch griff sie nach ihrer Tasche, um ihm ein Trinkgeld zu geben, doch er winkte energisch ab.

»Nein, nicht nötig, Miss. Das mach ich gern. Ihre Freundin ist nämlich sehr nett, wirklich.«

Das war immerhin beruhigend. »Und Sie sind sicher, dass sie am Donnerstag zurückkommt? Nicht früher?«

»Nein, sie hat definitiv Donnerstag gesagt, aber Sie können in Belfast eine Menge unternehmen, während Sie auf Ihre Freundin warten.«

»Ich werde einfach hier auf sie warten«, erklärte Devyn.

»Das steht Ihnen selbstverständlich frei, aber die meisten Gäste machen einen Tagesausflug an die nordirische Küste.

Vielleicht ist Dr. Greenberg ja auch dorthin gefahren. Ich kann ein Auto für Sie organisieren, wenn Sie das möchten, dann können Sie sich unsere Sehenswürdigkeiten anschauen. Der Giant's Causeway ist ein beliebtes Ausflugsziel, aber auch die Hängebrücke Carrick-a-Rede. Ich kümmere mich auch gern um einen Fahrer für Sie.«

Sein Vorschlag klang überzeugend. Sie hätte von Belfast aus gern einen Abstecher an die Küste gemacht und sich ein bisschen mit Sightseeing abgelenkt. Zumal sie sich seit ihrer Ankunft in Nordirland ausschließlich darauf konzentriert hatte, Sharon zu finden. Dabei wusste sie nicht mal, ob ihre Mutter überhaupt hier war.

»Vielleicht mache ich das, aber ich kümmere mich selbst um einen Wagen, danke.«

»Seien Sie vorsichtig, wenn Sie sich einen Fahrer nehmen. Es gibt da eine Menge schwarzer Schafe, denen man nicht über den Weg trauen kann. Soll ich das nicht besser für Sie erledigen?«

»Ich nehme mir einen Mietwagen und werde selber fahren«, entschied sie. Die Vorstellung, die Küste entlangzubrausen, beflügelt von der Hoffnung, Dr. Sharon Greenberg endlich aufgespürt zu haben, erschien ihr plötzlich enorm verlockend. »Ich komme heute Nachmittag wieder. Sind Sie dann da?«

»Bis sechs Uhr heute Abend«, erwiderte er. »Danach habe ich Nachtschicht, da sehen Sie mich also nur, wenn sie nachts schlafwandeln sollten.«

»Patrick!« Einer der Mitarbeiter am Empfang rief nach ihm und deutete ungehalten auf die Schlange. »Mann, wir brauchen dich.«

»Gehen Sie ruhig.« Devyn schob ihn freundlich weiter. »Und danke.«

Erleichtert und beschwingt wie schon lange nicht mehr wirbelte sie herum, um sich in der Lobby umzusehen. Sie beschloss, direkt einzuchecken, und steuerte zum Empfang. Ein junges Mädchen mit einem hübschen Gesicht nahm ihre Reservierung entgegen und setzte dem Ganzen noch das Sahnehäubchen auf, als sie auf Devyns Nachfragen bereitwillig Auskünfte gab.

»Ja«, sagte sie nach einem Blick auf den Bildschirm. »Dr. Greenberg wird am vierzehnten September zurückerwartet und hat bis zum sechzehnten reserviert.«

Nach der langen Ungewissheit und der scheinbar vergeblichen Suche war das endlich ein Lichtblick. »Haben Sie vielen, vielen Dank«, sagte Devyn und hängte sich ihre Handtasche über die Schulter.

Im Vorbeigehen schnappte sie sich einen Werbeprospekt, auf dem in großen gelben Buchstaben »Küste von Antrim« stand, und blätterte darin herum. In ihre Lektüre versunken, prallte sie frontal gegen einen Schrank von einem Mann.

»Oh, Entschuldigung.« Als sie zurückstolperte, spürte sie, wie es glutheiß ihren Fußknöchel hinaufkroch. Schöner Mist, sie war mit ihrem Fuß gegen die Kante seines Koffers gestoßen, und es schmerzte höllisch. Vermutlich würde ihr Knöchel gleich anschwellen wie ein Luftballon.

»Tut mir aufrichtig leid«, entschuldigte er sich und rollte schnell den Koffer aus dem Weg.

»Nein, es war allein meine Schuld«, versicherte sie ihm und hielt wie zum Beweis ihrer Unaufmerksamkeit den Prospekt hoch. »Ich habe nicht … aufgepasst, wo ich hinlaufe.« Dabei war der Typ kaum zu übersehen. Gegen ihn konnte die irische Küste glatt einpacken.

»War nicht besonders clever von mir.« Seine Stimme klang melodisch, warm. Und amerikanisch.

»Von mir auch nicht«, entgegnete sie.

Er brachte Devyn mit einem Lächeln zum Dahinschmelzen, das gleichmäßige, weiße Zähne unter einem sexy schmalen

Oberlippenbart enthüllte. Seine Augen von der Farbe reifer, schwarzer Oliven blitzten interessiert auf. »Sie sind Amerikanerin. Von woher kommen Sie?«, wollte er wissen.

»Aus Boston.« Die Wahrheit war ihr unbewusst entschlüpft, ehe sie groß nachdenken konnte. Kein Wunder, denn ihr Gehirn hatte erhebliche Aussetzer, seit er sich zu ihr umgedreht hatte. »Und Sie?«

»New York.« Er zwinkerte ihr zu. »Wir sind quasi Nachbarn. Wohnen Sie hier?«, fragte er mit einem Anflug von Hoffnung in der Stimme, etwas, das ihr unversehens ein lustvolles Kribbeln über den Rücken schob.

»Ich habe gerade eingecheckt.« Sie wollte weggehen, aber irgendetwas hielt sie magnetisch einen kurzen Augenblick zu lange fest.

»Und jetzt wollen Sie an die Küste von Antrim?«, fragte er weiter.

Sie musterte ihn verdutzt. »Woher wissen Sie das?«

»Ich habe nur geraten.« Er tippte auf den Prospekt. »Soll ziemlich schön sein dort.«

»Ja, sieht ...«, sie fingerte nervös an dem Prospekt herum, »... hübsch aus.«

Er lächelte wieder, sein Blick sinnlich verworfen, dass Devyn unvermittelt ein leichtes Flattern in ihrer Magengrube spürte. Dann streckte er die Hand aus. »Ich bin Marc Rossi.«

Seine Handfläche war warm und trocken, sein Griff fest, lange, sehnige Finger. »Devyn ... Smith.« Wie er sagte, kam er aus New York. Gut möglich, dass er die Berichterstattung über den Mord an Joshua Sterling gelesen hatte, und sie war schlicht nicht in der Lage, darüber zu reden. Folglich brauchte der Fremde in der Lobby ihren richtigen Namen nicht zu erfahren. »Nett, Sie kennenzulernen, Marc.«

Als Antwort strahlte er sie breit an, Grübchen kerbten sich

in seine kantigen Wangen, seine dunklen Augen blitzten hintergründig. »Ich tippe mal, Sie werden mich wohl nicht dazu einladen, Sie auf Ihrem Ausflug zu begleiten, oder?«

Sie zog ihre Hand zeitlupenartig zurück. »Nein. Aber wenn Sie unbedingt wollen, kann ich ein Foto für Sie machen.«

»Dann werde ich heute Abend nach Ihnen Ausschau halten. Drüben in der Bar, was halten Sie davon?«

»Ich habe keine Ahnung, wann ich zurück sein werde. Vielleicht. Mal sehen.« Sie schenkte ihm ein betont zerknirschtes Lächeln, registrierte sein teures Oberhemd und die Tatsache, wie grandios sich seine breiten Schultern unter dem weichen Stoff abzeichneten. »Tut mir leid, dass ich Sie vorhin fast umgerannt habe.«

»Mir nicht.«

Sie lachte leise auf. »Sie sind echt gut und legen sich mächtig ins Zeug«, gab sie zurück, wie gefesselt von der Magie seiner dunklen, leidenschaftlichen Augen. »Aber ich nehm Sie trotzdem nicht mit an die Küste.«

»Okay, dann werde ich mich eben nächstes Mal noch mehr anstrengen müssen«, seufzte er gespielt.

Als wäre er sich verdammt sicher, dass es ein nächstes Mal geben würde. »Wiedersehen.« Sie wirbelte herum und lief zu dem dunkel verglasten Hoteleingang. Der Anlass ihrer Reise und ihre verzweifelte Suche nach Dr. Sharon Greenberg waren vorübergehend ausgeblendet.

Sie fühlte sich euphorisiert wie schon lange nicht mehr. Lag das etwa an diesem attraktiven Typen, diesem Marc Rossi?

Draußen kämpften sich die wärmenden Strahlen der Sonne durch einen blassgrauen Himmel. Devyn reckte ihr Gesicht in die Sonne und atmete die frische, süße Luft in vollen Zügen ein. Sie wollte mehr. Mehr Wärme. Mehr als einen heißen Flirt. Mehr … von diesem Marc Rossi.

Nach ihrer unsäglichen Ehe, denn Joshua Sterling war auf der ganzen Linie eine herbe Enttäuschung gewesen, beflügelte sie dieser kurze, heftige Flirt mit dem New Yorker Adonis, als hätte sie ein Glas irischen Whiskey in einem Zug hinuntergeschüttet.

Ein ebenso warmes Gefühl breitete sich in ihrer Bauchgegend aus.

Am Straßenrand hielt Devyn Ausschau nach einem der Taxis im Londoner Stil, die sie auf ihren Stadtfahrten durch Belfast immer nahm. Mittlerweile hatte sie sich an das lebhafte Flair und die vielen flachen Bauten gewöhnt, aus denen das Europa und einige wenige hochmoderne Bauten, die sich um den kleinen zentralen Platz scharten, herausragten. Die größeren Straßen und die verschiedenen Viertel waren ihr durch die letzten Tage hinlänglich vertraut, überlegte die junge Frau. Es war bestimmt ein toller, gelungener Plan, sich ein Auto zu mieten und einen Ausflug zu machen.

Von wegen toll und gelungen … sie warf einen Blick zurück durch die Glastüren und war nicht wirklich überrascht, als sie Marc Rossi an der Rezeption entdeckte. Sie hätte wetten mögen, dass der Kerl sich ebenfalls einen Leihwagen mieten wollte. Ihre Blicke trafen sich, und wieder überrumpelte er sie mit seinem umwerfenden Lächeln.

»Taxi, Miss?«

Sie wollte schon Ja sagen, doch dann schüttelte sie den Kopf. Das Bed & Breakfast war ganz in der Nähe, und sie hatte zum ersten Mal seit einer ganzen Weile nicht das Bedürfnis, sich auf dem Rücksitz eines Taxis zu verkriechen, um dort verzweifelt hin und her zu grübeln. So wie es ausschaute, hatte sie Sharon gefunden; demnach durfte sie ruhig ein bisschen entspannen und Sightseeing machen … und sich am Abend vielleicht auf ein kleines Rendezvous einlassen.

War es zu früh für ein Date mit einem fremden Mann? Zu kurz nach Joshs Tod, um mit dem Gedanken zu spielen, einen anderen zu küssen? Nein. Nach vier Jahren Ehe mit einem verdammt ausgekochten Schlitzohr, das sie nach allen Regeln der Kunst belogen und betrogen hatte, war es bestimmt nicht verwerflich, sich an der Bar auf einen Drink mit Marc Rossi zu treffen. Sie ließ den Namen auf der Zunge zergehen: wow … ein schöner Name!

Wahrscheinlich war er geschäftlich in Belfast, überlegte sie, während sie den Platz in Richtung Great Victoria Street passierte. Einsam, auf der Suche nach ein bisschen Gesellschaft … verheiratet? Bestimmt! Auf einen Charmebolzen wie Marc warteten in New York garantiert eine Frau und drei nette Kinder. Sie schätzte ihn auf Mitte, Ende dreißig und war überzeugt, dass sich hinter seinem umwerfenden Charme eine erregende Portion Wildheit verbarg. Devyn stellte sich mental vor, wie er sie gegen eine Wand drängte und seinen warmen Körper an ihren presste … ehe er sie mit leidenschaftlichen Küssen um den Verstand bringen würde.

Sie stolperte über ein Schlagloch und wäre beinahe der Länge nach auf das unebene Pflaster gestürzt. War das der Grund, warum sie ihn ruck, zuck hatte abblitzen lassen? Was war denn so falsch an ein bisschen Ablenkung? Vorausgesetzt, er war *nicht* verheiratet und wirklich nur ein netter Kerl aus New York auf der Suche nach ein bisschen Gesellschaft?

Ein Drink konnte wirklich nicht schaden, oder? Im Gegenteil, es würde ihr wahrscheinlich … wirklich guttun.

Sie blieb an einer Kreuzung stehen und konzentrierte sich auf den für sie ungewohnten Linksverkehr, als eine dunkle Limousine langsamer wurde und neben Devyn anhielt. Sie wich einen Schritt zurück, das Fenster wurde heruntergelassen, und Marc Rossi lächelte sie an.

Dieses Lächeln durchzuckte ihren Körper abermals wie ein Stromstoß.

»Zu Fuß ist es ziemlich weit bis zur Küste, Ms Smith.«

Eine kühle Brise bauschte Devyns Haare, trotzdem wurde ihr unter Marcs Blicken heiß. »Machen Sie sich da mal keinen Kopf. Ich bin auf dem Weg zur Autovermietung.«

»Also wenn Sie mich fragen, ist das Geldvernichtung in ihrer reinsten Form. Denken Sie bloß mal an die Benzinverschwendung. Kommen Sie, steigen Sie ein und wir machen gemeinsam ein bisschen Sightseeing.«

Sie zögerte, allerdings nur kurz. Sollte sie sein Angebot annehmen oder nicht? Warum sollte sie nicht einen Nachmittag lang die Seele baumeln lassen und einfach mal nur genießen?

Trotzdem … sie war sich nicht sicher. Sie machte einen Schritt auf ihn zu. Seine rechte Hand ruhte auf dem Fensterausschnitt, aber die zählte nicht. Die linke lag auf dem Lenkrad, und sie warf hastig einen verstohlenen Blick auf seinen Ringfinger.

»Suchen Sie nach einem Ehering oder was?«

So viel zum Thema verstohlen. »Mmh, ehrlich gesagt, ja. Ich bin etwas misstrauisch, was das angeht.«

Er hielt seine unberingte linke Hand hoch. »Kontaktanzeigen lügen nicht: geschieden und alleinreisend, starkes Faible für honigblondes Haar und blaue Augen, fest entschlossen, eine Runde Sightseeing einzulegen, und keine Lust, das allein zu tun. Würden Sie mich gern begleiten?«

Gute Frage. Deshalb war sie bestimmt nicht nach Belfast gekommen. Es passte überhaupt nicht zu ihrem Plan, Sharon zu finden, sie persönlich zu treffen und zu warnen, dass irgendein Brutalo ihr Haus bespitzelte. Das hier war nicht …

»Wenn Ihnen die Entscheidung zu schwer fällt, Ms Smith, mache ich selbstverständlich einen Rückzieher.« Aus seinem Tonfall sprach unverstellte Aufrichtigkeit, null Flirt, null Verführung. Freundliche, höfliche Rücksichtnahme.

Das ging ihr runter wie Öl.

»Das ist zwar nett gemeint, aber ... aber nicht nötig«, stotterte sie unschlüssig. Sie strich sich eine vorwitzige Haarsträhne hinters Ohr und traf eine spontane Entscheidung. »Ich nehme Ihr Angebot gern an. Und bitte, wollen wir uns nicht duzen?«

Er grinste wie ein Kind unterm Weihnachtsbaum, das eben ein Wahnsinnsgeschenk auspackt. Stieg aus dem Wagen, geleitete Devyn auf die Beifahrerseite und bewegte sich trotz seiner Größe von einem guten, muskelbepackten Meter achtzig mit geschmeidiger Eleganz. Als er sich vor sie schob, um Devyn die Autotür zu öffnen, betrachtete sie ihn heimlich von hinten. Er trug eine knallenge Jeans, die seine schmalen Hüften und einen sexy Hintern betonten.

Oh ja, der Ausblick war spektakulär. So viel zum Thema Sehenswertes, kicherte Devyn stumm in sich hinein.

»Also, was führt dich nach Belfast?«, fragte er, sobald er wieder auf dem Fahrersitz Platz nahm und den Sicherheitsgurt einrasten ließ. »Geschäft oder Vergnügen?«

»Beides«, sagte sie. »Und dich?«

»Dasselbe, aber vor allem Vergnügen.« Er warf ihr einen heißen Blick zu, dass es Devyn kurzzeitig den Atem verschlug. »Heute definitiv Vergnügen.«

»Und was machst du sonst so?«

»Ich mache Investments«, antwortete er. »Und du?«

Sie stöhnte innerlich auf. Blöde Ausfragerei. Das hättest du dir überlegen müssen, bevor du zu irgendeinem aufregenden wildfremden Kerl ins Auto steigst, mahnte ihr Gewissen. »In was investierst du denn?«, fragte sie schnell, statt seine Frage zu beantworten.

Er manövrierte den Wagen trotz des Linksverkehrs überraschend souverän durch einen Kreisverkehr. Und strahlte Kompetenz, Selbstsicherheit und Lässigkeit aus. Joshua war genauso gewesen … und dazu ein begnadeter Lügner.

»Ich investiere in Unternehmen.«

»Risikogeschäfte?«

»Kann man so sagen. Eine Art stiller Teilhaber. Angel Investments. Du hast meine Frage nicht beantwortet«, erinnerte er sie. »Was hast du hier in Belfast zu tun?«

»Das ist meine Privatsache«, versetzte sie, und ihr Tonfall hatte etwas Endgültiges. Auf seinen fragenden Blick hin fügte sie jedoch hinzu: »Ich warte auf eine … Freundin aus den Staaten, der in ein paar Tagen zurückkommt.«

»Von wo?«

Statt einer Antwort klappte sie demonstrativ den Prospekt auf, den sie sich im Hotel organisiert hatte. »Da, schau mal, auf der Rückseite ist eine Landkarte. Die Strecke entlang der Küste wird als ausgesprochen malerisch beschrieben.«

Sein Blick heftete sich sekundenlang auf Devyn statt auf die Straße. »Du bist nicht nur schön, sondern auch sehr geheimnisvoll.«

Sie senkte den Kopf auf die Broschüre, sodass ihre Haarmähne ihr Gesicht verdeckte. Musste sie deutlicher werden? Wann kapierte er endlich, dass sie null Bock auf diesen persönlichen Kram hatte?

Als er an einer Ampel warten musste, beugte er sich zu ihr und strich Devyn das Haar zurück. Dabei streifte er mit den Fingerknöcheln ihre Wange, und die Berührung war elektrisierend heiß.

»Stimmt doch?«, bohrte er. »Du bist geheimnisvoll und verrätst noch lange nicht alles?«

»Ich spreche halt nicht gern über private Dinge«, antwortete sie und drehte den Kopf ein kleines Stück zur Seite, um sich

Marcs verführerischer Berührung zu entziehen. »Das ist ein Unterschied.«

»Schön bist du trotzdem.«

»Danke.« Sie spürte, wie sie rot wurde, hörte im Geiste wieder die Stimme ihrer Adoptivmutter.

Schönheit ist bloß Äußerlichkeit. Wahre Schönheit kommt nämlich von innen.

Erst als Devyn einen Privatdetektiv engagiert und nach intensiven Recherchen von ihrer wahren Herkunft erfahren hatte, begriff sie, warum ihre Adoptivmutter ihr dauernd mit diesen Binsenwahrheiten kam. Weil in ihren Adern nicht das Blut der Hewitts pulsierte … weil sie keine Hewitt war. Sie war eine MacCauley, und die waren Abschaum.

Das erinnerte sie spontan daran, weshalb sie hier war – jedenfalls nicht, um sich mit einem charmanten Mr Unbekannt Sehenswürdigkeiten anzusehen. Sie hatte mal wieder eine vorschnelle, grenzwertige Entscheidung getroffen – vermutlich eine Folge der MacCauley-Gene – und jetzt musste sie mit den Konsequenzen leben.

Sie zeigte auf ein Autobahnschild. »Da, die M2, ich glaube, die führt um Belfast herum. Fahr die ein Stück in Richtung Westen und dann östlich nach Ballyclare.« Sie nötigte sich ein gezwungenes Lächeln ab. »Ballyclare, das klingt irgendwie hübsch, oder? Warst du schon mal in Irland?«

»Ja, ich war häufiger in Dublin. So weit im Norden war ich allerdings noch nie.«

»Ich auch nicht.«

Sein Lächeln war offen und einladend, einfach … umwerfend.

»Auch auf die Gefahr hin, dass ich zu persönlich werde, aber eine Frage *muss* ich dir noch stellen. Du trägst keinen Ehering. Bist du auch Single?«

»Jetzt wieder«, sagte sie knapp und blickte aus dem Fenster.

»Ach, also auch geschieden?«

Sie ließ einen langen Augenblick verstreichen, ehe sie antwortete. »Nein, ich bin Witwe.«

»Das tut mir aufrichtig leid. Wie lange denn schon?«

»Ungefähr zwei …« *Monate.* »Jahre.«

»Kinder?«

»Nein«, sagte sie schnell. »Und du?«

Er fokussierte sich auf die Autobahnzufahrt, setzte den Blinker und räusperte sich umständlich. »Noch nicht«, antwortete er fast ein bisschen wehmütig.

»Aber du willst welche?«

Er warf ihr einen schiefen Seitenblick zu. »Wie kommst du denn darauf?«

»Weil du ›noch nicht‹ geantwortet hast und deine Stimme irgendwie so sehnsuchtsvoll klang.«

Er lachte. »Geheimnisvoll, schön *und* eine gute Intuition. Da kannst du mal sehen, wie viel ich in dieser kurzen Zeit schon über dich erfahren habe.«

Was sie daran erinnerte, dass sie das Gespräch besser auf ihn lenken sollte, um nicht zu viel von sich selber preiszugeben. »Dann sind wir ja quitt. Ich glaube, dass du offen, charmant und – Moment, lass mich raten – der Älteste von deinen Geschwistern bist.«

»Da muss ich deinen phänomenalen Spürsinn leider enttäuschen. Ich bin das zweite von sieben Kindern, also nicht der Älteste.«

»Wahnsinn, *sieben Kinder?* Was für eine große Familie.«

»Jetzt sind wir quitt«, sagte er.

»Wie bitte?«

»Jetzt höre ich Sehnsucht in deiner Stimme.«

War es so offensichtlich? »Ich war Einzelkind«, räumte sie ein. »Sieben Kinder klingt wie der Himmel auf Erden.«

»Manchmal ist es auch die Hölle. Fairerweise muss ich dazu sagen, dass wir nur fünf Geschwister sind, aber mein Cousin und meine Cousine lebten auch bei uns. Und unser Großvater, Onkel Nino.«

»Du nennst deinen Großvater Onkel Nino?«

»Meistens haben wir ihn einfach Nino genannt, was quasi sein Kosename wurde, wie Opi oder so. Mein Cousin und meine Cousine kamen später zu uns, und da er ihr Großonkel ist, nennen sie ihn Onkel Nino.«

»Klingt toll. So wäre ich auch gern aufgewachsen. Rossi, das klingt italienisch. Wo lebt deine Familie in New York?«

Er schüttelte bloß den Kopf. »Weißt du, Devyn, ich habe nur diesen einen Tag mit dir, und wenn ich anfange, von meiner riesigen Familie zu erzählen – ja, wir sind Italiener –, würde das echt den Rahmen sprengen. Es sei denn natürlich, du versprichst mir, dich noch einmal mit mir zu treffen, bevor dein Freund eintrifft. Wann kommt er denn?«

»Donnerstag, und … es ist eine Sie.«

Er zog eine Augenbraue hoch, und seine dunklen Augen glitzerten verworfen. »Na, das macht mir Mut. Demnach ist es kein romantisches Rendezvous mit einem Lover.«

Verdammt, der Typ war ein echter Blitzmerker. Sie rutschte unbehaglich auf dem Sitz hin und her, vermied den Augenkontakt mit ihm. »Noch zwei Meilen bis zur Abzweigung nach Ballyclare. Ich liebe dieses Wort, es klingt ja so was von irisch. Ist dir aufgefallen, wie anders der Akzent hier oben klingt? Britischer als der normale irische Akzent, findest du nicht?«

»Weißt du, Devyn«, sagte er und legte sanft seine Hand auf ihre, die auf der Mittelkonsole ruhte. »Ich finde es frustrierend, dass du dich sträubst, mir irgendwas über dich zu erzählen. Es sei denn, du bist auf der Flucht vor dem Gesetz, untergetaucht wegen einem rachsüchtigen Exgeliebten oder in geheimer Mission für die Regierung tätig und kannst darüber zwangsläufig nicht sprechen. In dem Fall lass ich dich gnädigerweise mit deinen vagen Ausflüchten davonkommen.«

Sie zog ihre Hand unter seiner weg und schluckte schwer. »Was, wenn alles davon auf mich zutrifft? Würdest du dann immer noch mit mir Sightseeing machen wollen?«

Sein Gesichtsausdruck wurde weicher. »Umso lieber.«

Das letzte Mal, als sie einem Mann vertraut hatte, hatte er hinter ihrem Rücken heimlich versucht, ihre Geschichte an den Meistbietenden zu verhökern. Das hatte er mit dem Leben bezahlt.

»Dann sei besser vorsichtig, Marc Rossi«, meinte sie leise gedehnt. »Denn nichts an mir ist, wie es scheint.«

Er lächelte so sündhaft sexy und liebenswert, dass ihr der Magen in die Kniekehlen rutschte. »Ich liebe es, wenn eine Frau mir Rätsel aufgibt. Sie zu lösen, betrachte ich nicht zuletzt als persönliche Herausforderung.«

Sein sportlicher Ehrgeiz in allen Ehren, sann Devyn, aber dieser Herausforderung war er bestimmt nicht gewachsen.

4

»Du darfst dir was wünschen, Marc.«

Ich wünschte, sie wäre nicht so verflucht perfekt. »Ich wünschte, ich würde mich weniger wie ein Tourist fühlen.« Er setzte sich widerstrebend auf die kühlen, gesprenkelten Felsen, die wie ein gigantischer Stuhl angeordnet waren.

»Bloß blöd, dass du einer bist. Und in diesem Moment fläzt sich besagter Tourist auf dem Wishing Chair.« In diesem Augenblick fegte eine Atlantikböe gespenstisch heulend über die weite, bizarre Steinlandschaft, die Giant's Causeway genannt wurde. Devyn schwenkte den Reiseführer, den sie in der Touristeninformation mitgenommen hatten. »Nach der Legende wird dir jeder Wunsch erfüllt. Und wenn ich in den letzten paar Stunden eins gelernt habe, dann, dass ohne Legenden hier in dieser Gegend nix geht.«

»Das kannst du laut sagen. Dann sehe ich wohl mal besser zu, dass ich mir was Tolles wünsche.« Er lehnte sich zurück und kniff die Lider zusammen. Devyns Silhouette zeichnete sich vor einem diesigen, in metallisches Blaugrau getauchten Himmel ab. Es verblüffte Marc Rossi immer noch, dass sie in natura total anders war, als das Foto suggerierte.

Sie war noch viel, viel hübscher als auf dem Bild. Zudem hatte er mit einer Eiskönigin gerechnet und war überraschend auf einen Vulkan gestoßen. Er hatte eine zickige, gelangweilte reiche Witwe erwartet, arrogant und abgehoben, und erlebte eine Frau, die gern und viel lachte, und deren windzerzaustes Haar wie flüssiges Sahnekaramell schimmerte.

Sie hatte einen schlanken, geschmeidigen Körper, der sich mit einer betörenden Mischung aus Eleganz und Sinnlichkeit bewegte.

Verdammt perfekt, die Kleine.

»Komm schon«, drängelte sie ihn. »Was willst du am meisten auf der ganzen Welt?«

Nichts, das er sich hier und jetzt wünschen konnte. Nichts, das ihm Mythen und Legenden erfüllen konnten. Nichts, das er im Leben je wieder haben würde.

»Jetzt denkst du aber zu lange nach«, krittelte sie, und der Wind trug ihr melodisches Lachen über die ausgezackten Kalksteinklippen, bis weit hinaus auf den Atlantik.

»Ich denke nicht nach. Ich genieße die Aussicht«, beteuerte er und sah sie an. Merkwürdig, ihre Augen hatten ungefähr die gleiche Farbe wie seine erste Corvette, sinnierte er. Eisblau hieß die Farbe damals, weil sie so ähnlich glitzerte wie arktische Gletscher vor einem azurblauen Polarhimmel.

»Du hast ungefähr zehn Sekunden, bis die nächste Busladung Touristen hier ausgekippt wird. Los, wünsch dir was.«

Er schloss die Augen, und die Silhouette ihres begehrenswerten Körpers brannte hinter seinen Lidern. »Ich wünsche mir, dass du heute mit mir zu Abend isst.«

Sie lachte bloß, griff nach seiner Hand und zog ihn hoch. Er hätte ihre Hilfe zwar nicht gebraucht, nahm sie aber dennoch liebend gern in Anspruch. »Du bist ganz schön unverschämt. Du hast mich doch schon den ganzen Tag.«

»Ich bin nicht unverschämt. Ich plane nur gern für die Zukunft.« Er hielt ihre Hand umschlossen, strich mit dem Daumen über Devyns Unterlippe und stellte sich heimlich vor, es wäre sein Mund, der sich heiß auf ihren presste. »Und ein Abendessen ist ja keine Verpflichtung fürs Leben. Essen musst du so oder so. Zu zweit schmeckt es einfach besser, oder?«

Sie warf ihm den Stell-mir-nicht-dauernd-solche-Fragen-Blick zu, mit dem sie ihn schon im Auto gnadenlos gepiesackt hatte, bis er es schließlich aufgegeben und das Gespräch in unverfänglichere Bahnen gelenkt hatte.

Von da an war sie merklich entspannter gewesen, und ihre »zufällige« Bekanntschaft entwickelte sich zusehends zu einem ersten Date. Er klopfte sich mental auf die Schulter. Alter Schwede, es ging doch nichts über die hohe Kunst der Verführung, man musste sie bloß aus dem Effeff beherrschen. Trotzdem mochte er nichts überstürzen.

»Lass uns an den Rand der Klippe gehen«, schlug er vor und hielt ihre Hand fest umschlossen, während er ihr den anderen Arm um den Rücken legte.

Sie zögerte und kam auf den rutschigen Steinplatten ein wenig aus dem Gleichgewicht. »Ich glaube, eher nicht.«

»Hast du Höhenangst?«, fragte er.

Sie nickte und wurde rot. »Da wird mir schwindlig.«

Er verstärkte seinen Griff und brachte sein Gesicht dicht an ihr Ohr. »Ich halte dich gut fest«, sagte er weich, und seine Worte verloren sich im Wind. »Dann wird dir von *mir* schwindlig.«

»Oh, Mann.« Sie drehte impulsiv ihr Gesicht weg, hielt aber weiter seine Hand. Kopfschüttelnd kletterte sie über einen von etlichen oben abgeflachten Steinen, die die einzigartige Küstenlandschaft bildeten. »Du flirtest beängstigend gut, weißt du das?«

»Hey, kannst du nicht ein kleines bisschen romantischer sein? Wir sind immerhin in Irland, und das alles hier« – er beschrieb eine Geste, die das ganze wilde Naturschauspiel um sie herum einschloss – »wurde von einem unglücklich verliebten Riesen erschaffen.«

»Oder von einem ausbrechenden Vulkan, je nachdem, ob man dem Mythos oder den Fakten Glauben schenken will.«

Er lachte und verlangsamte ihr Tempo, indem er spielerisch an Devyns Hand zog. »Pragmatisch bist du also auch noch.«

»Und du ein genialer *Schau-spie-ler*«. Sie zog das Wort in die Länge.

Er rammte sich theatralisch eine Faust in die Brust, als hätte er einen Dolch in der Hand. »Autsch, das tut weh.« Doch was wirklich schmerzte, war, dass es die Wahrheit war. Sie hatte gar keine Ahnung, wie sehr er ihr in diesem Moment etwas vorspielte.

»Siehst du, du streitest es nicht mal ab!«

»Ich bin kein Schauspieler«, versicherte er ihr. »Nur hoffnungslos romantisch. Du bestimmt auch. Du musst deinem Herzen bloß einen Stoß geben.« Er führte sie näher an den Rand der Klippe. »Komm, Devyn. Stell dich deiner Angst.«

Erneut fegte ein Windstoß über sie hinweg, und er legte ihr fürsorglich den Arm um die Taille, damit sie nicht stolperte und ausglitt. Während sie versunken über den Ozean blickte, betrachtete Marc heimlich ihr Profil.

»Es ist wirklich wunderschön«, sinnierte sie, ohne sich der Tatsache bewusst zu sein, dass er sie mit Blicken vernaschte.

»Da stimme ich dir voll und ganz zu.«

Sie wirbelte zu ihm herum und fing seinen entrückten Blick auf. »Du flirtest ja schon wieder.«

»Ich bewundere bloß die Aussicht.« Von wegen, raunte eine kleine Stimme in Marcs Kopf, du bewunderst den perfekten Body dieser Beauty. Denk dran, schöne Frauen sollten eigentlich ein rotes Tuch für dich sein.

Sollte das etwa ein Kompliment sein? Sie drehte sich wieder zum Meer hin, als hätte sie nichts gemerkt.

Seine Exfrau war rein optisch ebenfalls ein perfektes Exemplar ihrer Gattung gewesen, und er hatte törichterweise geglaubt, sie wäre rundum perfekt. Bei Devyn wusste er zumindest, dass sie ihm etwas verheimlichte.

Und genau dieses Geheimnis würde er ihr zwangsläufig entlocken müssen, um seinen Auftrag erfüllen zu können. Es führte kein Weg daran vorbei, er musste sie dazu bewegen, Belfast zu verlassen. Immerhin war es ihm geglückt, sie heute zu diesem Ausflug zu überreden. Steter Tropfen höhlt den Stein, seufzte er, ich muss mich ranhalten und ihr Vertrauen gewinnen. Je eher ich meinen Job erledige, umso besser. Ich muss mich halt noch mehr anstrengen.

»So«, sagte er und drückte sie freundschaftlich sanft, »jetzt hast du am Rand des Giant's Causeway gestanden. Wie wär's als Nächstes mit der Hängebrücke in Carrick-a-Rede? Die ist hier in der Gegend ein absolutes Muss für jeden Touristen.«

»Ich weiß nicht …« Sie schaute sich unschlüssig um und gewahrte mit einem Mal die Menschenmassen, die in den Felsen herumkraxelten. »Für jeden Touristen?«

»Na klar, selbst für die mit Höhenangst.« Er führte sie zurück zum Auto, über die gigantischen Steinformationen. Sie gingen Arm in Arm, wie ein Paar, das seit Jahren zusammen war und nicht erst seit drei Stunden.

Was musste er tun, um sie zum Abreisen zu bewegen, noch bevor diese Freundin eintraf, mit der Devyn sich in Belfast treffen wollte? Dazu musste er schleunigst erfahren, wer diese Freundin war, entschied er.

Als sie am Wishing Chair vorbeikamen, zog er sie abermals zu dem Felsungetüm. »Ich weiß jetzt, was ich mir wünsche.«

Sie ließ sich bereitwillig hinführen und sträubte sich nicht, als Marc Platz nahm und Devyn auf seinen Schoß zog. Er legte ihr einen Finger unters Kinn und drehte ihr Gesicht zu sich.

»Ich weiß, was du dir wünschen willst«, sagte sie lachend. »Und du verschwendest deine Zeit. Ich werde dich nicht küssen.«

»Irrtum, das wollte ich mir gar nicht wünschen.«

Eine Mischung aus Erstaunen und Enttäuschung schob sich in ihre Augen. »Was denn sonst?«

»Ich wünsche mir, dass du mir erzählst, mit wem du dich diese Woche in Belfast triffst.«

Sämtliche Farbe wich aus ihrem Gesicht. »Wieso willst du das wissen?«

»Ich bin eben neugierig.«

»Geschenkt. Einfach bloß eine Freundin.« Sie sprang mit einer heftigen Bewegung von seinem Schoß auf. »Lass uns gehen, Marc.«

Er blieb auf dem Felsgestühl sitzen und sah ihr hinterher, wie sie sich einen Weg durch die Steinmassen bahnte. Verdammt, er musste noch viel kreativer werden.

Kaum dreißig Minuten später standen sie am Fuß einer felsigen Anhöhe, die von einem Geröllpfad durchschnitten wurde, der sich durch sattgrünes irisches Gras nach oben schlängelte. Bis zur Spitze der Klippe.

Hunderte von Schmetterlingen flatterten mit einem Mal in Devyns Bauch. War es wegen ihrer Höhenangst oder wegen Marcs Anziehungskraft?, fragte sie sich insgeheim.

Mit einer Sache hatte er recht: In seiner Nähe war ihr genauso schwindlig wie auf den hohen Klippen.

Ihre Finger streiften sich, als sie auf den Pfad zusteuerten und sich auf dem schmalen Fußweg an Dutzenden von Touristen vorbeischoben, Besuchergruppen, die von der populären Hängebrücke herunterkamen, eine Brücke, die zwei sich auftürmende, von gurgelnder Gischt umspülte Landmassen miteinander verband.

Unterwegs focht Devyn einen inneren Kampf mit sich aus. Sollte sie Marc reinen Wein einschenken, sich ihm anvertrauen? Sie war auf der Fahrt hierher bewusst schweigsam gewesen, obwohl sie ihm gern mehr erzählt hätte.

Sie wollte ihm liebend gern ihr Herz ausschütten. Einerseits war es bestimmt eine große Erleichterung, die Last mit jemandem zu teilen, aber andererseits hasste sie es, Erklärungen zu geben und Fragen zu beantworten. Folglich unterdrückte sie den Impuls und sagte nichts, und weil Marc ein Gentleman war, drängte er sie zu nichts. Noch eine Eigenschaft, die sie an ihm schätzte.

Ohne lange zu überlegen, ließ sie ihre Hand in seine gleiten, und sie wanderten gemeinsam die Anhöhe hinauf.

Eine Touristengruppe marschierte an ihnen vorbei, lautstark und fröhlich machten sie Witze über die Brückenpassage, die scheinbar nichts für ängstliche Gemüter war. Als Devyn und Marc um die nächste Ecke bogen, realisierten sie, warum.

»Huch.« Ihr blieb fast die Luft weg, als ihr Blick zu dem schmalen, wackligen Fußweg wanderte, der den höchsten Punkt des Festlands mit den Klippen der winzigen Insel Carrick verband. Die Brücke, etwa zwanzig Meter von einem Ende zum anderen, hing gut fünfundzwanzig Meter über einem gurgelnden Wasserschlund. Allein bei dem Gedanken, diese Brücke überqueren zu müssen, bekam Devyn puddingweiche Knie.

»Na, komm schon. Sei keine Spielverderberin.« Er zog sie sanft weiter, als ahnte er um ihren inneren Konflikt. »Kannst du dir vorstellen, was für eine Aussicht man erst auf der anderen Seite hat? Von da aus kann man bis nach Schottland sehen.«

»Heute bestimmt nicht«, muffelte Devyn. Ein mit einem Geländer abgesicherter Weg führte um den Gipfel des riesigen Felsens herum. Von dort hatte man sicher eine Superaussicht auf Irland, aber heute ballten sich dicke Nebelwolken über dem Atlantik.

»Es gibt nichts, wovor du dich fürchten müsstest, Dev.«

Ihr Herz setzte einen Schlag lang aus. »Oh doch, das gibt es.« Angefangen bei einem Mann, der sie »Dev« nannte.

»Ich weiche dir nicht von der Seite, versprochen.«

»Dann stürzen wir also zusammen ab.«

Er grinste. »Mal nicht gleich den Teufel an die Wand.« Er legte ihr einen starken, schützenden Arm um die Taille und fasste ihre Hand, eine tröstlich fürsorgliche Geste, dass Devyns Augen feucht wurden. Aber vielleicht kam das auch vom Wind. Und der nackten Panik vor dem unsäglichen Brückengang.

Nein, beschloss sie, *er* war der Grund für ihre emotionale Achterbahnfahrt. Niemand hatte sie je zuvor beschützt. Im Gegenteil, alle Menschen, denen sie bislang vertraut hatte, hatten sie hintergangen. Dennoch fühlte sie sich bei diesem Mann, den sie kaum kannte, einfach … sicher und geborgen.

»Denk nicht zu viel darüber nach – fass dir ein Herz und tu es einfach«, riet er.

»Ich habe nicht an die Brücke gedacht«, sagte sie ruhig. »Eigentlich habe ich gerade über dich nachgedacht.«

Er verlangsamte seine Schritte und musterte ihr Gesicht. »Und was hast du gedacht?«, fragte er lächelnd.

»Dass mich niemand außer dir Dev nennt.«

Er zog eine Augenbraue hoch. »Niemand? Nicht mal deine Mom und dein Dad?«

»Die am allerwenigsten.« Alle beide würden sich glatt von dieser Brücke stürzen, wenn sie ihnen mit »Mom« und »Dad« käme – bei den Hewitts legte man nämlich Wert auf das konventionelle »Mutter« und »Vater«.

»Auch nicht dein« – er legte forschend den Kopf schief – »Mann?«

»Der auch nicht.«

Für den Augenblick eines Herzschlags fanden sich ihre Blicke. »Dann wird das ein Tag der ersten Male, Dev.« Er zog sie ein bisschen näher an sich. »Dein erster Kosename. Deine erste heikle Brückenüberquerung. Und vielleicht sogar … unser erster Kuss.«

Ein süßes Prickeln, spritzig wie süffiger Champagner, flutete ihren Unterleib. Sie *wollte* diesen Kuss. »Dafür bin ich sogar bereit, über sieben Brücken zu gehen.«

Er lachte über das Wortspiel, umarmte sie, und Devyn genoss die Wärme seines Körpers. Am liebsten wäre sie in ihn hineingekrochen, denn sie sehnte sich nach der Sicherheit und Geborgenheit, die dieser Mann verströmte.

Schweigend und eng umschlungen gingen sie weiter, bewunderten im Spiel der Gezeiten die atemberaubende Naturkulisse. Hin und wieder warfen sie sich einen Blick zu oder ein Lächeln. Als sie den Gipfel erreichten, hatte Devyn stürmisches Herzklopfen und rosig überhauchte Wangen.

Eine kleine Menschentraube stand vor der Brücke Schlange.

»Oh«, meinte sie leise. »Es ist ganz schön weit bis ans andere Ende.«

»Keine Sorge, Dev. Du gehst mit mir.« Er führte sie zu einem Plakat und las ihr vor, dass die Brücke von Fischern gebaut worden war, die zum Lachsfang auf die Insel wollten. »Hier steht ausdrücklich, dass die Brücke jedes Jahr auf Schäden untersucht und ausgebessert wird«, betonte Marc, wie um Devyn zu beruhigen. Sie schoben sich mit der Menschenmenge weiter, erreichten die Treppe, die zu der Seilbrücke hinaufführte, und Devyns Kehle war unversehens staubtrocken.

Langsam und diszipliniert überquerten die Menschen die Brücke immer in Gruppen von höchstens zwei bis drei Personen; sie blieben stehen, um Fotos zu machen, Fotos von albern grinsenden oder erschrocken blickenden Begleitern. Manche hielten sich an den Händen. Bekam es jemand mit der Angst zu tun, wurde er von den anderen überredet, sich in die eine oder andere Richtung zu bewegen.

»Ich halte deine Hand«, versprach Marc, kurz bevor sie an der Reihe waren.

Er ging als Erster, seine Finger fest in ihre verschränkt. Der erste Schritt war die reinste Hölle, Panik durchzuckte Devyn, als die Holzplanken unter ihren Sneakers zu wackeln begannen. Instinktiv ließ sie seine Hand los, um sich an den geflochtenen Seiltrassen rechts und links festzuhalten.

»Alles klar?«, fragte er.

»Klar wie Kloßbrühe.« Sie brachte ein raues Lachen zustande, stolz darauf, dass sie die Situation mit ein bisschen Humor nehmen konnte. »Bleib bloß … nicht stehen. Ich will da so schnell wie möglich rüber!«

»Locke eine Frau mit einem Kuss, und sie wächst über sich selbst hinaus.«

Sie lachte wieder, ein nervöses, angespanntes Giggeln. »Quatsch nicht, geh weiter, Marc.«

Er gehorchte und ging weiter. Den Blick fest auf seinen Rücken geheftet, blendete sie den schmalen Wasserkanal in fast dreißig Metern Tiefe aus und machte einen vorsichtigen Schritt. Die Seile knarrten, der Wind fegte orkanartig über ihre Ohren hinweg, und irgendwie schafften sie es bis zur Mitte.

Wo Devyn zur Salzsäule erstarrte und ihre Füße den Dienst verweigerten – sie konnte beim besten Willen nicht mehr, denn die Panik war plötzlich wieder da, erfasste ihren Körper, ihren Verstand. Sie dachte an den versprochenen Kuss, doch ihre Höhenangst war stärker.

Gut einen Meter vor ihr drehte Marc sich um und streckte eine Hand nach ihr aus. »Komm schon, Dev.«

»Ich will ja, aber ich kann nicht.« Sie hielt krampfhaft die Seile fest, fühlte einen beklemmenden Kloß in der Kehle. Sie bekam keine Luft mehr, war vor Angst wie gelähmt. »Ich kann nicht«, wiederholte sie mit wackliger Stimme.

»Doch, du kannst.«

Mit wenigen entschlossenen Schritten war er bei ihr, und

sie hörte ein leises »Aaah« von den Umstehenden, die darauf warteten, dass Devyn weiterging. Sie rührte sich jedoch nicht vom Fleck.

Ihr Blick entgleiste, und sie schaute genau dorthin, wo sie nicht hinsehen wollte, über die Seile nach unten. Oh Schreck. Es ging ... verdammt ... tief ... runter. Wenn sie nicht aufpasste, würde sie das Gleichgewicht verlieren und im freien Fall auf die brodelnde Wasseroberfläche klatschen. In ihrer Horrorvision sah sie sich bereits im Ozean treiben, zerschmettert von der Wucht des Aufpralls, mausetot.

»Ich kann nicht«, wiederholte sie zähneklappernd, als er seine Hand begütigend auf ihre legte.

Er bohrte seinen Blick in ihren. »Du kannst es«, sagte er sanft. »Ich halte dich, versprochen.« Er fasste ihre Hand und löste sie von dem Seil. »Ich halte dich ganz fest, Dev. Zeig mir, dass du es draufhast, dass du eine starke Frau bist.«

Die Worte verfehlten nicht ihre Wirkung, trieben sie vorwärts, spornten sie an. War sie eine starke Frau? War sie deswegen nach Nordirland gekommen, weil sie es sich selber beweisen wollte?

Aber bestimmt nicht auf einer wackligen Hängebrücke, ungefähr dreißig Meter über dem sicheren Tod.

»Na komm«, versuchte er Devyn mit sanfter, eindringlicher Stimme zu überzeugen. »Wir machen Schritt für Schritt gemeinsam.«

Sie umklammerte seine Hand mit der Härte eines Schraubstocks, ihr Blick klebte an ihm. Einen Fuß vorsetzen. Dann den anderen.

Nach etwa dreißig quälend langsamen Schritten erreichten sie Carrick Island – endlich hatte sie wieder festen Boden unter den Füßen!

»Ich wusste, dass du es schaffst.« Er umarmte sie spontan.

»Danke«, brachte sie mühsam hervor. »Ohne dich hätte ich das nicht geschafft.«

Er grinste sie an. »Doch, das hättest du, aber trotzdem danke für das Kompliment. Und jetzt mach dich auf schlechte Nachrichten gefasst.«

»Schlechte Nachrichten?«

»Wir müssen denselben Weg zurück nehmen.« Einen Arm um Devyns Schultern gelegt, führte er sie zu dem Trampelpfad, der um den Felsengipfel herumführte. »Ich finde, wir sollten uns ein bisschen umsehen, bevor wir den Rückweg antreten.«

Hatte er den versprochenen Kuss vergessen oder wollte er ihre Vorfreude bloß hinauszögern? Devyn ließ sich ihre Enttäuschung nicht anmerken. Sie schlenderten um den Felsen und lehnten sich über das Geländer, um auf die Kalksteinklippen hinabzublicken. Die Aussicht war zwar beeindruckend, trotzdem war Devyn fast genauso mulmig zumute wie auf der Hängebrücke. Sie versuchte sich abzulenken, indem sie die frische, salzige Luft in langen Zügen einatmete und auf das Kreischen der Vögel und die tosenden Wellen lauschte, die sich an den Felsen brachen, eine überwältigende Symphonie der Natur, und der Mann an ihrer Seite gab ihr Geborgenheit.

Auf dem Rückweg zur Brücke blieben sie noch ein letztes Mal stehen, um die Aussicht zu genießen.

»Es ist wunderschön hier«, schwärmte sie, tief beeindruckt von der ungezähmten Schönheit der bizarren Felslandschaft.

»*Du* bist wunderschön.«

Sie blickte zu ihm hoch und stellte milde überrascht fest, dass er sie fixierte, mit einer Miene, die Neugier und Begehren spiegelte. »Du flirtest ja schon wieder«, neckte sie ihn.

»Ich habe nie damit aufgehört.« Er senkte den Kopf und streckte die Hände nach ihr aus, seine Absicht war eindeutig.

Ihr Herz machte einen kleinen Hüpfer, sie drängte unbewusst

an Marcs Körper, als wäre es das Natürlichste auf der Welt, mit ihm in zärtlicher Umarmung zu verschmelzen. Devyn erschauerte, ein wohliges Prickeln flutete ihren Bauch, schob sich verheißungsvoll über ihre Wirbelsäule. Sie öffnete sehnsuchtsvoll die Lippen, brannte auf seinen Kuss.

»Du, Marc«, meinte sie gedehnt, »du hattest mir eigentlich etwas versprochen – als Lohn für meine Angst und meine beherzte Brückenüberquerung.«

Er bog den Kopf nach hinten und schenkte ihr einen glutvollen Blick. »Meinst du das mit dem Kuss?«

Sie lachte nervös und ein bisschen verlegen, ihre Sinne berauscht ob seiner Nähe. Eine kleine Stimme in ihrem Kopf raunte leise, dass sie diesem Mann vertrauen konnte und sollte.

»Genau das meine ich«, konterte sie. Sie stellte sich auf Zehenspitzen, brachte ihr Gesicht dicht an Marcs. »Macht aber gar nix. Ich hol mir meine Belohnung schon selbst ab.«

Sie legte ihre Lippen auf seine, die Berührung zart wie Schmetterlingsflügel, worauf Marc sie in eine zärtliche Umarmung schloss. Ihre Körper schmiegten sich aneinander, als hätten sie nie etwas anderes gewollt.

Er erwiderte ihren Kuss, seine Hände glitten ihren Rücken hinauf, gruben sich in ihr Haar, pressten Devyns Lippen besitzergreifend auf seine. Seine Zunge schob sich in ihren Mund, befeuerte ihre zu einem sinnlichen Spiel.

Devyns Nervenenden vibrierten, hinter ihren Augäpfeln zuckten weiß glühende Blitze der Lust. Sie verzehrte sich nach mehr.

Über dem Wasser kreischte ein Vogel, auf der Brücke stieß jemand einen erschrockenen Schrei aus. Einer von vielen, die angesichts der schwindelerregenden Höhe in Panik gerieten.

Sie verlor sich in diesem einen Kuss, blendete den quälenden Rückweg über die Brücke zurück zum Festland aus. Seine Lippen waren weich, seine Barthaare kitzelten rau und aufregend, seine Zunge schmeckte heiß und süß. Es fiel ihr schwer, diesen Kuss zu beenden.

Als sie sich von seinen Lippen löste, senkte er seinen Blick tief in ihren.

»Das hätte ich dir gar nicht zugetraut«, bekannte er.

»Ich bin eben ein impulsiver Mensch. Meine Mutter hält das für eine meiner schlechtesten Eigenschaften.«

»Was deine Mutter da sagt, stimmt nicht. Es ist eine wunderbare Eigenschaft. Tu dir keinen Zwang an, ich mag das, wenn du impulsiv bist.«

Sie umarmte ihn, legte ihren Kopf an seine Schulter, ein seliges Lächeln auf den Lippen, einfach nur froh, eine starke Schulter zum Anlehnen zu haben. Ihr Blick wanderte über die Menschenmenge zur anderen Seite der Brücke und zu der Aussichtsplattform oberhalb der Schlucht.

Wo er spontan an einer auffällig weißen Mähne haften blieb. Dieses silbrig weiß melierte Haar hätte Devyn immer wiedererkannt.

Sharon.

Die junge Frau kniff die Lider zusammen, blinzelte angestrengt zu der Frau in der dunkelgrünen Jacke. Auf diese Entfernung war sie sich unsicher, ob es tatsächlich Sharon war, aber die Frau hatte eine verblüffende Ähnlichkeit mit den Bildern, die auf der Internetseite der UNC eingestellt waren.

»Ist irgendwas?« Marc folgte ihrem erstaunten Blick.

»Sharon!«, rief eine Männerstimme von der anderen Seite der Brücke, laut genug, dass der Wind den Namen übers Wasser zu ihnen herübertrug. Die Frau mit den weißen Haaren wirbelte zu dem Rufenden herum. »Komm, mach voran, Sharon!«

Die Frau winkte dem Mann und lief mit langen Schritten zum Parkplatz.

»Oh, mein Gott, sie ist es! Sie *ist* tatsächlich hier. Der Hotelangestellte hat richtig getippt.«

»Wer denn?«

Statt einer Antwort drängte Devyn an Marc vorbei. »Los, komm mit!«

Ohne jede Erklärung packte sie seine Hand und hielt im Laufschritt auf die Brücke zu, bahnte sich ihren Weg durch die Menge, fest entschlossen, Dr. Sharon Greenberg nicht aus den Augen zu verlieren.

»Devyn«, sagte Marc in scharfem Ton und riss an ihrer Hand, als sie sich rücksichtslos durch die Menge kämpfte. »Hey, mach mal halblang, ja?«

»Ich muss zu ihr. Es ist lebenswichtig«, erklärte sie ihm atemlos. »Dürfen wir mal vorbei?«, wandte sie sich in drängendem Tonfall an eine Touristengruppe.

Dafür erntete sie vernichtende Blicke und missbilligendes Zungenschnalzen.

»Verzeihen Sie, tut mir aufrichtig leid«, murmelte sie, und ihr Herz hämmerte zum Zerspringen. Sie musste es irgendwie schaffen, Sharon Greenberg da drüben abzupassen. Ganz egal wie. »Ich muss da rüber.«

»Wart gefälligst, bis du dran bist, Mädchen«, schimpfte ein Mann mit starkem Akzent und versperrte ihr den Weg.

Devyn entwich ein frustriertes Stöhnen.

»Was zum Teufel ist denn auf einmal los mit dir?«, fragte Marc. »Du kannst dich doch nicht einfach an allen vorbeidrängeln.«

Sie blieb ruckartig stehen, stellte sich auf Zehenspitzen und reckte den Kopf, schwer bemüht, über die Besuchergruppe hinwegzublicken. Mist, die Frau, die sie eben gesehen hatte, war nicht mehr da. Wahrscheinlich war sie den Hügel hinunter an der Touristeninformation vorbei zum Parkplatz gelaufen. Vielleicht konnte sie sie dort abfangen.

»Ich hab jemanden gesehen, mit dem ich … unbedingt sprechen muss«, warf sie ihm über die Schulter zu, während sie buchstäblich auf und ab hüpfte, weil ein breitschultriger Touri ihr die Sicht versperrte. »Entschuldigung, dürfte ich bitte mal vorbei?«

»Immer mit der Ruhe«, sagte Marc. »Wir kommen noch früh genug auf die andere Brückenseite.«

Sie schüttelte heftig den Kopf und starrte weiter auf die Stelle, wo sie die Frau aus den Augen verloren hatte, die Sharon Greenberg täuschend ähnlich sah. Die Frau *hieß* sogar Sharon. Das *konnte* kein Zufall sein.

»Mann, jetzt macht schon«, flüsterte sie genervt, als ein Pärchen auf der Brücke stehen blieb, um Fotos zu machen, und handelte sich dafür weitere verständnislose Blicke ein.

Marc folgte ihr kommentarlos. Sie konnte beinahe körperlich spüren, wie sich seine Augen in ihren Hinterkopf bohrten, auf der Suche nach einer Antwort für ihr merkwürdiges Verhalten. Aber sie schuldete ihm keine Antwort. Sie schuldete ihm gar nichts, bloß weil sie sich ein bisschen der Stimmung hingegeben und ihn geküsst hatte.

Folglich konzentrierte Devyn ihre Energie auf die Aussichtsplattform auf der anderen Seite der Brücke. Heimlich beschwor sie die Frau, wieder aufzutauchen, sich wenigstens noch einmal da drüben blicken zu lassen.

Aber weit und breit war keine Spur von ihr. Devyn tippte darauf, dass sie fast zeitgleich auf der kleinen Insel auf dieser Seite der Brücke gewesen waren. Wie hoch war die Wahrscheinlichkeit, dass so etwas passierte?

Endlich waren sie an der Reihe. Sie würdigte Marc keines weiteren Blickes, sondern setzte mit panisch angehaltenem Atem über die wacklige, ausschwingende Brücke. Rossi, schwer bemüht, mit ihr mitzuhalten, lag Sekundenbruchteile zurück, als ihre Füße auf der anderen Seite aufsetzten.

»Hat's Ihnen nich gefallen?«, frotzelte ein älterer Herr auf dem Brückenplateau. Die junge Frau ignorierte ihn jedoch und kämpfte sich weiter durch die Menge, fest entschlossen, den Aussichtspunkt zu erreichen, von wo aus sie den ganzen Weg ins Tal überblicken konnte.

Auf dem Hügel tummelten sich Massen von Menschen, aber niemand mit silbrig weißen Locken und in grüner Jacke. Die Frau mit dem Namen Sharon war verschwunden.

Devyn hätte heulen mögen. »Sie ist weg«, seufzte sie frustriert.

Ein paar Autos fuhren vom Parkplatz in Richtung Autobahn. Keine Chance, sie noch einzuholen, selbst wenn Devyn mit rudernden Armen und langen Sätzen den Berg hinuntergerannt wäre.

»Kannst du mir mal verraten, wie du auf das schiefe Brett kommst, absolut harmlose Zeitgenossen brutal über den Haufen zu rennen? Wo ich dich vor gut einer halben Stunde förmlich anflehen musste, überhaupt einen Fuß auf diese Brücke zu setzen? Wer ist denn so unheimlich wichtig?«

Sie drehte sich um und richtete ihre Aufmerksamkeit wieder auf ihn. Warum sollte sie irgendjemandem erzählen, warum sie hier war? Ganz zu schweigen diesem Mann, den sie kaum kannte?

Weil sie diesem Mann vertrauen und das hier einfach nicht mehr alleine durchziehen wollte. »Meine Mutter.«

Er wich zurück. »Tja, sie hatte recht, als sie dich impulsiv genannt hat.«

Nein, dachte sie. *Die andere Mutter. Die, die gar nicht weiß, wie impulsiv ich sein kann.*

5

Sharon kämpfte mit ihrer Fassung. Jetzt bloß nicht die Beherrschung verlieren. Er musste wirklich nicht wissen, was in ihrem Kopf ablief. Wenn sie es schaffte, die bohrenden Gedanken auszublenden, dann würde es ihr bestimmt gelingen, sich nicht zu verraten und sich ihre Schwäche nicht anmerken zu lassen.

Denn das hatte man ihr schließlich beigebracht: niemals Schwäche zu zeigen – und in diesem Fall konnte sie sich ganz gewiss keine emotionale Reaktion leisten. Sie war Wissenschaftlerin. Sie *hatte* keine Emotionen.

Ein einziges Wort brauste ihr durch den Kopf, aufwühlend wie der Wind in den Wellen, und mit ihm kam das *Gefühl.* Dieses lange verdrängte, längst tot geglaubte *Gefühl.*

Rose.

Nein, nicht Rose, wies sie sich selbst zurecht, sie heißt jetzt Devyn Sterling. Das letzte Bild, das sie von ihr gesehen hatte, war noch relativ aktuell gewesen. Von daher wusste sie genau, wer diese junge Frau war. Ihre Tochter.

Wie in Himmelherrgottsnamen war es Devyn geglückt, sie aufzuspüren?

»Und?« Liam Baird, der im Fond der Limousine neben ihr saß, kniff forschend seine mausbraunen Augen zusammen. »Haben Sie sie gesehen?«

»Ja«, antwortete sie und strich sich eine ungebändigte silbrig weiß gelockte Strähne aus der Stirn. Sie stand zu ihren aparten weißen Haaren und färbte nicht.

»Und?«, wiederholte der Ire ungeduldig. Er mochte an die fünfzig sein, sah aber jünger aus.

»Ich habe Ihnen doch schon gesagt, ich habe keine Ahnung, wer sie ist. Ich habe diese Frau noch nie im Leben gesehen.« Zumindest nicht mehr, seit sie ein paar Papiere unterschrieben und sie als Baby zur Adoption freigegeben hatte.

Liam ließ sich schwer seufzend in den Ledersitz zurücksinken und fuhr sich mit einer Hand durch sein kräftig gewelltes, sandfarbenes Haar.

»Und warum treibt sich diese Frau dann überall in Belfast herum und fragt an jeder Ecke nach Ihnen? Haben Sie dafür eine Erklärung?«

»Nein, keine Ahnung.« Aber sie sollte sich wirklich schleunigst eine plausible Erklärung ausdenken. Sie hielt sich strikt an die Geschichte, die sie sich zurechtgelegt hatte, seit Baird ihr mit der Sache zusetzte. »Kann natürlich sein, dass sie eine ehemalige Studentin ist, die über die Universität erfahren hat, dass ich hier Urlaub mache. Möglich, dass sie sich in den Kopf gesetzt hat, mit mir Kontakt aufzunehmen. Aus dieser Entfernung kommt sie mir jedenfalls nicht bekannt vor.«

»Dann sollten wir uns vielleicht mal mit ihr unterhalten.«

Oh Gott, nein. Sie schnellte zu ihm herum, durchbohrte ihn mit einem Blick, der erfahrungsgemäß jeden einschüchterte. Sie wusste um die unnachsichtige Strenge ihrer grauen Augen und hatte diesen Blick mit der Zeit perfektioniert. »Wollen Sie mich für dumm verkaufen oder was?«, fragte sie. »Sagten Sie nicht, dass die Kleine Amerikanerin ist? Aber egal, wer sie ist, diese Art von Publicity kann nicht in Ihrem Interesse sein. Schaffen Sie sie von hier weg, sehen Sie zu, dass sie mir nicht mehr über den Weg läuft, statt sie, wie heute, direkt auf meine Fährte zu setzen.«

»Hat aber funktioniert«, meinte er achselzuckend. »Eine Andeutung hinsichtlich Ihrer Aktivitäten, geschickt platziert von einem meiner Leute, und – *zack* – schon taucht sie hier auf. Sie dürfte ziemlich leicht zu manipulieren sein.«

War sie das? Was für ein Typ von Frau war Rose eigentlich? Sharon hätte es nicht zu sagen vermocht. Ihre Tochter war in einer wohlhabenden, vornehmen Familie aufgewachsen und sich ihrer fragwürdigen Herkunft nicht wirklich bewusst. Wäre da nicht der hässliche Zwischenfall mit dem Mord an Devyns Ehemann gewesen. Sharon hatte versucht, die Berichterstattung in den Medien zu ignorieren, aber es war unmöglich gewesen.

»Dann nutzen Sie eben die Ihnen verfügbaren Druckmittel, um die junge Frau zur Abreise zu bewegen«, versetzte Sharon. »Jagen Sie ihr Angst ein. Drohen Sie ihr. Hetzen Sie meinetwegen einen Ihrer Schlägertypen auf sie, damit sie die Fliege macht, Mr Baird. Wir haben hier einen Auftrag zu erledigen, da bin ich wirklich nicht versessen auf Probleme von außen.«

Bairds Augen wurden schmal. »Ich empfehle Ihnen, mich nicht anzulügen. Egal in welcher Hinsicht.«

Sie zuckte mit keiner Wimper. »Sagen Sie das nicht noch mal, Baird. Sie wollen mich doch nicht verärgern, oder? Wenn ich meine hübschen kleinen Spielsachen einpacke und zurückfliege, haben Sie einen Riesenärger am Hals.«

Baird, hochgewachsen und schlank, lehnte sich nach vorn. »Würdest du sie wiedererkennen?«, fragte er. Danny, ihr Fahrer, blickte in den Rückspiegel und nickte.

»Kein Problem. Ich finde sie, überall, egal wo.« Dannys Hände krampften sich um das Lenkrad. Starke, brutale Hände. Die Hände eines Mannes, der skrupellos töten würde.

Sogar eine Frau.

Keine Schwäche zeigen, Sharon. Lass dir bloß nichts anmerken. Wer bei dieser Operation Schwäche zeigt, wird gnadenlos ausgeschaltet.

»Okay, dann finden Sie sie«, wies sie Danny eiskalt an, als arbeitete er für sie und nicht für Baird. »Und sorgen Sie gefälligst dafür, dass sie Belfast verlässt. Sie ist ein junges Ding, das sich leicht einschüchtern lässt. Das kann doch nicht so schwer sein, oder?«

»Sie ist nicht allein«, gab Baird zu bedenken. »Haben Sie Ihren Begleiter gesehen? Kennen Sie diesen Mann?«

»Nein, sorry. Haben Sie nicht gesagt, dass sie allein unterwegs ist? Wahrscheinlich hat sie den Typen gestern Abend in der Bar aufgegabelt.«

»Sie war allein, das haben mir meine Informanten bestätigt«, erklärte er. »Sie hat ganz Belfast unsicher gemacht und sich überall nach Dr. Greenberg erkundigt.«

»Vielleicht sucht sie jemand anders, der zufällig auch Dr. Greenberg heißt.«

»*Das junge Ding* hat Sie exakt beschrieben.«

Sharons Magen schnürte sich schmerzhaft zusammen. Wie denn? Woher wusste sie, wer Sharon war und wie sie aussah?

Natürlich hatte sie die Nachrichten verfolgt und wusste, dass Devyns Mann vor ein paar Monaten ermordet worden war – von einem Polizisten und Joshua Sterlings Geliebter. Gab es da irgendwie eine Verbindung? Die einzige Person, die Sharon spontan einfiel, war …

Er *konnte* sie nicht geschickt haben, oder?

»Wie gesagt, Mr Baird, ich bin sicher, dass es dafür eine hinlänglich einleuchtende Erklärung gibt. Ich schlage vor, dass Sie Ihre weitreichenden Beziehungen und Kontakte nutzen, um dieses Mädchen zur Einsicht zu bringen, dass sie heimfliegt und uns nicht mehr in die Quere kommt.«

Dass er ungehalten schnaubte, ließ Sharon kalt. Sie starrte gedankenvoll aus dem Fenster. Hau ab, Mädel. *Flieg wieder nach Hause, Rose. Verschwinde von hier.*

»Es sei denn, wir haben irgendeine Verwendung für die Kleine«, spekulierte Baird laut. »Sie könnte vielleicht noch nützlich für uns werden.«

Sharon zeigte keine Reaktion. Ihre Wange an die kühlende Scheibe gepresst, überlegte sie fieberhaft. *Warum ist sie hier? Wie hat sie es herausgefunden? Ist das Ganze ein Trick, um mich aus dem Konzept zu bringen oder um meine Loyalität auf die Probe zu stellen?*

Denn wenn Devyn Sterling von demjenigen hergeschickt worden war, auf den Sharon heimlich tippte, dann …

Sie schluckte, als ihr unvermittelt ein lange verdrängter Satz durch den Kopf geisterte.

Manchmal müssen eben ein paar wenige für das Wohl vieler leiden. Aber wer waren die paar wenigen? Und wer traf eine solche Entscheidung?

»Können wir jetzt wieder zum Tagesgeschäft zurückkehren, Mr Baird?«, fragte sie brüsk. »Ich hab genug von Ihrer Salamitaktik, die, was meine Person betrifft, völlig unnötig ist.«

»Irrtum, Dr. Greenberg. Was nötig oder unnötig ist, entscheide ich.« Liam lehnte sich in seinem Sitz zurück. »Diese junge Frau hat in meiner Organisation sämtliche Alarmglocken schrillen lassen. Ich will wissen, wer sie ist, damit ich ihr das Handwerk legen kann. Ist mir egal, wer sie hergeschickt hat.«

»Niemand hat sie hergeschickt«, schoss sie mit einem ärgerlichen Funkeln in den Augen zurück. »Ich weiß sehr genau, dass Sie mich testen. Keine Ausflüchte mehr, Mr Baird. Sie glauben, dass sie eine Art Spitzel oder Lockvogel oder eine *Spionin* ist, nicht wahr?«

»Sie haben recht«, räumte er ein. »Ich habe Sie getestet. Ich wäre nicht da, wo ich heute stehe, wenn ich naiv irgendwem vertraut hätte.«

Sie zuckte kaum merklich mit den Schultern, ihre Miene

gleichgültig. »Lassen Sie mich einfach wieder den Job machen, wegen dem ich hier bin«, sagte sie kühl. »Diese Verzögerungstaktiken bringen Sie in Ihrer Sache nicht weiter.«

»*Unserer* Sache«, korrigierte er sie.

Sie legte ihm eine Hand auf den Arm. Die sich bläulich unter ihrer Haut malenden Venen verrieten Sharons wahres Alter. Sie war inzwischen fünfundfünfzig und hatte dreißig lange verfluchte Jahre darauf warten müssen, dass Finn MacCauley ihr die Gelegenheit gab, es ihm endlich heimzuzahlen. Und weder das Alter noch ihre gemeinsame Tochter würden sie davon abhalten können.

»Damit eins klar ist, Mr Baird ...«

Er fing ihren harten Blick auf. »Ich weiß, dass es nicht Ihre Sache ist.«

»Es ist auch nicht *Ihre* Sache«, gab sie zurück. »Sie sind aus demselben Grund dabei wie ich. Kohle. Und solange wir uns darüber einig sind, können wir miteinander Geschäfte machen. So arbeite ich. So habe ich immer gearbeitet.«

»Offensichtlich brauche ich – brauchen *wir* – Kohle, um die politischen Kräfte zu reaktivieren und die republikanische Sache zu gewinnen, die wir nie hätten ... verlieren dürfen.« Als er merkte, dass er sich um Kopf und Kragen redete, räusperte er sich nervös.

»Halten Sie den Mund«, schnappte sie und torpedierte ihn mit einem ihrer todbringenden Blicke. »Sie handeln mit Drogen, Mädchen und Waffen, und machen damit ein schmutziges Vermögen. Trotzdem können Sie den Hals nie vollbekommen.« Der Druck ihrer Hand auf seinen Arm wurde fester. »Verarschen Sie mich nicht, Mr Baird, dann verarsche ich Sie auch nicht. Ich bin an der politischen Konfliktsituation genauso wenig interessiert wie an Ihren Mafia-Machenschaften.«

»Was wollen Sie dann, Dr. Greenberg?«

Es brodelte schon so lange in ihr, dass sie das Gefühl schwerlich in Worte fassen konnte. Rache. Vergeltung. Zerstörung. »Was ich will, müsste inzwischen offensichtlich sein. Und da ich Ihren bescheuerten kleinen Test bestanden habe, sollte jetzt umgehend die zweite Zahlung auf mein Konto in die Wege geleitet werden.«

Er entzog ihr seinen Arm. »Sie wird veranlasst, wenn Sie tun, wofür wir Sie engagiert haben.«

»Wenn bis morgen Mittag nicht zweihundertfünfzigtausend Dollar auf meinem Konto sind, mache ich überhaupt nichts mehr, kapiert?«

Er tippte demonstrativ auf die Walther PPK an seiner Hüfte. »Ich bin derjenige, der in dieser Organisation das Sagen hat, Dr. Greenberg. Sie sind hier nur als mein Gast.«

Sie lachte leise. »Köpfchen geht über Waffen, mein Lieber. Und das wissen Sie genauso gut wie ich, sonst wäre ich nicht hier. Was meinen Sie, wie Ihr Kunde reagiert, wenn sich die Lieferung verzögert? Oder, noch schlimmer, wenn sie ineffektiv ist?« Sie zog eine Augenbraue hoch. »Glauben Sie mir, dann sehen Sie die Radieschen von unten.«

Damit hatte sie den Nagel auf den Kopf getroffen, sann er, bemüht, seine Konsterniertheit mit einem schiefen Lächeln zu überspielen. »Sie sind gerissen und kalt wie eine Hundeschnauze. Wenn Sie fünfundzwanzig Jahre jünger wären, könnte ich mich glatt in Sie verlieben.«

»Wenn ich fünfundzwanzig Jahre jünger wäre, würde ich mich bestimmt nicht mit Ihnen abgeben.« Sie kehrte ihm den Rücken zu und lenkte ihre Aufmerksamkeit auf die Küste, die draußen an ihnen vorüberglitt. »Sie fangen sowieso schon an, mich zu nerven.«

»Danny«, sagte Baird ruhig. »Kümmern Sie sich um das Mädchen.«

»Mach ich, Sir.«

Sharon mochte nicht daran *denken*, was das bedeutete. Sie wusste es auch so.

Allein bei der Vorstellung drehte sich ihr der Magen um.

Gab es denn niemanden, der ihr in dieser Situation helfen konnte? Jemand, dem sie vertrauen konnte und der Devyn Sterlings Vertrauen hatte? Letztlich blieb Sharon nichts anderes übrig, als den unvermeidlichen Schritt zu tun. Sie würde Kontakt zu Devyn aufnehmen und ihre Tochter davon überzeugen müssen, dass sie Irland schleunigst verließ.

Aber dazu brauchte es eine Menge Fingerspitzengefühl und Kreativität.

Es hatte keinen Sinn, Devyn ins Kreuzverhör zu nehmen, überlegte Marc auf der Rückfahrt. Sie schien von der Geschichte in Carrick-a-Rede sichtlich mitgenommen. Also ließ er im Kopf noch einmal Revue passieren, was er bisher wusste.

Ihre Mutter – jedenfalls die, bei der sie aufgewachsen war – befand sich definitiv in Newton, Massachusetts. Als Devyn in der Touristeninformation kurz zur Toilette gegangen war, hatte er Vivi eine SMS geschrieben und sie gebeten, das zu bestätigen. Während der Fahrt zurück nach Belfast kam die Antwort.

Die »Mutter« hier in Nordirland war also ihre biologische Mutter? Dann musste Devyn definitiv mehr Informationen haben als das, was in den FBI-Akten stand.

Sie saß neben ihm und ließ schweigend die Landschaft entlang der Küstenstraße vorüberziehen, offensichtlich nicht gewillt, ihm mehr zu enthüllen als das wenige, was er in ihrem Gespräch aufgeschnappt hatte: Sie glaubte, dass die Frau, die sie auf dem Hügel gesehen hatte, ihre Mutter war, und sie hatte nach ihr gesucht. Sie ließ offen, ob diese Frau identisch mit der Freundin war, mit der sie sich im Verlauf der Woche treffen wollte, aber davon ging Marc Rossi mittlerweile aus. Es hatte ohnehin wenig Zweck, sie zu irgendetwas zu nötigen, was sie nicht aus freien Stücken preisgeben mochte.

Devyn war der reservierte, zugeknöpfte Typ, folglich beschloss er, einfach abzuwarten, bis sie sich nach und nach von selbst öffnete. Ihm fielen spontan ein Dutzend ziemlich angenehme Arten ein, diesem Prozess nachzuhelfen, doch wenn er sie zu sehr bedrängte, machte er womöglich den Vertrauensvorschuss kaputt, den er heute aufgebaut hatte.

Eine Frage brannte ihm jedoch auf der Seele: War Devyn nach der zufälligen Begegnung mit ihrer Mutter noch entschlossener, in Belfast zu bleiben? Oder ließe sie sich dadurch leichter umstimmen, das Land zu verlassen, wie es sein Auftrag vorsah?

Und er musste noch etwas wissen: Hatte ihre Mutter irgendwas damit zu tun, dass ASAC Lang Devyn unbedingt von hier weghaben wollte?

»Ich habe wohl irgendwie die Stimmung kaputt gemacht«, meinte sie schließlich, als sie die Randbezirke von Belfast passierten und die Silhouette der Stadt vor ihnen auftauchte, geprägt von wenigen markanten Gebäuden und den Umrissen zweier Werftkräne, die im Hafenviertel in den Himmel ragten.

»Mach dir da mal keine Gedanken.« Er musterte sie mit einem schnellen Seitenblick. »Alles okay mit dir?«

Sie nickte und lächelte verkniffen. »Ich bin bloß ein bisschen durch den Wind, weil ich sie gesehen habe und weil ich sie vermisse.«

»Bist du sicher, dass die Frau, die du gesehen hast, deine Mutter ist?«

»Ja, ziemlich sicher. Ich ...« Sie drehte den Kopf weg und muffelte verlegen: »Ich kenne sie eigentlich gar nicht.«

»Wie bitte?«

Sie zögerte eine kurze Weile, bevor sie wieder zu Marc sah, ihr Blick bedrückt. »Ich bin ihr nie wirklich begegnet.«

Seine Reaktion war ein langsames, verständnisvolles Nicken, in der Hoffnung, ihr mehr zu entlocken. Sie schluckte schwer und flüsterte dann: »Ich wurde als Baby adoptiert.«

»Aha, ich verstehe. Es geht dir um deine leibliche Mutter. Du versuchst, sie ausfindig zu machen?«

»Ja.«

Er schwieg betroffen und steuerte durch den Verkehr. An der letzten Ampel vor dem Europa fragte er: »Weiß sie das?«

»Nein.« Ein Wort, das einen Kosmos von Emotionen spiegelte.

Marc fasste unwillkürlich nach ihrer Hand und war nicht wirklich überrascht, als Devyn seinen Druck erwiderte. »Aber ich muss wissen, ob sie mich treffen will oder nicht.«

»Und warum?«

Sie schüttelte bloß den Kopf, und er bedrängte sie nicht weiter.

»Also dann, zurück ins Hotel?«, fragte er.

Sie sah seufzend auf ihre Uhr. »Mmmh, ich habe im Windermere, wo ich wohne, gar nicht ausgecheckt, also werde ich die Nacht wohl dort verbringen und mir überlegen, was ich morgen mache.«

»Ich kann dich ins Windermere bringen, warten, bis du gepackt und ausgecheckt hast, und dich dann zum Europa fahren. Dann kannst du dich dort einrichten und auf sie warten.«

Sie schoss ihm einen nervösen Blick zu. »Ich habe nicht gesagt, dass sie die Person ist, auf die ich warte.«

»Ich habe geraten. Liege ich richtig?«

Statt einer Antwort nickte sie kurz. Damit war das Thema für sie erledigt.

Irgendwas war da faul, fuhr es Marc durch den Kopf. Ihr Verhalten war zumindest untypisch für jemanden, der einen ersten

Kontakt mit seiner leiblichen Mutter herstellen wollte. Warum flog sie deswegen extra nach Belfast, statt in den USA darauf zu warten, dass ihre Mutter zurückkehrte? »Wie lange bleibt sie denn hier in Belfast?«, hakte er nach.

»Das weiß ich nicht«, räumte Devyn ein. »Ich wusste nicht mal sicher, *dass* sie hier ist. Ich bin nur aus einer Laune heraus hergeflogen, weil ich ihr etwas mitteilen muss.«

»Bist du immer so … so …«

»Impulsiv, ja. Du hast es erfasst.«

Aber da steckte bestimmt mehr dahinter. »Was musst du ihr denn …« Ihr flammender Blick brachte ihn zum Schweigen. »Schon gut, Devyn. Es geht mich wirklich nichts an.«

Sie warf ihm ein flüchtiges Lächeln zu. »Danke. Das Windermere ist gleich da hinten, die Lisburn Road runter, ganz in der Nähe der Universität. Ich fände es wirklich nett, wenn du mich da rauslassen würdest.«

»Klar. Es sei denn, ich kann dich überreden, mit mir zu Abend zu essen.«

»Tut mir leid, Marc. Ich muss allein sein und meine Gedanken sortieren.«

Er nickte und fuhr an der Kreuzung Richtung Süden, durch das belebte Universitätsviertel von Belfast. Die Straßen waren vollgestopft mit Touristen und Studenten, der Verkehr floss so langsam, dass Marc etliche Seitenblicke auf seine Beifahrerin erhaschen konnte, doch die blieb verschlossen wie ein Banktresor.

»Ich will ja nicht neugierig sein«, begann er schließlich, »aber wenn sie gar nicht weiß, dass du hier bist, hältst du es dann nicht auch für einen unglaublichen Zufall, dass du sie heute ausgerechnet auf einer entlegenen Brücke irgendwo an der Küste gesehen hast?«

»Das hab ich auch schon überlegt«, gestand sie. »Aber die Brücke ist eine bekannte Touristenattraktion, und der junge Mann im Europa meinte zu mir, dass sie wahrscheinlich eine kleine Sightseeing-Tour macht, weil sie ihr Gepäck im Hotel gelassen hat. Eigentlich hat er mich darauf gebracht, auch hinzufahren, also … nicht so weit hergeholt. Der Typ hatte einfach einen guten Riecher.«

»*Sooo* ein Zufall. Offen gestanden bin ich kein großer Fan von Zufällen.«

Sie zuckte wegwerfend mit den Achseln. »Vielleicht war es Bestimmung. Vielleicht sollte ich sie einfach sehen. Du weißt schon, Fügung des Schicksals und so.«

»Glaubst du an so was?« Er konnte die Ungläubigkeit in seiner Stimme nicht verhindern.

»Kein bisschen«, sagte sie und lachte leise. »Aber eine andere Erklärung fällt mir nicht ein.«

»Wenn es nach mir ginge, würde ich das gerne bei einem netten Abendessen weiterdiskutieren. Aber du hast mir ja leider einen Korb gegeben. Vielleicht können wir das noch nachholen, bevor du wieder nach Hause fliegst.«

Sie warf den Kopf nach hinten, und ihre Miene entspannte sich zu einem bezaubernden Lächeln – er konnte sich nicht sattsehen an diesem Lächeln. »Du bist ein verdammt netter Kerl, weißt du das?«

»Dann hab ich mit meinem hintergründigen Plan, dich hinters Licht zu führen, Erfolg gehabt«, sagte er lachend und hoffte, dass sie nicht merkte, wie nah diese Aussage an der Wahrheit war. Denn er fühlte sich nicht wirklich wohl dabei, dass er eine Frau anschwindeln sollte, die schwere persönliche Schicksalsschläge verkraften musste und die nach dem Mord an ihrem Mann zweifellos auf der Suche nach Antworten war, Antworten, die wichtig für ihr künftiges Leben waren. Wenn es stimmte und Devyn war aus rein emotionalen Motiven hergekommen, weil sie ihre leibliche Mutter finden wollte, dann schien es ihm irgendwie nicht richtig, sie aus Belfast wegzubringen.

Aber *warum* wollte ASAC Lang nachgerade zwanghaft, dass sie Belfast verließ? Hatte es etwas mit der gesuchten Frau zu tun?

»Tja, Marc«, sagte sie, als sie sich dem Bed & Breakfast näherten, »das mit unserem Ausflug hast du dir sicher etwas anders vorgestellt, oder?«

»Kommt drauf an, wie du das meinst«, sagte er weich. »Ich wollte dich auf jeden Fall küssen – und das ist mir auch geglückt. Ich hätte allerdings nie gedacht, dass du mich knallhart beiseiteschubsen und mit Karacho über eine Brücke setzen würdest, auf der du zehn Minuten vorher noch totale Panik hattest. Spricht nicht gerade für meine Küsse, oder?« Indes sagte es eine Menge darüber aus, wie viel Devyn riskierte, um mit dieser Frau zusammenzukommen.

»Du küsst himmlisch«, versicherte sie ihm. »Das nächste Mal lass ich mich nicht ablenken, versprochen.«

»Also wird es ein nächstes Mal geben?« Er spielte ihr nichts vor, die Hoffnung in seiner Stimme war echt. Seine Miene halb fragend, halb erwartungsvoll, fuhr er auf den Parkplatz des Windermere.

Ein Blick zu Marc und die Mauer, die Devyn um ihre Seele gezogen hatte, drohte zu bröckeln. Sie wollte heute Abend nicht allein sein, tippte er, aber sie traute sich selbst nicht über den Weg, was ihn betraf.

Er musste also schnellstens kreativ werden und sich etwas einfallen lassen, damit seine Mission Erfolg hatte.

»Ich weiß ehrlich gesagt noch nicht, ob es ein nächstes Mal geben wird«, ruderte sie schließlich zurück. »Ich muss Sharon finden, und dann …«

Er führte ihre Hand zu seinem Mund und drückte einen sanften Kuss auf ihre Fingerknöchel. »Du weißt ja, wo ich bin«, sagte er, ohne den Blick von ihr abzuwenden. »Zimmer 412 im Europa.«

»Danke«, sagte sie, und ihre Augen wurden ein wenig feucht.

Er ließ ihre ineinander verschränkten Hände sinken, beugte sich zu ihr und fühlte sich abermals magnetisch von ihr angezogen. »Ich hatte einen wunderbaren Tag mit dir, Dev.«

Sie lächelte. »Ich mag es, wenn du mich Dev nennst.«

»Ich mag dich«, sagte er schlicht. »Und wenn du irgendwas brauchst, frag mich einfach.«

Devyns Lippen öffneten sich zu einem kleinen Seufzen, als er mit einer Hand in ihr Haar griff und mit seinem Mund zärtlich ihren streifte. Marc fühlte förmlich, wie sie mit sich kämpfte, indes hatte er schon so gut wie gewonnen. Er schob seine Zunge verheißungsvoll zwischen ihre warmen Lippen, intensivierte ihren Kuss, entflammte Devyns Sinne.

Ihre Nackenmuskulatur entspannte unter seinen zärtlichen Fingern, während sie sanft erschauernd ihren Atem in seinen Mund hauchte. Ihre Finger, die auf seinem Bein ruhten, krampften sich unbewusst in den Stoff seiner Jeans. Er küsste sie heißer, glutvoller.

Als er sich von ihren Lippen löste, klappte sie flatternd die Lider auf, weit entrückt, tief verloren in diesem einen Kuss. Dann fasste sie sich hastig wieder, drückte die Autotür auf und stieg stirnrunzelnd aus.

»Wiedersehen, Marc.« Sie blickte sich nicht mehr um, sondern lief schnurstracks in die Pension.

Höchste Zeit für Plan B.

6

Die frische Luft war wie ein kleiner Schock für Devyns erhitzte Haut. Sie fröstelte spontan, als sie auf das kleine Hotel zuschoss, und zog die Jacke fester um sich. Eben im Wagen bei Marc war ihr noch glutheiß gewesen. Schlotternd drückte sie mit der Schulter die Eingangstür des Bed & Breakfast auf, hin- und hergerissen, ob ihre Entscheidung, Marc schnöde im Auto sitzen zu lassen, richtig war.

Sie hätte zwar gern mit diesem Mann zu Abend gegessen und noch ein paar Stunden nonstop Mund-zu-Mund-Beatmung gemacht, aber dann hätte sie sich garantiert irgendwann verplaudert, und das kam nicht in die Tüte.

Sie hatte schon reichlich genug Geheimnisse ausgeplaudert und verdammt viel riskiert.

Zweifellos fühlte sich dieser Mann von Devyn Hewitt angezogen, der hohen Tochter aus den besten Kreisen der Bostoner Schickimicki-Gesellschaft, die auf Smalltalk und Bussi-Bussi abfuhr. Der Mann hatte Charisma und Stil, und er verströmte Sex pur. Noch ein paar geschickt platzierte Fragen und er hätte genau gewusst, wer Devyn Hewitt alias Smith wirklich war.

Das uneheliche Kind eines gesuchten Verbrechers.

Hinzu kam, dass ihre Suche keine herzzerreißende Friede-Freude-Eierkuchen-Wiedersehensparty mit ihrer Mutter bezweckte. Ihre Mutter war gezwungen gewesen, ihr Kind wegzugeben, weil sie bei Devyns Geburt selbst noch ein halbes Kind gewesen war. Das war vielleicht verzeihlich. Kaum nachvollziehbar war es jedoch, dass Sharon Greenberg später keinerlei

Versuche unternommen hatte, mit ihrer Tochter in Kontakt zu kommen.

Ein mögliches Treffen mit ihrer Rabenmutter konnte demnach hässlich werden, und heikel, verdammt heikel. Zum einen würde sie beichten müssen, dass Joshua vor seiner Ermordung möglicherweise Sharons Geheimnis ausgeplaudert hatte. Zum anderen die Tatsache, dass jemand Sharons Haus bespitzelte, weil er Mommy an die Gurgel gehen wollte.

Ein Date oder einen Flirt oder gar eine heiße Romanze mit Marc Rossi schob Devyn weit von sich. Erst mal musste sie diese Hiobsbotschaften loswerden, dann bestand vielleicht eine klitzekleine Chance.

Sie hoffte inständig, dass Marc Rossi kein Problem mit ihrer unrühmlichen Herkunft hatte …

Im Vorbeigehen nickte Devyn der jungen Frau an der Rezeption zu, warf einen Blick in die gemütliche Eingangshalle und war froh, dass sie noch nicht ausgecheckt hatte. Sie fühlte sich in der hübschen kleinen Hotelpension sehr wohl, anders als im Europa, einem großen, unpersönlichen Hotelklotz.

Und Marc Rossi war dort.

Im Kamin knisterte ein Feuer, Wortfetzen und gedämpftes Lachen wehten aus dem netten kleinen Restaurant-Pub zu ihr herüber, wo sie heute zu Abend essen würde.

Allein.

Sie bog um die Ecke und stieg die Holztreppe zum ersten Stock hinauf, lief den schmalen Flur entlang zu ihrem Zimmer, fest entschlossen, sämtliche Spekulationen in den Wind zu schießen und sich auf das wirklich Wesentliche zu konzentrieren.

Heute Abend wollte sie sich mit den paar wenigen Unterlagen beschäftigen, die sie aus Sharons Arbeitszimmer mitgenommen hatte. Vielleicht kam ihr dann die Erleuchtung, seufzte sie. Wenn sie doch bloß einen Computer und Internet hätte, dann ließe sich wahrscheinlich leichter herausfinden, was genau die fragliche Zeichnung darstellte, und möglicherweise auch, wer Sharon die E-Mail geschickt hatte, von wegen Abholung am Flughafen und so.

Marc Rossi hatte wahrscheinlich einen Laptop dabei.

Wenn du irgendwas brauchst, frag mich einfach.

Den Laptop hätte sie jetzt gut gebrauchen können. Und nicht bloß den. Ehrlich gesagt war sie an allem interessiert, was dieser Mann zu bieten hatte. Allerdings bezweifelte sie, dass er weiter so freigiebig und freundlich sein würde, wenn er erst die Wahrheit wusste. Er würde sich vermutlich so ähnlich verhalten wie Joshua oder ihre Eltern, Menschen, die sie geliebt und denen sie vertraut hatte, und die dennoch dauernd auf Devyns Gefühlen herumtrampelten.

Und was war mit Sharon Greenberg, die Devyns Namen kannte und Fotos von ihr aufgehoben hatte? Mit der Telefonnummer ihres leiblichen Vaters auf der Rückseite?

Die Erkenntnis war wie ein schmerzhafter Stich mitten ins Herz. Warum hatte Sharon Devyn nie aus den Augen verloren? Aus Sorge? Schuldbewusstsein? Neugierde? *Liebe?*

Sie rammte ärgerlich den Schlüssel in das Türschloss, als wollte sie letzteren Gedanken brutal abwürgen. Eine kindische Fantasie ohne jede Grundlage. Wenn Sharon ihre Tochter liebte, die sie damals zur Adoption freigegeben hatte, hätte sie inzwischen mit Sicherheit Kontakt zu ihr aufgenommen.

Im Zimmer zog sie ihre Jacke aus und begann, sich die Bluse aufzuknöpfen, und der vertraute Kampf tobte so laut in ihrem Kopf, dass sie den Schritten vor ihrem Zimmer keine Beachtung schenkte. Als es leise an die Tür klopfte, verharrte sie mitten im Knöpfen.

Es klopfte noch mal. »Devyn?«

Oh. Er war zurückgekommen. Sie musste unwillkürlich lächeln, denn tief in ihrem Innern wollte sie all das, was sie bewegte, mit jemandem teilen. Mit Marc.

»Eins muss ich dir lassen«, sagte sie und ging zur Tür, »hartnäckig bist du.«

Eine Hand auf der Türklinke blickte sie auf ihre aufgeknöpfte Bluse hinunter. Irgendetwas hielt sie davon ab, sie wieder zuzuknöpfen und ihm den Blick auf einen Hauch von Spitze und ein verführerisches Dekolleté zu versagen. Irgendetwas? Wie wär's mit *lockender Versuchung*?

Es gab keinen Spion in der Tür, sonst hätte sie nachgesehen, ob er ebenfalls lächelte. Stattdessen schloss sie auf, schob den Sicherheitsriegel beiseite, worauf die Tür ihr buchstäblich entgegenschlug. Devyn stolperte entgeistert zurück.

Ihr blieb die Luft weg, als ein Mann hereinkam, über dem Gesicht eine Maske.

»Oh mein Gott«, rief sie und blinzelte den Eindringling ungläubig an.

Er war groß, kräftig gebaut und stürzte sich unversehens auf sie. Sie wollte schreien, doch er presste ihr eine Hand aufs Gesicht, wirbelte sie herum und drehte ihr den Arm so brutal auf den Rücken, dass ihr Schultergelenk leise knackte.

Sie konnte seinen heißen Atem an ihrem Ohr spüren, als er sie schmerzhaft in den Schwitzkasten nahm, und registrierte seinen unangenehm säuerlichen Mundgeruch.

»Verschwinde von hier. Kapiert? Hau ab!«

Wie hatte sie bloß denken können, es wäre Marc? Dieser Mann hatte einen starken Akzent. War er Ire? Oder Engländer? Auf jeden Fall war er ein gewalttätiger Idiot.

Sie versuchte abermals, laut loszukreischen, doch seine Hand erstickte ihren Schrei.

»Verschwinde, oder es wird dir noch leidtun.« Er ließ sie los und stieß sie mit einer solchen Wucht von sich, dass ihre Knie einknickten und sie zu Boden prallte. Wie gelähmt blieb sie liegen, zusammengekauert und nicht in der Lage, sich umzudrehen und ihn anzusehen. Stattdessen wartete sie auf den Horror, der noch kommen würde – Schläge, Tritte, weitere Drohungen.

Doch die Tür knallte hinter ihr zu, und er war weg.

Sie rappelte sich mit wackligen Knien auf, und seine Drohung hallte in ihren Ohren nach.

Verschwinde, oder es wird dir noch leidtun.

Wovon redete er? Und wer war dieser Kerl? Endlich drehte sie sich um, von der Angst getrieben, dass er noch da sein könnte. Doch sie war allein.

Nein, nicht wirklich. Sie musste das nicht allein durchstehen. Nicht mehr.

Sie schob den Riegel vor und packte entschlossen ihre Koffer.

Es würde ihn zweifellos ein bisschen was kosten, tippte Marc, zumal der rotgesichtige Portier, der griesgrämig hinter der Rezeption herumlungerte, bestimmt an die siebzig war. Ein kleines Bakschisch brachte den Alten hundertprozentig auf Trab.

»Eventuell kann ich Ihnen helfen«, meinte der Angestellte gedehnt, während er mit der Leichtigkeit eines Magiers Marcs 20-Pfund-Note verschwinden ließ. »Aber wenn ich erwischt werde, werde ich abstreiten, Ihnen je begegnet zu sein.«

Das passte Marc hervorragend in den Kram. »Abgemacht. Ich brauche höchstens zehn Minuten in Ihrem Gepäckaufbewahrungsraum.« Lang genug, um den Nachnamen dieser Sharon herauszufinden, denn der Vorname war Devyn vorhin im Auto herausgerutscht.

Der Portier runzelte die Stirn. »Wissen Sie, vor zehn, zwölf Jahren wären Sie direkt verhaftet worden, wenn Sie mich um so was bloß gebeten hätten.«

Ohne Zweifel konnte dieser Mann sich noch sehr gut an die damaligen Unruhen erinnern.

»Die Zeiten haben sich geändert.«

»Das schon.« Er zuckte missfällig die Schultern. »Aber wehe, Sie platzieren 'ne Bombe in meiner Kofferkammer, Bürschchen.«

»Mach ich nicht, keine Sorge. Ich suche ein paar Taschen, die jemand hiergelassen hat. Einer Freundin von mir wurde heute Morgen vom diensthabenden Portier gesagt, dass die Taschen da sind, und wenn Sie mich direkt zu dem fraglichen Gepäck bringen können, ist das in Nullkommanichts erledigt.«

Der Angesprochene schüttelte den Kopf. »Ohne den Schein kann ich Ihnen die nicht aushändigen. Bedaure.«

»Das ist mir klar, aber ich kann doch sicher einen Blick darauf werfen? Nur um sicherzugehen, dass sie da sind? Sie können ja mitkommen.«

Der Alte warf einen Blick durch die Eingangshalle, in der es momentan ruhig war, dann wandte er sich wieder an Marc. »Ich weiß nicht, mein Junge. So was ist hier nicht üblich.«

Marc zog die Hand aus der Tasche, und diesmal schob er einen 50-Pfund-Schein über den Tresen. »Es ist wichtig. Begleiten Sie mich ruhig, wenn Sie sich dann besser fühlen.«

Während der Angestellte nach dem Geldschein griff, näherten sich zwei andere Gäste der Rezeption. »Einen Moment«, sagte er zu Marc. »Lassen Sie mich das zuerst erledigen.«

Marc trat beiseite und wartete, bis der Mann die anderen Gäste abgefertigt hatte, die sich nach einem guten Restaurant in der Stadt erkundigten. Als sie gegangen waren, winkte der Portier Marc zu sich.

»Wir können«, sagte er kryptisch und deutete mit dem Kopf auf die Tür hinter ihm. »Aber beeilen Sie sich.«

Der Lagerbereich war kleiner als zwanzig Quadratmeter und

vollgestopft mit Taschen, Koffern und ein paar Paketen, die darauf warteten, abgeholt zu werden.

»Wie lautet der Name?«, fragte der Rezeptionist.

»Sharon.«

Er erhielt einen spöttischen Blick als Antwort. »Den Nachnamen, bitte?«

Marc schüttelte den Kopf. »Ich sehe mir einfach die Namen auf den Schildern an.« Wie viele Sharons konnte es schon geben?

»Nein, Sir, ich kann das nicht …«

Draußen an der Rezeption ertönte die Klingel. »Entschuldigung, jemand da?«

Dankbar für sein Glück und die Ungeduld irgendeiner Frau versetzte Marc dem Mann einen leichten Schubser. »Gehen Sie, ich bin in weniger als drei Minuten hier raus. Ich muss nur nachsehen, ob sie die Sachen schon abgeholt hat. Ich werde mit Sicherheit noch mal bei Ihnen an der Rezeption vorbeischauen und mich gebührend bedanken.« Marcs Blick fiel auf das Namensschild des Angestellten. »Thomas.«

»Hallo? Ist ein Portier da?« Die Stimme wurde lauter, und Thomas atmete frustriert aus.

»Beeilen Sie sich einfach«, sagte er und trat aus der Tür.

Sobald Thomas weg war, fing Marc in einer Ecke an, griff sich in Windeseile, da Thomas jede Sekunde zurück sein konnte, um ihn rauszuwerfen, ein Gepäckstück nach dem anderen und suchte nach einem Gepäckanhänger oder Namensschild. Er überflog die Namen. Michael, David, Mortimer, Eileen, J. Macmahon, Tim Ballough – fünf Koffer trugen diesen Namen. Mann, der Kerl nahm mit seinem Krempel den halben Raum ein.

Auf der anderen Seite fing er oben an. R. Fink. Thomas MacAvoy. Dr. S. Greenberg.

Sharon Greenberg? Doktor Sharon Greenberg? Der Kofferanhänger war mit schwarzen, krakeligen Buchstaben beschriftet, UNC Abt. Mikrobiologie, Chapel Hill, NC.

Er überprüfte den Rest – keine Sharons darunter, kein S als Anfangsbuchstabe bei den Vornamen. Er widmete sich abermals dem Gepäck von S. Greenberg aus North Carolina und versuchte, die Reißverschlüsse der Taschen zu öffnen, aber sie waren mit Sicherheitsschlössern versehen. Trotzdem hatte Marc einiges, mit dem er weiterarbeiten konnte.

Beim Rausgehen stieß er fast mit Thomas zusammen, bedankte sich und steckte ihm noch zwanzig Pfund zu.

In seinem Zimmer ließ er seinen Laptop aufschnappen und jagte eine E-Mail an Vivi raus, in der Hoffnung, dass sie weitere Details über Dr. Sharon Greenberg in Erfahrung bringen könnte. Dann startete er seine eigene Suche und googelte die Seite der University of North Carolina. Er machte ein Fakultätsmitglied an der Uniklinik mit dem Namen Dr. Sharon Greenberg ausfindig, deren Fachgebiete Immunologie, Pathologische Diagnostik und Retrovirologie waren.

Konnte das die Frau sein, die eine Affäre mit einem irischen Mafiaboss gehabt und ein uneheliches Kind auf die Welt gebracht hatte? Vielleicht war er auf dem Holzweg. Er intensivierte seine Suche, surfte in der Abteilung für Mikrobiologie, in den Dateien der Fakultät, und fand ein paar Arbeiten, die sie veröffentlicht hatte. Es gelang ihm, sich in eine davon einzuloggen, und stieß auf ihre Biografie.

Er überflog die Daten, und eine Zeile fiel ihm spontan ins Auge.

Nachdem sie 1978 das Master-Programm am Massachusetts Institute of Technology absolviert hatte, wechselte Dr. Greenberg an die University of North Carolina in Chapel Hill …

Das MIT in Boston. Damit wäre sie im richtigen Jahr in der richtigen Stadt gewesen.

Es war ihm schleierhaft, wie es dazu gekommen war, dass Finn MacCauley mit einer Mikrobiologin vom MIT geschlafen hatte. Das Ergebnis konnte sich jedenfalls sehen lassen: eine bildschöne, bezaubernde junge Frau, die er gerade im Auto geküsst hatte. Er zog sich aus, ging unter die Dusche und überlegte dabei, wo er einen Drink nehmen und zu Abend essen könnte. Und wie viel schöner das alles mit Devyn wäre.

Devyn Sterling, nicht Devyn *Smith.*

Es überraschte ihn nicht wirklich, dass sie ihm einen falschen Namen untergejubelt hatte. Die traurige Nachricht vom Tod ihres Mannes hatte sich überall herumgesprochen, da er ein bekannter Kolumnist für den *Boston Globe* gewesen war und regelmäßig als Moderator im Kabelfernsehen agiert hatte.

Als er mit dem Rasierer über seine mit dickem weißem Schaum bedeckten Wangen fuhr, klopfte es an seine Hotelzimmertür.

»Marc? Bist du da?«

Er erkannte Devyns Stimme sofort – sie klang milde verzweifelt. Er schnappte sich ein Handtuch, wickelte es sich um die Hüften, klappte im Vorbeigehen den Laptopdeckel hinunter und schloss die Tür auf.

Ihre Augen waren gerötet vom Weinen, ihre Wangen so weiß wie die Rasiercreme, die er gerade aufgetragen hatte. »Ich brauche dich.«

Er zog sie ins Zimmer, las aus ihrer Körpersprache und ihrem flehenden Blick eiskalte Angst.

»Was ist denn los? Ist irgendwas Schlimmes passiert?« Instinktiv legte er ihr die Arme um die Schultern und realisierte unvermittelt, dass sie ihr Gepäck dabeihatte.

»Kann ich bei dir bleiben?«

»Natürlich.« Er schob sie weiter ins Zimmer, warf einen Blick in den leeren Flur und schloss die Tür hinter ihr. »Und jetzt erzählst du mir mal, was los ist, hm?«

Sie schluckte, ein bisschen atemlos und durch den Wind. »Ich will einfach nicht allein sein.«

»Okay.« Er verbarg den Zweifel in seiner Stimme nicht. »Du kannst gerne hierbleiben.«

»Ich will einfach nur« – sie blickte zu ihm hoch, und ihr hilfloser, angstvoller Blick traf ihn mitten ins Herz – »mit dir zu Abend essen.«

»Wie ich sehe, hast du deine Koffer dabei«, sagte er mit einem halben Lächeln. »Sollte mir das Grund geben, optimistisch zu sein, oder hast du inzwischen im Europa eingecheckt und findest die Zimmernummer nicht?«, versuchte er es mit einem Scherz.

»Ich will kein anderes Zimmer, ich will hierbleiben.«

Was war bloß auf einmal mit ihr los? Das waren ja ganz neue Töne. Dabei verströmte jede Pore ihres Körpers Angst und kein bisschen Erotik. »Na gut. Ich rasiere mich nur kurz zu Ende und zieh mich an, und dann gehen wir ins …«

»Zimmerservice.«

Er musste lachen. »Dann bleiben wir halt hier. Einen Moment.« Er schnappte sich seine Kleider vom Stuhl, verdrückte sich ins Bad und beeilte sich, aus Furcht, sie könne es sich anders überlegen.

Als er den Rasierer in die Hand nahm, dachte er kurz daran, sich überhaupt nicht zu rasieren, um schneller wieder zu ihr hinauszukommen. Aber halb rasiert sah dämlich aus, folglich machte er da weiter, wo er vorhin aufgehört hatte.

»Bist du mit dem Taxi gekommen?«, rief er, um sie mit ein bisschen Smalltalk abzulenken.

Eine kurze Pause schloss sich an, dann antwortete sie: »Ja, bin ich.«

Er überlegte krampfhaft, aber ihm fiel nichts Gescheites mehr ein, und mit der Frage, warum sie es sich anders überlegt hatte, wollte er sie erst konfrontieren, wenn er bei ihr im Zimmer war.

Er schnitt sich, weil er zu hektisch war, dann warf er sich ein paar Handvoll Wasser ins Gesicht, strich seine Haare zurück, zog sich Jeans und ein Hemd an. Ohne Zeit damit zu verlieren, sich das Hemd zuzuknöpfen, trat er ins Schlafzimmer.

Der Laptop stand vor ihr aufgeklappt. Augenblicklich wusste er, warum sie so still gewesen war und was sie vor sich auf dem Bildschirm sah. Und weshalb sie so schockiert dreinblickte.

»Warum hast du die Biografie meiner leiblichen Mutter geöffnet?«

»Warum hast du meinen Laptop geöffnet?«

»Weil ich dringend einen brauche«, versetzte sie. »Ich wollte bloß mal nachsehen, ob du hier WLAN hast.« Ihr Gesichtsausdruck wechselte zwischen Entsetzen und Ärger, Bestürzung und starkem Misstrauen, dass er kurzzeitig versucht war, ihr die Wahrheit zu erzählen.

Aber das war gegen die Spielregeln. Dann konnte er seinen Auftrag glatt vergessen.

»Ich wollte dir nur helfen«, räumte er ein. »Ich habe den Portier nach dem Gepäck gefragt und mir überlegt, ich könnte rausfinden …«

Sein Handy auf der Kommode piepte, um einen ankommenden Anruf anzuzeigen. Devyn sprang auf.

»Okay, okay, ich bin vielleicht ein bisschen übers Ziel hinausgeschossen«, gab er zu und ignorierte das Telefon. »Aber nur, weil ich dachte, ich könnte dann etwas mehr Zeit mit dir verbringen.«

»Es war bescheuert von mir, dir zu vertrauen.« Sie spuckte die Worte förmlich aus. »Als wenn ich es nicht besser wüsste! Man sollte echt niemandem trauen.«

»Ich wollte dir wirklich nur helfen, damit du die Gewissheit hast, ob sie zurückkommt oder nicht. Im Lagerraum stand ein Satz Gepäckstücke mit der Beschriftung Dr. S. Greenberg – folglich habe ich eine Suche gestartet. Hab ich die richtige Sharon Greenberg gefunden?«

»Ja«, schnaubte sie. Ihre Augen wurden schmal. »Echt merkwürdig, du hast dir von allen Sharon Greenbergs auf der ganzen Welt genau die richtige rausgepickt. Das ist mehr als verblüffend. Das ist ein absolut unglaublicher Zufall.« Ihre Schultern strafften sich ein wenig, und sie wich widerstrebend langsam zurück. »Und das bei einem Mann, der kein *Fan* von Zufällen ist.«

Das Telefon hörte auf zu klingeln, und Devyn griff nach der Türklinke.

»Bitte, lass es mich erklären«, sagte er und drängte mit langen Schritten zu ihr, um ihr den Weg abzuschneiden. Unvermittelt schrillte das Festnetztelefon im Hotelzimmer laut und vernehmlich. Jemand wollte ihn wohl ganz dringend sprechen.

»Warte«, sagte er, hin- und hergerissen. »Geh noch nicht. Du kannst mir vertrauen, ganz bestimmt.« Sie sah ihn nur an, als er den Hörer abnahm. »Ja bitte?«

»Du Marc, ich hab echt nicht lange gebraucht, bis ich etwas sehr Interessantes über Sharon Greenberg rausgefunden hatte. Pass mal auf«, erklärte Vivi am Telefon.

Devyn stürmte los, ließ ihre Koffer stehen und schlug die Tür hinter sich zu.

Verdammter Mist. »Vivi, ich ruf dich zurück.«

»Nein, du musst das wissen.« Etwas in ihrer Stimme hielt ihn davon ab, einfach aufzulegen. »Es ist absolut entscheidend für den Auftrag.«

»Schick mir 'ne E-Mail, ich muss weg.« Mit diesen Worten knallte er den Hörer auf, schnappte sich Schuhe, Handy und Zimmerschlüssel und stürzte hinaus in den leeren Flur. Fluchend setzte er zu den Aufzügen, hämmerte mit der Faust auf irgendwelche Knöpfe ein und hielt dabei hektisch Ausschau nach einer Treppe.

Er rannte ungeduldig weiter, stieß die Tür mit der Aufschrift Ausgang auf und stürmte die Treppe hinunter in die Eingangshalle, doch Devyn war weg.

Er lief auf die Straße, reckte den Kopf nach links und nach rechts, suchte sie auf dem Platz gegenüber. Die Dämmerung verwandelte sich in Dunkelheit, ein leichter Nieselregen erschwerte es Marc zusätzlich, sie unter den Passanten ausfindig zu machen.

Der Duft von Fish and Chips wehte von einem Straßenverkäufer zu ihm herüber, der Imbissstand und die davor wartenden Kunden versperrten Marc die Sicht. Er duckte sich nach links, trat vom Bordstein auf die Straße und startete durch, bahnte sich einen Weg durch die Menschenmenge, blieb stehen, als er eine Frau mit einer ähnlichen Haarfarbe und einer dunklen Jacke sah, und hechtete weiter, da ihm die Zeit davonlief, und damit jede Chance, sie zu finden.

Als er kurz davor war, aufzugeben und zurückzugehen, sah er karamellfarbenes Haar über einer dunkelblauen Jacke aufblitzen und ein paar Blocks weiter in einem Hauseingang verschwinden.

Ein Glück – er hatte sie gefunden.

7

Devyn kämpfte sich durch die Gruppe von Rauchern draußen vor dem Eingang des Pubs, und der Zigarettenqualm nahm ihr den Atem. Drinnen war es schummrig dunkel und so rappelvoll, wie sie heimlich gehofft hatte. Die Gäste standen dicht gedrängt um die Theke, im Fernsehen lief ein Fußballspiel, das alles wurde von den wummernden Beats kreischender Rockmusik untermalt. Perfekt.

Auf dem Weg nach hinten zu den Tischen blieben ihre Sneakers dauernd an den eingetrockneten Bierpfützen auf dem Boden kleben, ein paar betrunkene Gäste musterten Devyn mit glasig neugierigen Blicken. Sie suchte sich eine strategisch geschickt platzierte Sitznische, von wo aus sie die Tür im Auge behalten konnte, und sank völlig aufgelöst und außer Atem auf die Polsterbank.

Vielleicht hatte ihr Bauchgefühl richtig getippt, als es vorhin an ihrer Zimmertür geklopft hatte. Vielleicht *war* der Mann hinter der Maske Marc gewesen, um ihr Angst einzujagen, damit sie sich in sein Hotelzimmer flüchtete?, grübelte sie fieberhaft. Nein, das ergab keinen Sinn. Trotzdem wurde sie das Gefühl nicht los, dass Marc sie irgendwie überfahren hatte, dass er nicht mit offenen Karten spielte.

Wie hatte er es geschafft, seine Suche so schnell auf die richtige Sharon einzugrenzen? War es wirklich Zufall … oder was?

Sie wünschte, sie könnte ihm glauben, ihm vertrauen, sich bedingungslos auf ihn verlassen. Aber diesbezüglich hatte sie grottenschlechte Erfahrungen gesammelt, seit … na ja, seit dem

Tag ihrer Geburt, als ihre Mom, die Devyn doch eigentlich hätte lieben sollen, beschloss, sie abzugeben wie ein wertloses Möbelstück.

Wenn das in ihrem Zimmer nicht Marc gewesen war, wer dann? Wer hatte dreist an ihre Tür geklopft, sie brutal bedroht und halb zu Tode erschreckt? Und warum?

Grundgütiger, es war eine Ironie des Schicksals, dass sie Marc jetzt mehr brauchte denn je. Und wie bitte schön sollte das funktionieren? Sie hatte ihn heute erst kennengelernt, durch Zufall. *War* es überhaupt ein Zufall gewesen?

Sie legte den Kopf in den Nacken, schloss für einen Moment die Augen und rief sich die Szene ins Gedächtnis zurück, wie sie mit ihm zusammengeprallt war, völlig unerwartet und ungeplant.

Eine Hand legte sich von hinten auf ihre Schulter, ließ Devyn hochfahren und herumwirbeln. Sie rechnete mit Marc, doch ein anderer Mann baute sich vor ihr auf. Irisch heller Teint, älter als Marc, eindeutig jemand von hier.

»Was kriegst'n, Mädchen?«

Sie schüttelte seine Hand ab, völlig leer im Kopf.

»'n Pint?«, bohrte er weiter.

»Ja, super, danke.« Die Tür schwang auf, sie blickte an der Bedienung vorbei, und ihre Augen weiteten sich, als Marc Rossi in die Kneipe drängte und den Raum gezielt mit den Augen absuchte.

Der Kellner warf einen Blick über seine Schulter und machte automatisch einen Schritt zur Seite, stellte sich gleichsam schützend vor die junge Frau. »Rennst du vor dem weg?«

Sie blickte hoch und nickte. »Ja.«

Er zeigte hinter sie. »Da gibt's 'ne Hintertür. Ich geb dir Deckung.«

Sie brauchte keine Sekunde, um das Gesagte zu reflektieren, dann schoss sie hoch, murmelte ein Dankeschön und verschwand hinter der Nische in einem schlecht beleuchteten Gang. Sie brauchte auf jeden Fall mehr Zeit, um Abstand zu gewinnen, seufzte Devyn. Marc hingegen würde bestimmt nicht lockerlassen und sie mit Fragen und Vorschlägen bombardieren.

Was schwebte ihm da so vor?

Von dem Flur hinter der Kneipe gingen zwei Türen ab. Es stank nach abgestandenem Bier und Urin. Ganz am Ende war der Ausgang nach draußen. Sie entriegelte eine Tür und trat in eine schmale Gasse, gewahrte in der Dunkelheit schäbige Backsteinhäuser, davor überquellende Müllcontainer. Sie schaute unschlüssig nach rechts und nach links, musste sich für eine Richtung entscheiden und dann blitzartig losrennen.

Es sei denn, sie ließ es auf die Konfrontation ankommen, was sich früher oder später ohnehin nicht vermeiden ließ. Schließlich hatte sie ihr Gepäck in seinem Zimmer zurückgelassen.

Sie zögerte, lehnte sich mit dem Rücken gegen die geschlossene Hintertür und sah im Geiste wieder das Bild von Dr. Greenbergs Lebenslauf auf seinem Bildschirm vor sich. Was hatte der Kerl in ihrem Zimmer noch gesagt?

Verschwinde, oder es wird dir noch leidtun. Ihr Herz trommelte ein wildes Stakkato gegen ihren Rippenbogen, Furcht und Verzweiflung fluteten Devyns Magengrube. Wo war sie da bloß hineingeraten? Und welche Rolle spielte Marc Rossi bei dem Ganzen?

Sie hätte sich dafür auf den Mond schießen mögen, dass sie ihm überhaupt vertraut hatte. Ganz zu schweigen davon, dass sie ihn geküsst hatte. Heiß und sehnsuchtsvoll wie ein liebestoller Teenager.

Du dumme Kuh!

Sie atmete tief durch und blickte sich abermals um. Weglaufen würde bedeuten, buchstäblich einen Sprint durch den Müll einzulegen, und bei ihrer Glückssträhne rutschte sie wahrscheinlich auf einer vergammelten Bananenschale aus und legte sich lang in den Dreck. Marc konnte ihr in diesem Pub nichts anhaben, außerdem hatte sie noch ein paar Fragen an ihn. Fragen, auf die sie ehrliche Antworten wollte. Sie beschloss, wieder reinzugehen und sich dem Unvermeidlichen zu stellen.

Sie drehte sich um, rüttelte an der Tür, warf sich dagegen und renkte sich dabei fast die Schulter aus. Schöner Mist. Die Tür war verschlossen.

Sie versuchte es erneut, hämmerte auf die Klinke, aber sie hatte sich ganz eindeutig ausgesperrt. Das schränkte ihre Optionen erheblich ein. Sie trat von der Tür zurück, entschied sich für die Richtung, wo am wenigsten Müll herumlag, und steuerte auf die belebtere der beiden Straßen zu. Der faulige Müllgestank zerrte an ihrem ohnehin schon lädierten Nervenkostüm.

Hinter ihr knirschte die Pubtür in den Angeln.

Sie blickte über ihre Schulter und sah einen Mann in die Gasse treten. Es war nicht Marc und auch nicht der Kellner, der ihr vorhin geholfen hatte – der Typ war kräftiger als die beiden.

Sie duckte sich in den Schatten der Dunkelheit und wartete ab, welche Richtung er einschlug, Als er auf sie zukam, verkrampfte sich alles in ihr. Sie spähte vorsichtig zu ihm, wollte schon weiterlaufen und erstarrte. Ach du Schande, er hatte sie bemerkt.

»Stehen bleiben. Keinen Schritt weiter.« Die massigen Schultern angespannt, kam er mit langen entschlossenen Schritten in Devyns Richtung. Sie stolperte rückwärts, trat auf eine kaputte Flasche, hörte Glassplitter unter ihren Füßen knirschen.

Er kam immer näher.

Verdammt, sie hatte nicht mal ihre Handtasche mitgenommen, als sie vorhin aus Marcs Zimmer gestürmt war. Sonst hätte sie dem Typen Geld anbieten können oder so.

Er war nur noch wenige Meter von ihr entfernt, sein Atem ging schwer und ächzend. Kahl rasierter Schädel, Stiernacken, feistes Gesicht. Dieser Mann wollte kein *Geld*.

Sie stolperte und streckte die Hand nach der Backsteinmauer aus, um nicht hinzufallen. Er kam noch einen Schritt näher, und sie wirbelte herum, wollte flüchten, doch er packte sie am Ellbogen und riss sie wieder zurück, seine Umklammerung unnachgiebig wie ein Schraubstock.

»Lassen Sie mich los, verdammt!«

Er stieß sie vor die Wand, so fest, dass sie mit dem Hinterkopf hart gegen die Steine prallte. Ihr kam vor lauter Ekel und Entsetzen die Galle hoch, als er sich mit den Händen links und rechts von ihrem Kopf an der Hauswand abstützte und sich seine fleischigen Knie seitlich an ihre Oberschenkel klemmten, um sie am Weglaufen zu hindern. Sie stemmte sich gegen seinen Brustkorb, aber es war sinnlos. Genauso gut hätte sie versuchen können, die Mauer hinter sich wegzuschieben.

»Lassen Sie mich sofort los«, brachte sie mühsam hervor, fest entschlossen, zu beißen, zu spucken, zu kratzen und zu treten … oder gar zu morden, um sich selber zu schützen.

Er reagierte nicht auf ihre Worte, sondern brachte sein Gesicht noch näher an ihres und durchbohrte sie mit einem todbringenden Blick. »Hör mir gut zu.« Er sprach leise, seine Stimme auf unheimliche Weise drohend und gefärbt von einem starken Belfaster Akzent.

»Du …«, ächzte er und fuhr hämisch gedehnt fort: »… kommst mit mir.«

»Nein, ich komme nicht mit«, sträubte sie sich, während sie seinen heißen feuchten Atem auf ihrem Gesicht fühlte. »Bitte, tun Sie mir nichts. Lassen Sie mich gehen.«

»Du kommst jetzt mit. Ist das klar?«

Sie schüttelte den Kopf. Gar nichts war klar, außer dass sein

Atem nach Salzbrezeln roch und bei jedem Wort kleine Spucketropfen auf ihre Wangen regneten.

»Dann will ich es mal klarer ausdrücken.« Er verstärkte den Druck auf ihre Beine, sodass Devyn sich nicht mehr von der Stelle bewegen konnte, und packte sie mit beiden Händen an den Schultern. In seiner rechten Hand blitzte es metallisch auf.

Großer Gott, er hatte ein Messer.

»Für dich noch mal zum Mitschreiben, Missi.« Die Spitze der Klinge schrammte unter ihrem Kinn entlang. »Du verpisst dich hier aus Belfast. Und zwar dalli. Mit mir.«

Sie machte den Mund auf, um zu schreien, und fühlte, wie sich das kalte Metall seitlich in ihren Hals drückte.

»Du bist tot, bevor dich irgendjemand hört.« Er rammte sie abermals hart gegen die Mauer. »Ein Wagen wird gleich in dieser Straße anhalten.« Er machte eine Kopfbewegung in die entgegengesetzte Richtung. »Da steigen wir ein. Wenn du nicht spurst, schlitz ich dir die Kehle auf. Ist das klar?«

Klar wie dicke Tinte.

Schreck lass nach, der Kerl sah nicht so aus, als machte er Witze. Devyn fuhr das Entsetzen in sämtliche Glieder, das Blut rauschte unheilvoll in ihren Ohren. Oh Gott, wo war Marc abgeblieben?

»Na wird's bald, Mädel?«

»Nein«, versetzte sie und ging im Geiste alles in punkto Selbstverteidigung durch, was ihr je untergekommen war. Blöderweise herrschte in ihrem Hirn gerade gähnende Leere.

Wehr dich nicht. Warte, bis er seine Deckung aufgibt, und dann … Sie hatte keinen blassen Schimmer, was sie dann tun sollte, aber mehr fiel ihr zu dem Thema spontan nicht ein. Sie zwang sich zu entspannen, und der Druck der Klinge ließ spürbar nach. Er hielt sie jedoch weiter fest an der Schulter gepackt.

»Los, geh schon«, sagte er grob und schob sie vorwärts.

Sie stolperte auf dem unebenen Pflaster, fing sich hastig wieder und ging, leicht benommen, mit ihm.

»Wo gehen wir hin?«, erkundigte sie sich zaghaft.

»Halt die Klappe und geh einfach weiter.« Wie um seine Worte zu unterstreichen, schubste er sie unsanft in Richtung Pub. Devyn warf einen beschwörenden Blick auf die Kneipentür. Wo mochte der nette verständnisvolle Kellner von vorhin sein? Und wo war Marc? *Ein Unglück kommt selten allein,* muffelte sie stumm in sich hinein. Trotzdem schien ihr Marc mittlerweile das weit geringere von zwei Übeln. »Hättest niemals herkommen dürfen«, knurrte ihr schurkischer Begleiter.

Sie wurde langsamer, während sie das Gesagte mental verarbeitete. »Was meinten Sie da eben?«

»Du bist hier nicht erwünscht.« Er unterstrich das, indem er abschätzig auf die Straße spuckte.

So ähnlich hatte der Dumpfbeutel in ihrem Pensionszimmer auch argumentiert. War es derselbe Typ? Hatte er das gemeint, als er damit drohte, es werde ihr noch leidtun?

»Du steckst deine Nase in Sachen, die dich nichts angehen. Wir wissen, dass du jemanden angewiesen hast, in ihrem Gepäck herumzuschnüffeln.«

Halleluja. Das war kein willkürlicher Handtaschenklau oder ein Kidnapping mit anschließender Lösegeldforderung. Nein, es drehte sich um Sharon.

»Wer sind Sie?«, wollte sie wissen.

»Das geht dich einen Scheißdreck an.« Er wollte wieder nach ihr greifen, doch sie duckte sich geistesgegenwärtig, grätschte nach der Seite aus und entwischte ihm.

»Wer sind Sie, und woher kennen Sie mich?«, fauchte sie ihn an. Sie wollte endlich Antworten, auch auf die Gefahr hin, dass der Kerl wieder mit seinem verdammten Messer auf sie losging.

Er machte einen Satz auf sie zu, doch sie schaffte es, ihm abermals zu entwischen, indem sie sich auf dem Boden abrollte und geschmeidig wieder auf die Füße kam. Sie warf einen Blick über ihre Schulter und sah das Aufblitzen seines Messers, als er auf sie zusteuerte.

»Miststück!« Er stürzte sich auf sie, schleuderte sie wieder zu Boden, und Devyn landete so schmerzhaft auf dem Ziegelpflaster, dass ihre Wirbelsäule leise knirschte, sein Gewicht auf ihr wie eine Dampfwalze. »Von wegen das Mädchen ist kein Problem«, schnaubte er, und ein wahrer Speichelregen traf Devyns Gesicht. »Da war die Frau Doktor ganz schön auf dem Holzweg.«

Er stach blindwütig mit dem Messer zu und verfehlte Devyns Gesicht um Haaresbreite, da sie geistesgegenwärtig ihren Kopf wegzog. Als sie panisch um Hilfe kreischte, rammte er ihr sein Knie in die Magengrube, und sie stöhnte vor Schmerzen.

Er hob die Hand, um erneut mit der Waffe zuzustechen. Die Zeit schien stillzustehen, während sie das Messer anstarrte, ihre Ellbogen eng an den Körper gepresst, ihre Hände in den Stoff seines T-Shirts verkrallt, verzweifelt bemüht, ihren Angreifer abzuwehren. Sie merkte zunehmend, wie die Kraft in ihren Armen unter seinem Gewicht erlahmte, das ihr den Brustkorb buchstäblich zusammenquetschte, sodass sie nicht mehr schreien konnte.

Sie schüttelte den Kopf hin und her, denn sie hatte irgendwo gelesen, dass ein bewegliches Ziel eine größere Überlebenschance hätte. Das Messer flog förmlich auf ihren Hals zu, und sie japste panisch nach Luft. Die Welt um sie herum explodierte laut und grell, und sie fühlte einen dumpfen Schmerz, als sein Körper bleischwer auf sie stürzte. Devyn wurde schwarz vor Augen.

Marc setzte über eine Kiste, seine Glock weiter auf die dunkle Gestalt gerichtet, auf die er gerade in der engen Gasse geschossen hatte. Der schwere Körper sackte auf Devyn, und aus Angst, sie zu treffen, wagte Marc es nicht, einen weiteren Schuss abzugeben.

Der Kerl rollte sich von ihr, vielleicht hatte sie ihn auch von sich gestoßen, Marc hätte es nicht zu sagen vermocht. Jedenfalls hatte ihr Angreifer noch genug Kraft, um sich aufzurappeln. Marc zielte erneut, leider Gottes stand Devyn ebenfalls auf.

»Bleib unten!«, befahl er ihr.

»Töte ihn nicht!«, schrie sie.

Er kam näher heran, nicht sicher, ob er richtig gehört hatte, was dem Kerl genug Zeit ließ, um loszusprinten. Marc riss die Pistole unversehens zu ihm herum, umschloss sie mit beiden Händen, damit er sein Ziel nicht verfehlte.

»Er weiß …« Atemlos von dem Kampf, konnte sie den Satz nicht beenden.

Der Kerl hielt sich die Schulter und stolperte bis zum Ende der Gasse. Marc streckte die Hand nach Devyn aus, wollte sich vergewissern, dass es ihr gut ging, und ließ den Angreifer dabei für Sekundenbruchteile aus den Augen.

Exakt in diesem Moment fuhr mit röhrendem Auspuff ein BMW am Ende der Gasse vor, verlangsamte das Tempo, und jemand auf dem Rücksitz stieß die Tür auf. Devyns Widersacher sprang in den Wagen und der BMW raste mit quietschenden Reifen und aufheulendem Motor weiter.

Marc neigte sich kopfschüttelnd zu ihr. »Himmel, Devyn, was ging denn hier verdammt noch mal ab?«

»Hey!« Aus der Kneipentür kamen mehrere Männer gestürzt, weil sie zweifellos die Schüsse gehört hatten.

»Alles okay mit dir?«, fragte er weiter.

»Was ist da los?«, schrie einer der Männer, während sie hastig näher kamen. »Wer ballert hier draußen rum?«

»Alles okay«, antwortete Devyn, die sich das Haar aus dem Gesicht strich und alles andere als okay aussah.

Die Männer erreichten sie, und einer von ihnen hatte selbst eine Pistole bei sich. »Lass sie los, du Arschloch.«

Marc ignorierte den Typen und fragte in die Runde: »Wissen Sie zufällig, wer nach ihr hier rauskam?«

Die Männer blickten sich gegenseitig an, dann baute sich einer von ihnen vor Marc auf. »Die Masche zieht bei mir nicht, Sportsfreund. Ich weiß *zufällig*, dass sie vor Ihnen geflüchtet ist.« Er bückte sich zu Devyn hinunter. »Kommen Sie mit mir, Miss. Im Pub sind Sie sicher.«

Eine Sekunde lang dachte Marc, sie würde den Vorschlag beherzigen. Doch sie schüttelte bloß den Kopf und winkte ab. »Danke, mir geht's blendend.«

»Sie wollen doch nicht bei dem da bleiben, oder?« Der Mann zeigte auf Marc. »Das müssen Sie nicht, Mädchen. Kommen Sie mit rein.«

Sie zog die Unterlippe zwischen die Zähne, schüttelte den Kopf und warf einen kurzen Blick zur Straße. »Nein, wirklich. Dieser Mann hat nicht mich angegriffen, sondern jemand anders.« Sie wandte sich Marc zu, ihre Augen schreckgeweitet von dem makabren Erlebnis. »Er hat mich gerettet«, sagte sie sanft.

Der Ire richtete sich langsam auf und strich sich sein schütteres Haar zurück, seine Mundwinkel verächtlich nach unten gezogen. »Mich brauchen Sie nicht anzulügen. Ich weiß, dass Sie Angst vor ihm haben.«

»Habe ich nicht«, wiegelte sie ab. »Ehrlich. Sie können wieder reingehen.«

Die Männer verschwanden grummelnd und immer wieder über die Schultern zurückblickend in der Kneipe. Marc half ihr auf und hielt begütigend ihre Hände fest, die unkontrolliert zitterten. Als sie allein waren, holte sie tief Luft und seufzte: »Ich glaube, meine Mutter hat gerade versucht, mich entführen zu lassen.«

»Was sagst du da?«

»Zumindest« – sie nickte vielsagend zum Ende der Gasse – »kannte der Typ Sharon Greenberg.«

Er sah ihr prüfend ins Gesicht, während ihm alle möglichen Szenarien durch den Kopf schossen.

»Weißt *du*, wer das war?«, fragte sie.

Er schüttelte den Kopf. »Nein.« Und das war nicht gelogen. »Woher sollte ich das wissen?«

»Sag du es mir. War unsere Begegnung ein Zufall? Oder war Sharon der Grund dafür?«

»Bis vor einer Stunde wusste ich nicht mal, dass es diese Frau gibt«, wich er ihrer Frage geschickt aus.

»Du bist ein Lügner. Zwar ein ziemlich guter«, räumte sie ein und streifte sich die Hände an der Jeans ab, »aber du lügst.«

»Tu ich nicht.«

Ihr blieb die Spucke weg, und sie japste ungläubig nach Luft. »Hör mal, Marc. Ich bin gerade zwei Mal an einem Abend dem Tod von der Schippe gesprungen, und ich will *verdammt noch mal* Antworten.«

»Zwei Mal?«

»Jemand ist in mein Hotelzimmer eingedrungen – der Typ war maskiert. Und er hatte die gleiche Drohung auf Lager wie der eben – dass ich Belfast verlassen soll.«

»Dann solltest du vielleicht« – er streckte die Hand nach ihr aus, doch sie schob sie weg – »auf sie hören. Vielleicht ist es höchste Zeit, dass du Belfast verlässt, Dev.«

Sie sah ihn mit ärgerlich zusammengekniffenen Augen an. »Vielleicht ist es höchste Zeit, dass du mir die Wahrheit sagst, Marc. Was machst du hier, und was hat es mit meiner Mutter zu tun? Sag mir endlich die *Wahrheit.*«

»Die Wahrheit ist, dass dir nacheinander nicht gerade freundlich gesinnte Zeitgenossen empfehlen, diese Stadt umgehend zu verlassen. Du hast keine Ahnung, warum deine Mutter hier ist, aber wenn deine Instinkte stimmen, dass sie gerade versucht hat, dich zu kidnappen, dann bist du hier nicht sicher und solltest diese Suche aufgeben. Weißt du was? Ich bring dich aus Belfast raus.«

»Scher dich zum Teufel.« Sie lief los, jedoch nicht schnell genug. Er packte ihren Arm, doch sie schüttelte ihn ab. »Wenn du mich noch einmal anfasst, schrei ich so laut, dass du die Nacht im nächstbesten Gefängnis von Belfast verbringen kannst. Ich habe genügend Freunde in dieser Kneipe, die dich, ohne mit der Wimper zu zucken, ans Messer liefern würden. Und wenn du mir keine ehrliche Antwort gibst, bin ich schwer geneigt, meine Drohung wahr zu machen.«

»Ich bin nicht hier, weil ich dir Böses will, Devyn. Großes Ehrenwort.«

Sie musterte ihn, ihr Körper war sichtlich angespannt und der Ausdruck auf ihrem hübschen Gesicht kalt und unerbittlich. »Und warum *bist* du dann hier, *Marc Rossi*? Was willst du von mir?«

»Mit dir was trinken, mit dir zu Abend essen und …«

Sie verpasste ihm eine schallende Ohrfeige, die heiß auf seiner frisch rasierten Haut brannte.

»Ich habe genug von Leuten, die mich anlügen«, presste sie zwischen zusammengebissenen Zähnen hervor. »Mein ganzes Leben lang wurde ich angelogen. Meine Mutter wollte mich nicht. Meine Adoptiveltern haben mich quasi gekauft und nie vergessen lassen, dass ich eigentlich nicht dazugehöre. Und mein Mann? Mein Mann …«

»Hat versucht, dich zu betrügen, und dafür eine Kugel in den Kopf gejagt bekommen.«

Ertappt stolperte sie ein Stück rückwärts, sprachlos vor Schreck.

»Ich weiß, wer du bist, *Mrs Sterling*. Aber ich schwöre dir, ich weiß nichts über deine leibliche Mutter.«

Sie nagte bestürzt an ihrer Unterlippe. »Du hast es den ganzen Tag gewusst?« Ihre Stimme überschlug sich fast. Es brach ihm nachgerade das Herz.

»Ja.«

»Oh«, entfuhr es ihr seufzend, als hätte sie unterschwellig diese Antwort erwartet. »Und was willst du von mir?«, fragte sie flüsternd, und das Flehen auf ihren Lippen war ebenso erschütternd wie der Schmerz in ihren Augen.

Er schwieg. Sie war bedroht worden, demnach hatten sich die Spielregeln geändert. Er durfte kein Risiko eingehen. Sie musste wissen, warum er hier war, diese Information war er ihr einfach schuldig.

»Ich will genau das, was alle anderen anscheinend auch von dir wollen. Ich will, dass du Belfast verlässt.«

»Aber warum?«

»Das weiß ich nicht.«

Sie blinzelte ihn an. »Und wer hat dich dann geschickt?«

»Das FBI.«

»Du bist ein FBI-Agent?«

»Nicht mehr. Aber ich arbeite für das Federal Bureau.«

Sie schluckte, nickte unschlüssig und sah ihn stirnrunzelnd an. »Es geht um … Finn MacCauley, oder?«

»Ganz ehrlich, ich weiß es nicht. Ich habe schlicht und ergreifend den Auftrag, dich dazu zu bringen, Belfast zu verlassen.«

»Ihr denkt, ich hätte Informationen über ihn. Das ist der Grund, weshalb das FBI dich damit beauftragt hat.«

»Das habe ich nicht gesagt. Sie wollen, dass du Belfast verlässt.«

»Tja, du kannst dem FBI sagen, dass du deinen Auftrag nicht erfüllt hast, Mr Rossi. Ich bleibe nämlich hier.« Sie drehte sich auf dem Absatz um und lief auf das Ende der Gasse zu. Er blieb dicht hinter ihr und hielt auf der Straße nach dem BMW Ausschau.

Auf dem Bürgersteig unter der grellroten Leuchtreklame eines anderen Pubs stand eine Gruppe Raucher vor der Tür und beäugte sie kritisch.

»Warum bist du so uneinsichtig?«, fragte er.

»Weil ich meine Mutter finden will und finden werde.«

»Und das, obwohl du glaubst, dass deine Mutter einen Kidnapper auf dich angesetzt hat?«

»Das weiß ich nicht mit Bestimmtheit. Ich weiß nur, dass da eine Verbindung besteht. Ich will wissen, was es damit auf sich hat.« Sie lief unbeirrt weiter.

Er holte sie ein, zog sie von den Pubgästen fort und an den Rand des Gehwegs. »Warum willst du das wissen?«

Sie schüttelte seine Hand ab und musterte ihn mit großen Augen. »So eine Frage kann nur jemand stellen, der behütet in einer Familie mit anderen Kindern aufgewachsen ist. Aber versetz dich mal in meine Lage, Marc. Ich will meine leibliche Mutter damit konfrontieren, was Sache ist. Sie soll wissen, dass ihr Geheimnis möglicherweise kein Geheimnis mehr ist. Sie hat ein Recht darauf, das zu erfahren.«

»Findest du? Obwohl du glaubst, dass sie versucht hat, dich zu entführen?«

Sie wischte seine Frage mit einem Achselzucken beiseite. »Ich weiß nur, dass ich nichts, absolut *nichts* zu verlieren habe.«

»Doch, dein Leben«, sagte er ruhig. »Du könntest dein Leben verlieren.«

»So wie es jetzt ist, habe ich kein Leben.« Die Worte klangen tonlos und verbittert, und er nahm ihr das nicht ab.

»Möchtest du etwa lieber tot sein?«, konterte er leicht erschüttert. Er zog sie weiter in die Dunkelheit, getrieben von dem

Impuls, sie zu beschützen, vor jeder möglichen Bedrohung – sei sie real oder imaginär.

»Ich möchte einfach nicht länger mit der Ungewissheit leben, was ich von dem Genpool abgekommen habe, und offen gestanden ist es mir egal, ob du das verstehst oder nicht.«

Er verstand es zwar nicht, aber er konnte sehen, dass es ihr wichtig war, sehr wichtig.

»Ich weiß, dass ich keine vornehme, hochnäsige Hewitt bin, und ich glaube auch nicht, dass ich eine kaltschnäuzige, hinterhältige MacCauley bin … bleibt nur noch Greenberg. Oder Mulvaney, so lautet, glaube ich, Sharons Mädchenname. Aber weißt du was? Ich hab zigtausend Kilometer zurückgelegt, um diese Frau zu finden und mich mit ihr zu treffen, und genau das werde ich auch tun. Wenn sie das Böse ebenso in sich trägt wie mein leiblicher Vater, dann will ich das wenigstens wissen. Wenn nicht, dann könnte es sein …« Sie schluckte und konnte oder wollte nicht weiterreden.

»Dann könnte was sein?«, bohrte er.

»Ach nichts.«

Offenbar alles andere als *nichts*. »Du glaubst, du könntest eine Art Mutter-Tochter-Erleuchtung haben und damit ist die Sache geritzt?«

Sie warf ihm einen angewiderten Blick zu, und er schämte sich für seinen Sarkasmus, andererseits war ihm so ziemlich jedes Mittel recht, wenn er sie damit von dieser Suche abbringen konnte.

»Man weiß ja nie, oder?«, konterte sie schnippisch und lief weiter, aber Marc blieb ihr auf den Fersen.

Hinter dem nächsten Häuserblock wurde sie langsamer und warf ihm einen Blick zu. »Ich will das eigentlich nicht alleine und ohne Schutz machen.«

»Dann mach es nicht.«

»Ich schätze mal, ich kann dich nicht … engagieren, oder? Natürlich mit Honorar und so.«

Was sie ihm da vorschlug, bedeutete, den größten und einzigen Kunden der neuen Firma zu hintergehen und zu verärgern. »Ich arbeite bereits für das FBI«, erklärte er. »Und wenn du Belfast nicht verlässt, wozu ich dich schleunigst bewegen soll, dann habe ich … meinen Auftrag nicht erfüllt.« Dann durfte er sein Honorar in den Wind schießen. Aber im Augenblick ging es nicht um Geld, sondern um Devyns Sicherheit.

»Sie wollen Finn MacCauley«, sagte sie leise.

»Ich weiß nicht, was sie im Einzelnen wollen«, gestand er. »Außer natürlich, dass du aus Belfast verschwinden sollst.«

»Was, wenn du Finn hinter Gitter bringen würdest?«

»Weißt du, wo er ist?«

Gut zehn Sekunden lang antwortete sie nicht. »Vielleicht.«

»Und du bietest mir diese Information im Austausch für deinen Schutz an, während du deine Mutter verfolgst, oder zumindest darauf wartest, dass sie auftaucht?«

Sie nickte mit grimmiger Miene. »Ich kann dir das Geschäft sogar noch ein bisschen versüßen«, sagte sie. »Ich verschwinde von hier, sobald ich mit ihr gesprochen habe. So erfüllst du deinen Vertrag *und* du kriegst Finn.«

Das klang nach einem für alle Seiten vorteilhaften Geschäft. Wenn er sie dazu brachte, abzureisen, und dem FBI eine Spur zu einer der meistgesuchten Personen lieferte, wäre das für alle Beteiligten eine Win-win-Situation.

»Stehst du mit ihm in Verbindung? Bist du sicher, dass er noch lebt?«

»In dieser Sache wirst du mir wohl einfach vertrauen müssen.«

»Das klingt für mich nicht überzeugend.«

»Warum nicht?«

Er verlangsamte seine Schritte, legte ihr seinen Arm um die

Schultern und zog sie dichter an sich, wie um seine Aussage zu unterstreichen. »Das letzte Mal, als ich einer Frau vertraut habe – einer ebenso schönen, perfekten Frau, die zufälligerweise meine Frau war – habe ich verloren.«

Sie blieb stehen und starrte ihn an. »Was hast du verloren?«

»Alles.« Sie standen sich gegenüber und blitzten sich provozierend an. »Du wirst mir also mehr geben müssen als dein Wort. Ich brauche Beweise.«

Sie atmeten beide tief durch, ihre Blicke verschmolzen. »Mehr kann ich dir nicht versprechen«, bekannte sie schließlich. »Hilfst du mir nun oder nicht? Wenn nicht, will ich meine Koffer, und ich will, dass du verschwindest.«

»Und wenn die Antwort Ja ist?«

»Ist sie Ja?«

Wie sollte sie denn sonst lauten? Er hatte bestimmt nicht vor, sie Kidnappern und Konsorten zum Fraß vorzuwerfen. Und er mochte auch nicht als Versager vor Colton Lang oder seinen Cousin und seine Cousine treten. Folglich blieb ihm keine Alternative als die, ihr zu helfen und ihr zu vertrauen.

»Ja.«

Sie stellte sich auf Zehenspitzen, umschloss mit ihren Händen seine Wangen, und ihre Handflächen fühlten sich kühl auf seiner frisch rasierten Haut an. »Danke.« Impulsiv küsste sie ihn, ihre Lippen teilten sich, ihr Atem war warm, ihr weicher Mund voller süßer Versprechen.

Versprechen, auf die er sich nicht einlassen konnte und durfte.

Aber offensichtlich stand er gerade im Begriff, genau das zu tun.

8

Das Guinness schmeckte bitter, trotzdem kippte Devyn es tapfer hinunter, denn sie brauchte den irischen Balsam für ihre Seele, während Marc ihr schilderte, welche Rolle er dabei gespielt hatte, dass die beiden für den Mord an ihrem Ehemann verantwortlichen Personen gefasst wurden. Er wählte seine Worte mit viel Diplomatie, doch selbst das konnte das mentale Wiederaufleben des grässlichen Tages, als Joshua im Weinkeller eines Bostoner Restaurants kaltblütig erschossen worden war, nicht verhindern.

»Das ist jetzt bestimmt hart für dich«, seufzte er, trank von seinem eigenen Bier und beobachtete von seinem Platz auf der anderen Seite des kleinen Tisches in seinem Hotelzimmer, wie sie auf seine Worte reagierte.

»Ich habe seinen Tod akzeptiert und auch die Tatsache, dass er vorhatte, mich in aller Öffentlichkeit bloßzustellen«, sagte sie. »Aber mal ganz ehrlich, ja? Deine Version stimmt überhaupt nicht mit dem überein, was mir von der Polizei erzählt wurde oder was ich in den Zeitungen gelesen habe.«

»Den Guardian Angelinos ging es bei ihrem Engagement nicht um Publicity oder einen Mordstrubel in den Medien. Unser einziges Ziel war es, die Zeugin, Samantha Fairchild, zu schützen.«

Gleichwohl hatten sie den Fall gelöst und geholfen, einen kriminellen Polizisten und Joshuas Geliebte, eine der einflussreichsten Bordellbesitzerinnen in Boston, hinter Gitter zu bringen. Diese Frau wollte Joshua tot sehen, und als sie erfuhr, dass er drauf und dran war, eine Enthüllungsstory über den flüchtigen irischen Mafiaboss Finn MacCauley herauszubringen, wurde der zum perfekten Sündenbock für den Mord.

Und es hätte vermutlich sogar geklappt, wenn Marc und seine Familie nicht gewesen wären und die Wahrheit ans Licht gebracht hätten.

»Ich bin wirklich froh, dass ich jetzt die wahre Geschichte kenne und dir sagen kann, wie sehr ich zu schätzen weiß, was ihr getan habt.«

»Den größten Anteil hatte Zach daran«, erklärte er. »Aber ich habe mich immer gefragt, ob du wusstest, was für einen Artikel dein Mann schreiben wollte.«

Sie schob ihren halb leer gegessenen Teller fort. »Ich hatte es an dem fraglichen Tag herausgefunden und beschlossen, ihn zu verlassen.«

»Und trotzdem bist du an dem Abend mit ihm essen gegangen?«

»Er sollte nicht merken, dass ich es weiß. Ich wollte mir erst einen Anwalt suchen und alles Weitere planen. Und dann« – sie schloss die Augen und rekapitulierte das Chaos damals im Restaurant – »wurde er an diesem Abend ermordet.«

Er wischte sich den Mund mit einer Serviette ab und warf diese auf den Teller, ehe er vom Tisch aufstand und seine Schuhe abstreifte. Er ließ seinen hochgewachsenen Körper aufs Bett fallen und schaute Devyn an, die Arme unter dem Kopf verschränkt.

Seine nackten Füße waren nur Zentimeter vom Fußende entfernt, wo sie ihre aufgestützt hatte, und die Beinahe-Berührung ließ sie unbewusst erschauern. Sie setzte behutsam ihre Füße zu Boden.

»Tut mir leid, dass deine Ehe auf so hässliche Art geendet hat«, sagte er.

»Anscheinend war es bei dir auch nicht viel besser.«

Er machte eine abwehrende Handbewegung, und Devyn ließ das Thema verständnisvollerweise fallen.

»Ich habe Joshua Sterlings Kolumnen im *Globe* regelmäßig gelesen«, räumte er ein. »Er hatte echt den Durchblick und einen Riecher für die Lokalpolitik.«

»Das hatte er«, stimmte sie ihm zu. »Und es tut mir auch superleid, dass er so jung sterben musste. Aber ich werde nicht die trauernde Witwe spielen. Mein Ehemann war nämlich ein Lügner, ein Betrüger, ein Ausbeuter und ein Schuft.«

Er grinste. »Dann erzähl mir mal, wie du wirklich empfindest.«

»Tja, wie dir vielleicht aufgefallen ist, war mein Göttergatte nicht dumm.« Sie rutschte nervös auf der Stuhlkante herum. »Im Gegenteil, er war viel gewiefter als ich und hat mich so eingeschätzt, dass ich mich genauso verhalte wie immer.«

»Und zwar wie?«

»Mir wurde von klein auf eingeimpft, dass es das Wichtigste ist, den guten Ruf der Familie zu schützen, und dass man alles dafür tut, um einen Skandal zu vermeiden.«

»Das hat er von dir erwartet, wenn er die Sache an die Öffentlichkeit bringt?«

Diese Frage hatte sie sich oft gestellt, doch Joshua war gestorben, ohne dass sie eine Antwort darauf bekommen hatte. »Möglicherweise, vielleicht dachte er aber auch, er kann mich damit zu einer schnellen Scheidung bewegen. Dann wäre er frei gewesen, seine Geliebte zu heiraten. Dieser Schuft dachte nie an mich, er dachte immer nur an sich. Ich bin überzeugt, mit seiner Enthüllungsstory und der zweifelhaften Publicity wollte er sich entweder einen Job bei Cable News sichern oder, und noch gerissener, er wollte meinen Adoptivvater damit erpressen. Hätte Daddy Hewitt ein paar Milliönchen rüberwachsen lassen, hätte Joshua die Story sicher großzügig in der Tonne versenkt.«

Marc dachte darüber nach. »Ist es möglich, dass er wusste, dass Sharon Greenberg deine leibliche Mutter ist?«

»Möglich ist alles«, antwortete sie. »Ich hab es ihm jedenfalls nicht erzählt. Ich habe ihm nur das mit Finn erzählt, aber ich hab keinen Schimmer, wie viel er wirklich wusste oder ob er geblufft hat.«

Sie erhob sich mit einem lang gezogenen Seufzer vom Stuhl und kehrte ihm den Rücken zu. Allmählich hatte sie die Nase gestrichen voll von Marcs Ausfragerei. »Es ist wirklich kompliziert und hat nichts mit dem zu tun, weswegen wir hier sind.«

»Ich will es aber wissen.«

Als er nicht lockerließ, drehte sie sich milde gereizt zu ihm. »Ich will es dir aber nicht sagen. Punkt. Ich habe ihm von Finn erzählt, das ist alles. Sharons Name tauchte in den Unterlagen nicht auf, weil er entfernt worden war. Aber ich habe jemanden gefunden, der den … Löschvorgang für mich rückgängig gemacht hat.«

»Könnte diese Person irgendjemandem erzählt haben, wer deine Mutter ist?«

»Ich glaube es zwar nicht, aber möglich ist natürlich alles. Ich vermute mal, jeder, der über Finn Bescheid weiß und wirklich ernsthaft daran interessiert ist, rauszufinden, wer sein Kind auf die Welt gebracht hat, würde früher oder später auf ihren Namen kommen. Ich weiß, dass es möglich ist, und deshalb bin ich hier, weil ich ihr das verklickern will.« Das war zwar nicht der einzige Grund, aber der ursprüngliche Auslöser.

»Warum hast du überhaupt nach deinen leiblichen Eltern geforscht?«, wollte er wissen. »Aus den üblichen Gründen?«

»Ja, so könnte man es nennen.« Es war schließlich normal, dass eine Frau sich ein Baby wünschte, oder?

Sie durchquerte das Zimmer, kehrte wieder zu ihrem Stuhl zurück. Irgendwie fühlte sie sich verdammt in die Enge getrieben. »Ich wollte rauskriegen, ob es da vererbbare Krankheiten gibt und so.« Das stimmte nur halb. Joshua hatte es wissen wollen, angeblich, weil er sonst nie eingewilligt hätte, Vater zu werden – und ein Kind war alles, was sie sich wünschte. Sich immer gewünscht hatte. *Auch jetzt noch.*

Aber nicht um jeden Preis. Bevor sie Dr. Greenberg nicht persönlich kennenlernte und sich ein Bild machen konnte, aus welchem Holz diese Frau geschnitzt war, wollte Devyn sich diesen Traum erst mal versagen.

»Meine Adoption verlief streng geheim, sie wurde von einem Anwalt abgewickelt, medizinische Unterlagen existierten angeblich nicht. Meine Adoptiveltern behaupteten steif und fest, dass sie keine Ahnung hätten, wer meine leiblichen Eltern waren. Sie wollten es am liebsten komplett verdrängen, denn die Tatsache, dass ich ein angenommenes Kind war, war meiner Adoptivmutter ein Dorn im Auge.«

»Warum denn das?«

»Dass sie kein eigenes Kind bekommen konnte, bedeutete für sie, dass sie nicht perfekt war. Und wenn es eins gibt, das Bitsy Hewitt wertschätzt, dann ist es Perfektion.«

»Dann sollte sie dich wertschätzen.«

Devyn schnaubte verächtlich. »Ich bin keine Hewitt, deshalb bin ich auch nicht perfekt. Weit davon entfernt, in den Augen meiner Mutter – meiner Adoptivmutter.«

»Und wie hast du das mit deiner leiblichen Mutter herausgefunden?«

Es hatte sie zwei Jahre und viele Tausend Dollar gekostet, war jedoch jede Minute und jeden Cent wert gewesen. »Der von mir engagierte Privatdetektiv machte sämtliche Frauen ausfindig, die am Tag meiner Geburt im Brigham and Women's Hospital entbunden hatten. Er hat sie alle besucht, befragt und die Suche auf die Wissenschaftlerin an der University of North Carolina eingegrenzt, die bei meiner Geburt noch Sharon Mulvaney hieß. Offenbar war sie in den Achtzigern kurz verheiratet und hat sich dann wieder scheiden lassen.«

»Du hast niemandem von ihr erzählt? Überhaupt keinem?«

Sie hatte niemanden, dem sie es hätte erzählen können. »Ich habe nicht viele Freunde.« Heiliger Strohsack, sie musste wie ein armes reiches Mädchen klingen. Konnte er auch nur ansatzweise begreifen, was es bedeutete, die Bürde mit sich herumzutragen, eine Hewitt zu sein? »Mein Bekanntenkreis besteht aus Leuten, die entweder auf meinen Mädchennamen oder auf meine Beziehungen abfahren.«

»Das muss ziemlich ätzend sein für dich.«

Sie lächelte und war froh, dass er in dieser Hinsicht keine Vorurteile hatte. »Ja, ist es auch.«

»Du hattest immerhin so viel Vertrauen zu deinem Mann, dass du ihm den Namen deines leiblichen Vaters enthüllt hast, der ein gesuchter Schwerverbrecher ist. Aber den Namen deiner Mutter hast du ihm verschwiegen. Sehe ich das richtig?«

»An dir ist wirklich ein FBI-Agent verloren gegangen«, sagte sie ein wenig peinlich berührt.

»Ich war schließlich mal einer«, konterte er. »Auch egal. Ich glaube, sich mal alles von der Seele reden zu können, hilft, Probleme zu lösen.«

Trotzdem brauchte Marc von ihrem Kinderwunsch nicht zu erfahren. Er wusste schon genug. »Ich habe es ihm erzählt, weil er mein Mann war und ich ehrlich zu ihm sein wollte«, sagte sie in der Hoffnung, dass es als Erklärung reichte. »Mir blieb gar nichts anderes übrig, als ihm plausibel zu machen, dass wir an die Patientenakte meines Erzeugers niemals rankommen würden, weil Finn auf der Flucht ist. Das war vor einem Jahr. Da war zwischen Joshua und mir noch alles in Ordnung. Mehr oder weniger jedenfalls.«

Sie schüttelte den Kopf. Sie musste vor Marc nicht schauspielern, geschweige denn irgendwas beschönigen. »Ich habe mich an Strohhalme geklammert, um das Stigma einer drohenden Scheidung auszublenden«, gab sie zu.

»Du willst mir doch wohl nicht unterjubeln, dass eine Scheidung schlimmer ist als ein Mord?«

»Marc, erstens hatte ich keine Ahnung, dass Joshua umgenietet werden würde, weil er von meinem leiblichen Vater wusste. Und zweitens, was das Stigma betrifft, gehe ich davon aus, dass du deine Hausaufgaben gemacht hast und genau weißt, wer und was meine Familie ist. Eine Hewitt schützt den Namen der Familie.«

»Eine Bande Geldsäcke?«

Sie verschluckte sich fast an einem trockenen Lachen. »Ja, Bostons Crème de la Crème.« Sie nahm das Guinness-Glas und trank einen Schluck. »Ob du es glaubst oder nicht, der Name Hewitt ist der wahre Grund, warum Joshua Sterling mich geheiratet hat. Sein richtiger Nachname war nämlich Silvermann, und er stammte nicht aus Manhattan, sondern wuchs in irgendeiner Bruchbude in der Bronx auf.«

»Ich bin sicher, es war mehr als bloß dein hochkarätiger Nachname. Hör mal Devyn, du bist eine sehr attraktive Frau«, gestand er mit samtweicher Stimme und schoss ihr einen bewundernden Blick zu.

Ein heißes Prickeln flutete Devyns Körper. Sie schlug verwirrt die Augen nieder und schwieg.

»Warum hast du ihn geheiratet?«

»Als ich ihn kennenlernte, hab ich mich vom Fleck weg in ihn verliebt. Er war attraktiv, aufmerksam und liebevoll.« Indes war das nicht von langer Dauer gewesen. Sie strich nachdenklich über den feinen Film aus Kondenswasser, der sich auf dem glatten, dickwandigen Bierglas gebildet hatte. »Und er hat mir etwas geboten, das ich davor nie hatte.«

»Und was war das?«

Die Möglichkeit, eine Familie zu gründen, die kleine Familie, von der sie immer geträumt hatte. Er hatte ihr Kinder versprochen. Und hartnäckig beteuert, dass ihre unbekannte Herkunft für ihn keine Rolle spielte. Eine glatte Lüge. Einen Tag nach ihrer Hochzeit hatte er angefangen, von seinen Sorgen über ihre, wie er es nannte, »unbekannten DNA-Strukturen« zu sprechen.

Schließlich blickte sie von ihrem Glas auf, sich dessen bewusst, dass ihre Augen in Tränen schwammen. »Hör jetzt auf, ja? Bitte, Marc.«

Er sah sie lange und eindringlich an, dann rollte er herum und schwang sich aus dem Bett. »Du hast recht. Zeit, an die Arbeit zu gehen.« Er klappte den Laptop auf. »Ich erwarte eine E-Mail von meiner Firma, mit Informationen, die uns vielleicht weiterhelfen.«

Von seiner Firma, den Guardian Angelinos. Auf dem Weg zurück ins Hotel hatte er ihr von der locker strukturierten Organisation erzählt, die von seinem Cousin und seiner Cousine geleitet wurde. Daraufhin war ihr klar geworden, dass sie Marc noch eine ganze Menge schuldig war.

War eine Telefonnummer, die sie hingekritzelt auf der Rückseite eines Fotos gefunden hatte, als Dankeschön zu wenig? Sie wischte die nagenden Zweifel kurzerhand beiseite. Sie brauchte seinen Schutz und seine Hilfe. Eine Telefonnummer mit dem Namen »Finn« daneben musste reichen.

Während er ein paar Tasten drückte, wanderte ihr Blick über seinen Körper und verweilte auf muskelbepackten Schultern, einem harten Waschbrettbauch und trainierten Schenkeln, die sich unter seiner verwaschenen Jeans abzeichneten. Den Kopf über den Computer gesenkt und vertieft in die Lektüre, sein dunkles Haar leicht verwuschelt, die Rasur so hastig gemacht, dass ihm ein paar Stellen durch die Lappen gegangen waren.

Vor ein paar Stunden hatte sie ihn auf einer von Wasser umtosten Anhöhe geküsst. Seitdem hatte sie ein Kaleidoskop von Befindlichkeiten durchlebt, angefangen mit dem Wunsch, ihn eiskalt abzumurksen, bis hin zu der Einsicht, ihm ihr Leben anzuvertrauen. Sie hielt dieses Rauf und Runter auf ihre Gefühlsskala kaum noch aus.

»Ist irgendwas?«, fragte er, als er ihren skeptischen Blick auffing.

»Nööö, mir ist bloß gerade bewusst geworden, dass du verdammt viel über mich weißt und du mir gerade ein paar meiner dunkelsten Geheimnisse entlockt hast, während ich über dich gar nichts weiß, außer dem wenigen, was du mir heute erzählt hast. Offensichtlich bist du doch kein Investmentprofi auf Geschäftsreise, der ein bisschen Spaß haben will.«

»Ich bin geschäftlich hier, und manche würden in dem, was ich tue, einen hohen Spaßfaktor wittern. Aber ich bin nicht aus New York«, räumte er ein. »Ich wohne in Marblehead, wo ich einen Waffenladen besitze, und habe mich erst kürzlich entschieden, für die Firma meines Cousins und meiner Cousine zu arbeiten. Ich habe keine Kinder, bin in Sudbury aufgewachsen, gehe gern angeln, koche ein bisschen und werde nächsten Monat neununddreißig. Geht's dir jetzt besser?«

»Es ist schon mal ein Anfang.«

»Komm mal her und lies dir das durch.« Er winkte sie zu sich und zeigte mit dem Finger auf den Bildschirm. »Eine E-Mail von meiner Cousine Vivi. Sie hat früher als Reporterin für den *Boston Bullet* gearbeitet und ist eine verdammt gute Detektivin.« Er neigte den Laptop so, dass sie die E-Mail lesen konnte, und sie überflog den Text, bis ihr der Name ihrer leiblichen Mutter ins Auge stach.

Hey Marc, Dr. Sharon Greenberg ist eine von wenigen Mikrobiologen weltweit, die in der Lage sind, Botulinumsporen zu züchten und zu transformieren, sodass sie als Biowaffe für einen terroristischen Anschlag verwendet werden können.

»Ich weiß, dass sie sich im Bereich Immunologie und Neurotoxine einen Namen gemacht hat. Sie zählt zu einem kleinen globalen Zirkel hoch renommierter Wissenschaftler«, erklärte Devyn.

»Sieh dir die E-Mail an, die Vivi an uns weitergeleitet hat.« Er klickte auf eine andere Nachricht. Der Absender war ihr unbekannt, aber die Adresse endete auf fbi.gov.

Derzeit noch offene Ermittlungen: Diebstahl gemeldet von der University of North Carolina Chapel Hill im Labor der Abteilung Pathologie und Labormedizin … 19 Gramm des Bakteriums Clostridium Botulinum, purifiziert für die Züchtung von Toxinen … Befragung sämtlicher Labormitarbeiter. Notizen der Befragungen erhältlich beim Ermittlungsteam … CIA wurde verständigt … derzeit werden Internet-Chats zwischen bekannten Terroristenzellen überwacht …

»Oh, mein Gott«, flüsterte sie. »Glaubst du, sie hat was damit zu tun?«

»Keine Ahnung. Die Sporen wurden gestohlen. Und diese hoch renommierte Wissenschaftlerin verschwindet in Nordirland, einer ehemaligen Hochburg des Terrorismus, und hat Verbindungen zu einem Mann, der, neben seinen vielen anderen Verbrechen, verdächtigt wird, in den 1970ern offen irische Terroristen unterstützt zu haben. Es wäre eine Erklärung, warum das FBI dich aus dem möglichen Gefahrenbereich heraushaben will.«

Ihr Herz, oder das, was davon noch übrig war, nachdem es dank Marcs Horrormeldungen ein einziger Scherbenhaufen war, plumpste ins Bodenlose.

War die andere Seite ihres »unbekannten DNA-Rasters« genauso gemeingefährlich und kriminell veranlagt wie ihr Vater?

Oh Gott, ich fass es nicht, sann Devyn, vermutlich bin ich ein schlafendes Monster.

»Jedenfalls dürfen wir die Möglichkeit nicht außer Acht lassen«, schob er nach.

Auch das noch. »Was du sagst, stimmt. Was fangen wir jetzt mit diesen Informationen an?«

»Wir gehen den Hinweisen nach und versuchen dann, entsprechende Verknüpfungen herzustellen.« Er klickte sich durch ein paar andere Seiten, während sie versuchte, sich an den gruseligen Gedanken zu gewöhnen.

Ihre Eltern waren *beide* Kriminelle?

»Sieh dir das an.«

Auf dem Bildschirm flackerte das Bild eines teilweise von Hand ausgefüllten Formulars, ein schief eingescannter Bericht, oben in der Mitte das Siegel des FBI.

Devyns Blick glitt von dem Datum, 22. Dezember 1978, zu der Stadt, Cambridge, Massachusetts.

Aufgrund eines Hinweises auf die Zielperson Finley MacCauley besuchten Ermittler die Wohnung von Miss Sharon Mulvaney, Doktorandin am MIT, die mit den Agenten kooperierte und ihnen ohne Durchsuchungsbefehl den Zutritt zu ihrer Wohnung gestattete. Keine Spur von MacCauley.

Ihr Herzschlag geriet ins Stocken, als sie nochmals einen Blick auf das Datum warf: Es war rund neun Monate vor ihrer Geburt gewesen.

»Schockiert mich nicht wirklich.« Sie seufzte schwer und wünschte, es wäre nicht wahr. »Ich bin der lebende Beweis dafür, dass sie sich kannten. Zweifellos wurden sie vom FBI überwacht, weil die Beamten eine Verbindung zwischen den beiden vermuteten.«

»Dann das hier.« Er klickte auf eine andere Seite, ein ähnliches Dokument. Die Handschrift war anders, aber das Siegel dasselbe. Und das Datum etwa drei Wochen später.

Ermittler befragten siebzehn Studenten und Dozenten am

MIT, nachdem in den Labors ein Diebstahl von Clostridium Botulinum-Bakterien gemeldet worden war; sechs der befragten Personen mussten sich weiteren Verhören stellen.

Sie kannte bloß einen von den sechs Namen auf der Liste: Sharon Mulvaney.

Alle wurden als unverdächtig eingestuft, damit sind die Ermittlungen weiterhin offen.

Erkennbar deprimiert stand Devyn auf und stakste zu ihrem Koffer, den sie neben der Tür hatte stehen lassen.

»Ich muss dir was zeigen«, meinte sie zaghaft.

»Was denn?«

»Ach, bloß ein bisschen Material, um deinen detektivischen Spürsinn zu füttern.«

9

Liam Baird stützte sich auf den stuckverzierten Sims seines Wohnzimmerfensters im zweiten Stock und ließ den Blick über die Gräber des Milltown Cemetery schweifen. Der riesige Friedhof wurde von bleichem Mondlicht und dem milchigen Schein der Straßenlaternen beleuchtet, die die Falls Road säumten.

Das Grab seiner Mutter, lediglich mit einer zerrissenen irischen Flagge und einem schlichten, mit keltischen Symbolschnitzereien versehenen Kreuz geschmückt, lag an dem äußeren westlichen Hang des berühmten Friedhofs. Nachts war Milltown für Besucher geschlossen, denn die Touristen kamen gern her, um an den Heldendenkmälern vorbeizuflanieren und berühmte Namen zu flüstern, als wären es die von Heiligen und Märtyrern. Der Friedhof wurde nämlich jede Nacht abgeschlossen, um Vandalen fernzuhalten, die sich von Shankill herschlichen, um die Gräber der getöteten Rebellen mit Graffitis zu besprühen oder zu verwüsten. Aber auch nachts gab es etliche Wege, um zu den Tausenden von Grabstätten zu gelangen.

Gleichwohl würde sich niemand dazu hinreißen lassen, die Grabstätte von Colleen Baird zu verwüsten, weder heute noch in irgendeiner anderen Nacht. Niemand kroch freiwillig durch Brombeergestrüpp und scharfkantige Steine oder verirrte sich in den Bereich der »Unbedeutenden«. Besucher kamen nach Milltown, um voller Ehrfurcht an den Gräbern von Männern zu stehen, die als »politische Gefangene« gestorben waren, statt als Dissidenten der Bedeutungslosigkeit anheimzufallen.

Ein solches Schicksal wollte Liam sich ersparen. Er wollte Geld verdienen, viel Geld. Mit Geld konnte man alles kaufen, selbst …

Sein Blick wurde abermals vom Grab seiner Mutter angezogen. Das Erste, was er tun wollte, war, ein Grabmonument für sie zu errichten.

Und wenn die smarte amerikanische Wissenschaftlerin so geldgierig war, wie er hoffte, dann war sie bestimmt manipulierbar und hielt das Ticket zu den astronomischen Summen, die ihm vorschwebten, in der Hand.

Sein Geschäft mit den jungen Kerlen, die darauf brannten, so zu sein wie schon ihre Väter und Onkel, die für die Sache der Republikaner ihr Leben gelassen hatten, lief zwar gut, aber das reichte Liam nicht. Er wollte noch erfolgreicher sein.

Seine Jungs waren zu allem bereit: Sie pressten anderen Schutzgelder ab, dealten mit Drogen, verkauften Frauen in die Prostitution. Ihnen gefiel das Schmutzige daran, denn diesen Maurern und Hüttenarbeitern, Klempnern und Metzgern und Katholiken der Arbeiterklasse fehlte in ihrem eintönigen Leben der Nervenkitzel und die Leidenschaft für ihre Sache, seit in Nordirland Frieden herrschte. Sie brauchten ein Ventil, und Liam lieferte ihnen eins, indem er ihrem perversen Tun einen politischen Anstrich verpasste, um die Taten zu rechtfertigen, und sich das Geld in die eigene Tasche steckte.

Gleichwohl gab es immer noch mehr Geld, das man einsacken konnte.

Er checkte sein Handy, das längst hätte klingeln müssen, denn die verabredete Zeit für das Gespräch war mittlerweile verstrichen. In Pakistan konnte es jedoch schwierig sein, ein Satellitensignal zu empfangen. Insbesondere in einer Höhle.

Unvermittelt begann das Telefon zu vibrieren, doch der angezeigte Anrufer war nicht der erwartete.

»Hast du sie, Danny?«, fragte er ohne Begrüßung.

»Hier ist Magee. Danny wurde angeschossen.«

»Heilige Scheiße.«

»Er wird es überleben. Aber er muss zu Doc Russell.«

»Hat er sich die Frau geschnappt?«

Das kurze Zögern reichte als Antwort, und Liam unterdrückte einen finsteren Fluch.

»Er konnte ihr noch eine Warnung verpassen, bevor so ein Typ auf Danny geschossen hat«, sagte Magee. »Und ich bin sicher, dass sie jetzt die Biege macht.«

Das war ihm nicht genug. Er wollte wissen, wer diese gottverdammte Frau, die viel zu viele Fragen stellte, geschickt hatte. Und er wollte sie aufhalten, ehe sie die Falschen darauf aufmerksam machte, dass Dr. Greenberg hier war.

»Wo ist der Doc?«, fragte Liam. »Du darfst ihn unter gar keinen Umständen ins Krankenhaus bringen – sonst haben wir nachher noch die Bullen am Hals.«

»Ich treffe mich oben im Four Points mit ihm. Kommst du auch?«

»Mal sehen. Ich warte auf einen Anruf.« Er kochte innerlich. »Dieses Mädchen wird zu einem echten Problem. Wenn die Scheißengländer sie geschickt haben, werden wir denen eine astreine Nachricht verpassen.«

»Tja, das Mädel wäre heute Abend fast zu einer astreinen Nachricht geworden. Danny hat ihr ein Messer an die Kehle gehalten.«

»Hat er sie verletzt?«

Hinter ihm knarrte das Kiefernholz der obersten Treppenstufe unter dem Gewicht eines Fußes. Er drehte sich um und begegnete Dr. Greenbergs durchdringenden, zinngrauen Augen.

»Nein«, antwortete Magee. »Aber sie hat sich vor Angst fast in die Hose gemacht.«

»Umso besser. Wir wollen sie schließlich einschüchtern und mürbe machen.«

»Wir wollen, dass sie *verschwindet*«, korrigierte die Wissenschaftlerin ihn und verschränkte die Arme vor der Brust. »Was ist passiert?«

»Halt mich auf dem Laufenden, Magee.« Er beendete das Gespräch und steckte das Handy in die Tasche. »Danny hat sie nicht ins Auto bekommen, aber er hat ihr mächtig Angst eingejagt. Dabei wurde er angeschossen.«

»Sie hat auf ihn geschossen?«

»Nein, sie hatte wohl Verstärkung dabei.« Er fixierte sie mit einem prüfenden Blick. »Wer *ist* diese junge Dame, Dr. Greenberg?«

Sie torpedierte ihn mit einem vernichtenden Blick. »Haben Sie sich inzwischen um den Geldtransfer gekümmert?«, fragte sie.

Himmel, die Alte war eine harte Nuss. Blöderweise besaß sie das erforderliche Know-how – und sie war bereit, es gegen klingende Münze zu verscherbeln. Folglich musste er mit ihr klarkommen. »Es ist alles in die Wege geleitet. Waren Sie im Labor?«

Sie nickte. »Alles wächst und entwickelt sich wunschgemäß. Keine Probleme. In den nächsten paar Tagen haben wir nichts weiter zu tun, als den Fortschritt zu beobachten.«

»Ich habe jede Menge zu tun«, entgegnete er. »Marie hat in einer Stunde das Essen fertig. Ich bin heute Abend nicht da.«

»Wo sind Sie denn, Baird?«

Seine Nasenflügel bebten vor Ärger. »In einem Scheißpub, Ma'am, und Sie wären dort nicht willkommen.«

»Warum nicht?«

»Konspiratives Treffen. Außenstehende unerwünscht, und ich habe wenig Lust, den anderen Ihre Anwesenheit zu erklären. Sie bleiben hier und essen, was die Haushälterin Ihnen vorsetzt.«

»Sie werden niemandem irgendwas erklären müssen«, versetzte sie mit einem schmallippigen Lächeln. »Und sagen Sie Marie, sie kann sich die Mühe sparen. Ich nehme an, man kann sich im Pub was zu essen bestellen, oder?«

»Wenn Sie den Fraß so nennen wollen. Das Four Points ist eher für sein Starkbier bekannt.«

»Ich mag Bier«, meinte sie und nickte vielsagend in Richtung Tür.

Das Vibrieren in seiner Tasche rettete ihn. »Den Anruf muss ich annehmen.«

Sie rührte sich nicht von der Stelle.

»Ich muss diesen Anruf *allein* annehmen«, betonte er. »Das heißt, falls sie wollen, dass der Geldtransfer stattfindet.«

»Ich warte unten auf Sie.«

Als ihre Schritte auf der Treppe verklangen, sah er auf die Nummer im Display und atmete erleichtert aus.

»*Salam*«, begrüßte er den muslimischen Anrufer.

»Wie lange noch, Baird?« Sein Kunde machte sich offensichtlich nicht viel aus guten Umgangsformen. Er sprach mit starkem Akzent, kurz und bündig, aber die Botschaft zwischen den Zeilen war eindeutig: *Die Zeit rennt uns davon.*

»Nicht mehr lange«, antwortete Liam ausweichend. »Aber ich brauche einen höheren Vorschuss.«

»Ich glaube nicht, dass das machbar ist.«

»Hören Sie, es handelt sich um einen extrem aufwendigen und kostenintensiven Prozess, und wir haben zwangsläufig nicht alles unter Kontrolle. Ich brauche mehr Geld und mehr Zeit. Mindestens eine Woche.«

»Und dann ist es erledigt?«

»Wenn Allahs Wille geschieht«, meinte Liam gedehnt. Es widerstrebte ihm, den Namen Allah einzuflechten, doch er wusste, dass er so Pluspunkte sammelte.

»Allahs Wille geschieht immer«, erwiderte der Mann schroff. »Und wir haben bei diesem Projekt einen Zeitplan, den wir exakt einhalten müssen. Pech für Sie, dass ich einen anderen Lieferanten gefunden habe.«

Scheiße. »Diese Einschüchterungstaktik funktioniert bei mir nicht.« Oh doch, das tat sie. Denn Malik Mahmud Khel hatte bei diesem Spiel sämtliche Trümpfe in der Hand. Und jede Menge Dollars. Liam vermutete stark, dass es andere Lieferanten gab, wahrscheinlich auch im Nahen Osten, quasi direkt vor der Haustür seines Auftraggebers.

Trotzdem schlug er den selbstsicheren Ton des Führers an, den er bei seinen eigenen Leuten einsetzte. »Ich bin den anderen Herstellern weit voraus, und ich verfüge über entsprechende Mengen. Das kann Ihnen sonst keiner bieten. Sie wissen das, und ich weiß das. Bitte überweisen Sie zweihundertfünfzigtausend US-Dollar auf das Ihnen bekannte Konto.«

»Jeder gute Führer hat einen Plan B«, gab Malik zurück. »Ich habe einen, und Sie sollten auch einen haben. Ich überweise Ihnen den verlangten Betrag, Baird, und gebe Ihnen noch drei Tage für Ihre Lieferung. Danach erhalten Sie eine Million US-Dollar.«

»Nur eine?«

»Wenn der Stoff sich als wirksam erweist, bekommen Sie den Rest, und nach unserem Anschlag wird der Name Tehrik-e-Jafria in aller Munde sein, überall auf der Welt. Die Leute werden Osama bin Laden vergessen und sich an die Helden von Tehrik erinnern. Sie können einer dieser Helden werden.«

Scheiß drauf. Er wollte die zwei Millionen Dollar, die sie vereinbart hatten, doch die Leitung war tot. Sein Kunde hatte das Gespräch abgewürgt.

Im Flur quietschte eine Treppenstufe. Wütend stapfte er zur Tür, um die Wissenschaftlerin beim Lauschen zu erwischen. Es juckte ihm in den Fingern, der blöden Schickse den Hals umzudrehen. Aber stattdessen stand Marie dort, und ihre traurigen blauen Augen blickten ihn fragend an. Sie war immer traurig, seit ihr Mann tot war. Er hatte blutüberströmt auf der Botanic Avenue gelegen, das Opfer einer britischen Kugel.

»Kein Abendessen, Mr Baird? Die Frau Doktor sagt, Sie gehen aus.«

Baird klappte das Telefon zu. Vielleicht sollte er die *Frau Doktor* wirklich mit ins Four Points nehmen. Vielleicht brauchte sie mal eine kleine Lektion, um zu kapieren, was passierte, wenn man ihn hinhielt und mehr verlangte als vereinbart.

Ein kleiner Unfall? Nein ... zumindest jetzt noch nicht. Dafür war sie ihm zu wertvoll. Noch brauchte er Dr. Greenberg für sein Vorhaben. Er blickte ein letztes Mal über die Grabhügel von Milltown und sandte seiner toten Mutter einen stummen Gruß. Malik Mahmud Khels harter, fremdartiger Akzent klang in seinen Ohren nach.

Malik war zwar nicht der oberste Führer von Tehrik-e-Jafria, aber er stand ziemlich weit oben an der Spitze dieser islamistischen Vereinigung und verwaltete deren Gelder. Damit war er sicher gut beschäftigt, denn die Pakistanis hatten Geld wie Heu und waren fest entschlossen, es für ihre Zwecke auszugeben.

Und Liam Baird konnte ihnen geben, was sie brauchten. Vorausgesetzt, er bekam die geldgeile Wissenschaftlerin und die lästige junge Frau, die in Belfast herumlief und ihre Nase in fremde Angelegenheiten steckte, in den Griff.

Sharon erwartete ihn im Mantel an der Haustür.

»Ich bin so weit«, sagte sie fröhlich, als seien sie alte Freunde, die zusammen ein Bier trinken und Darts spielen wollten.

»Dann sollten wir gehen.« Er nötigte sich ein Lächeln ab und machte gute Miene zu ihrem Spiel. Immerhin hielt diese Frau den Schlüssel zu all dem in ihren Händen, was er sich immer erträumt hatte.

Und wenn er sich, um das zu bekommen, mit dieser Nervensäge abfinden musste, dann sollte es eben so sein. Zu dumm, dass Danny den Job vermasselt hatte. Baird hatte nicht viele Männer, die einer Frau etwas antun würden.

Wirklich verdammt schade. Okay, wenn es nicht anders ging, würde er sich persönlich um die Kleine kümmern müssen.

Marc blätterte durch die wenigen Seiten, die in dem Hefter steckten, den Devyn aus Dr. Sharon Greenbergs Arbeitszimmer stibitzt hatte. Auf dem Bett beugte Devyn sich über seinen Laptop, und ihr brannten die Augen, als sie sich durch akademische Seiten und wissenschaftliche Onlinezeitschriften klickte.

»Ich muss zugeben«, sagte sie, »das ist eine ganz schöne Erleichterung.«

»Einen Computer mit Internetzugang zu haben?«

Sie musterte ihn nachdenklich ernst. »Mithilfe der Suchmaschinen finden wir beide bestimmt heraus, was diese Zeichnung darstellt. Offenbar handelt es sich um ein synaptisches Vesikel. Den Begriff hab ich noch nie gehört.« Sie zeigte auf den Bildschirm. »Hier steht, dass das eine kleine membranumschlossene Struktur an den Axon-Verbindungen von Nervenzellen ist.«

»Verstehst du das?«

»Kein Wort. Das ist es auch nicht, was mich letztlich dazu bewogen hat, mich in ein Flugzeug nach Nordirland zu setzen, als ich diese Infos entdeckt hatte.«

»Weshalb bist du denn hergekommen, Devyn?«

Das war zwar eine berechtigte Frage, trotzdem hatte sie Probleme mit der Antwort. »Ich habe ein Foto von mir als kleines Mädchen gefunden, also …« *Hoffte ich, dass ich ihr nicht egal bin.* »Also da war mir spontan klar, dass sie weiß, wer ich bin. Und ich wähnte mich geradezu verpflichtet, ihr mitzuteilen, wie und warum Joshua umgebracht worden ist.«

»Ich frage mich, wo sie dieses Bild herhat«, überlegte er laut.

Und die Telefonnummer auf der Rückseite. »Ich auch. Aber …« Sie biss sich auf die Lippe, zögerte immer noch, ihm mehr anzuvertrauen. »Jemand war in Sharons Haus, als ich diesen Ordner geholt habe.«

Sein Kopf fuhr hoch. »Was?«

»Er hat mich angegriffen.«

Marc starrte sie mit großen fassungslosen Augen an. »Und wann wolltest du mir das beichten?«

»Ich beichte es dir doch jetzt«, muffelte sie. »Ich weiß nicht, wer es war und ob er auf Sharon wartete oder mit ihr zusammenarbeitete. Es gab einen heftigen Blitzeinschlag, und das Licht ging aus, und als ich mich im Dunkeln zur Haustür zurücktastete, packte er mich von hinten und setzte mich brutal vor die Tür.«

»Noch jemand, der dich raushaben wollte.«

Sie nickte und seufzte schwer. »Da scheint System dahinterzustecken.«

»Und eine Botschaft, die du einfach nicht hören willst.«

»Spar dir den Atem«, versetzte sie in scharfem Ton. »Meine Entscheidung steht fest. Ich gehe nirgendwohin, solange ich nicht weiß, wer – ich meine – wo sie ist. Und warum sie hier ist.«

Sie sah es Marc an, dass ihm diese Entscheidung absolut nicht behagte. »Was hat dieser Typ in ihrem Haus noch zu dir gesagt?«

Sie schloss die Augen und dachte an die Dunkelheit, den brutalen Unbekannten und an ihre Panik, die Teile ihrer Erinnerung verschattet hatte. »Er wollte wissen, wer mich geschickt hat, und er hat damit gedroht, dass er Sharon umbringen wird, wenn sie unverrichteter Dinge zurückkehrt.«

»Du hättest nicht allein hierherkommen dürfen«, sagte er leise.

»Ich hatte keine Option. Mein Mann ist tot. Und Geschwister oder Cousins und Cousinen, so wie du, habe ich nicht. Ich bin eine Einzelkämpferin. Bin ich immer schon gewesen. Und impulsiv, frag mal Betsy Hewitt, meine Adoptivmutter. Sie hat dauernd darauf herumgehackt, dass ich die falschen Gene mitbekommen hätte.«

Er sah sie wieder an, als nehme er ihr das nicht ab, dann wurden seine dunklen Augen milder und ein Hauch von Mitgefühl spiegelte sich darin. »Eine ganz reizende Person, diese Mom Hewitt. Kein Wunder, dass du deine richtige Mom suchst.«

Die Worte trafen sie hart. »Tu ich nicht …« Doch, das *tat* sie. »Ich mache mir nicht vor, dass ich eine besondere Beziehung zu dieser Fremden aufbauen werde, die mich zur Welt gebracht hat, Marc. Aber ich bin kein Psycho, bloß weil ich wissen will, wer ich wirklich bin. Das ist nichts Außergewöhnliches, oder?«

Er lächelte und legte ihr seine warme Hand aufs Bein, was ihr augenblicklich wieder bewusst machte, dass sie nebeneinander auf einem Bett saßen. Wenn er jetzt die Arme um sie schlang und sie nach hinten auf das Laken zog, dann …

Dann würde das die Dinge noch komplizierter machen, als sie es ohnehin schon waren.

»Zunächst mal, Devyn, bist du für mich eine außergewöhnliche Frau.« Er verstärkte kaum merklich den Druck auf ihr Bein. »Und wenn du sie kontaktierst, wird das nicht alle deine Fragen beantworten, sondern lediglich viele weitere aufwerfen.«

Sie legte ihm eine Hand auf den Arm und schob ihn weg. »Verflixt viele Fragen, wie zum Beispiel« – sie wies mit dem Kinn auf den Computerbildschirm – »was hat dieser ganze verworrene wissenschaftliche Kram zu bedeuten?«

»Ich weiß es nicht, aber während ich ihn mir ansehe, versuch du mal, die E-Mail-Adresse von der Person zu googeln, die ihr die Anweisungen geschickt hat, wohin sie sich nach ihrer Ankunft wenden soll. Sie lautet puggareel17@connectone.com.«

Sie gab die Daten in die Suchmaschine ein, während er sich wieder dem Schnellhefter widmete. Auf dem Bildschirm blinkte *Adresse ungültig* auf. »Das ist kein aktiver E-Mail-Account.«

»Das überrascht mich nicht wirklich. Ich schicke sie an mein Büro in Boston«, entschied er. »Bestimmt können sie dort rausfinden, wem die Adresse gehört, oder zumindest den Standort des Servers, von dem aus diese E-Mail verschickt wurde. So können wir den Account wahrscheinlich genauer lokalisieren.«

Sie blickte auf. »Wirklich?«

»Meine Schwester ist eine begnadete Hackerin«, räumte er mit einem durchtriebenen Lächeln ein. »Und mein älterer Bruder ist Polizist, mein anderer Bruder Spion, mein Cousin ein ehemaliger Army Ranger, und, na ja, Vivi habe ich ja schon erwähnt. Meine Cousine hat überall ihre Quellen und saugt Informationen auf wie ein Schwamm das Wasser.«

Sie lachte leise. »Erstaunlich.«

»Das sind sie«, stimmte er ihr zu, während er das Diagramm in dem Hefter genauer inspizierte. »Aber sie können auch ganz schön nerven. Hey, ruf noch mal die Bildschirmseite von vorhin auf. Den biochemischen Toxizitätsprozess.«

Sie verglichen die beiden Bilder. »Das passt«, sagte sie.

Der Bandwurmsatz aus wissenschaftlichen Fachausdrücken verschwamm vor Devyns angestrengten Augen – *Neuronen … Endozytose … SNAP-25-Proteine …*

»Aber ich verstehe nur Bahnhof.«

»Ich glaube, ein bisschen was kapier ich schon«, bekannte er. »Das hat mit den Sporen zu tun, die giftige Chemikalien erzeugen. Sehr giftige. Toxisches Botulinum.«

Sie schob ihm den Laptop hin und rutschte ans Kopfende des Bettes, wo sie sich auf einen Berg Kissen fallen ließ. Sie schloss ihre brennenden Augen, lauschte auf ihren aufgewühlten Herzrhythmus.

Was zum Teufel *machte* Sharon Greenberg hier in Nordirland?

»Weißt du, es könnte etwas völlig Harmloses sein«, sagte er, als könnte er ihre Gedanken lesen. »Vielleicht will sie an irgendeinem internationalen Chemiekongress teilnehmen.«

Devyn öffnete ein Auge. »Und deswegen versucht irgendein Schwachkopf, mich auf offener Straße zu entführen? Und ein maskierter Schlägertyp dringt in mein Hotelzimmer ein und bedroht mich massiv? Ach, und nicht zu vergessen, der supernette Rausschmeißer in Sharons Haus.«

Er streckte die Arme aus, umschloss mit den Händen Devyns Fußgelenke, streichelte ihre Beine hinauf, massierte sanft ihre Waden. Er wollte sie bloß besänftigen, daran zweifelte sie keine Sekunde lang, dennoch war die Berührung ungeheuer intim und prickelnd, selbst durch den Stoff ihrer Jeans.

»Willst du nicht lieber nach Hause fliegen? Dort wärst du in Sicherheit.«

»Und es nie erfahren? Ich kann nicht mehr, ich will endlich Antworten auf meine Fragen. Ich … halt das so nicht mehr aus, verstehst du?« Verdammt, ihr versagte die Stimme. In seine Augen trat ein verständnisvoller Ausdruck. »Hör auf damit«, fauchte sie.

Er zog wie von einer Biene gestochen die Hände weg, und sie sehnte sich spontan wieder nach seiner Wärme.

»Ich meinte dein verständnisvolles Getue.«

»Irrtum, ich habe Verständnis für dich und deine Situation.«

Sie schüttelte heftig den Kopf. »Entschuldige, aber du hast keine Ahnung, wie es sich anfühlt, wenn du Scheißgene mitbekommen hast.«

»Es gibt Schlimmeres«, erwiderte er lapidar.

Aber er widersprach ihr nicht. Wieso beteuerte er nicht vehement, dass das völlig unbedeutend war? Weil es nicht gestimmt hätte. Für einen Mann wie Marc, mit einem derart beeindruckenden Genpool aus Polizisten, Soldaten und Spionen, war es bestimmt extrem wichtig.

»Fühl dich wie zu Hause und mach es dir gemütlich. Ich schlafe im Sessel.« Als sie nicht antwortete, schoss sein Blick zu ihr. »Es sei denn, es ist dir lieber, wenn ich mit dir in einem Bett schlafe.«

Sie schaffte es, sich keinerlei Reaktion anmerken zu lassen, während sie mental eine Verbindung zu einem weiteren kritischen Punkt herstellte, eine Verbindung, die sich um sie und dieses Hotelbett drehte.

»Also war das dein Plan?«, fragte sie. »Hattest du vor, mich zu verführen, damit ich Belfast mit dir gemeinsam verlasse?«

»Der Gedanke wäre mir nie in den Sinn gekommen … bis ich dich gesehen habe.«

»Aber da ist er dir in den Sinn gekommen?«

Er grinste jungenhaft. »Und er hält sich hartnäckig. Aber keine Sorge. Ich habe nicht vor, blindwütig über dich herzufallen.«

Einen Moment lang sah sie ihn bloß an und war nicht sicher, ob sie enttäuscht oder erleichtert war. Von beidem ein bisschen, tippte sie.

»Während du duschst, ruf ich in Boston an«, sagte er. »Die sollen mal jemanden zu Sharons Haus in Raleigh schicken. Wird höchste Zeit, sich da intensiver umzusehen.«

»Gute Idee. Ich schätze, die Leute in deiner Firma wissen mit mysteriösen Begegnungen der brutalen Art umzugehen.«

»Meine Familie kann mit allem umgehen.«

Muss toll sein, dachte sie, während sie sich ihren Kulturbeutel schnappte und im Bad verschwand. Sie schloss die Tür hinter sich ab, drehte das Wasser auf, zog sich aus und stellte sich unter den dampfend heißen Duschstrahl.

Seine Familie konnte mit allem umgehen. Und ihre? Daddy ist ein flüchtiger Krimineller, und Mommy ist … Gott weiß, was.

Sie legte den Kopf in den Nacken, ließ das warme Wasser über ihre Schultern prasseln und schloss die Augen, um die störenden Gedanken auszublenden und an etwas Schönes zu denken. An Marc Rossi.

Ja, er hatte sie angelogen. Und ja, er verfolgte eigene Ziele. Er wollte, dass sie abreiste, bevor sie herausfand, was sie wissen musste – das stimmte alles.

Konnte sie ihm dennoch vertrauen? Ja, denn sie hatte keine Alternative.

Wollte sie mit ihm schlafen? Der Gedanke erhitzte sie wesentlich effektiver als der lauwarme Duschstrahl. Er schien auch gar nicht abgeneigt, das hatte er freimütig eingeräumt. Wenn er in ihrer Nähe war, merkte sie, wie ihre Hormone buchstäblich verrücktspielten und dass sie bloß noch an das eine denken konnte.

Nein, Devyn beherrsch dich. Impulsivität war eine Sache … reine Dummheit eine andere.

Sie stieg aus der Dusche, trocknete sich ab und stellte fest, dass sie keine frischen Sachen mitgenommen hatte. Sie verzog angewidert die Mundwinkel, als sie ihre verdreckten Klamotten von vorhin beäugte, und zog das Handtuch unter den Achseln enger. Mist, es war zu kurz, um die Zipfel vorne einzustecken oder zusammenzubinden. Sie hielt es mit einer Hand fest, drückte leise die Klinke herunter, öffnete die Tür behutsam einen Spaltbreit … und ertappte ihn dabei, wie er ihren Koffer durchwühlte.

»Was machst du denn da?«

»Dir Klamotten raussuchen.«

Seine Fingerspitzen waren nur Zentimeter von der Vortasche

mit dem Reißverschluss entfernt, wo sie das Foto mit der Telefonnummer aufbewahrte. War es das, wonach er suchte?

Wenn er das Foto hätte, bräuchte er ihr nicht mehr zu helfen. Grundgütiger, er könnte sie sogar mit vorgehaltener Waffe dazu zwingen, Belfast zu verlassen, wenn er das wirklich wollte. Diese Telefonnummer war ihr einziges Ass im Ärmel.

»Ich such mir selbst was raus«, meinte sie.

Sein Blick glitt skeptisch über das Handtuch. »Ich wollte bloß zuvorkommend sein.«

Um ihre Blößen zu bedecken, hielt sie das Handtuch krampfhaft vor der Brust zusammengerafft und bückte sich ungelenk vor ihren Koffer, zerrte ein T-Shirt und eine Jogginghose heraus.

Sie klemmte sich die Sachen unter einen Arm und wühlte mit ihrer anderen Hand im hinteren Teil des Koffers nach einem BH, fand aber blöderweise keinen.

Er stand daneben und sah ihr grinsend zu.

Sie gab die Suche nach einem BH auf und seufzte. Sollte sie das Bild nicht besser aus dem Kofferfach nehmen? Oder würde er das irgendwie mitbekommen? Sie konnte die Nummer auswendig lernen und das Foto im Bad vernichten.

Aber das Bild hatte etwas. Als wäre es … mit Liebe gemacht worden. Sie *brachte* es nicht übers Herz, es zu zerreißen und in der Toilette hinunterzuspülen. Sie konnte den Koffer ins Bad rollen, was allerdings ziemlich ungeschickt wäre und darauf schließen ließ, dass sie etwas zu verbergen hatte.

Es gab nur eine Lösung.

Als sie sich aufrichtete, lockerte sie unbewusst ihren Griff, und das Handtuch glitt unversehens zu Boden. Marcs Miene zeigte keine Regung, aber seine Augen wanderten hungrig über ihren nackten Körper. Heiß und begehrlich verzehrte er Devyn mit Blicken.

»Denkst du etwa, ich hätte nach irgendwas gesucht, was du möglicherweise vor mir versteckst?«, wollte er wissen.

»Ich traue dir nicht.«

»Offensichtlich doch.« Er musterte sie abermals mit einem lustvollen, sehnsüchtigen Blick.

Sie streifte ihren Slip über die Schenkel, als wäre es das Natürlichste auf der Welt, sich vor Marc an- und auszuziehen. Dann zog sie Hose und T-Shirt an. Als sie den Reißverschluss des Koffers zuzog, lenkte er seine Aufmerksamkeit wieder auf den Laptop.

»Wenn du genug davon hast, mich zu foltern, dann hab ich eine Neuigkeit für dich: Ich glaube, ich habe endlich eine Erklärung für diese Zeichnung gefunden.

Sie fummelte mit den Fingern an dem Kofferschloss herum. »Echt?«

Er drehte den Laptop in ihre Richtung. »Diese Zeichnung ist eine Anleitung, wie man Toxine, in diesem Fall Botulinum, noch effizienter macht als beispielsweise ein Nervengas und wie man damit Abertausende von Menschen vernichten kann.«

»Glaubst du, dass sie deswegen hier ist? Weil sie eine Expertin auf dem Gebiet ist?«

»Keine Ahnung. Aber wenn sie so was vorhat, wie es da skizziert ist, dann finden wir sie besser schleunigst und versuchen unser Menschenmögliches, sie davon abzuhalten.«

»Und wenn nicht?«

Er nickte nur. »Wäre nicht schlecht, wenn man das wüsste.«

Er sprach Devyn aus der Seele, denn die Vorstellung, dass ihre leibliche Mutter sich auf solch kriminelle Machenschaften einlassen könnte, brach ihr nachgerade das Herz.

10

Vivi blickte ihrer jüngeren Cousine über die Schulter und checkte den Computerbildschirm. »Wie viel bezahlen wir dir eigentlich, Chessie?«

»Gar nichts.«

»Ach Gottchen, dabei bist du Gold wert.«

Chessie warf den Kopf nach hinten und blickte zu Vivi hoch, die auch aus dieser Perspektive umwerfend aussah. »Dann zahlt mir wenigstens den Mindestlohn.«

»Wenn du weiter so wahnsinnig hackst, spendier ich dir sogar die private Krankenversicherung.« Vivi zeigte auf den Bildschirm. »Wo genau ist Bangor in Nordirland, und warum schickst du Marc dahin?«

Vivi hatte am Vorabend noch spät mit Marc telefoniert, und er hatte sie auf den neuesten Stand seiner Recherchen gebracht. Der Fall schien wesentlich komplizierter, als Mr Geheimniskrämer FBI-Agent Lang ihn geschildert hatte.

Als Marc ihr indes enthüllte, was ihnen dabei winkte, nämlich eine direkte Verbindung zu Finn MacCauley, stimmte sie mit ihm überein, dass er mit der gebotenen Vorsicht weitermachen sollte. Sie wiederum wollte heute nach North Carolina fliegen, um ein bisschen herumzuschnüffeln und sich über Dr. Sharon Greenberg schlau zu machen.

Chessie drückte ein paar Tasten, um eine andere Seite zu öffnen. »Sieh mal, diese E-Mail, die an Sharon Greenberg gesendet wurde. Die Adresse ist nicht mehr gültig, und die IP-Adresse kann nicht zurückverfolgt werden, was ziemlich ungewöhnlich und interessant ist. Wenn ich genug Zeit habe, kann ich sie vielleicht knacken. Aber ich habe das hier gefunden.« Noch ein paar Klicks und eine neue Seite, voller Codes und für Vivi praktisch unlesbar, öffnete sich.

»Und das ist?«

»Der Server-Standort«, erklärte Chessie so selbstverständlich, als müsste jeder Vollpfosten darauf kommen. »Zumindest bin ich mir zu neunundneunzig Prozent sicher, dass das der Standort ist. Dieser Server leitet Nachrichten weiter, die aus kleineren Städten östlich von Belfast kommen, hauptsächlich aus Bangor.« Noch ein paar Klicks, dann eine Karte und ein paar hübsche Fotos von einem Hafen inmitten sanfter, grüner Hügel, gesprenkelt mit bezaubernden kleinen Cottages. »Und das da ist dieser hübsche Seebadeort kurz vor dem Belfast Lough.« Sie betonte den irischen Begriff mit einem pseudostarken Akzent. »*Lough*. Ich liebe dieses Wort.«

Mit einer Hüfte lässig an den Schreibtisch gelehnt, betrachtete Vivi die Bilder. »Und wonach sollen sie da genau suchen? Ich meine, dass wir den Server-Standort haben, erklärt noch lange nicht, wer das geschickt hat.«

»Ich hatte da so ein paar Ideen. Die E-Mail-Adresse lautet ›puggareel17‹, also habe ich nach jeder Person in dieser Gegend gesucht, in deren Namen die Buchstaben ›p-u-g‹ vorkommen.«

»Sehr kreativ«, lobte Vivi und klopfte Chessie anerkennend auf die Schulter. »Und was hast du gefunden?«

Chessie wandte sich wieder der Tastatur zu und rief noch eine Seite auf. »Die Puggetts, die Pugmires und, hör dir das an, die Puggley-Familie! Niedlich, oder?«

»Allerdings.«

»Und, warte, wie findest du das?« Wieder ein Klick. »Drei ›Pug Breeders‹ – Mops-Züchter – in Bangor und Umgebung. Hey, nennt mich verrückt, aber das ist doch ein Ansatz, oder?«

»Wehe, er nennt dich verrückt«, versetzte Vivi, und ihr Herz schwoll vor Liebe und Anerkennung für Chessie an, die als Nesthäkchen der Familie von ihren älteren Brüdern und von Zach eine Menge auszuhalten hatte. »Du rettest ihm den Arsch. Was hat er gesagt?«

»Ich habe ihm das alles eben erst geschickt. Er hat noch nicht geantwortet. Fairerweise muss man sagen, dass es dort erst halb sechs Uhr morgens ist, also schläft er wahrscheinlich noch.« Sie zog die dunklen Augenbrauen hoch. »Beziehungsweise *sie* schlafen noch.«

»Meinst du?«, fragte Vivi.

»Würde ihm nicht schaden, mal wieder richtig rangenommen zu werden.«

»Chessie, wenn deine Mutter dich so reden hören würde, würde sie glatt losheulen wie ein Schlosshund.«

Chessie schnaubte. »Ma heult schon los, wenn ich bloß ›Scheiße‹ sage.«

»Du bist ihre letzte große Hoffnung, deswegen. Und noch was, Marc flirtet zwar gern, aber er ist kein Aufreißertyp.« Trotzdem, als sie vergangene Nacht mit ihm telefoniert hatte, war da eine Zärtlichkeit in seiner Stimme gewesen, wie sie es bei ihm lange nicht mehr gehört hatte. Seit Laura nicht mehr. »Als er mich angerufen hat, dass ich heute nach Raleigh fahren soll, hat er mich unter anderem informiert, dass er mit ihr reinen Tisch gemacht hat. Er hat ihr unverblümt erklärt, weshalb er in Irland ist. Ich sage dir das, weil du es wissen musst, aber falls Lang anruft und dich irgendwas fragt, stell dich dumm.«

»Na hör mal, er ist der Kunde.«

Richtig. Und genau deshalb war Vivi über Langs Verschlossenheit konsterniert. Der Typ druckste bloß rum und ließ sich jede Information buchstäblich aus der Nase ziehen. »Er spielt auch nicht mit offenen Karten. Ich frage mich, warum.«

Chessie blickte zu ihr hoch. »Du hast als Reporterin zu oft mit kriminellen Cops zu tun gehabt. Das ist vermutlich dein Problem.«

»Himmel, ja, deswegen kann ich eine korrupte Ratte ja auch auf einen Kilometer Entfernung riechen.«

»Du hältst Special Agent Lang für eine Ratte? Er ist doch so … anständig und höflich. Und irgendwie süß, findest du nicht?«

Vivi wäre eher gestorben, als dass sie zugegeben hätte, dass sie ihrer kleinen Cousine zustimmte. Mr Lang war so heiß, dass sie ihm am liebsten … die Haare zerwühlt hätte. Mit ihren Zähnen.

»Ja, süß, wenn man auf den korrekten Typ mit dem Mr Saubermann-Image steht. Von dem ich« – sie hielt Chessie den erhobenen Zeigefinger vors Gesicht – »aus Erfahrung weiß, dass solche Typen häufig bloß Show machen, um ihren wahren Scheißcharakter zu verkleistern.«

Chessie lachte, schob ihren Stuhl ein Stück vom Computertisch weg und schwang ihre Füße, die in schwarzen Riemchensandaletten steckten, auf die Kante. Dann betrachtete sie nachdenklich ihre knalllila lackierten Zehennägel. »Ich weiß, es ist nicht mein Job, aber meinst du nicht, dass wir ehrlich zu dem Kunden sein sollten, auch wenn er sich uns gegenüber erkennbar ausweichend verhält?«

»Einerseits ja, andererseits nein«, räumte Vivi ein. »Marc ist sich inzwischen ziemlich sicher, dass sie irgendwie in ein Hornissennest gestochen haben, und Super Special Assistant Dumpfbeutel Agent Lang hat Dr. Sharon Greenberg uns gegenüber nicht mal ansatzweise *erwähnt*. Ich weiß nicht, ob er von ihrer Existenz gar nichts weiß oder ob sie der Grund ist, warum er Devyn da weghaben will. Aber laut Marc hat Devyn null Bock, Irland zu verlassen. Im Übrigen hat sie zufällig ein kleines Etwas, das den Guardian Angelinos einen dicken, fetten Bonus und einen Haufen Anerkennung einbringen könnte.«

Vivi ging zum Panoramafenster und blickte gedankenvoll auf die Menschenmengen, die in der Mittagszeit die Newbury Street entlangschoben. Sie hatte Blut geleckt und wollte nichts lieber, als Finn MacCauley der Polizei zu überstellen.

»Wir müssen nur sehr vorsichtig sein, um es nicht zu versemmeln«, warnte sie. »Nicht ganz nach den Regeln spielen ist das eine, aber ein Risiko einzugehen, das uns Kopf und Kragen kosten könnte, dagegen eine ganz andere Sache. Dazwischen ist bloß ein schmaler Grat.«

»Ich hab das komische Gefühl, dass wir jeden Tag auf diesem schmalen Dingsbums herumbalancieren.«

Vivi drehte sich um und lächelte ihre Cousine an, die für sie eher wie eine kleine Schwester war. »Genau das wird die Guardian Angelinos zu den besten in der Branche machen. Es gibt zigtausend Sicherheitsunternehmen, die Personenschutz und private Ermittlungen anbieten. Wir müssen anders sein, besser, schärfer – risikofreudiger. Und dieser Lang-Typ? Mann, der ist wahrscheinlich in seinem ganzen Leben noch kein Risiko eingegangen.«

»Doch, eins, indem er uns engagiert hat«, giggelte Chessie.

Vivi grinste. »Der Punkt geht an dich. Also, sorgen wir dafür, dass es sich für ihn auszahlt.«

»Was, wenn dein Gefühl stimmt, und er kein, du weißt schon, guter Agent ist?«

»Dann ist er ein böser Agent«, entgegnete Vivi. »Und in diesem Fall würde ich seinen Arsch an die Eingangstür des FBI-Hauptquartiers nageln, und sein Chef wird mein neuer bester Kunde. Wir können praktisch nur gewinnen.«

Chessie warf schwungvoll ihre dunkle Lockenmähne über die Schulter und umrundete den Empfangstresen, den sie vom ersten Tag an zu ihrer Home Base erklärt hatte. »Hey, denk dran, in zwei Stunden geht dein Flug.« Sie griff nach einer schwarzen

Umhängetasche, die Vivi vorhin dort abgestellt hatte. »Bleibst du über Nacht? Hast du die deswegen dabei?«

»Nein, aber ich muss eine Tasche aufgeben, damit ich meine Pistole mitnehmen kann.« Sie sah auf ihre Armbanduhr. »Verdammt, ich wollte eigentlich noch mit Zach sprechen, bevor ich losfahre.«

»Ruf ihn auf dem Handy an. Er ist mit Samantha unterwegs auf Häusersuche. Hatte ich aber, glaub ich, schon erwähnt. Du kannst ihn also ruhig anrufen.«

»Ich hätte mich halt gern persönlich überzeugt, wie er so drauf ist.«

»Zach ist verdammt gut drauf«, bekräftigte Chessie. »Und irrsinnig verliebt. Hätten wir doch alle so ein Glück.«

»Noch ein Grund mehr, ihn nicht mit den Einzelheiten dieses Auftrags zu nerven.«

Chessie neigte ihren Kopf zur Seite und gab Vivi den besten Sei-mal-realistisch-Blick, den sie draufhatte. »Du willst ihm nicht erzählen, was Marc da drüben treibt, stimmt's?«

Das Mädchen war clever und hatte eine gute Intuition – die Top-Voraussetzungen für einen fabelhaften Guardian Angelino. »Zach ist zwar mein Zwillingsbruder, aber was diese Dinge angeht, ist er konservativer als ich. Deswegen ist er der Geschäftsführer, und ich bin die Frau fürs Grobe. Sag ihm einfach, dass ich mich in North Carolina ein bisschen umschaue, und ich bringe ihn dann zu gegebener Zeit auf den neuesten Stand der Ermittlungen.«

»Und wann wird das sein?«, fragte Chessie.

»Wenn ich sagen kann, ›Hey Zach, die Guardian Angelinos haben eine der meistgesuchten Personen des FBI dingfest gemacht‹.«

Chessie lachte. »Wenn ich mal groß bin, will ich so werden wie du.«

Vivi stubste sie freundschaftlich unters Kinn. »Du bist fünfundzwanzig, Schätzchen. Du bist schon groß. Steh zu dir, sei du. Ich bin eine Chaotin.«

»Eine verdammt hübsche Chaotin.«

Chessie hatte keine Ahnung, wovon sie redete, und Vivi liebte sie dafür.

»Ach, und vergiss den hier nicht«, sagte Chessie und griff sich einen Ordner vom Schreibtisch. »Hier drin sind alle Informationen, die Marc mir über Dr. Sharon Greenberg geschickt hat. Und ich habe dir als anregende Fluglektüre ein bisschen was über Mikrobiologie, den UNC-Campus und ihr chemisches Labor ausgedruckt.«

»Gut, denn ich fange bei ihr im Büro an, bevor ich zu ihrem Haus fahre.«

»Hey, ich hab mich übrigens noch mal bei der Fluggesellschaft eingehackt und deinen Fensterplatz in einen Gangplatz geändert.«

»Verdammt, langsam wirst du völlig unverzichtbar für diese Firma.«

»Das ist mein fieser, hinterhältiger Plan.« Sie wackelte vielsagend mit den Augenbrauen. »Vielleicht krieg ich ja doch noch irgendwann ein bisschen Kohle.«

»Kriegst du«, versprach sie. »Noch vor allen anderen.«

Chessie verzog das Gesicht. »Mann, es gibt sonst keinen – außer Onkel Nino. Der, mal ganz nebenbei erwähnt, einen Herd in die Mitarbeiterküche stellen will, damit er uns bekochen kann.«

»Dieser Mann ist mit Geld nicht zu bezahlen.« Sie gab Chessie einen flüchtigen Kuss auf die Wange und umarmte sie dankbar. »Ich ruf dich an, wenn ich da bin.«

Ein strahlendes Lächeln auf den Lippen schoss Vivi in den Flur und um die Ecke zur Treppe. Sie hielt sich an dem verschrammten Geländer fest und blickte über die Brüstung zum

Ausgang Newbury Street hinunter. In diesem Moment schwang ebendiese Tür auf und ein hochgewachsener, beeindruckender Mann betrat das Gebäude. Er lenkte den Blick nach oben, dabei bemerkte er Vivi.

»Special Assistant Agent in Charge Lang.«

Seine Mundwinkel verzogen sich zu einem nachsichtigen Pseudo-Grinsen. Vermutlich merkte er genau, dass es Vivi einen Mordsspaß machte, ihn mit seinem bombastischen Titel aufzuziehen. »Einfach nur ›Mr Lang‹ reicht.«

Nicht etwa Colton, stellte sie fest. Er würde ihr niemals anbieten, ihn so zu nennen.

Er blieb unten an der Treppe stehen, direkt vor der Tür zum Silk, und beobachtete sie beim Herunterkommen.

Verflucht, sie wollte ihren Flug nicht verpassen. »Wir hatten nicht mit Ihnen gerechnet«, sagte sie steif.

»Ich war in der Gegend und dachte, ich schau mal kurz bei Ihnen vorbei.« Er sah spitzenmäßig aus, zwar ein bisschen konservativ und geschniegelt, aber trotzdem verdammt attraktiv – mit samtbraunen Augen, die je nach Lichteinfall bernsteinfarben schimmerten, und dichtem, kurzem kastanienfarbenen Haar.

»Tut mir leid, ich muss einen Flieger erwischen, und Zach ist bei einem Termin. Was halten Sie davon, wenn wir uns morgen treffen?«

»Ich fahre Sie zum Flughafen.«

»Nicht nötig, trotzdem danke. Ich hab mir ein Taxi bestellt.«

»Ich stehe direkt vor der Tür.«

Na logo, er war schließlich vom FBI und schreckte vor nichts zurück, auch nicht vor dem absoluten Halteverbot auf der Newbury Street, sann Vivi. »Um diese Zeit ist auf den Straßen bestimmt scheißviel los.«

»Auf den Straßen ist immer scheißviel los.« Sein Lächeln wurde breiter, als amüsierte es ihn, das Wort »scheißviel« zu benutzen. Er verwendete sonst wahrscheinlich keine Fäkalsprache. »Ich würde mich gerne kurz mit Ihnen unterhalten.«

Oh Mann, diese Schlacht hatte sie verloren. »Na gut.« Sie würde eben einfach vorsichtig sein müssen. Der Text von Marcs E-Mail war immer noch frisch in ihrem Bewusstsein. Darin stand, sie dürfe gegenüber Lang kein Sterbenswort darüber verlauten lassen, was ihr Cousin herausgefunden hatte – insbesondere die Tatsache, dass Dr. Sharon Greenberg möglicherweise Dreck am Stecken hatte, und, noch heikler, dass Marc gegenüber seiner Zielperson die Deckung aufgegeben hatte.

Um dem Ganzen noch eins draufzusetzen, stellte sie sich mental die Schlagzeilen vor: *Neu gegründete Sicherheitsfirma spürt seit drei Jahrzehnten verschollenen Gangsterboss auf.*

Oh ja. Das wäre der Hammer.

»Worüber möchten Sie sich denn mit mir unterhalten?«, fragte sie aufgesetzt fröhlich.

»Über Marcs Fortschritte.«

Natürlich, was sonst. »Er hat Devyn in Belfast aufgespürt, ein unverfängliches Kennenlernen eingefädelt, und er hält den Kontakt. Mehr weiß ich im Moment auch nicht.« Dieser Satz würde bestimmt zu ihrem Mantra werden.

»Wann verlässt sie Belfast?«, hakte er nach, und seine Hand schwebte unentschlossen über ihrem Rücken, während sie sich draußen einen Weg durch die Passanten bahnten.

»Na ja, damit hat sie es wohl nicht eilig, aber Marc arbeitet daran. Ich informiere Sie natürlich, sobald er Erfolg hat.«

»Konnte er eruieren, warum sie in Irland ist?«

Ein kleines Alarmglöckchen bimmelte in ihrem Kopf. Nicht wegen der Frage, sondern weil in seinem Tonfall ein winziges bisschen Sorge mitschwang. Den meisten anderen wäre es nicht aufgefallen, doch der investigative Journalismus hatte Vivi für Zwischentöne sensibilisiert. »Sie macht dort Urlaub.«

»Urlaub? Wer macht denn Urlaub in Nordirland?«

»Ach, ganz viele Leute.« Sie erreichten einen schwarzen Wagen, der so auffällig unauffällig war, dass er genauso gut den Aufdruck »Verdeckter Ermittler im Einsatz« auf der Fahrertür hätte tragen können. »Es ist keine Bombenhochburg mehr da drüben, wenn Sie das meinen. Bangor, zum Beispiel, ist ein reizender kleiner Seebadeort.«

Er schoss ihr einen scharfen Blick zu. »Ist sie denn in Bangor?«

Spuck doch gleich alle Informationen aus, Vivi. Tu dir keinen Zwang an, du dumme Nuss. »Soweit ich weiß, machen sie einen Tagesausflug dorthin. Laut Marcs Aussage ist es in Belfast ruhig geworden, von wegen Bürgerkrieg und so.«

»Aber ganz vorbei sind die Unruhen noch nicht«, erklärte er, als verfüge er über Insiderwissen. »Hier und da brodelt es zeitweilig hoch, glauben Sie mir, Ms Angelino.«

Sie lächelte ihm zu und ertappte ihn dabei, wie er fasziniert auf den Diamantstecker in ihrem Nasenflügel starrte. »Nennen Sie mich ruhig Vivi«, sagte sie. »Da ich Ihren Titel anscheinend regelmäßig verhunze.«

Er machte die Beifahrertür auf und versagte sich ein Lächeln. »Find ich irgendwie süß.«

Findest du, FBI-Macker? Ihr jugendlich flippiges Aussehen hatte schon viele Quellen dazu verleitet, überzusprudeln. Auf diese Weise hatte Vivi eine Menge nützlicher Informationen aufgeschnappt, obwohl es bestimmt nicht so geplant war. Niemand nahm eine Skateboarderin mit Nasenstecker ernst. Großer Fehler.

Als er auf den Fahrersitz rutschte, registrierte sie seinen langen, sehnigen Körper, seine schlanken, aber raubtierhaften Hände am Steuer. Ohne sie dabei anzusehen, sagte er: »Ich will, dass Sie mir alles erzählen, was er über die Zielperson rausgefunden hat.«

Junge, Junge. Das würde eine lange Fahrt zum Flughafen werden. »Ich weiß wirklich nicht viel. Er ist noch dabei, na ja, seinen Charme spielen zu lassen, und versucht, ihr Vertrauen zu gewinnen, damit sie zu der Einsicht kommt abzureisen.« *Lügnerin, Lügnerin!*

»Hat sie irgendjemanden erwähnt?«

Irgendjemanden wie Finn MacCauley zum Beispiel? »Keine Ahnung.«

»Okay, rufen wir ihn an.«

»Er ist im Moment mit ihr unterwegs«, sagte sie rasch. »Ich halte das für keine so gute Idee.«

»Soso.« Sein Blick glitt von Vivi zu deren Tasche. »Wohin fliegen Sie?«

Sie stellte ihr Bauchgefühl niemals infrage, und in diesem Moment suggerierte es Vivi vehement, dem Special Agent nichts über diese Reise zu erzählen. »Nach New York«, schwindelte sie, es war das Erste, was ihr in den Sinn kam. »Meinen … Cousin besuchen.«

»Den, der für die Bullet Catchers arbeitet?«

Colton Lang entging wirklich so gut wie nichts. »Ja«, log sie. »Genau den.«

Jawohl. Die Fahrt zum Flughafen zog sich echt wie ein Kaugummi.

Devyn hatte nicht viel geschlafen. Zweifellos ging es Marc nicht anders, überlegte sie, immerhin hatte er die Nacht in einem unbequemen Sessel verbracht, die Füße auf einen anderen gelegt. Obwohl sie ihn halbherzig eingeladen hatte, mit im Bett zu schlafen, hatte er ihr Angebot abgelehnt.

Entweder war er der perfekte Gentleman, oder er fühlte sich kein bisschen von ihr angezogen.

Die Wahrheit lag vermutlich irgendwo dazwischen.

Sie waren früh aufgestanden und nach dem Frühstück aufgebrochen, ausgestattet mit den Informationen, die seine Firma Marc hatte zukommen lassen. Sie fuhren eben an einer riesigen Schiffswerft vorbei, die sich mit der fragwürdigen Ehre schmückte, die Geburtsstätte der *Titanic* zu sein, und die ziemlich trostlos und verlassen aussah, selbst im frühmorgendlichen Sonnenlicht.

Trotzdem gehörte sie zu den Touristenattraktionen von Belfast, die man gesehen haben musste, geprägt von hohen Schiffsbaukränen, die über das Wasser und die Trockendocks ragten. Sie beugte sich vor, um sich anzusehen, wie monströs das alles war.

»Ich habe gehört, dass man Samson und Goliath besteigen kann«, sagte er und meinte damit die beiden gelben Kräne mit ihren Schwenkarmen und Auslegern, die in zig Metern Höhe in der Luft schwangen.

»Schon vergessen, wie ich mich auf der Hängebrücke angestellt hab? Puh, da würdest du mich nicht mal mit vorgehaltener Pistole hochkriegen.« Sie richtete ihre Aufmerksamkeit auf die Zettel, die er ihr gegeben hatte, als sie in seinen Mietwagen gestiegen waren. »Deine Assistentin ist ja gründlich. Die Nachnamen mit ›pug‹ sind ein Geniestreich. Ganz schön clever, auf so etwas muss man erst mal kommen.«

»Chessie? Die ist verdammt clever. Aber sie ist nicht meine Assistentin, sondern meine jüngste Schwester.«

»Für was steht die Abkürzung Chessie?«

»Für Francesca, wie meine Mom. Chessie ist so was wie unser Mädchen für alles in der Firma. Seit ich beim FBI aufgehört habe, hab ich keine Assistentin mehr. Aber ich hab ein paar gute Manager, die meinen Waffenladen für mich leiten.«

»Warum hast du denn beim FBI aufgehört?«, hakte sie nach.

»Äh, lange Geschichte.«

»Ist das der Code für ›Frag nicht‹?«

»Ja, so ungefähr.«

Sie ließen Belfast hinter sich, fuhren durch kleine Dörfer, wo verwitterte rote Backsteinhäuser die eng gewundenen Straßen säumten, die sattgrüne Anhöhen durchschnitten. Devyn lenkte den Blick von der Aussicht und betrachtete stattdessen Marcs Profil. Hohe Stirn, römisch-griechische Nase, kantiges Kinn. Der Mann war sündhaft attraktiv, fand sie, ein echter Hingucker.

Unvermittelt brannte sie darauf, die Einzelheiten zu erfahren, warum er seinen Job beim FBI aufgegeben hatte.

»Du bist viel zu jung, um aus dem Dienst auszuscheiden. Du siehst nicht aus, als seist du irgendwie gehandikapt, und – korrigier mich, wenn ich falschliege – du stehst voll auf Risikofeeling und Nervenkitzel.«

Er lachte leise auf. »Du ignorierst ja den Code.«

»Ich bin eben neugierig«, gab sie zurück.

»Warum ist das wichtig?«

»Weil mir aufgefallen ist, dass du richtig auflebst, sobald die Situation kritisch wird.«

Er musterte sie nachdenklich, seine Augen wurden schmal. »Wenn du damit auf gestern anspielst, auf unseren Ausflug an die Küste – also ich bin weder scheintot noch weltfremd.«

»Ganz und gar nicht«, stimmte sie ihm hastig zu. »Du warst nett und unterhaltsam und … anständig.«

»Nett und *anständig*?« Er nahm die Hand vom Schalthebel und rammte sie sich ins Herz. »Autsch.«

»Und angenehm«, fügte sie neckend hinzu.

»Und nach so viel angenehmer Nettigkeit hat sich mein Killerinstinkt aufgebäumt oder wie?«

»Nicht direkt«, berichtigte sie. »Aber als du deine Waffe rausgeholt hast, hab ich etwas in deinen Augen aufblitzen sehen.«

»Die Entschlossenheit, den Kerl zu töten, der versucht hat, dich zu entführen?«

»Was ich gesehen habe, war … deine Leidenschaft«, erklärte sie. »Als würde diese Leidenschaft dein Leben befeuern.«

»Das ist ja interessant«, meinte er gedehnt, mit einem anerkennenden Blick zu Devyn. »Es gab Leute, die mir … nahestanden und darauf nie gekommen sind.«

Seine Exfrau zum Beispiel? Die ihm *alles* vermasselt hatte?

»Irgendwie hast du recht«, stimmte er zu. »Im Großen und Ganzen mag ich meine Arbeit.«

»Und wieso bist du dann weg vom FBI?«

»Guck mal.« Er zeigte auf ein grünes Hinweisschild. »Da vorn ist das Ulster Folk and Transport Museum. Wollen wir uns das mal anschauen?«

»Netter Versuch.« Sie drückte seinen Arm hinunter. »Warum hast du den Job an den Nagel gehängt?«

»›Hartnäckig‹ könnte man auch noch auf die Liste deiner Eigenschaften setzen«, sagte er lachend.

»Beantworte meine Frage.«

»Es ist was Persönliches«, sagte er knapp. Aus welchem Grund auch immer, er wollte es nicht erzählen. Gerade sie sollte das akzeptieren. »Aber du hast recht – Arbeit ist meine Leidenschaft, meine Passion, wenn du so willst. Was ist deine?«

»Meine Passion?«. Sie sah aus dem Fenster und wünschte sich, sie hätte eine. Ihr fiel nur die ein, die sie nicht hatte: Kinder. »Ach, weißt du, dies und das, nichts Bestimmtes.«

»Dies und das?« Er hustete vor Lachen. »Nichts Bestimmtes? Denk daran: Ich habe deine Akte gelesen. Ich weiß mehr über dich, als du denkst.«

»Am liebsten würde ich vergessen, dass ich überhaupt eine *Akte* habe. Aber da du sie gelesen hast, kannst du mir vielleicht sagen, was meine Passion ist, hm?«

Irritiert riss er den Blick von der Straße los. »Zugegeben, als ich deine Akte gelesen habe, fand ich, dass dein Leben ziemlich … leer wirkt.«

Eine erschreckend genaue Beobachtung. »Und jetzt, wo du mich kennengelernt hast?«

»Hey, es ist nur eine Akte.«

Leer. »Schätze, es wirkt ein bisschen leer, weil ich keinen Job habe, meinem Mann sozusagen auf der Tasche gelegen habe und noch nie irgendwas Besonderes geleistet habe.« Gott, das klang ja furchtbar.

»Mir ist schon aufgefallen, dass du, trotz einer Ausbildung am Wellesley College, nicht arbeitest«, sagte er diplomatisch.

»Ich hatte noch keine zündende Idee, was mich interessieren könnte, bis ich Joshua begegnete. Da war ich fünfundzwanzig, so alt wie deine kleine Schwester.«

»Und was hat dich interessiert?«

»Joshua«, musste sie traurigerweise einräumen. Aber wozu lügen? Sie hatte geglaubt, ihn zu lieben, und er hatte ihr die Familie versprochen, die sie sich sehnsüchtig wünschte. »Ein lukrativer Job war für mich nie wirklich Thema. Meine Eltern hatten mehr Geld, als sie in drei Leben hätten ausgeben können, und mein Mann hatte genug Ehrgeiz für uns beide.«

»Ehrgeiz ist nicht Passion. Was liebst du?«

Sie versuchte, sich auf die Landschaft zu fokussieren, doch die Bilder verschwammen vor ihren tränenfeuchten Augen. Was liebte sie? Alles, was sie je gewollt hatte, war ein Kind – noch lieber drei oder vier – und ein kuscheliges Zuhause, das sie bei den Hewitts nie gehabt hatte. Es mochte altmodisch und irgendwie bescheuert klingen, trotzdem war es das, woran ihr Herz hing.

»Ich mache ehrenamtliche Arbeit«, sagte sie. »Dabei habe ich meinen Mann kennengelernt.«

»Was für ehrenamtliche Arbeit?«

»Hauptsächlich für Kinder. Ich kümmere mich um verhaltensauffällige oder benachteiligte Kinder.«

»Und Joshua Sterling hat diese ehrenamtliche Tätigkeit auch ausgeübt?« Er klang überrascht. »Passt gar nicht zu seinem Image des sarkastischen Politikkolumnisten.«

»Es war ein Empfang für die Medienleute und die Sponsoren«, meinte sie trocken, »deshalb war er da. Ich hatte bei den Spendenaktionen mitgeholfen, um Geld für eine neue Einrichtung für autistische Kinder aufzutreiben, und, na ja, so sind wir uns begegnet.«

»War es Liebe auf den ersten Blick?«

»Nein, so würde ich es nicht nennen«, räumte sie ein, als sie sich daran erinnerte, wie Joshuas starkes Ego sie am Anfang abgestoßen hatte. Sie hätte auf diesen ersten Eindruck achtgeben sollen. »Wie steht es mit dir? Wie lang warst du verheiratet? Wie hast du sie kennengelernt?« *Wie hast du durch sie alles verloren?*

Aber sie wusste es besser, als das zu fragen.

»Wir waren sechs Jahre verheiratet und haben uns Heiligabend im Einkaufszentrum kennengelernt.«

Sie lachte. »Wer geht denn Heiligabend ins Einkaufszentrum?«

»Typen wie ich beispielsweise.« Er grinste sie entwaffnend an. »Ich war mit meinem Bruder Gabe und meinem Cousin Zach da.«

»Dem Army Ranger und dem Spion?«

»Ich mag es, wenn Frauen zuhören«, sagte er augenzwinkernd. »Richtig getippt, aber in der Reihenfolge: Gabe ist der Spion, Zach der Soldat.«

»Und … im Einkaufszentrum … hast du deine Fr…«

»Ja, da hab ich Laura kennengelernt«, unterbrach er. »War mit einer Freundin da.«

Laura. Seine Ex. Sie speicherte das im Oberstübchen und ließ ihre Gedanken abermals zu seiner beeindruckenden Familie schweifen. »Ihr müsst tolle Weihnachtsfeste gehabt haben.«

Er zog die Stirn in Falten und schüttelte milde verständnislos den Kopf über ihren abrupten Themenwechsel, wahrscheinlich hatte er mit weiteren Fragen über seine Exfrau gerechnet. Marcs Exeheleben interessierte sie zwar, aber noch viel mehr faszinierte sie die große Familie. »Weihnachten mit meiner Familie ist toll, wenn wir erst mal aus dem Einkaufszentrum zurück sind und das Fest der sieben Fische beginnt.«

»Was ist denn das?«, fragte sie.

»Eine alte italienische Tradition an Heiligabend. Mein Großvater dreht völlig durch und kocht tagelang, und dann essen wir stundenlang, bis es Zeit ist, rauszugehen und …« Er lachte etwas verlegen. »Ich weiß, es klingt lächerlich für einen Außenstehenden, rauszugehen und im Schnee zu spielen, bis, na ja, der Weihnachtsmann kommt.«

Von ihren Emotionen überwältigt, verschlug es Devyn für einen kurzen Augenblick die Sprache.

»Ich weiß, hört sich ziemlich albern an«, schmunzelte er. »Aber es ist ein Überbleibsel aus unserer Kinderzeit, als meine Eltern uns aus dem Weg haben wollten, um die ganzen Päckchen unter den Weihnachtsbaum zu legen, damit wir den ganzen Abend Geschenke auspacken konnten. An Weihnachten durften wir bis in die Puppen aufbleiben.«

Devyn kämpfte mit Tränen der Rührung. »Das klingt wundervoll.«

Er warf ihr einen Seitenblick zu, und seine Fröhlichkeit verlor sich ein wenig, als er merkte, dass er einen wunden Punkt bei ihr berührt hatte. »Mittlerweile ist es Tradition. Wir gehen immer noch raus und machen eine Schneeball…« Er verstummte abrupt. »Geht's dir gut?«

Nein. Es ging ihr nicht gut. Sie war neidisch und sentimental und fühlte sich innerlich leer. »Du hast gar keine Ahnung, was für ein Glück du hast«, sagte sie sanft. »Ich habe mich immer gefragt, wie es ist, zu einer großen, glücklichen Familie zu gehören.«

»Es ist großartig«, bekannte er. Sein Blick wechselte zwischen der Straße und Devyn. »Ich hab echt Glück gehabt mit meiner Familie.«

»Und …« Sie musste es fragen. Unbedingt. »Du willst bestimmt selbst mal eine Familie haben, oder?«

Er schluckte, und seine Miene verdunkelte sich. »Ich nehme an, deine Kindheit war nicht so glücklich. Erzähl mir davon.«

Logo, dass er ihr seine Träume von einer eigenen Familie nicht auf die Nase binden mochte. Zumal sie für ihn in punkto Familiengründung bestimmt nicht infrage kam. Ihre bizarre Herkunft passte nicht in eine Familie wie seine. Dasselbe hatte Joshua ihr wieder und wieder vorgehalten.

»Meine Kindheit war … kalt wie ein Eisschrank.« Sie rubbelte sich die Arme, als fröstelte sie. Wie noch jedes Mal bei diesem Thema. »Wir müssten bald da sein. Wohin zuerst? Zu den Pug-Familien?«

An einer Kreuzung tippte er leicht auf die Bremse und wurde langsamer. »Du solltest darüber reden«, ermunterte er sie. »Meine Schwester Nicki ist Seelenklempnerin. Sie würde dir garantiert den gleichen Tipp geben. Wenn du über deine Kindheit sprichst, kannst du sie besser verarbeiten.«

»Meine Kindheit war okay«, versetzte sie kühl und drehte den Kopf zur Seite. »Konzentrieren wir uns darauf, Dr. Greenberg zu finden, ja? Je eher ich dieses Kapitel meines Lebens abschließen kann, desto besser stehen meine Chancen, ein neues zu beginnen.«

Und das war letztlich alles, was zählte.

11

»Wenn ich so einen Job mache«, sagte Marc zu ihr, als sie die Außenbezirke einer kleinen florierenden Küstenstadt erreichten, in deren Zentrum ein hufeisenförmiger Yachthafen lag, »schnüffele ich gern ein bisschen herum. Wir werden uns unauffällig verhalten, wie ein nettes, amerikanisches Touristenpärchen.«

»Das nach einer Bio-Terroristin sucht.«

Er warf ihr einen Blick zu. »Glaubst du das mittlerweile?«

»Ich weiß nicht, was ich glauben soll.« Sie ließ sich gegen die Rückenlehne ihres Sitzes fallen und stieß einen tiefen Seufzer aus.

»Wir haben immer noch die Option, umzukehren, in ein Flugzeug zu steigen und nach Hause zu fliegen. Oder nach Paris, wenn dir diese Alternative besser gefällt.«

Ein Lächeln umspielte ihre Lippen. »Könntest du mir einen Gefallen tun und nicht so verdammt süß sein?«

»Tschuldigung.«

»Ich will dich nicht mögen«, schalt sie ihn halb scherzhaft.

Das brachte ihn zum Lachen. »Da sind wir schon zu zweit.«

»Ich weiß«, sagte sie leise. »Und ich kann es dir nicht verübeln.«

Er verstand die Bemerkung nicht und zeigte mit einer ausgreifenden Geste in Richtung Stadt.

»Sieht so ähnlich aus wie Marblehead oder Gloucester«, sagte er. Er ließ die beschauliche Küstenatmosphäre auf sich wirken, während sie sich langsam dem Stadtkern näherten.

»Oder Bangor in Maine«, fügte sie hinzu und zeigte auf die

pastellfarbenen, viktorianischen Häuser mit mehreren Stockwerken und Bogenfenstern, die das Stadtbild prägten, in den Erdgeschossen Geschäfte und Restaurants für die Feriengäste oder Tagesausflügler aus Belfast oder dem weiter entfernten Dublin.

»Ich kann mir nicht wirklich vorstellen, dass hier irgendwelche Pharmaunternehmen angesiedelt sind oder internationale Kongresse über Botulinum stattfinden«, bemerkte er. »Also schraub deine Hoffnungen nicht zu hoch, dass es eine ganz einfache Erklärung für diese Geschichte gibt.«

»Tu ich auch nicht.«

Er bog auf einen Parkplatz in Hafennähe und blinzelte durch die Windschutzscheibe, auf der das Sonnenlicht reflektierte. »Schauen wir mal, was wir rausfinden können.«

Sie stiegen aus und liefen eine schmale Hauptstraße entlang. Die Luft war hier viel salziger als in Belfast, und wärmer, dank der Sonne. Das Wetter lockte viele Einheimische und Touristen ins Freie, die Souvenirläden hatten geöffnet und ihren bunten Krimskrams draußen zum Verkauf platziert.

Sie kamen an ein paar Cafés und Lebensmittelgeschäften vorbei, und der Duft nach Kaffee und Gebäck vermischte sich mit der salzigen Luft.

»Schon mal was von der sprichwörtlichen Nadel im Heuhaufen gehört?«, fragte sie mit einem Anflug von Sarkasmus in der Stimme.

»Kopf hoch, Dev«, begütigte er, »wir müssen uns eben in Geduld wappnen.« Er legte den Arm um sie und zog sie dicht an seine Seite. »Sie wird sicher nicht aus einer dieser Ladentüren spazieren oder wie von Zauberhand gelenkt hier auftauchen.«

Angesichts der leichten Meeresbrise und der sonnigen Außentemperaturen war es ein Bilderbuchtag, um einen Seebadeort zu besichtigen, aber allem Anschein nach kein Supertag, um vermisste Personen aufzuspüren. Nachdem sie stundenlang über Kopfstein- und Betonpflaster gelaufen waren, hatten sie in mehreren Lokalen haltgemacht, um unauffällig mit Einheimischen ins Gespräch zu kommen, und jede Spur verfolgt, die Chessie ihnen ans Herz gelegt hatte. Sie besuchten sogar eine kleine Hundezucht, wo sie sich zwar ein paar niedliche Welpen anschauen konnten, der Besitzer es jedoch weit von sich wies, eine Mikrobiologin in North Carolina kontaktiert und ihren Flug nach Belfast arrangiert zu haben.

Schließlich aßen sie in einem Pub zu Mittag. Dazu bestellten sie sich jeder ein Pint Bier, das sie sich beide redlich verdient hatten. Marc fragte die Kellnerin nach einem örtlichen Telefonbuch, denn er wollte beim Essen ein bisschen darin blättern.

»Wir waren doch schon bei allen drei Familien mit ›Pug‹ im Namen«, muffelte Devyn und schüttelte fassungslos den Kopf, so als hielte sie alles Weitere für völlig aussichtslos. »Und bei den Mops-Züchtern. Also, wonach suchst du noch?«

»Boxen.«

Sie ließ ihr Sandwich auf den Teller sinken und zog die Stirn kraus. »Boxen im Sinne von …« Sie ballte die Faust und boxte in die Luft.

»Genau. Wir denken die ganze Zeit an ›pug‹, nicht an ›puge‹.« Er sprach es mit langem Vokal und weichem g aus. »Wie ›pugilist‹.«

»Ein Boxer«, sagte sie mit leuchtenden Augen. »Okay, sieh nach, ob du was findest. Vielleicht hilft uns das ja weiter.«

Er überflog die gewerblichen Seiten und suchte nach allem, was mit Boxen zu tun hatte. »Hier ist ein Trainer aufgeführt, Padraig Fallon. Die Adresse ist gar nicht weit weg von hier, in einem Vorort von Bangor. Außerdem gibt es den einen oder anderen Boxring in Fitnessclubs, aber nichts Konkretes.«

»Wir können es wenigstens versuchen«, stimmte sie zu. »Wir haben ja nichts zu verlieren.«

»Sieh mal.« Marc drehte das Buch herum und zeigte auf die Adresse. »Er hat die Hausnummer siebzehn.«

»Und die E-Mail-Adresse war puggareel17.« Sie hob ihr Glas zu einem scherzhaften Toast. »Gut gemacht, Sherlock.«

Während sie beide tranken, hielt er seine Augen auf Devyn gerichtet und spürte spontan ein heißes Prickeln in der Magengegend, das sich sogleich in tiefere Regionen ausdehnte.

Kein Wunder, Devyn Sterling war eine umwerfende Frau, hinreißend perfekt, und Marc stand auf perfekte Frauen. Dummerweise hatte ihn dieses Faible für Perfektion schon einmal ins Unglück gestürzt, und er war, was Herzschmerz und Liebeskummer anging, ein gebranntes Kind.

Er sah bestürzt weg, bezahlte die Rechnung und drängte Devyn zum Gehen. Die Enttäuschung, die in ihren Augen aufblitzte, ignorierte er.

Eine kurze Weile später trafen sie Padraig Fallon, ein irischer Hüne, wortkarg, mit offenem Blick. Marc gab sich als Amateurboxer aus, der im Urlaub nach einer Trainingsmöglichkeit suchte. Während er mit Padraig sprach und dessen starken Dialekt zu verstehen versuchte, sah Devyn sich Fallons Pokale und Bilder an. Im Büro unterhielt sie sich kurz mit Mrs Fallon.

Als sie wieder herauskam, signalisierte sie Marc mit einem leichten Kopfschütteln »Nichts gefunden«.

Er hatte nach seinem Gespräch mit dem früheren Profiboxer dasselbe Gefühl, und aus Frust über die ergebnislose Suche sparte er sich den Atem für weitere Fragen. Stattdessen gesellte er sich zu Devyn, die ein paar vergilbte Fotos eines wesentlich jüngeren Padraig in Shorts und Boxhandschuhen betrachtete.

»Ich glaube, wir verschwenden hier unsere Zeit«, seufzte sie. »Wir sollten zurückfahren und nachfragen, ob Sharon schon im Europa eingecheckt hat. Vielleicht ist sie einen Tag früher wiedergekommen.« Am Klang ihrer Stimme hörte er indes, dass sie das genauso bezweifelte wie er.

»Hey, sei nicht so deprimiert. Wir wussten beide, dass diese Aktion ein Schuss ins Blaue hinein ist und nicht unbedingt Aussicht auf Erfolg haben muss. Wenn Sharon nicht auftaucht, können wir ja noch mal herkommen und gezieltere Fragen stellen.«

Auf dem Rückweg zum Auto nahmen sie einen anderen Weg durch das Viertel, in dem Fallon wohnte. In dieser Straße gab es alle möglichen Geschäfte, Schaufenster mit glitzerndem Schmuck und indisch anmutenden Kunstgegenständen aus Messing und Porzellan, die Ladentüren einladend geöffnet.

Aus Lautsprechern drang leise gedämpfte Sitarmusik, eine in indische Tracht gekleidete Frau deckte kleine Tische fürs Essen ein und lächelte die beiden im Vorübergehen an.

In seiner Tasche vibrierte das Handy. »Vielleicht hat Chessie noch eine heiße Spur gefunden«, sagte er, als er es herausnahm und im blendenden Sonnenlicht versuchte, den Anrufer zu entziffern.

»Wer ist es?«

»Mist, kann ich nicht lesen. Hallo?« Vor einem leeren Tisch an einem der Cafés wurden sie langsamer.

»Mr Rossi? Hier ist Thomas aus dem Europa.« Aha, das war der Rezeptionist, der ihn in den Gepäckraum gelassen hatte.

Marc drückte leicht Devyns Arm und nickte zuversichtlich. Vielleicht war Sharon *einen Tag früher* zurückgekommen. Dann könnten sie endlich mal einen kleinen Durchbruch verbuchen. »Was gibt es?«

»Die Taschen, die Sie sich angesehen haben, sind weg.«

»Wirklich.« Marc gestikulierte zu Devyn und entfernte sich ein paar Schritte, weil er nicht wollte, dass sie etwas mitbekam, ehe er die ganze Geschichte wusste, doch sie richtete ihre Aufmerksamkeit bereits auf einen Ständer mit bunten Halstüchern neben einer Ladentür.

Als er außerhalb ihrer Hörweite war, fragte er: »Dann hat Dr. Greenberg also wieder eingecheckt?«

»Nein, das nicht. Wir waren hier etwas unschlüssig, was wir mit der Nachricht anfangen sollen.«

»Mit der Nachricht?«

»Dr. Greenberg hat eine Nachricht für einen Gast hinterlassen, aber es gibt hier keinen Gast mit diesem Namen.«

»Wie lautet der Name?«

»Devyn Sterling. Der Empfang hat die Info an mich weitergeleitet, ansonsten wäre sie wohl einfach weggeworfen worden. Da Sie nach Dr. Greenberg gefragt haben, habe ich die Nachricht für Sie aufgehoben. Ich dachte mir, vielleicht könnten Sie ausrichten, dass die Nachricht nicht ausgehändigt werden konnte.«

Marc schwieg einen Moment, um das zu verarbeiten.

»Sie sind doch daran interessiert, oder? Denn sonst geht sie vielleicht *verloren*.«

Erpresser. »Ich bin sehr daran interessiert«, versicherte Marc ihm. »Bitte sorgen Sie dafür, dass sie nicht verloren geht.«

»Wird gemacht, Sir.«

»Und was Dr. Greenberg angeht, sind Sie ganz sicher, dass sie nicht eingecheckt hat?«

»Sie?« Der Portier lachte trocken. »Dr. Greenberg war ein Mann wie Sie und ich.«

Ein Mann? »Haben Sie seinen Ausweis gesehen? Sind Sie sicher, dass Sie die Taschen der richtigen Person gegeben haben?«

»Er hatte den Abholschein – ich musste ihm die Taschen geben.«

Er blickte zu Devyn hinüber, die inzwischen mit dem Ladenbesitzer ins Gespräch gekommen war und lebhaft über einen schwarz-gelben Flatterschal diskutierte. »Okay, danke, Thomas.«

»Gern geschehen.«

Er steckte das Handy weg und wandte sich Devyn zu. Der Ladenbesitzer verschwand gerade in seinem Geschäft, also schlich er sich von hinten an und legte ihr besitzergreifend die Hände auf die Taille. Ehe er ihr jedoch seine Neuigkeiten erzählen konnte, hielt sie ihm ein kleines Schild vor die Nase.

»Ich habe noch eine Nadel im Heuhaufen gefunden.«

Puggaree – alle Farben – £ 5.

Er hielt die schlechten Nachrichten zurück, solange sie mit dem Ladenbesitzer verhandelten. Dann kaufte Marc ihr den hübschen schwarz-golden gemusterten Seidenschal. Bei dem Druck handelte es sich angeblich um ein klassisch indisches Muster, das für ein glückliches Schicksal stand.

Tja, davon hätten sie ein bisschen was gebrauchen können.

Devyn drapierte sich unterwegs die geschmeidige Seide um Hals und Schultern, ihre Miene zunehmend niedergeschlagen.

»Wenigstens ist morgen Donnerstag«, sagte sie, während sie zum Auto gingen. »Und ich weiß, dass sie dann ins Hotel zurückkommt.«

»Vielleicht … vielleicht auch nicht.« Er teilte ihr diese Neuigkeiten äußerst ungern mit, zumal sie mit sorgenvollem Blick zu ihm hochsah.

»Was meinst du damit?«

»Der Anruf, den ich vorhin bekommen habe, als du mit dem Ladenbesitzer geplaudert hast, kam von dem Hotelportier.« Während er ihr erzählte, was er erfahren hatte, verschwand die Sonne hinter einer Wolke, und Devyns Augen wurden ebenso grau wie der Himmel.

»Ein Mann hat ihr Gepäck mitgenommen und eine Nachricht für mich hinterlassen?«

Er nickte. »Es könnte eine Falle sein, um wieder an dich ranzukommen.«

Sie blieb wie festgewurzelt stehen und sah ihn forschend an, ihr Gesichtsausdruck tief erschüttert. »Was, wenn meine leiblichen Eltern beide Kriminelle sind?«, fragte sie, und ihre Stimme war kaum mehr als ein Flüstern.

»Ist es das, was du unbedingt rausfinden willst?«

»Wer bin ich? Und wozu macht mich das?«

»Komm schon«, drängte er und versuchte, sie über die Straße zu dem Parkplatz zu führen, wo sein Auto stand, einen starken Arm um ihre Schultern gelegt, doch Devyns Beine bewegten sich, als wären sie bleischwer.

»Sie sind meine leiblichen Eltern«, schob sie nach. »Folglich bin ich bestimmt genauso wie sie. Sie haben mir *alles* weitervererbt.«

»Es sind doch bloß Gene und DNA, nicht dein Charakter, nicht deine Seele«, beschwichtigte er, doch die Worte klangen hohl aus seinem Mund.

Die Familie bestimmt, wer du bist, das wusste er, und sie wusste es auch.

Er schloss die Wagentür auf, sein Blick hart auf sie fixiert, während sie leise seufzend auf den Beifahrersitz sank. Er umrundete den Wagen und stieg auf der Fahrerseite ein, steckte den Schlüssel in die Zündung, um zu starten.

»Mal ehrlich, Dev …«

»Keine Bewegung!«

Die Stimme des Mannes ließ Devyn aufschreien, Marc erstarrte und warf einen verstohlenen Blick in den Rückspiegel.

Der Boxer war ihnen heimlich gefolgt.

»Hallo, Padraig«, sagte er ruhig und hob beide Hände, um zu zeigen, dass er unbewaffnet war.

Der ältere Mann hatte keine Waffe, zumindest keine, die er

auf sie richtete, doch seine Hände waren wahre Mordwerkzeuge, die ähnlich riesigen Greifzangen die Rücklehnen umkrallten, bereit zum Angriff.

»Ich habe Informationen, die Sie interessieren dürften.«

Marc warf einen verstohlenen Blick zu Devyn, die zur Statue erstarrt dasaß, die Augen fassungslos aufgerissen.

»Dazu hätten Sie nicht in ein Auto einbrechen müssen«, versetzte Marc.

»Ich wollte nicht gesehen werden, wenn ich mit Ihnen rede«, entgegnete der Boxer, und die Worte sprudelten hastig und abgehackt aus seinem Mund.

»Und warum nicht?«, fragte Marc.

»Weil es sehr gefährlich wäre für … jemanden«, sagte er und zog das Wort »gefährlich« kehlig-dumpf in die Länge.

»Für wen denn?« Marc drehte den Kopf ein Stück nach hinten und durchbohrte den Mann mit einem Blick.

Padraig lenkte seine Aufmerksamkeit auf Devyn. »Sie will Ihre Telefonnummer.«

Devyn wurde sichtlich blass, erwiderte jedoch nichts.

»Dr. Greenberg«, antwortete er, bevor sie überhaupt nachfragen konnte. »Sie will Kontakt zu Ihnen aufnehmen.«

»Okay«, antwortete Devyn mühsam gefasst und griff nach ihrer Handtasche. »Ich schreibe die Nummer …«

»Nein, sagen Sie sie mir einfach. Ich merke sie mir.«

Devyn sah Marc unschlüssig an. Er nickte ihr aufmunternd zu, denn er spürte, dass sie das in diesem Moment brauchte.

Sie sagte die Telefonnummer langsam auf, und Padraig nickte. »Jetzt habe ich für Sie auch eine Botschaft von ihr«, erklärte er.

Devyn setzte sich kerzengerade auf. »Wirklich?«

Eine Hand auf den Sitz gestemmt, sah Marc Padraig eindringlich an. »Ich hoffe, dass diese Botschaft eine Erklärung enthält, wo sie ist und was sie tut, und warum Devyn gestern Abend in einer Seitengasse angegriffen und ihr Name erwähnt wurde.«

»Ich kann Ihnen sagen, wo sie ist«, antwortete der Mann. »Alles Weitere müssen Sie schon selbst rausfinden.«

Marc wollte protestieren, aber Devyn brachte ihn mit einer unwirschen Handbewegung zum Schweigen. »Bitte, sagen Sie uns, wo sie ist.«

»In Enniskillen«, sagte er.

»Wer sind Sie überhaupt?«, wollte Marc wissen. »Woher kennen Sie sie?«

»Wo ist Enniskillen?«, fragte Devyn, als hätte Marc gar nichts gesagt.

»Devyn, wir fahren nirgendwohin, ehe wir nicht wissen, wer uns dahin geschickt hat und warum.«

Padraig hob wegwerfend eine Schulter, als hätte er damit gerechnet, dann griff er in seine Tasche. Marc tastete heimlich nach seiner eigenen Waffe. Aber Padraig zog bloß ein Foto heraus, ein älteres Bild, das vor der Zeit von Farbdruckern und Digitalkameras gemacht worden war.

Devyn drehte sich um und nahm das Bild, und das letzte bisschen Farbe wich aus ihren Wangen. »Oh, Gott.«

»Ihre Abschlussfeier?«, fragte Padraig.

Sie nickte.

»Dann war sie wohl da.«

Devyn führte eine zitternde Hand zum Mund, sah ihn an, und ihre Augen füllten sich mit Tränen. »Woher haben Sie das?«

»Sie hat es mir gegeben, um Sie zum Kommen zu bewegen.«

Devyn betrachtete das Bild, dann den Mann, der es ihr gegeben hatte. »Was hat das alles zu bedeuten? Marc hat recht – wir müssen mehr wissen, bevor wir irgendwohin gehen.«

Der Kragen seiner abgetragenen Seemannsjacke streifte sein schütteres Haar, und seine dicken Finger klammerten sich an den Sitz, als er sich vorbeugte. »Sie werden Ihre Mutter in Enniskillen finden«, wiederholte er. »Ich habe das starke Gefühl, dass sie Sie gerne sehen möchte, bevor sie stirbt.«

Statt einer Antwort schnappte Devyn japsend nach Luft.

Er würde sie nicht davon überzeugen können, diese Spur zu ignorieren, das war Marc klar. »Wo müssen wir hin, wenn wir dort sind?«

»Jemand wird Sie treffen, wenn Sie die Noten finden.«

Himmel, es wurde immer aberwitziger. »Was denn für Noten?«, wollte Marc wissen. Es juckte ihm in den Fingern, die Waffe zu ziehen. »Hören Sie endlich auf mit der Geheimniskrämerei und sprechen Sie es aus. Devyn ist den weiten Weg hierher geflogen, um Dr. Greenberg zu finden, also reden Sie endlich Klartext.«

Padraig ignorierte die Aufforderung. »Fahren Sie einfach hin. Dann wird Ihnen vieles klarer.« Er rutschte zur Seitentür und wollte aussteigen. Auf halbem Weg hielt er inne und starrte Devyn abermals an.

»Wissen Sie, Miss, Sie kommen viel mehr nach Ihrer Mutter als nach Ihrem Dad. Zumindest äußerlich.«

Bingo, damit hatte er einen Nerv bei Devyn getroffen, das war Marc klar. Jetzt würde sie zweifellos überallhin gehen, wenn er es von ihr verlangte. Und Padraig Fallon war weg, ehe Marc weitere Fragen stellen konnte.

12

Während der gesamten Rückfahrt nach Belfast vibrierte Devyn geradezu vor Anspannung. Padraigs kleiner Seitenhieb zum Abschied hatte sie voll getroffen, und es kostete Marc viel Willenskraft, nicht anzuhalten und sie tröstend in den Arm zu nehmen. Zum Glück fing sie nicht an zu weinen.

Sie redete auch nicht. Und schaute ihn nicht an. Stattdessen starrte sie permanent auf das Foto in ihrer Hand; dabei schauderte es sie immer wieder, obwohl die Fenster geschlossen waren und keine Klimaanlage lief, um die Luft zu kühlen.

Als sie in der Nähe des Hotels waren, holte sie schließlich tief Luft und sah ihn direkt an. »Ich fahre hin. Das weißt du, oder?«

»Ich dachte es mir.«

»Sie …« Ihre Finger glitten über das Bild, das ein Mädchen im Teenageralter zeigte, gekleidet in das Outfit einer Highschool-Absolventin. Das Mädchen überquerte gerade eine Bühne, um ihr Abschlusszeugnis entgegenzunehmen. Das Foto war aus einiger Entfernung aufgenommen worden. »Ich muss hinfahren und sie finden.«

Und er musste sehr vorsichtig sein bei seinem weiteren Vorgehen. Devyn durchlebte eine Achterbahnfahrt der Emotionen und klammerte sich offensichtlich an jeden Strohhalm. Sie hatte neue Hoffnung geschöpft, obwohl sie im Grunde genommen keinen Schritt weitergekommen waren.

»Bevor wir – bevor du – irgendwas entscheidest, sollten wir alles noch mal in Ruhe durchdenken. Wir wissen nicht, wer dieser Fallon ist und was er im Schilde führt.«

»Sie steckt in Schwierigkeiten.«

»Möglich. Es könnte aber auch eine Falle sein, um dich dahin zu locken, wo sie dich hinhaben wollen.«

Sie schloss gereizt die Augen, nicht willens, sich ihren festen Entschluss ausreden zu lassen. »Sie hat mich … beobachtet. Sie kennt mich. Sie wollte meine Telefonnummer.«

»Und sie scheint bei deiner Highschool-Abschlussfeier dabei gewesen zu sein.« Er ließ einen Moment verstreichen. »Ich sage bewusst ›*scheint*‹, denn sicher ist es längst nicht.«

Als sie nicht antwortete, streckte er die Hand nach ihr aus und setzte hinzu: »Du weißt, dass wir es rausfinden können.«

Sie blinzelte, als versuchte sie, ihre Gedanken zu ordnen, dann nickte sie. »Ich fahre nach Enniskillen.«

Aber erst wenn sie mehr Informationen hatten. »Devyn, hör mir zu. Mehrere zwielichtige Gestalten haben dir nahegelegt, abzureisen – vergeblich. Und jetzt kommt uns dieser Typ mit einem Foto, das, ehrlich gesagt, jeder gemacht haben könnte …«

»Das bin ich, Marc«, unterbrach sie ihn und wedelte mit dem Foto.

»Das jeder *von dir* gemacht haben könnte«, beendete er nachdrücklich seinen Satz.

»Aber es hat nicht irgendwer gemacht, sondern Sharon Greenberg. Auf der Rückseite steht mit der Hand geschrieben ›Rose an ihrem Abschlusstag‹.«

Er runzelte die Stirn. »Rose?«

»In meinen Geburtsunterlagen steht Rose Devyn. Sie hat mir einen Namen gegeben, bevor sie mich weggegeben hat. Meine Eltern haben mich nie anders genannt als Devyn. Und sonst auch niemand. Niemand … bis jetzt.«

»Trotzdem …«

»Es ist nicht das erste Bild«, schnitt sie ihm das Wort ab. »Ich glaube« – ihr versagte einen Moment lang die Stimme – »sie braucht mich.«

»Hoffentlich bist du da nicht auf dem Holzweg. Diese Typen wissen genau, wie sie dich kriegen.«

Sie schloss genervt die Augen. Sie mochte nicht darüber diskutieren.

»Das ist die erste konkrete Spur, die ich habe«, beteuerte sie, als sie vor dem Europa vorfuhren.

»Irrtum, jemand hat dir versichert, dass ihr Gepäck hier im Hotel sei. Und jetzt ist es weg.«

»Und wenn ich nach Enniskillen fahre, hast du doch genau, was du wolltest – dass ich Belfast verlasse.« Sie hörte ihm einfach nicht zu. »Ich weiß nicht, warum du dich so dagegen sträubst.«

»Lass uns erst mal die Nachricht von dem Kerl lesen, der die Taschen abgeholt hat.«

Er parkte den Wagen, blieb einen Moment bewegungslos sitzen und lauschte auf sein Bauchgefühl. »Wenn wir die Nachricht gelesen haben, können wir das Ganze ja noch mal überdenken.« Er wandte sich ihr zu und fasste ihre Hand, wie um seine Aussage zu unterstreichen. »Aber ich muss dich zu deiner eigenen Sicherheit bitten: Lass uns nicht überstürzt nach Enniskillen fahren. Lass uns wenigstens bis morgen warten, bis ich mehr Informationen über diesen Padraig Fallon habe. Bis wir mehr wissen.«

»Wo *ist* Enniskillen?«, fragte sie, als hätte sie ihm überhaupt nicht zugehört.

»Ich bin ziemlich sicher, dass es in der Mitte von Nordirland liegt, vielleicht etwas näher zur westlichen Grenze hin. Wir müssen erst ein bisschen was über den Ort wissen, ehe wir irgendwas entscheiden.«

Ihre Augen funkelten in einem strahlenden Blau. »Also sind es nur ein paar Stunden Fahrt?«

»Devyn.« Sein Tonfall war dermaßen schroff, dass sie ihn erschrocken anblinzelte. »Du hörst mir nicht zu.«

»Ich kann es einfach nicht glauben«, versetzte sie und drückte verstohlen schniefend das Bild an die Brust. »Nach all den Jahren. Wenn sie mich braucht, wenn sie in Schwierigkeiten steckt, muss ich dahin, Marc. Ich muss einfach.«

»Ich kann ja verstehen, wie du dich fühlst, Dev …«

»Nein, kannst du nicht.« Sie schob ärgerlich seine Hand weg. »Du kannst unmöglich verstehen, wie ich mich fühle. Du mit deiner großen, perfekten, glücklichen Familie, die zusammen arbeitet und zusammen spielt und immer noch zusammen Weihnachten feiert. Nein. Du verstehst gar nichts.«

»Aber ich …«

»Fahr mit mir nach Enniskillen oder lass mich gefälligst in Frieden.«

Als er den Motor abstellte, stieß sie ihre Tür auf, und er erwischte sie gerade noch am Arm, ehe sie Reißaus nehmen konnte.

»Ich meine es ernst, Marc«, brachte sie mühsam hervor und versuchte verzweifelt, sich aus seinem Griff zu befreien. »Hilf mir oder lass mich in Ruhe – das sind deine einzigen beiden Optionen. Unsere Abmachung gilt noch. Im Gegenzug dafür bin ich bereit, dir Informationen über Finn zu liefern.«

Er griff fester zu und zog sie zu sich. »Wenn ich wollte, könnte ich sie schon jetzt haben. Ich weiß, dass diese Informationen in deinem Koffer sind.«

Sie versteifte sich in seiner Umklammerung und meinte tonlos: »Warum nimmst du sie dir dann nicht?«

»Ich will dir doch bloß helfen.« Er wartete einen Moment, und ihre Blicke klebten aneinander. »Auf meine Art. Ich möchte eine intelligente Lösung finden. Auch wenn es vielleicht mehr Zeit braucht, aber wir sollten erst mal genau überlegen, was zu tun ist.«

Sie schlug die Augen nieder, eine stumme Zustimmung. Er ließ ihren Arm los, und sie stieg augenblicklich aus. Er tat dasselbe und fing sie hinter dem Wagen ab.

Dieses Mal kämpfte er nicht gegen den glühenden Wunsch an, sondern schloss sie in seine Umarmung. Er fühlte nachgerade ihre innere Hektik und Anspannung. »Hey, sei nicht so impulsiv. Damit bringst du dich noch selber um, wenn du nicht aufpasst.«

»Genauso gut könntest du mich bitten, nicht zu atmen.« An seine Brust gepresst, spürte er, wie sie zitterte.

»Ist dir kalt?«, fragte er.

»Mir ist immer kalt«, gab sie zu. »Mir ist kalt, seit ich geboren wurde.«

Er legte einen Arm um ihre Schultern und drückte sie kurz. »Komm, lass uns ins Hotel gehen, damit dir wieder warm wird, und diese Nachricht abholen.«

Als sie nicht widersprach, führte er sie die Stufen hinauf zum Eingang, wo ihnen ein Portier höflich die Glastüren aufhielt.

Marc suchte den Blickkontakt mit dem Mann, wollte ihm zum Dank zunicken und stellte fest, dass der Portier Devyn mit Argusaugen beobachtete.

»Komm«, flüsterte er ihr zu. Er führte sie ins Hotel und einen breiten Gang entlang. In der Nähe eines Aufzugs zögerte er und erwog eine Planänderung. Ob er sie nicht besser erst nach oben ins Zimmer bringen sollte, wo sie sich einschließen konnte, während er die Nachricht allein holen ging?

Und wenn er zurückkam, war sie womöglich nicht mehr da.

»Was glaubst du, woher Padraig Bescheid wusste?«, fragte sie, und ihr Blick glitt in einen weiß geschmückten Bankettsaal, wo offensichtlich heute noch eine Hochzeit stattfinden sollte.

»Das ist die Millionen-Dollar-Frage, mein Schatz. Du hast in den letzten Tagen eine Menge Leute nach Dr. Greenberg gefragt. Ich vermute, die falschen Leute.« Er zog sie näher zu sich, sondierte dabei das geschäftige Treiben in der Eingangshalle und hielt Augen und Ohren offen. Es schien jedoch alles so weit in Ordnung. Touristen und Gäste scharten sich in Gruppen zusammen, viele elegant gekleidet für die Hochzeit, eine festliche Atmosphäre schwebte im Raum.

Am Empfangstresen warteten sie eine kurze Weile auf den nächsten freien Mitarbeiter. Devyn blieb ein Stück zurück, als Marc vortrat, um mit der Frau zu sprechen, die ihn zu sich winkte.

»Marc Rossi, ich bin Gast bei Ihnen.«

»Ah ja, Mr Rossi. Ist alles in Ordnung mit Ihrem Zimmer?«

»Thomas, der Portier, hat eine Nachricht für mich hinterlegt.«

Aus dem Augenwinkel gewahrte er einen Mann, der auf seinem Handy eine SMS tippte und sich Devyn dabei wie zufällig näherte. Dann sah Marc, dass der Mann, den Blick auf das Display geheftet, gegen Devyn prallte.

»Oh, Entschuldigung«, sagten beide gleichzeitig, und Marc setzte spontan zu ihr und legte ihr die Hände auf die Schultern, um sie fortzuschieben.

»Tut mir echt leid«, sagte der Mann mit starkem irischen Dialekt und hielt entschuldigend das Handy in die Luft. »War allein meine Schuld.«

Marc stieß gegen die erhobene Hand des Mannes. Dem fiel ungewollt das Handy aus der Hand und zu Boden. Es folgte ein Durcheinander von Entschuldigungen, während Marc und der Mann sich beide bückten, um das Mobiltelefon aufzuheben. Marc schnappte es sich als Erster und las, was im Display stand.

Sie sind jetzt am Empfang.

Marcs Kopf fuhr hoch, als der andere ihm das Handy entriss und hastig den Bildschirm verdunkelte. Nach ein paar halbherzig gemurmelten Entschuldigungen machte er sich eilig davon.

»Mr Rossi?«, rief die Frau am Empfang. »Ich habe den Brief, nach dem sie gesucht haben.«

Einen Arm fest um Devyn geschlungen und den Blick unauffällig auf den Mann mit dem Telefon gerichtet, kehrte er wieder an den Tresen zurück, um einen weißen, unbeschrifteten Umschlag entgegenzunehmen, den die Frau ihm hinhielt.

»Ach, noch etwas«, sagte Marc leise und beugte sich vor, damit niemand mithören konnte. »Ich hätte gern ein anderes Zimmer.« Eine reine Vorsichtsmaßnahme, falls ihre Zimmernummer inzwischen den Falschen bekannt war, denn er hatte null Bock, geradewegs in eine Falle zu laufen. Devyn warf ihm einen überraschten Blick zu, sie versagte es sich jedoch, seine Entscheidung vor der Angestellten zu hinterfragen.

»Benutzen Sie die Kreditkarte, die Sie gespeichert haben, buchen Sie das Zimmer auf den Namen M. Burns und geben Sie mir jetzt sofort einen Zimmerschlüssel, schieben Sie ihn einfach über den Tresen, bitte.«

Die junge Frau tat, was ihr gesagt wurde, und verhielt sich dabei absolut diskret.

»Danke.« Er nahm den Umschlag, versteckte die Magnetkarte für das Zimmer darunter und schob Devyn in Richtung Aufzüge.

»Kann ich die Nachricht mal sehen?«

»Nicht hier. Wir werden beobachtet.«

Er spürte, dass sie kaum merklich nach Luft schnappte, sich jedoch nicht suchend umblickte, sondern krampfhaft gefasst mit ihm Schritt hielt. »Woher weißt du das?«, flüsterte sie.

»Ich weiß es eben.« Er lächelte, als sei alles in bester Ordnung. »In einer Minute sind wir im Aufzug. Dann kannst du sie lesen. Ich weiß, dass du es kaum erwarten kannst.«

Gerade als sie die Fahrstühle erreichten, näherte sich ein anderer Mann und drückte auf die Ruftaste. Marc sah ihn prüfend an: mittelgroß, Anfang zwanzig, typisch irisches Gesicht und karottenrotes Haar. Offenbar nicht an ihnen interessiert, steckte er die Hände in die Taschen seiner Chinos, spitzte die Lippen und pfiff leise vor sich hin.

Der Gong ertönte, die Lifttüren glitten auf und enthüllten ein Meer von weißer Spitze und nervöses Gegiggel, was Marc spontan an den für die Hochzeit geschmückten Festsaal erinnerte.

Die Braut war eingetroffen.

Hinter ihr hielt ein Fotograf eine Kamera hoch, die genau auf sie gerichtet war. Marc schubste Devyn beherzt beiseite, um nicht mit auf das Foto zu kommen, als der Blitz sie für einen Augenblick blendete.

Jemand rief etwas, und wieder blitzte eine Kamera auf. Devyn und Marc traten hastig beiseite, um die Braut aus dem Fahrstuhl zu lassen, die augenblicklich von einer aufgeregt schwatzenden Menge umringt war.

Er schaffte es, Devyn um das Gewirr herum in den Aufzug zu schleusen, und die Türen schlossen sich behäbig ruckelnd, während die Braut und ihre aufgekratzte Entourage dem anderen Wartenden den Weg versperrten.

Marc drückte hektisch auf den Knopf und betete, dass sich der Lift endlich in Bewegung setzen möge. Kaum dass die Türen sich schlossen, fuhr eine Hand dazwischen und zwängte sie mit einem dumpfen metallischen Geräusch wieder auseinander.

Verdammt. Marcs Nerven waren zum Zerreißen gespannt, als der Rothaarige sich zu ihnen in den Fahrstuhl gesellte. Er wartete besonnen ab, bis der Kerl den Knopf mit der Vier drückte. Vierte Etage. Da, wo Marcs früheres Zimmer war.

Kurz entschlossen trat Marc vor Devyn, drängte sie nach hinten in die Ecke und drückte die Drei. Der junge Mann nahm die Etage zur Kenntnis, seine Miene zeigte indes keine Regung. Dann drehte er sich zu Marc und fixierte ihn mit einem provokanten Blick, dass Marcs Hand sich automatisch zu der Glock an seinem Gürtel tastete. Der Fahrstuhl war eng, eine Konstruktion aus Holz und verspiegeltem Glas – der denkbar schlechteste Ort, um eine Pistole abzufeuern.

Im dritten Stock kam der Fahrstuhl mit einem dumpfen Geräusch zum Stehen. Marc führte Devyn hinaus und weg von dem Aufzug, erleichtert, als die Tür sich wieder schloss. Er musste handeln, und zwar schnell.

»Geh in die 315 und verhalte dich mucksmäuschenstill«, sagte er und drückte ihr die Magnetkarte in die Hand. »Verriegle die Tür und bleib nicht hinter der Tür oder am Fenster stehen. Lass niemanden rein, außer mir.«

Sie machte Augen, groß wie Bratpfannen. »Warum?«

»Frag nicht, mach einfach.« Er verpasste ihr einen leichten Schubser, wies mit dem Kopf auf das Schild, das anzeigte, wo sich die 315 befand – nur ein paar Türen weiter.

Sobald sie in dem Zimmer verschwunden war, bewegte er sich im Laufschritt auf das Treppenhaus zu, nahm immer zwei Stufen auf einmal und war innerhalb von Sekunden im vierten Stock angelangt. Leise öffnete er die Tür ein Stück und spähte in den Flur hinaus, gerade noch rechtzeitig, um mitzubekommen, wie Karottenkopf sich der 412 näherte, Marcs früherem Zimmer.

Mit einer Magnetkarte.

Leise schob sich Marc in den Gang, plante seinen Angriff für den Moment, in dem der andere eine Hand am Kartenschlüssel und die andere am Türgriff hätte, als der Rotschopf unvermittelt in seine Tasche griff, sein Handy herausholte und das Display las.

»Verdammte Scheiße«, knurrte er. »Sie sind umgezogen.«

Marc schlüpfte wieder durch die Tür, als Karottenkopf auf ihn zukam, und hielt mit der Schulter gegen das schwere Metall, damit sie sich geräuschlos schloss.

Zurück im Treppenhaus, suchte er in einer dämmrigen Nische Deckung.

Wenn die Feuerschutztür nicht innerhalb der nächsten drei Sekunden aufspringt, entschied er, stürme ich nach unten und fange den Fahrstuhl im dritten Stock ab.

Die Tür flog mit einem lauten Knall auf.

Der Mann lief ein paar Schritte die Stufen hinunter, ohne zu merken, dass Marc dicht hinter ihm war. Dann blieb er stehen und nahm sich eine Zigarette aus der Packung. Offensichtlich hatte er es nicht eilig.

Ein Streichholz flackerte auf und tauchte den dunklen Raum für einen Augenblick in orangefarbenes Licht, Schwefelgeruch stieg auf, dann eine dicke Wolke Zigarettenqualm. Marc wartete, inhalierte den Rauch, spürte, wie ihm das Nikotin in den Kopf stieg, dann trat er lautlos, mit gezogener Waffe, hinter den Kerl, dass die Mündung dessen rotes Haar berührte.

»Himmel, Arsch und Zwirn!« Der Mann machte einen Satz und fuhr herum. Die Zigarette flog ihm aus der Hand, und er griff hastig nach dem Geländer, um nicht zu stürzen. »Scheiße verdammt.«

»Für wen arbeitest du?«

Der Angesprochene fixierte Marc aus zusammengekniffenen Augen. »Für das Hotel.«

»Als was?«

»Sicherheitsdienst.«

»Gehört dazu auch, in Zimmer einzubrechen?«

»Logo, wenn es ein Problem gibt.« Er hob die Hände und ging wieder die Stufen hinauf, die er gerade heruntergestiegen war. »Verschwinden Sie, Mann.«

»Wer hat dich in die 412 geschickt?«, wollte Marc wissen.

»Die Rezeption. Die Gäste sind umgezogen – wir müssen sichergehen, dass nichts mehr im Zimmer ist.«

»Wenn wir beide jetzt bei der Rezeption anrufen, werden sie uns das bestätigen?«

»Natürlich.«

Marc streckte die linke Hand aus, mit der Rechten hielt er die Pistole auf das Herz des Mannes gerichtet. »Gib mir dein Telefon. Wenn du eine Waffe ziehst, drücke ich ab.«

Der junge Mann griff in seine Tasche und zog das Handy heraus.

»Stell auf Lautsprecher und ruf die Rezeption an.«

Der Mann blickte unschlüssig auf das Telefon in seiner Hand und reagierte nicht.

»Na mach schon!«, befahl Marc.

Karottenkopf drückte eine Taste. Dann begannen seine Hände zu zittern, er war offensichtlich ein miserabler Schauspieler. Er fingerte ungeschickt am Telefon herum, ließ es fallen und sah Marc an.

»Tschuldigung«, muffelte er. »Ich heb's auf.«

»Die Mühe kannst du dir sparen.« Marc zog blitzartig sein Knie an, rammte es dem Kerl in die Weichteile und schickte ihn postwendend wieder die Treppe hinunter. Der Typ prallte unten auf und rollte sich stöhnend zusammen.

»Für wen arbeitest du?«, drängte Marc und setzte die Treppe hinunter, um sich das Gesicht des Typen einzuprägen.

Das Telefon lag neben seinem flammend roten Schopf und signalisierte leise vibrierend eine eingegangene SMS. Marc hielt dem Kerl die Pistole an die Schläfe, nahm es hoch und las.

Nachricht in 412 abgeliefert?

»Was für eine Nachricht?«, fragte Marc schroff.

Ihm blieben noch Sekunden. Sekunden, um dem Typen wertvolle Informationen abzupressen, dann musste er zu Devyn. Möglicherweise gab es noch andere, die wussten, in welchem Zimmer sie sich befand.

Marc hob die rechte Hand, schlug dem Mann mit der Pistole ins Gesicht und erhielt als Antwort ein gequältes, jammervolles

Aufjaulen. Er hatte ihm zwar Schmerzen zugefügt, aber nicht annähernd genug, um ihn außer Gefecht zu setzen. Karottenkopf zappelte unter ihm, holte mit einer Hand aus und ließ sie geistesgegenwärtig wieder sinken. Wohl wissend, dass man niemanden schlägt, der einen mit einer Pistole in Schach hält.

»Wer hat dich geschickt?«, wiederholte Marc beharrlich und schlug mit der Waffe zu.

»Ich ... ich ... weiß nicht. In Himmelherrgottsnamen, verdammt noch mal, ich weiß es nicht.«

Marc zog ihm die Pistole erneut über die Visage, und dieses Mal härter, Haut platzte auf. »Das nächste Mal schieße ich.«

»Ich schwöre ... ich weiß nicht, wie der Typ heißt.«

»Er hat dir gerade eine SMS geschickt.«

»Okay, okay, ich hab Geld von ihm genommen.« Über seinem Auge zeichnete sich ein blauer Fleck ab, dunkel und schmerzhaft.

»Wofür?«, bohrte Marc.

»Um ihr zu sagen ...« Blut quoll aus einem Riss in seiner Lippe. »Dass sie verschwinden soll.«

»Warum?«

Karottenkopf sah verängstigt aus, Tränen schimmerten in seinen Augen. »Ich schwöre es, Mann, ich hab keine Ahnung.«

»Sag mir den Namen.« Als Marc zu einem weiteren Schlag ausholte, schnellte der Arm des Mannes hoch, und er drückte Marc die brennende Zigarette auf den Handrücken.

»Scheiße, ich weiß es nicht!«, beteuerte er und übertönte Marcs leise gezischten Fluch.

Er hatte keine Zeit mehr für diesen Clown. »Sag ihm, die Nachricht ist angekommen, und wenn ihr noch mal irgendjemand zu nahe kommt, ist er tot.«

Marc warf ihm noch einen angewiderten Blick zu, bückte sich, um das Telefon vom Boden aufzuheben und die Magnetkarte, die danebengefallen war, dann rannte er die Stufen in den dritten Stock hinunter und stürzte hinaus.

Der Flur war leer.

Er klopfte zweimal energisch an die Tür von Zimmer 315. »Ich bin's, Marc.«

Keine Antwort.

Verdammte Scheiße, hatten sie ihn diesmal ausgetrickst? »Devyn?«, rief er und klopfte erneut.

Immer noch keine Antwort.

Er warf einen Blick auf die Magnetkarte, die er an sich genommen hatte, und steckte sie in das Lesegerät, das sofort grün aufleuchtete und den Schließmechanismus entsicherte. Ein Generalschlüssel. Wer auch immer Devyn warnen wollte, hatte definitiv einen heißen Draht zum Hotelpersonal.

Er stieß die Tür auf, aber der Sicherheitsriegel blockierte sie. »Devyn!«

Sie spähte durch den fünf Zentimeter breiten Spalt, ihr Gesicht leichenblass.

»Was ist denn los?«, fragte er.

Sie schob mit fahrigen Fingern den Riegel zurück und trat einen Schritt zurück, um ihn hereinzulassen. Sie hielt den Umschlag in einer Hand und ein Stück Papier in der anderen.

»Was steht denn drin?« Was es auch immer war, es konnte nichts Gutes sein.

»Überhaupt nichts. In dem Umschlag steckte ein leeres Blatt.«

13

Sharon betätigte den Schalter und wartete darauf, dass das vertraute Flackern des milchig gelben Neonlichts die beiden Labortische und die Glasregale mit den Kühlaggregaten beleuchtete. Leise surrend sprang die Aircondition an. Der knapp 18 Quadratmeter große Kellerraum war seit ein paar Wochen ihr Arbeitsplatz.

Sie streifte sich Latex-Handschuhe über die Finger und zog sie fest über die Bündchen ihres Laborkittels, prüfte ihre Maske und war dankbar, dass diese nicht nur die tödlichen Sporen davon abhielt, in ihren Organismus einzudringen, sondern auch den typischen Geruch nach muffig feuchter Erde, von dem die Kellerwände durchdrungen waren. Zweifellos durch den Friedhof. So dicht an diesem Haus, und überfüllt von Zehntausenden toter Iren und Irinnen.

Naive Menschen, von denen etliche glaubten, für einen guten Zweck zu sterben.

Sie setzte sich eine durchsichtige Schutzbrille auf und lief in ihren bequemen Sneakers zu den Kühlboxen. Mit einem Schlüssel öffnete sie den ersten Kühler, zog an dem Griff, bis die Gummidichtung, die ihn luftdicht verschloss, ein saugendes Geräusch machte, das ihr bestätigte, dass der Inhalt vakuumversiegelt war.

Die Bakterien gediehen prächtig. Sie spähte auf die schwarz verfärbten Petrischalen und erkannte auch ohne Mikroskop, dass sie auf rohes Botulinumtoxin blickte, entstanden aus Sporen, die auf irischem Boden geerntet worden waren.

»Schon irgendwelche Erfolge?«

Sie fuhr erschrocken zusammen und hätte fast die Schale fallen lassen.

»Himmelherrgott, Baird«, murmelte sie hinter ihrem Mundschutz. »Wollen Sie mich umbringen?« Sie drehte sich zu ihm um: Er trug weder Schutzmaske noch Handschuhe oder Laborkittel. »Oder sich selber?«

»Ich dachte, die Dinger sind noch nicht giftig.«

Sie hielt die Petrischale hoch. »Diese hier schon. Ziehen Sie Schutzkleidung an, dann zeig ich es Ihnen.«

Er ging hinaus, und sie atmete unter ihrer Maske tief durch. Ihr Körper spannte sich unbewusst an, wie immer in der Nähe dieses brutalen Typen. Sie zwang sich durchzuatmen und stellte die Schale zurück an ihren Platz.

Sie schaltete ihr Mikroskop ein, suchte sich Objektträger und Tupfer. Natürlich würde Baird es selbst sehen wollen. Schließlich war er der zahlende Kunde.

»Ich habe keine guten Neuigkeiten für Sie«, gab Baird ihr bei seiner Rückkehr zu verstehen. Eine Maske baumelte um seinen Hals, und er streifte sich gerade ein Paar Handschuhe über.

Reagier nicht darauf, Sharon. Schnapp nicht nach dem Köder. »Heißt das, das Geld wurde nicht auf mein Konto überwiesen?«

»Das Geld ist da«, sagte er kühl. »Das wissen Sie ganz genau, denn Sie haben sich heute in Ihr Konto eingeloggt.«

Hier gab es keine Geheimnisse. Zu dumm, dass sie das gelegentlich vergaß. »Was ist dann die schlechte Neuigkeit?«

»Es geht um die junge Frau, die Ihnen auf den Fersen ist.«

Sie blickte auf und war selber überrascht, wie viel ihr das, was er jetzt sagen würde, bedeutete. »Ja, und?«

»Sie scheint eine ganz Raffinierte zu sein.«

Das liegt uns im Blut, sann sie für sich und sagte laut: »Wie das?« Sie hob die Petrischale voller tödlicher Toxine hoch.

»Sie arbeitet mit jemandem zusammen.«

Ihre Finger spannten sich fester um das Glas, doch ihre Stimme wirkte völlig teilnahmslos. »Was meinen Sie mit arbeiten?«

»Sie arbeitet daran, Sie zu finden.«

Instinktiv gefroren ihre Emotionen zu Eis, wie man es ihr das ganze Leben lang antrainiert hatte. Eine stählerne Klammer legte sich um ihr Herz. *Keine Gefühle.* Sharons Gefühle waren so tot wie die Menschen, die auf dem Friedhof nebenan begraben lagen. »Wer ist es?«, fragte sie kalt lächelnd.

»Das wissen wir nicht, aber er hat einem unserer Männer eine Knarre übers Gesicht gezogen.«

Ach du gütiger Himmel. Das klang gar nicht gut. »Hat Ihr Mann fürs Grobe ihr die Nachricht trotzdem überbracht?«

»Das wird sich noch zeigen. Was haben Sie denn da?« Er zog sich den Hocker heran und setzte sich, ohne ihn ihr auch nur anzubieten, und seine Hände griffen gierig nach dem Mikroskop.

»Seien Sie vorsichtig«, ermahnte sie ihn. »Was wir hier haben, ist Phase zwei des Projekts. Wie Sie wissen, war es leicht, die Sporen zu synthetisieren. Aber jetzt haben wir ausgewachsene Bakterien, und dann fangen sie an, gefährlich zu werden.«

»Was, wenn ich eine berühre?«

»Da würde nichts passieren, es sei denn, Sie hätten eine offene Wunde. Sie müssen in den Körper eingeschleust werden, aber in dieser Form ist das nicht so einfach.«

Er blickte auf und musterte sie forschend. »Also können wir bald loslegen?«

»Die Kette verdichtet sich gut.«

Er hatte keine Ahnung, wovon sie redete, und genau das hatte sie bezweckt. Hinter ihrer Maske unterdrückte sie ein Lächeln, während sie fortfuhr. »Die Leichtkette des Toxins vom Typ A spaltet das SNAP-25-Protein auf, und das SNAP-25-Protein wird für die Freisetzung von Neurotransmittern von den Axonenden benötigt.«

Er schnaubte verächtlich. »Das ist mir egal. Wann sind wir endlich so weit?«

»Sie wollen doch reines, stabiles Toxin, das funktioniert, und nicht so eins, womit die Shinrikyo es Anfang der Neunziger in Tokio versucht haben, oder?«

»Waren Sie das auch?« Er klang beeindruckt.

»Die Lorbeeren kann ich leider nicht für mich beanspruchen.« Aber sie hatten sie damals gefragt, das war Fakt. »Und ich nehme an, Ihr Kunde will dieses Material in ein Aerosol einbringen, sodass es sich auf große Teile der Bevölkerung auswirkt.«

»Auswirkt?«

»Lähmt und tötet, Baird«, sagte sie, und in jedem Wort drückte sich ihre Ungeduld aus. »Aerosol oder nicht?«

Er schob den Hocker zurück und verließ den Raum, um kurz darauf mit einer großen Kiste zurückzukehren, die er auf dem Tisch abstellte. Er öffnete die Kiste und zog einen hohen, silbernen Behälter mit schwarzem Deckel heraus. »Hier haben Sie Ihr Aerosol.«

Damit ließ sich etwas anfangen. »Um das Zeug in einen gasförmigen Zustand zu überführen, braucht es allerdings Zeit.«

»Und Sie meinen allen Ernstes, dass es noch eine Woche dauert?«

Einen Tag, vielleicht zwei. Aber das brauchte er nicht zu wissen. Alles zu seiner Zeit. »Ja, das meine ich.«

»Beschleunigen Sie das Verfahren.«

»Ich erledige Aufträge, Mr Baird, ich vollbringe keine Wunder.«

Nachlässig zog er sich die Handschuhe aus und warf sie auf den Labortisch. Sie war einen Augenblick mit den Schalen beschäftigt. Kurz bevor er ging, sagte er: »Ich werde mich um das Mädchen kümmern. Endgültig.«

Das Reagenzglas in ihrer Hand schwankte nicht einmal. »Ein

Mord an einer Amerikanerin, hier in Irland, würde große Aufmerksamkeit auf sich ziehen. Das wäre viel zu auffällig. Ich rate Ihnen dringend, sich anderer Mittel zu bedienen, um sie loszuwerden. Sehen Sie einfach zu, dass sie die Stadt verlässt.«

»Sie ist stur.«

Wie ihr Vater. »Dann lassen Sie sich was einfallen. Seien Sie kreativ.«

»Glauben Sie mir, das sind wir.«

»Ihnen glauben?« Sie lachte spöttisch. »Guter Witz.«

Er funkelte sie böse an. »Sie hat einen meiner Männer bis aufs Blut gereizt, und ich fürchte, dass der inzwischen zu allem fähig ist.«

»Haben Sie Ihre Männer denn nicht unter Kontrolle?«

»Wir werden uns um sie kümmern.«

Sie setzte unsanft die Petrischale ab und hätte sie fast zerbrochen. »Tun Sie das.«

Er reagierte mit einem leicht überraschten Blick, und sie wandte sich ab, um jede mögliche Reaktion zu verbergen. Sie zwang sich, ruhig zu atmen, während sich seine Schritte auf der Betontreppe nach oben entfernten.

Sie musste etwas *unternehmen.* Wenn sie sie erwischten … Nein, daran durfte sie gar nicht erst denken.

Tief in der Tasche ihres Laborkittels verborgen, alarmierte sie ein sanftes Vibrieren. Als sie sicher sein konnte, dass Baird weg war, nahm sie das Handy heraus, las die SMS, und ein kleines Lächeln zuckte um ihre Lippen. Ihr Netzwerk war wirklich bemerkenswert.

Sie stellte die Schalen wieder an ihren angestammten Platz, verschloss den Kühler und trat aus dem Labor, zog sich Kittel, Brille, Maske und Handschuhe aus, um sie, anders als Baird, ordnungsgemäß in den dafür bestimmten Behältern zu entsorgen.

Sie schloss die Tür ab, ging im Geist noch einmal ihre Optionen durch und fand nur eine einzige, wenn auch sehr riskante.

In ihrem Schlafzimmer im ersten Stock schlüpfte sie in einen daunengefütterten Anorak, und das leichte Tragegefühl erinnerte sie unvermittelt an einen anderen düsteren Tag in ihrer Vergangenheit. Der Tag, als all das seinen Lauf genommen hatte. Der Tag, an dem sie zur Kriminellen geworden war.

Und neun Monate später Mutter.

Leise stieg sie die Treppe ins Erdgeschoss hinunter und fuhr zusammen, als Baird aus dem Wohnzimmer trat, wo er mit einigen anderen Männern diskutierte.

»Wo wollen Sie hin?«, fragte er scharf.

Sie schoss ihm einen herablassenden Blick zu. »Ich bin nicht Ihre Gefangene, Mr Baird. Und da ich nicht zu Ihrer Besprechung geladen bin«, sie deutete mit dem Kopf auf den Raum hinter ihm, »mache ich einen Spaziergang.«

»Der Friedhof ist um diese Uhrzeit abgeschlossen.«

»Das ist mir bewusst.«

»Es ist nicht clever, abends in der Gegend der Falls Road herumzulaufen. Ein paar von den Schweinen aus Shankill halten sich nicht an die Abmachungen und belästigen hier drüben unsere Mädchen.«

»Niemand wird mich mit einem Ihrer *Mädchen* verwechseln«, versicherte sie ihm. »Keine Sorge, ich pass schon auf mich auf.«

Er beäugte sie misstrauisch. »Sind Sie fertig im Labor?«

»Ich habe getan, was ich tun konnte«, erwiderte sie mit gesenkter Stimme. Sie steckte die Hände tiefer in die Taschen ihres Anoraks, umklammerte ihr Handy fester. »Ich kann den Prozess nicht beschleunigen«, erinnerte sie ihn. »Gute Nacht, Mr Baird.«

»Wie lange werden Sie denn weg sein?«

Sie schloss kurz die Augen und schüttelte den Kopf, als wäre er nichts weiter als ein lästiges Ärgernis.

Ohne ein weiteres Wort setzte sie ihren Weg zur Tür fort. Ihr war bewusst, dass er sie beobachtete. Sie ging hinaus und war froh, als sie die frische Abendluft auf ihrem Gesicht fühlte. Sie platschte durch eine Pfütze und marschierte den Hang hinunter auf die Milltown Road zu, weg von Liam Bairds Haus.

Mit jedem Schritt spielte sie durch, was sie sagen würde, wenn sie diesen Anruf tätigte.

Sie überlegte hin und her, denn nichts erschien ihr wirklich richtig.

Sie folgte der Straße in eine belebtere Gegend, wo sie sich aufgrund des stärkeren Verkehrs sicherer fühlte, Milltown lag zu ihrer Linken, ein paar Geschäfte, Häuser und Pubs auf der rechten Seite. Ein junges Paar kam an ihr vorbei, nickte ihr zu, und dann zwei Männer, beide sprachen in ihre Handys, der eine mit einem für Sharon unverständlichen Akzent. Sie warf einen Blick nach hinten, sah niemanden und wurde schneller, um möglichst viel Abstand zwischen sich und das Haus zu bringen.

Der Geruch nach frischer Farbe an der Frontwand eines Pubs, eine Hommage an die unerfüllte Hoffnung eines vereinten Irlands, vermischte sich mit der Abendluft und dem Duft nach gebratenem Fleisch und Bier.

Das Panorama und die Gerüche riefen Erinnerungen wach, und sie musste spontan wieder an Finn denken. Verblüffend, dass auch noch nach dreißig Jahren kleinste Sinneswahrnehmungen Erinnerungen hervorrufen konnten. Ganz gezielte, unrealistische, saublöde Erinnerungen an einen Tag mit Finn, oder eine Nacht mit ihm.

Schritte hinter ihr rissen sie aus ihren Träumereien. Sie wurde langsamer, und die Schritte hinter ihr ebenfalls. Sie bog um die Ecke und umrundete das Gebäude, auf dem die frische Wandmalerei aufgetragen worden war. Das Echo der Schritte folgte ihr. Sie wurde schneller und lief eine andere Straße zurück, und wer immer hinter ihr war, folgte … nicht.

Ein paar Blocks weiter spähte sie über die Schulter in die Dunkelheit und konnte nichts Verdächtiges erkennen. Sie behielt ihr Tempo bei, den Blick auf die Mauern des Friedhofs geheftet, um nicht die Orientierung zu verlieren. Sie überquerte zwei Straßen, dann die Falls Road und erreichte, wie sie mutmaßte, den südwestlichen Teil von Milltown.

Schließlich blieb sie im Schatten der Dunkelheit stehen und lauschte. Ihr Verfolger hatte wohl aufgegeben, und Passanten drangen selten bis an dieses entlegene, von parkenden Autos gesäumte Ende der Straße vor.

Nach einem weiteren verstohlenen Blick nach rechts und links und über die Schulter nach hinten holte sie das Telefon aus der Jackentasche und hielt es dicht vor sich, um die Nachricht, die sie gerade erhalten hatte, noch einmal zu lesen. Sie rückte näher an den hohen schmiedeeisernen Zaun heran, der diesen Teil des Friedhofs umgab. Hier waren die »Unbedeutenden« in Massengräbern beerdigt. All die Babys und die Opfer von Krankheiten und Armut. Diese Ärmsten der Armen hatten sich nicht mal eine Backsteinmauer verdient, sondern nur einen Zaun mit dichtem Dornengestrüpp.

Kurz darauf tippte sie die Nummer ein und kniff die Augen zusammen, als sie aufgefordert wurde, zwischen einem Anruf und einer SMS zu wählen.

Eine SMS wäre natürlich der einfachere Weg. Aber wäre er auch genauso effektiv?

Das Mädchen brauchte nur einen kleinen Anstoß, und Sharon war genau die richtige Person, um ihr diesen zu geben.

Aber irgendetwas lähmte sie. Wenn der Kontakt erst einmal hergestellt war, würde ihr Leben nicht mehr wie früher sein. Vielleicht sollte sie es ihr schreiben. Aber dann würde Devyn sich nie ganz sicher sein, wer ihr die SMS geschrieben hatte. Was konnte Sharon schreiben, um zu beweisen, wer sie war? Was wusste sie über Devyn, das sonst niemand wusste?

Ihren Geburtsnamen. Wenn es dem Mädchen geglückt war, den alten Papierkram aufzustöbern, kannte sie den. Und Finn nicht. Wenn sie auf den Namen reagierte, würde das außerdem eine Menge Fragen beantworten. Es würde bedeuten, dass Devyn auf eigene Faust handelte und nicht Finn dahintersteckte.

Ja, den Namen »Rose« zu benutzen, war ein brillanter Schachzug.

SMS oder anrufen?

Sie tippte ein paar Wörter ein und ließ das Geschriebene auf sich wirken.

Rose, bitte geh. Ich brauche dich.

Unvermittelt war sie in grelles Licht getaucht, sie schnappte entsetzt nach Luft und machte einen Satz nach hinten.

Das Fernlicht eines Wagens blendete auf, flutete die dunkle Straße. Der Motor wurde aufgedreht, das Auto schoss los und kam direkt auf sie zu.

Sharon hetzte los, das Handy immer noch in der Hand, die Nachricht unvollendet. Das Auto machte einen Schlenker, steuerte weiter auf sie zu. Sie sah sich im Geiste schon zerquetscht zwischen Motorhaube und Eisenzaun.

Sie drehte sich um, ein gellender Schrei blieb ihr im Hals stecken, als das Fahrzeug schneller wurde. Sie stolperte rückwärts gegen den dornig überwucherten Zaun und hätte dabei fast das Handy fallen lassen.

Das kleine Telefon hinter dem Rücken umklammernd, drückten ihre Finger hektisch jeden Knopf auf dem Bedienfeld.

Das Auto raste ungebremst auf sie zu, der Motor heulte auf, es war keine sechs Meter mehr entfernt. Ihr Arm schnellte nach hinten durch die eisernen Stangen, sie ließ das Handy los und betete, dass es unwiederbringlich im Gebüsch verschwinden und beim nächsten Regen zerstört würde, oder dass der Akku den Geist aufgegeben hatte, lange bevor es jemand fand.

Sie öffnete die Lippen zu einem letzten Schrei, gestikulierte ohnmächtig mit den Händen, als flehte sie um Gnade, und schickte ein Stoßgebet zum Himmel: Hoffentlich ging es schnell und der Tod tat nicht allzu weh.

14

»Ein leeres Blatt?« Marc griff danach und erschauderte. Ein dünner Schweißfilm schimmerte auf seinem Gesicht, seine Pupillen waren schwarz und geweitet, seine Venen von Adrenalin befeuert, dass die Luft im Raum vor Anspannung knisterte.

»Was ist denn passiert?«, fragte Devyn und vergaß für einen Augenblick die Enttäuschung über den leeren Zettel, als ihr Blick auf seine verletzte Hand fiel.

»Mit der Zigarette verbrannt. Irgend so ein ein Arschloch hat mich erwischt.« Er sah auf den Zettel, den sie ihm hinhielt. »Natürlich steht da nichts«, fauchte er. »Genauso gut könnte da stehen ›Ätsch, reingefallen‹. Sie wollten uns lokalisieren. Und das haben sie. Wir müssen schleunigst aus diesem Zimmer raus.«

Sie nahm seine Hand, um sich die Brandwunde anzusehen, und sog leise zischend den Atem ein, als sie das rohe, eiternde Fleisch sah. »Wer war es?«

»Keine Ahnung. Aber ich glaube nicht, dass es im Moment sinnvoll ist, das Hotel zu verlassen.«

»Und, was meinst du, wo wir sonst hinsollen?«

In seiner unverletzten Hand hielt er ein Handy und eine Magnetkarte. »Wohin wir wollen. Das hier ist ein Generalschlüssel.« Er schob sie zur Tür. »Wir fahren in den vierten Stock, holen unsere Sachen und suchen uns ein leeres Zimmer. Wir müssen uns beeilen.«

Sie folgte ihm in den Flur und zum Aufzug, und als er seine Waffe zog und entsicherte, stellte sie keine Fragen.

Glücklicherweise war der Flur leer. Mit dem Generalschlüssel verschaffte er sich Zutritt zu Zimmer 412, und sie suchten schweigend ihre Sachen zusammen. In weniger als zwei Minuten hatten sie ihre Taschen gepackt und waren aus der Tür heraus und auf dem Weg durch den Flur.

»Der beste Tipp ist neben der Eismaschine und dem Notausgang«, meinte Marc. »Da haben wir eine super Fluchtmöglichkeit, und normalerweise ist das das letzte Zimmer, das sie in einem Stockwerk vergeben.«

»Woher weißt du das?«

Er lächelte knapp und drängte sie in die entsprechende Richtung. »War nur geraten.«

Niemand antwortete auf ihr Klopfen an der 435, das war das besagte Zimmer am Ende des Flurs. Marc entriegelte die Tür, spähte hinein und schloss sie leise wieder. »Koffer und Schuhe. Weiter.«

Er versuchte es bei der 434, direkt gegenüber, und schob Devyn ins Zimmer. »Hier kommt heute Abend niemand mehr rein.«

Drinnen war das Doppelbett abgezogen, und eine zweite Kommode stand mitten im Weg. »Sie benutzen es als Lagerraum«, sagte sie.

»Und wir benutzen es für heute Nacht.«

Heute Nacht?

Sie ließ es erst mal dabei bewenden und argumentierte nicht. »Was ist, wenn sie den Code für den Schließmechanismus elektronisch auswechseln?«, fragte sie stattdessen.

»Wenn wir gehen, kommen wir nicht mehr zurück.«

Weil wir nach Enniskillen fahren. Sie verkniff sich die Äußerung, stellte ihren Koffer ab und durchbohrte ihn mit einem herausfordernden Blick. Sie hatte sich lange genug zurückgehalten. »Du musst mir sagen, was hier los ist, Marc.«

»Wenn ich es wüsste, wüsste ich mehr.« Er warf seine Tasche auf die nackte Matratze und sah sich im Zimmer um. Dabei schwenkte er mit gequälter Miene seine verletzte Hand.

»Ich glaube, dagegen habe ich etwas«, sagte sie und wandte sich ihrem Koffer zu. »Warte, ich suche es.«

»Es ist nichts Ernstes.« Er bewegte sich bereits mit Blitzgeschwindigkeit durch den Raum, schloss die Vorhänge, um das wenige Licht auszusperren, dann griff er nach einem Handtuch und stopfte es unter die Tür. »Kein Licht«, raunte er im Flüsterton. »Wir wollen keine wachsame Putzfrau alarmieren. Keine Geräusche, kein laufendes Wasser, gar nichts, null.«

»Für wie lange?«

»So lange wie ich es sage.«

Ärgerlich drückte sie die mitgebrachte Tube Heilsalbe mit Aloeextrakt in der Hand. Sie saß in der Falle. Mit ihm. Marc hatte die Autoschlüssel, er hatte das Sagen – er hatte alles unter Kontrolle.

Als er mit dem Zimmer fertig war, setzte er sich neben sie aufs Bett. »Ich hoffe, dass dein Zeug da wirklich hilft.«

»Das wird es«, versicherte sie, nahm seine Hand und ließ ihren Augen einen Moment, um sich an die Dunkelheit zu gewöhnen. »Wie bist du denn an den Generalschlüssel gekommen?«

»Frag lieber, wie unser mysteriöser Unbekannter daran gekommen ist. Ich tippe darauf, dass das Hotelpersonal leicht zu bestechen ist.«

»Was ist denn passiert?«

Er sog zischend die Luft ein, als sie weiße Salbe auf die eiternde Brandwunde tupfte. »Er erhielt einen Anruf, dass wir umgezogen sind, also hab ich ihn im Treppenhaus überrascht.«

Sie strich sanft über die Wunde, hielt mit beiden Händen seine Hand und spürte, wie seine Augen auf ihr ruhten. »Sieht eher aus, als hätte er dich überrascht.«

Er schnaubte verächtlich. »Ihn hat es schlimmer erwischt. Er meinte, jemand hätte ihn geschickt, um dir eine Nachricht zu überbringen. Wer, hat er mir leider nicht verraten, wenn er es überhaupt wusste.«

»Lass mich raten. ›Verschwinde aus Belfast!‹.«

»Bingo.« Mit seiner anderen Hand hob er ihr Kinn an, sodass sie gezwungen war, den Blick von der Wunde zu nehmen und Marc anzuschauen. »Das heißt aber noch lange nicht, dass du dahin gehen musst, wo sie dich hinschicken.«

»Wir wissen doch gar nicht, wer ›sie‹ sind, Marc.«

»*Sie* sind bestimmt keine von den Guten. Brauchst du erst ihre Lebensläufe?«

»Weshalb hat das FBI dich dann mit der gleichen Mission hergeschickt?«, konterte sie. »Vielleicht gehören ein paar von denen ja doch zu den Guten.« Ihre Mutter zum Beispiel. Sie hatte da immer noch Hoffnung.

»Um ganz ehrlich zu sein, hat mich nicht direkt das FBI hergeschickt.«

Sie sprang auf, wie vor den Kopf geschlagen ob dieser Tatsache. Ihr Herz stürzte ins Bodenlose. »Was sagst du da? Das war also auch gelogen?«

»Du sagst das, als wäre ich ein pathologischer Lügner. Vordergründig hat mich das FBI hergeschickt, aber der Auftrag selbst kam von einer Einzelperson. Der Mann stellte klar, dass wir mit niemandem sonst in seinem Büro Kontakt aufnehmen dürfen, und ehrlich gesagt hatte ich seinerzeit keinen Grund, das genauer zu hinterfragen.«

»Ach ja? Ich hätte es hinterfragt.«

»In Anbetracht der Tatsache, wer damit zu tun hat, habe ich es nicht getan.«

Zunächst verstand sie die Bemerkung nicht, dann schwante ihr, was er meinte. »Finn MacCauley«, sagte sie.

»Genau. Als wir den Auftrag bekamen, dich von hier wegzubringen, habe ich angenommen, dass es irgendwas damit zu tun hat, ihn zu fassen – was, weiß ich wirklich nicht. Ich dachte mir, dass der Agent vorsichtig war, weil die Verhaftung eines Gesetzesflüchtlings von Finns Kaliber eine ziemlich hohe Priorität für das FBI haben muss – obwohl unser Auftraggeber das vehement abstritt.«

Ein Gesetzesflüchtling von Finns Kaliber. Sie kämpfte das Gefühl nieder, das diese Worte in ihr auslösten. »Und was denkst du jetzt?«

Er atmete hörbar aus, voller Frust und zweifellos Schmerz, den er vor ihr zu verbergen suchte. *Willkommen im Club, Kumpel.*

»Ich weiß nicht, was ich denken soll, Devyn.«

»Ich weiß bloß, dass es keinen Sinn macht, sich die ganze Nacht hier in diesem Zimmer zu vergraben, statt an einen Ort zu fahren, wo wir vielleicht Anhaltspunkte finden«, sagte sie. »Enniskillen. Wann fahren wir?«

Er fasste abermals ihre Hände. »Impulsiv und hartnäckig ist eine sehr gefährliche Kombination.«

Sie entzog sich seiner Berührung und kämpfte mit ihrer Fassung. »Ich bin nicht impulsiv. Seit wir uns kennen, habe ich alles mitgemacht, was du gesagt hast. Jetzt will ich weg, was sowieso deinem ursprünglichen Ziel entspricht. Warum können wir nicht losfahren?«

»Weil ich nicht sicher bin, ob wir es durch die Eingangshalle schaffen, ohne erschossen zu werden.«

Sie schloss die Augen und ließ sich von ihm wieder auf das Bett ziehen. Er hatte recht, und das behagte ihr ganz und gar nicht.

»Es stimmt, mein ursprünglicher Auftrag war, dich irgendwie aus Belfast wegzubekommen«, räumte er ein und legte ihr eine Hand auf die Schulter, damit sie ihn anschaute. »Aber jetzt ist alles anders. In erster Linie muss ich dich beschützen.« Sie machte den Mund auf, um zu widersprechen, doch er legte ihr sanft den Zeigefinger auf die Lippen. »Und«, setzte er mit Nachdruck hinzu, »ich habe dir Antworten über deine Mutter versprochen. Ich möchte dieses Versprechen halten. Bitte.«

In seinen Augen flammte eine Entschlossenheit auf, die Devyn verunsicherte. Konnte es sein, dass er sich ernsthafte Sorgen um sie machte? In dem Moment begann ihr Magen protestierend zu knurren, stimmt, sie hatte einen Mordshunger. »Du hast nicht zufällig auch den Schlüssel für die Minibar mitgehen lassen?«

Er lächelte. »Nein, aber ich knacke das Schloss für dich, dann können wir die Erdnüsse und Schokoriegel plündern.«

»Und das Guinness.« Das kam wie aus einem Mund, und Devyn lächelte. »Ich teile mir eins mit dir.«

Während er mit einem spitzen Werkzeug an seiner Schlüsselkette geschickt die Minibar aufbrach, trat Devyn an den Rand des Fensters und spähte durch einen winzigen Vorhangspalt nach draußen. Es war dunkel geworden, vier Stockwerke unter ihnen, auf der großen Terrasse des Festsaals, tummelten sich die Hochzeitsgäste.

Als sie das leise Ploppen eines Kronkorkens hörte, drehte sie sich wieder zu Marc.

Es gab keine Stühle im Zimmer, nur die zusätzliche Kommode und das nackte Bett, also gesellte sie sich zu ihm auf die Matratze. Sie machten es sich nebeneinander bequem, aßen Knabbereien und tranken aus der Guinnessflasche.

»Du glaubst also, dass sie deinen späteren Lebensweg verfolgt hat?« Die Frage traf sie mitten ins Herz, weil sie so unerwartet kam – und das Einzige war, worüber sie reden wollte.

»Ich musste mir die Frage stellen«, gab sie zu. »Sie hatte ein Foto von mir mit dreizehn auf einem Fahrrad, und ein anderes, fast fünf Jahre später. Beide aus einiger Entfernung aufgenommen. Da hab ich mich wirklich gefragt, ob sie nach Boston gekommen ist, um mich heimlich zu beobachten.« Der Gedanke löste eine schmerzliche Sehnsucht bei ihr aus.

Was wünschte sie sich eigentlich wirklich? Dass Sharon Greenberg sich insgeheim für sie interessierte? Dass sie ihre Tochter trotz allem liebte?

»Oder es war Finn und er hat ihr die Fotos geschickt.«

Großer Gott. »Daran habe ich noch gar nicht gedacht.« Weil sie daran nicht denken *wollte.*

»Sie könnten immer noch Kontakt miteinander haben, Devyn. Womöglich sind sie sogar noch zusammen.«

Nein, das war unmöglich. »Ich bin immer davon ausgegangen, dass sie nichts mehr mit ihm zu tun hat. Dass er für sie so eine Art One-Night-Stand war. Ein großer Fehler in einem ansonsten unspektakulären Leben. Ich meine, sie hat schließlich einen seriösen Beruf und war verheiratet, wenn auch nur kurz.«

»Jetzt wünschst du dir umso mehr, sie zu finden, oder?«

Sie reichte ihm den Rest des Biers, weil ihr die Lust auf das bittere Getränk vergangen war. »Ja, na klar. Also mach ein bisschen Tempo und kümmer dich um die nötigen Informationen.«

Ohne zu widersprechen, stand er auf, holte schweigend seinen Laptop heraus, fuhr ihn hoch und begann, draufloszuklicken.

»Okay, ich schau mal nach, wo Enniskillen liegt. Im Übrigen habe ich die Guardian Angelinos um Hilfe gebeten.«

Sie beobachtete ihn bei seiner Recherche und sträubte sich nicht, als ihre Gedanken um Emotionen kreisten, die sie bisher erfolgreich verdrängt hatte.

Sie fieberte darauf, ihn noch einmal zu küssen.

Oder sehnte sie sich bloß nach seiner tröstlichen Umarmung, nach Wärme und Geborgenheit? Bei ihm fühlte sie sich so …

»Es sind ein paar Stunden Fahrt, über Schnellstraßen und Autobahnen.«

»Ist Enniskillen ein größerer Ort?«

»Nein, eher klein. Sieht aus wie eine Insel in einem See. Historisch gewachsen. Wirkt nicht gerade wie eine Hochburg des Terrorismus.«

Sie schluckte schwer. »Du tippst also darauf, hm?«

Er zögerte, als überlegte er sich seine Antwort sehr genau. »Ich glaube kaum, dass sie Botox herstellt, um bei irischen Frauen Faltenunterspritzungen vorzunehmen.«

Sein Tonfall sagte alles: *Du kannst das Offensichtliche nicht länger ignorieren.*

»Lass uns hierbleiben, bis ich aus Boston Informationen über den Ort bekomme, und über Padraig Fallon. Ich habe Chessie gebeten, ein bisschen zu stöbern, und sie ist ein absoluter Computerfreak. Es gibt keine Datenbank auf der Welt, in die sich meine Schwester nicht einhacken könnte. Wir warten einfach noch ein bisschen ab, bis wir mehr wissen, okay?«

»Und dann fahren wir?«

Er kehrte zum Bett zurück und lehnte sich neben Devyn an das Kopfteil. »Ich muss mir was ausdenken, wie wir sicher hier rauskommen.«

Sie nickte zustimmend, merkte, wie sein Gewicht die Matratze herunterdrückte und sie ein Stück auf ihn zurutschte.

»In der Zwischenzeit solltest du dich ausruhen.« Er drückte ihren Kopf sanft an seine Brust. »Ich bin ein super Kopfkissen.«

Sie kuschelte sich in seine tröstlich warme Armbeuge. Es fühlte sich gut und richtig an.

»Ruh dich einfach aus, Dev.«

»Und was machst du?«

»Dir dabei zusehen.«

Sie lachte in den Baumwollstoff seines Hemdes, dass sich seine harten Muskeln in ihre Wange drückten. »Du machst es schon wieder«, flüsterte sie.

»Dich Dev nennen?«

»Süß sein.«

»Tut mir leid.«

»Du schwindelst, ohne rot zu werden.«

Er grinste, streichelte ihr sanft übers Haar. »Wir werden das alles aufklären«, sagte er, seine Stimme ruhig und fest, seine Berührung pure Magie.

»Genau davor habe ich Angst«, gestand sie. »Ich bin mir nicht sicher, ob ich alles über meine Mutter erfahren will.«

»Dafür unternimmst du aber ziemliche Anstrengungen.«

Sie seufzte. »Ich muss es wissen, oder? Und ich hoffe immer noch, dass sie … besser ist als ihr Ruf.«

»Was sie macht, hat nichts mit dir zu tun«, versetzte er.

Verdammt, er hatte leicht reden. »Dann unterschätzt du das Potenzial der DNA.«

»Wenn sie eine Kriminelle ist, heißt das noch lange nicht, dass du auch eine bist.« Seine Hand streichelte ihre Wange, verweilte unter Devyns Kinn und hob ihr Gesicht an seins. »Offensichtlich bist du nicht nach ihr geschlagen.«

Woher wollte er das wissen? Sie wusste es ja selbst nicht. Aber sie mochte weder streiten noch Marc auf Gedanken bringen, die sie selbst schon ewig quälten. Was war sie? *Wer* war sie? Wer wäre angesichts ihrer zweifelhaften Abstammung überhaupt fähig, sie zu lieben?

Joshua hatte sie auch nicht wirklich geliebt.

Aber Joshua war tot. Und sie lebte und lag in den Armen eines Mannes … eines überaus atemberaubenden Mannes.

»Was denkst du, wenn du mich so ansiehst?«, fragte er, und die Andeutung eines Lächelns umspielte seine Lippen.

»Ich denke …« *Dass ich noch nie jemandem wie dir begegnet bin.* »Dass du meine Impulsivität ziemlich gut unter Kontrolle hast.«

»Das ist aber jammerschade.« Er strich mit dem Daumen behutsam über ihre Unterlippe. »Denn irgendwie hatte ich gehofft, du hättest den Impuls, mich jetzt zu küssen.«

»Hab ich auch«, gestand sie entwaffnend ehrlich. »Und ich finde, ich sollte ihn besser unterdrücken.«

Er nickte langsam. »Es ist eine blöde Idee«, räumte er ein. »Kompliziert.«

»Dumm.«

»Unüberlegt.«

»Eben impulsiv.«

Sie wartete auf seine Retourkutsche, doch stattdessen küsste er ihr Haar, presste mit sanftem Druck seine Lippen auf ihre Stirn, mühsam kontrolliert, als dürfte er nicht weitergehen mit seinen Zärtlichkeiten.

Das sah Devyn erheblich anders. Nicht willens, sich noch länger zurückzuhalten, hob sie ihr Gesicht, worauf sein Mund direkt auf ihrer Wange landete. Er küsste sie wieder, und dieses Mal auf die Lippen.

Und sie erwiderte seinen Kuss. Sie schloss die Augen, ergab sich willenlos der bestrickenden Sinnlichkeit, dem himmlischen Gefühl, wie sein Mund mit ihrem verschmolz. Sie streifte mit ihrer Hand über seine Brust, zog Marc impulsiv fester an sich und blendete alles aus, außer dem unendlich süßen Gefühl von …

Seiner Zunge. Seine Zungenspitze drängte an ihre, etwas, das ihrer Kehle ein entrücktes Stöhnen entlockte. Gleichzeitig schmiegte er sie an sich und rutschte auf dem Bett nach unten, sodass sie dicht nebeneinander auf der Matratze lagen.

»Marc«, stöhnte sie in seinen Mund und wusste, dass sie aufhören musste.

Sie würde aufhören. Gleich. Eine Sekunde noch. Eine Minute … eine sündhafte Ewigkeit …

Statt einer Antwort küsste er sie noch leidenschaftlicher. Als er sie fest in seine starken Arme schloss, fühlte sie sich so geborgen, als könnte sie niemals fallen.

Ein glutheißes Prickeln bemächtigte sich ihres Körpers. Wie Flammen, die gierig an ihrer Haut leckten und ihre Sinne erhitzten. Gleichsam berauscht schob Devyn ihr Bein über seins. Er streichelte sie begehrlich, schlang einen Arm um ihre Taille, brachte ihren Körper auf seinen.

Ihr Schenkelansatz presste sich an seine Erektion, sie hörte, wie er scharf den Atem einzog und leise stöhnend ihren Namen flüsterte. Mit fedrigen Küssen suchte er sich den Weg zu ihrer Halsbeuge, saugte zärtlich die kleine Mulde an ihrem Schlüsselbein, während ihre Körper fiebrig aneinanderdrängten. Als wäre diese Position die natürlichste auf der Welt.

Es war obsessiv. Erregend. Und falsch.

Doch nichts daran fühlte sich falsch an, sann Devyn entrückt. Sie bog ihm ihre Hüften entgegen und erschauerte, als seine Erektion sich fordernd an ihr Venusdelta stemmte, ihr rhythmisch kreisendes Becken eine verheißungsvolle Einladung.

Er grub die Hände in ihr Haar, bestürmte ihre Lippen mit einem weiteren Kuss, rollte sie herum und änderte mit einer einzigen geschmeidigen Bewegung ihre Position, sodass er schließlich auf ihr lag und die Regie übernahm.

Devyn hatte nämlich längst die Kontrolle verloren. Sobald er auf ihr war, intensivierte sich sein Liebesspiel. Sein Streicheln, seine Küsse, seine Umarmungen.

Er umschloss leise stöhnend Devyns Brüste, liebkoste sie lasziv und zugleich leidenschaftlich, und ihre Spitzen wurden hart unter seinen lustvoll kreisenden Fingern.

Sie musste aufhören. Und das wollte sie … ganz bestimmt. Aber vorher wollte sie sich noch einen Kuss von seinen süßen Lippen stibitzen, sich noch einmal von einer schwindelerregenden Welle der Lust davontragen lassen. Dabei kapitulierte sie vor den Verheißungen seiner Zunge, seinen Fingern, die auf eine freizügige Reise gingen, und verfiel dem Lockruf seines zuckenden Körpers.

Seine Hand glitt unter ihren Pulli, streichelte die nackte Haut. Ihre Bauchmuskeln spannten sich an, als er mit seiner Handfläche ihren Nabel streifte. Dann löste er sich von ihren Lippen, verzehrte Devyn mit einem heißen, hungrigen Blick.

»Devyn«, flüsterte er rau. »Ich höre erst auf, wenn du es mir sagst.«

Ein zerrissener Seufzer entwich ihren Lippen. »Ich will …« Sie konnte den Satz nicht beenden.

Was wollte sie denn eigentlich? Sex. Ihn. Trost. Nähe. *Sex.*

Sie stöhnte bloß, und er fasste es genauso auf, wie es gemeint war, als ein sexy sündhaftes Flehen nach mehr. Seine Hand schob sich unter ihren BH, während er sie abermals küsste, dabei seine Augen irisierend in ihre senkte und sein Becken sehnsuchtsvoll an ihres stemmte.

Sein süßes Drängen ließ sie feucht werden vor Verlangen, machte es ihr schier unmöglich, der lockenden Versuchung zu widerstehen.

»Deine Hände sind so heiß«, flüsterte sie.

»Nein, es ist dein Körper.« Er streifte ihr das Oberteil über Schultern und Arme und warf es zu Boden, dann klickte er den Vorderverschluss ihres BHs auf und bewunderte ihre vollen Brüste.

»Mir ist eigentlich nie heiß.«

»Heiß ist gar kein Ausdruck, Süße.« Er streifte mit dem Daumen ihre Knospe, neckte sie, rieb sie zwischen den Fingern, dass Devyn halb wahnsinnig wurde vor Lust.

Beflügelt von einer Welle der Ekstase, drückte sie leicht seine Schultern, ließ ihn damit wissen, was sie begehrte.

Er umschloss mit den Lippen gierig ihre Brust, dass Devyn vor Lust erschauerte, presste seine Erektion zwischen ihre Schenkel und brachte sie schockierend nah an einen Orgasmus.

Devyn ergab sich den seligen Wonnen. Sie gab sich Marc hin, dessen Hände auf ihrem flachen Bauch mit dem Knopf ihrer Jeans spielten und dann auf ihrem Reißverschluss verharrten. Noch ein Kuss, lasziv und sexy, begehrlich und bestimmend, dann schälte er Devyn langsam aus der Jeans und verwöhnte dabei jeden Zentimeter Haut, den er entblößte, mit erregenden Küssen.

Er koste die Seide ihres Tangaslips, strich mit der Zunge über die zarte Spitze, ließ die Finger unter die schmalen Streifen Stoff gleiten, die ihn auf ihren Hüften hielten.

»Oh, mein Gott.« Ihre Stimme erbebte vor purer Lust ob Marcs Berührung.

Sie grub verzweifelt ihre Finger in sein Haar, spreizte halb unbewusst die Schenkel noch weiter, um Marc noch intensiver zu spüren.

Mit einem Finger schob er behutsam die Seide beiseite, neckte mit der Zunge ihre Klitoris, eine heiße, zündelnde Stichflamme, und Devyn hätte schreien mögen vor Lust.

Ihr Herz pulsierte wie ein Trommelwirbel, Endorphine fluteten ihre Sinne. Ihr Kopf fuhr mit einem Mal Karussell. Seine Zunge wurde fordernder. Fester, schneller, tiefer versank Marc in Devyns …

Er erstarrte mitten in der Bewegung und hob verdutzt den Kopf.

»Was ist denn?«

»Dein Telefon.« Er sah sie fragend an. Devyn hätte die SMS am liebsten ignoriert, doch dann fiel ihr Padraig wieder ein.

»Sie könnte von ihr sein«, sagte sie und schob Marc von sich.

Er half ihr, indem er die Hand ausstreckte und nach ihrer

Tasche und dem Handy griff. Devyn schöpfte neue Hoffnung, als auf dem Display *Unbekannt* stand.

Bitte lieber Gott, lass die SMS von Sharon sein.

Sie setzte sich auf und vergaß völlig, dass sie nackt war, als sie den Knopf drückte und las.

Rose, bitte geh. Ich brauche dich.

»Sie ist von Sharon«, platzte sie atemlos heraus.

Über ihre Schulter hinweg las er, was auf dem Bildschirm stand. »Woher weißt du das?«

»Niemand sonst würde mich Rose nennen. Es war der Name in meinen Geburtsunterlagen, und niemand außer ihr kennt ihn. Klar, inzwischen kennst du ihn natürlich auch.« Sie wollte vom Bett aufstehen, doch er erwischte sie gerade noch am Arm und hielt sie fest.

»Woher soll sie denn wissen, dass du ihn kennst?«

Sie dachte einen Augenblick darüber nach und schüttelte dann den Kopf. »Marc, ich weiß es nicht, aber ich weiß, was ich als Nächstes tun werde, und du kannst mich nicht davon abhalten. Ich fahre nach Enniskillen.«

Er blinzelte, als explodierte ihm vor lauter Verärgerung der Kopf. »Es könnte eine Falle sein, Dev. Du weißt doch nicht, was mit ›Geh‹ gemeint ist. Geh irgendwohin. Da steht nicht, geh nach Enniskillen. Das kann man auf viele Arten interpretieren.«

»Tja, ich interpretiere es eben so. Sie hat mir persönlich eine Nachricht geschickt und teilt mir mit, dass sie mich braucht. Außerdem hat ein Mann, der anscheinend mehr über mich weiß, als er zugibt, heute verdammt viel Einsatz gezeigt, um mich zu finden und mir zu sagen, dass ich nach Enniskillen fahren soll. Was hab ich denn zu verlieren, wenn ich hinfahre und sie ist nicht da?«

»Wenn du hinfährst und umgebracht wirst, hast du *alles* verloren.«

Hartnäckig erwiderte sie seinen langen, eindringlichen Blick. *Bloß nicht unterkriegen lassen, Devyn.* Sie war zu allem entschlossen.

»Und was schlägst du vor, wie wir aus diesem Hotel rauskommen, ohne verfolgt oder womöglich umgelegt zu werden?«, hakte er sarkastisch nach.

Darauf wusste sie auch keine Antwort. In die Stille, die angesichts ihrer Gesprächspause entstand, mischte sich leise gedämpfte Hochzeitsmusik. Unvermittelt kam ihr die Lösung.

»Hast du was Schickes zum Anziehen dabei?«

Er runzelte verständnislos die Stirn, ehe sein Gesichtsausdruck zwischen Bewunderung und Resignation schwankte. »Ja, hab ich.«

15

Nichts an Oak Ridge Drive war irgendwie bemerkenswert. Viel Wald und Landschaft, der typische Mittelwesten. Hier und da ein bisschen Südstaatenflair in Form von roten Backsteinvillen und weißen Säulen. Ausgedehnte, wie mit der Nagelschere gestutzte Rasenflächen und wie mit Plätzchenformen ausgestochene Häuser, das eine oder andere Fahrrad in einer Einfahrt, Gärtner, die gerade Feierabend machten.

Sollte hier etwa irgendein durchgeknallter Typ hinter der nächsten Ecke lauern, um sie anzugreifen?

Das erschien Vivi ziemlich unwahrscheinlich.

Der Ort Raleigh war kaum anders als die ansprechenden Bostoner Vororte, wo sie im Alter von zehn Jahren gestrandet war, nachdem sie in Italien Waise geworden war. Nach der schlimmen Zeit war ihr Sudbury damals ein bisschen wie im Märchen vorgekommen, nicht so herzzerreißend schön wie ihr Heimatland, aber für sie war es … ein Zuhause.

Trotzdem hatte es auch Nachteile, in einem Vorort zu wohnen, und das war der Grund, weshalb Vivi schließlich zu einer Stadtratte geworden war. Sie hätte nie an einem Ort wie Oak Ridge Drive in Raleigh, North Carolina, leben können.

Sie fuhr mit dem Mietwagen bis zum Ende der Sackgasse und folgte den detaillierten Anweisungen, die Marc ihr gemailt hatte. Inklusive einer Warnung, dass das Haus bei Devyns Besuch nicht leer gewesen war.

Aber heute sah der geräumige Bungalow verlassen aus. Von der Universität hatte Vivi die Auskunft bekommen, dass Dr.

Greenberg ein Sabbatical genommen hatte und sich auf einer Vortragsreise in Europa befand. Die Wissenschaftlerin hatte in diesem Semester keine Vorlesungen, und ihr Labor war geschlossen.

Vivi parkte am Straßenrand, ging schnurstracks auf die Haustür zu und wusste nicht wirklich, wonach sie eigentlich suchte – jedenfalls nach etwas *Ungewöhnlichem.* Nach ihrer jahrelangen Tätigkeit als Reporterin hatte sie ein ziemlich gutes Näschen dafür, Ungewöhnliches zu finden, vor allem, wenn es nicht gefunden werden wollte.

Im Garten breitete sich totes Herbstlaub wie ein trister brauner Teppich unter den allgegenwärtigen Eichen aus, denen die Straße ihren Namen zu verdanken hatte. Das Haus wirkte verlassen. Keine Post, keine Zeitungen, alle Fenster und Läden geschlossen, nichts regte sich.

Sie klingelte an der Tür, wartete, und nach ein paar Minuten und nochmaligem Klingeln ging sie um das Haus herum nach hinten und peilte unterwegs die Lage. Das letzte Mal, als sie in ein leeres Haus eingebrochen war, wäre sie dabei fast draufgegangen.

Aber dieses Mal war sie gewarnt und bewaffnet, also schritt sie mutig voran. Die rückwärtige Tür war verschlossen, aber nicht verriegelt. Es dauerte keine fünf Minuten, bis sie das einfache Schloss so leise wie irgend möglich mit dem Dietrich geöffnet hatte. Bevor sie hineinging, zog sie ihre Glock, entsicherte sie und betrat mit vorgehaltener Waffe die Küche.

Nachdem sie fünf Minuten lang bewegungslos dagestanden und auf Geräusche gelauscht hatte, war sie sich relativ sicher, dass sie allein war. Sie verriegelte die Tür hinter sich, damit ihr niemand ins Haus folgen konnte, dann horchte sie abermals, ob das leise knirschende Zuziehen der Tür irgendeine Reaktion auslöste. Nichts.

Sie stellte ihre Umhängetasche auf dem Boden ab und begann langsam und konzentriert mit ihrer Suche. Mit jedem Zimmer wuchs ihre Zuversicht, dass sie allein war. Doch obwohl sie buchstäblich jeden Quadratzentimeter von Sharon Greenbergs Leben durchkämmte, fand sie nichts besonders Außergewöhnliches. Die Frau mochte einen grünen Daumen haben, aber alle Pflanzen waren mittlerweile vertrocknet. Und sie pflegte offenbar keine familiären Beziehungen, denn im ganzen Haus gab es nicht ein persönliches Foto. Ein Workaholic, mutmaßte Vivi, da der größte Teil der Aktivitäten im Arbeitszimmer stattzufinden schien.

Der Raum sah genauso aus, wie Marc ihn nach Devyns Schilderungen beschrieben hatte: vollgestopft mit Akten, Zeitschriften und Papierkram.

Sie beendete ihre Suche in einem geräumigen Schlafzimmer, das bestimmt nachträglich an das Haus angebaut worden war, denn dieser Teil war moderner und stylischer, mit einem bombastischen Kamin und luxuriös ausgestattetem Badezimmer. Und einem Schmucksafe, der sich in ebendiesem Luxusbad hinter einer harmlos unauffälligen Tür verbarg.

Sie berührte den Drehknopf, und die Safetür sprang sofort auf. Entweder war das Teil nur eine Gratiszugabe der Baufirma, oder jemand war Vivi zuvorgekommen, denn die mit Samt ausgekleideten Fächer waren alle leer.

Vielleicht hatte Devyn sich ja getäuscht, und der Eindringling war ein ganz gewöhnlicher Dieb gewesen, der allen Schmuck mitgenommen hatte, den er finden konnte, und alles andere dagelassen hatte.

Sie tastete mit den Fingern die Fächer ab, popelte in dem Samt herum, auf der Suche nach einem Geheimfach, was diese Dinger bekanntlich öfter hatten. Und fand eins.

Mit einem kleinen, erfreuten »Oh!« schob sie einen verborgenen Hebel beiseite, und der ausgetüftelte Drehmechanismus gab ein weiteres Fach preis.

Und, heilige Scheiße, da war irgendwelches Zeug drin.

Kein Schmuck, sondern winzige Papierschnipsel, handgeschriebene Zettel oder ein zerrissener Brief, die Sharon dort aufbewahrte. Ein leichter Schauer überlief Vivis Rücken, als sie ein paar von diesen Papierfetzen näher betrachtete und wahllos Worte las, wie *Entscheidung* und *Versprechen* und *niemals* und *bitte …*

Es war bei weitem persönlicher und aufschlussreicher als versteckter Schmuck. Diese Papierschnipsel dokumentierten Emotionen. Jemand hatte sie wütend zerrissen und dann reuevoll aufbewahrt. Auf keinem einzigen Stück Papier standen mehr als zwei Worte. Handelte es sich dabei um *ein* zerrissenes Schriftstück oder möglicherweise um mehrere?

Sie hob einen weiteren Papierstreifen auf, jungfräulich weiß auf der einen Seite, und drehte ihn um. Ihr blieb das Herz stehen, und sie riss die Augen auf. Sie hatte die Unterschrift der Person gefunden, die den Brief geschrieben hatte, und das änderte alles.

Gruß Finn.

Das Papier brannte gleichsam wie Feuer in ihren Händen. Finn MacCauley hatte das Dokument verfasst und damit einen Gefühlsausbruch ausgelöst. Wie alt mochte es sein? Konnte es Beweismaterial für ein Verbrechen sein oder ein möglicher Anhaltspunkt auf das Versteck eines der meistgesuchten Kriminellen, oder war es bloß ein zerrissener Liebesbrief?

Diese Frage zu beantworten, war nicht Vivis Aufgabe. Das hier gehörte dem FBI ausgehändigt. Punkt.

Ihre Hände zitterten ein bisschen, während sie vorsichtig die Papierfetzen aufsammelte und dabei scharf nachdachte.

Sie hatte einen möglichen Schlüssel zu Finn MacCauleys Versteck gefunden. Diese Schnipsel waren für Vivi Gold wert: für ihr *Geschäft*, das boomen würde, wenn es ihnen gelang, einen prominenten Gesetzesflüchtling dingfest zu machen.

»Nein, ich muss sie aufheben«, entschied sie und brachte damit ihren inneren Schweinehund zum Verstummen. »Ich kann die Schnipsel nicht Lang geben. Jedenfalls noch nicht.«

Nachdem ihr Entschluss gefasst war, sah sie sich nach einem Behältnis für ihren zerrissenen Schatz um. Den Fund vorsichtig in der Hand balancierend, kehrte sie ins Arbeitszimmer zurück und steuerte zu dem Regal, auf dem sie vorhin einen Karton gesehen hatte, halb voll mit Briefumschlägen. Sie zog einen heraus und schob die Papierfetzen hinein. Dabei schweifte ihr Blick durch das Büro und blieb an einem bebilderten Wandkalender hängen.

Das aufgeklappte Foto zeigte smaragdgrüne, irische Hügel, die sich sanft aus einer merkwürdig bizarren Steinlandschaft erhoben, darüber in gälischer Schrift: *The Giant's Causeway*.

War Marc nicht gestern erst dort gewesen? Sie klebte den Umschlag zu, ging zu dem Kalender, hob die Seite an und zog überrascht die Luft ein, als sie noch ein vertrautes Bild sah.

»Total verrückt«, flüsterte sie und starrte auf das Bild des Seebadeorts Bangor – genau dorthin hatte Chessie Marc gerade geschickt. In dem Monat September gab es keine Eintragungen, bis auf ein Datum, das rot eingekreist war. Der 17. Drei Buchstaben standen da: PUG.

Plötzlich machte es *klick* in ihrem Kopf. *Puggareel17*. Das war die E-Mail-Adresse, die sie für Marc gecheckt hatte.

Sie sah sich die nächste Seite an. Das Foto zeigte eine Kirchturmspitze über einem hübschen Ort namens Enniskillen. Sie musste die Augen zusammenkneifen, um die winzigen Notizen zu entziffern, die an den meisten Tagen im Oktober eingetragen waren. Einzelne Buchstaben – A, B, B, D, F, G. Und hin und wieder ein Doppelkreuz.

Das fiel eindeutig unter *ungewöhnlich*, also nahm sie den Kalender und den wertvollen Umschlag und sah zu, dass sie auf demselben Weg wieder nach draußen kam, auf dem sie ins Haus gekommen war. Währenddessen überlegte sie fieberhaft, wen sie in diese Geschichte einweihen sollte.

Immerhin wusste sie auf Anhieb, wen sie *nicht* einweihen würde – Colton Lang.

Während er sich in dem stockdunklen Zimmer das Hemd zuknöpfte, lauschte er unterbewusst auf die Geräusche, die Devyn beim Umziehen im Bad machte. Eigentlich gar keine so schlechte Idee, versuchte Marc sich einzureden, sich aus dem Hotel zu schleichen, indem sie sich in eleganter Kleidung unter eine große Hochzeitsgesellschaft mischten. Überdies war es eine Möglichkeit, um sein ursprüngliches Ziel zu erreichen, Devyn aus Belfast wegzubringen.

Folglich hatte er sich jede Argumentation verkniffen, und das nicht bloß, weil er vorübergehend blind vor Lust gewesen war.

Obwohl er verdammt scharf auf sie gewesen war.

Er fügte sich ihrem Fluchtplan aber auch aufgrund einer weiteren männlichen Schwäche – nämlich dem Bedürfnis, den großen Frauen-Flüsterer zu spielen. Indes machte er das längst nicht bei jedem Typ Frau, oh nein. Das wäre ja zu einfach gewesen.

Er stand auf einen ganz bestimmten Typ – nach außen hin makellos und perfekt, aber innerlich verletzt, gedemütigt, tief enttäuscht. Das waren erfahrungsgemäß die kritischsten Fälle, die bei Marc Rossi automatisch Rettungsinstinkte freisetzten.

Eigentlich hätte er nach der Zeit mit Laura wissen müssen, dass er diese inneren Wunden nicht heilen konnte. Frauen wie sie verachteten sich selbst und waren unfähig zu lieben. Laura, mit ihrer chaotischen Kindheit, war ein hoffnungsloser Fall gewesen, aber das hatte er nicht begreifen wollen, bis zu dem Tag, an dem sie ihm ihre hübsche kleine Beretta 92 – ein Geburtstagsgeschenk von ihm – vors Gesicht hielt und ihn um ein Haar umgebracht hätte.

Er hatte Laura auf tausend Arten gezeigt, wie sehr er sie liebte, gleichwohl hatte sie sich innerlich gesträubt zu glauben, dass sie seiner Liebe würdig war. Egal, wie viel Aufmerksamkeit er ihr schenkte, es hatte alles nicht gefruchtet.

Und sie war eine Betrügerin. Das durfte er nicht vergessen.

Devyn war nicht kriminell wie seine Exfrau. Aber sie war einsam, allein, und sehnte sich nach Zuneigung. Er bezweifelte zwar, dass ihre leibliche Mutter ihr diese Zuneigung und Emotionalität geben würde, aber er konnte ihr helfen, das herauszufinden. Er durfte sich bloß nicht, auf gar keinen Fall, mit ihr auf eine Romanze einlassen.

Sie zu retten, war nicht sein Job. Sein Job war es, sie von Belfast wegzubekommen.

»Hey, ich will mit dir tanzen.«

Er blickte von der Manschette auf, die er gerade unter dem Ärmel seines lässigen Freizeitsakkos hervorzog. Inzwischen hatten sich seine Augen an das Dämmerlicht gewöhnt und registrierten die umwerfende Beauty, die vor ihm stand.

Die *falsche* Frau, die sehr, sehr *richtig* aussah in einem kurzen schwarzen Kleid mit tiefem Halsausschnitt und enger Taille, was ihren zierlichen Körper und ihren sexy Po betonte.

Die Erinnerungen an die Frau, die er geheiratet – und zuletzt auf dem Weg ins Gefängnis gesehen – hatte, waren augenblicklich ausgeblendet. »Wenn dein Plan funktioniert, tanzen wir direkt durch die Tür und auf den Balkon.«

»Er wird funktionieren. Er muss einfach funktionieren.« Ihr Gesicht erstrahlte, befeuert von der offensichtlichen Fantasie einer Mutter-Tochter-Verbindung, und der Schmerz, der bisweilen in ihren Augen aufglomm, war wie ausgelöscht.

Es würde diesen Schmerz nicht lindern können, zumindest nicht dauerhaft. Das durfte er nicht vergessen.

Sosehr er es auch wollte.

»Ich habe eine Idee von wegen Gepäck und nicht auffallen«, sagte er. »Wir könnten das, was wir unbedingt brauchen, hier in diese kleine Reisetasche stecken, die hänge ich mir dann über die Schulter, wie eine Kameratasche oder so. Die Tasche fällt bestimmt kaum auf.«

»Und der Laptop?«, fragte sie.

»Ich habe alle für uns wichtigen Infos auf einen USB-Stick gezogen und den Rest gelöscht. Wir lassen unsere anderen Sachen hier im Zimmer stehen, das ist zwar ein Risiko, aber nicht zu ändern. Pack nur ganz wenig ein. Beschränk dich auf das Nötigste.«

Er zeigte auf ihren Koffer und ging ins Bad, damit sie mit sich allein war. Was immer sie darin versteckte – womöglich Hinweise auf Finns Verbleib –, würde sie vermutlich mit nach Enniskillen nehmen. »Nimm nur mit, was für die Mission absolut notwendig ist, Dev.«

Als er wieder herauskam, erwartete sie ihn schon, der Reißverschluss der kleinen Tasche zugezogen. Er nahm ihre restlichen Sachen und schob sie weit unter das Bett. Gut möglich, dass bei ihrer Rückkehr alles weg war. Aber es war sowieso nichts sonderlich Wertvolles darin.

Ein paar Minuten später standen sie vor dem Personalaufzug in dem abgeschiedenen Flur. Jeder hätte sie für ein Paar gehalten, das ausgehen wollte. Als sich die Aufzugtüren öffneten, war die Kabine leer. Drinnen tauschten sie einen Blick.

»Schritt zwei ausgeführt«, sagte sie.

Er sah sie mit gerunzelter Stirn an. »Was war denn Schritt eins?«

»Dich dazu bringen, dem Plan zuzustimmen.«

Mit einem strahlenden Lächeln auf den Lippen rückte er näher an Devyn heran und hauchte ihr einen Kuss auf die Stirn. »Offenbar kann ich bei dir nicht Nein sagen.«

»Da sind wir schon zu zweit«, bekannte sie. »Tut mir leid, dass wir vorhin so ausgetickt sind.«

»Mir nicht.« Er schob seine freie Hand in ihre. »Also, du weichst nicht von meiner Seite, nicht für eine Millisekunde, ist das klar?«

»Ich verspreche es.«

»Tu genau das, was wir besprochen haben. Wir peilen die Saalausgänge an, während wir uns angeregt unterhalten, okay? Tu einfach so, als wären wir in das spannendste Gespräch unseres Lebens vertieft. Wir wollen mit niemandem sonst reden, und unser Ziel ist es, so schnell wie möglich in den Saal und wieder raus zu kommen.«

»Was, wenn uns jemand was fragt? Oder sich an unsere Fersen heftet?«

»Verlass dich einfach auf mich.« Er drückte kurz ihre Hand. »Stell keine Fragen, widersprich mir nicht, handle nicht impulsiv, bloß weil dir plötzlich eine Superidee einfällt. Einer von uns trägt die Verantwortung, und das bin ich.«

Die Lifttüren glitten auf und enthüllten einen mit Hochzeitsgästen überfüllten Flur, die aus dem Festsaal geströmt kamen, um sich zu unterhalten. Drinnen, an der Bar und auf der Tanzfläche, war die Musik so laut, dass man sein eigenes Wort nicht verstand.

Als sie die Menge mit den Augen abtastete, blieb ihr Blick an einem Mann hängen, der an der großen Doppeltür zum Festsaal lehnte und interessiert hineinsah, während er mit einem Handy telefonierte.

»Oh mein Gott, Marc, das ist …«

Bevor sie den Namen aussprechen konnte, bugsierte Marc

sie blitzschnell in die andere Richtung, versperrte mit seinem Körper den Blick auf Devyn und schob sie mitten ins Gewühl. »Schnell, wir müssen auf der Stelle verschwinden!«

16

»Ich hab sie«, flüsterte Padraig Fallon in sein Handy. »Sie sind gerade aus dem Aufzug gekommen, für die Hochzeit zurechtgemacht.«

»Für die Hochzeit? Wieso das denn?«

»Schätze, um sich unauffällig unters Volk zu mischen. Und – Mist – sie haben mich entdeckt. Er bringt sie weiter weg.«

»Das stellt doch kein Problem dar, oder?«

Nein, in Wahrheit kam es ihm sehr gelegen, dass sie ihn sahen. »Nicht, wenn sie nach Enniskillen fahren. Wenn sie da hinfahren, da bleiben und da verschüttgehen, ist es für alle Seiten das Beste.« Er überflog wieder die Gesichter, keins davon vertraut, keins bedrohlich. »Außerdem ist es mir egal, ob sie mich sehen. Wegen der anderen mache ich mir mehr Sorgen.«

Weil er nicht so schlau gewesen war, sich passend für den Anlass zu kleiden. Er hatte schon ein paar kritische Seitenblicke von anderen Gästen geerntet, aber niemand hatte ihn angesprochen.

»Gehen sie schon raus?«

»Zu den Parkplatzausgängen ist es ein weiter Weg«, gab er zu bedenken. »Sie sind jetzt im Festsaal und schieben sich durch das Gedränge. Wahrscheinlich wollen sie sich zum hinteren Balkon vorarbeiten.« Gar nicht mal so dumm. Wenn jemand vorhatte, sie hier und jetzt umzulegen, dann würde er es bestimmt nicht in diesem Hochzeitssaal tun.

Padraig war nicht im Festsaal, und er konnte auch nicht einfach so hineingehen. Ein Jubel erhob sich drinnen, als ein Trauzeuge das Mikrofon nahm und die schrecklich laute Musik endlich verstummte. Zeit für eine Ansprache. Ein paar Gäste drängten sich an ihm vorbei, um rechtzeitig zur Rede wieder in den Saal zu kommen. Das gab Padraig Gelegenheit, sich neu zu positionieren und seine Zielpersonen wieder ins Visier zu bekommen.

»Okay«, berichtete er weiter. »Sie sind schon ziemlich weit hinten im Raum und arbeiten sich langsam an einer der Bars entlang. Niemand scheint sie bemerkt zu haben.«

»Können sie von da aus zum Parkplatz gelangen?«

»Vom Festsaal kommt man auf eine Terrasse. Von dort führt eine kurze Treppe nach unten und zum Parkplatz. Nicht gerade der einfachste Weg, aber trotzdem ganz schön clever eingefädelt.«

»Also weiß er, was er tut.«

»Er ist hervorragend ausgebildet«, stimmte Padraig zu. »Ex-FBI-Mann. Ich will doch hoffen, dass er weiß, was er tut.«

Ein leichtes Schnaufen drang an sein Ohr. »Wo sind die beiden jetzt?«

»Sie laufen weiter … Oh, Scheiße.«

»Was ist?«

»Es gibt Probleme.«

Ein Mann hatte sich von einem der Tische erhoben und lief mit gesenktem Kopf in den hinteren Teil des Saals, aber Padraig erkannte sein Profil.

»Was für Probleme?«

»Probleme, wie wir sie nicht wollen.«

Die falsche Person hatte nämlich sein junges Pärchen auf dem Radar, und obwohl die zwei sich allmählich den Türen zur Terrasse näherten, waren sie vielleicht nicht schnell genug. Padraig hatte zwei Möglichkeiten: in den Festsaal und mitten in die schwungvolle Rede des Trauzeugen hineinzuplatzen, um alle Aufmerksamkeit auf sich und fort von ihnen zu lenken, oder die Beine in die Hand zu nehmen, hinten um das Gebäude herumzurennen und irgendwie als Erster an sie heranzukommen.

Nach einer Bedenkzeit von einem Sekundenbruchteil stürzte er den Flur entlang, stopfte sich das Telefon in die Hosentasche, ohne sich damit aufzuhalten, den Anruf zu beenden. Er musste ein paar überraschten Gästen ausweichen, aber er bewegte sich immer noch pfeilschnell, was ihm schon viele Male den Arsch gerettet hatte, im Leben und im Boxring.

Sie hätten denselben Weg nehmen können wie er, aber der Hindernislauf durch die Hochzeitsgesellschaft war letztlich weitaus cleverer und sicherer. Da mussten sie sich bloß an harmlosen Gästen vorbeilavieren und nicht an einem Scharfschützen, der nur darauf lauerte, sie umzulegen. Padraig bewegte sich, als könnte er jeden Moment von einer Kugel getroffen werden – denn das war keinesfalls ausgeschlossen.

Mit seinem ganzen Körpergewicht drückte er die Hintertür auf, schnellte nach rechts herum und lief den Hügel hinter dem Hotel hinunter. Innerhalb von Sekunden war er unten angekommen und befand sich auf dem von Müllcontainern umstellten Angestelltenparkplatz. Die Treppe, die von der Terrasse des Festsaals zum Parkplatz für die Hotelgäste hinunterführte, war etwa zehn Meter entfernt, unendlich weit, selbst bei seinem Tempo.

Während er lief, behielt er die Terrassenbalustrade im Auge, gewahrte lachende Pärchen, den einen oder anderen Raucher, aber nicht die beiden Gesuchten, oder den Mann, der sie mit ziemlich großer Wahrscheinlichkeit auch im Fokus hatte.

Er verharrte unschlüssig im Schatten der Treppe, in der Hoffnung, dass ihr Plan, sich hinauszuschleichen, ohne Zwischenfälle funktioniert hatte. Aber niemand kam die Stufen hinuntergelaufen.

Durch die geöffneten Terrassentüren wehte Gelächter und

Applaus zu ihm herunter. Die nächste Rede schloss sich an und es wurde wieder geklatscht.

Sie konnten nicht unbemerkt an ihm vorbeigekommen sein, oder? *So* gut war Marc Rossi auch wieder nicht, oder? Einen Kerl wie Padraig konnte der nicht austricksen …

Der Tritt von hinten traf seine Niere, und im selben Augenblick schlang sich ein Arm um seinen Hals und riss ihn brutal nach hinten. Scheiße.

»Was machen Sie hier?«

Offensichtlich war der Exagent doch so gut. »Nur dafür sorgen, dass Sie die Nachricht gekriegt haben, Kumpel.«

»Wer sind Sie, Freundchen?«

»Padraig Fallon«, ächzte er, als er den Druck einer Pistolenmündung in seinem Rücken spürte.

»Frag ihn!« Die Frauenstimme kam von weiter weg aus der Dunkelheit, als hätte Rossi ihr gesagt, sie solle sich fernhalten, während er die Drecksarbeit machte.

»Woher kennen Sie Devyn?«, fragte er. »Woher wissen Sie so viel über sie?«

Padraig gelang ein Blick die Treppe hinauf, wo sich etwas rührte. Zumindest dachte er das. Hatte Rossi es auch gesehen?

»Verdammt, Sie sollten besser von hier verschwinden, Junge«, warnte er Marc.

»Nicht ohne Antworten. Halten Sie mich wirklich für so dumm, genau dahin zu gehen, wo Sie uns haben wollen, ohne zu wissen, warum, wer Sie sind und für wen Sie arbeiten?« Er zerrte Padraigs Kopf noch weiter nach hinten und stieß ihm den Lauf der Pistole in den Rücken. »Gehen wir. Wir müssen uns unterhalten.«

Da war eindeutig jemand oben an der Treppe. Und dieser Jemand belauschte sie … zielte mit seiner Waffe … und stand kurz davor abzudrücken.

»Wollen Sie, dass sie am Leben bleibt?«, fragte er geistesgegenwärtig.

Rossi legte Padraig die Hand um die Gurgel, hakte einen Finger in die Kette um dessen Hals und drehte sie zu einer Schlinge. »Sie sind nicht in der Situation zu verhandeln, Fallon. Ich will Antworten, und ich will sie jetzt.«

Die Kette riss und das Medaillon, das er daran trug, kam metallisch klirrend auf den Stufen auf. »Jemand wird sie gleich erschießen.«

»Und deswegen schicken Sie uns quer durchs Land in irgendein Kaff?«

»Deswegen …«

Ein Schuss ertönte, eine Explosion, ein weißer Lichtblitz und das Zischen einer Kugel direkt neben ihnen. Unvermittelt schleuderte Marc ihn von sich, so brutal, dass Padraig stolperte und mit einem ungesunden Hüftknacken auf dem Boden auftraf.

Rossi schnellte herum, schirmte die Frau mit seinem Körper ab und zielte mit seiner Glock in Richtung Treppenabsatz. Kaum dass eine weitere Kugel an ihnen vorbeizischte und damit verriet, dass der Schütze schon halb die Stufen hinunter war.

Er schob Devyn geistesgegenwärtig in die andere Richtung, bemüht, sie schleunigst wegzuschaffen.

»Padraig, was zum Teufel ist da los?« Die Stimme kam aus dem Handy in seiner Tasche, das er nicht ausgeschaltet hatte. Er ignorierte die Zwischenfrage, griff stattdessen nach seiner Waffe und hatte sie gerade entsichert, als der Mann auf der Treppe einen weiteren Schuss auf das flüchtende Paar abfeuerte.

Padraig konnte das beenden. Er konnte sie retten, oder er konnte sich unter die Treppe in die Dunkelheit werfen und sie ihrem Schicksal überlassen. Der Schütze erreichte den Fuß der Treppe, möglicherweise, ohne Padraig wahrgenommen zu haben. Padraig könnte dieses Arschloch mit einem Schuss umlegen, das Paar entkommen lassen, dahin, wo sie keinen Schaden anrichten konnten.

Aber wenn der Schuss sein Ziel verfehlte, war der Exprofiboxer tot.

Er hob seine Waffe, stabilisierte seinen Arm und wartete, bis der Mann noch einen halben Meter näher gekommen war, dann drückte er ab. Die Kugel flog dicht an dem Schweinehund vorbei.

Aus dem Saal drangen Schreie, einige flüchteten bereits in Panik, weil sie die Schüsse gehört hatten. Padraigs Ziel, immer noch verdammt unversehrt, blieb direkt über ihm stehen und blickte die Stufen hinunter, und im Erkennen verfinsterte sich seine Miene.

»Scheiße noch mal, Padraig Fallon?« Der Kerl richtete seine Pistole auf Padraigs Gesicht.

Jetzt blieb ihm nichts anderes mehr übrig, als den Halunken zu töten. Padraig schoss aufs Geratewohl und rollte sich geschmeidig lautlos beiseite, wobei er einen Blick auf den Ex-FBI-Agenten erhaschte, der gerade von dem rettenden Parkplatz aus zurückblickte und alles mitbekommen hatte.

Der Mann sackte vor Fallon zusammen und fluchte, während ihm das Blut aus dem Bauch sprudelte.

»Du Pisser, Fallon«, röchelte er und fiel mit dem Gesicht nach vorn. »Du Scheißpisser.«

Padraig lief los. Selbst wenn sie ihn fassen sollten, würden sie ihn nicht einbuchten. So viel stand fest. Er hatte nämlich mehr Einfluss als die ganze Polizei von Belfast zusammengenommen.

Und er hatte seinen Job erledigt – sie waren auf dem Weg nach Enniskillen.

Auf die A1, dann die M1 und weiter auf die A4. Marc hatte die Strecke auswendig im Kopf und konzentrierte sich voll darauf, ihren kleinen Mietwagen durch den Verkehr, weg von der Gefahr und nach Enniskillen zu lenken.

Devyn redete nur das Nötigste, weil sie ihn nicht ablenken mochte. Sie spürte, dass er sich auf das Fahren auf der falschen Seite konzentrieren musste, auf die fremden Straßen, und sie wusste um seine Entschlossenheit, aus Belfast herauszukommen.

Als sie mit Höchstgeschwindigkeit über die M1 rasten und eine halbe Stunde lang in die ländliche Gegend westlich von Belfast hineingefahren waren, hatten sie immer noch nicht darüber gesprochen, was vorhin, in der Nähe des dunklen Hotelparkplatzes passiert war. Marc spielte die Szene im Kopf noch einmal durch und versuchte zusammenzufügen, was nicht zusammenzupassen schien.

Was da nicht passte, war, dass jemand versucht hatte, sie zu töten, und anstatt ihm dabei zu Hilfe zu kommen, hatte Padraig Fallon auf den Angreifer geschossen und ihnen damit die Flucht ermöglicht. Deshalb, und nur deshalb, war Marc damit einverstanden, dessen Anweisungen zu befolgen.

»Die Frage ist«, dachte er laut nach, um endlich das Schweigen zu brechen, »wer hinter dir her ist und warum.«

»Nein«, entgegnete sie. »Die Frage ist, wer Sharon festhält und warum sie meine Hilfe braucht.«

»Wir nähern uns der Sache aus zwei verschiedenen Blickwinkeln«, sagte er. »Und ich frage mich, ob nicht noch mehr dahintersteckt.«

»Wie meinst du das?«

Er antwortete nicht sofort, sondern grübelte weiter darüber nach. »Dass dir vielleicht mehr als nur eine Partei droht. Vielleicht bist du mitten in eine Art … Revierkampf geraten.«

»Keine Ahnung«, sagte sie, und ihr Tonfall klang erschöpft. »Tut mir leid, dass ich dich überredet habe, ihn zu überwältigen, um Antworten von ihm zu bekommen.«

»Mir nicht.« Sie hatte vorhin ein überzeugendes Argument geliefert. »Fallon muss etwas wissen, und wenn dieser andere Typ nicht versucht hätte, auf uns zu schießen, hätte ich den alten Knaben vielleicht zum Reden gebracht.«

»Glaubst du, dass Fallon getroffen wurde?«

»Ich glaube nicht, aber der andere«, mutmaßte er. »Es waren zwei Schüsse, oder?« In dem Chaos hatte Marc sich instinktiv in Bewegung gesetzt und Devyn aus der Schusslinie fortgeschafft. »Der Kerl oben auf der Treppe war aus dieser Entfernung erledigt.«

»War das derselbe, mit dem du im Treppenhaus gekämpft hast?«

»Ich konnte ihn nicht richtig erkennen. Bevor wir das Zimmer verlassen haben, habe ich eine Nachricht nach Boston geschickt und darum gebeten, Fallon genauer zu checken und die Nummern zu überprüfen, die von dem Telefon aus angerufen wurden, das ich dem Kerl abgenommen habe, der in unser Zimmer einbrechen wollte.«

»Vielleicht können wir ein Foto hiervon machen«, sagte sie. Sie hielt ihm ihre Hand hin, öffnete die Finger, und ein kleines orange-silbernes Medaillon kam zum Vorschein. »Und herausfinden, was das Symbol bedeutet.«

»Wo hast du denn das her?«

»Als du Padraig an die Gurgel gegangen bist«, grinste sie, »ist es auf die Erde gefallen, und ich habe es mir geschnappt.«

»Zeig mal.« Er nahm es und warf einen Blick auf das Kreuz, dann wieder auf die Straße, bevor er es ihr zurückgab. »Er ist Protestant, so viel steht fest.«

»Wegen dem orangenen Rand?«

»Ja, und ich glaube, die Kreuze sind ein bisschen anders als die katholischen. Immerhin etwas.« In seiner Tasche vibrierte sein Telefon. »Vielleicht ist das Chessie.«

Aber es war eine männliche Stimme, die ihn zu seiner großen Verblüffung begrüßte, als er auf Annehmen drückte.

»Wo sind Sie, Marc?«, fragte Colton Lang. »Offenbar sind Sie nirgends zu finden.«

»Ich wusste gar nicht, dass mich irgendjemand sucht, Colt.« Als der andere darauf keine Antwort gab, fuhr Marc fort: »Ich bin in Nordirland, wie besprochen.« Er warf Devyn einen Blick zu und hoffte, dass sie verstand, warum er sich so vage ausdrückte. Wenn Lang merkte, dass der Faktor Diskretion hinfällig war, würde er Marc möglicherweise nach Boston zurückbeordern. Doch dem würde er sich widersetzen. Er würde Devyn nicht schutzlos in diesem Land zurücklassen. »Um genau zu sein, fahre ich gerade aus Belfast raus.«

Was bedeutete, dass sein Auftrag mehr oder weniger erfüllt war.

Colt antwortete immer noch nicht.

»Ich bin in weiblicher Begleitung«, sagte er bedeutungsvoll. »Womit kann ich Ihnen dienen?«

»Sie können mir sagen, was in Himmelherrgottsnamen los ist.«

»Im Moment ist das leider ungünstig. Wie gesagt, ich bin nicht allein.« Solange Colt davon ausging, dass Marc undercover arbeitete, erwartete er bestimmt nicht, dass er vor Devyn Einzelheiten ausplauderte, oder? »Ich melde mich morgen bei Ihnen.«

»Sie weiß also nichts?«

»Nicht viel jedenfalls.« Er trat aufs Gas, überholte einen langsameren Wagen. »Vollständiger Bericht morgen, Mr Lang.« Dann hatte er eine Idee. »Aber wo ich Sie gerade am Telefon habe, mir ist heute jemand über den Weg gelaufen, und ich könnte mir vorstellen, dass Sie in Ihren Akten Informationen über ihn haben.«

»Wer denn?«

»Ein ehemaliger Boxer namens Padraig Fallon. Lebt in Bangor, östlich von Belfast. Könnten Sie nachsehen, ob wir in der Vergangenheit schon mal mit ihm zu tun hatten?«

»Ich kann sofort eine Standardsuche starten«, erklärte Colt. »Bleiben Sie dran. In der Zwischenzeit können Sie mir ein paar Fragen beantworten.«

»Schießen Sie los.«

Neben ihm nestelte Devyn an dem Medaillon herum und spitzte die Ohren.

»Hat sie ihren leiblichen Vater erwähnt?«, fragte Colt.

»Nicht namentlich.« Zumindest versuchte sie, dem Thema Finn MacCauley möglichst aus dem Weg zu gehen, also war das vielleicht gar nicht gelogen.

»Und was ist mit ihrer leiblichen Mutter?«

Holla. Wo kam das denn jetzt her? »Was soll mit der sein?«

»Bin nur neugierig, wie viel sie Ihnen mitteilt.«

»Nichts allzu Persönliches«, wiegelte Marc ab, denn der Instinkt, der ihn über so viele Jahre hinweg in diesem Scheißspiel hatte überleben lassen, drängte ihn, vage zu bleiben. Oder gar rundheraus zu lügen.

»Hat sie Ihnen erzählt, warum sie in Irland ist?«

»Auf Urlaub, wie wir vermutet haben«, antwortete Marc. »Irgendwas Wissenswertes über Fallon gefunden?«

Colt zögerte eine endlos lange, totenstille Minute. Dann: »In unseren Aufzeichnungen haben wir nichts über ihn, Marc.«

»Schicken Sie mir eine E-Mail, wenn Sie irgendwas über ihn finden.«

»Wann rufen Sie morgen an?«

Marc spähte zu ihr, begegnete ihrem Blick, und seine Augen drifteten spontan zu ihrem Mund. »Hmmm, spät. Ich hab viel zu tun.« In Enniskillen herumlaufen und nach Mom suchen.

»Wo werden Sie sein?«

Marcs Blick fiel auf ein Straßenschild, das in das Scheinwerferlicht seines Mietwagens getaucht war, und las es laut vor. »In Monaghan«, versetzte er. »Ein bisschen Sightseeing machen.«

»Halten Sie sich für den Abflug bereit, sobald ich Ihnen Order dazu gebe«, betonte der Agent.

»Möglicherweise kann ich mich nicht so leicht … äh-hm … loseisen.«

»Das sollten Sie aber. *Sie* sind nicht im Urlaub, Marc.«

Als wenn ich das nicht wüsste. »Verstanden.« Er beendete das Gespräch, legte das Handy weg, streckte den Arm aus und fasste Devyns Hand. »Das war der FBI-Agent, der mich hergeschickt hat.«

Sie verschränkte ihre Finger mit seinen. »Nichts über Padraig Fallon?«, fragte sie.

»Nichts, absolut null.«

Sie schloss die Augen und hielt ihm das Medaillon hin, das silbern im Scheinwerferlicht eines vorbeifahrenden Autos aufblitzte. »Zweimal hat dieser Mann jetzt schon versucht, uns zu helfen. Er taucht einfach aus dem Nichts auf, wie eine Lichterscheinung, und hilft uns. Wie ein Engel.«

»Wohl eher wie ein Spukgespenst.« Genau das war es! Marc fasste sich an den Kopf. Das war das Puzzleteil, das nicht passte.

17

Nach ihrer Ankunft in Enniskillen fieberte Devyn zwar darauf, mit der Suche nach den »Noten« zu beginnen, dennoch zügelte sie ihre Impulsivität. Es war mitten in der Nacht, und sie mussten schlafen.

Sie mussten *zusammen* schlafen.

In dem Landgasthof, wo Marc ein Doppelzimmer mit Kamin ergattert hatte, verteilte Devyn gerade duftende Bodybutter auf ihrem frisch rasierten Schienbein. Sie schloss die Augen und griff nach einem Kristallglas, gefüllt mit Baileys, der in der Minibar gestanden hatte. Marc meinte, ein Drink würde sie entspannen, deshalb hatte sie das Glas mit ins Bad genommen.

Sie war alles andere als entspannt. In ihrem Kopf schwirrten so viele unbeantwortete Fragen herum, dass sie nicht mehr wusste, wo vorne und hinten war. Nicht mehr lange und sie würde vermutlich ihrer leiblichen Mutter begegnen. Dann könnte sie ihr die Fragen stellen, die Devyn ihr junges Leben lang gequält hatten, und die bohrenden Zweifel hoffentlich ein für alle Mal an den sprichwörtlichen Nagel hängen.

Apropos Nageln … im Nebenzimmer, direkt hinter dieser Tür, war Marc.

Sie schloss abermals genießerisch die Augen, dachte ein paar Stunden zurück und wurde von einem himmlischen Gefühl durchwogt, das sie schier dahinschmelzen ließ. Die Leidenschaft seines Kusses, seine hingebungsvolle Zärtlichkeit, die hemmungslose, wilde Ekstase ihres Körpers, als Marc sie ausgezogen und … verwöhnt hatte.

Wie sollte sie jetzt damit umgehen?

Wie sollte sie es *umgehen*?

Sie konnte sich kaum noch daran erinnern, wie sie das letzte Mal mit Joshua geschlafen hatte. Er hatte es wirklich perfekt beherrscht, sie zu einem Orgasmus zu bringen, aber da war keine … Leidenschaft gewesen. Dafür immer wieder dieser unsägliche *Streit*.

Jedes Mal stritten sie über Devyns Kinderwunsch, weil er sich weigerte, Vater zu werden. Dabei benutzte er ihre geheime Adoption als Ausrede, und er hatte sich natürlich hämisch gefreut, dass er recht behielt.

Sie hatte die schlimmen Gene ihrer Eltern geerbt.

Sie schüttelte heftig den Kopf, bemüht, Joshua aus ihren Gedanken zu verbannen. Vielleicht war alles halb so wild. Vielleicht war Sharon …

Sie stand auf und nahm den weißen Hotelbademantel von dem Haken an der Tür, schlüpfte in den weichen Frottee, band den Gürtel zu und zog den V-Ausschnitt glatt. Ihre Finger verweilten kurz auf einem gestickten Logo auf der Tasche und dann auf ihren Brüsten.

Oha, dieses Teil ließ sich im Handumdrehen ausziehen, realisierte sie.

Sie frottierte sich mit dem Handtuch ihr nasses Haar, warf dabei einen Blick in den Spiegel und registrierte ihre blassen Wangen. Aber da war noch etwas in ihrem Gesicht, etwas Ungewöhnliches. Zum ersten Mal seit Langem lag ein Funkeln in ihren Augen, als wäre in ihrem Inneren eine Kerze angezündet worden, die hell leuchtete. Das war Marcs Werk, da war sie sich ganz sicher.

War es möglich, dass sie um die halbe Welt hierhergereist war, um ihre leibliche Mutter zu finden … und stattdessen etwas völlig Unerwartetes gefunden hatte?

Kaum dass sie die Tür öffnete, erstarrte sie bei Marcs Anblick. Er stand mit nacktem Oberkörper vor dem brennenden Kamin und hatte ihr den Rücken zugewandt, seine Silhouette zeichnete sich dunkel vor dem hellen Feuerschein ab. Die Ellbogen auf den schimmernden weißen Kaminsockel gestützt, drehte er ein halb volles Glas Whiskey in den Händen. Er trug immer noch die Anzughose von vorhin, Pistole und Holster waren indes verschwunden.

Er stieß sich von dem Sims ab, fuhr sich seufzend mit den Fingern durchs Haar und stürzte dann den Rest Whiskey hinunter.

»Na, warum denn so deprimiert, schöner Mann?«

Er drehte sich zu ihr um, und seine dunklen Augenbrauen zogen sich missmutig zusammen. Der zuckende Feuerschein und die ockerfarbenen Wände verliehen seiner olivbraunen Haut einen dunkelgoldenen Schimmer. »Ich bin nicht …« Er hielt inne und kämpfte gegen ein Lächeln an. »Nichts, worum du dir Sorgen machen musst.«

Unsicher zog sie den Bademantel enger um ihren Körper und betrat das Zimmer. »Ich habe im Bad an dich gedacht.«

Er sah sie eindringlich an, seine Augen ebenholzfarbene Speere, seine Kiefermuskulatur angespannt. »Wie lustig, und ich habe daran gedacht, dir im Bad Gesellschaft zu leisten.«

Sie lachte, aber er lächelte nicht einmal, und aus irgendeinem Grund war das sündhaft sexy. »Und?«

»Die Tür war abgeschlossen.«

Der Magen rutschte ihr spontan bis in die Kniekehlen.

»Hast du dasselbe gedacht?«, fragte er.

»Mehr oder weniger.« Sie lief ein paar Schritte in den dämmrigen Raum, angezogen vom Kaminfeuer. Angezogen von ihm. »Ich war nicht besonders … kontrolliert. Vorhin im Hotel. Es …« *Tut mir leid?* Nein, es tat ihr überhaupt nicht leid. »Es ist dir sicher klar, dass ich im Moment ein ziemliches Bedürfnis nach …«

»Sex habe«, sagte er.

»Ich dachte eher an *Nähe*, aber nenn es, wie du willst.«

Er lachte leise, ging zum Bett und schnappte sich die Daunendecke, die sich watteweich auf der Matratze aufplusterte. »Man nennt das Sex. Aber wenn du dich so besser fühlst, schlafe ich einfach vor dem Kamin, und du kannst das Bett haben.«

Enttäuschung flutete ihre Sinne, als er die Decke vom Bett riss.

Nein, so würde sie sich bestimmt nicht besser fühlen. Nur smarter und sicherer. »Natürlich.« An einem antiken Sideboard goss sie sich noch ein Glas Baileys ein.

»Versteh mich bitte nicht falsch. Ich würde gern zu Ende führen, was wir angefangen haben, Dev.«

Bei dem Geständnis wurde ihr Inneres so flüssig wie das sahnige Getränk in ihrem Glas.

»Aber ich will keine Frau ausnutzen, die *Nähe* sucht, wenn alles, was ich ihr bieten kann, *Sex* ist.«

Wenn sie so darüber nachdachte, war Sex vollkommen in Ordnung. »Ich weiß das zu schätzen.« Sie nahm ihr Glas mit zum Bett, auf das er eine leichtere Tagesdecke gelegt hatte.

»Ist dir das warm genug?«

Nicht ohne ihn darunter, bei ihr, neben ihr, in ihr. »Ja, das reicht. Du brauchst die Daunendecke für den harten Boden.« Sie stellte ihren Drink auf den Nachttisch und schlüpfte unter die Decke, eingehüllt in den flauschigen Bademantel.

Er verschwand im Bad, und das Wasser rauschte eine lange Weile. Während er weg war, brannten die Kaminflammen allmählich herunter, und Devyn versank tiefer in den Kissen des massiven, antiken Betts. Ein leises Stöhnen entwich ihrer Kehle, zwischen ihren Schenkeln prickelte es heiß. Sie hatte Lust auf ihn.

Schöner Mist, sie hatte nicht erwartet, dass er *so* ein Gentleman sein würde.

Vielleicht lag es an … ihr. Er wusste zu viel über sie, kannte ihre Dämonen, ihre Geheimnisse. Was sie brauchte, war ein Mann, der keine Ahnung hatte, wo sie herkam. War das überhaupt möglich? Wenn Finn MacCauley je gefasst würde, wäre es nur noch eine Frage der Zeit, bis ihr Name ins Spiel kam, das war so sicher wie das Amen in der Kirche.

Wie konnte sie also jemals darauf hoffen, dass sich die ultimative Wahrheit vor einem Mann geheim halten ließ?

Unmöglich, träum weiter, Süße.

Als Marc aus dem Bad zurückkehrte, stellte sie sich schlafend und beobachtete ihn heimlich. Sie kniff die Lider zu einem schmalen Spalt zusammen und spähte durch das dämmrige Zimmer. Sie hörte, wie die Daunen raschelten, wie er sich noch einen Drink eingoss, und seufzte. Es klang erschöpft und … frustriert.

Das Feuer knisterte und erlosch schließlich. Er drehte sich auf die Seite. Dann auf die andere Seite. Wälzte sich hin und her. Und seufzte. Wieder und wieder.

Ein leichter Schauer rieselte über ihren Körper, und sie zog die Decke fester um sich.

»Ist dir kalt?«, fragte er, und der Klang seiner Stimme ließ Devyn dahinschmelzen.

»Nein, alles in Ordnung.«

Sie hörte, wie er aufstand und den Kaminrost beiseiteschob, zischend landete ein Holzscheit in der Glut. Der Raum erglühte mit einem Mal in irisierenden Orange-Schattierungen, und eine wahre Hitzewelle rollte auf Devyn zu.

Aber es reichte nicht.

»Hier bei mir ist es warm, Dev.«

Sie schluckte schwer, rang nach Atem, ihr Herzklopfen ein wilder Trommelwirbel unter ihrem Frotteemantel.

Warm. Sicher. Tröstlich. Sexy.

Ihre Impulsivität siegte über ihren Verstand, der sich blitzschnell geschlagen gab.

Leise glitt sie aus dem Bett, kippte mit einem Schluck den Rest in ihrem Glas hinunter. Der Whiskeylikör brannte feurig süß in ihrer Kehle und gab ihr das Quäntchen Mut, das ihr noch fehlte.

Sie schlich sich geräuschlos zum Bettende.

Er lag auf dem Rücken, die Arme hinter dem Kopf verschränkt, die Bettdecke unter ihm einladend aufgeschlagen. Er trug lediglich seine Boxershorts, die sich wie ein Zelt über seiner harten Erektion spannten.

»Wie du siehst«, sagte er mit einem verschlagenen Grinsen, »denke ich immer noch an dich im Bad.«

Sie ließ den Blick über seinen Körper gleiten, über jeden gut definierten Muskel, jede Linie seines männlich schönen Körpers bis hin zu den verräterisch ausgebeulten Shorts. Ihr lief förmlich das Wasser im Mund zusammen, ihn zu schmecken, und es juckte ihr in den Fingern, ihn zu berühren.

Sie kniete sich neben ihn, langsam, willenlos, wie paralysiert von seinem Blick.

Er zog sie magisch an und sie konnte nichts dagegen tun. Sie legte ihm ihre Hände auf die Brust, und sein Herzklopfen vibrierte von ihren Fingerspitzen bis hinauf in ihre Arme, als kanalisierten sie seinen Pulsschlag.

Sie senkte den Kopf, dass ihre Haare weich sein Gesicht streiften, und der Duft nach Baileys vermischte sich mit dem malzigen Aroma feinen, irischen Whiskeys. Sie schloss einen kurzen Moment lang die Augen, und klappte sie wieder auf, denn sie mochte nicht aufhören, ihn anzuschauen.

Wie würde es sein, so ein Prachtexemplar von Mann zu lieben? Allein der Gedanke, die Sehnsucht, das pure Verlangen danach raubten ihr den Atem.

»Mir ist kalt«, flüsterte sie.

Sein Blick glitt von ihrem Mund zu ihrem Bademantel und versank abermals in ihren Augen. »Mir nicht.« Er löste eine Hand hinter seinem Kopf, und sie dachte kurz, er wollte die Decke über sie streifen, doch seine Hand bewegte sich zielsicher zu dem Gürtel ihres Bademantels. Genau wie sie es sich im Geiste ausgemalt hatte: ein kleiner Ruck mit dem Finger, ein leichtes Zerren, und er war auf. Marc setzte sich halb in Sitzposition auf und streifte ihr den Bademantel mit beiden Händen über die Schultern. Devyn fühlte, wie die Flammen ihren nackten Rücken wärmten. Eine lange Weile hielt sie still und ließ die Glut des Feuers in ihre Haut dringen und die Glut seines Blickes in ihr Herz.

Er streckte die Hand nach ihr aus und berührte ihre Wange zart mit seiner Handfläche. »Ich will dich«, sagte er schlicht.

»Ich will dich auch.« Sie schmiegte den Kopf an seine Hand, wie eine verschmuste kleine Katze, und ihre Finger verselbstständigten sich. Sie konnte es kaum erwarten, ihn zu berühren. Sie wollte ihn streicheln, liebkosen, verwöhnen.

Sie fingerte am oberen Rand seiner Boxershorts herum, ihre Handfläche nur Zentimeter von seiner Erektion entfernt, die sich verheißungsvoll unter dem dünnen Stoff malte. Bestrickend langsam hob sie den Bund an, schob den Slip hinunter und entblößte seinen Penis, die Spitze dunkel, pulsierend, glänzend feucht von einem Lusttropfen, erotisierend im tanzenden Licht des Feuers.

Allein beim Hinschauen stockte ihr der Atem, ihre Hände zitterten, ihr Mund brannte darauf, ihn zu umschließen.

Er bog sich ihr einen Hauch entgegen, eine stumme Einladung. Sie senkte den Kopf auf sein Becken, doch er fasste sie im Nacken und zog ihr Gesicht dicht an seins.

»Küss mich«, raunte er, seine Stimme fordernd. »Küss *mich.*«

Sie gehorchte und ließ sich auf seine Brust sinken, um mit

seinem Mund zu verschmelzen, und der Hautkontakt war Intimität pur.

So viel zum Thema … Sex. Trost. Nähe.

Sie nahm ihn gierig. Er öffnete den Mund und tauchte mit seiner Zunge tief in ihre feuchte Süße, der Whiskeygeschmack malzig herb, seine Lippen weich und stark, seine Arme entschlossen, als er sie auf sich zog und sich ihre Leiber sinnenhaft aneinanderschmiegten.

Sie löste sich von seinen Lippen und bog den Kopf ein wenig zurück, betrachtete sein Gesicht im Feuerschein. Sie wollte sich an jede Linie, jede Pore seiner Haut erinnern, jeden schönen Moment in ihr Gedächtnis eingravieren. Egal, was mit ihnen passierte, egal, was die Zukunft brachte, sie hatte diese eine Nacht mit ihm. Mit diesem sexy, romantischen, liebevollen Mann. Ein Mann, wie sie ihn sich immer gewünscht hatte, von dessen Existenz sie aber nicht mal geahnt hatte.

Sie streichelte seine kantige Kinnpartie, betrachtete entrückt seine von kurzem dunklen Barthaar verschatteten Wangen, seine ausgeprägte römische Nase und die vollen Lippen. Sie strich mit der Hand über seine Brust, den flachen Waschbrettbauch hinunter, bis sie schließlich seine Erektion umfasste.

Er schloss die Augen und stöhnte.

Seine Eichel war feucht unter ihren Fingerspitzen. Sie setzte sich rittlings auf ihn, hauchte federnde Küsse auf Marcs Bauch. Dann ließ sie ihre Zunge spielerisch leicht über seine Penisspitze schnalzen. Sie schmeckte so sahnig wie der Baileys, den sie vorhin geschlürft hatte, und ebenso weich. Sie umschloss die Spitze mit ihrem Mund, streichelte mit der Hand lasziv seinen Schaft und ließ dabei jeden Muskel, jede Vene sinnlich durch ihre Handinnenfläche gleiten. Dann saugte sie ihn tiefer in ihren Mund, während er seine Hüften vorwärtsstieß.

Einmal, zweimal, ein drittes Mal, und seine Hände vergruben

sich in Devyns Haaren, trotzten ihr noch ein zärtlich stimulierendes Streicheln ab, ehe er ihren Kopf anhob und sie sanft zurück in die Kissen drückte und mit ihr nach unten rutschte.

»Ich will in dir sein.« Seine Stimme klang kehlig rau und obsessiv. »Ganz in dir.«

Ohne ihre Antwort abzuwarten, rollte er sie auf die Seite, bevor er mit einer geschmeidigen Bewegung aufstand. Sie kuschelte sich in die wärmende Bettdecke und sah ihm dabei zu, wie er die Tasche öffnete, die er auf dem Sofa abgestellt hatte.

»Kondome waren demnach absolut notwendig für die Mission?«, grinste sie.

»Das kommt ganz auf die Mission an.«

»Und ich hatte schon ein schlechtes Gewissen wegen einer Dose Bodybutter.«

Er kehrte zu ihr zurück, legte die Packung griffbereit neben sich und kroch wieder in das warme Bett. Dann liebkoste er ihre Brüste, ihren Bauch, ihre Hüften, die Innenseiten ihrer Schenkel. »Wenn die dafür verantwortlich ist, dass du dich wie Samt und Seide anfühlst, war sie ebenfalls absolut notwendig für die Mission.«

Er küsste ihre Brust, saugte sie so intensiv, dass Devyn die Bettdecke mit ihren Fäusten umklammerte. Dann hob er den Kopf, die Augen halb geschlossen und dunkel entrückt. »Ich hatte nicht vor, dich zu verführen, Devyn«, bekannte er. »Ich will, dass du das weißt. Das war nie meine Absicht.«

»Ich weiß.« Sie spreizte ihre Finger über seiner Brust, fühlte bewundernd die starke trainierte Muskulatur und den leisen Rhythmus seines Herzens. Er hatte ein gutes Herz, ein großes Herz. »Ich bin zu dir gekommen, schon vergessen?«

»Ehrlich gesagt hätte ich dir noch höchstens fünf Minuten in dem Bett da gelassen.«

Sie lachte leise. »Aber du weißt ja, dass ich impulsiv bin.«

»Darauf habe ich mich voll verlassen.« Ehe sie antworten konnte, verschloss er mit einem innigen Kuss ihre Lippen, drängte sie mit seinem Körper zurück auf die Decke und tauchte mit der Zunge in die Süße ihres Mundes ein.

Er streichelte jeden Zentimeter ihrer Haut, entfesselte mit seiner Berührung ihre Sinne, und sie bettelte nach mehr, sobald er von ihr abließ. Als seine Hand zwischen ihre Schenkel glitt und sein Daumen die süße Rispe ihrer Klitoris fand, senkte er seinen Blick in ihren.

Der Schock seiner Berührung raubte ihr den Atem und beflügelte sie dazu, sich rhythmisch zuckend an seiner Hand zu reiben, bis er seine kosenden Finger fortnahm und seine Erektion an ihren feuchten Eingang brachte. Begehrlich schlang sie ihre Beine um sein Becken, und ihre Leiber verschmolzen zu einem wilden Tanz.

»Dev, Dev, ja, so ist es gut«, flüsterte er leise stöhnend an ihren Lippen. Dabei küsste er sie immer wieder, und jeder heiße feuchte Kuss schmeckte nach Whiskey und Schokolade und himmlischer Verheißung und drängte sie näher an den Punkt, an dem Devyn nichts anderes mehr wollte, als Marc in sich zu spüren.

Sie ließ lasziv ihr Becken kreisen und fasste seinen Ständer, fühlte, wie er in ihren Fingern pulsierte und zuckte. Während sie ihn streichelte, öffnete Marc mit den Zähnen das Kondompäckchen. Sie angelte spielerisch danach und streifte es ihm zärtlich über.

Unversehens sank er zwischen ihre Schenkel, stützte sich mit den Armen seitlich auf der Decke ab, und sie wechselten einen langen Blick.

Sie versuchte, sich nicht in den glutvollen Tiefen seiner Augen zu verlieren, beschwor sich, nicht zu viel Bedeutung in etwas zu legen, das, wie er offen zugegeben hatte, bloß Sex war. Gleichwohl glückte es ihr nicht, die euphorisierenden Traumvisionen auszublenden, die wie funkelnde Wunderkerzen in ihrem Kopf aufflammten.

Wie würde es sein, diesen Mann zu lieben ... ein ganzes Leben lang?

Sie umschloss ihn abermals mit den Händen und führte seinen pulsierenden Penis zwischen ihre einladend gespreizten Schenkel, wollte ihn so sehr in sich spüren, dass sie leise kehlig aufstöhnte. Sie hob ihr Becken an und entspannte, als er langsam und lustvoll Besitz von ihrem Körper nahm. Er schob sich in sie, seine dicht bewimperten Lider genießerisch gesenkt, die Arme leicht gebeugt, seine Nackenmuskulatur angespannt angesichts des inneren Kampfs, den er mit sich austrug, um nicht wild und heftig zuzustoßen.

Und dann war er ganz in ihr, sein Glied pulsierend in ihrer feuchten Vagina, heiß und hungrig. Er brachte seine Lippen auf ihre, küsste Devyn mit dem Feuer seiner Leidenschaft, ohne sich jedoch in ihr zu bewegen. Sie verzehrte sich nach seinen zuckenden Stößen, sehnte sich danach, mit ihm den Zenit der Glückseligkeit zu überschreiten, während er sie ein weiteres Mal lasziv küsste, und so feurig, dass er Devyns Libido fiebrig entflammte.

Ihr Seufzer entwich in seinen Mund, mehr brauchte es nicht. Er stieß härter und schneller zu, und sie erwiderte jeden seiner scharfen Stöße, steigerte sich mit ihm gemeinsam in selige Wonnen, packte seine granitharten Schultern, zog seinen Kopf an ihren, hörte ihren keuchenden Atem, synchron mit dem knisternden Kaminfeuer.

Er stimulierte sie, indem er mit Daumen und Zeigefinger ihre Brustwarze streichelte, als wäre sie allein dazu geschaffen. Schwindelig und berauscht vor Lust, vergaß sie alles um sich herum und ergab sich dem Feuer der Leidenschaft, der Sinnlichkeit des Augenblicks, ihrem sehnsuchtsvollen Verlangen. Sie kapitulierte unter seinen magischen Fingern und seinen Stößen, bis sich der Knoten zu lösen begann, der ihr Inneres so lange verschnürt hatte.

Er drängte wieder und wieder in sie, befeuerte Devyns Ekstase, hielt sie mit einem Arm fest umschlungen, als sie sich ihm schamlos entgegenstemmte, beseelt von einem langen, beglückenden Orgasmus.

Kaum dass sich ihr aufgewühlter Atem beruhigte, zog er leise zischend die Luft ein. Er stieß härter in sie, unnachgiebig, wieder und wieder. Sein Gesicht glänzend vom Schweiß, schloss er sinnlich die Augen und biss die Kiefer zusammen. Er zögerte seine Lust bewusst hinaus, bis er schließlich mit einem zerrissenen Stöhnen kapitulierte und sich in ihr ergoss.

Und für den Augenblick eines Herzschlags fühlte sich alles, jede einzelne Facette, absolut richtig an.

»Das war kein Sex«, flüsterte sie, und die Worte waren heraus, ehe es ihr bewusst wurde.

Schwer atmend bog er den Kopf nach hinten und betrachtete sie mit einem verworfenen Glitzern in den Augen. »Ich bin gespannt, als was du es bezeichnest.«

Sie schwebte immer noch auf Wolke sieben, taub für die Realität, und der geballte Schmerz in ihr hatte sich einfach … in Wohlgefallen aufgelöst.

»Es war so ähnlich wie die Aloesalbe, mit der ich dich eingecremt habe«, flüsterte sie, ohne groß nachzudenken. »Lindernd und heilend. Es hat den Schmerz genommen.«

Das Glitzern in seinen Augen verlor sich und er wurde ernst. Er legte eine Hand auf Devyns Wange. »Siehst du? Das Kondom und die Körperbutter waren absolut notwendig für die Mission. Meine Mission war, dafür zu sorgen, dass du dich besser fühlst.«

»Besser ist dafür gar kein Ausdruck.« Sie schloss entrückt die Augen und zog ihn näher an sich.

»Wer hat dich so tief verletzt, Dev?«

Sie wusste nicht wirklich, was sie darauf antworten sollte. Zum einen ihr Mann. Dann ihre Stiefeltern, die dauernd darauf herumhackten, dass sie nicht Blut von ihrem Blut war, Fleisch von ihrem Fleisch und so weiter. Ihre leibliche Mutter, die sie nicht gewollt hatte. Und, natürlich, Finn MacCauley. Der Mann, dessen Gene sie mit sich herumtrug.

Finn war schuld, dass sie niemals erfahren würde, wie es wäre, Marc Rossi zu lieben und von ihm geliebt zu werden.

»Dev?«, bohrte er.

Sie schüttelte den Kopf, drängte die Dämonen in den hintersten Winkel ihres Gehirns zurück und wünschte sich, in Marcs Kopf zu sein, anstatt in ihrem eigenen. »Nein, Marc, ich bin dran«, sagte sie. »Erzähl mir von dieser Frau, die dir alles weggenommen hat.«

Er hob den Kopf, seine Augen verengten sich zu schmalen Schlitzen.

»Du hast mir doch erzählt, das letzte Mal, als du einer Frau vertraut hast, hat dich das alles gekostet. Hat sie dich bei der Scheidung bis aufs Hemd ausgezogen?«

»Sie sitzt im Gefängnis.«

Oh. Uffz. Im Gefängnis? »Wirklich?«

»Ja, wirklich. Und ich hab sie dahin gebracht.«

18

Marc wollte nicht über Laura reden, während er noch in den himmlischen Sphären von phänomenalem Sex schwelgte. Immer noch hart und in Devyns süßes Fleisch geschmiegt, surfte er auf einer Endorphinwelle, die ihn zum Küssen und Kuscheln beflügelte, obwohl er himmlisch erschöpft war.

»Du hast sie ins Gefängnis gebracht?« Sie bewegte sich gerade so viel, dass er aus ihr herausrutschte, und seinem kleinen Freund tat das mehr weh, als er gedacht hätte.

»Sie ist eine Kriminelle. Das ist mein Job. Besser gesagt, es war mein Job, schlimme Jungs und böse Mädchen hinter Gitter zu bringen.« Er wusste, dass er sich kalt und brutal anhörte. Aber es musste so sein. In dieser Diskussion blieb er stets hart und distanziert. »Dev, willst du wirklich, dass wir diese wunderbare Nacht zerstören, indem wir uns über unsere Expartner unterhalten?«

Sie setzte sich auf, schnappte sich ihren Bademantel, tastete sein Gesicht mit Blicken ab. Es gab nicht viele Männer, die sich mit der fragwürdigen Auszeichnung schmücken konnten, ihre eigene Frau ins Gefängnis gebracht zu haben. Ihre Neugierde war demnach ganz natürlich, oder?

»Was ist denn passiert?«, bohrte sie weiter.

»Was passiert ist? Ganz einfach, ich war so naiv zu glauben, dass jemand, der äußerlich so perfekt ist, nicht gleichzeitig innerlich total kaputt sein kann.«

Ein Schatten flog über ihr Gesicht, vielleicht war es auch der flackernde Feuerschein. »Was hat sie denn getan?«

Außer auf seinem Herz herumzutrampeln, seinen Glauben an

die Frauenwelt zu erschüttern und ihm obendrein das Einzige wegzunehmen, das ihm wichtig war? »Veruntreuung in fünfundzwanzig Fällen und versuchter Mord. Wir haben uns während des Prozesses scheiden lassen, und sie sitzt jetzt sieben Jahre in einem Staatsgefängnis ab.«

»Wen hat sie versucht zu ermorden?«

»Mich.«

Schockiert stieß Devyn die Luft aus.

Er schloss die Augen und besann sich auf jenen Abend, als er auf der Suche nach Beweisen das Bürogebäude im Bankenviertel gecheckt hatte. Nun, er hatte definitiv Beweise gefunden. Er konnte sich noch an den muffigen Geruch der Büros erinnern, an die Stille auf den Fluren, bis er … sie gehört hatte.

Laura und ihren verfickten Komplizen. Im wahrsten Sinne des Wortes.

»Und wie?«

»Spielt das eine Rolle?«

Sie band den Bademantel fester zusammen. »Für mich schon«, sagte sie. Das war doch nur natürlich, oder?

»Die Einzelheiten sind nicht wichtig, Devyn. Ich habe wegen Betrugs bei einer Gruppe von Investmentpartnern in Boston ermittelt. Als diverse Spuren in die Firma führten, in der meine Frau damals arbeitete, wollte ich den Fall loswerden. Aber Laura hat mir das regelrecht ausgeredet. Sie meinte, sie könne mir dabei helfen, die Firma auszuspionieren und herauszufinden, wer in die Betrügereien verwickelt sei.«

»Und so verhindern, dass du den wahren Täter findest?«, tippte sie zutreffend.

»Der zufälligerweise ihr Chef war.« Er schnaubte verächtlich. »Und nebenbei ihr Geliebter.«

»Oh«, entfuhr es ihr. Sie streckte eine Hand nach ihm aus. »Ich kenne dieses Gefühl. Man fühlt sich so …«

»Betrogen.«

»Ja.« Sie drückte leicht seinen Arm, hätte ihn gern tröstlich umschlungen. »Wie hat sie versucht … dich umzubringen?«

»Ich habe sie auf frischer Tat ertappt.«

»Beim Betrug?«

»Beim Ehebruch.« Ihm entfuhr ein trockenes, humorloses Lachen. »Die feige Socke von einem Lover ist einfach abgehauen und hat uns unserem Streit überlassen. Sie hat eine Pistole gezogen und auf mich gezielt.« Null Emotion zeigen, sann Devyn, das konnte er wirklich gut, zumindest nach außen hin. Immerhin verabscheute er dieses Kapitel seines Lebens bis aufs Blut.

»Hat sie auf dich geschossen?«

»Ich habe auf sie geschossen.« Er lächelte angestrengt. »Nur um sie außer Gefecht zu setzen, nicht um sie umzubringen. Der Fall war von vorn bis hinten ein einziges Chaos, und … ich hab beim FBI die Brocken hingeworfen. Diese Entscheidung hab ich mit meinem Gewissen getroffen. Nachdem ich an dem Fall drangeblieben war, obwohl ich wusste, dass ich mich davon hätte suspendieren lassen müssen, war meine Kündigung die einzig logische Konsequenz. Und dann haben wir uns scheiden lassen.«

Nach einer scheinbar endlos langen Pause sagte sie: »Wir haben viel mehr gemeinsam, als ich dachte. Nicht zuletzt unsere untreuen Ehepartner, die vom Schicksal für ihre Sünden bestraft wurden.«

»Sie hat andere bloß ausgenutzt«, versetzte er härter als beabsichtigt. »Ich hätte auf meine Geschwister hören sollen. Sie konnten Laura nicht ausstehen, aber ich hab sie immer wieder in Schutz genommen. Sie hatte eine wirklich schlimme Kindheit, wurde von ihrem Vater geschlagen und einmal sogar in einem Schrank eingeschlossen – da war sie fünf Jahre alt. Sie erlitt ein schweres Trauma und hatte einen Knacks weg. Wenn du verstehst, was ich meine.«

Sie zog nachdenklich die Stirn in Falten. »Fairerweise muss ich sagen, dass meine Eltern dagegen harmlos waren. Das Schlimmste, was mir mit denen passiert ist, war, dass sie mich einmal, bei einem förmlichen Dinner, geflissentlich ignorierten. Da gibt es weiß Gott Schlimmeres.«

»Aber du hast auch einen … Knacks.«

Sie warf ihm einen belustigten Blick zu. »Was denn für einen Knacks?«

»Dieses Gefühl, nicht gut genug zu sein«, sagte er, bemüht, sie nicht zu provozieren, indes merkte er, dass er bei ihr eine empfindliche Saite angeschlagen hatte. »Es schwingt unterschwellig in allem mit, was du sagst. Du bist das Kind von einem flüchtigen Kriminellen, und deine Mutter ist offenbar auch kein unbeschriebenes Blatt. Du trägst diese Identität wie eine Schildkröte ihren Schutzpanzer.«

»Von wegen Schutzpanzer!« Ihre Stimme überschlug sich fast. »Den hab ich gerade für dich abgelegt.«

»Hast du?«

Sie stemmte sich hoch, doch er packte ihren Arm und drückte sie nach unten.

»Es gibt nichts, wofür du dich schämen musst, Dev. *Du* hast nichts Unrechtes getan.«

Sie erstarrte und durchbohrte ihn mit einem laserscharfen Blick. »Du hast leicht reden.«

»Ich habe dir gerade erzählt, welches Päckchen ich mit mir herumschleppe. Ich empfinde eine Menge, was meine Exfrau und den ganzen Schlamassel damals betrifft, aber keine Scham.«

»Du hast sie *geheiratet*, Marc. Sie hat dich nicht auf die Welt gebracht. Das ist ein Riesenunterschied. Und deine Familie ist … ist … angesehen. Weil ihr grundehrlich seid und charakterstark.« Sie riss sich von ihm los. »Ich brauche eine Mütze Schlaf.«

Er betrachtete sie eine lange Weile schweigend und überlegte, welchen Sinn es letztlich hatte, zu streiten. Keinen. »Allein?«

Sie zögerte, dann schüttelte sie den Kopf. »Natürlich nicht. Schlaf mit mir im Bett. Wir brauchen beide ein bisschen Gesellschaft.«

Ein bisschen Gesellschaft? Nähe. Trost. Sex. Warum weckte das in ihm den Wunsch nach mehr? Mehr durfte er weder von ihr erwarten noch war er bereit, ihr mehr zu geben. Alles andere würde bedeuten, dass er wieder einmal ... den Retter spielte.

Er zog die Decke hinter sich her und folgte ihr schweigend zum Bett. Im Bett behielt sie ihren Bademantel an, und das war vermutlich auch besser so. Er kuschelte sich in Löffelchenstellung an sie und schmiegte sie ganz fest an seinen Körper.

Er war nicht fair zu ihr gewesen, hatte ihr nicht die ganze Geschichte erzählt. Aber manche Geheimnisse sollte man für sich behalten.

Schweigend lauschten sie auf das Knacken der Holzscheite im Kamin; von einem entfernten Bauernhof drang das Läuten einer Kuhglocke zu ihnen. Nach einer Weile atmeten beide langsam und gleichmäßig. Marc döste kurz ein, indem spürte er, wie sie sich bewegte und von ihm wegrutschte.

Er ließ sie gewähren und hielt die Augen geschlossen. Er spürte, wie sie behutsam die Beine über den Bettrand schwang, hörte das leise Tappen nackter Füße auf dem Holzparkett.

Sie schlich sich weiter, langsam und verstohlen. Er beobachtete sie mit zusammengekniffenen Lidern. Was hatte sie bloß vor? Wollte sie sich noch etwas zu trinken holen? Ins Bad gehen?

Vorsichtig öffnete sie die mitgebrachte Tasche, und als der Reißverschluss leise knirschte, warf sie hastig einen Blick über ihre Schulter, wie um sich zu vergewissern, dass er noch schlief.

Sie griff in die Tasche, wühlte darin herum und sah dabei mehrmals skeptisch zu ihm hinüber. Nicht lange und sie fand, was sie suchte. Sie drehte das Stück Papier herum, las, was auf der Rückseite stand, und wiegte gedankenvoll den Kopf.

Nach einem weiteren Blick zu ihm steuerte sie zum Kamin und zog ganz behutsam den Schirm zurück, wobei sie versuchte, kein Geräusch zu machen.

Er atmete betont gleichmäßig, als würde er tief und fest schlafen.

Als sie sich wegdrehte, hob er kurz den Kopf und sah ein Streichholz aufleuchten, die Flamme leckte an dem Papier, Asche flatterte in die Glut.

Es war verrückt, aber auf irgendeiner metaphysischen Ebene verstand er, weshalb sie das tat.

Sollte Finn MacCauley gefasst werden, wäre es fast unmöglich, Devyn Sterling aus der Geschichte herauszuhalten. Ihr dunkles, tief beschämendes Geheimnis würde öffentlich werden. Und das zu verhindern, vermutete er, war für diese Frau von immens großer Bedeutung.

Die letzten Flammen erloschen, es war nicht mehr so heiß, aber immer noch … erregend schwül. Sie stand noch lange da und schaute versunken in die Asche.

Endlich sprach er. »Was machst du da, Dev?«

Schuldbewusst schnappte sie nach Luft und schoss ihm über die Schulter einen Blick zu.

Bitte lüg nicht. Bitte, bitte, lüg mich jetzt nicht an, dachte er.

»Ich … ich wärme mich.«

Er hatte kein Problem mit fragwürdigen Genen. Aber er hatte ein Problem mit Lügen. Er hatte seine Lektion gelernt – oder wieder aufgefrischt, je nach Sichtweise.

»Komm wieder ins Bett«, sagte er, seine Stimme kehlig heiser. »Ich halte dich warm.«

Sie warf noch einen letzten Blick auf die Kaminasche. »Na gut, überredet.«

Als er sie in den Armen hielt, wurde ihm siedend heiß wieder bewusst, wie es sich anfühlte, betrogen zu werden. Nicht gut, überhaupt nicht gut.

Jeder Muskel in Sharons Körper schmerzte. Sie hatte sich mindestens eine Rippe gebrochen, als das Auto sie an den Zaun gedrängt hatte. Liam Baird hatte sie brutal ins Gesicht geschlagen, und ihre Unterlippe war blutig geschwollen, es tat höllisch weh. Ihre Handgelenke brannten von den Fesseln, mit denen man ihr die Arme hinter den Rücken gebunden hatte.

Wenn das noch lange so ging, würde sie ihm alles erzählen, was er wissen wollte.

Und das wäre ihr Todesurteil.

Sie ließ den Kopf auf die Brust sinken, blinzelte vor Erschöpfung und Schmerz und erhaschte einen Blick auf gewellte, silberweiße Haarsträhnen, die auf dem Boden verteilt lagen. Sie hatten Sharon brutal an den Haaren gerissen. Deshalb schmerzte ihre Kopfhaut auch so, sann sie deprimiert.

Er hatte sie im Labor zurückgelassen, sämtliche Lichter brannten, und die Schränke standen offen. Der absolute Vollpfosten, wenn es um wissenschaftliche Zusammenhänge ging. Aber ein Vollprofi in Sachen Foltermethoden. Da kannte er sich blendend aus.

Die Tür flog auf, so heftig, dass sie mit einem dumpfen Knall gegen die Wand schlug. Sie hob mühsam den Kopf und konnte verschwommen zwei Männer ausmachen. Der eine war Liam. Der andere war einer der Männer, die sie im Haus hatte ein und aus gehen sehen.

»Wen haben Sie angerufen?«, fragte Liam zum zigsten Mal.

»Niemanden.« Sie durfte auf gar keinen Fall einknicken.

Er schlug mit dem Handrücken so fest zu, dass ihr Hirn im freien Fall durch den Schädel zu rutschen schien und ihre Halswirbel kritisch knackten. »Lügen Sie mich verdammt noch mal nicht an, *Doktor* Greenberg.« Er sagte es, als glaubte er ihr nicht einmal mehr, dass sie einen Doktortitel habe.

Ihr Kopf dröhnte, hinter ihren Augäpfeln zuckten metallisch weiße Blitze.

»Es wurde eine amerikanische Handynummer angerufen – das konnten wir auf unserem Überwachungssystem sehen. Und Sie wurden gesehen, wie Sie auf einem Handy herumtippten. Wen haben Sie angerufen?«

»Niemanden.«

Er hob wieder die Hand, und sie wappnete sich für den nächsten Schlag, doch der andere Mann packte ihn am Arm und hielt ihn davon ab.

»Warte eine Sekunde, Liam. Lass mich das mal machen.«

Oh Gott. Das klang nicht gut.

Liam ließ von ihr ab, wischte sich mit dem Handrücken über den Mund und blickte sie angewidert an. »Sie ist eine Spionin, Ian. Oder irgendeine eingeschleuste Agentin. Wir wurden reingelegt. Die haben uns mit der Tussi reingelegt, verdammt noch mal.«

Der andere Mann kam einen Schritt näher, und Sharon konnte seine Gesichtszüge erkennen, der klassische dunkle irische Typ mit dichten, nussbraunen Locken und tiefblauen Augen. Jetzt erinnerte sie sich auch an seinen Namen: Ian O'Rourke.

Er schien ihr nicht unbedingt einer von Liams Schlägertypen zu sein. Eher intelligent und ruhig, besonnen. Vielleicht bedeutete das, dass er sie nicht gleich krankenhausreif prügeln würde.

»Dr. Greenberg«, sagte er mit sanfter Stimme. Zu sanft. Als würde er zuschlagen, wenn sie am wenigsten damit rechnete.

Sie blinzelte ihn an. Etwas anderes blieb ihr gar nicht übrig, denn ihr linkes Auge war so zugeschwollen, dass sie damit kaum etwas sehen konnte.

»Ich gehe erst mal nicht davon aus, dass Sie eine Spionin sind«, schob der Ire nach.

»Was zum Henker soll dieser Eiertanz?«, fragte Liam genervt. »Sie haut mitten in der Nacht ab, ruft heimlich Leute an, lügt uns einen in die Tasche und verlangt die ganze Zeit mehr Geld, um unsere sämtlichen Versuche künstlich in die Länge zu ziehen.« Er machte eine fahrige Geste Richtung Labor. »Ich traue ihr nicht.«

»Das mag ja alles sein«, fuhr Ian fort. »Aber wir haben *sie* ausgesucht, Liam. Du hast seinerzeit die Recherche über diesen Kram mit den tödlichen Sporen durchgeführt und die weltbeste Spezialistin dafür ausfindig gemacht.«

Liam schnaubte verächtlich. »Scheißspezialistin. *Du* hast doch gesagt, ich soll eine Frau engagieren.«

»Normalerweise sind die Weiber kooperativer«, knurrte Ian und schleuderte ihr einen missfälligen Blick zu, als wäre sie eine Schande für ihre Spezies. »Okay, wir haben sie ausgesucht, wie kann sie da eine Spionin sein?«

Daran hätten sie früher denken sollen, als dieser ganze Plan entstanden war.

»Ist das Ihr Mobiltelefon, Dr. Greenberg?«, fragte Ian.

Grundgütiger. Sie hatten es auf dem Friedhof gefunden. »Ich habe dieses Handy noch nie gesehen.«

»Ian hat es keine drei Meter von der Stelle entfernt gefunden, wo Sie gestanden haben«, knirschte Liam.

War die SMS noch durchgegangen?

»Wo haben Sie den Akku versteckt?«, wollte Liam wissen.

»Ich … weiß nicht, wovon Sie reden.«

»Der Akku kann durch den Aufprall rausgefallen sein«, gab Ian zu bedenken.

Dann war es ein Wunder. Aber war die SMS gesendet worden? Hatten sie sie zurückverfolgt? Konnten sie eruieren, an wen sie ging? Sie war sehr vorsichtig gewesen und hatte alles andere gelöscht, selbst die Nachricht, mit der sie die Telefonnummer erhalten hatte. Aber war sie vorsichtig genug gewesen?

Baird wandte sich Ian zu, und sie tauschten einen Blick und eine kurze, leise Bemerkung aus, die Sharon nicht verstand angesichts des starken irischen Akzents.

Ian, der sie erneut fixierte, bohrte seinen Blick in ihren. »Dr. Greenberg, Sie wollen doch nicht sterben, oder?«

Sie schüttelte den Kopf.

»Dann tun Sie, was Mr Baird von Ihnen verlangt.«

»Ich habe nie was anderes behauptet.«

»Ach, Herrgott noch mal«, ätzte Liam und stieß sich von dem Labortisch ab, an dem er gelehnt hatte. »Verflucht, das ist reine Zeitverschwendung, Ian. Mach, dass du hier rauskommst. Ich kümmere mich um sie.«

Ian rührte sich jedoch nicht vom Fleck. »Hey Alter, ich fänd's besser, wenn du gehen würdest. Ein bisschen relaxen und so. Ausflippen hilft uns nicht weiter. Lass mich einen Augenblick mit ihr allein.«

Liams Augen wurden schmal. Er musterte den anderen misstrauisch, bevor er sich zum Gehen wandte. »Ich muss sowieso mal pissen«, sagte er schroff. »Und die Tusse da soll einen Zahn zulegen, ist mir scheißegal, ob die Sporen voll ausgewachsen sind oder nicht. Sie kann den Job zu Ende führen oder abkratzen.«

Und abkratzen traf es wohl eher. Liam verließ den Laborraum. Sie schloss die Augen, von einer weiteren Woge des Schmerzes überrollt. Wie sollte sie da bloß rauskommen? Wer würde ihr jetzt noch helfen? Verdammt, sie hatte sich selber ins Aus befördert.

Ian drängte noch näher an sie heran. »Sie hatten keine Ahnung, dass es so unangenehm werden könnte, nicht wahr, Sharon? Wir haben versucht, Sie zu warnen.«

Sharon hielt verblüfft die Luft an. Hatte sie da was falsch verstanden? Hatte er gerade *wir* gesagt? Für wen arbeitete *er* denn?

»Wir haben versucht, Sie davor zu warnen, zu irgendwem Kontakt aufzunehmen.«

Es kostete sie Überwindung, den Kopf zu heben und ihn zu fixieren. Was wollte er ihr damit sagen? Sie glaubte, in seiner Stimme eine unterschwellige Botschaft zu hören.

Wusste er, wer sie hergeschickt hatte? Wer sie *wirklich* hergeschickt hatte?

»Sie sind hier nicht allein, Dr. Greenberg«, flüsterte er. »Sie müssen jedoch berücksichtigen, niemand kann hier einschreiten, ohne alles zu gefährden.«

Sie machte einen wackligen Atemzug. »Sind Sie …«

Er brachte sie mit einem scharfen Blick zum Verstummen. »Sie könnten sterben.«

»Was soll ich denn tun?«

»Den Job machen, für den Sie engagiert wurden«, sagte er schlicht.

»Und was ist mit … ihr?«

»Wir kümmern uns um sie, soweit es möglich ist.«

Wer waren *wir*? Und Kümmern konnte vieles bedeuten: sie loswerden? Oder sie beschützen?

Aber ehe sie weitere Fragen stellen konnte, flog die Tür wieder auf, und Liam kehrte zurück. Offenbar hatte er seine Pinkelpause gut genutzt. Ein zufriedenes Grinsen auf dem Gesicht schwenkte er sein Handy in der Hand.

»Wir sind spät dran.« Er bewegte den Kopf ruckartig Richtung Tür. »Raus hier, Ian. Die Frau hat zu arbeiten. Der Käufer wartet, und wir müssen reinklotzen.«

Ian ging, ohne sie noch eines Blickes zu würdigen. Sharon ließ mutlos den Kopf hängen, als wäre sämtlicher Elan aus ihrem Körper gewichen.

»Wollen Sie aufgeben, Doktor?«

»Heute Abend kann ich sowieso nichts mehr machen.«

»Dann lassen Sie mich deutlicher werden. Ich weiß, wen Sie angerufen haben, Dr. Greenberg.«

Das Blut gefror ihr in den Adern, denn es klang wie ein Todesurteil.

»Einer meiner Männer hat den Akku gefunden, und wir haben Ihre kleine Nachricht zurückverfolgt. Was mich direkt zu ihr geführt hat.«

Er bluffte. *Hundertprozentig.*

»Also machen Sie sich besser an die Arbeit, Doktor. Und an Ihrer Stelle würde ich keine Fehler machen, falls nämlich irgendwas schieflaufen sollte, stirbt diese junge Frau. Und glauben Sie mir, ich werde sie umbringen. Und dann Sie.«

Er drehte sich zum Kühlschrank und riss ihn auf, extrem unvorsichtig und dumm. »Fangen wir an.«

Sharon rührte sich nicht.

»Oder brauchen Sie noch Bedenkzeit?«

Ja, ja, brauchte sie. Sie hatte keinen Zweifel daran, dass er Devyn umbringen würde. Aber Devyn – *Rose* – war möglicherweise in der Lage, ihrer leiblichen Mutter zu helfen. Sharon schöpfte wieder Hoffnung. Ihre *Tochter* war irgendwo da draußen und konnte ihr helfen. Devyn *würde* ihr bestimmt helfen.

Sie glitt von ihrem Stuhl und straffte sich. Sie brauchte bloß einen Plan. »Okay, machen wir uns an die Arbeit«, erklärte sie – wesentlich enthusiastischer, als sie sich fühlte.

19

Nach einem langen ergebnislosen Tag in Enniskillen war Devyn ziemlich frustriert. Sie hatten weder diese ominösen »Noten« aufgetrieben noch geheime Anweisungen oder Hinweise, wo Sharon abgeblieben war.

Hinzu kam die Tatsache, dass Marc nach ihrer romantischen Liebesnacht eine unsichtbare Mauer zwischen ihnen errichtet hatte. Sie hatte mit morgendlichem Sex gerechnet, einem weiteren stürmischen Überfall auf ihre Sinne, und seine gewaltige Erektion deutete darauf hin, dass er dasselbe wollte.

Stattdessen hatte er sich mit bemerkenswerter Selbstbeherrschung aus dem Bett geschwungen, eine lange Dusche genommen und war komplett angezogen wieder aus dem Badezimmer aufgetaucht. Während sie im Bad war, hatte er telefoniert und im Internet Wissenswertes über Enniskillen recherchiert. Leider hatte er immer noch nichts Konkretes zu Padraig Fallon und den dubiosen, von ihm erwähnten »Noten«.

Dann zogen sie los. Marc war merkwürdig distanziert, dass er nicht einmal Devyns Hand fasste. Ihr Gespräch drehte sich ausschließlich um ihr Vorhaben und nicht um Persönliches.

Enttäuscht, wenn auch nicht überrascht, trottete Devyn den ganzen Tag neben ihm her. Gegen Abend hatten sie immer noch nichts gefunden. Hungrig und geschafft machten sie in einem Café Pause und nahmen sich draußen einen Tisch. Von dort aus konnten sie die schmale Hauptstraße überblicken, in der einen Richtung bis zu einer Kirche und in der anderen zu den Denkmälern, die sie gerade besichtigt hatten.

»Lass uns was essen«, schlug Marc vor. »Wir hatten kein Mittagessen, und in Boston ist fast Mittag. Ich will versuchen, Vivi zu erreichen. Interessiert mich brennend, was sie Neues in Raleigh rausgefunden hat.«

»Wahrscheinlich dasselbe wie wir«, seufzte Devyn, froh, dass sie sich endlich mal hinsetzen konnte. »Nichts.«

Während er eine Nummer in sein Handy tippte, schweifte Devyns Blick neugierig die Straße hinauf und hinunter. Sie registrierte die vielen orangenen Flaggen und Banner, ein sicheres Zeichen dafür, dass die Bevölkerung von Enniskillen überwiegend protestantisch war und politisch mit England sympathisierte. Sie waren an ein paar Kirchen vorbeigekommen, und die am Ende der Straße beherrschte mit ihrem mächtigen Glockenturm die Stadtsilhouette. Jede volle Stunde erklang deren monströses, markerschütterndes Geläut.

Entlang der Straße, mitten im Stadtzentrum, drängten sich zwei- und dreigeschossige Schiefer- und Backsteinhäuser so dicht aneinander, dass nicht einmal eine Kreditkarte dazwischengepasst hätte. Vermutlich waren sie uralte, historische Bauten, die alle paar Jahrzehnte modernisiert wurden.

»Hallo Vivi«, sagte Marc eben ins Telefon. »Warum hast du denn nicht mal angerufen?«

Während er stirnrunzelnd lauschte, betrachtete Devyn ihn heimlich durch ihre dichten, gesenkten Wimpern. Seine starken, gebräunten Finger legten sich um das Wasserglas, und er lehnte sich lässig elegant zurück. Der Typ war Selbstsicherheit pur. Und immer hoch konzentriert, denn sein aufmerksamer Blick tastete prüfend die Umgebung ab.

Und dann blieben diese umwerfenden Augen an ihr kleben und verschmolzen mit den ihren … nur, dass sie nicht verstand, was er ihr damit sagen wollte.

Was hatte sich seit gestern Abend geändert?

Er hatte ihr von seiner Exfrau erzählt. Laura. Er hatte seine Gefühle vor Devyn ausgebreitet, und sie hatte darauf reagiert, indem sie …

… Finn MacCauleys Telefonnummer verbrannt hatte.

Im Nachhinein betrachtet, hatte sie wahrscheinlich leicht überreagiert. Aber heute Nacht war ihr grottenelend zumute gewesen, als sie nicht einschlafen konnte, weil Marcs Geständnis in ihrem Kopf herumspukte.

Er hatte seine eigene Frau für ihre Verbrechen ins Gefängnis gebracht. Er hatte keinerlei Mitleid mit Gesetzesbrechern. Wie könnte dieser Mann jemals ihre Herkunft vergessen?!

Und was war mit anderen Männern? Welche Chance hatte sie, jemals das große Glück zu finden, wenn ihr Name unauslöschlich mit einem der meistgesuchten Kriminellen verknüpft war?

Also hatte sie das Foto verbrannt und deswegen plagte sie jetzt ein verdammt schlechtes Gewissen.

»Ein Kalender? Mehr hast du nicht gefunden?«, meinte Marc gerade kopfschüttelnd.

»Wir sind in Enniskillen«, erklärte er dann. Er nahm einen Schluck Wasser und wiederholte den Namen der Stadt. »Das ist in …« Er stockte, und Devyn zwang sich, auf den Kirchturm zu starren anstatt in sein hinreißendes Gesicht. »Wirklich?«

Plötzlich klang er hoch interessiert; er beugte sich vor und hielt sich das Telefon ans andere Ohr. »Steht da noch was in dem Monat? Welcher war es, Oktober?«

Der Kellner brachte ihnen ihre Sandwiches, also aß sie, während sie weiter zuhörte und versuchte, aus seiner Hälfte des Gesprächs einen Sinn zu erschließen. Dabei ließ sie den Tag Revue passieren.

Sie hatten das Inselstädtchen nach Hinweisen durchkämmt, aber nichts Besonderes wahrgenommen, das Übliche eben: Geschäfte, Restaurants, Apartmenthäuser und Kleinunternehmen. Niemand schien auch nur die kleinste Notiz von ihnen zu nehmen, geschweige denn, dass ihnen jemand irgendeine verschlüsselte Botschaft übermittelt hätte, wie Padraig angedeutet hatte.

Sie waren in den schmalen Gassen umhergestreift, in der vagen Hoffnung, irgendwelche Anhaltspunkte auf Sharons Verbleib zu finden. Fehlanzeige. Sie hatten sogar das Ehrenmal für die Opfer einer IRA-Bombe besichtigt, die mitten in der Stadt hochgegangen war, trotzdem blieb ihre Suche erfolglos.

»Da stehen wirklich Buchstaben an den Tagen?«, fragte Marc und holte einen Stift aus der Jacke, um damit auf eine Papierserviette zu schreiben. »Lies sie mir vor.« Nach einer Pause fügte er hinzu: »Ja, aber man weiß ja nie, Vivi.«

Er schrieb eine Reihe von Buchstaben auf und wechselte einen kurzen Blick mit Devyn. Seine Miene hellte sich auf. Anscheinend hatte seine Cousine mehr Glück gehabt als sie.

Sie schluckte schwer, als er den Stift absetzte und die Hand sinken ließ. Ohne nachzudenken, streckte sie ihre Finger nach ihm aus und fasste sein Handgelenk, sehnte sich nach ein wenig körperlicher Nähe, wie sie sie in der Nacht zuvor gehabt hatten. Sie wünschte sich so sehr, ihm unter anderen Umständen begegnet zu sein.

Er reagierte überhaupt nicht darauf.

»Sonst noch was?«, fragte er in ungeduldigem Ton. »Bist du sicher, Vivi? Überhaupt nichts?« Ein paar Sekunden verstrichen, dann: »Hat Chessie irgendwas über Padraig Fallon rausgefunden?«

Devyn schob ihren Teller weg, ihr war der Appetit vergangen.

»Sucht weiter, ich ruf später noch mal an. Schickt mir alles, was ihr habt, als SMS.«

Er drückte das Gespräch weg, legte das Handy auf den Tisch und klopfte auf die mit Buchstaben bekritzelte Serviette.

»Was ist?«, fragte sie.

»Sie hat in Sharons Büro einen Kalender mit Bildern von Irland gefunden. Nordirland, wie es scheint.«

»Und?«

»Und August war der Giant's Causeway, September war Bangor …«

»Wirklich?«

Er beugte sich vor. »Und Oktober war …« Er nickte in Richtung Straße.

»Enniskillen.« Sie sagten es beide gleichzeitig, und ein leichter Schauer überlief Devyns Rücken.

»Das ist ja mal ein merkwürdiger Zufall«, grübelte sie laut und wies dann auf die Serviette. »Und was ist das?«

»An den meisten Tagen im Oktober war dünn mit Bleistift ein Buchstabe eingetragen, in der Ecke des Kästchens mit dem Datum.«

»Ach ja?« Also das klang vielversprechend. »Bedeutet es etwas, wenn man sie zusammensetzt?«

»Nein, es sei denn, die Botschaft besteht nur aus denselben sieben Buchstaben, von A bis G.« Er nahm einen Bissen von seinem Sandwich, während sie sich die Serviette vorknöpfte.

»Ja, das Einzige, was …«

»Fertig, Schätzchen?« Eine rothaarige Bedienung trat an den Tisch und griff nach Devyns Teller. Im selben Moment drang lautes Glockengeläut von der Kirche zu ihnen herüber. »Himmel, irgendwann werde ich noch taub davon«, japste die Kellnerin und hielt sich mit einer dramatischen Geste die Ohren zu. »Da versteht man sein eigenes Wort nicht mehr. Deshalb haben wir auch massiv protestiert, weil die Glocken jede Stunde, Tag und Nacht, geläutet werden.«

»Es hört sich doch schön an«, rief Devyn, während die nächste Note angeschlagen wurde. »Dann sind die Glocken also echt?

Heute wird das Glockengeläut doch oft mit dem Computer erzeugt.«

Die junge Frau jaulte theatralisch auf und verdrehte die Augen. »Großer Gott, ja, die Dinger sind echt. Wir haben zehn Stück davon, alle in neuen Stahlhalterungen. Keine Ahnung, wovon wir die bezahlt haben, und jetzt ist Enniskillen eine von wenigen nordirischen Städten, die behaupten können, zehn echte Glocken zu besitzen. Eine Ehre ist das, wenn auch eine sehr laute.«

Eine weitere Note hallte über die historischen Bauwerke hinweg, wälzte sich durch die Straßen, ein tiefes, trauriges Dröhnen, das noch lange nach dem Aufprall des Klöppels im Ohr vibrierte.

»Sie läuten jede volle Stunde, richtig?«, fragte Devyn und rettete hastig die Serviette, auf die Marc geschrieben hatte, als die Kellnerin begann, die Teller abzuräumen.

»Oh ja, allerdings. Manchmal auch noch öfter, ohne ersichtlichen Grund, als hätte sich jemand da hochgeschlichen, um auch mal 'ne Runde zu bimmeln. Wenn die Kirche geöffnet und Reverend MacIntyre betrunken ist« – sie beugte sich zu ihnen, um mit einem dramatischen Flüstern hinzuzufügen –, »was, na ja, genauso oft vorkommt, wie dass er nüchtern ist, können Sie direkt nach oben gehen und sich an so ein Glockenseil hängen. Gegen ein kleines Trinkgeld lässt er Sie aber auch so hoch.«

»Danke für den Tipp«, sagte Devyn höflich.

Marc beugte sich vor. »Wie viele Glocken sind da oben, sagten Sie?«

»Zehn. Und jede wiegt mehr als eine Tonne und kostet ein Scheißvermögen. Aber wir haben eine Glocke für jede Note auf der Tonleiter und drei Kreuze, falls Sie zu den Leuten gehören, die das interessiert. Einer von diesen … Camp …«

»Campanologen«, half er ihr weiter. »Glockenkundler.«

Die Kellnerin lachte. »Genau. Ich habe das schon mal gehört von Touristen, die genau das waren. Wenn es Sie so sehr interessiert, sollten Sie da mal hochsteigen.« Sie nahm den Teller und nickte ein paar neuen Gästen zu. »Tschuldigung, Sir.«

»Devyn.« Etwas in seiner Stimme berührte sie zutiefst.

»Was denn?«

Er nahm die Serviette. »Sieben Buchstaben, und schau mal.« Er zeigte auf die Serviette. »Und das Doppelkreuz ... ist ein Erhöhungszeichen.«

»Wie die Noten der Tonleiter.« Die Erkenntnis traf sie, als sie sich beide umdrehten und den Kirchturm anstarrten, während die letzte Glocke ausklang und der Ton über den Dächern der Stadt widerhallte.

»*Noten*«, flüsterte er, zog ihr die Serviette aus der Hand und schwenkte sie flatternd vor Devyns Nase. »Sharon hatte diese Buchstaben auf der Enniskillen-Seite ihres Kalenders. Genau das ist der Schlüssel.«

Ein Schauer der Erregung durchflutete sie. »Du glaubst, die Noten auf ihrem Kalender sind eine Art Botschaft? Und wenn sie auf den Glocken gespielt werden, wird die Botschaft abgesendet?«

Er half ihr aufzustehen und wies mit dem Kopf auf die Kirche. »Hoffen wir, dass der Reverend betrunken genug ist und wir das rausfinden können.«

Das Gefühl, dass Vivi ihm nicht alles erzählt hatte, nagte an Marc. In dem Moment, als die Puzzleteile sich jedoch zusammenfügten, ging es ihm besser. Die lange erfolglose Suche den ganzen Tag hatte an seinen Nerven gezerrt, hinzu kam der enge Kontakt zu einer Frau, auf deren Reize er lieber nicht anspringen sollte ... aber das fiel ihm verdammt schwer.

Der erneute Enthusiasmus für ihre Mission gab ihm einen Grund, ihre Hand zu halten und ihr fürsorglich einen Arm um die Schultern zu legen.

Er schnaubte leise selbstverächtlich, ließ sie aber nicht los. *Mach einfach deinen Job, Rossi. Und dann zieh Leine. Hör auf, den Retter zu spielen.*

Als sie um die Ecke bogen, erhob sich die aufwendig gearbeitete Steinfassade von St. Macartin vor ihnen, ein bombastischer Kirchenbau, mit schmucken, bleiverglasten Fenstern und einem hoch aufragenden Glockenturm. Marc führte sie direkt zum Eingangsportal der Kirche.

»Ich vermute, du hast nicht vor, den Pfarrer um Erlaubnis zu bitten, ob wir da raufgehen dürfen.«

»Da vermutest du richtig.«

Drinnen war es kühl und dämmrig durch das weiche Licht der Buntglasscheiben, es roch schwach nach Holzpolitur und Kerzenwachs.

»Da der Kirchturm in dieser Richtung liegt, versuchen wir es mal dort«, entschied er und lenkte Devyn ganz nach rechts zu einer Tür ohne Hinweisschild. Marc drehte an dem übergroßen Türknauf, der die Tür mühelos mit einem Klicken öffnete.

»Die sind ja ziemlich vertrauensselig«, bemerkte sie.

»Oder man erwartet uns.«

Sie zögerte unschlüssig. »Meinst du?«

»War bloß so ins Blaue getippt. Sei trotzdem vorsichtig.« Im Treppenaufgang war es beinahe stockdunkel, die Luft feucht und modrig. Er zog sie an sich und ging vor ihr, um sie zu schützen, falls ihnen jemand entgegenkäme. »Bleib hinter mir, und pass auf, wo du hintrittst.«

Sie begannen, die spiralförmig angeordneten Stufen hinaufzusteigen, die gerade mal einen halben Meter breit waren, eine steile Wendeltreppe, die sich in engen Bögen den Schacht emporschwang. Er spürte, wie sich Devyns Körper hinter ihm anspannte, und er warf einen Blick über ihre Schulter, um sich zu vergewissern, dass ihnen niemand folgte.

»Was glaubst du, wen oder was wir da oben finden werden, Marc?«, flüsterte sie.

»Ich rechne mit allem«, erwiderte er und drückte leicht ihre Hand. »Gehen wir ganz nach oben.«

Die Holzstufen knarrten unter ihren Schritten, und die jahrhundertealten Steinwände muteten kalt und abweisend an. Eine von oben abgefeuerte Kugel wäre in diesem schmalen Aufgang bestimmt wie ein Pingpongball hin- und hergeschossen. Oben angekommen hielt er sie mit einer Hand zurück und linste vorsichtig um die Ecke, um festzustellen, wo sie sich befanden.

Die Glockenseile hingen mitten in einem kleinen Raum, keine vier Meter in jede Richtung. An jedem Ende baumelte ein ausgefranstes, gesticktes Schild mit je einem Buchstaben für jede Note der Tonleiter. Und drei Kreuze.

Rund um den Raum ließen schmale Schlitze im Stein Licht und einen kühlen Luftzug herein. Devyn trat behutsam vor einen dieser Schlitze und blickte blinzelnd hinaus, auf die Straße unter ihnen. »Und was jetzt?«

»Fallon meinte, dass uns jemand treffen wird, wenn wir die Noten finden. Vielleicht hat Sharon ihre Kontaktperson auch auf diese Weise gefunden. Indem sie diese Noten gespielt hat.«

Sie sah ihn zweifelnd an. »Das klingt aber alles sehr mysteriös, Marc.«

»Genau. Ein Spionage-Netzwerk, das über die Glocken kommuniziert.«

Ihr blieb der Mund offen stehen. »Du glaubst, sie ist eine Spionin?«

»Bei Fallon hatte ich jedenfalls den Eindruck«, räumte er ein und fingerte an den Seilen herum, die von der Decke aus knapp fünfzig Zentimeter breiten Löchern herunterhingen. »Jetzt muss ich bloß noch rausfinden, in welcher Reihenfolge wir sie spielen sollen.«

»Warum nicht in der Reihenfolge, in der sie auf dem Kalender standen? Hat Vivi dir gesagt, welche Buchstaben an welchen Tagen standen?«

»Ja.« Er blickte sich suchend im Raum um. »Aber ich würde gern auf Nummer sicher gehen, bevor wir die Glocken läuten. Wir haben schließlich nur einen Versuch. Hier oben müsste es doch so was wie ein Liederbuch für den Glöckner oder den Küster geben. Vielleicht auf der Ablage da?«

Ein steinerner Vorsprung lief in einer Höhe von etwa zwei Metern fünfzig entlang der Wände, zu hoch, um etwas erkennen zu können.

»Heb mich hoch, dann kann ich nachsehen«, schlug Devyn vor und kam auf ihn zu.

Er legte ihr die Hände um die Taille, hob sie hoch und drehte sich dabei langsam im Kreis, damit sie alles sehen konnte.

»Hey, da ist es.«

Er brachte sie an die Stelle, auf die sie zeigte, und sie griff nach etwas und zog ein ramponiertes Notizbuch hervor. Sie begannen, durch die handgeschriebenen Seiten zu blättern.

Keine Notenlinien, keine Musik, nur eine Seite für jedes Lied und eine Liste von zu spielenden Buchstaben. Und es gab mindestens zwei Dutzend Lieder.

»Wenn wir eins finden, das zu den Buchstaben auf Sharons Kalender passt, wissen wir, dass wir das Richtige haben.« Er holte die Serviette heraus, und Devyn blätterte die Seiten um und verglich die Noten.

»Das sind alles bloß Kirchenlieder.«

»Vielleicht auch nicht«, sagte er. »Schon vergessen, was die Kellnerin vorhin gesagt hat? Manchmal spielt jemand einfach mitten in der Stunde willkürlich irgendein Lied. Vielleicht ist das auch gar nicht so willkürlich, wie sie dachte.« Er blätterte wie wild in dem Notizbuch.

Sie überflogen die Seiten und lasen die Titel der Lieder.

»Hey, schau dir das an. Hört sich verdächtig nach einem Akronym an«, sagte er und zeigte auf den Titel »Sinners Into Saints«. »SIS. Secret Intelligence Service.«

Sie blickte fragend zu ihm hoch. »Ist das der MI6? Wie bei James Bond?«

»Wohl eher MI5, aber das ist nur ein feiner Unterschied. Es sind alles britische Spione. Lass uns mal die Noten vergleichen.«

Eine Hand auf den Mund gepresst, wich sie entgeistert einen Schritt zurück. »Sharon ist eine britische Spionin?«

»Oder eine amerikanische, die den Briten unter die Arme greift.«

»Das würde ja bedeuten … dass sie auf der Seite… der Guten ist.«

Er antwortete nicht, sondern verglich die Noten auf der Serviette mit dem Liederbuch. »Die Noten stimmen bei jedem zweiten Tag mit den Notizen auf dem Kalender überein«, sagte er, seine Stimme vibrierend vor Erregung über die Entdeckung. »Wenn man die Noten der ungeraden Tage im Oktober spielt, spielt man dieses Lied.«

»Und was passiert dann?«, fragte sie.

Er drehte sich zu ihr. »Es gibt nur einen Weg, das rauszufinden.«

»Glaubst du, Sharon wird kommen?«

Er zuckte mit den Achseln. »Ich vermute eher, jemand vom SIS wird auftauchen.«

»Und uns zu ihr führen«, tippte sie und griff nach dem ersten Glockenseil. »Komm, lass uns losbimmeln.«

»Nein, nein. Du musst dich verstecken.« Er zeigte in den Glockenturm. »Es wird zwar ziemlich laut da oben, aber du bist aus dem Blickfeld, falls jemand die Treppe heraufkommen sollte.«

»Ist das dein Ernst?«

»Geh. Oder die Glocken bleiben still.«

Sie blickte in die gähnende Öffnung hinauf und schnitt Marc ein Gesicht. »Es ist ziemlich weit nach da oben.«

»Willst du deine Mutter treffen oder nicht?« Er legte ihr die Hand auf die Schulter, eigentlich, um ihr einen leichten Schubser in Richtung der Tür zu geben, die zum Glockenstuhl führte, doch dann hielt er sie kurz fest.

»Du bist unfair.«

»Geh da hoch und *bleib* da oben.« Er zog sie leicht an seinen Körper und kämpfte gegen den sehnsüchtigen Wunsch an, sie zu küssen, wo er sich doch geschworen hatte, der Versuchung nicht nachzugeben »Egal, was hier unten passiert.«

»Was, wenn …«

»Nein«, sagte er ernst. »Wer auch immer hier auftaucht, zeig dich erst, wenn ich dich dazu auffordere. Ist das klar?«

Sie sah nicht besonders glücklich aus, nickte aber. »Du verlangst viel von einer Frau, die Höhenangst und ein impulsives Naturell hat.«

»Versprich es mir, Devyn. Du bleibst mucksmäuschenstill und in deinem Versteck, okay?«

Sie lächelte wenig begeistert, in ihrer Halsmuskulatur zuckte es. »Okay, versprochen.«

Er sah sie eindringlich an. »Versprochen ist versprochen.«

Etwas in ihrem Gesichtsausdruck ließ seinen festen Vorsatz, sie nicht zu küssen, dahinschmelzen wie Butter in der Sonne. Er konnte nicht widerstehen und hauchte ihr einen flüchtigen Kuss auf den Mund. Der bloße Kontakt mit ihren Lippen weckte in Marc den Wunsch nach mehr. »Los, ab mit dir. Lass uns ein paar Sünder in Heilige verwandeln.«

Sie schlüpfte durch die schmale Öffnung, und er hörte ihre Schritte auf der Treppe, die nach oben in den Glockenturm führte.

Die Augen auf die Seite mit den Buchstaben fixiert, umschloss er mit den Händen das Seil und riss energisch daran, in der Erwartung, dass es schwerer wäre, und der Schlag des Klöppels auf das Metall erzeugte einen kraftvollen Ton, sodass der ganze Raum zu vibrieren schien.

Während der Nachhall allmählich schwächer wurde, zog er das nächste Seil. Und so fort. Als das dritte Fis verklang, wurde eine Melodie erkennbar. Irgendwo in der Ferne hörte Marc eine Tür schlagen – das Echo hallte von den Steinen bis hinauf in die kleine Kammer.

Er griff intuitiv nach seiner Waffe, drehte sich mit dem Gesicht ruckartig zur Tür und harrte der Dinge, die da kommen mochten. Er riss noch einmal an einem der Seile und hoffte inständig, dass Devyns Ohren eine Menge aushielten, denn wenn es hier schon ohrenbetäubend laut war, musste es da oben mörderisch unangenehm sein.

Und wenn sein Besucher ihn hier nicht haben wollte, konnte es hier drinnen ebenfalls mörderisch unangenehm werden.

Noch zwei Noten, dann war Stille. Kein Schritt quietschte auf der Holztreppe, niemand tauchte auf, kein verräterisches Pistolenklicken.

Und dann brach die Hölle los.

20

Als das Glockengeläut gerade aufgehört hatte, dröhnend in ihrem Kopf nachzuhallen, brach mit einem Mal ohrenbetäubendes Pistolenfeuer aus. Ein Schuss erschallte, dann noch einer. Und noch einer. Devyn hechtete zu der kalten Steinmauer der Glockenkammer, und ihr Herz schlug mit derselben Heftigkeit gegen ihre Rippen wie eben noch der Klöppel gegen die Glocke.

Großer Gott, Marc war fünf Meter unter ihr in eine Schießerei geraten.

Als die Schüsse aufgehört hatten, blieb sie für einen Moment wie erstarrt stehen, wartete auf ein Geräusch, Gesprächsfetzen, irgendeine Art von Austausch, doch unten blieb es totenstill. An eine Wand des Gewölberondells gepresst, blinzelte Devyn, um ihre Augen an die Dunkelheit in dem fensterlosen Turm zu gewöhnen. Schattenhaft konnte sie die Umrisse der Glocken ausmachen, nicht annähernd so gewaltig, wie sie sich anhörten, und aus dickem Metall gegossen. Über ihr gab es noch ein weiteres Geschoss, das man über eine mit Bolzen an der Wand befestigte Leiter erreichte.

Staub kitzelte ihr in der Nase, und sie presste vorsichtshalber eine Hand auf ihren Mund. Bloß jetzt nicht niesen und damit ihr Versteck verraten. Sie fuhr zusammen, als krachend ein weiterer Schuss losging, dann ein schlurfender Schritt – gefolgt von bleierner Stille.

Fragen schrillten in ihrem Kopf, eine davon lauter als alle anderen: War Marc etwa tödlich getroffen worden?

Versprochen ist versprochen.

Die Angst um Marcs Leben vermischte sich mit nagenden Schuldgefühlen. Sie hatte Informationen vernichtet, die sie ihm versprochen hatte, als Gegenleistung für seine Hilfe. Und er? Riskierte gerade sein Leben, um ihres zu retten.

Sie atmete lautlos, lauschte, wartete. Beim nächsten Schuss würde sie aktiv werden, schwor sie sich. Wenn es noch einen nächsten Schuss gab.

Zwei Herzschläge, vier, und dann … ein weiterer Knall zerriss die Luft. Augenblicklich raste sie auf die Glocken los, nutzte eine zweite Detonation, um ihre eigenen Geräusche zu überdecken, und blieb an der nächstgelegenen Glocke stehen.

Die Glocke war nicht ganz so groß wie sie, aber ungeheuer wuchtig und hing etwa sechzig Zentimeter über dem Boden. Darunter war ein Loch mit einem Radius von etwa einem halben Meter in den Holzboden geschnitten. Devyn beugte sich ganz vorsichtig vor, um keinen Lärm zu machen, und versuchte durch das kreisrunde Loch zu blicken.

Dummerweise war es nicht bloß *ein* Holzboden, nein, es waren zwei mit etwa dreißig Zentimeter Zwischenraum dazwischen, wahrscheinlich so gebaut, um den Klang zu schlucken. Sie würde sich flach auf den Boden legen und Kopf und Oberkörper buchstäblich hinunterhängen lassen müssen, wenn sie sehen wollte, was da unten …

Noch ein Schuss und ein Ächzen. War Marc etwa getroffen worden?

Ohne groß nachzudenken, warf sie sich flach auf den Boden und robbte vorwärts, bis sich ihr Kopf direkt am Rand des Lochs befand. Sie musste wissen, ob er verletzt war … oder Schlimmeres.

Sie konnte zwar am Seil hinunterblicken, aber nicht viel von dem unteren Raum erkennen. Um mehr zu sehen, musste sie noch weiter vorrutschen und ihren Oberkörper durch die Öffnung bringen. Und was würde sie dann sehen? Marc, wie er auf dem Boden in einer Blutlache lag? Oh Gott, nein!

Sie hörte, wie jemand zischend die Luft einzog, direkt unter ihr.

Geräuschlos robbte sie vorwärts und klammerte sich an das raue Holz der Bodenbretter, während sie sich zwang, den Kopf durch das Loch zu stecken. Abgestandene, modrig feuchte Luft stieg ihr in die Nase, brannte ihr in den Augen, doch sie biss die Zähne zusammen, ließ sich weiter hinunter und schaffte es, ihren Oberkörper vollständig durch die schmale Öffnung zu schieben. Mit den Beinen auf dem Holzboden abgestützt, verlagerte sie ihr Gewicht gefährlich in Richtung Körperschwerpunkt. Rattenkot und Staubansammlungen füllten den offenen Bereich zwischen den beiden Böden.

Noch fünfzehn Zentimeter, und sie konnte teilweise in den unteren Raum blicken. Sie stemmte sich noch ein Stück weiter vor und sah Marc, quicklebendig.

Ihr fiel ein zentnerschwerer Stein vom Herzen. Er schmiegte sich in geduckter Haltung an die Wand und fixierte die Öffnung zur Treppe, die hinunter in die Kirche führte. Er konnte nicht viel wahrnehmen, anders als Devyn aus ihrem günstigen Blickwinkel von oben nach unten. Sie blinzelte in die Dunkelheit und konnte einen Mann erkennen, der, ebenfalls an das Mauerwerk gepresst, darauf wartete, dass Marc seine Position preisgab.

Es war eine Patt-Situation.

Kurze Zeit später hob der Mann die Hand, um erneut abzufeuern. Devyn zischelte leise, um Marcs Aufmerksamkeit auf sich zu lenken. Er blickte zu ihr hoch, sah, dass sie ihm das Zeichen gab, sich zu ducken, worauf das Projektil ihn verfehlte und mit einem lauten Krachen in die Wand einschlug.

Er begegnete Devyns Blick und nickte ihr dankbar zu. Sie setzte ihr Gleichgewicht aufs Spiel, indem sie eine Hand losließ, um auf die Tür zu zeigen. Dabei formte sie mit den Lippen »er steht direkt da drüben«.

Er neigte den Kopf kaum merklich nach links und nach rechts und zuckte dann mit den Achseln. *Wo genau?*, sollte das heißen.

Nach einem weiteren Blick zu dem Mann zeigte sie mit der Hand nach links auf die Wand.

Marc nickte ihr kurz zu, positionierte sich neu und zielte auf die Wand. Er schoss, und der Knall zerriss ihr fast das Trommelfell. Der Mann machte hastig einen Satz nach rechts. Marc hatte die Kugel in einem bestimmten Winkel von der Wand abprallen lassen, doch der andere war zu schnell gewesen.

Als Marc fragend zu ihr hochsah, schüttelte sie heftig den Kopf und zeigte mit den Fingern, dass Marc seinen Widersacher um Haaresbreite verfehlt hatte.

Wieder stellte er mit einer stummen Geste dieselbe Frage: *Wo ist er?*

Der Mann hatte sich inzwischen zur anderen Wand geschlichen, nicht ahnend, dass Marc den großen Vorteil hatte, von oben dirigiert zu werden. Sie hob eine Hand, während sie sich mit der anderen an die Zwischendecke klammerte, und signalisierte ihm die veränderte Position des Schurken.

Kurz entschlossen zielte Marc auf einen anderen Punkt an der Wand und feuerte.

Der Mann stürzte zu Boden und fasste sich an den Arm, und Marc gestikulierte nach oben. Er wusste, dass er getroffen hatte. Geräuschlos stahl er sich aus Devyns Sichtfeld und zum anderen Ende des Turms. Devyns ganzer Körper dröhnte mit jedem Herzschlag, sie drückte ihre Hüftknochen schmerzhaft fest in den Boden, um nicht abzustürzen, dass sie förmlich spüren konnte, wie sich blaue Flecken herausbildeten.

Der Mann ließ seinen zerrissenen Jackenärmel los. Blut war jedoch keins zu sehen. Marcs Schuss hatte ihn vermutlich nur gestreift. Immerhin konnte er von seinem Standpunkt aus weder Devyn noch Marc wahrnehmen.

Marc kam näher, dann stürzten die Männer aufeinander los. Sie verkeilten sich ineinander, eine Pistole schlitterte über den Holzboden und landete unterhalb der Glocken, registrierte Devyn.

War das Marcs Pistole? Sie rangen sich gegenseitig zu Boden, Devyn vernahm ein Stöhnen, als eine Faust schmatzend auf Fleisch traf. Marc gewann die Oberhand und wollte eben abermals zuschlagen, als sein bulliger Gegner ihn mit einem gezielten Schlag ins Taumeln brachte. Marc trat dem Kerl in die Weichteile, und Devyn sah in dem Handgemenge eine Pistole aufblitzen.

In der Hand des Falschen.

Sie rollten aus ihrem Blickfeld, und Devyn stockte vor Entsetzen der Atem. Ihr ganzer Körper baumelte gefährlich tief durch das Loch, während sie voller Anspannung auf den Schuss wartete, der Marc womöglich töten würde. Bitte, lieber Gott, betete sie, lass es nicht dazu kommen.

Sie konnte ihre Füße sehen, ineinander verkeilt und wild um sich tretend, konnte hören, wie Fingerknöchel dumpf auf Knochen trafen, fühlte beinahe körperlich die brutale Gewalt. Die beiden rollten wieder in Devyns Blickfeld, aber Marc war immer noch über einen Meter von seiner Pistole entfernt.

Die beiden Männer waren fast genau unter ihr. Plötzlich sprang Marc auf und breitete die Arme aus, ein stummes Zeichen, dass er sich geschlagen gab. Er machte langsam einen Schritt zurück, und der andere drängte vor, seine Pistole direkt auf Marcs Brustkorb gerichtet. Noch einen Schritt, und der andere war genau unter Devyn.

Wenn sie jetzt sprang …

Indes hatte Marc ihr jede Einmischung verboten.

Trotzdem, sie hatten das Überraschungsmoment auf ihrer Seite. Marc hatte keine Waffe, und der Kerl machte keinerlei Anstalten, von ihm abzulassen, sondern bewegte sich mit tödlicher Absicht auf ihn zu.

Sollte sie springen?

Die Hände in der Luft, bewegte sich Marcs rechter Zeigefinger so unmerklich, dass der andere es nicht wahrnehmen konnte. Aber Devyn sah die winzige Geste und deutete sie als Zeichen. Er zuckte wieder mit dem Finger, diesmal etwas schneller. Damit wollte er ihr *bestimmt* signalisieren, dass sie springen sollte.

Sie griff impulsiv nach vorne, umschloss mit den Fingern das Glockenseil und schwang die Beine vor. In dem Sekundenbruchteil, den ihr Gewicht brauchte, um am Seil zu ziehen und den Klöppel zu bewegen, rutschte sie einen halben Meter in die Tiefe. Als der Mann geschockt nach oben sah, bückte sich Marc blitzschnell nach seiner eigenen Pistole und beförderte den Typ mit einem gezielten Fußtritt aus Devyns Landebahn, als sie mit einem dumpfen Aufprall auf dem Boden aufkam.

»Lassen Sie sofort die Waffe fallen!«, überbrüllte Marc das tosende Echo der Glocke, das von den Mauern widerhallte.

Devyn drehte sich japsend auf den Rücken und konnte mitverfolgen, wie Marc den Kerl gegen die Wand drängte, eine Hand an dessen Kehle, mit der anderen stemmte er ihm die Pistole in die Rippen.

Kaum dass die Pistole des anderen metallisch klirrend auf dem Boden auftraf, schnappte Devyn danach und schnellte hoch.

»Wer zum Teufel sind Sie?«, fragte der Mann mit einem starken Akzent, der eher britisch als irisch klang, aber nach fünf Wörtern war das schwer zu sagen.

»Begrüßen Sie jeden Besucher mit einer wilden Rumballerei?«, fragte Marc zurück und blitzte ihm wütend ins Gesicht. »Ist das neuerdings eure Arbeitsweise?«

Der Mann sagte nichts, sein pockennarbiges Gesicht rot vom Kampf, starrte er aus schmalen Augenschlitzen verdutzt von Marcs Pistole zu dessen fest entschlossener Miene. »Diese Noten da sind tabu, Kumpel. Die darf keiner spielen. Nicht dieses Lied. Niemand, absolut niemand.«

»Was ist mit Dr. Greenberg? Hat sie es gespielt?« Sein Griff um den Hals des Kerls wurde fester, und er unterstrich die Frage, indem er den Kopf des Mannes gegen den Stein schlug. »Haben Sie sie auch mit einem Kugelhagel empfangen?«

»Ich weiß nicht, wovon Sie reden.«

»Ich glaube doch.« Marc stieß die Worte mühsam kontrolliert aus. »Wo ist sie?«

Der Kerl presste den Mund fest zusammen und starrte ihn wütend an, seine Brust hob und senkte sich mit jedem aufgewühlten Atemzug. Devyn spielte mit der Pistole in ihrer Hand, umfasste sie wie selbstverständlich. Das Metall fühlte sich warm an.

»Wo *ist* sie?« Marc rammte dem Kerl ein Knie in die Weichteile. Als Antwort erhielt er nichts als ein lautes *Humpf*.

»Sagen Sie mir, wo sie ist, und Sie bleiben am Leben. Schweigen Sie weiter, und ich schieße.« Marc brachte sein Gesicht dicht über das seines Angreifers, dass es aussah, als wollte er ihn küssen, dabei sprühten die beiden vor Hass und Zorn.

»Ich kann nicht.«

»Können Sie nicht, oder wollen Sie nicht?« Er stieß wieder mit der Pistole zu. »Ihr Problem, ich bring Sie nämlich in beiden Fällen um.«

»Es steht zu viel auf dem Spiel, Mann.«

»Ihr Leben steht auf dem Spiel, Dumpfbeutel. Wo ist sie?«

Der andere sog zischend die Luft ein. »Ich weiß es nicht.«

Marc rammte ihm abermals das Knie in den Bauch und schlug ihn mit dem Kopf gegen die Steinmauer.

»Liam … Baird … mehr … weiß ich nicht.«

»Wer?«, fragte Marc. »Wo?«

»Liam … Baird. Belfast«, stöhnte der andere gequält.

Liam Baird? Der Namen kam Devyn bekannt vor. Aber woher? Der Zeitschriftenartikel auf Sharons Schreibtisch! »Liam Baird«, war unterstrichen gewesen. Aber den Artikel hatte sie draußen im Regen verloren, als sie versuchte, aus Sharons Haus zu entkommen.

»Wo in Belfast?«, wollte Marc wissen.

»Auf dem Mill…town.«

Milltown? Das war ein *Friedhof*. »Sie ist tot?« Devyn schnappte nach Luft.

Der Mann schüttelte heftig den Kopf. Unter seinem Auge, wo Marc ihm einen Fausthieb verpasst hatte, malte sich ein violetter Bluterguss.

»Das ist … streng geheim … Vermasseln Sie nicht alles.« Schwer atmend heftete er seine Augen auf Devyn. »Sie weiß, dass Sie hier sind. Deswegen mussten wir Sie herlocken.«

»Nach Enniskillen?«, fragte sie, und neue Hoffnung keimte in ihr auf, war so überwältigend, dass sie den Ahnungsschimmer süß auf ihrer Zunge schmecken konnte. Sharon war eine Spionin – aber vermutlich auf der richtigen Seite. »Warum sollte sie mich hierherschicken?«

»Um Sie von ihr wegzulotsen. Sie haben zig Leute befragt und jede Menge Wirbel gemacht, das hat die Aufmerksamkeit auf sie gelenkt. Sie arbeitet absolut verdeckt.«

Devyn ließ diese Information erst mal in ihrem Herzen sinken.

»Sie werden Sie töten«, erklärte er mit kratziger Stimme. »Sie werden Sie töten, und sie werden Sharon töten. Aber …«

»Aber was?«, fragte Marc, ohne seinen Griff auch nur einen Hauch zu lockern, doch er rammte seinem Gegner den Lauf der Pistole nicht mehr ganz so hart ins Fleisch.

»Ich sage Ihnen, sie schafft das nie. Ihre Mission ist glatter Selbstmord.«

Ihre Mission ist was? Warum?

Er blickte Marc fest ins Gesicht. »Mehr sage ich nicht, also drücken Sie den Scheißabzug und bringen Sie's hinter sich.«

Marc entspannte kaum merklich, er ließ zwar nicht von dem Mann ab, wich aber ein Stück zurück. »Devyn, mach die Tür zum Glockenturm auf.«

»Wo ist Sharon?«, fragte Devyn, ohne sich zu rühren. »Warum hilft ihr niemand? Und was heißt hier, ihre Mission ist glatter Selbstmord?«

»Sie ist ganz auf sich allein gestellt«, sagte der Mann weich. »Und so sollte es auch sein. Es sei denn, Sie wollen eine Menge Tote riskieren.«

Sie konnte weder antworten noch sich bewegen.

»Die Tür«, kommandierte Marc wieder.

Ihre Füße schwer wie Blei stakste Devyn zu der Tür, die nach oben führte. Sie zog sie auf und machte einen Schritt zur Seite, als Marc den Mann in die Türöffnung drängte.

»Los, dalli, Bewegung.« Marc schob ihn die Treppen hinauf, während Devyn wie versteinert unten stehen blieb und mental eins zum anderen fügte.

Sharon hatte etwas mit dem britischen Geheimdienst zu tun. Sie war anscheinend auf irgendeinem Friedhof mit jemandem namens Liam Baird, auf einer Art Selbstmordkommando, das, wenn es fehlschlug, eine Menge Menschen töten konnte.

»Devyn, komm her. Schnell.«

Sie duckte sich durch die Öffnung und setzte abermals über die steilen Stufen in den Glockenturm.

»Bist du da hochgestiegen?«, fragte er und zeigte auf die Leiter, die ganz nach oben führte.

»Nein.«

»Geh rauf und sieh nach, ob sich die Tür von dieser Seite verschließen lässt. Beeilung.«

Sie trat auf die Leiter, zog sich nach oben und kletterte, ohne nachzudenken, furchtlos. Denn mit den Gedanken war sie tausend Kilometer weit weg. Na ja, hundert oder etwas mehr. Sie wusste, wo der Friedhof Milltown war, der ließe sich leicht finden. Und sie und Marc waren so ein gutes Team, dass sie Sharon da locker aufspüren würden. Das war eine ihrer leichtesten Übungen.

Oben angekommen fand sie die Luke unverschlossen, aber von außen mit einem dicken Stahlriegel versehen. Jetzt wusste sie, warum Marc sie hier hochgeschickt hatte.

»Hier kannst du ihn einsperren«, rief sie. »Hier findet ihn kein Mensch.«

»Sie werden ihn finden. Der SIS merkt sehr schnell, wenn einer seiner Agenten außer Gefecht gesetzt wird. Wenn du wieder hier unten bist, richte die Pistole auf ihn.«

Sie tat es, während Marc ihn durchsuchte und ihm Handy und Brieftasche abnahm.

Er warf die Brieftasche Devyn zu. »Nimm seinen Ausweis raus. Und gib mir Deckung. Ich bringe ihn nach oben.«

Ohne sich zu wehren, folgte der Mann Marc, der ein paar Stufen vorausging, und kletterte in sein Gefängnis.

Sie hielt die Pistole auf ihn gerichtet, bis Marc die Tür hinter ihm verriegelte und schnell zu ihr zurückkehrte.

Wieder im Glockenturm schnappte er sich die Serviette und ließ die Brieftasche des Agenten zurück. Er steckte sich dessen Ausweis und das Handy in die Tasche, drängte Devyn zur Treppe. »Schnell«, befahl er. »Wir haben nicht viel Zeit.«

»Ich weiß, aber wir können in zwei Stunden in Milltown sein.«

Er erstarrte. »Hast du sie nicht mehr alle?«

Sie drehte sich zu ihm um. »Denk nicht mal daran, mich aufzuhalten.«

»Du stürzt dich nicht in eine SIS-Undercover-Aktion, Dev. Sorry.«

»Aber du hast doch gehört, was er gesagt hat …«

»Los!« Er versetzte ihr einen kräftigen Stoß. »Darüber können wir uns später streiten.«

Streiten? Oja, das würden sie. Ganz bestimmt.

21

Vivi roch die Tomatensoße, noch bevor Onkel Nino in der Tür zu ihrem Büro aufkreuzte. Hastig riss sie eine Schreibtischschublade auf und ließ ihr angefangenes Projekt darin verschwinden, gerade noch rechtzeitig, ehe er ins Zimmer gepoltert kam.

Konnte sie in diesem Büro nicht einmal ein bisschen Zeit für sich allein haben?

»Du siehst nicht gerade glücklich aus, mich zu sehen, *mia cara.*«

Sie setzte ein künstliches Lächeln auf, doch das entglitt ihr dummerweise wieder. Ihren Zwilling anzulügen – oder zumindest etwas vor ihm zu verbergen – war schon schwer genug. Ihren Großonkel zu beschwindeln, einen Mann, den sie von ganzem Herzen liebte, mit seinen vielen Macken und Marotten? Unmöglich.

Puh, in diesem Fall ging es nicht anders. Sie hatte die Minuten gezählt, bis Zach endlich weg war, voller Ungeduld, wieder an den Papierschnipseln herumpuzzeln zu können, die sie in North Carolina entdeckt hatte. Mittlerweile tippte sie darauf, dass dieser interessante Fund nichts anderes sein konnte als ein Brief.

»Ich versuche nur, ein bisschen Arbeit zu erledigen, Onkel Nino.«

»Was denn für Arbeit? Wir haben, warte, gerade mal einen Kunden, oder?« Er nickte demonstrativ in Richtung der stillen Büroräume. »Ich habe Chessie dabei gesehen, wie sie sich die Fingernägel lackiert hat. Schwer beschäftigt sieht für mich anders aus.«

»Sie erledigt ihre Aufträge total super«, sagte Vivi betont. »Außerdem bekommt sie noch keinen Cent dafür.«

»Sie meinte neulich, dass meine Crespelle tausendmal besser sind als eure Auftragslage.«

Vivi schielte auf die Auflaufform aus feuerfestem Glas, die er in den Händen balancierte. »Hmmmh lecker, Crespelle. Ich bete zu Gott, dass das da drin welche sind.«

Er hielt das Gefäß hoch. »Auberginen-Parmigiano«, sagte er und schmierte einen dicken neapolitanischen Akzent auf das Wort.

»Auberginen im Pyjama.« Sie grinste. Es hatte sie immer amüsiert, wie ihre amerikanischen Cousins das Gericht als Kinder genannt hatten. »Super, Zach hat gerade die Mikrowelle installiert.«

»Mikrowelle?« Er schnaubte verächtlich. »Als würde ich mein Essen mit solchem Teufelswerk kochen!«

Sie lächelte. »Nicht kochen, nur aufwärmen.«

»Gott sei Dank habe ich für euch einen Herd mit einem kleinen Backofen bestellt.«

Sie stand langsam auf, mit den Gedanken bei der Akte in ihrer Schublade, mit Leib und Magen bei den Auberginen. »Hat Chessie mir schon erzählt. Du weißt doch, dass das nicht nötig ist, Onkel Nino.«

»Ich kann nicht einfach hier rumsitzen und nichts tun, während ihr auf Aufträge wartet.«

»Du brauchst doch nicht hier zu sein«, sagte sie und wählte die Worte mit Bedacht. Von dem Augenblick an, als sie sich diese Geschäftsidee ausgedacht hatte, hatte Nino sich zum Team gezählt. Auch wenn sich seine Fähigkeiten auf das Kochen und das Lösen von Kreuzworträtseln und Puzzles beschränkten.

»Ich finde es toll, dass du hier bei uns sein willst, und Zach findet das auch, und du bist ein super Spitzenkoch, aber …«

»Aber was?« Er winkte mit einer typischen Onkel-Nino-Handbewegung ab. »Hmm? Bin ich zu alt, um ein Guardian Angelino zu sein?«

»Nein, nicht zu alt.« Ihr schlechtes Gewissen kämpfte mit Verärgerung, als er unaufgefordert das Büro betrat, eine Ecke der Abdeckung von der Auflaufform anhob und sich das verlockende und wunderbar vertraute Aroma von Oregano und frisch zerdrückten Tomaten im Raum verteilte. »Willst du was davon?«

»Hey, wer bin ich denn? Klar will ich was davon.«

Er ließ den Deckel wieder zuschnappen und warf ihr einen Jetzt-noch-nicht-Blick zu, dann reckte er sein Kinn Richtung Schreibtischschublade. »Was versteckst du da drin?«

Mit offenem Mund starrte sie ihn an. »Wie kommst du darauf, dass ich etwas verstecke?«

»Viviana.« Er zog ihren Namen in die Länge, schwer beleidigt und sehr italienisch. »Du sprichst hier mit Nino. Ich habe es genau gehört, als ich reinkam. Dein leises Schnauben, raschel, raschel in die Schublade, falsches Lächeln. Du hast da irgendwas vor mir versteckt.«

Sie lachte kurz auf. »Das ist gut, Onkel Nino. Das ist wirklich gut. Du bist der perfekte Guardian Angelino.«

Sein Gesicht sagte »Red keinen Blödsinn«, aber er fragte nur: »Was ist es denn?«

»Nichts.«

Er schwenkte die Auflaufform wie ein trotziges Kind von Vivi weg. »Kein Parmigiano für dich.«

Sie schnaufte leise bedauernd und kämpfte gegen ein Lächeln an. Und gegen das Bedürfnis, ihre Pläne jemandem mitzuteilen. Zach würde es nicht okay finden. Marc auch nicht. Aber Nino? Der begeisterte Puzzle-Fan? Ihr Puls legte einen Zacken zu. Womöglich war er ganz wild auf die Papierschnipsel. Und konnte das Rätsel lösen.

»Onkel Nino«, begann sie verschwörerisch. »Was würdest du sagen, wenn die Guardian Angelinos Finn MacCauley hinter Gitter bringen würden?«

Er zog seine buschigen, schwarzgrau melierten Brauen hoch, und seine Stirn kräuselte sich bis zu seinem schütter werdenden Haaransatz. »Ich glaube, dann würde ich eine komplette Einbauküche in den kleinen Pausenraum einbauen lassen.«

»Genau!« Sie schnippte mit den Fingern und zeigte auf ihn. »Das mit FinnMacCauley wäre ein solcher Coup, dass wir Kunden reihenweise ablehnen müssten.«

Er deutete auf den Schreibtisch und grinste. »Ist er zufällig da in der Schublade?«

»Ein Teil von ihm.« Sie setzte sich langsam und öffnete die Schublade ein kleines Stück. »Sieh mal, was ich in North Carolina gefunden habe.«

Sie hatte bisher höchstens drei Viertel des zerrissenen Schriftstücks rekonstruiert, entmutigt durch die Tatsache, dass etliche Teile nicht zusammenpassten und eindeutig einige fehlten.

Aber sie hatte genug, um zu wissen, dass Finn MacCauley und Sharon Greenberg sich mit dem Vornamen ansprachen, und dass er ganz dringend etwas von ihr wollte.

Es gab einen Hinweis auf das Jahr 2009, was darauf schließen ließ, dass der Briefverkehr erst vor relativ kurzer Zeit stattgefunden hatte.

Nino stellte die Auflaufform auf ein Sideboard, klemmte sich hinter ihren Schreibtisch und pflanzte sich neben Vivi auf einen der Regiestühle, den er klappernd hinter sich herzog. Behutsam holte sie einen Spiralblock hervor und öffnete ihn auf der Seite, auf der sie die Teile des zerrissenen Briefs ausgebreitet hatte. Sie nahm auch den Umschlag zur Hand, den sie in Dr. Greenbergs Haus hatte mitgehen lassen, und klopfte die restlichen Schnipsel – das waren noch so um die zwanzig – heraus. Sie waren etwa einen Quadratzentimeter groß, manche sogar noch kleiner.

Sie erzählte ihm, wo sie sie gefunden hatte, und klärte ihn auf, wer Sharon war, wie viel sie inzwischen über die Wissenschaftlerin wussten und was Devyn in Nordirland machte. Während sie sprach, begann Nino mit den Teilen herumzuspielen.

Er drehte jedes Fitzelchen immer wieder um, betrachtete es und überlegte, wohin es gehören könnte. Man merkte ihm an, dass er ein Puzzle-Spezialist war.

»Ich habe ein paar komplette Sätze, siehst du?« Sie zeigte auf die Mitte der Seite, wo sie alle Wörter hatte zusammensetzen können.

Niemand anderem außer dir würde ich diese Sache anvertrauen, Sharon. Du hast diese besondere …

»Glaubst du, sie lieben sich noch?«, fragte Vivi.

Statt einer Antwort schüttelte Nino bloß den Kopf. Er redete nie, wenn er in den höheren Sphären der Puzzle-Manie schwebte.

Ganz unten hatte sie noch das *Gruß Finn*-Teil, was sie für eine merkwürdige Art hielt, um einen Liebesbrief abzuschließen. Und sie hatte: *Die Summe wird beträchtlich sein, mindestens vier …*

Diese Zeile fand sie wirklich höchst interessant.

Nino griff willkürlich nach einem Schnipsel aus dem Umschlag und hob ihn hoch. Ein paar Teile mussten definitiv fehlen, und manche waren so klein, dass sich unmöglich herausfinden ließ, wo sie hingehörten. Aber sie hatte genug zusammengebastelt, um zu wissen, dass Finn MacCauley quicklebendig war und erst 2009 mit Dr. Sharon Greenberg kommuniziert hatte. Über Liebe und Geld.

Na logo, was sonst?, ätzte Vivi im Stillen.

»Sieh dir das an«, sagte Nino ruhig und legte locker-flockig drei Teile aneinander.

Sie werden dich ein paar Tests unterziehen und sichergehen, dass du hast, …

»Oh«, rief Vivi aus und griff nach einem ziemlich großen Teil, auf dem stand: *was wir brauchen.*

»Und sieh mal hier«, sagte Nino leise. »Ein verdammt langer Satz. Und was ist das?« Er drehte ein weiteres Stück herum, auf dem ein Teil eines Wortes stand – *tox.*

»Toxisch?«, fragte Vivi.

»Hallo?« Die Begrüßung wurde von einem unsanften Klopfen begleitet. Indem sprang die Flurtür auf. »Ms Angelino? Sind Sie da?«

Sie biss sich auf die Lippen und sprang auf. »Ach herrje, das ist der fragliche Kunde. Schnell, räum das weg.«

»Du hast nicht vor, es ihm zu zeigen?« Nino blickte überrascht auf.

»Ms Angelino?« Special Agent Lang hielt auf das Büro zu.

»Moment, ich beende nur noch ein Telefongespräch«, brüllte sie. Und dann im Flüsterton: »Nein, ich will nicht, dass er das sieht. Er wird sich alles unter den Nagel reißen und uns damit jede Chance auf unseren triumphalen Augenblick nehmen.«

Nino warf ihr einen tadelnden Blick zu.

»Nino!«, ermahnte sie ihn leise. »Nicht, bevor wir fertig sind. Dann wird es viel mehr Eindruck machen.«

»Ich mache es fertig«, sagte er ruhig. »Geh und kümmer dich um den Kunden.«

Sie schenkte ihm ein dankbares Lächeln und flitzte um seinen Stuhl herum und in den Flur hinaus. Lang bewegte sich mit einer Selbstverständlichkeit durch die Gänge, als gehörten ihm die Räume.

Was nicht ganz verkehrt war, immerhin war er ihr bislang einziger Kunde und Brötchengeber.

»Hallo, Assistant Special Agent.« Sie grinste und zog die Tür mit beiden Händen hinter sich zu. »Habe ich es diesmal richtig gesagt?«

»Hallo Vivi.« Er setzte ein Lächeln hinzu, das hart an der Grenze zum Flirtalarm war. »Sie haben den Teil mit ›in Charge‹ vergessen.«

»Wie konnte ich nur?« Sie lächelte entwaffnend und zeigte auf Zachs wesentlich beeindruckenderes Büro. »Gehen wir da rein. Mein Bruder ist außer Haus.«

»Hat er einen neuen Auftrag?«

Ja, Sie neugieriger Vogel. Stellen Sie sich vor, er will ein Haus kaufen. Sie verkniff sich die spitze Antwort, schlüpfte an Lang vorbei und pflanzte sich schnell auf Zachs Schreibtischstuhl, denn bei diesem Mann war es ihr wichtig, eine gewisse Machtposition einzunehmen. »Was kann ich für Sie tun?«

»Ich hätte gern einen vollständigen Statusbericht über Marcs Fortschritte.«

»Ich war gerade dabei, einen zusammenzustellen«, versicherte sie ihm hastig. »Es ist ein richtiges … Puzzle.«

Er runzelte die Stirn, und seine haselnussbraunen Augen nahmen einen grünlichen Ton an, was wohl an dem dunkelgrünen Poloshirt lag, das sich eng an seinen Körper schmiegte und seine breiten Schultern betonte. Ein Golf-Shirt. Natürlich war Lang ein Golfer. Langweilig und präzise. Exakt so trottete er über das Fairway des Lebens.

»Puzzle? Was meinen Sie damit?«, fragte er.

»Na ja, es setzt sich aus sehr kleinen Informationsschnipseln zusammen.« Manche kleiner als einen Zentimeter. »Wissen Sie, die Kommunikation steht manchmal auf wackligen Beinen, und wegen der Zeitverschiebung hören wir nicht unbedingt jeden Tag etwas von Marc. Aber er versucht, sich jeden Abend zu melden.«

»Bevor ich es vergesse.« Er griff in seine Gesäßtasche und zog einen gefalteten Briefumschlag hervor. »Ein kleiner Vorschuss für die Auslagen, wie versprochen.«

Ihr Herz führte spontan einen Freudentanz auf. »Danke.«

»Rufen Sie ihn an.«

»Jetzt?« Ihr tanzendes Herz stolperte abrupt. Auweia. Eine mögliche Katastrophe ragte bedrohlich vor ihr auf.

»Sofort.«

Bei diesem Typ gab es keine Diskussionen, oder? »Klar, ich kann es versuchen. Warten Sie, es ist jetzt ungefähr sechs Uhr dort. Vielleicht haben wir Glück und erreichen ihn.«

»Er hat ein Handy bei sich.«

»Ach, was Sie nicht sagen.« Sie löste ihr eigenes von der Gürtelschlaufe, drückte auf die Kurzwahl und hoffte halbherzig auf eine Meldung der Mailbox. »Ich sage ihm nur kurz, dass Sie ihn sprechen wollen.«

Er beugte sich vor und streckte die Hand nach dem Telefon aus. Doch anstatt es zu nehmen, legte er seine starken Finger auf Vivis Handgelenk und schob ihren Arm nach unten. »Stellen Sie auf Mithören und sagen Sie ihm nicht, dass ich da bin.«

Verärgert wich sie zurück. »Tut mir leid, Mr Lang. So arbeiten wir hier nicht.«

»So wie es hier aussieht, arbeiten Sie überhaupt nicht. Es sei denn« – er schnupperte demonstrativ –, »Sie nennen Spaghettikochen Arbeit.«

Sie schleuderte ihm einen wütenden Blick zu. »Es ist Parmigiano.« Nicht, dass ein Spießer wie Lang den Unterschied zu schätzen wüsste. »Und ich würde es vorziehen, Marc gegenüber ganz offen zu sein und ihm zu sagen, dass Sie hier sind.«

»Nein.« Der einsilbige Befehl war eindeutig und unmissverständlich. »Wählen Sie und drücken Sie auf Lautsprecher.«

Sie gehorchte und Marc meldete sich mit einem kurzen »Ich ruf dich gleich zurück«. Er klang ziemlich aus der Puste, und ein aufgewühlter Atemzug rauschte durch den Hörer, als legte er gerade einen Gewaltmarathon zurück.

»*Jetzt*«, formten Langs Lippen.

»Jetzt«, wiederholte Vivi. »Wir brauchen einen Statusbericht, und zwar subito.«

Hatte Marc das *wir* mitbekommen? Lang schon. Er warf ihr einen warnenden Blick zu.

»Wir haben in ein Scheißwespennest gestochen, Vivi.«

»Was ist denn los?«, fragte sie betont und hoffte inständig, dass er merkte, dass sie nicht allein am Telefon waren.

Eine kurze Weile antwortete er gar nicht, sondern murmelte irgendwas Unverständliches, und rief dann: »Nein, halt einfach nur die Pistole. Benutz sie, wenn es sein muss, und lauf schneller!«

Vivi und Lang wechselten einen langen Blick, und in seinem spiegelte sich eine Mischung aus Entsetzen und Verblüffung. Marc sollte diese Frau zum Essen ausführen und sie klammheimlich dazu bewegen, Belfast zu verlassen, am besten sogar Irland. Stattdessen rannte sie anscheinend mit einer geladenen Pistole durch die Gegend.

»Wo rennt ihr denn hin, Marc?«, fragte sie und bemühte sich um einen ruhigen Tonfall.

»Himmel, Vivi, ich kann jetzt nicht reden. Ich habe nur abgenommen für den Fall, dass Gabe auf meinen Notruf antwortet, den ich gerade bei ihm abgesetzt habe.«

Lang durchbohrte sie buchstäblich mit seinem Blick.

»Gabe?« Marcs Bruder ans Telefon zu bekommen war in etwa so aussichtsreich, wie einen Geist zu materialisieren. Was konnte er von Gabe wollen? »Was ist denn los, dass du versuchst, Gabe zu erreichen?«

»Die Scheiße, mit der Gabe sich auskennt«, japste er.

Lang torpedierte sie mit einem mordlustigen Blick, in seinem muskulösen Hals hüpfte eine kleine Ader auf und ab.

Am Telefon entstand eine lange Pause, und dann: »Da, das Auto, Dev. Steig ein, los.«

»Was ist denn da los, Marc?«

Die Antwort waren ein aufheulender Motor und quietschende Reifen.

»Vivi, hör zu«, ächzte Marc.

Sie machte sich auf alles gefasst und hielt Langs Blick stand. »Okay, was liegt an?«

»Gib mir alles durch, absolut alles, was du über einen Typen namens Liam Baird findest.«

Lang versuchte, keine Reaktion zu zeigen, doch Vivi bemerkte, dass sich seine Pupillen kaum merklich weiteten, die Ader in seiner Nackenbeuge drohte herauszuspringen.

Sie schnappte sich einen Bleistift und einen kleinen Notizblock von Zachs Schreibtisch. »B-a-i-r-d?«, fragte sie.

»Keine Ahnung. Such einfach nach jeder Variante. Finde raus, wer der Typ ist und warum der MI5 es auf ihn abgesehen haben könnte.«

Der MI5? »Du meinst den britischen Geheimdienst?«

Lang entriss ihr das Handy und brüllte: »Rossi!«

Stille.

»Hier ist Assistant Special Agent in Charge Colton Lang.«

Immer noch Schweigen.

»Jetzt hören Sie mir mal gut zu, Rossi. Sie hatten einen einfachen, klar umrissenen, sicheren Auftrag, als Sie dieses Büro verlassen haben. Verdammt, es war ein leichter Job, die Frau da rauszubringen. Was in Himmelherrgottsnamen ist da los?«

Die Hintergrundgeräusche brachen augenblicklich ab, die Leitung war tot. Marc hatte einfach aufgelegt.

»Verdammter Scheißkerl«, murmelte Lang, er warf das Handy auf den Schreibtisch und funkelte Vivi böse an. »Sie holen ihn wieder ans Telefon und sagen ihm, egal, was er treibt und wo er ist, und ganz egal, wen er gefunden zu haben meint« – er beugte sich vor und schlitzte sie mit einem arroganten befehlsgewaltigen Blick förmlich in zwei Hälften –, »er damit aufhören soll. Ist das klar?«

Sie nickte.

Er riss das Blatt mit dem Namen »Baird« darauf aus dem Block und zerknüllte es in der Hand. »Und wenn ich Sie wäre, würde ich den Namen schleunigst wieder vergessen.«

Er stopfte sich den Zettel in die Hosentasche und ging. Sie rührte sich nicht, bis die Eingangstür hinter Lang zuschnappte. Ihr Herz hämmerte gegen ihren Rippenbogen. Sie nahm das Handy und ging wieder in ihr Büro, um Marc im Beisein von Nino anzurufen.

Als sie den Raum betrat, puzzelte er an dem Brief von Finn an Sharon und hatte erkennbare Fortschritte gemacht. Er war gerade dabei, zwei Teile zusammenzufügen und nickte. »Das klingt richtig.«

»Was klingt richtig, Nino?«

Er blickte hoch. »Der Name Liam Baird. Klingt echt irisch. Sagt dir der Name irgendwas?«

22

Marc hatte Colton Lang nur deswegen weggedrückt, weil auf seinem Handy ein viel wichtigerer Name angezeigt wurde. Die Chance, Gabriel Rossi ans Telefon zu kriegen, war gering bis gar nicht vorhanden, und in seiner prekären Situation konnte er von seinem jüngeren Bruder, dem Superspion für verdeckte Operationen mit jeder Menge Vitamin B, brauchbarere Informationen bekommen als von dem bornierten FBI-Agenten, der ihm die Ohren mit irgendwelchen Drohungen zulaberte.

»Mach's kurz«, sagte Gabe zur Begrüßung.

»Hast du irgendwelche Verbindungen zum MI5?«

Gabe schnaubte bloß überheblich. Okay, das hatte Marc sich schon gedacht. »Wie sieht's aus mit einem Typen namens Liam Baird?«, fragte er.

»Ich seh mal nach. Sonst noch was?« Kein Wort zu viel bei Gabe.

Marc klemmte sich das Telefon mit der Schulter ans Ohr und streckte die Hand aus. Devyn deutete die schweigende Bitte richtig und gab ihm den Ausweis, den sie dem Mann im Glockenturm abgenommen hatten. »Sagt dir der Name Nigel Sutton irgendwas?«

»Nicht mehr als Hans Mustermann«, knurrte Gabe. »Das ist ein 08/15-Standard-SIS-Ausweis. Die heißen alle Nigel Sutton, wenn sie gefasst werden. Wo zum Henker bist du überhaupt?«

»In Enniskillen.«

»Nordirland?« Gabe klang überrascht. »Na, kein Wunder. Da heißt wahrscheinlich jeder Zweite Nigel Sutton. Da oben ist ein

Nest von SIS-Leuten. Eine Zentrale für britische Schnüffler. Was treibst du denn da?«

»Lange Geschichte.«

»Hast du Probleme?«, fragte Gabe mit Besorgnis in der Stimme. Er war zwei Jahre jünger als Marc und der geborene Beschützertyp. »Ich bin nämlich« – er zögerte – »gar nicht so weit weg. Ich kann in weniger als einem Tag bei dir sein.«

»Alles in Ordnung, aber bleib erreichbar.«

»Versprechen kann ich nichts, Bruderherz.«

»Bist du an einem Job dran?«, bohrte Marc.

»Ich bin bei einer Frau, und du unterbrichst mich gerade bei der schönsten Nebensache der Welt.« Gabe lachte kurz auf. »Aber ich könnte mich überreden lassen, nach Belfast zu fliegen, wenn du mich brauchst.«

»Besorg mir einfach alles, was du über Baird finden kannst, und zwar schnell.« Marc warf einen Blick zu Devyn, die neben ihm auf dem Beifahrersitz des Mietwagens saß. Sie schlang die Arme um ihre Taille, und ein leichtes Frösteln schüttelte ihren schlanken Körper. »Ich brauche unbedingt irgendwas Konkretes darüber, was er tut und wo er ist. Ich brauche eine Adresse, in der Nähe von Milltown.«

»Wenn er in Milltown ist, du Depp, dann ist er tot.«

»Ich weiß, dass das ein Friedhof ist, aber irgendwo in der Gegend muss er sein. Wie nennt sich das, Falls Road? Im Westen der Stadt.«

»Okay, lass mir ein bisschen Zeit. Ich melde mich wieder.«

Und dann war Gabe weg. Das Telefon immer noch in der Hand, überlegte Marc, ob er Vivi zurückrufen sollte, aber er mochte sich jetzt nicht mit Lang herumschlagen. Aus seiner Sicht war dieser Auftrag geplatzt. Er ließ das Handy auf die Mittelkonsole fallen und warf noch einen prüfenden Blick in den Rückspiegel.

»Folgt uns jemand?«, fragte Devyn.

»Im Moment nicht. Ich finde, wir sollten zurück in die Pension fahren und einen Plan austüfteln.«

»Können wir nicht direkt nach Milltown fahren?«

Er schoss ihr einen gereizten Blick zu. »Nein. Wir fahren nicht nach Milltown.«

»Warum hast du dann gerade nach einer Adresse gefragt, wo Liam Baird sein könnte? Und deine Cousine um Informationen über ihn gebeten?«

»Weil ich in allerersterster Linie ein Ermittler bin«, warf er zurück. »Ich lebe von Informationen. Die einzige Information, die ich im Moment habe, ist, dass wir mitten auf eine Landmine getreten sind, und ich habe keine Lust, in die Luft zu fliegen.«

»Mit wem hast du gerade telefoniert? Nach deinem Gespräch mit Vivi hast du doch noch jemanden angerufen.«

Er zögerte eine lange Weile. Gabes Leben unterlag strikter Geheimhaltung. Nur die Familie wusste, was er machte, und manche, ihre Mutter zum Beispiel, wussten längst nicht alles darüber. »Mit meinem Bruder«, sagte er schließlich. »Er hat ziemlich gute Verbindungen.«

»Zum MI5?«

»Zur CIA, womit er im selben Metier tätig ist und Zugang zu vielen Informationen hat.«

Sie drückte sich tiefer in den Sitz.

»Ist dir kalt?« Er schaltete die Heizung an und ließ warme Luft hereinströmen.

Sie antwortete nicht, sondern sah aus dem Fenster. »Es will mir einfach nicht in den Kopf, weshalb Sharon in so etwas verwickelt ist. Sie ist ein Wissenschaftsfreak.«

»Du weißt doch gar nichts über sie, Dev.«

»Ich weiß …« Sie zögerte, offenbar nicht in der Lage, darauf zu antworten. »Ich weiß, dass ich nichts weiß. Aber was immer sie macht, vielleicht ist sie ja doch nicht Dr. Frankenstein.«

»Du willst also immer noch dein Leben aufs Spiel setzen, um sie zu finden? Obwohl jeder, der uns hier über den Weg läuft, der Meinung zu sein scheint, dass das eine saublöde Idee ist?« Er hörte selbst, wie schroff seine Stimme klang, aber es war ihm egal. Sie sollte endlich einsehen, dass ihr Vorhaben hirnrissig war. »Du hast keine Ahnung, was sie treibt, außer dass sie es mit ein paar ziemlich gefährlichen Leuten zu tun hat.«

Sie kehrte ihm den Rücken und betrachtete schweigend die Landschaft. Nachdem sie den Wagen auf dem Parkplatz des kleinen Gasthofs abgestellt hatten, schlüpften sie durch den hinteren Eingang in ihr Zimmer.

Sobald er die Tür hinter ihnen abgeschlossen hatte, lief sie zum Badezimmer. Unterwegs drehte sie sich noch einmal zu ihm um.

»Die Sache ist die, Marc«, platzte sie unvermittelt heraus, als hätte sie die ganze Zeit hin und her überlegt, ob sie wirklich damit herausrücken sollte. »Du hast diese riesige, wundervolle Familie, in der jeder nur einen Anruf entfernt ist, um dir das Leben zu retten. Du hast Eltern, die du kennst und denen du vertraust, und … und eine Kindheit, die wahrscheinlich so schön war wie ein verdammtes Norman-Rockwell-Gemälde.«

»Hey, übertreib mal nicht gleich.«

Sie winkte ungnädig ab. »Du hast jede Menge Fähigkeiten und Jobs – du bist ein Mann mit vielen Talenten. Und du hast deinen Platz im Leben. Du hast nie die Erfahrung gemacht, nirgendwo richtig hinzugehören, oder dir die Frage stellen müssen, wozu lebe ich eigentlich, mich will ja doch keiner.«

Nein, diese Erfahrungen waren ihm völlig fremd. »Du hast doch bestimmt Freunde und Bekannte. Oder deine Adoptiveltern, die dich aufgezogen haben.«

Sie lachte leise und verbittert auf. »Meine Eltern sind wie

Roboter. Das Haus war bedrückend, die Kommunikation distanziert, die Gefühlsschiene besch… Na ja, Hewitts zeigen keine Zuneigung.«

»Ist es das, was du bei deiner Mutter suchst?«, fragte er. »Einen tieferen Sinn für dein Leben? Ein bisschen mütterliche Zuneigung? Und dafür bist du bereit, dein Leben und das anderer zu riskieren?«

Ihr Gesicht nahm einen gequälten Zug an, als hätte er ihr soeben eine schallende Ohrfeige verpasst. »Du weißt ganz genau, dass ich mehr will«, räumte sie mit Nachdruck ein. »Ich möchte eine *Beziehung* zu ihr aufbauen. Ich will sie …« Sie schluckte. »Ich will sie lieben. Und dass sie mich liebt. Was ist daran so verkehrt?«

»Gar nichts, zur richtigen Zeit und am richtigen Ort. Aber du musst deine Erwartungen zurückschrauben. Es ist nicht gut, zu viel zu wollen.«

»Was ist falsch daran, sich Liebe zu wünschen? Eine Familie? Eine richtige Mutter? Ein eigenes Kind? Ich bin nicht irgendeine Verrückte, Marc. Ich bin … eine *Frau.* Mit Wünschen und Bedürfnissen. Ich will dieselben Dinge, die jede Frau will, aber aus irgendeinem Grund kann ich sie nicht haben. Es ist, als hätte ich sie nicht verdient.«

Doch, das hatte sie. Mehr als jede andere Frau, die er kannte. »Du hast dir all diese Dinge verdient«, versicherte er sanft und drängte näher zu ihr, bereit, sie zu trösten, mit seinen Händen, seinem Mund, seinem Körper. »Du bist eine starke, schöne, kluge und tapfere Frau. Du hast Seele und Herz. Du bist ein Mensch mit Stärken und Schwächen und …«

Sie stoppte ihn mit einer hochgehaltenen Hand. »Und mit grottenschlechten Genen.«

»Das ist doch Wahnsinn, was du da sagst. Du bist mehr als deine Gene, Devyn. Viel, viel mehr.«

»Glaubst du das wirklich?«

»Es ist nicht wichtig, ob ich das glaube oder nicht«, sagte er. »Glaubst *du* es?«

Sie lehnte sich an den Türpfosten, als hätte die Frage sie schwer mitgenommen. »Ich möchte es so gern glauben.«

»Dann glaub es.«

»Bei dir klingt das so einfach. Du hast keine Ahnung, was es bedeutet, mit dieser Belastung zu leben. Egal, was ich mache, ich dreh mich immer im Kreis. Ich kann die Menschen nicht verändern, zu denen ich mich wirklich hingezogen fühle. Blut ist dicker als Wasser, sorry, aber du bist der lebende Beweis dafür.«

Er legte ihr sanft eine Hand auf die Wange und schaute ihr tief in die Augen, während er entgegnete: »Ich glaube, du bist der lebende Beweis dafür, dass man sich über die genetischen Anlagen hinwegsetzen kann, die einem mitgegeben wurden.«

Sie erwiderte seinen Blick, und in ihren Augen blitzte eine Frage auf. »Weißt du, was ich mir wünsche?«

Er schüttelte den Kopf, streichelte ihr Kinn, ihre Lippen, ihre Wange. »Was wünschst du dir, Dev?«

»Ich wünschte, du würdest das alles nicht über mich wissen. Ich wünschte, wir wären uns unter anderen Umständen begegnet, ich wäre für dich ein unbeschriebenes Blatt und wir könnten ganz unvoreingenommen … eine Beziehung aufbauen.«

»Ich weiß nicht, wie es mit dir aussieht, Kleines, aber ich spür da so was wie einen heißen Draht zwischen uns.« Er senkte den Kopf, um sie zu küssen, aber etwas in ihren Augen hielt ihn davon ab. »Du hast mir das Leben gerettet, Devyn. So etwas verbindet, das schweißt uns unweigerlich zusammen.«

»Wirklich?«

Er nickte und fasste ihre Hand. Sie entzog sich ihm und betrat das Bad.

»Ich muss … darüber nachdenken.« Nach einem langen Blick

zu ihm schloss sie die Tür und ließ ihn einfach stehen. Marc fühlte, wie er hart wurde, hart, heiß und hungrig.

Frustriert wandte er sich ab und zog sich das T-Shirt über den Kopf, genoss den kühlenden Luftzug auf seiner verschwitzten Haut. Auf dem Bett fuhr er sich mit den Händen durchs Haar. Wie war das, ohne Familie zu leben, ohne Sinn und Ziel? Wahrscheinlich schlimm und traurig. Folglich konnte er Devyns heimlich gehegte Wünsche gut nachvollziehen. Trotzdem durfte er es auf gar keinen Fall billigen, wenn sie ihr Leben riskierte, um Sharon Greenberg zu finden.

Irgendwie musste es ihm gelingen, sie zu überreden, diesen Plan aufzugeben.

Auf der anderen Seite der Badezimmertür begann die Dusche zu plätschern, und im gleichen Moment klingelte sein Handy. Er griff danach und erkannte die Nummer.

»Was hast du für mich, Gabe?«

»Alter Schwede, ich kann dir nur inständig raten, schleunigst deinen Arsch da wegzubewegen. Das ist eine ganz große Sache, weltumspannend, und du spielst echt mit deinem Leben, wenn du dich an Liam Baird ranmachen willst.«

Oder *Gabe* würde ihm dabei helfen, sie zu überreden. »Wer ist dieser Kerl?«

»Ein Zwischenhändler, ein Unruhestifter, so was wie ein Volksverhetzer mit verdammt guten Kontakten. Und die wollen diese Kontakte, nicht ihn.«

»Und wer sind ›die‹?«

»Tehrik-e-Jafria.« Als Marc unschlüssig schwieg, fügte Gabe erklärend hinzu: »Pakistans Antwort auf al-Qaida. Hey Kumpel, ich rede keinen Müll. Halt. Dich. Da. Raus.«

»Und was macht Baird?«

»Alles, was ich rausfinden konnte, war Bioterrorismus, und dafür habe ich verkauft, was von meiner erbärmlichen Seele noch übrig war. Ich vermute, dass er biochemische Massenvernichtungswaffen und so'n Scheiß für einen Haufen Kohle an die Pakistanis verkauft.«

Biochemische Massenvernichtungswaffen. Und zwar aus … Botulinumsporen. Solche, wie sie laut FBI-Informationen, die Vivi ihnen geschickt hatte, aus dem Labor der Universität von North Carolina gestohlen worden waren, kurz bevor eine renommierte Wissenschaftlerin mit weltweit anerkannter Toxin-Erfahrung verschwunden war.

»Was ist mit Dr. Sharon Greenberg?«

Die Antwort darauf war Totenstille. »Was soll mit ihr sein?«

»Ich muss sie finden.«

»An deiner Stelle würde ich das lieber lassen.«

»Warum?«

»Verstehst du nicht? Sie ist auf die falsche Seite gewechselt. Macht die schmutzige wissenschaftliche Arbeit, für die Baird zu blöd ist, aber um sie zu verkaufen, ist er klug genug«, knirschte Gabe. »Und vergiss, dass sie Amerikanerin ist. Sie werden die gute Frau schnappen, während sie den Kreis um Baird immer enger ziehen. Sie sind ganz dicht dran, wie dicht kann ich dir nicht sagen. Sorry, aber das entzieht sich meiner Kenntnis.«

Das würde Devyn umbringen. »Bist du sicher? Vielleicht arbeitet sie verdeckt für den SIS.«

»Ich glaube, das wüsste ich.«

»Du weißt auch nicht alles.«

Gabe schnaubte ärgerlich. »Ich weiß, dass das eine riesige Operation ist, und eine verdammt hässliche. Das Einzige, was ich dir mit Sicherheit sagen kann, ist Folgendes: Wag dich auch nur in die Nähe dieses Projekts, bring das Gleichgewicht der Macht zum Kippen, alarmiere Baird, dass er kurz davor ist, dingfest gemacht zu werden, und du kannst dich von deiner kleinen Firma und deinem Arsch verabschieden.«

»Besteht die Möglichkeit, dass es sich dabei um Fehlinformationen handelt?«

Gabe seufzte. »Normalerweise nicht, aber weißt du, alles ist möglich. Mach einfach, dass du da abhaust, Marc. Kümmer dich in Amerika um dein Geschäft. Und überlass den Rest der Welt uns.«

Und weg war er.

Verdammt noch mal, wie sollte er das Devyn beibiegen? Sie tippte absolut richtig mit ihren Scheißgenen, sinnierte er sarkastisch.

Die Plastikschutzbrille drückte auf Sharons angeschwollene Wangenhaut, ihr Atem hinter dem Mundschutz roch sauer, weil sie seit Stunden nichts mehr gegessen und nur ein bisschen Wasser getrunken hatte. Ihre Beine pochten vor Schmerz, obwohl sie sich bei der langatmigen mühevollen Prozedur, die isolierten Toxine von den Bakterien zu ernten und der Reinigung und Gasifizierung zu unterziehen, zwischendurch immer wieder auf einem Hocker niederließ. Sie hatte mörderisches Kopfweh vor lauter Sorge, dass sie diesmal einen sehr großen Fehler gemacht hatte.

Doch Sharons Hände blieben ruhig, denn sie durfte sich keinen Fehler erlauben. Nicht auszudenken, was sie dann mit ihr machen würden.

Neben ihr brummte Bairds Handy. Er blickte auf das Display, und seine gesamte Körpersprache lebte förmlich auf, als er abnahm. »*Salam.*«

Aha, Anruf aus Pakistan.

»Natürlich sind wir bereit«, sagte Liam kühl und betrachtete die vor ihr ausgebreiteten Ampullen und Reagenzgläser. Er deutete auf die Reihe von Spraydosen, von denen alle bis auf drei gefüllt waren.

»Ich kann sie liefern, wann Sie wollen und wohin Sie wollen.« Er wandte sich ab und ging zur Tür. »Lassen Sie uns jetzt die Einzelheiten besprechen.«

Geh nicht, geh nicht! Sie brauchte diese Informationen. Sie waren der Schlüssel, mit dem sie Devyn dazu bringen würde, ihr zu helfen, aus diesem Chaos zu entkommen.

»Am Hafen?«, fragte Liam und öffnete die Tür. »Da werden Sie unruhige Gewässer durchqueren müssen. Vielleicht brauchen Sie« – sein Blick fiel auf sie – »einen Trumpf im Ärmel.«

Natürlich, ihr Instinkt hatte sie nicht getäuscht. Liam wollte sie denen als Geisel vorwerfen. Der Idiot würde vielleicht schockiert sein, wenn er die Wahrheit erfuhr! Das einzige Problem war … Nein, es war kein Problem. Nicht, wenn ihr etwas einfiel, wie Devyn ihr helfen konnte.

Sie hielt das Reagenzglas über die Flamme, um die Flüssigkeit darin in einen gasförmigen Zustand zu bringen, und lauschte angestrengt auf weitere Informationen.

Aber der Raum war quasi schallgedämpft, und sie hörte ein paar Minuten lang gar nichts, bis die Türangeln quietschten und sie begriff, dass sie nicht mehr allein war. Sie warf verstohlen einen Blick über die Schulter und begegnete den blauen Augen von Ian O'Rourke.

Hoffnung flackerte in ihr auf wie die Flamme des Bunsenbrenners. Ihr Blick fiel auf seine Straßenbekleidung. »Bitte legen Sie die nötige Schutzkleidung an, Mr O'Rourke. Sie könnten sterben, wenn Sie eine dieser Sporen einatmen.«

Er nahm eine Schutzmaske vom Tisch und zog sie über seine untere Gesichtshälfte.

»Sind Sie bald fertig?« Der Mundschutz dämpfte seine Stimme, trotzdem klang er schwer besorgt.

»Noch drei Dosen. Er will vierundzwanzig von den Dingern.«

Ein paar Sekunden lang sagte er gar nichts und sah ihr bei der Arbeit zu. Ihre Hände zitterten zwar nicht, doch innerlich war sie völlig aufgelöst. Konnte sie diesem Mann vertrauen? Gehörte er zum SIS?

Hin und wieder dachte sie das auch von Marie, der Haushälterin. Diese Frau lauerte scheinbar hinter jeder Ecke und schien allen Grund zu haben, die IRA und deren Abkömmlinge zu hassen. Möglich, dass sie beide für dieselbe Operation arbeiteten wie Sharon, vielleicht aber auch nicht. Es wurde allmählich Zeit, das herauszufinden. Denn wenn das alles hier vorbei war, würde sie entweder gar keine Verbündeten mehr haben oder tot sein.

Und das war bestimmt nicht der Grund, warum sie durch diese Hölle ging. Ein Mann würde dran glauben müssen und sterben. Und nur einer. Sie durfte nie aus den Augen verlieren, warum sie in etwas so Niederträchtiges eingewilligt hatte, wie Gift herzustellen, um Menschen zu töten. Ihr wahres Motiv, weshalb sie in diesem Raum stand und tödliche Sporen in vermeintlich harmlose Spraydosen füllte.

Er räusperte sich. »Mr Baird hat bei seinem Telefonat nicht zufällig einen Ort erwähnt?«, fragte er leise.

Wenn sie sich der *falschen* Person offenbarte, würde sie damit ihr Todesurteil unterschreiben und ihre ganze Arbeit der letzten Wochen wäre umsonst gewesen. Aber …

»Doch, den Hafen«, murmelte sie zögernd.

Die Verzweiflung drückte sie nieder, aber ihre Finger blieben ruhig, als sie die Ampulle neigte.

»Brauchen Sie irgendwas, Dr. Greenberg?«, fragte Ian.

Mit anderen Worten, eine Belohnung für die Information, die sie ihm gerade gegeben hatte?

»Ich glaube nicht, dass Sie mir geben können, was ich brauche, Mr O'Rourke.«

Er blickte ihr fest in die Augen. »Probieren Sie's aus.«

Eine lange Weile musterten sie einander forschend, unausgesprochene Fragen hingen in der klammen Luft zwischen ihnen. Sollte sie … es *ausprobieren*?

Unter ihrer Maske befeuchtete sie ihre spröden Lippen und ging das größte Wagnis ihres Lebens ein. »Haben Sie eine Tochter, Mr O'Rourke?«

Er zuckte mit keiner Wimper. »Ich habe einen Sohn.«

Sie nickte. »Lieben Sie ihn?«

»Ja, sehr.«

»Würden Sie alles für ihn tun?«

Ein Lächeln flackerte in seinen Augen auf. »Ich glaube, das tu ich in diesem Moment.«

Sie schnappte kurz nach Luft. »Sie müssen jemandem eine Nachricht überbringen«, flüsterte sie.

Er zeigte keine Regung, trotzdem hatte er spontan begriffen, wen sie meinte. Und wie er sie fand. Das war entweder das Dümmste, was sie je gemacht hatte, oder das Klügste.

Endlich atmete sie aus. »Geben Sie ihr …« Sie schloss die Augen, griff tief in ihre Laborkitteltasche und zog das Foto heraus, das sie mit sich herumtrug, seit sie dort war. Sie nahm einen Stift, der neben ihrem Notizblock lag, und schrieb das Erste, was ihr in den Sinn kam, unter das kleine Bild und gab es ihm. »Das hier.« Sie warf ihm einen verstohlenen Blick zu und versuchte, seinen kryptischen Gesichtsausdruck zu lesen. »Können Sie das für mich tun?«

»Versprechen kann ich nichts.«

»Bitte?« Ihre Stimme versagte. »Bitte«, wiederholte sie.

»Ich werde es versuchen.«

»Ich muss Ihnen vertrauen«, sagte sie leise. »Ich muss Ihnen vertrauen, dass Sie in dieser Sache auf der richtigen Seite stehen.«

Er nickte. »Das tu ich.«

»Ian!«, brüllte Liam, während er die Tür aufriss, und die beiden zuckten leicht zusammen. »Ich bin gleich wieder da. Lass sie nicht allein. Nicht eine Sekunde. Kapiert? Es ist mir egal, ob sie sich die Hosen vollpinkelt – sie verlässt diesen Raum nicht, bevor die letzten drei Dosen fertig sind.«

Ian nickte knapp.

»Und zieh dir verdammt noch mal Handschuhe an«, schob Liam nach. »Wenn du in Schockstarre fällst, nützt du mir nämlich gar nichts, Mann.«

Hinter ihr knallte die Tür wieder zu. Ian machte keine Anstalten, die Schutzkleidung zu vervollständigen, selbst als Sharon nach einem Behälter griff und ihn mit der Öffnung über dem Reagenzglas positionierte, in dem eine silbrige Wolke aufstieg.

»Ich muss noch zwei Stück machen«, erklärte sie ihm.

»Und dann, Dr. Greenberg, ist Ihre Arbeit erledigt.«

Ian ging zu der Tür hinter ihr und verschwand aus ihrem Blickfeld, während sie mechanisch ihre Arbeit verrichtete. Der schwierige Teil, das Isolieren und Ernten, war schon vor Stunden passiert.

»Brauchen Sie sonst noch was?«, fragte er ruhig.

»Nur … eine Chance.« Die Chance, *nicht* als Geisel verheizt zu werden.

»Okay, dann nutzen Sie sie.«

Sie verschloss den Behälter wieder und stellte ihn behutsam ins Regal zurück. Dann drehte sie sich zu Ian um.

Es war jedoch niemand mehr im Raum, und die Tür zu ihrem Gefängnis stand weit offen.

Einen Moment lang stand sie wie vom Blitz getroffen da. Sie rechnete jeden Augenblick damit, dass er wieder auftauchte und nur kurz in den Vorraum gelaufen war. Aber er war weg. Und sie … sie konnte entkommen.

Langsam nahm sie die Schutzbrille ab und machte vorsichtig ein paar Schritte auf die Tür zu.

Sie atmete tief durch und trat in den Vorraum. Dann stieg sie die Stufen hinauf, in der Erwartung, überwältigt oder aufgehalten zu werden, oder Schlimmeres. Die Tür am Ende der Treppe war unverschlossen und führte zu einer schwach beleuchteten Küche. Sie sah sich in dem leeren Raum um, dann trat sie ein, ihr Blick auf die Haustür geheftet.

Sie legte die Hand auf den Türknauf und drehte ihn, und ihr Herz schlug so laut und heftig und schnell, dass sie kaum atmen konnte. Draußen war es nasskalt und dunkel.

»Laufen Sie.« Die Stimme kam aus einer Hecke, eine vertraute Stimme, die Stimme einer Frau. »Laufen Sie weg, bevor er Sie umbringt.«

Marie kauerte im Schatten eines Gebüschs. Die sonst so traurigen Augen der Haushälterin funkelten, ihr Gesicht wirkte ernst und entschlossen. Sharon wollte intuitiv nach ihr greifen, aber Marie zeigte weiter mit dem Finger auf den Weg. »Worauf warten Sie noch? Laufen Sie! Machen Sie schnell!«

»Marie, bitte, kommen Sie mit«, drängte Sharon und streckte die Hand nach der Frau aus.

Die Frau wich zurück, Bestürzung malte sich in ihrem sommersprossigen, irischen Gesicht. »Ich kann nicht!«

»Doch, Sie können. Wir können entkommen. Bevor sie schießen, bevor … Marie, Sie wissen, was passieren wird, oder? Eine Razzia, oder?«

Marie machte eine Handbewegung zur Straße hin. »Gehen Sie. Sie können hier raus.«

»Sie werden sich nicht um uns scheren«, beharrte Sharon. »Kommen Sie mit. Kommen Sie!« Sie griff wieder nach der Frau, aber Marie machte einen Satz nach hinten.

»Sie ist weg!«, rief jemand im Haus.

»Laufen Sie«, sagte Marie wieder. »Ich gebe Ihnen Deckung!«

Das Geräusch näher kommender Schritte beschleunigte Sharons Entscheidung. Okay, dann würde sie eben alleine gehen. Sie stürmte los, an den Büschen entlang, und nahm den Weg zum Friedhof. Nachts war er verschlossen, aber wenn sie es bis zu der Seite mit dem Tor schaffte, wo sie aufgegriffen worden war ... Vielleicht war es ...

Ein Schuss zerriss die Stille der Nacht, und eine Kugel traf direkt neben ihren Füßen auf dem Pflaster auf. Der nächste Schuss zerriss ihr nachgerade das Trommelfell und hätte sie um ein Haar getroffen.

Sie nahm die Beine in die Hand und hetzte keuchend weiter über die dunkle Straße, während ihr der kalte Wind um die Ohren pfiff.

Nicht lange und sie erreichte die dicken Büsche auf der einen Seite des ausgedehnten Friedhofsareals. Wenn sie es schaffte, hier reinzukommen, konnte sie zwischen Zigtausenden von Grabstätten untertauchen. Es gab Verstecke, wo sie warten konnte, bis das hier vorbei war.

Wo sie auf die junge Frau warten konnte, die bestimmt kommen würde, um ihrer Mutter zu helfen, der sie nie wirklich begegnet war. Das musste der Grund sein, warum Devyn den Atlantik überquert hatte – der Wunsch nach einer Verbindung. Wenn er stark genug war, würde sie kommen.

Sie schlug sich ins Gebüsch, traf auf die Mauer dahinter und zerkratzte sich die Hände an den rauen Backsteinen. Konnte sie darüberklettern? Wenn es ihr glückte, die Mauer zu überwinden und in den verwilderten Bereich des Friedhofs zu gelangen, sann sie fieberhaft, dann hatte sie gute Chancen, in den dichten Brombeerranken und dem üppig wuchernden Gesträuch unentdeckt zu bleiben.

Sie setzte einen Sportschuh auf den ersten Stein und ignorierte die Schmerzen in ihren Beinen, als sie versuchte, sich hochzuziehen. Los, du musst es schaffen, spornte sie sich selber an. Ihre Finger ertasteten die Oberseite der Mauer, und sie schaffte es mit einer ungeheuren Kraftanstrengung, ihren ganzen Körper hinaufzustemmen.

Sie setzte das rechte Bein nach, brachte ihre Wade über die Mauer und blieb fatalerweise mit der Kleidung an dem bröcklig ausgezackten Mauerwerk hängen. Ihr linker Fuß rutschte ab, der Stein bohrte sich tiefer in ihren rechten Oberschenkel und zerriss ihr die Hose. Zum Glück blieb es bei ein paar oberflächlichen Hautabschürfungen.

Ein Schuss ertönte, und die Kugel flog dicht an ihrem Kopf vorbei. Gütiger Himmel, sie hatten sie bestimmt entdeckt. Die nächsten Sekunden, rauschte es ihr durch den Kopf, konnten über Leben und Tod entscheiden.

Mit zusammengebissenen Kiefern ein Stöhnen unterdrückend, zog sie ihren Körper nach oben und saß schließlich rittlings auf der Mauer, eine optimale Zielscheibe für den Schützen. Sie duckte sich, wie um mit der Dunkelheit zu verschmelzen, und brachte ihr anderes Bein angehockt auf den Mauerrand. Sie balancierte auf den Händen, unschlüssig, ob sie auf die andere Seite springen sollte, als ein weiterer Schuss die Nacht durchschnitt. Getrieben von Furcht und Entsetzen drückte sie sich von der Mauer ab und wagte den Sprung ins Ungewisse.

Mit einem dumpfen Aufprall kam sie auf dem Boden auf. Ihre Zähne knackten unheilvoll und sie krümmte sich vor Schmerz. Starr vor Angst rang sie nach Atem und lauschte auf den nächsten Schuss, oder das Geräusch, wie sie hinter ihr über die Mauer setzten.

Aus der Ferne vernahm sie Schritte und Männerstimmen.

Sie kam gerade schwankend auf die Beine, als ein neuer Schmerz ihren Körper durchzuckte, ein Brennen, das so intensiv war, dass sie impulsiv aufschrie. Ein Glück, dass sie noch ihre Schutzmaske trug, die den Schmerzensschrei dämpfte. Als sie sich mit der Hand an den Arm fasste, fühlte sie die warme Feuchtigkeit, die aus ihrer Haut quoll.

Blut. Sie war von einer Kugel erwischt worden, und ihre Haut brannte wie Feuer.

Mit einem Mal zitterten ihre Finger unkontrollierbar. Sie hatte noch eine letzte Hoffnung. Die Tochter, die sie dreißig Jahre lang ignoriert hatte. Würde sie kommen?

23

Das Wasser in der Dusche war bestimmt an die vierzig Grad heiß und brannte auf ihrem Gesicht, ihren Brüsten, brannte sich bis in ihr Herz.

Und trotzdem war Devyn kalt.

Warum befand sich ihre Mutter auf einem Selbstmordkommando?

Es gab keine plausible Antwort darauf, aber eine bohrende Stimme in ihrem Kopf warnte sie unerbittlich: *Niemand, der auf der Seite der Guten ist, geht auf ein Selbstmordkommando.*

Oder doch? Devyn wusste nichts über die Welt der Spione, über den britischen Geheimdienst, über die »Schnüffler«, wie Marc sie nannte. Vielleicht *gingen* diese Typen auf Selbstmordkommandos. Sie schloss die Augen, hielt ihr Gesicht in das Wasser, das wie tausend Nadeln auf ihrer Haut pikste, und klammerte sich an die Hoffnung, die im Glockenturm in ihr aufgekeimt war. Die Hoffnung, dass Sharon Greenberg eine Art Agentin auf höchster Regierungsebene war, die daran arbeitete, einen Terroristen zu stellen.

»Himmel, Devyn, hier drin ist es ja wie in einer Sauna.«

Marc stand direkt vor der Glastür der Dusche, tippte sie, denn seine Stimme klang verdächtig nah. Durch die beschlagenen Scheiben und die Dampfwolken, die das heiße Wasser erzeugte, konnte sie ihn nur schemenhaft erkennen.

»Ich hoffe, du dringst in meine Privatsphäre ein, um mir eine voraussichtliche Abfahrtszeit mitzuteilen.«

»Nein.« Seine Stimme klang tonlos und ernst.

Puh, das hörte sich ganz nach einer wortreichen Auseinandersetzung an. Sie wischte mit der Hand über das Glas, um den Bereich vor ihrem Gesicht frei zu machen, und erhaschte einen Blick auf seine nackte Brust. Sie strich mit der Hand etwa dreißig Zentimeter senkrecht nach unten, um den Rest von ihm in Augenschein zu nehmen.

Mmh, vielleicht doch keine wortreiche Auseinandersetzung. Oder er kämpfte mit unfairen Mitteln.

»Warum bist du dann hier?« Fast augenblicklich begann das Glas wieder zu beschlagen, trotzdem konnte sie seine Erektion erkennen, eingebettet in dunkel gekräuselten Flaum, wippte sie verheißungsvoll in die Horizontale.

Mit einem Mal wurde ihr warm ums Herz.

»Ich habe neue Informationen über deine … über Dr. Greenberg.«

Ihre Lust bekam einen leichten Dämpfer. »Was denn?«

Er schwieg, aber sie konnte schemenhaft erkennen, dass er von einem Fuß auf den anderen trat. Er wollte es ihr nicht sagen. Das war nicht gut.

»Ich habe noch mal mit meinem Bruder gesprochen.«

»Dem CIA-Agenten.« Sie legte einen leichten Zynismus in ihre Bemerkung. Denn, mal ehrlich, wer *kannte* schon einen CIA-Agenten, geschweige denn war mit einem aufgewachsen?

»Eigentlich arbeitet er nicht für die CIA.«

Sie schniefte verächtlich. Okay, dann eben nicht. »Dann hast du mich falsch informiert.«

»Er arbeitet für einen Vertragspartner der CIA, aber er hat extrem gute Kontakte in punkto dunkle Operationen und …«

»Dunkle Operationen?« Sie hätte fast die Glastür aufgestoßen, um ihn mit einem wütenden Blick zu durchbohren, aber noch brauchte sie die schützende Barriere. »Was zum Teufel *bedeutet* das, Marc?«

»Es bedeutet, dass er genau weiß, was deine leibliche Mutter macht und für wen.«

Sie spürte, dass sie wacklige Knie bekam, und eine eisige Gänsehaut, obwohl sie unter dem heißen Wasserstrahl stand. Es machte sie fertig, wie er das sagte.

Schweigend erwartete sie das Urteil. Gut oder böse? Richtig oder falsch? Schuldig oder nicht schuldig?

»Sie arbeitet für einen Zwischenhändler, der biochemische Massenvernichtungswaffen herstellt, die, wie gewisse Quellen glauben, für zukünftige Terroranschläge nach Pakistan verkauft werden.«

Ihr Magen gefror zu einem gefühlten Eisklumpen. »Was für Quellen?«

»Wirklich verdammt zuverlässige Quellen. Sie ist eine Kriminelle, eine Verräterin an unserer Nation, Devyn, und sie arbeitet an einem Projekt, das gestoppt werden muss, oder eine Menge Menschen könnten dabei draufgehen.« Jedes Wort versetzte ihr einen Stich, schmerzhafter als der brühheiße Wasserstrahl.

»Glücklicherweise«, fuhr er sanfter fort, als wollte er seinen Worten die Schärfe nehmen, »gibt es da draußen einen ganzen Haufen Typen, die ihr auf die Schliche gekommen sind. Diese Jungs versuchen, ihr das Handwerk zu legen und die Terroristen zu schnappen, die die von ihr hergestellten Chemikalien kaufen, verkaufen und benutzen. Wir dürfen ihnen auf gar keinen Fall in die Schusslinie laufen, Devyn. Das wäre ein dummer, unverzeihlicher Fehler.«

Bestimmt nicht dümmer und unverzeihlicher als ihr Wunsch, mit dieser Frau in Kontakt zu treten, sann Devyn deprimiert.

Oh Gott, ihre Mutter – eine Schwerstkriminelle? Wie stand sie da, wenn das stimmte? Allein und beschämt … *mutterseelenallein im wahrsten Sinne des Wortes.*

Mit einem Mal verschoben sich Devyns Prioritäten. Alles, was für sie wichtig war und was sie sich wünschte, war mit einem Schlag Illusion. Mit dieser Frau würde es niemals eine Verbindung geben, denn diese Frau brachte ihr bloß Unglück.

»Devyn«, sagte er, und seine Hand landete auf der Tür, doch sie war schneller, packte den Griff und hielt die Tür von innen zu. »Du irrst dich, wenn du glaubst …«

»Nein, tu ich nicht mehr.« Sie schloss die Augen, überwältigt von ihrem inneren Schmerz.

Er zog wieder an der Tür, aber Devyn klammerte sich krampfhaft an den Metallgriff und weigerte sich, ihn anzusehen, nackt und niedergeschlagen und verletzlich.

Wenigstens hatte sie für diese Information nicht Finn MacCauleys Telefonnummer verkauft.

»Bitte«, drängte er zärtlich. »Ich verstehe ja, dass das schwierig für dich ist, aber es wird Zeit, diese Suche aufzugeben. Wir werden keine Terroristenzelle infiltrieren, damit du dich persönlich von diesen Tatsachen überzeugen kannst.«

»Ja, ich hab's kapiert, Marc.« Sie wartete darauf, vor lauter Wut aus der Haut zu fahren, aber nichts geschah. Kein drängendes Bedürfnis, die Wahrheit zu erfahren. Null Motivation, ihrer biologischen Mutter gegenüberzutreten.

»Devyn.« Dieses Mal klang er so richtig sanft und überzeugend. »Bitte Schatz. Komm raus zu mir.«

Um was zu tun? Sich von ihm mit Küssen und Sex trösten zu lassen? Alles bedeutungslos, ohne Zukunft, ohne Hoffnung, weil sie einfach kein Glück hatte. Oder …

Oder vielleicht doch? Die Hoffnung stirbt zuletzt, seufzte sie still in sich hinein.

Sie fasste sich ein Herz und stieß die Tür auf, und Marc stand unversehens in eine dunstige Dampfwolke eingehüllt, die sich in der Dusche gebildet hatte.

Ohne zu zögern trat er in die Dusche und umschlang Devyn

innig, ihre nackten Körper aneinandergeschmiegt unter einem sanft plätschernden Wasserstrahl.

»Du weißt, dass ich recht habe, mmh?«, fragte er ohne jede Überheblichkeit.

Sie nickte.

»Du weißt, dass du aufgeben musst, nicht wahr?«

Wieder ein Nicken.

»Wenn wir nach Amerika zurückkehren, kannst du …«

Sie legte ihm sanft die Hand auf den Mund. Wenn sie das taten, dann nicht mit der Illusion, dass sie ihm dafür Finns Nummer gab, denn sie mochte keine Spielchen mehr spielen. Sie wollte ihm die Wahrheit sagen.

»Ich habe Finn MacCauleys Telefonnummer verbrannt.«

Für einen Moment schwieg er, weil er ihre Aussage vermutlich erst mal verdauen musste. Würde er gleich wütend lostoben? Ihr sämtlichen Wind aus den Segeln nehmen?

»Ich weiß. Ich habe dich dabei beobachtet.«

»Oh«, brachte sie gurgelnd hervor, als hätte er ihr einen Fausthieb in den Solarplexus verpasst. »Und trotzdem … hast du heute dein Leben riskiert.«

»Du doch auch«, flüsterte er. »Und es ging mir nie darum, Informationen über Finn zu bekommen, Dev.« Er drückte sie sanft gegen die Wand und hielt sie mit seinem Körper dort fest.

An ihrem Bauch spürte sie, wie seine Erektion wuchs, und in ihrem Unterleib begann sich eine unaufhaltsame Spirale der Lust zu drehen, die in ihr den Wunsch weckte, sich rhythmisch an ihm zu reiben. Sexy und sinnlich, als wäre es das Natürlichste auf der Welt.

»Es ging mir nie darum, dich an der Nase herumzuführen«, sagte Marc, der sich bereits zärtlich an sie schmiegte. »Oder dich zu verführen oder zu irgendwas zu bewegen, außer natürlich dazu, Belfast zu verlassen.«

»Und trotzdem«, murmelte sie und verlor sich in den sehnsuchtsvollen Tiefen seiner Augen, während die Eiskristalle in ihr zu schmelzen begannen und das Verlangen ihre Sinne befeuerte. »Hast du das irgendwie alles geschafft.«

Er zog einen Mundwinkel nach oben. »Ich bin eben gut.«

»Oh ja, das bist du.« Traumhaft gut.

Warum sollte sie nicht genau das bekommen, was sie wollte? Von ihm, durch ihn, *mit* ihm?

Es musste ja nicht … *für immer* bedeuten. Bloß ein kleines Glück, weil er auf jede Art perfekt war. So perfekt, dass er ihr das Einzige geben konnte, was sie so sicher brauchte wie die Luft zum Atmen.

Ihre Hoffnung, ein Band zu ihrer leiblichen Mutter zu knüpfen, hatte sich zerschlagen. Doch ihre Hoffnung auf das, wonach sie sich am meisten sehnte, lebte weiter, in dem Mann, der sie in seinen Armen hielt.

Ein Baby. Das konnte er ihr geben.

Sie schlang ein Bein um seine Wade, brachte seinen Körper noch dichter an ihren.

»Marc.« Sie spreizte ihre Finger fächerförmig auf seiner Brust, fühlte seine nasse Haut unter dem weichen Flaum, seine harten Muskeln. »Ich brauche etwas von dir.«

Er strich ihr übers Haar, und seine Hand wanderte weiter, streichelte ihre Brust. Er wiegte ihre weiche Fülle in seiner Handfläche, kreiste mit dem Daumen über ihre hart gewordenen Brustswarzen. »Ich merk's.«

»Ich möchte, dass du mir etwas gibst.«

Ein Lächeln umspielte seine Lippen, als er aufreizend mit den Hüften gegen ihre drängte und sich seine harte Erektion gleichsam in Devyns weiches Fleisch einzubrennen schien. »Gleich hier. In der Dusche?« Er küsste sie auf die Stirn, bahnte sich mit fedrigen Küssen den Weg zu ihrem Mund, streichelte dabei besitzergreifend ihre feucht prickelnde Haut. Sie hatte das Gefühl, als wären seine Hände überall.

»Ja, hier. Jetzt. Bitte.« Ihr Herz hämmerte, die Mischung aus Hoffnung und Hunger ließ sie lustvoll erbeben.

Er fand ihren Mund, und sie küssten sich in dem heißen Tropfenregen, ihre Lippen reizvoll feucht von dem Wasserstrahl. Er drängte sie mit dem Rücken gegen die heißen, dampfigen Marmorfliesen.

Devyn fühlte Marc, der sich heiß und nass an sie presste, und war spontan erregt. Heiß und hungrig prickelte es zwischen ihren Schenkeln.

»Devyn.« Er küsste sie überall, seine Stimme rau vor Begierde, sein Atem aufgewühlt. »Bist du sicher, dass du das aus dem richtigen Grund tust?«

Es gab keinen anderen Grund. »Ja.«

Sie passte sich jeder seiner Bewegungen an, liebkoste seinen Körper und bewunderte jeden Zentimeter seiner Physis, genoss jeden Teil von ihm, nass und hart und sexy. Ihre Zungen drängten aneinander, ihre Arme und Beine hemmungslos ineinander verschränkt. Dabei prasselte ihm das heiße Wasser auf Rücken und Schultern, und sie leckte ihm die perlenden Tropfen von der gebräunten Haut.

Er neigte sich zu ihr hinunter, küsste sie heftiger, sog ihre Zunge in seinen Mund und brachte ihre Hände um seinen Schwanz. Sie streichelte ihn, lauschte seinem lustvollen Stöhnen, spreizte die Schenkel und ließ sich von seinen starken Armen ein Stück die Wand hinaufstemmen, bis sein Becken ihren Venushügel streifte.

Er ging leicht in die Hocke, positionierte seine Erektion zwischen dem Ansatz ihrer Schenkel, und sie rieb sich entrückt an ihm, wippte auf ihm, lockte ihn mit ihrem warm pulsierenden Fleisch.

»Komm«, murmelte sie wie im Rausch. »Komm zu mir. Nimm mich.«

Er hob sie noch höher, sodass sich ihre Blicke fanden, und drängte mit seiner Penisspitze an ihre Öffnung. Er kniff die Augen zusammen und biss die Kiefer aufeinander. »Warte.«

»Nein«, beharrte sie und presste sich auf ihn, damit er tiefer in sie hineinglitt.

»Hey, mach mal langsam.« Er rang sichtlich um Beherrschung, blieb jedoch standhaft, während Devyn alle Tricks versuchte, um ihn zu ködern.

Kapierte er denn nicht? Wusste er nicht, was sie wollte? Ein kräftiger Stoß, ein paarmal rauf und runter, und sie konnte …

»Ich muss kurz was holen«, sagte er und stellte sie behutsam wieder auf ihre wackligen Füße.

»Nein Marc, bitte nicht.«

Er stutzte und sah sie stirnrunzelnd an. »Ein Kondom.«

»Nein.«

»Nein?«

»Ich war so oft beim Arzt«, schwindelte sie. »Du brauchst dir deswegen keinen Kopf zu machen.«

Er sah sie an, als hätte sie nicht mehr alle Latten am Zaun. »Sorry, aber das ist nun mal die gängige Praxis.«

Sie schüttelte den Kopf, biss sich auf die Lippen, fühlte, wie sich ihre Augen mit Tränen füllten. Hoffentlich merkte er es in dem Wasserdunst nicht. Begehrte er sie nicht genug, um die gängige Praxis dieses eine Mal zu ignorieren?

»Kannst du nicht … bitte …« Musste sie noch deutlicher werden, um das zu bekommen, was sie sich ersehnte? Sollte sie vor ihm auf die Knie fallen, bitten und betteln? Okay, sie würde es tun. »Ich möchte es so haben, Marc«, beteuerte sie mit einem flehenden Ton in der Stimme. Um dich ganz zu fühlen.« Sie stockte, ihre Kehle schnürte sich schmerzhaft zusammen.

Sie schluckte schwer. »Kannst du nicht einmal eine Ausnahme machen?«

Allmählich dämmerte es ihm. »Du willst schwanger werden.«

Sie errötete ertappt, blendete das Schamgefühl indes spontan aus. Was, wenn sie verzweifelt war? Was bedeutete schon ihr Stolz? Das hier war alles, was zählte. »Marc, ich will ein Baby. Das ist alles, was ich will.«

Er riss verblüfft die Augen auf. »Was bin ich eigentlich für dich? Dein *Samenspender*?«

»Nein, nein. Du bist … perfekt.« Sie spreizte ihre Schenkel weiter auseinander, ließ ihn tiefer in ihre Mitte, bewegte sich lasziv und merkte dabei, wie er unwillkürlich darauf reagierte. Seine Augen verfinsterten sich. »Du brauchst keine Verantwortung zu übernehmen, nichts. Großes Ehrenwort. Ich will bloß … eine Chance.«

Eine gefühlte Ewigkeit starrte er sie nur an, ohne lesbaren Gesichtsausdruck, obwohl er innerlich mit sich kämpfte.

»Das ist es doch nicht, was du willst«, sagte er dann.

»Doch.« Jetzt flossen die Tränen, und ihr Körper erbebte unter haltlosen Schluchzern. »Ein eigenes Kind, eine Chance auf eine glückliche Mutter-Kind-Beziehung, und niemanden, der besorgt hinterfragt, was meine Hälfte des Genmixes für Folgen haben kann.«

»Devyn, du hast dich da in etwas verrannt. Der richtige Mann wird …«

»Du *bist* der richtige Mann«, beteuerte sie. »Du bist Mister Perfect. Alles an dir ist gut und solide und richtig.« Sie bewegte sich erneut und merkte schwach, wie sie sich an seine Schultern und das letzte bisschen Hoffnung klammerte. »Bitte, gib es mir. Bitte, tu mir den Gefallen.«

»Ich … kann nicht.« Er wich einen Schritt zurück, und sie hätte beinahe laut aufgeschrien.

»Doch, du kannst es. Ich werde verschwinden. Du wirst nie erfahren müssen, was geschehen ist. Ich lass dich in Ruhe …«

»Das ist nicht das, was ich will.«

»Aber Marc, es ist alles, was ich will. Auf der ganzen Welt ist es das, was ich mir am allermeisten wünsche.« Die Tränen strömten unaufhaltsam, schmeckten salzig in ihrem Mund. »Meine Mutter … mein Vater … mein ganzes Leben ist einfach bloß sinnlos und leer. Ein eigenes Kind zu haben, ist mein sehnlichster Wunsch.«

Er starrte sie eine lange Weile an, und wieder wartete sie gespannt auf seine Reaktion.

Endlich legte er ihr die Hände auf die Schultern, und sie machte sich mental darauf gefasst, dass er Nein sagen würde. Stattdessen verstärkte er den Druck auf ihre Schultern und schob sie mit sanfter Gewalt auf den Boden der Dusche hinunter. Dabei senkte er seinen Blick beschwörend in ihren, seine Augen schmal, seine Lippen zu einer dünnen Linie zusammengepresst.

»Das ist es, was du willst?«

Sie nickte.

Ohne Warnung war er auf ihr. Automatisch schlang sie die Beine um sein Becken und reckte ihm ihren Mund zum Kuss entgegen, doch er verweigerte sich ihren Lippen. Marc hielt angestrengt den Kopf hoch, stützte sich mit den Armen auf den rutschigen Fliesen ab und drückte mit den Knien ihre Schenkel weiter auseinander.

Er stieß in sie, drängte hart und schnell in ihre Tiefe, stemmte sich in sie. Sie konnte sein Gesicht nicht sehen. Ihre Augen weiteten sich schockiert, als er sich tiefer in sie schraubte, sein aufgewühlter Atem rau an ihrem Ohr, getrieben von keuchenden Stößen der Wollust.

Jeder Stoß spannte sie mehr an, ließ sie mehr wollen, brachte sie kurz vor den Höhepunkt. Er stieß Devyn hart und wild, ihre

Körper erhitzt vom Schweiß. Sie packte ihn an den Schultern, wollte ihn auf sich ziehen, aber er versagte sich ihr. Verbunden waren sie nur an ihren Hüften.

Devyn biss sich so fest auf die Lippen, dass sie Blut schmeckte. Sie ritt mit ihm, tat alles, was sie kannte, um ihn zum Orgasmus zu bringen. Sie fühlte, wie er steif wurde und seine Hoden so hart wie Steine.

Er war fast so weit. Es fiel ihm verdammt schwer, seine Erregung zu zügeln.

Leise fluchend presste er die Kiefer aufeinander, dass sein Gesicht vor Anstrengung rot anlief, doch kurz vor seinem Orgasmus verlor er sich.

»Marc bitte, Liebling, *bitte.*«

Bei ihren Worten schaute er auf sie hinunter, und für den Augenblick eines Herzschlags trafen sich ihre Blicke. Er schloss die Augen und stieß abermals zu, noch mal und noch mal versank er tief in Devyns lockender Weiblichkeit, schaukelte beider Lust in ekstatische Höhen.

Er biss die Zähne aufeinander, die Sehnen in seinem Hals spannten sich an, und er kämpfte mit seiner Beherrschung. Das war's. Er würde gleich …

Mit einem kehligen Stöhnen glitt er hastig aus ihr heraus. »Ich kann nicht«, keuchte er und presste seine Erektion an sie. Rieb sich an ihrer warmen Haut, bis er mit einem tiefen, wollüstigen Ächzen auf ihren Bauch ejakulierte.

Alles um sie herum war spontan ausgeblendet. Devyn hörte das monotone Rauschen der Dusche und Marcs aufgewühlten Atem. Sie spürte, wie sein Herz hämmerte, und ihr blieb ein Schluchzen in der Kehle stecken.

»Devyn.« Er zwang sie, ihn anzusehen. »Es tut mir leid, aber ich kann so … kein Baby machen.«

Von wegen, er konnte ihr kein Baby machen. So sah die Sache aus. Die Erkenntnis war wie ein Stich ins Herz, so heftig, dass es ihr sekundenlang den Atem abschnürte. Sie war wie paralysiert.

Als er sich ein bisschen erholt hatte, kniete er sich vor Devyn, hielt sein Gesicht unter die Dusche und ließ den heißen Wasserstrahl über Wangen und Schultern prasseln. Sie strich über ihren Bauch, auf dem noch die Tropfen seines Spermas klebten, bis sie sanft weggespült wurden. Das Wasser perlte in kleinen Rinnsalen von Marcs Haut, über seinen Bizeps, seine seitlich herunterhängenden Arme, seinen Brustkorb, der sich rhythmisch hob und senkte.

Unversehens stand er auf und hielt ihr eine Hand hin, um ihr aufzuhelfen. Sie schüttelte den Kopf.

»Lass mich allein«, flüsterte sie, und ihr versagte die Stimme vor Beschämung, das Gefühl ging so tief, dass sie es bitter auf der Zunge schmecken konnte. »Bitte. Lass mich einfach allein.«

Er nickte stumm und schloss die Glastür hinter sich, mit einem Klicken, das endgültig klang. Devyn blieb unter dem Strahl der Dusche liegen, bis das Wasser eiskalt wurde, eiskalt wie die Temperatur ihres Herzens.

Wenn Zach Angelino sauer wurde, war mit ihm nicht gut Kirschen essen.

»Was zum Geier hast du vor, Vivi, willst du uns das Geschäft ruinieren? Ganz zu schweigen davon, dass diese Informationen entscheidend für Marcs Fall sind. Finn MacCauley hat Sharon Greenberg angeheuert, um für diesen Baird zu arbeiten?«

Die Tatsachen lagen vor ihnen auf dem Tisch, in der Handschrift des gesuchten Schwerverbrechers.

»Ich will uns nicht das Geschäft ruinieren, Zach«, sagte sie. »Ganz im Gegenteil. Hey, guck mal, da steht eine Telefonnummer direkt neben seinem Namen. Eine 617er Vorwahl, das ist hier in Boston.«

»Hast du da etwa schon angerufen?«, wollte Zach wissen.

»Nein«, erwiderte sie. »Ich bin schließlich keine kleine Dumme. Die Anrufe könnten angezapft oder zurückverfolgt und abgehört werden. Ich weiß echt nicht, was ich tun soll. Ich habe bestimmt zehnmal versucht, Marc anzurufen, aber er geht nicht dran. Weißt du zufällig noch einen anderen Weg?«

Zach blickte von dem zusammengesetzten Brieffragment zu Vivi hoch. »Der einzige Weg, der mir einfällt, führt in die Stadt zum One Center Plaza.«

Bingo, schnurstracks zum Bostoner FBI-Büro. »Ich wusste, dass du das sagst.«

»Warum hast du es dann nicht gemacht?«, fragte Zach schroff. »Hör auf, die Kopfgeldjägerin zu spielen. Das ist nicht unser Job.«

»Das tu ich nicht«, stritt sie ab. »Ich unternehme lediglich Nachforschungen zu diesem Brief und mach mir so meine Gedanken. Bloß mal angenommen, dieser Brief führt uns zu einem der meistgesuchten Verbrecher Amerikas.« Sie machte eine wirkungsvolle Kunstpause. »Kannst du dir vorstellen, was das für die Guardian Angelinos bedeuten würde?«

Er war eindeutig anderer Meinung. »Das könnten entscheidende Beweismittel sein, und wenn wir sie zurückhalten, könnte das für unsere Firma äußerst brisant werden.« Er stand auf und schob ihr den Brief wieder hin. »Beweg deinen Hintern rüber in Langs Büro und gib ihm den. Das bringt uns mehr Aufträge, und ehrlich gesagt will ich lieber zahlende Kunden als Ruhm und Ehre. Dafür kann ich mir nämlich wenig kaufen.«

»Ich will hochkarätige Kunden, die zahlen nämlich mehr«, konterte sie. »Wie sollen wir denn sonst wachsen und expandieren?«

»Eins nach dem anderen«, erklärte er bestimmt. »Vivi, keine Diskussionen mehr. Tu das Richtige.«

»Genau das ist ja das Problem – ich weiß nicht, was das Richtige ist.« Ehe er widersprechen konnte, beugte sie sich zu ihm vor und durchbohrte Zach mit einem mordlustigen Blick. »Aus irgendeinem Grund traue ich Colton Lang nicht. Ich habe ein komisches Gefühl bei diesem Spezialagenten.«

Zach schnaubte verächtlich. »Der steht auf dich, das ist alles.«

»Haha, sehr witzig. Der würdigt eine Frau wie mich doch kaum eines Blickes, und ehrlich gesagt, ich wünschte, es wäre so einfach.«

»Wieso das?«

»Ich kann es nicht erklären, Zach, aber ich hab so ein Gefühl.«

»Ja, man nennt das Ehrgeiz, Vivi, und auch wenn das sehr löblich ist, kannst du nicht aus der Vision vom großen Geschäft heraus dumme Entscheidungen fällen. Lang gehört zu den Topleuten in diesem Büro und wird wahrscheinlich demnächst vom Assistenten zum verantwortlichen Special Agent befördert. Außerdem ist er eine ehrliche Haut. Warum sollten wir ihm nicht trauen können? Weil er eine gegelte Schniegelfrisur hat und Golfhemden trägt? Ist er dir deswegen suspekt?«

Sie prustete los. »Meinetwegen kann er sich in Angeberklamotten auf dem Golfplatz herumlümmeln. Damit hab ich null Problem. Ich bekomme nur allmählich das Gefühl, dass er uns nicht alles sagt.«

»Tut er auch nicht«, stimmte Zach ihr zu. »Das hat er ja auch ganz offen zugegeben.«

»Und er hat uns erzählt, dass eine mögliche Festnahme Finn MacCauleys nicht oberste Priorität hat. Kannst du mir einen triftigen Grund nennen, warum wir ihm den Brief aushändigen sollten?« Sie schüttelte den Kopf. »Er weiß ja nicht mal, dass Marc nach Dr. Greenberg gesucht hat. Wir könnten echt Probleme kriegen, weil wir Langs Anweisungen nicht korrekt befolgt haben.«

»Ich respektiere dein Bauchgefühl, Vivi, und wir sind gleichberechtigte Partner, folglich werde ich deine Entscheidung mittragen. Aber du hast mich um Rat gefragt, und ich gebe dir einen: Händige dem FBI das Dokument aus, und wir werden auf lange Sicht mehr davon profitieren. Und jetzt muss ich weg. Sammi hat ein Haus gefunden, und wir treffen uns gleich dort mit dem Makler.«

»Na dann, viel Glück.«

»Dir auch viel Glück.« Er zeigte auf das Blatt. »Tu das Richtige. Das ist meine Devise.«

»Ich dachte, deine Devise wäre ›Hör auf dein Bauchgefühl‹. Im Moment bin ich da nämlich hin- und hergerissen.«

Zach nickte jemandem im Flur zu. »Das gibt's doch nicht: Nino, der kleine Spion, belauscht uns. Mal hören, was er dazu meint.«

Nino kam herein und strahlte übers ganze Gesicht. Er schämte sich kein bisschen, dass Zach ihn beim Lauschen ertappt hatte. »Ich finde, ihr solltet es dem FBI übergeben.«

»Dann bin ich also überstimmt.« Vivi spielte mit dem Blatt herum, lehnte sich auf ihrem Stuhl zurück und kippelte nach hinten. »Sieh dir bloß mal an, was er geschrieben hat, Nino.« Mit einem Kopfnicken zeigte sie auf den vernichtenden Inhalt.

»Manchmal müssen ein paar wenige für das Wohl vieler leiden«, zitierte er. »Ich habe diesen Brief schon ein paarmal gelesen.«

Finn MacCauley war ein Arschloch, und Sharon Greenberg war vermutlich keine Spur besser. Und der FBI-Agent? Der war im Moment eine Unbekannte in der Gleichung.

Nino tippte auf seine Armbanduhr. »Vielleicht kannst du diesen Lang noch abfangen, bevor er Feierabend macht. Dann könntest du mich mitnehmen und später nach Sudbury fahren. Zu Hause koch ich dir auch was zum Abendessen.«

»Gott, ihr seid wirklich hartnäckig.« Sie ließ die vorderen Stuhlbeine wieder auf den Boden kippen. »Vielleicht täusche ich mich ja auch in Lang. Wenn ich ihm das mit dem Brief geschickt präsentiere, lässt er sich vielleicht erweichen und mich bei dem Fall mitmachen. So könnte ich das Richtige tun und trotzdem einen Teil der Lorbeeren einstreichen.«

»Er scheint mir ein ganz vernünftiger Kerl zu sein«, räumte Nino ein und wartete, bis sie das wiederhergestellte Dokument behutsam in eine Plastikhülle geschoben hatte.

»Na ja, vernünftig, ich weiß nicht.« Vivi stellte sich im Geiste schon die Reaktion des FBI-Agenten auf ihre Neuigkeit vor. »Aber ich muss es versuchen. Uns fehlen die Mittel, um das weiterzuverfolgen, aber ich will mich auch nicht komplett ausbooten lassen.«

Sie verließen das Büro und liefen in die Seitenstraße, wo sie zu ihrem ganzen Stolz einen eigenen Parkplatz in Back Bay besaßen, auf dem der Firmenwagen, ein Ford Expedition, stand. Vivi half Nino auf den Beifahrersitz und versuchte dabei zu verdrängen, wie schwer es ihrem über achtzigjährigen Großonkel mittlerweile fiel, in einen SUV zu klettern. Sie ertrug die Vorstellung einfach nicht, dass er alt wurde.

Sein Verstand war indes noch genauso scharf wie ihrer, und während der Fahrt ins Bankenviertel diskutierten sie über den Brief und darüber, welche Wörter möglicherweise fehlten.

Jedoch ohne weltbewegend neue Erkenntnisse. Vielleicht kam das FBI mit seinen ganzen Hightech-Möglichkeiten in der Sache weiter. Auf der Suche nach einer Parklücke fuhr sie langsam die Cambridge Street entlang, als bei einem blauen Scion die Bremsleuchten aufflammten. Vivi bremste, um sich die Lücke zu sichern.

In dem Moment, als das Auto aus der winzigen Lücke rangierte, die für den großen SUV eine echte Herausforderung darstellte, lief mit ausgreifenden Schritten ein Mann an ihnen vorbei und steuerte direkt auf den blauen Wagen zu.

»Sieh mal, wer da ist.«

Vivi erkannte ihn sofort. »Colton Lang.« Sie beobachtete, wie Lang auf die Fahrerseite des Wagens zuging, die Bewegungen seines hochgewachsenen, muskulösen Körpers geschmeidig elegant. Typisch Golfer, ätzte Vivi heimlich.

»Na, was ist jetzt? Willst du ihn weiter beobachten oder ihm den Brief geben?«

»Ich …« Lang umrundete eben im Laufschritt die Front des Autos, um die Beifahrertür zu öffnen und einzusteigen. »Ich fahr ihm hinterher.«

Der Scion fuhr die Cambridge hinunter, fädelte sich in die linke Spur ein und beschleunigte.

»Was hast du vor? Willst du etwa zu ihm nach Hause fahren?«

»Keine Ahnung«, gestand sie. »Kommt Zeit, kommt Rat.«

Sie trat aufs Gas und blieb drei Wagenlängen zurück. Schon nach kurzer Zeit bog der Scion in eine Seitenstraße, dann in die Beacon Street Richtung Westen, am Common und schließlich am Public Garden vorbei. Langs Fahrer fand eine Parklücke und stellte den Wagen ab. Vivi kroch im Schneckentempo weiter, während die beiden Männer aus dem Auto stiegen.

»Der da ist sicher kein FBI-Agent«, mutmaßte sie und musterte den älteren Mann, der auf der Fahrerseite ausstieg. »Die haben bestimmt eine Altersgrenze.«

»Hey, pass auf, was du sagst«, warnte Nino grinsend. »Okay, ich geb zu, dieser Typ ist eher in meinem Alter als in deinem.«

»Schätze mal, ich warte, bis er zurückkommt, und fange ihn ab, bevor er ins Auto steigt. Den beiden da jetzt irgendwie reinzufunken, fände ich doch etwas peinlich.«

Die beiden Männer gingen auf die Tore des Public Garden zu. Vivi blieb nichts anderes übrig, als sich mit laufendem Motor auf einen Behindertenparkplatz zu stellen, um schnell wegfahren zu können, falls sie ein Polizist auf ihrem Beobachtungsposten überraschte. Lang, der ins Gespräch vertieft war, überragte den Älteren, dessen Gesicht unter dem Schirm einer Baseballmütze der Red Sox verborgen war.

»Glaubst du, das ist Langs Dad?«, fragte sie.

Gleich nachdem sie den Park betreten hatten, setzten die beiden Männer sich auf eine Bank, immer noch in Sichtweite, hinter ihnen der See. Sie steckten die Köpfe zusammen und unterhielten sich ein paar Minuten lang. Vivi ließ sie nicht aus den Augen, nervös und aufgeregt wegen der Begegnung – zugegebenermaßen vor allem wegen Lang –, während Nino den Brief auseinanderfaltete, den sie zusammengepuzzelt und -geklebt hatten.

»Weißt du, was wir tun sollten, bevor wir den Brief hier aus der Hand geben?«, gab Nino zu bedenken. »Die Nummer da anrufen.«

Es gab momentan nichts, was sie lieber getan hätte. »Aber dann würden wir *wirklich* die Justiz behindern. Und Lang gibt uns nie wieder einen Auftrag.«

»Du warst drauf und dran, den Kerl selbst dingfest zu machen.«

Sie seufzte. »Korrekt. Ich werde Lang schwer bedrängen, dass ich weiter an diesem Fall arbeiten darf, ich weiß aber schon jetzt, dass diese Spaßbremse Nein sagen wird.«

Nino hatte schon sein Telefon herausgeholt. »Ich kann den Modus Rufnummernunterdrückung eingeben und dann behaupten, ich hätte mich verwählt.«

Es überraschte sie nicht wirklich, dass Nino diesen Trick kannte. »Und was hast du davon?«, fragte sie.

»Eine Stimme. Du kannst Lang sagen, ob ein Mann oder eine Frau drangegangen ist.« Er wählte, und Vivi hielt ihn nicht davon ab, zumal sie Bauchschmerzen vor Neugier hatte. Hatte Lang den Brief einmal in den Fingern, war sie komplett raus aus der Sache.

Die Männer standen auf und trennten sich. Lang ging weiter in den Park hinein, zum See, an dessen Ufer feste vertäute Leihboote schaukelten.

»Oh Scheiße, geht er etwa zu Fuß ins Büro zurück? Ich kann ihm unmöglich durch den Park folgen.«

Langs Begleiter schob wieder zur Straße, kam auf die Eingangstore zu, keine acht Meter von ihrem Parkplatz entfernt.

»Okay, es klingelt«, verkündete Nino.

Ihr Blick war jedoch auf den älteren Mann geheftet, der am Bordstein leicht ins Wanken geriet, und für einen Moment dachte Vivi, er würde stolpern und hinfallen. Stattdessen griff er in seine Tasche, zog ein Handy hervor und blickte stirnrunzelnd auf das Display.

»Es klingelt immer noch.«

Vivis ganzer Körper war plötzlich wie betäubt.

Der Mann klappte das Telefon auf, hielt es sich ans Ohr und begann zu sprechen. Sie hörte das »Hallo?« durch den Lautsprecher in Ninos Hand.

»Oh, mein Gott«, flüsterte sie. »Das ist Finn MacCauley.«

Und im Public Garden verschwand gerade der FBI-Agent, der behauptete, nicht daran interessiert zu sein, diesen Mann zu finden.

24

Es gab keinen Satellitenempfang. Marc versuchte es sogar von draußen, in Boston anzurufen. Aber das war in diesen entlegenen Teilen Nordirlands nicht ungewöhnlich. Da er also weder neue Informationen mitteilen noch welche erhalten konnte, wartete er im Zimmer darauf, dass Devyn aus dem Bad kam.

Was ihm genug Zeit ließ, um sich selbst für das zu hassen, was er getan hatte. Gleichzeitig war ihm klar, dass er es wieder tun würde.

Er hatte seine eigene ultimative Rettung buchstäblich in der Hand gehabt und die Chance sausen lassen. Stattdessen hatte er ihr einen Herzenswunsch abgeschlagen. Klasse gemacht.

Er schloss die Augen, um sich Devyn vorzustellen, wie sie sich nackt und nass nach ihm verzehrte, aber er sah immer bloß Laura, gehässig, spöttisch und voller Verachtung für ihn. Er mochte die Autorität gehabt haben, sie für ihre Verbrechen büßen zu lassen, aber sie hatte es ihm bitter heimgezahlt, denn den Schmerz über ihre Trennung fühlte er noch immer. Konnte er sich je wieder auf eine Frau einlassen? Er schüttelte resigniert den Kopf.

Devyn ein Kind zu schenken, bedeutete, dass er sich abermals angreifbar machte, verletzbar. Nein, sie würde sich einen anderen suchen müssen.

Und dennoch sträubte er sich ganz entschieden gegen diese Vorstellung. Er wollte nämlich nicht, dass sie einen anderen Mann fand.

Als sich die Badezimmertür öffnete, blickte er auf und war überrascht, dass sie fix und fertig angezogen war … für die

Reise. Er hatte sie im Bademantel oder vielleicht mit T-Shirt und nassen Haaren erwartet, aber nicht in Jeans, Hoodie und Sneakers. Den Riemen ihrer Handtasche hatte sie sich über die Schulter gehängt, und ihr Blick signalisierte: »Wage es nicht, mich aufzuhalten.«

»Du wirst nicht nach Belfast fahren«, sagte er sanft. »Denn ich werde dich daran hindern. Wenn es sein muss, mit meiner Waffe.«

»Nicht nötig. Ich fliege nach Boston«, entgegnete sie. »Der Hotelbesitzer hat mir versprochen, dass er mir ein Taxi zum Flughafen organisiert.«

Er drückte sich aus seiner bequemen Position in den Kissen zum Sitzen hoch und sah sie ungläubig an. »Du hattest da drinnen Netzanbindung?«

Sie schenkte ihm ein ironisches Lächeln. »Nicht gerade die Antwort, die ich erwartet hatte, aber, ja, hatte ich.«

»Du wirst nicht fliegen«, sagte er. »Wir fliegen morgen zusammen.«

»Keine Sorge«, beschwichtigte sie. »Ich fliege *wirklich* nach Hause. Ich habe nicht vor, dich an der Nase herumzuführen und mich auf eine Terroristenjagd einzulassen, um meine Mutter zu retten. Ich hatte genug schlechte Ideen für einen Tag.«

Die Worte versetzten ihm einen Stich. »So eine schlechte Idee war es auch wieder nicht.«

Sie durchbohrte ihn mit einem finsteren Blick. »Versuch nicht, mich aufzumuntern. Es ist mir so schon peinlich genug.«

Peinlich? »Warum?«

Sie schloss die Augen. »Ich habe dich ja förmlich überfallen.«

»Hast du nicht.« Er stand vom Bett auf, trat langsam zu ihr, aber sie wich zurück und hielt ihre Schultertasche wie einen Schutzschild vor sich. »In diesem Raum waren zwei sehr erregte Menschen, die mit allem einverstanden waren.«

»Nicht mit *allem*.«

»Devyn.« Er streckte die Hand aus, um ihre Wange zu berühren, doch sie duckte sich weg. »Du hast mich bloß überrascht, das ist alles.«

»Ich weiß, was ich getan habe«, sagte sie. Sie senkte den Blick und streifte sich den Schulterriemen der Handtasche über den anderen Arm. »Aus Verzweiflung bilden sich manchmal seltsame Konstellationen.«

»Wem sagst du das?«

Sie blickte verwirrt auf. »Du bist doch nicht verzweifelt.«

»Aber ich war es mal. Verzweifelt genug«, fügte er rasch hinzu, »um zu verstehen, warum du bis zum Äußersten gehen würdest.«

»Was man von dir nicht gerade behaupten kann.«

»Das ist doch nur eine Redewendung. Ich will damit sagen, das bist nicht du. Es liegt *nicht* an dir.«

»Hör auf damit.« Sie hielt die Hand hoch, und ihre Augen sprühten Blitze. »Halt mir keinen Vortrag. Ich weiß, dass du mich für verrückt hältst, weil ich denke, meine Herkunft macht mich unattraktiv für einen potenziellen … Vater.«

»Stimmt«, bekannte er. »Ich will dich nicht anlügen. Aber was du von mir wolltest, bedeutet zumindest, na ja, dass du über diese Denke hinweg bist. Vielleicht glaubst du jetzt, dass auch du es wert bist, ein Kind zu bekommen.«

»Aber nicht *dein* Kind.«

»Das habe ich nicht gesagt.«

»Das war auch nicht nötig. Deine Selbstbeherrschung war wirklich beeindruckend. So viel eisernen Willen würde ich den meisten Männern nicht zutrauen.« Sie schaffte es, an ihm vorbeizuhuschen.

»Ich bin nicht die meisten Männer«, flüsterte er.

Langsam drehte sie sich um, die Unterlippe zwischen die Zähne gezogen, als könnte sie so ihre innere Erregung verbergen. »Deswegen habe ich dich gefragt.« Sie schloss die Augen und lachte leise auf. »Nur, dass ich nicht wirklich gefragt habe, stimmt's? Tut mir leid, dass ich so aggressiv war.«

»Du brauchst dich nicht zu entschuldigen. Ich hab mitgemacht, oder? Ich hätte schließlich Nein sagen können.« Er grinste jungenhaft.

Seine Argumentation war entwaffnend ehrlich. Er merkte, wie Devyn sich entspannte, und streckte wieder die Hand nach ihr aus. Dieses Mal ließ sie ihn gewähren, als er sie an den Schultern fasste. Er suchte ihren Blick und versank in ihren schmerzerfüllten blauen Tiefen.

»Es war eine blöde, impulsive Idee von mir«, seufzte sie. »So bescheuert darf man eigentlich gar nicht sein. Aber als du mir von Sharon erzählt hast und dem … dem Terroristen, hab ich den Kopf verloren und bin *peng* durchgeknallt.«

»Es ist nicht durchgeknallt, sich ein Kind zu wünschen.« Er drückte sanft ihre Schultern und schluckte. »Ich wünsche mir selbst eins.«

»Aber nicht …«

»*Nicht*«, unterbrach er sie mit Nachdruck, »solange ich nicht hundertprozentig für das Kind da sein kann, ihm ein richtiger Vater sein darf. Was du vorschlägst …«

»Ich habe es nicht *vorgeschlagen*.«

»Devyn, hör mir zu. Er schluckte schwer und zog sie an sich. »Ich hatte …« Nein, so funktionierte es nicht. »Ich weiß, wie …« Nein, er *wusste* es eigentlich nicht. »Es ist nicht das erste Mal …«

»Hey, kannst du mal ein bisschen deutlicher werden?«

»Meine Frau hat unser Kind abgetrieben, ohne es mir zu erzählen.«

Sie blinzelte ihn an und wurde blass. »Oh Gott. Das ist ja schrecklich.«

»Ja, das war es.«

»Aber bist du ganz sicher … Ich meine, du hast doch gesagt, dass sie einen Geliebten hatte.«

»Einen Geliebten mit einer Vasektomie. Ja, ich war mir sicher. Und sie hat es aus keinem anderen Grund gemacht als aus purer Rache dafür, dass ich mich geweigert habe, sie vor der Polizei zu decken. Sie hat die Schwangerschaft als Druckmittel benutzt, weil sie wusste, wie sehr« – er stieß einen langen Seufzer aus – »weil sie wusste, wie sehr ich das Kind wollte.«

Sie presste eine Hand auf die Brust, als spürte sie mit ihm den Schmerz. »Konntest du sie nicht davon abhalten?«

»Nein. Wie denn? Es ist ihr Körper, ihr Baby. Am Tag der Gerichtsverhandlung, als sie auf Kaution freigelassen wurde, ist sie verschwunden. Ich konnte meinen Bruder JP dazu überreden, uns einen Streifenwagen zu besorgen, dann sind wir kreuz und quer durch Boston gerast und haben sie gesucht. Wir haben jedes Krankenhaus abgeklappert …« Bei dem Gedanken schnürte es ihm die Kehle zu. »Als ich sie fand, war es schon zu spät.«

Sie fasste seine Hand, Tränen des Mitgefühls glitzerten in ihren Augen. »Das war einfach nur unfair, Marc. Es tut mir so leid für dich. Ich weiß gar nicht, wie …« Sie rang um Worte und sah ihn eindringlich an. »Ich würde so was niemals tun, ganz bestimmt nicht.«

»Wegen dieser Geschichte bin ich ein gebranntes Kind.« Er zog sie zum Bett und setzte sich, drückte sie sanft neben sich auf das Laken. »Begreifst du das, mmh? Es hat rein gar nichts mit dir zu tun, sondern nur mit mir.«

»Mit *ihr*«, berichtigte sie. »Ich würde niemals …«

»Ich weiß, aber es geht nicht darum, was du tun oder nicht tun würdest.« Er wendete den Blick ab und schüttelte den Kopf.

»Worum denn dann?«

»Um Liebe.«

Sie starrte ihn bloß an.

»Ich glaube einfach, dass ein Kind aus Liebe entstehen sollte. Nicht aus Verzweiflung, aus irgendeinem Deal oder sonst was. Ich weiß, es ist altmodisch, aber …«

»Nein, ist es nicht.« Sie stand langsam auf. Die Arme um ihre Taille geschlungen, lief sie nachdenklich ein paar Schritte auf und ab. »Wir wissen beide, dass das stimmt, deswegen ist es mir ja so peinlich.«

»Weil ich dich nicht liebe?«

»Weil du mich nicht lieben kannst.«

Wie kam sie denn darauf?

»Ich dachte, wir könnten …« Sie schüttelte den Kopf. »Es war bescheuert von mir. Total falsch und bescheuert.«

»Es war nicht bescheuert.« Er stand auf, stellte sich vor sie und umfasste mit beiden Händen ihr Gesicht, dass sie ihn ansehen musste. »Das Timing stimmt nicht – das ist das Einzige, was an deiner Idee falsch ist.«

Sie rieb ihre Wange an seiner Handfläche. Ihre Miene entkrampfte sich und nahm einen schwärmerischen Ausdruck an. »Ich will einfach nur eine Familie.«

»Ich weiß. Aber ich kann nicht derjenige sein, der …«

Ein hartes, lautes Klopfen an der Tür unterbrach ihn, Devyn fuhr vor Schreck zusammen. »Das ist mein Taxi.«

»Ich schick es wieder weg.«

»Nein Marc, nicht. Ich möchte abreisen. Heute Abend noch.«

»Na gut. Wir fliegen zusammen.« Er ging zur Tür. »Können Sie ein paar Minuten warten? Wir sind noch beim Packen.«

»Ich habe keine Zeit zu warten.« Die Stimme klang schroff, tief und kaltschnäuzig. »Machen Sie die Tür auf.«

Marc wich zurück, warf Devyn einen vielsagenden Blick zu

und machte einen Schritt nach links, um seine Pistole von der Kommode zu nehmen.

»Geh ins Bad, Dev«, wies er sie an.

Er spähte durchs Schlüsselloch, dabei riss er mit einer geschmeidigen Bewegung die Glock aus dem Holster. »Heilige Scheiße, schon wieder dieser Kerl!«

»Wer denn?«

»Der, der immer auftaucht, wenn wir ihn am meisten brauchen.«

»Padraig Fallon?«

Er nickte und wartete, bis Devyn im Bad verschwunden war. »Was wollen Sie, Fallon?«

»Geht's dem Mädchen gut?«

»Ja. Was gibt's?«

»Lassen Sie mich rein, dann sag ich's Ihnen.«

»Sagen Sie's mir einfach von draußen.«

Er hörte, wie der ältere Mann lautstark Luft holte und den Atem langsam wieder entweichen ließ. »Hören Sie zu, mein Junge. Ich breche jedes Scheißgesetz, um Ihnen zu helfen. Diese Greenberg steckt in Schwierigkeiten. Sie braucht Sie.«

Augenblicklich kam Devyn aus dem Badezimmer geschossen. »Was ist los?«

Ver*dammt* noch mal. Sie hätten längst abreisen sollen!

»Sie ist geflüchtet und angeschossen worden.«

Er sah Devyn an, deren ganzer Körper vor Bestürzung schwankte. »Glaub ihm kein Wort«, formte er mit den Lippen. »Es ist eine Falle.«

Sie warf ihm einen flehenden Blick zu.

»Ich habe eine Nachricht für sie«, schob Fallon nach. »Für Rose.«

Devyn riss die Augen auf. »Ja? Ich höre?« Sie lief spontan zur Tür, und Marc zog sie hinter sich und aus der Schusslinie.

»Okay, legen Sie los, Fallon, und dann verschwinden Sie.«

»Sie hat ihren Job erledigt, und einer unserer Männer hat sie freigelassen.«

»Was für einen Job?«, wollte Marc wissen, der mit einer Hand Devyn zurückhielt. »Sie arbeitet für Baird. Sie ist eine Terroristin, und es ist uns scheißegal, ob sie angeschossen wurde oder nicht.«

»Sie *arbeitet* nicht für Baird«, versetzte Fallon. »Sie arbeitet undercover für den SIS, genau wie ich. Ihre Deckung ist aufgeflogen, als sie versucht hat, Rose zu kontaktieren. Sie wollte Rose warnen, dass sie schleunigst aus Belfast verschwinden soll.«

Stimmte das? Gabe war da anderer Meinung gewesen, und er musste es doch wissen, oder? Mal hören, was Fallon sonst noch so aus dem Nähkästchen plauderte.

»Sie konnte entkommen und wurde angeschossen, aber ihre Verfolger haben anscheinend aufgegeben«, fuhr Fallon fort.

»Wo ist sie jetzt?«, fragte Devyn.

Es spielte keine Rolle, wo Sharon war – sie würden auf gar keinen Fall hinfahren. »Wir können nicht riskieren, die Mission zu vereiteln«, sagte Marc.

»Die Mission ist abgeschlossen«, erklärte Fallon. »Baird hat von ihr bekommen, was er wollte, und wir …« Er seufzte hörbar. »Der MI5 in allen Ehren, aber wir sind nicht darauf ausgerichtet, Märtyrer zu retten. Für den Fall, dass Sie das übernehmen wollen, hat mein Kontakt mir gesteckt, dass die Dame auf dem Friedhof ist, obwohl das keine besonders genaue Angabe ist, wenn man dessen Größe bedenkt.«

Marc linste wieder durch das Schlüsselloch und ließ Fallons faltiges Boxergesicht auf sich wirken. Padraig streckte die Hände von seinem Mantel weg, um zu zeigen, dass er unbewaffnet war. »Wie haben Sie diese Nachricht von ihr erhalten?«

»Von einem jungen Mann namens Ian O'Rourke, ebenfalls ein

britischer Undercover-Agent bei dieser Operation. Er hat Dr. Greenberg zur Flucht verholfen und mich gebeten, die Nachricht an Sie weiterzuleiten. Sie wünscht sich verzweifelt, Sie zu sehen, Ma'am.«

Schon wieder war jemand verzweifelt.

»Fallon«, sagte Marc betont. »Greenberg ist eine Terroristin, die für Liam Baird arbeitet. Das wurde von jemandem bestätigt, der es wissen muss.«

»Wenn dieser Jemand nicht der Chef des SIS ist, Junge, ist er gar nicht befugt, das zu wissen. Diese Operation ist streng geheim, und es gibt Fehlinformationen an allen Ecken und Enden.«

»Ja, zum Beispiel gleich hinter dieser Tür.«

»Sie irren sich, mein Junge.« Fallons Stimme blieb ruhig und fest. »Dr. Greenberg wurde von oberster Stelle des SIS an Bord geholt, und sie hat für diesen Einsatz ihr Leben riskiert. Möglicherweise steht es kritisch um sie, denn sie hat gesagt, dass sie ihre Tochter sehen möchte, bevor sie stirbt.«

Devyns Augen wurden groß wie Unterteller. »Machen Sie schnell. Wie können wir sie finden?«

Ach du Scheiße, knirschte Marc stumm in sich hinein. Dieses Mal würde er die Diskussion nicht gewinnen.

»Ians Information lautete, dass sie beim Crescent Drive über eine Mauer geklettert ist. Gegenüber von Direct Furniture. Da wurde sie angeschossen.«

»Marc, wir könnten in ein paar Stunden da sein.«

»Wir fahren da nicht hin.«

Sie machte einen Schritt auf die Kommode zu, und er dachte schon, sie wolle auf die Tür losstürzen. Stattdessen hob sie etwas auf und hielt es ihm hin: das Medaillon, das Fallon während der Schießerei verloren hatte.

»Steck das unter der Tür durch.«

Er nahm es, kniete sich hin und schob das Medaillon durch die Türritze am Boden, während Devyn krampfhaft durch das Schlüsselloch spähte. Eine Minute später trat sie zurück. »Er ist einfach weggegangen und hat etwas an die Tür geklemmt.«

»Das ist doch alles bloß hanebüchener Blödsinn, Devyn. Wir fahren nicht hin.«

»Sieh nach, was er dagelassen hat.«

Marc öffnete vorsichtig die Tür. Das, was Fallon zwischen Tür und Rahmen gesteckt hatte, flatterte ihm entgegen. Er hob das kleine Papprechteck auf und drehte es um.

Ein Foto eines neugeborenen Babys. Darunter hatte jemand geschrieben: *Rose Devyn Mulvaney. September 2, 1981. Bis wir uns wiedersehen …*

»Haben Sie ein Taxi zum Flughafen bestellt?« Ein Mann lief durch den Gang auf ihre Tür zu, und Marc wich zurück. Devyn stibitzte ihm hastig das Bild aus der Hand.

»Können Sie mich nach …«

»Eine Sekunde«, sagte Marc und schlug dem Mann die Tür vor der Nase zu.

»Ich komme gleich«, rief Devyn und griff nach ihrer Handtasche, die sie auf dem Bett abgestellt hatte. Sie steckte das Bild in eine Seitentasche, zog dann das hübsche Halstuch heraus, das er ihr in Bangor gekauft hatte, und wickelte es sich so um, dass es ihre untere Gesichtshälfte verbarg.

»Das wird dir auch nicht viel helfen«, meinte er abschätzig.

»Aber das hier.« Sie wühlte wieder in der Tasche und hielt die kleine, scharfe Taurus-Millenium-Pistole hoch, die sie dem Agenten im Glockenturm abgenommen hatten. »Ich komme schon klar.«

Großer Gott. »Sie brauchen nicht zu warten«, rief er dem Taxifahrer zu. »Wir fahren doch nicht …« Devyns Augen blitzten ärgerlich auf, und sie wollte etwas entgegnen, doch Marc hielt ihr kurzerhand den Mund zu. »Wir fahren nicht zum Flughafen.« Er senkte die Stimme zu einem leisen Flüstern. »Wir nehmen den Mietwagen und sind in weniger als zwei Stunden in Milltown.«

Sie seufzte in seine Handfläche. »Warum hast du es dir anders überlegt?«

»Weil ich es endlich genau wissen will, aus welchem Holz du geschnitzt bist.«

25

Zum Glück hatte sie immer ein Ersatzskateboard im Kofferraum des Expedition. Vivi warf Nino die Schlüssel zu, schnallte sich ab und kletterte über die Sitze nach hinten, um es zu holen.

»Was hast du denn vor, Viviana?«, fragte Nino. »Willst du mit dem Teil einen Flüchtigen verfolgen?«

»Hast du eine bessere Idee?« Sie schnappte sich das Board und griff nach der Heckklappe, um sie zu öffnen. »Ich bin nämlich fest entschlossen, diesen miesen, verlogenen FBI-Agenten zu bespitzeln. Kannst du dieses Ding fahren?«

»Hmm … ja. Ähm … nein, besser nicht.«

»Dann bleib hier und verschließ die Türen.« Sie knallte das Board mit einer endgültigen Geste auf den Asphalt. »Ich darf Lang nicht verlieren.«

»Du willst es auf eine Konfrontation ankommen lassen?«

»Darauf kannst du Gift nehmen.« Sie schlug die breite Kofferraumtür zu, schwang sich auf das Brett und stieß sich ab. Es war kaum Verkehr, also kurvte sie quer über die Straße, setzte mit einem Sprung auf den Bordstein und surfte den Weg entlang, der um den See herumführte, immer in Richtung Lang.

Dieser *Schweinehund*. Dieses gottverdammte, hinterhältige Arschloch. Hatte sie sich wirklich in einem Augenblick geistiger Umnachtung eingebildet, dass dieser Typ *heiß* wäre? Also das gab dem Ausdruck »Fehleinschätzung« eine ganz neue Dimension.

Sie sah Lang etwa fünfzehn Meter vor sich, das Handy ans Ohr gepresst, den Kopf gesenkt. Ärger und das Gefühl, ganz gemein geleimt worden zu sein, befeuerten ihren Entschluss. Ihre Muskulatur angespannt, trieb sie das Board kräftig an und bückte sich tief, um den Luftwiderstand zu reduzieren – so skateten die Profis. Als sie sich Lang näherte, lehnte sie sich nach rechts, schoss an ihm vorbei und schnitt ihm mit einem unheilvollen Rumpeln ihrer neonpinken Spitfire-Rollen den Weg ab.

Sie trat mit der Ferse nach hinten, ließ das Board in die Luft schnellen und fing es mit einer Hand auf. »Na, wie läuft's denn so, Lang?«

Er zuckte zusammen und starrte sie an. »Ich muss Schluss machen.« Er beendete das Telefonat, und sein Blick wanderte über sie und landete auf dem Skateboard. »Aha, wir haben es wohl nicht mehr so mit irgendwelchen Titeln. *Angelino.*«

»Mit wem haben Sie telefoniert?«

»Das geht Sie nichts …«

»Mit einem Kriminellen, stimmt's?«

Keine Antwort, nur ein gereizter Blick. Finster und gereizt. Er sah mit einem Mal nicht mehr wie Mr Saubermann aus, sondern wie ein böser Fiesling. Vielleicht lag es an der Abenddämmerung, die sein Gesicht verschattete. Vielleicht war es auch sein Umgang.

Vielleicht *war* er ein böser Fiesling.

»Was ist denn mit Ihrem Freund?«, half sie ihm auf die Sprünge.

»Was für ein Freund?«

»Der ältere Herr, mit dem Sie eben mitgefahren sind.«

Seine Pupillen weiteten sich kaum merklich, eine winzige Reaktion, die jedoch tief blicken ließ. »Stimmt, das ist ein Freund von mir. Warum?«

»Also niemand Besonderes?«

»Niemand Besonderes, nein.« Er kam einen Schritt näher, aber sie hielt das Skateboard als Schutzschild dazwischen. »Was ist los, Vivi?«

»Sagen Sie's mir, *Colton.*«

»Haben Sie Neuigkeiten? Irgendwas passiert bei Marc und Mrs Sterling?«

Es passierte eine Menge bei Marc und Mrs Sterling, aber sie würde einen Teufel tun, *ihm* davon zu erzählen. »Warum haben Sie uns engagiert, Lang?«

Er hob eine Augenbraue. »Sie waren doch beim Briefing dabei. Wir müssen das doch nicht noch mal durchkauen, oder?«

»Vielleicht doch.« Sie schwenkte das Board in den Händen, und das tröstlich vertraute Gefühl gab ihr das nötige Selbstbewusstsein. »Warten Sie, soweit ich mich entsinne, war Ihr primäres Ziel, Devyn Sterling schleunigst aus Belfast rauszubekommen.«

»Korrekt.«

»Aber Sie haben uns nicht gesagt, warum.«

»Sie sind eine unbekehrbare Prinzipienreiterin, wissen Sie das? Ist das denn so wichtig?«

»Ich wüsste schon gerne, warum Sie nicht darauf versessen sind, die Liste der meistgesuchten Verbrecher des FBI zu verkürzen.«

Er zuckte mit keiner Wimper. »Das habe ich Ihnen doch schon erklärt.«

»Das reicht mir nicht.«

Sein Gesichtsausdruck verhärtete sich. »Worauf wollen Sie hinaus?«

»Ich glaube, das wissen Sie ganz genau.«

»Ich glaube, die Sache wächst Ihnen über den Kopf, Kleines.«

Seine herablassende Verniedlichung machte sie rasend. »Ich glaube, Sie sind das, was man als schwarzes Schaf unter den Cops bezeichnet, *Sie Superbulle.*«

»Sie irren sich.«

Sie machte einen Schritt nach vorn und sah ihn fest an. »Tu ich das?«

Eine Gruppe von Geschäftsleuten, die aus dem Bankenviertel Richtung Back Bay strebte, näherte sich ihnen, junge Banker, die lachend über ihre Jobs ablästerten. Ihre Präsenz gab Vivi das Gefühl von Sicherheit, und sie wurde massiver in ihrer Argumentation.

»Sie schulden mir die Wahrheit.«

»Ich schulde Ihnen gar nichts.« Als sie fragend eine Augenbraue hochzog, fügte er schnell hinzu: »Außer Marcs gesamten Reisekosten natürlich und einem Pauschalhonorar, sofern er den Auftrag erfüllt.«

»Wir wollen kein schmutziges Geld.«

»Vivi.« Er kam näher, und sie hielt das Board höher, bereit, ihm damit eine zu verpassen, falls er ihr auf die Pelle rückte, FBI-Agent hin oder her. »Sie wissen wirklich nicht, was Sie da reden.«

»Das eben war Finn MacCauley, stimmt's?«

Er sagte nichts, sondern sah sie bloß verkniffen an.

»Sie haben Kontakt zu Finn Mac…«

Er legte ihr unsanft eine Hand auf den Mund, während er die andere um sie schlang und Vivi an sich zog, zwischen ihren Körpern nur noch das Board und die Rollen.

»Halten Sie gefälligst den Mund.«

»Das werde ich nicht tun!«

Er drückte sie so fest an sich, dass sie sein herbwürziges Eau de Cologne bemerkte und die angespannten Muskeln in seinen Oberschenkeln spürte, die an ihre drängten. Die Geschäftsleute nahmen null Notiz von ihnen, sondern liefen um sie herum, als wären sie irgendein belangloser Felsbrocken am Strand. »Es ist nicht so, wie Sie denken.«

»Ach nein? Wie ist es dann?«

»Ich kann und darf es Ihnen nicht sagen.«

Sie versuchte, sich von ihm loszureißen, doch er hielt sie

gnadenlos fest. »Sie sollten es mir aber lieber sagen, ich bin auf diesem Ding nämlich schneller in Ihrem Büro als Sie, und dort wird man sich bestimmt sehr für Ihr kleines, geheimes Rendezvous interessieren.«

»Damit würden Sie das Leben Ihres Cousins und der jungen Frau, die er beschützt, in erhebliche Gefahr bringen.«

Sie starrte ihn entgeistert an, während sie diese Drohung erst mal sacken ließ. »Junge Frau … beschützen? Ich dachte, er ist da drüben, um sie aus dem Land zu bugsieren. Von Bodyguard war nie die Rede.«

»Er beschützt sie so oder so. Er ist einfach der Typ dafür. Deswegen habe ich ihn engagiert.«

Sie wich einen Schritt zurück, da er seinen Griff lockerte. »Wollen Sie mich auf den Arm nehmen oder was?«

»Nein, das war Teil des Deals.«

»Was für ein Deal?«

Er zögerte ein paar Sekunden, sah ihr prüfend ins Gesicht und traf eine Entscheidung. »Der Deal, den wir mit Finn gemacht haben. Und Dr. Sharon Greenberg.«

»*Was?* Sie wissen von ihr?«

Er nickte langsam. »Es stehen eine Menge Menschenleben auf dem Spiel, Vivi. Und als Devyn da völlig unbedarft reingeraten ist, haben wir Finn versprochen …«

»Was haben Sie *Finn* versprochen?«, fiel sie ihm nervös ins Wort.

Er schloss die Augen und kapitulierte, erzählte ihr mehr, als er eigentlich wollte. »Weil er uns, neben der CIA und dem SIS, zu einem der gefährlichsten und brutalsten Terroristen der Welt geführt hat.«

»Das hat Finn getan?« Unmöglich. Oder?

»Ja, hat er. Und wenn wir erfolgreich sind, wird er begnadigt.« Nun, da er sich ihrer ungeteilten Aufmerksamkeit gewiss war, ließ er sie ganz los. »Und wenn wir scheitern, werden Tausende von Menschen sterben. Und ich fürchte, Ihr Cousin wird einer von ihnen sein.«

Ihr gefror das Blut in den Adern. »Warum haben Sie ihm nicht die Wahrheit gesagt?«, fragte sie. »Wieso konnten Sie ihn nicht mit den entsprechenden Informationen briefen, bevor sie ihn nach Irland geschickt haben?«

»Das ist unser Risikoprinzip«, sagte er lapidar. »Je weniger Informationen, umso besser in einem kritischen Ernstfall. Er brauchte es auch nicht zu wissen. Und Sie auch nicht.«

»Na ja, jetzt weiß ich es.«

»Das ist richtig.« Ein Lächeln umspielte seine Lippen, nicht breit genug, um seine perfekten Zähne zu entblößen, aber immerhin so hinreißend, dass sie sich spontan erinnerte, warum sie Lang sündhaft attraktiv fand.

»Was ist daran so amüsant?«

Sein Blick fiel auf ihr Skateboard. »Ich habe Sie unterschätzt, Vivi Angelino.«

»Großer Fehler.«

»Das wird mir nicht noch mal passieren.«

Sie hatte plötzlich Schmetterlinge im Bauch und blendete das Gefühl aus, indem sie ihr Board mit einem dumpfen Schlag auf den Weg fallen ließ. Er machte einen Satz nach hinten, und die Rollen kamen kurz vor seinen Füßen auf. Geistesgegenwärtig packte er Vivi am Ärmel, als sie einen Fuß auf das Brett stellte.

»Kein Wort zu Marc.«

Sie schnaubte leise. »Sie machen wohl Witze.«

»Ich mache keine Witze. Sie könnten sein Leben gefährden. Lassen Sie ihn einfach weiter seine Aufgabe erfüllen – Finns Tochter beschützen.«

»Er ist nicht da rüber geflogen, um den Bodyguard zu spielen.«

»Er ist clever und gewieft, er wird zu verhindern wissen, dass ihr irgendwas zustößt.« Er beugte sich vor, sein Gesicht dicht an ihrem, waren ihre Lippen nur einen Hauch voneinander entfernt. »Ich hoffe, die beiden amüsieren sich, und befinden sich in diesem Moment sicher und zufrieden in irgendeinem Hotelzimmer.«

Sie wich zurück. »Ja. Da bin ich mir ganz sicher.«

Das hier war ein Trostpreis, tippte sie. Er wollte sie irgendwie abspeisen.

Devyn warf einen verstohlenen Blick zu Marc, der schon die ganze Fahrt über einsilbig war, seine Lippen zu einer schmalen entschlossenen Linie aufeinandergepresst. Er bog eben in einen dunklen und verlassenen Teil der Falls Road ein, die direkt an der Steinmauer des Milltown Cemetery entlangführte.

Er hatte es zwar nicht gesagt, aber seine Botschaft kam auch so bei ihr an.

Nein, kein Baby, aber ich helfe dir dabei, deine leibliche Mutter zu finden. Ein Trostpreis eben, und das war ziemlich ätzend. Aber der feste Wunsch, ihre leibliche Mutter kennenzulernen – und ihr so irgend möglich zu helfen –, brannte heißer als Feuer in ihr.

»Soll ich noch mal versuchen, ob ich durchkomme?«, fragte Devyn, in jeder Hand ein Handy, obwohl sie während der ganzen Fahrt keine Netzanbindung bekommen hatte.

»Lieber nicht«, wiegelte er ab. »Es ist jetzt nicht mehr sicher. Wenn irgendjemand ihren Anruf an dich zurückverfolgt hat, sollten wir diese Telefone überhaupt nicht mehr benutzen. Wir sind zu nah an der Stelle, die Fallon uns genannt hat.«

»Genauer gesagt, wir sind da.« Sie zeigte mit ihrem Handy auf eine Markierung auf dem Asphalt. »Crescent Road.«

Und an der Ecke war Direct Furniture. »Stimmt, wir sind da.«

Gegenüber dem Möbelgeschäft, vor einer der Mauern des Milltown Cemetery, wuchsen dichte Sträucher. Es war unmöglich, das Friedhofsgelände einzusehen, aber es lag durchaus im Rahmen des Möglichen, dass jemand, der sich in großer Gefahr wähnte, über die Büsche kletterte, um über die Mauer zu gelangen. Zumal Sharon Greenberg, die ernsthaft um ihr Leben bangen musste, bestimmt fieberhaft darauf bedacht gewesen war, ihren Widersachern zu entwischen.

»Lass uns erst mal ganz unauffällig ein paar Runden drehen und die parkenden Autos nach unfreundlichen Gesichtern abchecken, dann gehen wir rein«, schlug er vor. »Aber ich warne dich, dieses überwucherte Ding da ist verdammt hoch.«

»Ich hab heute schon Schlimmeres erlebt.«

Er warf ihr einen Blick zu und grinste aufmunternd. Devyn fand die Situation alles andere als lustig. »Und du hast dich super gehalten.«

Sie wischte das Kompliment mit einem Achselzucken beiseite. »Du kennst meine Höhenangst, aber man tut halt, was getan werden muss.«

»Das seh ich auch so.«

Wenigstens hatte er aufgehört, mit ihr über ihr Vorhaben zu streiten. Aber hallo, rief sie sich ins Gedächtnis, diese Aktion war ja offensichtlich ihr Trostpreis.

»Keine Menschenseele weit und breit«, muffelte sie, während er den Mietwagen langsam durch die Straßen steuerte und sie sich in der Gegend umschauten. »Ganz schön unheimlich hier.«

»Es ist mitten in der Nacht.« Und es war einige Stunden her, seit Sharon geflüchtet war.

Er fuhr durch ein paar Wohnstraßen und dann zurück zum Friedhof und langsam am Haupteingang vorbei, der fest verschlossen und mit mehreren sichtbaren Überwachungskameras ausgestattet war. Ein paar Minuten später kehrte er zum

Crescent Drive zurück und stellte den Wagen im Schatten der dichten Sträucher ab.

»Hol deine Pistole raus«, wies er sie an. »Und steck sie in deinen Hosenbund oder die Hosentasche, irgendwohin, wo du schnell drankommst, wenn es brenzlig wird. Und bleib möglichst nah bei mir.«

Sie befolgte seine Anweisungen und nahm noch etwas aus ihrer Handtasche. Ihr Foto.

Rose Devyn Mulvaney. Bis wir uns wiedersehen …

Hatte sie je ein Babyfoto von sich gesehen? Ihre Eltern – die in Boston – hatten kaum Bilder von ihr gemacht. Vielleicht lag es daran, hatte Devyn heimlich vermutet, dass ihre Adoptivmutter die Entscheidung, ein fremdes Kind großzuziehen, letztlich bereut hatte. Zumal ihr diese Adoption als ein Zugeständnis an ihre weibliche Unvollkommenheit und ihre Unfähigkeit, ein Kind zu bekommen, erscheinen musste.

Auf der anderen Seite hatte Devyn sich immer eingebildet, dass ihre leibliche Mutter die Adoption ebenfalls bereute. Dieses Foto und der Text bestätigten, dass sie mit dieser Wunschvorstellung womöglich richtiglag.

Nicht mehr lange und sie würden sich endlich treffen. Sie mussten sich einfach kennenlernen. Sie schob das Bild vorsichtig in die Gesäßtasche ihrer Jeans und schwang sich aus dem Auto in die Dunkelheit.

Die Straßenlaternen wurden um Mitternacht ausgeschaltet, um Passanten möglichst von dem Friedhof fernzuhalten, der immer noch ein Unruheherd war. Der Mond hatte sich hinter einer dichten Wolkendecke verkrochen, und sie duckten sich wie Diebe durch die samtschwarze Nacht, über die Straße und in die Büsche, wo sie sich flach an die Steinmauer pressten.

»Erste Hürde geschafft«, sagte Marc leise. »Die Straße überqueren, ohne erschossen zu werden.«

Das war immerhin ermutigend. »Jetzt müssen wir bloß noch schwuppdiwupp über die Mauer kraxeln.«

Er blickte sie scharf an, während sie ein paar vorwitzige Haarsträhnen unter die dunkle Baseballmütze steckte, die sie unterwegs gekauft hatten. »Tu nichts Impulsives, Devyn.«

»Zu spät, du Schlaumeier.«

»Okay, dann versuch wenigstens, deine Impulshandlungen, so gut es geht, zu kontrollieren.«

»Okay«, seufzte sie. »Versprochen.«

»Das hast du letztes Mal auch gesagt.«

»Und dir den Arsch gerettet«, erinnerte sie ihn.

Er beugte sich zu Devyn hinunter, duckte sich unter den Schirm ihrer Mütze und küsste sie zärtlich auf den Mund. »Dafür habe ich mich noch gar nicht bei dir bedankt.«

»Ich glaube, das tust du gerade.«

Er half ihr, mit dem Fuß auf den ersten Backstein zu steigen, der aus der Wand herausragte, und sah von unten zu, wie sie sich die Mauer hinaufzog. Es war nicht besonders schwierig, nach ein paar geschickten Kletterübungen schaffte sie es, sich auf die Mauerkrone zu hieven.

Und dann verschlug es ihr den Atem.

Innerhalb weniger Sekunden war er neben ihr. »Alles klar?«

»Oh mein Gott, Marc. Ich hatte überhaupt keine Vorstellung, wie das hier aussieht.« Keine Karte, kein Foto und keine Beschreibung, die sie jemals gesehen hatte, wurden der Größe des ausgedehnten Milltown Cemetery gerecht. Sie hielt sich an den Steinspitzen oben auf der Mauer fest und blinzelte in die Dunkelheit, um sich wenigstens einen vagen Eindruck davon zu verschaffen, wie riesig der Friedhof war.

Sie hatte über Milltown gelesen. Zigtausende Gräber. Kilometer um Kilometer nur Gräber. Abertausende, so dicht aneinandergedrängt, dass sich die Arme der Kruzifixe fast berührten.

Es gab keine Ordnung, keine Symmetrie, kaum Platz für Wege. Der Tod ist nicht wählerisch.

Wie sollten sie hier eine Frau finden, die sich angeschossen und womöglich lebensgefährlich verletzt in diesen schauerlich gähnenden Schluchten aus Gestein und Gesträuch versteckte?

Mit einem Mal wurde Devyn von einer Welle des Zweifels überrollt. Ihre Aktion Wir-finden-Sharon war die sprichwörtliche Suche nach der Stecknadel im Heuhaufen. Es war mit an Sicherheit grenzender Wahrscheinlichkeit aussichtslos, sann sie deprimiert. Den ganzen Aufwand hätten sie sich garantiert schenken können.

Aber Marc war bereits dabei, elanvoll über die Mauer zu setzen, er wirkte kein bisschen panisch. »Ich springe zuerst«, raunte er ihr zu. »Dann du.«

Sie blickte skeptisch nach unten. »Okaaay.«

Er schwang sich über die Mauer, kam auf den Fußballen im Gras auf und federte den Aufprall ab, indem er die Knie kurz anzog. Er drehte sich geschmeidig um, blickte zu ihr nach oben und streckte einladend die Arme aus. Doch Devyn rührte sich nicht vom Fleck.

So viel zum Thema Höhenangst überwinden.

»Dev, da oben sitzt du auf dem Präsentierteller. Spring!«

Sie nickte, biss sich auf die Lippe und warf ein Bein über die Mauer. Sie atmete tief ein, stieß sich ab und Marc fing sie auf. Angesichts der Wucht des Aufpralls ging er mit ihr zu Boden und hielt sie fest, während sie über Flechten und Kiesel rollten.

»Alles in Ordnung?«, fragte er.

»Ja.« Sie bewegte ihre Beine – super, nicht gebrochen – und rappelte sich mit Marcs Hilfe auf. »Ich hoffe wirklich, dass sie auf der richtigen Seite steht«, murmelte sie. »Denn wenn wir Leib und Leben riskieren, um eine Terroristin zu retten, werde ich …«

»Was wirst du?«

»Diese verflixte Kanone an ihr ausprobieren.«

Er nahm ihre Hand und zog sie weiter. »Da helf ich dir glatt beim Zielen. Gib mir mal die Lampe.«

Sie reichte ihm die kleine mitgebrachte Stablampe, und er knipste sie an, um sich zu orientieren.

»Laut unserer Touristenkarte befindet sich etwa eine halbe Meile in diese Richtung das Zentrum des Friedhofs. Die berühmtesten IRA-Märtyrer liegen da begraben. Wir befinden uns hier in einem der Außenbereiche, und ich denke, dass sie sich eine ganz abgelegene Stelle sucht, um sich da zu verstecken.«

Die Gräber um sie herum waren ungepflegt und von Brombeersträuchern überwuchert.

»Die Wege sind gitterförmig angelegt«, meinte sie, während sie die Wiese zu einem schmalen Asphaltstreifen überquerten, der einen Bereich unterteilte. »Zumindest sah es auf der Karte im Mietwagen so aus. Aber Marc, dieser Friedhof ist wie ein Ort für sich.«

»Komm«, sagte er und zog sie weiter. »Wir marschieren weiter geradeaus, bis wir irgendwann an eine Kreuzung kommen, wo sie sich entscheiden musste, ob sie weiter geradeaus, nach Norden oder nach Süden läuft. Meine Vermutung ist, dass sie sich versteckt hält und darauf wartet, dass es hell wird.«

Oder schon genauso mausetot war wie die anderen Bewohner Milltowns.

Sie drangen tiefer auf dem Friedhof vor, schnell und schweigend, und mit jedem Schritt rutschte Devyns Herz weiter nach unten, wie die Blätter, die mit jeder leichten Windböe von den Bäumen zu Boden schwebten.

»Ziemlich unheimlich, nicht?«, flüsterte sie.

»Zigtausend Gräber, zigtausend Leichen, von denen viele als religiöse Märtyrer gelten? Ja, verdammt unheimlich.«

Vor ihnen ragten Eichen, die ein paar Gräber umstellten, Grabstätten, die wohl etwas Besonderes zu sein schienen. Wichtige Personen lagen hier beerdigt, vermutete sie. An einer Weggabelung blieben sie stehen, und Marc ging näher an die Grabsteine heran und beleuchtete die eingemeißelten Namen mit der Stablampe.

O'Neill. Bidwell. Saunders. McNett.

Aber keine Spur von Sharon Greenberg.

Der melancholische Schrei eines Käuzchens erfüllte die Luft, und ein anderes antwortete, ein Windstoß erfasste die Bäume, und das raschelnde Laub übertönte das leise Knirschen ihrer Schritte.

»Ich tippe mal, dass sie ziemlich weit ins Friedhofsinnere vorgedrungen ist«, überlegte er halblaut. »Mit dem Wissen, dass ihre Verfolger wohl eher außen herum laufen, um sich nicht zu verirren.«

»Hier kann man sich wirklich verirren«, sagte Devyn. Sie machte eine 360-Grad-Drehung und hob dabei den Schirm ihrer Mütze eine Idee an.

Unter Marcs Fuß knirschte etwas, er blieb stehen und erstarrte, als sein Blick auf eine zerbrochene Schutzbrille fiel.

»Oh mein Gott«, flüsterte Devyn, die sich neben ihm danach bückte. »Die ist aus einem Labor.« Sie griff danach. »Sie war hier, Marc.«

»Scheint mir auch so«, pflichtete er ihr bei und suchte langsam mit dem Lichtkegel der Taschenlampe die Gegend ab. Nichts, null, bloß ein Grab neben dem anderen, Kreuze und Grabsteine, manche hoch, andere niedrig, ein ordentlich gepflasterter Weg und ein Gebäude, das wie eine Miniaturkathedrale aussah.

Aus dem Inneren dieses Baus drang ein leises, schmerzerfülltes Wimmern zu ihnen. Das war bestimmt kein Tier, sondern ein *Mensch*.

Die struppigen Bodenflechten brachten Devyn um ein Haar ins Stolpern, aber Marc fing sie noch rechtzeitig auf und schaffte es als Erster zum Eingang. Er hielt sie mit einer Hand zurück und zielte mit der Pistole auf das kleine Monument.

Devyns Herz hämmerte gegen ihren Brustkorb, ihr ganzer Körper war angespannt vor Aufregung und Erwartung.

Der luftige Bau war eine Konstruktion aus einem etwa ein Meter hohen Mauersockel, mit hohen Steinsäulen, die ein Dach trugen, auf dem sich eine lebensgroße Madonnenstatue erhob. In eine an dem Stein angebrachte Marmorplatte war der Name »McGarry« graviert.

Er hob die Lampe, tastete mit dem milchig hellen Strahl behutsam die Dunkelheit ab und verharrte mit dem Lichtkegel auf einer Gestalt, die zusammengekauert unter einer der Säulen lag.

Die Gestalt trug eine weiße Jacke, die jedoch blutig rot verfärbt war, und rührte sich nicht.

»Ist sie …« Devyn brachte die Frage nicht über die Lippen. Es schmerzte sie zu sehr, das eine Wort auszusprechen. Hatte sie den ganzen Weg hierher gemacht, um ihre leibliche Mutter *tot* vorzufinden?

Marc gab Devyn ein Zeichen, zurückzubleiben, und schlich sich in das Gebäude.

Er kniete sich neben den schlaffen Körper und streckte die Hand nach der Frau aus. Devyn folgte ihm langsam und ließ sich neben die beiden sinken, tief betroffen und erschüttert.

Marc strich der Frau das Haar zurück, ihr Gesicht war totenblass. Seine Finger suchten nach einem Puls.

»Bitte, bitte, sei nicht tot«, flüsterte Devyn. »Bitte lieber Gott, lass sie noch am Leben sein.«

Der Mund der Frau zuckte, ihr Kiefer klappte kaum merklich nach unten und sie öffnete ganz langsam die Augen, die im Schein der Taschenlampe matt silbrig glänzten und sehr lebendig waren.

»Rose?«, fragte sie.

Eine Träne rollte Devyns Wange hinunter. »Ja«, sagte sie mit erstickter Stimme. »Ich bin Rose.«

»Ich wusste, dass du kommen würdest.« Sie machte einen gequälten Atemzug und schloss die Augen wieder.

»Nein!«, rief Devyn leise aus. »Nein, du darfst nicht sterben!«

»Sie ist nicht tot.« Marc schob vorsichtig die Jacke beiseite, um sich Sharons Verletzung anzusehen. »Sie wurde am Arm getroffen, aber es ist nicht lebensgefährlich. Wir brauchen etwas zum Abbinden.«

Devyn griff nach ihrem Halstuch und ließ mit einer einzigen, fließenden Handbewegung die Seide von ihrem Hals gleiten. »Nimm das.«

»Dr. Greenberg.« Marc drehte sanft ihr Gesicht zu ihm. »Können Sie mich hören? Wir verbinden Ihnen jetzt den Arm.«

Die Wissenschaftlerin stöhnte leise.

Devyn beugte sich über das Gesicht ihrer Mutter. »Sharon«, flüsterte sie beschwörend. »Bitte, sprich mit mir.«

Noch einmal flatterten Sharons Augenlider und öffneten sich angestrengt. »Sie haben mich geschnappt. Bairds Männer … sind mir auf die Schliche gekommen.«

»Du arbeitest für den SIS?«, fragte Devyn, während Marc Sharon behutsam den Laborkittel auszog und die Wunde verband. »Du hast ihre Zelle infiltriert, richtig?«

Sie nickte langsam, worauf Devyn Marc einen vielsagenden Blick zuwarf. »Wir müssen sie schleunigst von hier wegbringen.«

»Keine Bange, das machen wir«, sagte er mit Bestimmtheit.

Oh Gott, ihre Mutter gehörte zu den Guten! Die Erkenntnis fühlte sich solide und tröstlich in ihrem Innern an und befeuerte sie mit Energie und dem festen Wunsch, diese Frau zu retten, diese Frau besser kennenzulernen und sie vielleicht sogar in ihr Herz zu schließen.

Natürlich war sie eine von den Guten. Wie hatte Devyn je daran zweifeln können?

»Legen wir sie erst mal bequemer hin«, erklärte Marc.

»Bringt mich …«, murmelte Sharon, als sie ihren Körper in eine angenehmere Lage brachten und sie mit dem Kittel zudeckten.

»Schscht.« Devyn streichelte beschwichtigend ihr Haar und wiegte ihren Kopf auf ihrem Schoß.

»Royal … Victoria.«

Sie sahen einander an. »Das Krankenhaus«, tippte Devyn. »Ich habe ein Hinweisschild gesehen, ein oder zwei Meilen von hier.«

Sharon nickte unter großer Anstrengung. »Ich kann nicht laufen.«

»Wir bringen dich dahin.« Devyn fasste Marc am Arm. »Bitte, wir müssen schnell machen.«

»Wir können auf gar keinen Fall den Weg nehmen, den wir gekommen sind«, gab er zu bedenken. »Sind Sie ganz sicher, dass Sie nicht laufen können? Auch nicht mit unserer Hilfe?«

»Nein, nein, beeilt euch. Sie kommen.«

»Wer?«

»Baird.« Sie rang mühsam nach Luft und packte Devyn am Arm. »Lass mich nicht allein, Rose. Bitte, bleib hier bei mir.«

Devyns Herz krampfte sich zusammen. »Ich lass dich nicht allein, versprochen.«

Es gelang Sharon, ihre Aufmerksamkeit auf Marc zu richten. »Haben Sie … ein Auto?«

»Steht auf der Crescent«, sagte er.

»Suchen Sie Curley's.«

»Den Supermarkt?«, fragte Devyn. »Da sind wir vorbeigefahren.«

»Parken Sie da und dahinter … drei Wege … nehmen Sie den mittleren. Der führt hierher zurück. Den Hügel runter schaffe ich es.« Sie verlor abermals das Bewusstsein.

»Bitte Marc, geh und mach schnell«, drängte Devyn.

Er nickte und stand auf. »Bleib hier, duck dich hinter diese Wand. Und sei leise. Gib mir deine Pistole, ich entsichere sie für dich. Wenn dir jemand zu nahe kommt, schießt du. Stell keine Fragen, schieß einfach.«

Sie gab ihm die Pistole, und er lud sie durch, dann legte er sie direkt neben Devyn. »Sei leise und beweg dich nach Möglichkeit nicht. Beschränkt eure Unterhaltung auf das Nötigste, auch wenn ihr euch bestimmt viel zu erzählen habt, okay?«

»Versprochen.«

Dann verschwand er, verschmolz mit den Schatten der Dunkelheit.

Ganz langsam öffneten sich Sharons Augen, und sie blickte zu Devyn hoch.

»Danke«, flüsterte sie.

Devyn lächelte nur und verstand endlich die Bedeutung eines Trostpreises. Sie war voll und ganz … *getröstet.*

»Schscht«, flüsterte sie. »Das kannst du mir später sagen. Ruh dich aus und spar dir deine Kräfte.«

»Rosie Mulvaney.« Sharon flüsterte den Namen wie ein zufriedenes Seufzen, und für einen Augenblick klang er einfach wunderbar in Devyns Ohren. Der richtige Name. Ihr *wahrer* Name. »Du bist einfach perfekt.«

»Du darfst dich jetzt nicht anstrengen, Sharon«, sagte sie sanft, ein Lächeln umspielte ihren Mund. »Wir können später noch so viel reden.«

»So viel zu sagen.«

Oh Gott, allerdings. Devyns Augen füllten sich mit Tränen, und sie hatte mit einem Mal einen Riesenkloß in der Kehle.

»Rosie Mulvaney«, wiederholte Sharon. »Wird … lange … dauern, dich zu finden.«

Es hatte lange gedauert, dachte Devyn, sie berichtigte die arme Frau aber nicht. Stattdessen ließ sie den Namen in ihrem Kopf nachwirken.

Rose Mulvaney. Sollte sie ihren Namen vielleicht ändern? Denn eigentlich war sie ja Rose Mulvaney. Die Tochter einer couragierten, heldenmutigen Frau, die ihr Leben riskiert hatte, um andere zu retten.

An die kalte Steinmauer gelehnt, schloss Devyn die Augen und genoss das Gefühl der Zufriedenheit, das warm ihren Körper durchströmte. Marc würde bestimmt bald zurückkehren, sie würden Sharon ins Krankenhaus bringen, und dann wäre der Spuk hier vorbei. Sie hatte endlich ihre eigene kleine Familie.

Endlich, nach einem Leben voller …

»Salam.«

Das Geräusch riss Devyn aus ihren Gedanken. Sie fuhr hoch, ihr Blick schreckgeweitet, starrte sie in ein Paar scharfer, eisblauer Augen, direkt über dem Lauf der Pistole. Eine Sekunde lang kapierte sie überhaupt nichts.

Sharon. Stand da. Und zielte auf sie.

Mit der anderen Hand – dem verwundeten Arm – hielt sie sich ein Handy ans Ohr.

Was machte sie da?

»Alles klar, wir können es jetzt durchziehen«, sprach sie mit fester, energischer Stimme in das kleine Telefon. »Es ist nur eine Schramme. Ich kann Sie in zehn Minuten treffen und das Letzte liefern, das Sie noch brauchen, Malik. Eine amerikanische Geisel.«

Angst und Entsetzen wuschen über Devyn hinweg. Mit einem Mal zitterte sie wie dürres Laub. Sie konnte nur ungläubig blinzeln und ihre Freudentränen verwandelten sich in Tränen der Panik. »Sharon, was soll …«

»Ich hatte nicht vor zu sterben, Malik. Aber diese Person hier ist absolut entbehrlich und ihre Spur unmöglich zurückzuverfolgen. Ehrlich gesagt ist sie perfekt.«

Perfekt. Devyn drehte sich der Magen um.

»Bis die darauf kommen, wen Sie da haben, sind Sie schon auf halbem Weg nach Hause.« Sharons Blick wanderte über Devyn, kalt, boshaft und herzlos. »Der Name ist Rose Mulvaney. Ach, und schicken Sie jemanden zu Curley's. In etwa sieben oder acht Minuten fährt dort ein Typ auf den hinteren Parkplatz. Er wird nach einem Weg suchen, den es gar nicht gibt. Legen Sie ihn um und lassen Sie es nach einem politischen Motiv aussehen.«

Devyn versuchte zu sprechen, brachte aber keinen Ton heraus. Sie verspürte Schmerz. Beißende, stechende Ungläubigkeit und bohrenden Schmerz.

Sharon zuckte kaum merklich zusammen, als sie das Telefon in die Tasche stopfte. »Gehen wir.«

»Wie kannst du so was tun?« Die Worte waren kaum mehr als ein Flüstern. »Ich bin doch deine Tochter.«

»Irrtum, du bist ein Fehler, den ich irgendwann gemacht habe. Steh auf.«

»Wo gehen wir hin?«

»Ich bringe mein Selbstmordkommando zu Ende.« Sie richtete die Mündung der Pistole direkt auf Devyns Stirn. »Nur dass es *dein* Selbstmord sein wird. Bewegung, Rose.«

26

Marc hielt mit quietschenden Reifen auf den Parkplatz des menschenleeren Supermarktes und forderte dem kleinen Mietwagen das Äußerste ab. Zwei Autos standen auf dem Parkplatz, beide dunkel, ein paar Reihen Einkaufswagen, nirgendwo im Laden war Licht. Er bretterte weiter nach hinten, bis seine Scheinwerfer auf einer Reihe Müllcontainer landeten.

Das Friedhofsgelände endete an einer schmalen Straße hinter dem Supermarkt, zwischen Straße und Parkplatz erhob sich ein um die drei Meter hoher Maschendrahtzaun, der den Zugang komplett versperrte.

Wo zum Geier waren die drei Wege, von denen Sharon gesprochen hatte?

Vielleicht gab es sie ja gar nicht. Vielleicht fantasierte Sharon. Vielleicht irrte sie sich.

Vielleicht war sie Liam Bairds kleine, verlogene Marionette. Und diese Schusswunde gar nicht so dramatisch.

Ihm blieb nichts anderes übrig, als es auf gut Glück zu versuchen. Immerhin war Devyn bei ihr und freute sich wie ein Honigkuchenpferd über das späte Wiedersehen. Das Einzige, was er folglich tun konnte, war, nach einer Möglichkeit zu suchen, um Dr. Greenberg vom Friedhof und ins Krankenhaus zu schleusen.

Er warf den Parkgang ein, entsicherte seine Pistole und sprang aus dem Wagen. Hektisch spähte er in der Dunkelheit nach einer Lücke im Zaun, konnte aber nichts erkennen. Also lief er weiter und griff dabei in das Metallnetz, schüttelte es und tastete die Anhöhe, die sich dahinter erhob, mit Blicken ab. Himmel, dort gab es noch mehr Gräber, als hätten sie jeden Millimeter Platz ausnutzen müssen.

Auf dem vorderen Teil des Parkplatzes war das Dröhnen eines Motors zu hören, ein Auto, das langsam näher rollte. Marc schlich sich ein paar Schritte nach hinten, in den Schutz des Gebäudes, und presste sich flach an die Mauer.

Das Auto kam näher, die Scheinwerfer leuchteten über den Parkplatz, dann gingen sie aus, und der Wagen kam quietschend zum Stehen. Als er sich vorsichtig vorbeugte, sah er, dass das andere Auto dem kleinen Leihwagen die Ausfahrt versperrte.

Eine Autotür wurde zugeschlagen, dann noch eine. Also mindestens zwei Personen. Er zog sich leise zurück und hob langsam seine Pistole, präzise und geräuschlos.

Aber in seinem Kopf schrie es laut: *Sharon Greenberg hat mir jemanden auf den Hals gehetzt.* Es musste sich so verhalten – das war die einzig logische Erklärung.

Was wiederum bedeutete, dass Devyn in Gefahr schwebte.

Er biss grimmig die Kiefer aufeinander, lauschte auf die Schritte und hörte leise gemurmelte Worte. Jemand begann zu rennen, und zwar in seine Richtung. Marc presste sich in die Mauernische, fest entschlossen zu schießen, sobald ihm die Zielperson vor die Mündung käme.

Sein Target war drei Meter entfernt, zwei, einen. Er feuerte in dem Augenblick, als ein Schatten an seinem Versteck vorbeihuschte, und der Mann krachte mit einem dumpfen Schlag zu Boden. Marc setzte aus seinem Versteck und wirbelte herum, um auf den nächsten Kerl zu feuern, der bereits kehrtgemacht hatte und zu seinem Auto zurückstürmte.

Marc verfolgte ihn und zielte auf dessen untere Extremitäten, um ihn niederzustrecken. Er traf ihn am Bein, und der Mann knickte ein und fiel der Länge nach hin. Als Marc zu ihm trabte, um ihm mit vorgehaltener Waffe Informationen abzupressen, zischte ein Schuss an seinem Kopf vorbei, abgefeuert von seinem ersten Angreifer.

Marc schnellte herum und feuerte ein weiteres Projektil in die Dunkelheit, was bei seinem Ziel ein schmerzerfülltes Ächzen hervorrief.

»Was wollen Sie, verdammt noch mal?« Marc stürzte sich auf den Typen, der ein Stück vor ihm zu Boden ging, und hielt ihn mit einem Knie und der Pistole in Schach. Dabei hoffte er inständig, dass der andere außer Gefecht gesetzt war.

Marc duckte sich geistesgegenwärtig, als eine weitere Kugel dicht an seinem Kopf vorbeisurrte. Er hob die Hand und rammte dem Kerl die Pistole in die Schläfe, drehte sich dabei gerade so viel, dass er die Position von Nummer eins abschätzen konnte.

Der lag platt wie eine Flunder am Boden; die Pistole in der Hand, versuchte er mit letzter Kraft, Marc umzunieten. Marc kniff ein Auge zusammen, zielte mit tödlicher Präzision, und drückte ab. Der Schuss hallte durch die nächtliche Stille. Zweifellos würde gleich die irische Polizei anrücken, sann Rossi unterbewusst.

Ihn interessierte mächtig, wer *diese Jungs* bezahlte.

Er wandte sich wieder dem anderen Mann zu, der sich stöhnend am Boden wälzte. »Wer hat Sie geschickt?«

Der Kerl kniff die tiefblauen Augen zusammen, Schweiß glitzerte auf seiner Stirn. »Scheiß auf dich. Du bist am falschen Ort«, knirschte er. »Wir bringen Republikaner hier hobbymäßig um.«

»Ich bin noch nicht mal Ire.«

Er erntete ein verkniffenes Lächeln. »Aber du wirst wie einer sterben, das sind meine … Befehle.« Beim letzten Wort versetzte er Marc einen Fausthieb ins Gesicht, dass der vorübergehend lauter weiß glitzernde Sterne sah. Sie rollten ineinander verkeilt über den Boden, und Marc landete auf dem Rücken.

Es gelang ihm, einen Schuss abzufeuern, der den Mann am Bauch streifte und ihn so weit schwächte, dass er von Marc abließ. Der drückte ihm brutal die Pistole an die Schläfe, wild entschlossen, seinem Gegner gnadenlos Informationen abzupressen.

»Wessen Befehle?«, wollte er wissen.

Der andere stöhnte bloß, während das Blut aus seiner Bauchwunde quoll und Marcs Knie durchtränkte. »Wer?«, fragte Rossi mit unmissverständlicher Schärfe. »Sagen Sie mir verdammt noch mal, wer Sie geschickt hat und wo ich diese Scheißtypen finden kann.«

Der Angesprochene presste gequält die Kiefer aufeinander und kämpfte mit sich. »Am Hafen. Malik kommt heute Nacht da hin.«

»Und Sharon Greenberg?«

Der andere zog angestrengt die Stirn in Falten. »Sie brauchen eine Geisel, um amerikanischen Beschuss abzuhalten. Sie tut es … für Malik.«

Einen Augenblick lang ergab das absolut keinen Sinn – es sei denn, die Pakistanis rechneten damit, dass eine Razzia stattfinden würde. Dr. Greenberg arbeitete nicht für Baird. Sie arbeitete auch nicht für den SIS. Sie war eine Doppelagentin für die Pakistanis.

Und zu ihrem Deal mit den Pakistanis gehörte zweifellos, dass sie die weibliche Geisel entweder *spielte* oder *war*, damit sie entkommen konnten, nachdem sie Liam Bairds Lieferung von Botulinumsporen in Empfang genommen hatten.

Es sei denn, sie konnte eine Ersatzgeisel auftreiben.

Er blickte zum Friedhof hinter dem Zaun. Sinnlos, jetzt noch dorthin zurückzukehren. Entweder war Devyn zwischenzeitlich entwischt, oder ihre leibliche Mutter händigte sie gerade einem Terroristen aus.

Marc stand mit einer geschmeidigen Bewegung auf und zielte mit der Pistole auf das Gesicht des anderen. »Geben Sie mir Ihre Schlüssel.«

Der Mann drehte den Kopf und wand sich vor Schmerz. »Er hat sie.«

Marc schoss ihm ins Bein – der Schuss verfehlte seine Wirkung nicht. Der Kerl griff stöhnend in seine Tasche und warf Marc einen Schlüsselbund hin.

Du hast keine Chance, also nutze sie, sann Marc sarkastisch. Er rannte zu dem anderen Auto, sprang hinein und ließ die beiden Männer mehr tot als lebendig zurück.

Er musste es wenigstens probieren, zum Hafen zu gelangen, bevor sie Devyn zu einer lebenden Zielscheibe machten.

Devyn wagte es nicht, stehen zu bleiben oder etwas zu sagen – sie wagte kaum zu atmen.

Ihre Kidnapperin benutzte die Waffe, die Marc zurückgelassen hatte, um sie Devyn in den Rücken zu bohren und sie schweigend zum Weiterlaufen anzuhalten. Trotz ihrer Verletzung steuerte sie zügig durch einen anderen und Devyn völlig unbekannten Teil des Friedhofs, eine Steintreppe hinunter, vorbei an mehreren Grabmonumenten und durch einen Zaun in eine Seitenstraße.

Dort stürmten sie zu einem geparkten Auto. Sharon nötigte Devyn mit der Waffe, das Fahrzeug zu steuern.

Mit zitternden Händen, gebrochenem Herzen, den Kopf voller drängender Fragen, fuhr die junge Frau los. Als sie am Krankenhaus vorbeibrausten, begann Devyn, nach einem möglichen Fluchtweg Ausschau zu halten.

Sie warf einen verstohlenen Blick auf die Frau … ihre Mutter. Alles was sich wie eine Verbindung hätte anfühlen können, lag in Trümmern.

»Denk noch nicht mal daran«, zischelte Sharon, die wieder zusammenzuckte und vorsichtig ihren Arm bewegte. »Ich kann auch fahren, wenn du tot bist.«

»Ich habe einen Fehler gemacht, stimmt's?«, fragte Devyn.

»Wenn du meinst, indem du mir vertraut hast, ja. Aber du bist nicht die Erste.« Sharons taubengraue Augen fixierten sie, und die Pistole war unmissverständlich auf Devyns Kopf gerichtet.

»Du kannst gar nicht meine leibliche Mutter sein.«

Sharon schnaubte leise. »Man kann sich seine Freunde aussuchen, aber ... Den Rest kennst du ja.«

Devyn wurde mit einem Mal grottenschlecht. Das hier war *schlimmer* als ihr schlimmster Albtraum. »Du hast mir dieses Foto von mir geschickt.«

»Von dir? Nein, sorry, das warst nicht du. Das war nur irgendein Babyfoto, das meine Vermieterin zufällig in ihrem Portemonnaie hatte.«

Nein. Sie wollte schreien, aufbegehren, stattdessen sagte sie mühsam gefasst: »Ich habe ein Foto von mir bei dir zu Hause gefunden.« Das war nicht das Foto der Vermieterin. Das war sie.

Die Wissenschaftlerin stieß einen gekünstelten Seufzer aus. »Finn MacCauley hatte Bilder von dir, nicht ich. Ich wusste noch nicht mal, wer dich adoptiert hat, und es war mir auch egal.«

Devyn schloss gequält die Augen, als wäre sie geschlagen worden. »Aber Finn schon?«

»Offensichtlich. Dafür, dass er im Verborgenen lebt, hat er es immerhin geschafft, sich bei jedem öffentlichen Ereignis einzuschleichen, bei dem du anwesend warst. Öffentliche Auftritte, Abschlüsse – gütiger Himmel, er hat sogar Schnappschüsse von deiner Hochzeit gemacht.«

»Er war da?« Die Worte blieben ihr im Hals stecken. War das möglich?

»Das behauptet er zumindest.«

Sie überquerte eine Kreuzung und hielt heimlich Ausschau nach irgendjemandem, der ihr helfen konnte. Aber die Straßen waren um diese Uhrzeit einsam und menschenleer. Vielleicht konnte sie irgendeine Überwachungskamera ansteuern und davor anhalten. Dann würde wenigstens irgendjemand erfahren, wo sie war.

Marc. Wieder ein Stich ins Herz.

»Warum hat Finn dir Fotos geschickt, wenn ich dir sooo egal war?«

Sharon atmete hörbar aus und rieb über das angetrocknete Blut auf ihrem Laborkittel. »Er dachte, du wärst mir nicht egal. Wahrscheinlich, weil du ihm nicht egal warst. Und er wollte etwas von mir.« Sie lächelte, ein kaltes, herzloses Lächeln. »Ich wusste, dass er irgendwann damit ankommen würde. Es hat bloß verdammt lang gedauert. Bieg an der nächsten Straße ab, auf die Kräne zu, am Flughafen vorbei. Wir fahren zum Hafen.«

»Was wollte er von dir?«

»Oh, eine zweite Chance.« Sie blies amüsiert die Wangen auf. »Finn will sich auf die elegante Tour loskaufen, weißt du das nicht?« In ihrer Stimme lag ein hässlicher Unterton. »Er will seine Freiheit. Also kam er zu mir, damit ich ihm helfe.«

Devyn zog die Stirn kraus. »Und wie?«

»Er hielt sich für so schlau, das hier zu arrangieren.« Sie schwenkte die Waffe, als schlösse »das hier« ganz Belfast ein. »Er hat mit dem FBI, der CIA und dem SIS und wie sie alle heißen zusammengearbeitet, um diesen Idioten Liam Baird in die Pfanne zu hauen. Er dachte, wenn er mich und meine Erfahrung ins Spiel brächte, würden sie Baird wirklich schnappen. Und natürlich würden sie über Baird auch an Malik drankommen.« Sie lachte zynisch auf. »Niemand kommt an Malik ran.«

Devyn bog vorschriftsmäßig ab und blickte milde konsterniert zu Sharon. Die Innenraumbeleuchtung war hell genug, um die

Falten auf ihrer fahlen Haut, die Schatten unter ihren Augen zu betonen. Die Wunde mochte oberflächlich sein, aber der Blutverlust forderte seinen Tribut. Vielleicht konnte sie ja doch noch entkommen …

Wenn sie lange genug am Leben blieb.

»Dann arbeitest du also nicht für Liam Baird oder den SIS?«

»Nein, tu ich nicht. Die denken nur beide, ich würde für sie arbeiten.«

»Für wen arbeitest du dann?«

Sharon lachte mit spöttischer Genugtuung. »Wie kommst du darauf, dass das hier Arbeit ist? Finn MacCauley zu bescheißen, ist mein Lebenstraum, Mädchen. Seit dem Tag, an dem er mich benutzt und dann hängen gelassen hat, warte ich darauf.«

Hängen gelassen? »Er hat dich sitzen lassen, mit mir.«

Sharon seufzte und schüttelte den Kopf. »Ich wollte dich nicht.«

»Oh«, brachte Devyn würgend hervor, denn ihre Kehle verengte sich schmerzhaft, ihre Arme und Beine kribbelten vor Adrenalin und Angst.

»Tut mir leid«, sagte Sharon achselzuckend. »Aber ich will dir nichts vorlügen. Ich hätte dich abtreiben können, weißt du. Ich hab's nicht getan.«

»Schon klar.«

»Also nimm's nicht persönlich. Du bist nicht meine Tochter. Du bist kein Teil von mir. Du bist ein Fehler meiner Urteilsfähigkeit, im Übrigen nicht der einzige, den ich an dem scheißverdammten Tag damals gemacht hab.«

Devyn wartete auf den sprichwörtlichen Schwinger in die Magengrube oder den lähmenden Stich ins Herz, während sie das Gesagte auf sich wirken ließ.

Aber nichts dergleichen geschah.

Im Gegenteil, sie fühlte sich befreit. Sie war ein wenig von dem Druck befreit, der auf ihrer Brust lastete. Die schmerzhafte Wahrheit war gar nicht so schmerzhaft. Das war eine Erleichterung. Sharon mochte die Frau sein, die sie zur Welt gebracht hatte, aber sie war genauso wenig ihre Mutter wie … irgendeine Fremde auf der Straße.

Es gab nichts, was sie verband. Warum also suchte Devyn fieberhaft nach einer solchen Verbindung? Plötzlich fühlte sie sich frei. Leicht. Befreit von einem zwanghaften Verlangen, das sie ihr Leben lang bedrückt hatte. Es *gab* keine Beziehung zwischen ihnen.

Aber da war noch das kleine Problem, am Leben zu bleiben. Und Wissen bedeutete bekanntlich Macht. »Du bist also hier, weil Finn dich darum gebeten hat, aber eigentlich doch, um ihn um die Chance zu bringen, sich eine Begnadigung zu erkaufen, oder wie muss ich das kapieren?«

»Na ja, da ist auch noch das Geld. Ich kriege einen Haufen Geld.«

Devyn schüttelte den Kopf. »Sorry, aber ich war in deinem Haus. Geld spielt für dich keine Rolle.«

»Geld ist eine überaus angenehme Nebenerscheinung«, gab Sharon zurück. »Glaub mir, es war nicht das erste Mal, dass eine terroristische Organisation an mich herangetreten ist. Ich verfüge über einzigartiges und wertvolles Know-how, trotzdem habe ich immer den Moralapostel gespielt und Nein gesagt. Aber als Finn mich gefragt hat …« Sie lächelte doch tatsächlich. »Rache wiegt schwerer als Moral, immer.«

»So schwer, dass du unschuldige Menschen sterben lassen würdest?«

»Wenn ich damit ein schlechtes Licht auf Finn werfen kann, dass das mit seiner Begnadigung platzt und« – sie warf ihr einen schiefen Seitenblick zu – »sein Traum von einer Chance mit dir.«

Devyn umklammerte das Lenkrad. »Das will er?«

Die andere gab einen spöttischen Laut von sich. »Er würde alles sagen, um zu bekommen, was er will, Schätzchen. So ist Finn MacCauley nun mal. Und jetzt werde ich ihn verflucht schlecht dastehen lassen.«

»Und was ist mit dir? Du wirst genauso verflucht schlecht dastehen.«

»Ich werde so viel Geld haben, dass es mir egal ist, aber keine Angst – ich biege es so hin, dass es so aussieht, als wäre ich eine fabelhafte SIS-Spionin. Und da kommst du ins Spiel. Weißt du, ich werde versuchen, dich zu retten. Oder es zumindest so ausschauen lassen. Finn ist der Angeschmierte und wird seine Begnadigung nicht bekommen. Und ich werde frei sein.«

»Geht es dir darum? Frei zu sein von …«

»Vom Hass auf ihn. Freiheit ist eine gute Sache.«

Ja, das stimmte. Devyn hatte sich in ihrem Leben noch nie so frei gefühlt.

Sie hatte keine Verbindung zu dieser Frau – da war absolut null.

Und deswegen hatte sie nie eine Beziehung herstellen können. Sie war eine selbstbewusste junge Frau und für sich selbst verantwortlich. Finn und Sharon waren lediglich ihre Erzeuger, die ihr ungewollt das Leben geschenkt hatten.

Und gerade jetzt fühlte sie sich quicklebendig wie schon lange nicht mehr.

Einmal abgesehen von der kleinen Pistole, die auf sie gerichtet war. »Fahr nach rechts, um den Anleger herum und durch das Tor dahinten. Es müsste offen sein.«

Finn hatte also versucht, Sharon zu überreden, der Regierung einen Dienst zu erweisen, weil er für sich selber eine Begnadigung erwirken wollte, rekapitulierte Devyn aus den bruchstückhaften Informationen. Stattdessen hatte ihre Mutter ihn geleimt und ein falsches Spiel mit ihm getrieben.

»Tut mir leid, wenn du jetzt enttäuscht bist«, sagte Sharon und klang dabei kein bisschen schuldbewusst. »Ich hoffe, du hast keine glückliche Familienzusammenführung mit mir erwartet.«

»Absolut nicht. Du bist nicht meine Familie.« *Freiheit.*

»Und warum bist du dann hier und verfolgst mich?«

Devyn sah sie an und kämpfte gegen ein Lächeln an. »Ich musste halt rausfinden, aus welchem Holz ich geschnitzt bin.«

Sharon zog skeptisch eine Augenbraue hoch. »Und, hast du es rausgefunden?«

»Ja, hab ich.«

»Und aus welchem Holz bist du geschnitzt?«, äffte Sharon sie nach.

Sie war ganz nah dran, es rauszufinden. »Aus einem besseren als du.«

»Tja, bild dir mal nicht zu viel ein. Aber immerhin siehst du weder Finn noch mir ähnlich.«

»Weil ich nichts von euch beiden habe.« Jedenfalls nichts, was wirklich zählte. Nicht ihren Kopf. Nicht ihr Herz. Nicht ihre Seele.

»Durch das Tor da«, befahl Sharon.

Sie steuerte auf das ausgedehnte Hafengelände zu, gewahrte die langen betonierten Kaimauern, die das große Hafenbecken umschlossen und an denen sich leise plätschernd das dunkle Wasser brach.

»Halt hier an.«

Der Befehl wurde von einem metallischen Scheppern unterstrichen, das Devyns Blick nach oben zu dem gewaltigen Schiffskran lenkte, der über fünfzig Meter in die Höhe ragte. Dank des Mondlichts und der blassgelben Neonbeleuchtung entlang der Hafenanlagen konnte sie die riesigen schwarzen Buchstaben H und W an der Seite der berühmten Sehenswürdigkeit erkennen.

Es gelang ihr, tief einzuatmen und noch einen Blick auf Sharon zu werfen, die die Waffe immer noch nicht heruntergenommen hatte. Mit ihrem verletzten Arm holte sie eben ihr Telefon hervor und drückte es sich ans Ohr.

»Ich bin hier. Wie viel Zeit haben wir noch, bis Baird kommt?«

Wie hatte das alles nur passieren können? Und das mit *Marc*? Was war mit Marc? Die Frage hallte in ihrem Kopf und ihrem Herzen wider. War das das Ende?

Hatte sie sich *die* Chance auf *diesen* Traummann endgültig verbaut?

Sie hätte auf ihn hören sollen, zumal er nachhaltig beteuerte, dass sie nicht wie ihre Eltern war, dass DNA-Stränge keine Bedeutung hatten. Er hatte recht. Denn unabhängig von dem viel zitierten genetischen Fingerabdruck bedeutete ihr dieses ausgekochte Miststück neben ihr nichts. Gar nichts.

Fakt war, Devyn hätte diese Frau eiskalt abmurksen können. Da kannte sie inzwischen keinen Skrupel mehr. Die große Preisfrage war bloß, wie konnte sie es schaffen, diese unsägliche Person heimlich, still und leise loszuwerden?

»Okay, ich sehe Sie jetzt«, zischte Sharon in ihr Handy. »Beeilen Sie sich. Ich bin dann unten am Dock.«

Devyn folgte Sharons Blick auf das Wasser hinaus und sah … nichts. Doch dann bewegte sich etwas bedrohlich und blitzschnell wie eine graphitschwarze Haifischflosse über das Wasser. Ein dunkles Boot, namenlos und unbeleuchtet, durchschnitt die Wellen in Richtung Schiffsanleger.

»Steig aus dem Auto aus, und versuch ja nicht, wegzulaufen. Sonst siehst du die Radieschen von unten, und zwar schneller, als du denkst.«

Devyn überlegte krampfhaft. Sie musste irgendwie Zeit schinden. Beim Aussteigen ließ sie ihren Blick über das gesamte Gelände schweifen und schätzte jede Möglichkeit ab.

Es gab keine.

Alle anderen Zufahrtstore waren mit schweren Eisenriegeln zugesperrt. Die Docks führten geradewegs ins eiskalte Wasser. Ein lang gestrecktes, grau verwittertes Lagerhaus, das sich an einer Seite des Hafens ausdehnte, war nachts ebenfalls fest verschlossen. Ansonsten war der einzige Ort … Sie hob den Blick sechzig Meter in die Höhe.

Der Kran.

Sharon schwang sich elanvoll aus dem Wagen und drängte Devyn mit vorgehaltener Waffe Richtung Wasser. »Los, gehen wir.«

Sie schubste Devyn vorwärts. Gab es hier keine Sicherheitsleute? Kameras? Zollbeamte, um ankommende und ablegende Schiffe zu kontrollieren? Die junge Frau sah sich verstohlen nach möglichen Überwachungskameras um, wie sie sie überall in Belfast gesehen hatte, aber falls sie beobachtet wurden, konnte sie es nicht feststellen.

Das Boot, das nun trotz des dunklen Anstrichs sichtbar war, glitt leise tuckernd an eine der langen Kaimauern.

Hatte sie eine Chance, zu entkommen, wenn sie beherzt losstürmte? Laut um Hilfe rief, um auf sich aufmerksam zu machen? Erwarteten die sie schon? Warum hatte Sharon sie gezwungen, mit hierherzukommen? Ganz egal, was sie von ihr verlangte, entschied Devyn, sie würde es nicht bekommen. Ganz egal, was es war.

Das Boot legte rasch an, und ein Mann tauchte aus dem hinteren Bereich auf, von Kopf bis Fuß schwarz gekleidet und das Gesicht mit Schmieröl geschwärzt, war er kaum zu erkennen.

Mit einem festen Griff packte Sharon sie am Arm, drückte ihr die Pistole in den Rücken und schob sie vorwärts. »Hier ist sie, Malik.«

Er nickte kaum merklich, als ein weiterer Mann hinter ihm hervortrat, in der Hand einen Behälter.

»Gütiger Himmel.« Sharon japste hörbar nach Luft und riss Devyn zurück. »Baird! Was zum Teufel machen Sie hier?«

»Hallo, Dr. Greenberg. Haben Sie wirklich geglaubt, Sie könnten mich an der Nase herumführen?«

Sharon stieß Devyn weg wie einen nutzlosen Sack, damit sie die Hände frei hatte, um mit der Pistole auf Baird zu zielen. »Bei Typen wie Ihnen ist das normalerweise kein großes Problem.« Sie hob die Waffe, um einen Schuss auf ihn abzufeuern. In diesem Moment warf er den silbernen Kanister in die Luft. Er landete vor Sharons Füßen. Sie machte einen Satz nach hinten und schnellte herum, als unvermittelt Stimmen und Motorgeräusche hinter ihnen ertönten und ein Schuss über die Docks hinweghallte.

»Sie haben uns!«, brüllte einer der Männer. Ein weiterer Schuss detonierte, und in dem Chaos wurde Devyn ganz vergessen. Augenblicklich startete sie durch, warf schützend die Hände über ihren Kopf, als eine Kugel an ihr vorbeizischte, und preschte in geduckter Haltung in die entgegengesetzte Richtung.

Autos kamen auf das Wasser zugerast. In der Luft das Rattern und das gleißende Licht eines Hubschraubers. Dann tauchten zu ihrer Linken wie aus dem Nichts drei, vier, fünf große schwarze Vans mit brennenden Scheinwerfern auf, aus denen Männer strömten, alle bewaffnet.

Devyn wusste nicht, was los war. Wer gehörte hier zu den Guten, wer zu den Bösen? Wer von denen würde sie retten, wer eiskalt umpusten? Folglich rannte sie einfach drauflos, bis sie den Fuß des Krans erreichte. Schüsse explodierten, Männer riefen wirr durcheinander und das Boot drehte auf, um Reißaus zu nehmen. Devyn hatte keine Wahl.

Sie beschloss, den Kran hinaufzuklettern, und hoffte schwer, dass sie dort in Sicherheit war.

Sie griff nach der ersten Stange aus rostigem Metall und

zog sich nach oben. Die Leitersprossen waren glitschige dünne Stäbe unter ihren Sportschuhen, ihre Finger auf den eiskalten Handläufen aus Stahl fühlten sich steif an.

Als sie einen Blick nach unten riskierte, sah sie, dass die mit schwarzem Outfit getarnten Männer wie die Ameisen über die schmalen Betonstege schwärmten, die zu den Docks führten. Sie feuerten auf das Boot, das jedoch zügig weiterfuhr.

Sie hielt sich nicht lange damit auf, zuzusehen, sondern kletterte, was das Zeug hielt.

Wenn Sharon oder Baird oder irgendwer auf dem Boot sie hier oben entdeckte, würden sie zweifellos auf sie schießen. Dieser Gedanke trieb sie weiter. Der Wind pfiff ihr um die Ohren, knirschend und scheppernd bewegte sich der gigantische Eisenarm, der weitere dreißig Meter über ihr auf das Wasser hinausragte.

Endlich trafen ihre Hände auf festen Untergrund, und sie zog sich zum Arm des Krans hoch. Er mutete wie ein langer, schmaler Gang an, der aus Stahlgeflecht, Seiltrossen und verdrillten Kabeln bestand. Es gab zwar ein Geländer, aber das waren lediglich zwei Stangen, die dazu dienten, ein Seil für einen Klettergurt daran zu befestigen.

Ein Klettergurt, den sie natürlich nicht trug. Aber wenn sie es schaffte, das hier einfach auszusitzen, ohne geschnappt oder entdeckt zu werden, konnte sie runterklettern und Hilfe holen.

Vom Wind hin und her geworfen, hockte sie sich automatisch auf Knien hin und hielt sich mit den Händen an dem korrodierten Eisengeländer fest. Sie sträubte sich, nach unten in die dunkel gähnende Tiefe zu blicken, und biss sich auf die Unterlippe, um nicht vor Schmerz aufzuschreien, als sich das scharfkantige Metall in ihre Handflächen und Knie bohrte.

Sie beschloss, sich flach auf den Boden zu legen, aus Angst, von einer plötzlichen Windböe weggeweht oder von ihren Verfolgern angeschossen zu werden. Sie nahm einen wackligen Atemzug, brachte ihr Gesicht an die rautenförmigen Metallverstrebungen und schloss tief verzweifelt die Augen. Der Wind riss an ihren Haaren, schnitt ihr ins Gesicht. Sie bangte um ihr Leben.

Und um Marcs Leben.

Sie wollte ihm doch unbedingt noch erzählen, dass sie sich getäuscht hatte. In ihrer Mutter, und nicht zuletzt, was die Gene betraf. Diese Frau – diese schreckliche, herzlose, hasserfüllte Frau – mochte ihre biologische Mutter sein, aber ansonsten hatten sie keine Gemeinsamkeiten. Vermutlich war es die direkte Konfrontation mit ihr gewesen, dass es bei Devyn *klick* gemacht hatte und sie sich endlich von ihren Ängsten befreien konnte.

»Ganz schön clever!« Die Worte wurden vom Wind zu Devyn getragen und trafen sie wie ein Messerstich ins Herz. Sie reckte sich unwillkürlich in Richtung der Stimme. »Du musst wirklich meine Tochter sein.«

Sharons Gesicht war mit Blutergüssen und Kratzern übersät, ihr Haar wild durcheinandergepeitscht vom Wind. Das indische Seidentuch flatterte nutzlos um ihren verwundeten Arm, als könnte es sich jeden Moment lösen und das Weite suchen. In einer Hand hielt sie immer noch die verdammte Pistole. Und in der anderen einen silbernen Kanister.

»Sieht aus, als hätte ich Mr Baird unterschätzt. Aber egal. Ihm glaubt sowieso keiner, und der SIS wird mich weiterhin für seine geschätzte Agentin halten, vorausgesetzt, ich werde dich los.«

Sie machte mühsam einen Schritt vorwärts, kämpfte schwankend gegen den Wind an, in einer Hand den Behälter, in der anderen die Waffe balancierend. »Wenn du es schaffst, dich festzuhalten, bis das Chaos da unten vorbei ist, lass ich dich erst runterklettern, bevor ich dich abknalle. Ansonsten erschieße ich dich hier oben und plumps, fällst du runter wie ein nasser Sack – bloß mausetot.«

Kaum dass Sharon mit der Hand nach unten zeigte, löste sich das Halstuch von ihrem Arm und segelte wie dunkelbuntes Herbstlaub durch die Luft.

»Es ist ein weiter Weg nach unten«, meinte Sharon überflüssigerweise.

Devyn warf verstohlen einen Blick auf das schwebende Tuch, und neue Hoffnung keimte in ihr auf. Es war immerhin möglich, dass jemand das Tuch wahrnahm und in einem geistigen Höhenflug darauf schloss, dass sie hier oben war.

Doch diese Hoffnung zerplatzte wie eine dicke Seifenblase, als sich das Tuch an einem Haken am Kran verfing, immer noch gut dreißig Meter über dem Boden. Mist, der Wind würde den Schal glatt in Fetzen reißen, bevor irgendjemand nach oben blicken und ihn sehen würde.

Sharon stieß ein kläglich verhaltenes Lachen aus. »Verdammt, ich hasse Höhen, du auch?«

»Ja«, flüsterte Devyn.

»Natürlich«, sagte sie leise. »Du bist genau wie ich.«

Nein, das war sie nicht. Und wenn es sein musste, würde sie sogar sterben, um das zu beweisen.

27

Marc erreichte den Hafen genau in dem Moment, als der SIS anrückte. In seinem »ausgeborgten« schwarzen Saab fuhr er zusammen mit den anderen Fahrzeugen durch die Tore. Bei der Durchfahrt hielt er sich im Hintergrund, um möglichst keine Aufmerksamkeit zu erregen. Als die Agenten endlich den Rand des Anlegers erreichten, parkte er ebenfalls. Dann lief er mit gezückter Waffe und gesenktem Kopf weiter, wobei er sich immer im Schatten der SIS-Leute hielt.

So weit, so gut.

»Hey!« Ein Mann sprang ihn von hinten an und nahm ihn derart schmerzhaft in den Schwitzkasten, dass seine Gelenke knackten. »Wer zum Henker sind Sie?«

Mist. Sie hatten Wachposten aufgestellt. Er hatte nicht wirklich vor, einen der MI5-Agenten umzulegen, aber um Devyn zu retten, hätte er selbst vor einem Mord nicht zurückgeschreckt.

»Ich bin Amerikaner«, sagte er knapp. »Es gibt eine amerikanische Geisel.«

Der Mann lockerte seinen Griff, und ein anderer kam herbeigelaufen und blickte Marc misstrauisch über sein Barrett-M82-Spezialgewehr hinweg an.

»Hey, ich kenne Sie.« Er kniff die Augen zusammen und presste die Kiefer aufeinander. »Aus dem Glockenturm.«

Marc erkannte den MI5-Agenten sofort. »Nigel Sutton.«

Der andere zuckte wegwerfend mit den Achseln, nahm sein Gewehr aber nicht herunter.

»Was um alles in der Welt machen Sie hier? Immer noch Dr. Greenberg jagen?«

»Sie hat eine amerikanische Geisel genommen. Ich denke, sie ist auf dem Boot.«

Sie hatten das Boot gekapert und umzingelt und hielten die Besatzung mit Schnellfeuerwaffen in Schach.

»Sie irren sich«, sagte der Mann. »Dr. Greenberg *ist* die amerikanische Geisel. Das ist Teil der Operation.«

Nein, war es nicht. Da brauchten sie Marc nichts vorzumachen. Diese Frau hatte die ganze Bande nach Strich und Faden verscheißert, und sie arbeitete weder für den SIS noch für Baird.

»Hören Sie«, sagte der Agent. »Ich weiß echt nicht, was Sie mit dieser Frau haben, aber sie ist auf unserer Seite, und sofern Sie nicht als Kollateralschaden enden wollen: Das hier ist eine offizielle SIS-Operation, also machen Sie sich vom Acker, Mann.«

»Sie *ist* nicht die Geisel«, beharrte Marc, und es gelang ihm, einen Arm loszureißen, den mit der Pistole. Er hielt sie direkt über das Barrett M82. »Und sie steht nicht auf Ihrer Seite. Sie ist mit einer anderen Frau auf diesem Scheißboot, und ich werde sie holen.«

Der andere durchbohrte ihn mit seinem Blick.

»Die Leute vom Gefahrengut sind da«, sagte Marcs erster Angreifer und deutete mit dem Kinn auf eine Gruppe von Männern in Schutzanzügen, die auf dem Dock einen kleinen Behälter umringten. Um sie herum führten Agenten Tatverdächtige ab, zwei in Handschellen, einer in einem dunklen arabischen Wallegewand – dem hielten sie eine Pistole an den Kopf.

»Wir haben den Schweinehund«, sagte der Agent mit einem grimmigen Lächeln.

Marc betrachtete den Mann. »Wer ist das?«

»Malik Mahmud Khel, der zweite Befehlshaber der mächtigsten, militanten Schia-Organisation Pakistans, Tehrik-e-Jafria.« Er grinste Marc an. »Ich wette, die CIA hätte das auch nicht besser hingekriegt. Obwohl Ihre Dr. Greenberg uns ein bisschen geholfen hat.«

»Sie ist nicht *meine* Dr. Greenberg«, entfuhr es Marc wütend. »Also, wo zum Teufel ist sie?« Und, Grundgütiger, wo war Devyn? Er widerstand dem quälenden Bedürfnis, zu diesem Boot zu stürmen und sie zu holen.

»Sie werden sie holen.«

Ein Mann, der aussah, als wenn er etwas zu sagen hätte, bellte Befehle, telefonierte und wies die Gefahrgutspezialisten an, ihre Beute in ein gepanzertes Fahrzeug zu bringen. Hinter ihm gingen drei Männer an Bord, alle mit Gewehren bewaffnet und laut rufend.

Plötzlich sprangen dieselben Männer schreiend von Bord. Alle in der Nähe warfen sich zu Boden.

»Bombe!«

Das Wort sackte gerade mit bleierner Endgültigkeit in Marcs Gehirn, als ein Knall die Luft zerriss und das Boot in einem orangeroten Feuerball explodierte. Flammen schossen zehn Meter hoch in die Luft, ohrenbetäubender Lärm erschütterte die Docks, die Ausleger der riesigen Kräne pendelten kreischend durch die Luft, als die Männer von der Wucht der Detonation ein paar Schritte nach hinten geworfen wurden.

Der explosionsartige Knall hallte immer noch nach, während Marc mühsam auf die Beine kam und zu rennen begann.

Beide Männer packten ihn am Arm. »Niemand hat dieses Scheißding überlebt«, sagte der Agent ernst. »Also los, tun Sie uns den Gefallen und machen Sie, dass Sie von hier verschwinden.«

Marc schüttelte den Agenten ab und schaffte keine fünf Schritte, bevor der ihn erneut packte.

»Hören Sie!« Der Agent riss ihn wütend zurück. »Der einzige Grund, warum ich Ihnen kein weiteres Loch in den Arsch schieße, ist der, dass Sie das bei mir auch nicht gemacht haben. Und jetzt verschwinden Sie!«

Sirenen heulten, noch mehr Männer schrien, und seine Aufpasser rannten davon. Marc blieb wie angewurzelt stehen und sah fassungslos zu, wie die Rauchwolken von der Explosion in den Himmel stiegen. Der Wagen mit der gefährlichen Ladung setzte sich bereits in Bewegung. Das mit der Bombe war zweifellos ein Selbstmordkommando gewesen, für den Fall, dass etwas schiefging.

War Devyn auf dem explodierenden Boot gewesen?

Die einzige Antwort war das Schlagen der Metallseile des Krans gegen die leeren Flaschenzüge, hohl und gespenstisch.

Er hatte versagt. Er hatte sie nicht beschützt. Er hatte sie definitiv nicht gerettet. Er hatte sie mit ihrer Mutter alleingelassen, das war an Dämlichkeit kaum zu toppen. Während sein Blick dem am dämmrigen Himmel vorüberziehenden Qualm folgte, füllten sich seine Augen mit Tränen, und sein Herz sank ins Bodenlose.

Starb sie in dem Glauben, dass sie genauso war wie ihre Mutter? Gott, er hoffte nicht. Er wollte die Augen schließen, aber irgendetwas am Himmel nahm seine Aufmerksamkeit gefangen, ein dunkles Etwas, das an einem der Kranausleger flatterte.

Er konnte seine Augen nicht abwenden von den glitzernden Goldfäden, dem schwarzgelb aufblitzenden Muster, dem zarten Flattern von … *Seide.*

Er hatte dieses Seidenteil vorhin noch in den Händen gehalten und zum Abbinden benutzt. Er begann zu laufen, den Blick auf die Leiter des Krans geheftet. Er ignorierte das laute, energische Rufen, das ihm galt. Er packte die unterste Sprosse und zog sich hoch, schwang sich schnell und kraftvoll nach oben.

Etwa dreißig Meter über dem Boden blickte er entlang des schmalen Metallarms, auf dem die Krankatze saß und der über dem Betonboden schwebte. Dort gewahrte er eine Bewegung.

Gerade als sein Fuß die nächste Stange erklomm, zerriss ein Schuss die Luft, und die Kugel zischte an seinem Kopf vorbei. Seine Hand schwankte, und sein Fuß rutschte weg, als sein ganzer Körper zur Seite auswich. Ein Windstoß riss ihn fast von der Leiter, während er mühsam darum rang, wieder in seine ursprüngliche Position zu gelangen.

Unter Aufwendung all seiner Kräfte glückte es ihm, wieder Halt zu finden, als er über den Arm des Krans direkt in die Mündung einer Pistole blickte. Dahinter wehte weißes Haar im Wind. Und genau derselbe Scheißwind machte es Marc unmöglich, irgendetwas anderes zu tun, als sich festzuhalten und hilflos auf Sharons nächsten Schuss zu warten.

Devyn erstickte fast an dem dicken aufsteigenden Qualm, sie konnte ihren Blick indes nicht von dem Feuer auf dem Wasser abwenden, während sie sich mit aller Macht an die Stangen und an ihr Leben klammerte, als der Kran durch den Druck der Explosion ins Schwanken geriet.

Wieder erschütterte ein lautes Krachen das Metall unter ihr, und Devyn schrie wie am Spieß. Als sie sich umdrehte, sah sie, wie Sharon mit der Lässigkeit einer Wildwest-Revolverlady in Richtung der Eisenverstrebungen zielte. Kam da etwa jemand die Leiter hoch?

Devyn kämpfte gegen den Wind an, wild entschlossen, über Sharons Kopf zu linsen, weil die ihr die Sicht auf die Leiter versperrte. Was sie dann sah, verschlug ihr den Atem.

Sie presste die Lippen fest aufeinander, um nicht wieder loszukreischen, als Sharon erneut abfeuerte und der Rückschlag den Kran zum Wackeln brachte, die Kugel jedoch ihr Ziel verfehlte.

Marc packte die Leiter und kämpfte sich nach oben, das Gesicht vor Entschlossenheit verzerrt, sein Leben buchstäblich an zwei schmalen Metallstangen hängend.

Devyn den Rücken zugekehrt, spannte Sharon den Abzug, um nochmals zu schießen. Unter Aufbietung nahezu übermenschlicher Kräfte raffte Devyn sich auf, und es gelang ihr, auf dem wackligen Teil eine kniende Position einzunehmen. Sie griff nach dem Geländer und zog sich mühsam auf die Füße.

Als Sharon sich umdrehte, trat Devyn mit einem Bein zu, traf Supermom an der Hüfte und brachte sie aus dem Gleichgewicht. Sharon kippelte, schwankte, in der einen Hand hielt sie den Behälter, der andere Arm mit der Pistole ruderte wild durch die Luft, was Devyn Zeit gab, noch einmal zuzutreten und mit dem Fuß nach der Waffe zu kicken. Sie erwischte das Teil, das daraufhin fröhlich nach unten trudelte.

»Du hinterhältiges kleines Biest!«

»Das Kompliment kann ich nur zurückgeben«, meinte Devyn mit einer Mischung aus Wut und Verzweiflung. »Ich hab so ziemlich mein ganzes bisheriges Leben damit verplempert, meine grauen Zellen anzustrengen, wer und was du wirklich bist!« Sie trat noch einmal zu, aber Sharon wich geschickt aus, machte einen Satz auf Devyn zu. Dabei riss sie den Deckel von dem Kanister und schwenkte ihn mordlustig in Devyns Richtung.

»Hier drin ist reines Botulinum«, überbrüllte sie den heulenden Wind. »Viel tödlicher als die Pistole.«

»Dann sterben wir beide.«

Sharon schüttelte heftig den Kopf. »Das Gegengift herzustellen, ist für mich eine Frage von Minuten. Niemand weiß, dass ich für Malik arbeite. Der SIS wird mich als Heldin feiern, und du bist bloß eine … Fußnote in der Geschichte. Leb wohl, mein Kind.« Sie griff nach dem Behälter.

»Ich bin nicht dein Kind!« Devyn spuckte die Worte aus wie

ein ätzendes Gift und landete aufgebracht einen weiteren Tritt, der sie allerdings fast umwarf. Panisch streckte sie die Hand nach dem Geländer aus, verfehlte es zunächst, dann packte sie es, als Sharon sich erneut auf sie stürzte und ihr den Kanister gegen den Kopf knallte.

Devyn stieß einen Schmerzensschrei aus und umklammerte krampfhaft die Eisenreling, doch Sharon schlug abermals zu. Die linke Hand hinter sich auf dem Geländer, ruderte Devyn mit der Rechten wie wild, um den Kanister abzuwehren, und erwischte dabei den Einfüllzylinder.

In dem Moment ließ Sharon ihn los, und Devyns Finger schlossen sich um das Metall, das noch warm von Sharons Berührung war.

Sharon warf sich auf sie, worauf Devyn taumelte und unseligerweise durch eine der breiten Stahlverstrebungen rutschte. Devyn schrie, als die Erdanziehungskraft sich unausweichlich ihres Körpers bemächtigte, und packte gerade noch mit einer Hand die Reling, während sie von der Hüfte abwärts in luftiger Höhe baumelte. Nur ihre Hand hielt sie am Leben.

Sharon kannte indes kein Mitleid. Sie begann brutal, Devyns Finger von dem Geländer loszureißen, einen nach dem anderen.

Wenn sie den Kanister fallen ließ, sann Devyn fieberhaft, hatte sie eine Chance.

Ein Schuss durchschnitt die kalte Luft und ließ Sharons eine Gesichtshälfte explodieren. Blut spritzte auf Devyns Finger, doch sie schaffte es mit letzter Kraft, sich an dem kippeligen Kran festzuhalten, während Marc vorsichtig auf sie zurobbte.

»Devyn!«

Ihr Arm brannte vor Schmerzen, ihre Finger wurden glitschig von Sharons Blut. Sie konnte sich kaum noch halten und sah sich im Geiste schon unten liegen – keine schöne Leiche. Gottlob schlossen sich Marcs starke Finger in letzter Sekunde um ihr

Handgelenk, und sie blickte in sein umwerfendes, entschlossenes Gesicht, das über ihr schwebte.

»Hilfe, ich falle!«, kreischte sie aufgelöst. »Ich kann mich nicht mehr halten.«

»Doch, du kannst. Halt durch.«

»Ich muss den Kanister loslassen.«

»Nein. Gib ihn mir.«

Doch der Wind war so stark, dass sie ihren Arm nicht heben konnte. »Ich muss ihn fallen lassen.«

»Nein Devyn, du schaffst das. Reiß dich zusammen. Ich bin bei dir. Komm schon!«

Sie nahm ihre ganze Kraft zusammen, konzentrierte sich dabei auf ihn, schöpfte wieder Hoffnung. Sie dachte an eine schöne Zukunft und an die Liebe, die Marc ihr versprach. Okay, sie würde es schaffen. Sie konnte es. Sie musste es packen.

Er stand halb über das Geländer gebeugt und zerrte an ihr. Endlich schaffte sie es, den Arm zu heben, und er griff nach dem Kanister und stellte ihn aus der Gefahrenzone.

»Jetzt, Devyn!«

Sie griff mit ihrer freien Hand nach der Reling und zog sich mühsam hoch. Ihre Beine strampelten hilflos in der Luft, während sie sich an Marc festhielt. Ein weiterer schneidender Windstoß riss sie fast mit sich fort, doch Marc ließ sie nicht los. Eine lange, qualvolle Sekunde lang fühlte sie, wie ihre klammen Finger von dem Geländer abrutschten, und sie blickte hoch und begegnete Marcs Blick. Das war's. Das allerletzte Mal, dass sie ihn sah. Der letzte Atemzug. Das letzte Bild von ihm für die Ewigkeit.

»Ich kann nicht …«

»Doch, du kannst. Das ist das Holz, aus dem du geschnitzt bist, Devyn. *Das hier.*«

Sie schraubte ihre Finger fester um die Metallstange, kämpfte sich durch die Lüfte, durch die Geländerverstrebung, in seine

Arme, in sein Herz, beseelt von ihrer Hoffnung auf das große Glück. Aufatmend ließ sie ihren Kopf an seine Brust sinken, und die Anspannung in ihrem Körper wich Erleichterung.

»Geht es dir gut?« Er strich ihr das vom Wind zerzauste Haar aus den Schläfen und betrachtete zärtlich ihr Gesicht.

Sie blickte sechzig Meter in die Tiefe, und zum ersten Mal war ihr weder schwindlig noch hatte sie Angst. Sie fühlte sich einfach nur *frei*. Frei, zu leben und zu lieben. »Ich fühle mich super. Perfekt.«

Er fasste mit einer Hand sanft ihr Gesicht und zog es dicht an seins. »Für mich bist du perfekt.«

28

»Ich kann das nicht machen.«

Auf Devyns zaghaftes Eingeständnis hin streichelte Marc sanft über ihren flachen Bauch und langsam tiefer, verweilte einen Moment auf der zarten Haut, bevor er sie Stück für Stück zwischen ihre Beine bewegte. Dort war sie feucht, angeschwollen und ebenso bereit für eine Runde morgendlichen Sex wie er.

»Fühlt sich aber so an, als könntest du«, flüsterte er in ihr Haar, ehe er hingebungsvoll an ihrem Ohrläppchen knabberte.

»Ich kann ihm nicht so mir nichts, dir nichts gegenübertreten. Das schaff ich einfach nicht.« Dabei sah sie ihn an, ihr Blick abwesend, ihre Gedanken wahrscheinlich schon bei der heutigen Abschlussbesprechung. Ihr Körper dagegen sprach eine andere Sprache, denn sie kuschelte mit ihm in seinem Bett, wo sie seit ihrer Rückkehr aus Nordirland jede Nacht verbracht hatten.

Ihre Reaktion auf seine Zärtlichkeiten war jedes Mal positiv, euphorisch und enthusiastisch. Anders als ihre Reaktion auf die mögliche Begegnung mit ihrem leiblichen Vater – die war genau das Gegenteil.

»Du kannst es nicht länger aufschieben«, sagte er mit Nachdruck. Wie um seinen Worten die Schärfe zu nehmen, strich er sanft über ihren Oberschenkel. »Wir sind seit drei Wochen zurück. Diese Abschlussbesprechung über die Enthüllungen, die wir in Nordirland gemacht haben, ist der letzte offizielle Schritt.«

»Warum muss er denn unbedingt dabei sein?« Sie rollte sich auf die Seite und zog einen süßen Schmollmund. »Ich will ihm nicht begegnen. Ich habe den einen Teil meiner leiblichen Eltern getroffen. Das hat mir gereicht.«

»Könntest du es nicht wenigstens für mich tun?«, fragte er.

»Nein. Nicht mal für dich.« Sie streichelte mit einem Finger über seine Wange, und ihre Blicke verschmolzen. »Aber du kannst mich gern weiter so streicheln, allerdings sag ich dir gleich, dass du kaum Chancen hast, mich umzustimmen.«

Er fuhr wieder die Innenseite ihres Beins entlang, strich über ihr Geschlecht. Dann glitt seine Hand um ihre Hüften herum, um Devyn näher an seine Erektion zu ziehen, gegen die er schon die ganze Nacht ankämpfte, während sie vor Schlaflosigkeit gestöhnt hatte.

»Devyn, ich weiß, dass deine Wunden aus Belfast noch nicht verheilt sind.«

Sie senkte konsterniert den Blick. »Ich werde darüber hinwegkommen.«

»Ja«, pflichtete er ihr bei. »Das wirst du. Aber nicht in letzter Konsequenz, nicht solange du Finn nicht persönlich konfrontiert hast.«

Ihre Augen weiterhin geschlossen, schlang sie ein seidig weiches Bein über seins, um ganz nah bei ihm zu sein. »Lass uns nicht darüber reden.« Sie wollte ihn küssen, aber er zog den Kopf zurück.

»Wir müssen aber darüber reden.«

»Marc, das ist mein Problem, nicht deins. Ich weiß, dass du mir helfen willst, aber …«

»Nein, genau genommen ist es mein Problem.«

Sie sah ihn bloß an. »Wieso?«

»Solange du dich nicht mit den Dämonen aus deiner Vergangenheit auseinandersetzt, und Finn hältst du immerhin für den schlimmsten von allen …«

»Hast du die Anklageschrift gesehen? Es gibt kein Verbrechen, das er nicht begangen hat. Schon klar, dass er sich in Wiedergutmachung geübt hat, und dass Malik und Baird geschnappt wurden, ist bestimmt eine Supersache. Trotzdem, wieso muss ich ihn deswegen kennenlernen?«

»Weil mir der Bursche irgendwie im Weg steht«, gestand Marc.

Zwischen ihre Brauen schob sich eine steile Falte, und sie sah ihn fragend an.

»Ich glaube, solange du ihn nicht konfrontierst, ihn akzeptierst und ihm verflucht noch mal verzeihst, kannst du mir nicht das geben, was ich mir von dir wünsche.«

Sie schluckte schwer. »W...was wünschst du dir denn?«

»Dass du mich so liebst wie ich dich.«

Er sprach die Worte zum ersten Mal aus, und sie verfehlten ihre Wirkung nicht. Devyn klappte abrupt die Lider auf, ihre Lippen formten sich zu einem stummen O. Er merkte, wie sich ihr Körper in seiner Umarmung versteifte.

»Jetzt tu nicht so überrascht«, raunte er an ihrem Ohr. »Ich hab es dir auf jede erdenkliche Art gezeigt. Ich liebe dich. Und ich wünsche mir sehnsüchtig, dass wir zusammen glücklich werden. Aber ich werde nicht in den Konkurrenzkampf um einen Platz in deinem Herzen treten, den du dafür reserviert hast, einen anderen Mann zu hassen und zu verachten. Nicht mal, wenn dieser Mann dein Vater ist.«

Sie staunte ihn weiter mit verräterisch feuchten Augen an. »Du liebst mich.«

Er lachte leise auf, amüsiert über ihre Verblüffung, aber auch ein bisschen pikiert. »Ja, Devyn, ich liebe dich.«

»Wann ist dir das klar geworden?«

Er lehnte sich in die Kissen zurück und dachte über die Antwort nach. Wann war ihm das klar geworden? Als sie sich auf den hohen Kran gerettet hatte und nicht viel fehlte, und sie wäre hinuntergestürzt? Als sie unerbittlich darum gekämpft hatte, ihre Mutter zu finden, um dann zu erfahren, dass diese Frau ein Monster war? Oder als sie ihm in dem Glockenturm mit einem beherzten Sprung das Leben gerettet hatte?

»Ich glaube, das war, als du über die Hängebrücke gegangen bist und darauf vertraut hast, dass ich dich sicher auf die andere Seite bringe. Da habe ich deine innere Stärke und Entschlossenheit bemerkt und … noch was.«

»Panik?«

»Mumm.«

Sie lachte trocken. »Wahrscheinlich hab ich so viel Mumm in den Knochen wie eine griechische Landschildkröte!«

»Nein, nein. Du hast Mumm, das steht ganz außer Zweifel. Vielleicht ist das in deiner DNA verankert, und wenn dem so ist, dann kannst du deinen Eltern dafür danken. Mit deiner Zivilcourage wirst du nämlich später eine fantastische Mutter werden.«

Sie schnappte hörbar nach Luft, dann lächelte sie endlich. »Ich habe gar nicht mehr so große Höhenangst.«

»Super. Dann hast du bestimmt auch den Mut, eine weitere völlig abwegige Angst zu besiegen.«

Der innere Kampf war ihr anzusehen. Sie wünschte, sie könnte dem zustimmen, was er da eben sagte. Das wünschte sie sich wirklich. Er stimulierte sie mit zärtlichen Berührungen, sexy und erotisierend, dass sich Devyns Lider flatternd schlossen. Er küsste ihre Lippen, drängte mit seiner Zunge in ihren Mund, schob seinen Körper auf ihren, Haut auf Haut, Puls an Puls, erregend, bestrickend.

Sie brachte ihre angewinkelten Knie um seine Lenden und bog sich ihm einladend entgegen. »Tsts, wenn du dich da mal nicht täuschst.«

»Ich täusch mich da nicht.« Er unterstrich das Gesagte,

indem er ihren Hals, ihre Brust mit fedrigen Küssen bedeckte und ihre süße dunkle Knospe mit sanft kreiselnder Zunge verwöhnte.

»Danke für das in mich gesetzte Vertrauen. Aber ich mag nicht. Ende der Diskussion.«

»Magst du denn das hier?« Er fasste ihre Hand, presste sie auf seine Erektion.

»Her mit dem Kondom!«

Er grinste verschlagen. »No risk, no fun.«

»Ist das dein Ernst?«, fragte sie mit wackliger Stimme.

»Ja«, sagte er schlicht. »Ich liebe dich, Dev. Und ich will es so haben.«

Sie schloss zustimmend die Augen und entspannte sich, worauf er langsam in sie eindrang. Langsam und ganz behutsam schob er sich tief in ihre honigsüße Mitte.

Sie empfing ihn gierig, umschloss ihn mit der Glut ihrer Leidenschaft. Ihre Lippen fanden sich zu einem langen Kuss, während sie sich liebten. Ihre Herzen schlugen im Gleichtakt, beider Atem aufgewühlt, waren ihre Bewegungen rhythmisch synchron, wie ein heißer Tanz auf dem Vulkan.

»Marc.« Sie streichelte seinen trainierten Bizeps, und auf ihren Schläfen glitzerten winzige Schweißperlen, die ihren Haaransatz feucht werden ließen. »Liebster, hör nicht auf. Bitte, hör nicht auf.«

Marc nickte kaum merklich und bewegte sich vor und zurück, küsste sie, verband sich mit ihr, bis sie beide die Beherschung verloren und sich in lange Schauer der Lust fallen ließen.

Wie in Trance schlang sie die Arme um Marcs Körper und brachte ihre Lippen dicht an sein Ohr.

»Weißt du, wann es mir klar geworden ist?«, fragte sie.

Er schüttelte den Kopf.

»Jetzt, in diesem Moment.«

»Hat ja lang genug gedauert.«

»Und, noch was, Marc. Ich werde mich mit ihm treffen.«

Marc verlangsamte seine Schritte vor einer Boutique für Luxusdessous, und Devyn musste lachen. Das war wenigstens eine kleine Ablenkung von dem seelisch-moralischen Druck, der auf ihr lastete, seit sie Marblehead verlassen hatten, um nach Back Bay zu fahren.

»Im Ernst? Willst du jetzt Reizwäsche kaufen?«

»Nein, ich will da rauf.« Er zeigte auf das Erkerfenster, das im ersten Stock, direkt über dem Laden aus der Backsteinwand ragte. »Ins internationale Hauptquartier der Guardian Angelinos.«

Wo Finn MacCauley darauf wartete, sie kennenzulernen. »Ungewöhnlicher Standort für eine Sicherheitsfirma.«

»Wir sind ja auch eine ungewöhnliche Sicherheitsfirma. Bist du bereit?«

Sie nickte. Sie musste es tun. Musste ihren Mut beweisen und dass sie es wert war, von Marc geliebt zu werden und das Geschenk seiner Liebe zu empfangen. Im Hausflur machte sie unschlüssig einen wackligen ersten Schritt die schmale Treppe hinauf, denn ihr war mächtig mulmig zumute.

Wie sollte sie sich gleich verhalten? Wie würde er sich verhalten?

Marc, der bereits eine Stufe vor ihr war, drehte sich zu ihr um und zog leicht an ihrer Hand. »Ich bin die ganze Zeit bei dir, Dev.«

Sie nickte und ging weiter, zählte die Stufen, zählte die Sekunden, zählte ihre polternden Herzschläge. Am Ende des Flurs im ersten Stock wurde eine Tür aufgerissen. Ohne Firmenlogo, also richtig inkognito und anonym, wie Devyn feststellte, als sie sie erreichten.

»Da seid ihr ja.« Vivi Angelino, die Devyn in den vergangenen Wochen ein paarmal in Marcs Haus getroffen hatte, strahlte mit ihrem ansteckenden Lächeln. Sie trug den einzigen Look, in dem Devyn sie bislang gesehen hatte – weite Baggyhosen und mehrere Trägertops übereinander, die Haare flippig mit Gel gestylt, die riesigen braunen Augen ungeschminkt, was ihr ein total jugendliches Aussehen verlieh, obwohl Devyn wusste, dass sie und Vivi im selben Alter waren.

Neben dem lässigen Outfit kam Devyn sich prompt etwas overdressed vor in ihrer Seidenhose und einer eleganten Stricktunika, aber Vivi umarmte und küsste ihren Cousin, winkte sie beide in den hippen, trendigen Empfangsraum und nahm ihr so jede Befangenheit.

»Wir haben Leute von der CIA, vom FBI und vom SIS da.« Vivi verdrehte lachend die Augen. »Das Besprechungszimmer ist die reinste Buchstabensuppe.«

Und was war mit Finn? Devyn linste zu dem Bogendurchgang, der in die hinteren Büros führte, sie konnte zwar niemanden entdecken, hörte aber Männerstimmen. »Sind alle da?«, fragte sie.

Neben ihr legte Marc ihr beschützend eine Hand auf die Schulter. »Sie meint, ob Finn schon da ist?«

Vivi biss sich auf die Lippe, und ihre dunklen Augen suchten nach Devyns. »Ich habe gerade erfahren, dass er nicht kommt.«

Devyn spürte, wie eine Welle der Erleichterung über ihren Körper hinwegwusch, gleichzeitig durchfuhr sie ein unerwarteter Stoß der Enttäuschung. »Finn MacCauley kommt nicht?«

Die andere zuckte die Achseln und legte Devyn mitfühlend eine Hand auf den Arm. »Ich schätze, er hatte einfach nicht den Mumm, dir gegenüberzutreten.«

Devyn blieb abrupt stehen und fixierte Marc. »Das ist verrückt, ich hatte nämlich auch nicht den Mumm, ihm gegenüberzutreten.«

Marc schubste sie leicht in die Richtung der hinteren Büros. »Bringen wir es hinter uns, Dev. Nachher feiern wir das mit einer Fahrt auf einem Schwanenboot im Public Garden.«

»Au ja!«, rief Vivi, und ihre Augen leuchteten vor Begeisterung. »Kann ich mitkommen?«

»Nein. Als Geschäftsführerin einer florierenden Sicherheitsfirma kannst du es dir nicht leisten, einfach mal blauzumachen.« Der empfindliche Dämpfer kam von einem beeindruckend wirkenden Typen, der sich mit seinem muskelbepackten Body im Flur aufbaute. Er sah richtig brutal aus mit seiner schwarzledernen Augenklappe und einer großen Narbe, die über seiner linken Wange verlief, fand Devyn.

»Zach Angelino«, stellte er sich vor und schickte ein jungenhaft offenes Lächeln hinterher, etwas, das seinem Gesicht spontan die brutale Härte nahm. Er schüttelte Devyn die Hand.

Den Namen kannte sie schon.

»Freut mich, dich kennenzulernen, Zach«, antwortete sie und strahlte ihn an. »Danke für alles, was du für mich getan hast, vor allem auch, dass du den Mord an Joshua aufklären konntest und so.«

»Ich hatte Hilfe«, sagte er und zuckte bescheiden mit den Achseln.

»Und diese Hilfe heiratet er jetzt«, fügte Vivi hinzu. »Also müsste er eigentlich dir danken. Komm mit nach hinten, Devyn.«

An einem schlichten Konferenztisch saßen lauter bekannte Gesichter versammelt, die sich zu einem breiten Grinsen verzogen, als die Beteiligten sich erhoben, um Devyn zu begrüßen.

Padraig Fallon streckte ihr die Arme entgegen, und Devyn zögerte nur einen kurzen Moment, bevor sie seine Umarmung erwiderte.

»Es tut mir so leid, Mädchen«, flüsterte er ihr ins Ohr. »Sie hat uns alle reingelegt. Sogar Ian.« Er trat zurück und zeigte auf einen großen, gut aussehenden Mann, dessen tiefblaue Augen unter dichten schwarzen Brauen funkelten. »Mein Kollege vom MI5, Agent Ian O'Rourke.«

Sie gab ihm die Hand. »Schön, Sie kennenzulernen, Ma'am«, sagte er mit einem starken, gewöhnungsbedürftigen irischen Akzent. »Danke für Ihre Hilfe bei unserem Auftrag.«

»Ich weiß nicht, ob ich da viel geholfen habe«, sagte Devyn rasch. »Ich habe mich wohl eher eingemischt.«

»Tja, sie hat uns alle an der Nase herumgeführt«, bekannte Ian.

»Stimmt, und wenn Sie sich nicht eingemischt und die Dame verfolgt hätten, wäre ihr Plan vielleicht aufgegangen«, mischte sich Padraig ein.

»Und der war?«, hakte Devyn nach.

»Sie wollte es wohl so aussehen lassen, als hätte Finn die CIA und den SIS angeschmiert, und nicht sie«, fuhr Padraig fort.

Ein anderer Teilnehmer, nicht ganz so groß wie Ian, aber ebenso imposant und ganz konservativer Amerikaner, meldete sich zu Wort. »Sie hätte es vielleicht sogar geschafft, so zu tun, als hätte sie versucht, die Geisel, also in dem Fall Sie, zu retten. Dann hätte Dr. Greenberg als die Heldin dagestanden und Finn die Schuld angelastet, und es wäre für ihn unmöglich gewesen, rechtzeitig eine Begnadigung auszuhandeln.«

Rechtzeitig wofür? Ehe sie fragen konnte, streckte der Mann die Hand aus, um nach ihrer zu greifen, ohne ein Lächeln auf dem ernsten, aber attraktiven Gesicht. »Ich bin Assistant Special Agent in Charge Colton Lang.« Seine grünen, goldgesprenkelten Augen wurden eine Idee wärmer, als sie sich die Hand schüttelten. »Ich bin vom FBI«, fügte er hinzu. »Und offizieller Kunde der Angelinos.« Die Wärme in seinem Blick intensivierte sich, als er Vivi ansah.

»Und nicht der einzige«, sagte Vivi darauf. »Denn dieser Job hat uns schon weitere Aufträge eingebracht.«

Dann wurden Devyn zwei Agenten als Vertreter des britischen Secret Intelligence Service vorgestellt und noch zwei von der CIA.

»Wir haben viele Fragen an Sie, Ms Sterling«, sagte ASAC Lang, »aber wir würden diese Abschlussbesprechung gern damit beginnen, Ihnen die Fragen zu beantworten, die Sie vielleicht noch an uns haben. Nach allem, was Sie durchgemacht haben, erscheint uns das nur fair.«

Sie hatte zwar viele Fragen, aber nur ein paar wenige, die diese Gruppe ihr beantworten konnte. Der Rest richtete sich an einen Mann, der nicht die Nerven gehabt hatte, sich blicken zu lassen. »Okay, ich nehme an, dass Finn MacCauley angeboten hat, Sie aktiv dabei zu unterstützen, einen Terroristen hinter Gitter zu bringen und diesen Austausch von Nordirland nach Pakistan zu stoppen, damit er sich für eine Begnadigung oder eine mildere Strafe qualifiziert, richtig?«

»Ganz genau«, bestätigte ASAC Lang. »Wir kamen MacCauley in der Woche auf die Spur, als Ihr Mann umgebracht wurde, und er hat uns diesen Vorschlag unterbreitet. Er kannte Liam Baird über seine entfernten Verwandten in Belfast, und Baird hatte ihn um Hilfe bei seinem Vorhaben gebeten. Und Finn hat Dr. Greenberg gebeten, sich undercover daran zu beteiligen.«

Es gelang Devyn, keine Reaktion zu zeigen. »Die beiden standen in Verbindung?«

»Offensichtlich hat er den Kontakt zu ihr aufrechterhalten, aber nur wegen Ihnen.«

Hatte Sharon die Wahrheit gesagt, als sie behauptete, Finn wolle eine Begnadigung erwirken und Devyn um Verzeihung für seine Missetaten bitten? Weil er sich angeblich sooo sehr wünschte, dass sie eine Beziehung mit ihm aufbaute? Nein, Sharon hatte ja auch eingeräumt, dass er jede Taktik anwenden würde, um seine Interessen durchzuboxen. Sonst wäre er doch hier, oder?

Und schon wieder träumte sie von einer familiären Verbindung. Hatte sie aus dem Fiasko mit ihrer Mutter nichts gelernt? War Finns Fernbleiben nicht ein sicheres Zeichen dafür, dass es bei ihm nicht anders war?

»Demnach willigte sie ein«, fuhr Devyn fort und zwang sich, sich wieder auf die echten Probleme zu konzentrieren. Die Probleme, bei deren Lösung sie behilflich sein konnte, alles andere durfte sie getrost unter der Rubrik Fantasiekonstrukte abhaken. »Sie hat mir erzählt, man hätte sich schon früher an sie gewendet, aber sie hätte den Job nie angenommen, aus« – Devyn seufzte – »moralischen Gründen.«

»Weshalb wir zugestimmt haben, mit ihr zu arbeiten«, gestand Padraig. »Unsere Prüfung ergab, dass sie sauber war.«

»Und was ist mit ihrem Zusammenstoß mit dem FBI, seinerzeit als Doktorandin?«

»Sie hat uns alles gebeichtet«, sagte ASAC Lang. »Wir haben sie gründlich befragt und auf Herz und Nieren geprüft. Offensichtlich hat sie ziemlich gut geschauspielert, denn sie stand bereits mit Malik in Verhandlungen, während wir sie auf den Auftrag vorbereitet haben.«

Devyn blickte zu Marc, der die ganze Zeit schweigend neben ihr saß und unter dem Tisch mit ihr Händchen hielt. »Wer wollte, dass ich Belfast verlasse?«

»Alle«, sagte ASAC Lang mit einem entwaffnenden Lächeln. »Wir wollten Sie aus Sicherheitsgründen da weg haben, denn es machte uns große Sorge, dass Baird Sie bereits auf dem Kieker haben könnte, was ja auch der Fall war. Dr. Greenberg wollte zwar ebenfalls, dass Sie verschwinden, aber dann merkte sie, dass Sie ihr nützlich sein konnten.«

»Und Sie?« Sie sah Padraig an.

Der ältere Mann griente. »Ich war ihr Kontaktmann da drüben, der Einzige, den sie anrufen konnte. Als Sie in Bangor aufgetaucht sind, wusste ich, dass wir es mit« – sein Blick wechselte zu Marc – »Profis zu tun haben. Ich beschloss, Ihnen ein paar brisante Infos zukommen zu lassen, damit Sie schleunigst wieder verschwinden. Sie erinnern sich?«

»Das war diese Sache mit Enniskillen.«

Er nickte. »Uns war sonnenklar, dass unsere Leute vom SIS Sie dort im Auge behalten würden. Wir wollten Sie damit beschäftigen, herauszufinden, wie Sie im Glockenturm Kontakt zu uns aufnehmen können, um Sie dann aufzuhalten. Damit, dass Sie unseren Mann in dem Turm einschließen, haben wir nicht gerechnet«, sagte er und musste sich ein anerkennendes Grinsen verkneifen.

Vivi beugte sich vor und richtete ihren Blick beschwörend auf den FBI-Agenten Lang. »Ich habe Ihnen doch gesagt, Sie sollten uns nicht unterschätzen.«

Um seine Mundwinkel zuckte es süffisant. »Und ich habe Ihnen schon gesagt, dass mir das nicht noch mal passieren wird.« Dann wandte er sich an Devyn. »Gibt es noch etwas, was Sie wissen möchten?«

Sehr vieles, aber nichts, was diese Männer wissen konnten. Sie holte tief Luft und stellte die einzige Frage, die ihr noch auf der Seele brannte. »Wird Finn MacCauley begnadigt?«

»Nein«, antwortete der Agent hastig. »Aber er kommt in eine Einrichtung mit minimaler Sicherheitsstufe, um dort zu verbringen … was ihm noch vom Leben bleibt.«

Oh Schreck, darauf bezog sich Lang, als er andeutete, Finn habe keine Zeit mehr, um seine Begnadigung auszuhandeln. »Ist er krank?«

»Er wird sterben, Mrs Sterling. Er hat einen Hirntumor, und ich bezweifle, dass er es noch bis Weihnachten schafft.«

Sie lehnte sich auf ihrem Stuhl zurück, als die Nachricht bei ihr ankam. Finn würde sterben? Und er hatte *trotzdem* nicht die Nerven, ihr hier zu begegnen?

»Verstehe«, sagte sie. Aber das tat sie nicht. Überhaupt nicht.

Unter dem Tisch verschränkte Marc seine Finger mit ihren, während der Agent ihnen Fragen stellte. Sie beantworteten alles, durchlebten noch einmal die dramatischen Tage und Nächte in Belfast und Enniskillen und fügten die letzten fehlenden Teile des Puzzles zusammen.

Währenddessen hatte Devyn bloß einen Gedanken: *Er wird sterben.*

Sie schaffte es, den Kloß in ihrem Hals hinunterzuwürgen und sich auf die Fragen zu konzentrieren. Deshalb war sie heilfroh, als das Meeting mit glühenden Dankesworten endete. Nachdem sich alle Beteiligten verabschiedet hatten und Vivi einen fetten Scheck für ihre Firma eingesteckt hatte, rumorten diese drei fatalen Worte weiter in ihrem Kopf.

Er wird sterben.

Sie saß allein im Besprechungszimmer und grübelte, als Marc von der lautstarken Feier im Empfangsbereich zu ihr zurückkehrte.

»Alles paletti?«, fragte er und legte ihr zärtlich eine Hand auf die Schulter.

Sie blickte zu ihm hoch. »Ich habe noch eine Frage, die ich mich vorhin nicht zu stellen getraut habe.«

»Was hast du denn auf dem Herzen, Liebes?«

»Wenn er sterben wird, warum nimmt er dann so viel auf sich, um begnadigt zu werden? Warum … stirbt er nicht einfach?«

Er schüttelte den Kopf und streichelte ihr mit einer tröstenden Bewegung übers Haar. »Ich weiß es nicht, Dev.«

»Ich werde es wohl nie erfahren.« Schade, denn sie hätte es zu gern gewusst.

»Lass uns ein bisschen an die frische Luft gehen«, schlug er vor. »Die Schwanenboote sind in Betrieb.«

Ihr war zwar nicht nach einer Bootsfahrt, trotzdem war es eine gute Idee, um sich abzulenken. Draußen schlug ihnen die kühle Bostoner Herbstluft entgegen. Arm in Arm überquerten sie die Arlington Street und schlenderten in den Public Garden, der gut besucht war. Menschen, die dort ihren Lunch einnahmen und nach den letzten schönen Herbsttagen hungerten, bevor die Bäume kahl wurden und der Teich angesichts der bitterkalten Minustemperaturen zufror.

Unterwegs kuschelte Devyn sich zärtlich an Marc. Er fühlte sich bereits so vertraut an und sie liebte seinen Duft, liebte einfach alles an ihm. Unvermittelt räusperte sich jemand geräuschvoll auf einer Bank links von ihnen.

Ein älterer Mann saß dort allein, bekleidet mit einem dicken Mantel und einer dunkelblauen Baseballmütze, die er sich über sein graues Haar gezogen hatte. Sie hätte ihn ignoriert, doch er sah sie direkt an, seine Miene voller … gespannter Erwartung.

Sie wusste spontan, wer der Mann war.

Devyns Knie drohten einzuknicken, aber Marc hielt sie geistesgegenwärtig fest. Ungeheuer langsam, als sei jede Bewegung eine Qual, erhob sich der Mann von der Bank und lüftete die Mütze zu einer stummen Begrüßung.

Devyn rührte sich nicht.

»Du musst nicht mit ihm reden, wenn du nicht willst«, flüsterte Marc. »Aber ich dachte …«

Sie sah ihn an und in ihren Blick mischte sich ein Hauch von Dankbarkeit. »Doch, ich möchte mit ihm sprechen.«

Finn schlurfte näher. »Hallo«, murmelte er, und seine Augen hinter der Brille waren feucht. Sie hatte seine Augenfarbe geerbt, fuhr es ihr blitzartig durch den Kopf.

Also hatte er zumindest dieses Gen an sie weitergegeben. »Hallo Finn.«

»Ich will dich nicht belästigen«, sagte er mit rauer Stimme. »Aber ich würde diesem jungen Mann gerne dafür danken, dass er sich um dich kümmert. Das war wichtig für mich.« Er hielt Marc seine faltige Hand hin, und der schüttelte sie lächelnd.

Finn war alt geworden. Diese Erkenntnis verblüffte sie. Sie hatte ihn sich immer als einen Mann in den Vierzigern vorgestellt, machomäßig, böse, mächtig. Aber dieser Mann war vom Leben gezeichnet und gesundheitlich am Boden, seine Schultern waren eingesunken, das Gesicht von tiefen Falten zerfurcht und erschlafft.

Er richtete die vertrauten blauen Augen auf Devyn, und ein Windhauch zauste die weißen Strähnen, die unter seiner Mütze hervorstanden. Er starrte sie bloß an, nahm ihr Gesicht in sich auf, musterte es forschend, lernte es auswendig, verschlang es mit Blicken.

»Warum stellst du ihm nicht deine Frage, Dev?«, schlug Marc vor. »Warum redest du nicht mit ihm?«

Marc entfernte sich, und sie fühlte sich für einen kurzen Moment unbehaglich, wollte nach ihm greifen, obwohl sie wusste, warum er sie mit Finn allein ließ.

»Du bist wunderschön«, sagte Finn mit belegter Stimme und lächelnden Augen. »Du bist schon immer bezaubernd schön gewesen.«

Ihr ganzer Körper drohte zu zerbröseln wie ein angeknackster Keks.

»Warum bist du nicht zu der Besprechung gekommen?«, fragte sie.

Er lächelte verkniffen, und sein Gesicht sah aus wie eine zerknitterte Irlandkarte. Er deutete auf die Bank, und sie ging mit ihm, nahm dreißig Zentimeter von ihm entfernt Platz und konnte ihre Augen nicht von ihm lösen. Sein Blick klebte genauso an ihr. Hungrig nach Informationen, Antworten … mehr Zeit.

»Ich wollte dir nicht im Beisein von diesen vielen Leuten begegnen«, sagte er. »Also habe ich den jungen Mann an deiner Seite gebeten, mir zu helfen, und er hat eingewilligt. Er hielt es sogar für besser so.«

Natürlich, er hatte recht. »Ich dachte, du … wolltest mir einfach nicht begegnen.«

Er lachte leise. »Mein liebes Kind, ich bin dir schon ein Dutzend Mal begegnet. Habe neben dir gestanden, bin dir über den Weg gelaufen. Ich habe dir sogar schon mal die Tür aufgehalten, in der Symphony Hall. Du hast traumhaft ausgesehen in deinem königsblauen Abendkleid.«

Devyn kämpfte mit ihrer Fassung. Sie erinnerte sich an jenen Abend.

»Du brauchst keine Panik zu bekommen, wirklich nicht.« Er machte eine wegwerfende Handbewegung, wie um sie zu beschwichtigen. »Ich wollte … nur etwas wissen.«

»Was wolltest du wissen?«

»Ob es dir gut geht.« Er nickte und musterte wieder ihr Gesicht. »Und wie sich herausstellte, ging es dir mehr als gut.«

»Und du hattest Kontakt zu Sharon? All die Jahre?«

»Bevor ich sie anschrieb und um Hilfe bat, habe ich das letzte Mal mit ihr an dem Tag gesprochen, an dem sie dich zur Adoption freigegeben hat.« Er kniff angewidert seine blauen Augen zusammen. »Ich gebe offen zu, dass ich sauer war. Ich wollte nicht, dass du bei Fremden aufwächst.«

Aus irgendeinem dummen, schwachsinnigen Grund wühlte sie sein Bekenntnis innerlich auf. »Und du konntest sie nicht davon abhalten?«

»Damals nicht. Väter hatten keine Rechte, und ehrlich gesagt, bei dem, was ich … was ich war, wusste ich, dass das kein Leben für dich gewesen wäre. Du hattest etwas Besseres verdient. Du bist mein einziges Kind«, räumte er mit einem Hauch von Wehmut ein. »Und ich wollte dich.«

Ich wollte dich.

»Aber Sharon wollte eigentlich gar kein Kind. Sie glaubte damals, mich auf diese Weise halten zu können, mich dazu zu bringen, meine Frau zu verlassen, aber« – er schüttelte den Kopf – »so wie es gekommen ist, ist es besser für alle.«

»Ich bin in einer ziemlich betuchten Familie gelandet«, meinte Devyn lapidar.

»Ich weiß. Du hattest es dort gut, dass ich es nicht wagte, irgendwas für dich zu tun. Ich habe dich nur aus der Ferne beobachtet.« Er warf ihr wieder ein verschmitztes Lächeln zu. »Ich war in der Kirche, als du geheiratet hast.«

Sie versuchte zu atmen, aber ihre Kehle verengte sich schmerzhaft.

»Ich habe geweint«, sagte er.

»Ich hätte ihn nicht heiraten sollen«, flüsterte sie kaum hörbar.

»Das wusste ich schon bei deiner Hochzeit«, sagte er. »Dieser Dreckskerl hatte damals schon Geschäfte mit den übelsten Typen der Stadt laufen. Glaub mir, ich wusste es. Aber ich konnte ja schlecht zu dir gehen und dich davon abhalten, oder?«

Sie schüttelte den Kopf und war nicht sicher, ob sie lachen oder weinen sollte.

»Jedenfalls tut es mir leid, dass sie ihn erwischt haben und dann versuchten, mir diesen Mord anzuhängen.« Seine buschigen, grauen Augenbrauen zogen sich zusammen. »Du hast diesen miesen Deal nicht verdient.«

»Es ist ja jetzt vorbei«, beruhigte sie ihn, und ihr Blick wanderte zu der Stelle, wo Marc stand, auf der anderen Seite des Teichs, von wo aus er den Booten zusah. »Mir geht es gut.«

»Du hast einen netten jungen Mann gefunden, stimmt's?«

Sie lächelte, und ihre Augen füllten sich blöderweise mit Tränen. »Ja, er ist wahnsinnig nett.«

Finn nickte und folgte ihrem Blick. »Ich hoffe, er hat so ein tolles Mädchen wie dich auch verdient.«

Sie lachte leise und wischte sich heimlich eine Träne von der Wange. »Das hat er, ganz bestimmt.«

Finn legte eine faltige Hand auf ihre und schob seinen verdächtig tränenfeuchten Blick in ihren. »Ich werde nicht mehr lange genug da sein, um dich noch einmal zum Altar gehen zu sehen«, sagte er.

»Aber … warum hast du das alles dann gemacht?«, fragte sie. »Bloß für eine mildere Strafe?« Ihr Herz setzte einen Schlag lang aus, während sie auf die Antwort wartete.

»Ich wollte etwas wiedergutmachen. Du hast schließlich genug unter deinen Rabeneltern gelitten, mein Kind. Ich habe versucht, Sharon von meinem Anliegen zu überzeugen, habe ihr Bilder von dir geschickt und ihr vorgeschlagen, den Kontakt mit dir zu suchen. Vielleicht hätte sich daraus, wenn auch verspätet, eine Beziehung zwischen euch entwickeln können. So was gibt es heutzutage, oder etwa nicht?«

»Ja, das gibt es.«

Sein Griff wurde fester, die knotigen Venen auf seinen Händen traten bläulich violett hervor. »Und was mich angeht, ich weiß, dass die Demütigungen und Stigmatisierungen, die du nur meinetwegen hinnehmen musstest, ungeheuer belastend für dich sind. Ich wollte es dir ein wenig leichter machen. Für die nächste Generation, ich meine, falls du selber mal Kinder bekommst.«

Ein Schluchzen stieg in ihrer Kehle auf, und sie streckte die Arme nach ihm aus, schloss die Hände um seinen gichtsteifen Nacken und lehnte ihren Kopf an seinen, dass sie mit der Stirn gegen den Schirm seiner Mütze stieß. »Das wäre mein größter

Wunsch«, flüsterte sie. »Und du *hast* es mir wirklich leichter gemacht.«

Er schloss die Augen, Tränen rollten über sein faltiges Gesicht. »Ich bezweifle, dass wir uns im Himmel begegnen werden, Mädchen«, flüsterte er. »Aber du gibst mir etwas, woran ich mich festhalten kann, selbst wenn ich ewig im Fegefeuer schmoren muss.«

Sie hielt ihn noch einen Moment umarmt und war unversehens mit ihrem Herzen und ihrer Seele im Reinen. Zum ersten Mal in ihrem Leben fühlte sich alles richtig an. Sie hatte sich in ihrer Mutter getäuscht, groteskerweise aber auch in ihrem Vater.

Marc kehrte zurück, und Devyn ließ ihren Vater los.

»Ich habe uns ein Schwanenboot besorgt«, sagte er. »Bist du fertig, Devyn?«

Sie bedachte Finn mit einem langen Blick. Das war also ihr Vater. Ein alter Mann, der im Sterben lag und der in seinem Leben ein paar grottenfalsche Entscheidungen getroffen hatte. Aber letztendlich war sie ihm nicht egal und das allein zählte.

»Willst du mitfahren?«, fragte sie.

Sein wehmütiges Lächeln war herzzerreißend. »Das würde ich gerne, aber ich glaube nicht, dass dem FBI-Agenten da drüben die Idee gefallen würde. Geht raus ins Leben, ihr beiden, und schafft euch Erinnerungen.«

»Das habe ich vor«, sagte Marc und griff nach Devyns Hand. Bei seinem Lächeln floss ihr Herz über vor lauter Liebe. »Mit Ihrer Erlaubnis, Mr MacCauley, würde ich Ihre Tochter gern fragen, ob sie mich heiraten will.«

»Also, das Wort gefällt mir.« Finn schlug sich mit der flachen Hand auf die Oberschenkel und grinste Devyn an.

»Heiraten?«, fragte sie mit angehaltenem Atem.

»Nein« Er stand da und strahlte übers ganze Gesicht. »Tochter. Ein richtig tolles Wort.«

Epilog

Italienische Lebensart pur. Der ganze Tag und das Abendessen waren eine einzige Fress- und Familienorgie gewesen. Aber das Wichtigste war das Essen. Der Tisch bog sich fast unter den vielen Platten und Schüsseln und Auflaufformen, dass Devyn sich fragte, wie die ganze Familie dabei schlank und fit bleiben konnte.

Zum Glück fand das Fest der sieben Fische – oder, wie Vivi und Zach es in ihrem hinreißend melodischen italienischen Akzent nannten, *la vigilia* – nur einmal im Jahr statt. Aber am Heiligen Abend wackelte bei den Rossis die Hütte, wenn der selbstgekelterte Wein floss und Nino mithilfe der anderen das tollste Essen auf den Tisch zauberte, das Devyn je gegessen hatte.

Sie warf einen Blick zur Seite und schnappte ein paar Brocken von Marcs Gespräch mit seinem älteren Bruder JP auf, einem großen, gut aussehenden Cop mit so viel Charme, dass man ihm die bisweilen machomäßige Arroganz glatt verzieh, und Nicki, Marcs anderer jüngerer Schwester, einer Psychologin mit einem messerscharfen Witz und einem ansteckenden Lachen.

Die Jüngste in der Familie, Chessie, brachte das Gespräch immer wieder auf ihren Bruder Gabe, das war der Superagent mit höchster Geheimhaltungsstufe, mit dem Marc gesprochen hatte, während sie in Belfast gewesen waren.

Devyn hörte zu, führte ihr Wasserglas zum Mund und nahm einen Schluck, dankbar, dass niemand, auch Marc nicht, bemerkte, dass sie Ninos Wein nicht angerührt hatte. Er war ins

Gespräch vertieft, dabei kraulte seine Hand zärtlich Devyns Knie unter dem Tisch, und irgendwie schaffte er es, ihr verstohlene Blicke zuzuwerfen, jeder Blick ein stummes Eingeständnis seiner Liebe.

»Bist du bereit?«, fragte er plötzlich und schob seinen Stuhl nach hinten.

»Gehen wir?«, fragte sie überrascht.

»Einen Teufel werdet ihr tun«, warf Vivi ein, die eben ein paar benutzte Teller vom Tisch abräumte. »Nicht bei dem ganzen weißen Zeug da draußen.« Sie ließ zwei Finger ihrer freien Hand vorschnalzen wie die gespaltene Zunge einer Giftschlange und zeigte auf Marc und JP. »Heute Abend kriegen die Rossis die volle Packung, Baby. Wir haben jetzt Samantha auf der Seite der Angelinos, und diesmal wird es nicht so ein Desaster wie letztes Jahr.«

»Hey, hallo, ich habe Devyn für die Rossi-Fraktion«, konterte Marc. »Und sie hat ganz schön Kraft im Arm.«

Unvermittelt fiel Devyn die Geschichte ein, die er ihr in Belfast erzählt hatte. Die Schneeballschlachten, das Schlittenfahren, die Kinder, die nach draußen »verschwinden« müssen, wenn der Weihnachtsmann kommt.

In diesem Haus waren die Traditionen genauso fantastisch gut wie das Essen.

Marc zog sie vom Tisch hoch. »Jetzt organisieren wir dir erst mal einen schönen dicken Mantel, Stiefel und Handschuhe. Ohne eine warme Winterausrüstung geht da draußen gar nichts. Und dann rodeln wir eine Runde.«

»Muss ich Schlitten fahren?«, fragte sie unschlüssig.

Kein Kommentar. Marc führte sie zum Kleiderschrank in der Rumpelkammer und holte eine alte wattierte Jacke heraus. »Wenn du ein Geschenk willst, kriegst du das im Schnee.« Er reichte ihr die Jacke und studierte ihren Gesichtsausdruck, der vermutlich ziemlich verunsichert wirkte, tippte sie. »Du willst doch ein Geschenk, oder, Dev?«

»Ich hab schon ein Geschenk bekommen«, antwortete sie kryptisch lächelnd. In Form einer dünnen blauen Linie in der Mitte eines weißen Plastikröhrchens. »Dich.«

Er küsste sie auf die Nase. »Komm, wir holen meinen Schlitten und dann zeig ich dir, was die Rossis draufhaben.«

»Pah!« Vivi steckte den Kopf in das Zimmer, eingemummelt in eine lila Jacke und einen grellorangenen Schal. »Die Angelinos haben viel mehr drauf.«

Als sie sich ein paar Minuten später zu fünft oben auf dem Hügel hinter dem Haus aufgereiht hatten, war sich Devyn immer noch ein bisschen unsicher wegen des Schlittenfahrens. Durfte sie das überhaupt in ihrem Zustand?

»Siehst du?« Von hinten schlang Marc seine Arme um ihre wattierte Jacke und drückte sie ermutigend. »Ist nicht so steil.«

»Aber eine Rutschpartie über mindestens hundertfünfzig Meter eiskalten Schnee«, muffelte sie.

Er drehte sie zu sich um. »Entspann dich. Genieß diese wunderschöne Nacht.« Er zog sie dicht an sich und flüsterte: »Ich liebe dich.«

Ihr Körper zitterte in der Daunenjacke, aber nicht vor Kälte. Sondern vor Erwartung und Erregung und grenzenlosem Glück. Sie überspielte den prickelnden Schauer, indem sie sich im Garten umsah, die nackten Eichen betrachtete, deren kahle Äste sich schwer unter Schnee und Eiszapfen bogen, das bezaubernde Naturschauspiel ausgeleuchtet von einem hell am Himmel strahlenden Vollmond.

Vivi unterbrach die friedliche Ruhe, indem sie sich bäuchlings auf ihren Schlitten schwang und mit dem Kopf zuerst in den unberührten Schnee raste.

»Sie muss immer die Erste sein«, lachte Zach, während er mit

Sam auf einem Schlitten Platz nahm. »Ist wohl so was wie ein ungeschriebenes Gesetz bei ihr.«

»Ich wette, sie schmeißt auch den ersten Schneeball, Leute«, tippte JP, der eben auf seinen Schlitten stieg.

»Los geht's.« Marc drückte Devyn sanft auf die Sitzfläche des Schlittens, dann klemmte er sich dicht hinter sie und schmiegte seine Schenkel fest an ihre. »Ich stoße uns ab und lenke. Ich pass auf dich auf.«

Er stemmte die Füße in den verharschten Boden und drückte sich kräftig ab, und der Schlitten fuhr los. Die Kufen durchschnitten den Pulverschnee, und sie nahmen zusehends Fahrt auf.

»Ich bin nicht mehr nur für mich allein verantwortlich.« Ihre Worte schwebten in der Luft und verloren sich beinahe im Wind. Marc packte die Griffe und neigte sich nach links, um zu beschleunigen, dann warf er seinen Körper ruckartig nach rechts, worauf der Schlitten in einer Fontäne aus aufsprühendem Pulverschnee herumwirbelte und sie mitten auf dem Hügel abrupt zum Stehen kamen.

»*Was* hast du gesagt?«

Ihr Herz trommelte so wild, dass sie kaum sprechen konnte. Sie drehte sich halb zu Marc um, suchte seinen Blick. »Du hast mich doch gehört, oder?«

Er starrte sie an, als wäre sie ein Fabelwesen mit drei Köpfen. »Bist du … kannst du … wirst du …«

Sie musste unwillkürlich lachen. Er war sprachlos und ganz offensichtlich überwältigt vor Freude. Oh ja, das war Freude in seinem Gesicht. Und das war alles, was zählte.

»Ob ich was bin? Sicher? Ja, bin ich.« Das Ergebnis des Schwangerschaftstests, den sie heimlich gemacht hatte, war eindeutig positiv. »Ob ich noch glücklicher sein kann? Nein, ich glaube nicht, dass das möglich ist. Ob ich dich immer mit Herz und Seele lieben werde? Herzen und Seelen, davon habe ich im Moment zwei. Und wir lieben dich beide.«

»Devyn.« Ihm versagte die Stimme, und seine Augen füllten sich mit Tränen, und das lag nicht an der eisigen Luft.

»Hey, ihr beiden!« Vivis Stimme drang leise entfernt zu ihnen und störte ihr junges Glück.

»Was ist denn?«

»Willst du …«

Ein Schneeball explodierte strategisch perfekt an Marcs Schulter, und die beiden schüttelten sich wie wasserscheue Katzen und wischten sich unter Fluchen und Lachen dicke nasse Flocken aus dem Gesicht.

»Ich glaube, ich bring diese Nervensäge noch mal um«, knirschte Marc.

»Auf die Plätze, fertig, los«, giggelte Devyn. Sie war aufgesprungen und begann, mit ihren behandschuhten Fingern Schnee zusammenzuschieben.

»Hey, warte«, protestierte Marc und griff nach ihrer Hand. »Unser Gespräch war noch nicht zu Ende.«

»Willst du die Schneeballschlacht etwa verlieren?«, meinte sie herausfordernd. »Was für ein Vorbild bist du denn für deinen Sohn oder deine Tochter?« Sie hatte den Schneeball fertig und zielte auf gut Glück.

Er traf Vivi voll am Schulterblatt und sie kreischte theatralisch auf.

»Du« – Marc wirbelte Devyn zu sich herum und drückte sie kurz an sich – »wirst diese Familie super ergänzen.«

»Irrtum, Liebster. Ihr habt zwei Neuzugänge. Mich und Junior.« Sie hauchte ihm einen flüchtigen Kuss auf die Nasenspitze, ehe sie sich bückte, um den nächsten Schneeball zu formen. Inzwischen flogen die weißen Eisgeschosse munter hin und her.

»Willst du nur eins?«, fragte er. »Ich will fünf.«

Sie bog sich vor Lachen, das ganz tief aus ihrem Herzen kam. »Also fünf ist okay für mich.« Ein weiterer Schneeball traf sie an der Schulter. »Vorausgesetzt, wir überleben Waterloo.«

»Wart mal kurz.« Er zog sie abermals an sich und neigte sich zu ihr hinunter. »Du hast mir noch gar nicht erzählt, wie du dich jetzt fühlst.«

»Wie ich mich fühle? Was meinst du denn, wie ich mich fühle?«

»Keine Ahnung. Vielleicht ist dir ja dauernd schlecht oder du bist ständig müde? Bist du glücklich oder ein bisschen panisch? Komm, erzähl mal. Spann mich nicht so auf die Folter. Wie fühlst du dich als werdende Mutter?«

Sie dachte einen Augenblick darüber nach und blinzelte eine vorwitzige Träne weg, als ihr die Antwort einfiel. »Ich fühle mich …«

Ein dicker watteweicher Schneeball zerplatzte unvermittelt über ihnen in der Luft und ließ einen matschig kalten Flockenregen auf die beiden niederrieseln. Trotzdem war ihr warm ums Herz, dank ihrer Liebe zu Marc. »Ich fühle mich geliebt, beschützt und geborgen, weil es dich gibt.«

Vom Schreibtisch von Roxanne St. Claire

Liebe Leserin, lieber Leser,

ich weiß, es ist aus dem Vorspann von *Auf der Jagd nach dem grünen Diamanten* geklaut, aber ich werde immer ein bisschen weinerlich, wenn ich die letzte Szene eines Buches schreibe. Vielleicht fühlen mein Herz und mein Kopf sich von Monaten des Erzählens befreit, vielleicht holt die drohende Abgabefrist das Beste aus mir heraus, oder vielleicht liebe ich auch nur ein gutes »Und sie lebten glücklich bis ans Ende ihrer Tage« und kann einfach nicht widerstehen, ein Ende zu schreiben, das mich zu Tränen rührt.

Als ich den vorliegenden Titel geschrieben habe, habe ich zugegebenermaßen eine *Menge* Tränen vergossen – und das nicht nur, weil der Held, Marc Rossi, die wahre Liebe gefunden hat, nachdem er nicht mehr daran geglaubt hatte, dass ihm das noch passieren würde … und weil die Heldin, Devyn Sterling, nach einem Leben voller Einsamkeit endlich Teil einer großen, glücklichen Familie wird. Ich war sentimental, weil ich die Szene während *La Vigilia* spielen ließ, bei italienischen Familien auch unter »Das Fest der sieben Fische« bekannt. Kann es einen besseren Ort für ein Happy End geben als an der Tafel während eines Mahls, das für mich und die meisten Mitglieder eines großen italienischen Clans eine tiefe persönliche Bedeutung hat? Nein, ich bin nicht italienischer Herkunft, aber mein Mann gehört zur »ersten Generation« – als Sohn eines Immigranten, weshalb einige der schönsten Bräuche tief in ihm verwurzelt sind. Ich bezweifle nicht, dass die fiktionale Mischfamilie, die den Seiten der Guardian-Angelinos-Serie die Würze verleiht, diese altehrwürdige Tradition genauso begrüßen würde wie wir.

Keiner kennt wirklich den Ursprung dieser Geschichte mit den »sieben« Fischen, die in italienischen Familien an Heiligabend serviert werden. Manche sagen, in der Zahl spiegeln sich die sieben Sakramente wider, andere glauben, dass die »Fische« für die sieben Hügel Roms stehen. Aber es spielt keine Rolle, denn die meisten von uns überschreiten an diesem Abend die »Sieben« bei Weitem. Vom Seeschneckensalat bis zum Amalfi-Stockfisch und dazwischen Lachs, Schwertfisch, Schwertmuscheln, Jakobsmuscheln, Shrimps, Hummer und Tintenfisch … ist es ein Abend, um die Gaben des Meeres und der Saison zu feiern. Ich schaffe es kaum durch den Abend, ohne mich zu meinen Liebsten umzublicken, eine Träne der Dankbarkeit zu vergießen und mir noch mal vom Hummer nachzunehmen.

In einer früheren Szene in *Tödliche Vergangenheit* habe ich Marcs Beschreibung des Abends benutzt, um Devyns Sehnsucht nach einer Familie zu unterstreichen und ihren Glauben zu verstärken, dass ihr eine solche Liebe in ihrem Leben nicht bestimmt ist. Während für ihn diese Tradition etwas Selbstverständliches ist, bleibt ihr nur die Vorstellung des Zaubers dieser Nacht und der Wärme eines Festessens mit der Familie. Der größte Teil der Geschichte spielt in Nordirland, wo Devyn und Marc auf der Jagd nach deren leiblicher Mutter sind und auf ein Hornissennest terroristischer Aktivität stoßen, außerdem auf eine unerwartete gegenseitige Anziehungskraft, aus der bald Liebe erblüht. Aber als die Zeit gekommen war, dem Leser den ultimativen *Dolce*-Moment – das süße Dessert eines gemeinsamen Lebens – zu servieren, schien es mehr als natürlich, diese Szene an einem verschneiten Weihnachtsabend spielen zu lassen, an dem die lauten, lachenden und liebenden Angelinos und Rossis zum Feiern zusammenkommen.

Ich wischte also ein paar Tränen weg, als ich das Ende von *Tödliche Vergangenheit* tippte und hoffte, dass sich meine Leser, welche Traditionen sie auch immer in Ehren halten und feiern, mit der Atmosphäre der Freude, die ein Zuhause beim Fest der sieben Fische erfüllt, identifizieren können. Oder dass ich sie wenigstens dazu bringe, rauszugehen, um sich leckere Meeresfrüchte zu besorgen!

Herzlichst
Roxanne St. Claire

Danksagung

Im Folgenden möchte ich mich bei einigen überaus geduldigen, verständnisvollen und wirklich klugen Menschen bedanken, die die Entstehung dieses Titels möglich gemacht haben:

Jessica Odell, meine unschätzbare Fakten-Checkerin in Belfast. Danke Jess, dass du jede meiner vielen E-Mails beantwortet hast, die alle mit »Eine Frage habe ich noch …« anfingen. Ich schulde dir das eine oder andere Guinness.

Barbie Furtado, Beta-Leserin und brasilianische Freundin. Sie hat das Manuskript gelesen und mit mir besprochen, noch mal gelesen und noch mal besprochen und dann noch mal gelesen, bis wir weit über Beta hinaus waren und uns auf Zeta zubewegten. Du bist spitze und eine erstklassige Kritikerin.

Mein Dank gilt dem ehemaligen FBI-Agenten Jim Vatter, mein Ansprechpartner für alles, was mit der Arbeit der Bundespolizei zu tun hat; dem Mikrobiologen Dr. Peter F. Bonaventre, der mich mit einer allgemeinverständlichen Sprache für ein kompliziertes Thema versorgt hat; den Mitarbeitern im Ulster Historical Foundation Research Center und den »Pfarrleuten« der St. Macartin's Cathedral in Enniskillen. Natürlich auch dem netten Typ mit dem sexy Akzent, der im Europa Hotel ans Telefon gegangen ist, mir aber seinen Namen nicht genannt hat. Diese Leute haben alles getan, um mich davor zu bewahren, über irgendwelche Fakten zu stolpern. Sollte es dennoch passiert sein, ist es allein meine Schuld.

Ein großes Dankeschön geht an das gesamte Team von Grand Central Publishing. Und speziell an meine fantastische Lektorin

Amy Pierpont, die ein verdammt gutes Händchen für verdammt gute Bücher hat; des Weiteren an meine geniale wie geduldige Literaturagentin, Robin Rue, die mich lospreschen lässt, aber stets die Zügel in der Hand hält, wenn ich übers Ziel hinausschieße. Eine Runde Schoki für alle!

Vor allem aber danke ich in tiefer Liebe meinem Mann Rich und unseren wundervollen Kindern, Dante und Mia, die sich nicht (allzu sehr) beklagen, wenn sie mal wieder das übliche »Sobald ich mit dieser Szene fertig bin« von mir hören. Und die mich auch lieben, obwohl sie wissen, dass die Szene niemals wirklich fertig wird.

Leseprobe

Roxanne St. Claire
Guardian Angelinos – Sekunden der Angst

Band 3, erscheint Juni 2013

Als Vivi Angelino ihre Lippen um den dicken Trinkhalm schloss und so heftig daran saugte, dass sich ihre zarten Wangen nach innen zogen, bekam Colton Lang fast einen Ständer.

Fast.

Der Zustand einer Verdammt-nah-dran-Erektion in Gegenwart dieser Frau war ihm schon zur Gewohnheit geworden, daher hatte Colt sich in den paar Monaten, seit er ihrer Firma Beratungsaufträge zukommen ließ, ein paar Tricks angeeignet, um dafür zu sorgen, dass dieses *Verdammt-nah-Dran* nicht *offensichtlich* wurde.

Folglich richtete er seine Aufmerksamkeit auf ihr ungewöhnlich schwarzes Haar, das heute durch den Helm und das anscheinend noch von gestern stammende Haargel besonders merkwürdig aussah. Oder er heftete seinen Blick auf den glitzernden Diamantstecker in ihrem Nasenflügel und konzentrierte sich mental darauf, wie sehr dieser Pikser wohl geschmerzt haben musste, anstatt darauf, wie es sich anfühlen würde … mit der Zunge zärtlich über den Stein zu streifen.

Oder er rief sich einfach ins Gedächtnis, dass diese Skateboard fahrende, Sneakers tragende, Gitarre spielende Amazone nebenbei auch die beste detektivische Spürnase weit und breit hatte, und er sich die Guardian Angelinos für bestimmte Aufgaben warmhalten wollte. Einem hirnlosen Blutstau in seinem Schwanz nachzugeben, wäre also unprofessionell und dumm gewesen.

Normalerweise reichte das, um die Erektion abzuwürgen. Manchmal. Heute, wo er ihr zufällig in diesem Skate-Park über den Weg gelaufen war und winzige Schweißperlen auf ihrem strahlenden Gesicht glitzerten und ihre kaffeebraunen Augen vor unerwartetem Interesse funkelten, hatte der Ständer jedoch gute Chancen, diesmal den inneren Kampf zu gewinnen.

Aber Colt, sieh dir diesen Aufzug an. Ein langärmeliges Baumwoll-T-Shirt, das im Schlabberlook an ihrer schlanken Figur herunterhing, und eine ausgewaschene, am Saum ausgefranste grüne Baggyhose. Er könnte sich nie zu einer Frau hingezogen fühlen, die sich so wenig um ihr Äußeres kümmerte und wie ein Teenager auf dem Skateboard durch Boston rollte, in einem Outfit wie frisch aus der Kleidersammlung.

Er stand auf Frauen, die feminin aussahen, die ein bisschen Make-up trugen, deren Haare bis auf die Schultern fielen und die vielleicht in einem hübschen Sommerkleidchen durch den Park schlenderten – und nicht skateten. Er hätte sein letztes Hemd darauf verwettet, dass Vivi gar kein Kleid besaß.

»Na gut, ich erzähl es Ihnen«, sagte sie, nachdem sie geschluckt hatte. »Aber ich schwöre bei Gott, Lang, versuchen Sie nicht, es mir auszureden, denn ich will diesen Auftrag.«

»Welchen Auftrag?«

»Sie haben sicher von dem Roten-Teppich-Mörder gehört.«

Er erstarrte mitten in der Bewegung, die Cola in seiner Hand auf halbem Weg zum Mund. »Sie glauben diesen Humbug doch nicht etwa?«

Sie lächelte nachsichtig. »Lang, *Humbug* sagt man seit vierzig Jahren nicht mehr. Kommen Sie endlich in diesem Jahrhundert an! Zwei Oscar-Preisträgerinnen wurden in zwei aufeinanderfolgenden Jahren nur wenige Wochen nach der Verleihung umgebracht. Halten Sie das wirklich für einen Zufall?«

»Eine starb an einer Überdosis, das andere war ein Unfall. Aber ich weiß, dass in L. A. eine Spezialeinheit des FBI gebildet wurde, die die Möglichkeit eines Nachahmers im Auge behält.«

»Genau.« Sie zeigte demonstrativ mit dem Finger auf ihn. »Ich glaub auch nicht an einen Serienkiller. Aber selbst wenn die ersten beiden Todesfälle unglückliche Zufälle waren, gibt es im Moment fünf Frauen in Hollywood, die sich vor Angst in die Hose machen. Und wie verrückt ihre Security aufrüsten.«

»Und Sie glauben, dass die Ihre Firma für den Personenschutz engagieren werden?« Er versuchte, nicht spöttisch zu klingen, er versuchte es wirklich. Aber die Vorstellung war einfach grotesk. »Eine brandneue Firma, die aus dem größeren Familienkreis aufmüpfiger Angelinos und Rossis besteht?«

Es überraschte ihn nicht, dass sie voller Abscheu ihre glutvollen Espressoaugen zusammenkniff. »Wir sind nicht aufmüpfig, in Himmelherrgottsnamen. Ich bin eine ehemalige Enthüllungsjournalistin, falls Sie das schon vergessen haben, eine Lizenz als Privatdetektivin zu bekommen, war also kein Zauberwerk. Zach ist sehr erfolgreich im Management, was mich ehrlich gesagt ganz schön schockiert, nach all den Jahren als Army Ranger. Und, ja, unser Kernpersonal setzt sich zufälligerweise aus ein paar Cousins zusammen, mit denen mein Bruder und ich aufgewachsen sind …«

»Nicht zu vergessen, Onkel Nino, der Sie mit Pasta und einer täglichen Motivationsspritze versorgt.«

»Nichts gegen meinen Nino«, entgegnete sie. »Und zu Ihrer Information, wir führen Vorstellungsgespräche mit Personenschutz- und Security-Spezialisten, darunter einige hochrangige Bodyguards. Die Guardian Angelinos sind ganz groß im Kommen.«

Er würdigte das, indem er leicht den Kopf schief legte. »Das weiß ich, Vivi, spätestens seit ich Sie mit FBI-Beratungsaufträgen überschütte. Ich denke nur, dass die Schauspielerinnen, die sich darum sorgen, das nächste Opfer eines dummen Schicksals oder eines Mörders zu werden, die größte und beste Personenschutzfirma beauftragen werden.«

»Vielleicht.« Sie nahm noch einen Schluck, und in ihren Augen schien irgendein unausgesprochenes Geheimnis zu tanzen. »Was halten Sie von Cara Ferrari?«

»Ich denke, ich würde sie nicht von der Bettkante schubsen.«

Sie verdrehte die Augen zum Himmel und gab einen missbilligenden Schnalzlaut von sich. »Ich meinte ihre Chancen, zu gewinnen.«

»Ich verfolge das Geschehen in Hollywood nicht so genau, aber ich habe dieses Remake von *Reise aus der Vergangenheit* gesehen. Meiner Meinung nach kam sie nicht an das Original mit Bette Davis heran.«

»Zum Glück spielt Ihre Meinung keine Rolle. Sie hat eine Chance.« Sie schenkte ihm ein hinreißendes Lächeln, das die winzige Lücke zwischen ihren Schneidezähnen enthüllte. Darüber, diesen kleinen Spalt zu lecken, hatte er auch schon nachgedacht. »Und ich glaube, ich auch.«

Er schüttelte bloß den Kopf. Er konnte ihr nicht folgen, aber das lag vielleicht daran, dass sein Körper ihm wieder mal einen Streich spielte.

»Schauen Sie mich an«, forderte sie ihn auf. Sie lehnte sich nach hinten, legte die Hände auf die Hüften und neigte den Kopf zur Seite.

»Ich schaue.« Das war ja das Problem. Sie war so verdammt sexy, dass er ganz vergaß, worum es überhaupt ging.

»*Schauen* Sie, Lang.«

Worauf? Darauf, wie sich das T-Shirt in dieser Haltung eng an ihren Körper schmiegte, dass ihre Brüste sich darunter abzeichneten? Sie waren zwar nicht besonders groß, aber rund und süß, genauso vorwitzig wie Vivi selbst, und, na ja, selbst an ihr gab es ein paar Dinge, die verflucht weiblich waren. Wollte sie etwa, dass er auf ihren Busen schaute? Dann würde es bestimmt nicht mehr lange dauern, bis sich sein Ständer hartnäckig zurückmeldete.

»Sehen Sie denn nicht die Ähnlichkeit?« Sie drehte ihr Gesicht ins Profil, hob das Kinn, schloss die Augen und legte in einer klassischen Filmstar-Pose den Kopf in den Nacken. Sein Blick glitt ihren Hals hinunter … und er stellte sich im Geiste vor, diese zarte Haut mit seiner Zunge zu verwöhnen.

Himmel, Colt, reiß dich zusammen.

Plötzlich wandte sie ihm wieder das Gesicht zu, und eine verwirrende Sekunde lang dachte er, sie hätte seine Gedanken gelesen.

»Ich sehe genauso aus wie Cara Ferrari«, beteuerte sie.

Er bekam einen mittleren Lachanfall. »Sind Sie etwa genauso bekifft wie diese anderen Skater?«

Sie blickte ihn finster an. »Richtige Skater kiffen nicht, das machen nur Angeber. Und sehen Sie sich dieses Gesicht an«, verlangte sie und deutete mit beiden Zeigefingern auf ihre Wangen. »Ist das nicht die Zwillingsschwester von Cara Ferrari?«

Er schmunzelte nachsichtig. »Wo wir gerade von Angebern sprechen.«

»Lang, *verdammt* noch mal.« Ihre Wangen röteten sich vor lauter Frust, was sie nur noch *hinreißender* machte. »Alle sagen, dass ich aussehe wie sie. Ich meine, wenn meine Haare länger wären und ich, na Sie wissen schon, ein bisschen Make-up auflegen würde.«

»So ungefähr eine Wagenladung.«

»Ich werde ständig angesprochen und gefragt, ob ich zufällig Cara Ferrari bin«, beharrte sie.

»Und Sie glauben, was Ihnen Besoffene in der Kneipe erzählen?«

»Mensch, Sie sind genauso schlimm wie meine Cousins. Hören Sie auf, mich aufzuziehen, und nehmen Sie das ernst.«

Er setzte das humorloseste Gesicht auf, das er hatte, und er hatte viele. »Cara Ferrari ist ein Filmstar, Vivi.«

»Ja und?«

Wie tief wollte er sich noch reinreiten? »Ich meine, sie ist umwerfend, eine Ikone …«

Sehr tief.

»Nicht, dass Sie nicht auf Ihre Art attraktiv wären …« Scheiße, er redete sich um Kopf und Kragen, trotzdem fuhr er fort. »Es ist nur, sie ist durch und durch Glanz und Glamour, und Sie …«

Nicht.

»Ich kann mich aufbrezeln.«

Also, das würde er zu gerne mal sehen. »Na gut«, lenkte er ein, da er ihr nicht wehtun wollte. Er sah sie mit zusammengekniffenen Augen an und formte mit seinen Fingern einen imaginären Kamerarahmen. »Ja, ich kann die Ähnlichkeit sehen. Ihr habt beide dunkle Haare und dunkle Augen.«

Sie drückte genervt seine Hände nach unten. »Schon gut, Lang, ich hätte es besser wissen müssen. Sie können einfach nicht um die Ecke denken. Ich hätte damit rechnen müssen, dass Sie total engstirnig sind, gefangen in Ihren Regeln und Vorstellungen, wie diese Jobs Ihrer Meinung nach gemacht werden müssen. Dass Sie eine Sache mal kreativ angehen, wage ich nicht mal zu träumen. Das wäre zu viel verlangt von ihrem strukturierten, formelhaften, *uninspirierten* Hirn.«

Alles klar, er hatte es nicht anders verdient, nachdem er sie gerade mit Beleidigungen überhäuft hatte, aber irgendwas an dieser Unterhaltung lief komplett schief, selbst für ihre Verhältnisse. »Zum Kuckuck, worauf wollen Sie eigentlich hinaus, Vivi? Was für eine kreative Denkweise erwarten Sie?«

»Ein Double.«

Diesmal starrte er sie bloß an, und allmählich dämmerte es ihm. »Das ist nicht Ihr Ernst.«

Sie gab ein frustriertes Japsen von sich. »Ich wusste, ich hätte es Ihnen nicht erzählen sollen.«

»Mir was erzählen?«

»Kommen Sie, Lang, es ist die älteste Form des Personenschutzes auf der ganzen Welt. Tauschen Sie sie gegen eine Doppelgängerin aus – eine *professionelle* Doppelgängerin –, bis der Mörder gefasst ist. Ködern Sie den Mörder mit dem Double, und Sie …«

»Stopp«, sagte er mit tiefer, schroffer Stimme, die seine Ernsthaftigkeit unterstrich. »Erstens, Spaß beiseite, brauchen Sie ein komplett neues Styling, um als Cara Ferrari durchzugehen.«

»Nicht von Weitem.«

»Zweitens, wenn ein Lockvogel oder Köder benutzt wird, wird der Auftrag an einen ausgebildeten Profi vergeben, niemals an eine externe Beraterin. Und drittens, viel Glück beim Versuch, an Cara Ferrari ranzukommen. Einen Termin beim Präsidenten zu kriegen ist einfacher.«

Ein Anflug von Arroganz glitt über ihr Gesicht. »Vielleicht habe ich ja schon einen.«

»Was? Wie denn?«

Sie zuckte mit den Schultern. »Wie heißt es doch gleich? Jeder kennt jeden um sechs Ecken.«

»Sie kennen Cara Ferrari nicht mal um sechzig Ecken.« Oder doch?

Sie nahm ihr Getränk hoch und stellte es wieder ab. »Vergessen Sie es, Lang. Sie haben recht. Sie war beschissen in der Rolle. Sie sollte bei den Kitschfilmen bleiben, mit denen sie wirklich Geld verdient hat.«

»Ganz genau«, stimmte er zu. »Wie der, wo sie die Stripteasetänzerin gespielt hat. Der hat mir gefallen.«

»Logo. Welcher Mann bewundert nicht das natürliche schauspielerische Talent, das eine Frau braucht, um beim Lap Dance den Reißverschluss von Stiefeln, die ihr bis zum Oberschenkel reichen, mit den Zähnen aufzumachen?«

Er schmunzelte stillvergnügt. »Sie müssen zugeben, dass das eine unvergessliche Szene war.«

»Dafür hat sie aber keine Oscarnominierung bekommen.«

»Aber denken Sie daran, wie viele Collegejungs sie damit glücklich gemacht hat.«

»Waren Sie auch einer von denen, Lang?«

»Ich hatte schon die FBI-Akademie hinter mir, als der Film rauskam, aber …« Er unterdrückte ein Lächeln. »Es war eine ziemlich erotische Nummer.«

Sie stieß hörbar die Luft aus. »Ja, mag sein. Können wir dieses Gespräch einfach vergessen? Es ist sowieso überflüssig. Es heißt, Kimberly Horne hat den Oscar schon so gut wie in der Tasche.«

Daraufhin entspannte er etwas. »Vivi, Sie glauben nicht ernsthaft, dass Sie Cara Ferrari davon überzeugen können, sie so lange zu doubeln, wie es auch immer dauern mag, einen Mörder einzulochen, dessen Existenz, nebenbei bemerkt, größere Geisteslichter als Sie bezweifeln. Daher finde ich, Sie sollten Ihre törichte Idee vergessen.«

Sie schnaubte leise und griff nach ihrem Glas. »*Töricht*, Lang? Wer benutzt denn dieses Wort noch?«

»Ich.«

Sie saugte wieder am Strohhalm, und diesmal blickte sie mit

großen Augen zu ihm hoch, während sich ihr Mund genüsslich schloss, als wäre sie gerade dabei, ihm einen zu blasen.

Und er verfluchte seinen Schwanz, der daraufhin einen Freudentanz vollführte.

»Keine Chance«, sagte er, sowohl zu seiner Erektion als auch zu seiner sexy Beraterin. »Es ist eine niedliche Idee, aber …«

»Lecken Sie mich, Lang«, feuerte sie zurück.

»Sorry, ich weiß, Sie hassen alles, was niedlich ist.«

»Sie raffen es einfach nicht, oder?«

Offensichtlich nicht. »Was raffe ich nicht?«

»Was ich mit diesem Unternehmen vorhabe, das mein Bruder und ich gegründet haben.«

»Wie können Sie das behaupten?« Er schob sein Getränk beiseite, um an sie heranzurücken. »Ich habe Ihrer Firma mehr Aufträge gegeben als jedem anderen externen Berater, der für das Bostoner FBI tätig ist. Wenn ich nicht aufpasse, fängt mein Chef an, mich zu löchern, warum ihr vier oder fünf Aufträge in genauso vielen Monaten bekommen habt. Wir sollten das Budget für Externe eigentlich gut verteilen und nicht auf eine Firma konzentrieren.«

Sie schüttelte bloß den Kopf. »Es geht hier nicht um Sie und Ihr Büro, sondern um *mich* und *mein* Büro.«

»Im Ernst, Vivi. Sie haben dieses Unternehmen erst im letzten Herbst gegründet. Was erwarten Sie denn?«

»Wachstum, Umsatz, Größe«, antwortete sie, ohne lange zu überlegen. »Es gibt Firmen, die das Gleiche tun wie meine und damit Millionen verdienen. Sie haben zahlreiche Niederlassungen und Hunderte von Ermittlern und Bodyguards und Sicherheitsspezialisten auf ihrer Gehaltsliste.«

»Und das wollen Sie auch erreichen?« Irgendwie passte der Traum vom großen Geschäft gar nicht zu diesem Skater-Girl. Wie so viele Dinge an Vivi überraschte es ihn.

»Ich will immer die Beste sein«, vertraute sie ihm an. »Ich will keine halben Sachen machen.«

»Das respektiere ich ja auch. Aber dann fangen Sie doch nicht mit Cara und Ihrer Doppelgänger-Idee an.« Er unterstrich das mit seinem eindringlichen Spezialagenten-Blick, legte beide Hände auf ihre und verfluchte die elektrische Ladung, die er jedes Mal verpasst bekam, wenn seine Haut mit ihrer in Kontakt kam.

»Sagen Sie mir nur einen guten Grund, der dagegenspricht.« Sie zog ihre Hände unter seinen weg, offensichtlich immun, sowohl gegen die Elektrizität als auch gegen den Blick.

Er lachte leise. »Die Debatte zwischen uns wird niemals ein Ende nehmen, oder?«

»Erst wenn ich gewonnen habe. Einen guten Grund, Lang.« Sie hielt beide Hände hoch und stoppte ihn, ehe er etwas sagen konnte. »Ausgenommen die Tatsache, dass ich nicht wie ein Filmstar aussehe, was Sie mir bereits freudestrahlend und mit schonungsloser Offenheit deutlich gemacht haben.«

»Es ist gefährlich.«

»Mein Job ist nun mal gefährlich«, erwiderte sie. »Ihr Job ist genauso gefährlich. Wo bleibt der Spaß, wenn es keine Gefahr gibt? Wenn wir den Auftrag kriegen, macht Zach drei hochkarätige Bodyguards ausfindig, die sieben Tage die Woche vierundzwanzig Stunden an meiner Seite sind.«

Drei Kerle rund um die Uhr an ihrer Seite? Zu seinem Erstaunen überkam ihn ein ungewohntes Gefühl. Eifersucht. »Das ist mir egal. Bei diesen ganzen Spinnern, die da draußen rumlaufen, ist das zu riskant.«

Sie wandte sich mit einem angewiderten Schnaufen ab. »Bah, Sie sind immer so … *vorsichtig*.«

»Sie sagen das, als wäre es eine Behinderung. Ich bin FBI-Agent, Vivi. Vorsichtig ist mein zweiter Vorname. Und wenn Sie in der Sicherheitsberatungsbranche bestehen wollen, tun Sie gut daran, das zu beherzigen.«

»Tja, mein zweiter Vorname ist Belladonna«, teilte sie ihm mit.

»Ein Gift.«

»Eine schöne Frau – auf Italienisch«, korrigierte sie ihn und hob die Hand, um eine mögliche Antwort abzublocken. »Nicht. Sie haben mich für heute genug gedisst. Meiner Meinung nach funktioniert *vorsichtig* nicht immer, wenn es ums Geschäft geht, Lang.«

»Im Sicherheitsgeschäft schon.« Drei muskelbepackte Bodyguards? Scheiße, das behagte ihm ganz und gar nicht.

»Niemand kommt weiter mit Sicherheit. Es ist wie mit der Halfpipe da drüben.« Sie wies mit dem Kopf auf eine große Betonschale, in der Skater herumwirbelten, hin und her rollten und blitzschnell die Richtung wechselten. Und auf ihre Hinterteile fielen. »Entweder machen Sie's im großen Stil und extrem, oder sie gehen unter.«

»Tja, ich hab's im großen Stil und extrem gemacht, und bin hart gelandet.« Nein, nicht *er* war untergegangen, sondern die einzige Frau, die er je geliebt hatte. Sie lag jetzt zwei Meter unter der Erde.

»Was ist denn passiert?«

Er schüttelte den Kopf. »Gehen Sie einfach keine verrückten Risiken ein, Vivi.«

»Zu spät. Ich lebe für verrückte Risiken.«

Vivi stand auf, stieß mit dem Fuß ihr Skateboard unter dem Tisch hervor und hüpfte darauf. »Bis dann, Special Agent Colton Vorsichtsapostel Lang.«

»Wiedersehen, Privatdetektivin Viviana Giftspritze Angelino.«

Sie rollte ein Stück, zog sich den Helm auf und warf ihm einen reumütigen Blick zu. »Danke für den Smoothie und das Vertrauensvotum.«

Sie brauste davon und gewährte ihm eine perfekte Sicht auf ihren Hintern, während sie kräftig trat, um Geschwindigkeit aufzunehmen.

Und wieder war's um seinen kleinen Freund geschehen.

Um die Blutzirkulation wieder in Richtung Hirn anzukurbeln, zwang er sich, über ihre grottenbescheuerte, verrückte Idee nachzudenken. Okay verdammt, so komplett blöd war sie gar nicht, aber das letzte Mal, als er ein derartiges Risiko eingegangen war, hatte er *alles* verloren. Weshalb es auch das letzte Mal bleiben würde, dass ein Ständer ihm bei seinem Job in die Quere kam.

Nie wieder.

Leseprobe

Lisa Marie Rice

Midnight Angel

Dunkle Bedrohung

Portland, Oregon
Samstag, 15. Januar
Psychiatrische Klinik und Justizvollzugsanstalt Spring Harbor

Irgendwo im Gebäude spielten sie dieses Lied, *ihr* Lied. Ausgerechnet. Corey Sanderson konnte es nicht ausstehen.

In dem Sommer, als wir uns liebten …

Es war so abgedroschen, so altmodisch, keine Backbeats, nur Melodie. Dann diese trällernde Stimme, wie aus dem neunzehnten Jahrhundert.

Totaler Scheiß.

Kein Wunder, dass die sich nicht verkaufte. Warum hatte sie damals nicht auf ihn gehört? Er hätte sie ganz groß rausbringen können. Alles war arrangiert gewesen – zuerst ein Auftritt in der *Today Show*, dann die Story in *Vanity Fair* mit künstlerischen Nacktfotos, und zwar von keinem Geringeren als Richard North, dem Starfotografen. Das war ein echter Coup gewesen. Er hatte Wochen gebraucht, um das einzufädeln. Und als er ihr das eröffnete, lehnte sie glatt ab, die kleine Fotze. Erteilte *ihm* eine Abfuhr. Niemand sagte Nein zu Corey Sanderson, niemand.

Völlig ruhig hatte sie seinen Plan zurückgewiesen und dann

das Konzert in San Diego abgesagt. Dabei hatte er dafür eigens diese Hip-Hop-Band engagiert. Er hatte eine Menge in das Miststück investiert, viele Leute um einen Gefallen gebeten, was auch nicht einfach gewesen war, weil es, na ja, eine Weile her gewesen war, seit er zur Spitze seiner Branche gehört hatte. Dabei war gar nichts Ernstes vorgefallen, nur ein paar kleine Misserfolge. Aber die Musikbranche entwickelte sich schnell und verzieh nichts. Die Leute sprachen damals schon in der Vergangenheit von ihm. Unerträglich. Corey Sanderson war der Beste. Immer gewesen. Und kein Irenflittchen würde daran etwas ändern.

Er hatte sie als Comeback-Vehikel benutzen wollen, und anstatt ihm dankbar zu sein, hatte sie Nein gesagt. Es verblüffte ihn immer wieder aufs Neue. Er sah sie noch vor sich, an dem Abend in seinem Penthouse. Die schwindelerregende Hypothek, die darauf lag, hätte von ihrer katastrophalen Tournee abgelöst werden sollen. Als sie ihn um einen Termin bat, war er sicher, dass sie sich entschuldigen und einlenken wollte. Ihm versprechen wollte, dass es nicht wieder vorkäme. Ihm zur Wiedergutmachung einen blasen würde. Er hätte das alles akzeptiert. Sie war ein hübsches Ding, und er hatte schon ein Jahr lang versucht, sie ins Bett zu kriegen. Darum war er voll darauf eingestellt gewesen, ihr zu verzeihen und sie zu bumsen. Stattdessen war sie mit ihrem Vater – ihrem Vater! – bei ihm aufgekreuzt, um den Vertrag zu lösen.

War es da ein Wunder, dass er die Beherrschung verloren hatte?

Sie hatte bekommen, was sie verdiente, das Flittchen: einen gebrochenen Kiefer, und blind war sie jetzt auch. Aber das war die Strafe, zumal er kürzlich das Penthouse hatte verkaufen müssen, um seinen Anwalt zu bezahlen.

Das Penthouse, die Wohnung in Aspen und den Mercedes. Aber es hatte sich gelohnt. Edwin Gossett hatte ihm das Gefängnis erspart. Zwei volle Wochen war Sanderson im Knast gewesen, bevor Gossett den Richter und die Geschworenen überzeugen konnte, dass sein Mandant in die Psychiatrie gehörte. Sanderson schauderte. Nie wieder würde er in den Knast gehen. Schon bei dem Gedanken grauste es ihm.

Nein, die nächsten paar Jahre würde er es hier aushalten. Er war Dr. Childers' Lieblingspatient und durfte seine Musik hören, bekam seine Bücher und sein spezielles Essen. Serena war die Leiterin der Psychiatrie und halb in ihn verliebt. Hier würde er bleiben – sofern das irische Miststück nicht das Gedächtnis wiedererlangte. Dann wäre er in den Arsch gekniffen.

In dem Sommer …

Er bekam Kopfschmerzen, wenn er nur diese Stimme hörte. Allegra Ennis, die er zur berühmtesten Sängerin Amerikas machen wollte und die ihm eine Abfuhr erteilt hatte. Und an seinem beruflichen Absturz schuld war.

Die Musik kam aus der Eingangshalle. Vielleicht hatte einer der Wachposten das Radio angemacht, auf einen dieser beknackten Lokalsender geschaltet, die zwischen Hundefutterwerbespots alte Singles abnudelten. Welcher richtige Sender würde schon Allegra Ennis bringen?

In dem Sommer damals, vor so langer Zeit …

Zitternd vor Wut blickte Sanderson sich nach etwas um, das Krach machen würde. Schließlich hob er seine Latschen auf und warf sie gegen die Tür. Sie schlugen mit einem dumpfen Geräusch auf.

Der Winter war noch so fern …

Bücher! Zwei dicke Paperbacks und ein gebundenes. Sanderson schleuderte sie an die Tür. Das war schon befriedigender. Bei dem gebundenen brach der Rücken, und es fiel zu Boden wie ein verletzter Vogel.

Wer sollte ahnen, dass es nie mehr Sommer wird …

Diese Schlampe! Zwitscherte vor sich hin wie eine irische Bordsteinschwalbe. Er hatte getan, was er konnte, damit ihre Stimme modern klänge, aber nichts hatte gefruchtet. Sie war eine harte Nuss gewesen, hatte sich ständig widersetzt. Die kleine Fotze wusste einfach nie, was gut für sie war.

Die Tür ging auf, und Alvin schaute herein.

»Mr Sanderson? Brauchen Sie etwas?« Alvins Ton und sein Auftreten waren respektvoll.

Und so sollte es gefälligst auch sein. Schließlich wusste Alvin, wer Sanderson war und was er für ihn tun konnte.

Alvin war zu groß und zu rothaarig, ein schlaksiger, naiver Typ ohne Stimme, vollkommen unmusikalisch. Aber er wollte ein Star werden, und Sanderson hatte ihm versprochen, den Wunsch wahr werden zu lassen.

Als Gegenleistung sollte Alvin die Ennis beseitigen.

»Alvin, bring mir ein Tonbandgerät.« Sanderson lächelte zu ihm hoch. Lächerlich, dieses lange Gestell, und das dumme, sommersprossige Gesicht fand er abstoßend. »Morgen geht es los. Wenn es erledigt ist, rufe ich ein paar Leute in Kalifornien an. Wir machen dann erst mal ein Demotape mit dir.«

Alvins hässliches Gesicht hellte sich auf, als er loslief, um das Tonbandgerät zu holen. Sanderson wusste genau, was jetzt in Alvins Kopf vorging. Er dachte an schicke Autos und schicke Frauen, die sich darum schlugen, mit ihm ins Bett zu hüpfen, er sah schon sein Foto in der Regenbogenpresse und sich selbst am Pool seiner Villa.

Atemlos kam er zurück und drückte Sanderson einen Rekorder in die Hand. Es war ein billiges Ding, konnte aber bestimmt eine Stimme naturgetreu aufnehmen. Das reichte.

»Gut, Alvin, du kannst jetzt gehen. In einer halben Stunde bringst du Dr. Childers hierher. Und wunder dich nicht über das, was du dann sehen wirst.«

»Ja, Sir.« Alvin entfernte sich. Er würde Serena holen, und dann ginge es los. Alvin hatte nichts weiter zu tun, als Allegra Ennis in den Wahnsinn zu treiben und sie dann so umzubringen, dass es wie Selbstmord aussah. Und Sanderson würde man nie etwas nachweisen können.

Allegra war eine tote Frau.

Kowalski war größer als alle anderen und konnte über die vielen Köpfe hinwegsehen.

Auf der Bühne saß eine rothaarige Frau, eine Schönheit im hauchdünnen grünen Abendkleid, und spielte Harfe. Sie hatte eine Stimme wie ein Engel.

So etwas hatte er noch nicht gehört. Sie klang genauso lieblich wie die Harfe. Das Lied kannte er nicht, Melodie und Rhythmus waren aber so eingängig, dass es ihm sofort vertraut erschien. Als gäbe es einen Platz in seinem Kopf, der nur auf dieses Lied gewartet hatte.

Es ging um irgendeinen Sommer. Ein Lied über einen verlorenen Sommer und eine verlorene Liebe. Die Melodie löste ein Kribbeln aus und ging unter die Haut. Sein Inneres vibrierte geradezu mit den Tönen mit. Etwas so Schönes hatte er noch nie gehört, obwohl er schon sein Leben lang mit Genuss Musik hörte.

Auch die Sängerin war schön. Nicht auf dieselbe Art wie Suzanne oder Claire Parks, sondern auf andere Weise, auf eine bessere Weise. Ihre Haut schimmerte, als wäre sie nicht ganz von dieser Welt. Sie leuchtete von innen heraus, wie eine Perle unter Wasser.

Wenn ihm jemand erzählen würde, sie sei ein echter Engel, würde er es sofort glauben. Es wäre keinerlei Überzeugungsarbeit nötig. Doch sie war eine Frau aus Fleisch und Blut. Die langen, rotbraunen Haare fielen in glänzenden Wellen über ihren Rücken und bewegten sich ab und zu, während die Finger anmutig die Saiten zupften. Mit geschlossenen Augen sang sie die letzte Zeile und lehnte sich gegen die Harfe wie an einen Geliebten. Ihre Stimme verklang leise, ein letztes helles Glissando stieg von der Harfe auf. Einen Moment lang legte sie die Stirn an den Rahmen des Instruments, dann hob sie den Kopf und öffnete die Augen, als der Applaus einsetzte.

Aber sie blickte ihr Publikum gar nicht an. Es schien, als spielte sie nur für sich selbst, als sie sanft lächelnd und gedankenverloren das nächste Lied begann. Nach einem langen instrumentalen Vorspiel fing sie an zu singen, und wieder kamen Kowalski die Töne wie eine altbekannte Melodie vor, die er lange vergessen hatte.

»Cruel Sun«, eine schöne Ballade mit leicht verjazzter keltischer Musik. Es ging darum, dass die Sonne auch nach dem Tod des Geliebten weiter vom Himmel herabscheint. Sehnsucht, Schmerz, unstillbarer Kummer, all das drückte sich in dem Song aus, der in der ironischen Feststellung endete, dass es die Sonne nicht kümmert, was geschieht, sie scheint einfach grausam weiter.

Kowalski hörte mit halbem Ohr einen aufgebrachten Mann mit Claire streiten. Er erkannte die Stimme, es war Johns Freund Bud. Kowalski hätte die beiden am liebsten angeraunzt, sie sollten gefälligst still sein, doch dazu hätte er sich umdrehen müssen, und er wollte keinen Ton von dieser außergewöhnlichen Frau verpassen.

Sie sang noch mehrere Lieder, und er konnte nicht glauben, dass er keines davon kannte und von der Sängerin noch nie gehört hatte. Er hatte nicht die leiseste Ahnung, wer sie war, doch dass sie ein Weltklassetalent war, wusste er genau. Er hatte Pavarotti live erlebt, und das war genauso unglaublich gewesen. Wie die Berührung mit einem göttlichen Wesen.

Verärgert über die Leute ringsherum, rückte Kowalski näher

zur Bühne. Sollten sie doch rausgehen mit ihren schicken Klamotten und draußen quatschen, anstatt die Sängerin zu übertönen. Sie hatten tatsächlich ihr dummes Geschwätz wieder aufgenommen, als würde da vorne nur Begleitmusik zum Berieseln gespielt. Kaufhausmusik für die Schmuckauslage. Ihnen wurde reine Magie geboten, und sie waren zu dumm, um das zu merken.

Der Sängerin war das egal. Sie schien es gar nicht wahrzunehmen. Sie sang für sich und schaute kein einziges Mal ins Publikum, nahm mit niemandem Blickkontakt auf. Ihre Augen waren sowieso die halbe Zeit geschlossen. Sie sang konzentriert mit klarer Stimme, während ihre Finger über die Saiten flogen.

Kowalski war das Publikum zuwider. Er wünschte sich, sie würden alle abhauen, damit er in Ruhe die Musik genießen konnte. Er stieß gegen den Rand der Bühne, näher konnte er nun wirklich nicht mehr ran.

Mann, war sie schön. Es war nicht nur die Stimme, obwohl schon die allein erlesen war und es selbst dann gewesen wäre, wenn die Frau sieben Kinne mit Haaren drauf gehabt hätte.

Aber sie besaß keine sieben Kinne, sondern nur das eine, und ein sehr hübsches noch dazu, ganz ohne Haare. Alles an ihr war reine Magie, makellos fein. Sie hatte die Haut einer Rothaarigen, nur ohne Sommersprossen. Das smaragdgrüne, bodenlange Kleid war elegant und schlicht. Die Haut, die es frei ließ, war sahnig weiß, das makellose Gesicht wurde von den braunen Augenbrauen betont. Sie trug fast kein Make-up. Obwohl sie saß, konnte er sehen, dass sie nicht sehr groß war, dafür aber langgliedrig. Und sie hatte einen langen, schlanken Hals. Als sie den Kopf zu ihm drehte, blieb ihm fast die Luft weg. Ihre Augen waren dunkelgrün, eine verblüffende Farbe. Kowalski konnte überhaupt nicht mehr wegsehen.

Nach sieben Liedern lehnte sie sich auf dem vergoldeten Stuhl zurück und legte die Hände in den Schoß. Die Gäste applaudierten höflich und wandten sich sofort wieder ab, um ans Buffet zu gehen, das während der Vorstellung im Hintergrund des Saales aufgebaut worden war. Plaudernd strömten die Leute in Dreier- und Vierergruppen dorthin.

Arschlöcher, dachte Kowalski. Da sang ein musikalisches Genie für sie, und die dachten nur an ihr kostenloses Futter.

Jetzt erst fiel Kowalski auf, dass Suzanne und John neben ihm an der Bühne standen. Suzanne stieg die vier Stufen hinauf, rauschte auf die Sängerin zu und legte ihr eine Hand auf die Schulter, und die Sängerin nahm sie lächelnd.

Einen Moment lang hielt Kowalski den Atem an.

Er sah zum ersten Mal ihr Lächeln. Es war genauso bezaubernd wie ihre Musik und hellte ihr Gesicht auf. Suzanne schob ihr einen Arm um die Taille und ging mit ihr zur Treppe. Sie flüsterte ihr etwas ins Ohr, worauf die Sängerin nickte. Gemeinsam stiegen sie die Stufen hinunter und kamen auf Kowalski und John zu. Suzanne sagte etwas, und die Sängerin lachte. Es klang leicht und anmutig wie ein Nachhall ihrer Lieder. Oh Mann, das ging noch viel mehr unter die Haut. Diese Frau war in jeder Hinsicht magisch.

Nun stand sie mit Suzanne vor ihm. Suzanne war eine Schönheit, ohne Zweifel, aber Kowalski hatte keinen Blick für sie. Er konnte die Augen nicht von der Sängerin lassen. Es waren nicht nur die regelmäßigen Züge, die gute Haut und das glänzende Haar, die ihre Schönheit ausmachten. Sie hatte etwas Strahlendes, fast wie ein Heiligenschein. Wie ein Engel.

Kowalski schnaubte beinahe angesichts dieser Gedanken. Er sollte sich dringend flachlegen lassen. Von einer normalen Frau, nicht von so einer SM-Besessenen.

Heiligenschein, Engel – vielleicht brachte ihn das Zivilleben an den Rand des Wahnsinns.

Doch zumindest das Talent der Sängerin war unbestreitbar.

Kowalski liebte Musik. Jede Art von Musik: Rock, Jazz, Klassik, Oper. Er hörte alles. Es würde ihm ein Vergnügen sein, dieser Frau zu ihrer Stimme und ihrem Harfenspiel ein Kompliment zu machen.

Suzanne zögerte ein wenig, sie ihm vorzustellen. Aber sie konnte Kowalski nicht einfach übergehen.

»Allegra, darf ich dich mit Johns neuem Partner bekannt machen, Senior Chief Douglas Kowalski. Douglas, das ist meine Freundin Allegra, Allegra Ennis.«

»Senior Chief Kowalski«, sagte die Sängerin leise und streckte die Hand aus.

Verfluchter Mist! Schlagartig hatte er ein hohles Gefühl in der Brust; die erhebende Freude von eben war futsch. Allegra Ennis blickte ihm auf die Krawatte. Sie kam nicht mal so weit wie Claire Parks, schaffte nicht mal den kleinsten Blickkontakt, sondern tat sofort so, als hätte er kein Gesicht.

Ach, zum Teufel damit!

In dem Moment fragte er sich, ob er sich überhaupt noch in der bürgerlichen Welt würde einleben können. Aber zurück konnte er nicht. Er war aus dem Dienst ausgeschieden. Bei den Streitkräften hatte niemand ein Problem damit gehabt, ihm ins Gesicht zu sehen. Klar, er war kein hübscher Kerl, aber ein verdammt guter Soldat, und das war alles, was zählte.

Er war sein Leben lang in der Navy gewesen und jetzt nicht mehr. War es das, was ihn nun erwartete? Sollte er den Rest seiner Tage mit Leuten verbringen, die auf höfliche Art vermieden, ihn anzusehen? Scheiße.

Seine tiefe Freude über Allegra Ennis' Musik hatte sich verflüchtigt, sobald er ihren höflichen, leeren Gesichtsausdruck sah. *Na schön*, dachte er, *mach ihr ein Kompliment und dann nichts wie raus hier.* Vielleicht sollte er sich heute Abend die ganze Flasche Jim Beam hinter die Binde gießen.

»Ms Ennis«, brummte er, als er ihre Hand nahm. Die von Claire Parks hatte er vier Sekunden lang gehalten, bei Allegra Ennis würde er auf drei runtergehen. »Sie haben eine wunderschöne Stimme, und die Lieder waren beeindruckend. Wirklich erlesen. Mein Kompliment.«

Darauf tat Allegra Ennis etwas Ungewöhnliches. Sie warf den Kopf zurück und versuchte, die Augen auf sein Gesicht zu richten. An ihrem Blick war irgendetwas seltsam …

Dann traf es ihn wie ein Schlag.

Allegra Ennis war blind.

Lisa Marie Rice

Midnight Angel

Dunkle Bedrohung

Roman

»Die Schöne und das Biest« einmal anders

In einer einzigen Nacht geht das Leben der talentierten Musikerin Allegra Ennis in die Brüche: Durch einen Angriff verliert sie ihr Augenlicht, ihren Vater und ihre Karriere. Jetzt ist sie völlig auf sich allein gestellt, gefangen in einer Welt aus Dunkelheit und Albträumen. Da trifft sie den Ex-Navy-SEAL Douglas Kowalski, der Himmel und Hölle in Bewegung setzt, als Allegras Leben erneut in Gefahr gerät …

»Eine packende Handlung voller prickelnder Sinnlichkeit!« *Romantic Times*

304 Seiten, kartoniert mit Klappe
€ 9,99 [D]
ISBN 978-3-8025-8877-8

Shiloh Walker

Blinde Wahrheit

Thriller

Ein Schrei im Wald verhallt nicht ungehört!

Ein grauenhafter Schrei, den Lena Riddle im Wald hinter ihrem Haus hört, versetzt sie in Angst und Schrecken. Doch die Polizei des kleinen Örtchens Ash, Kentucky schenkt ihr keinen Glauben. Der Einzige, der Lena zur Seite steht, ist der vom Dienst beurlaubte Polizist Ezra King. Er ist überzeugt, dass Lenas Leben in Gefahr ist, und setzt alles daran, um sie zu beschützen.

»Der fesselnde Auftakt zu einer neuen Krimiserie, die man nicht mehr aus der Hand legt!« *Romantic Times*

Band 1 der Serie
425 Seiten, kartoniert mit Klappe
€ 9,99 [D]
ISBN 978-3-8025-8611-8

www.egmont-lyx.de

EGMONT Verlagsgesellschaften LYX EGMONT